三晋百部长篇小说文库

科学遴选 权威论证
高峰展示山西长篇小说创作实绩
久经考验 再度锤炼
全面囊括中国当代小说山西经典

焦祖尧 ／ 著

总工程师和他的女儿

山西出版传媒集团

北岳文艺出版社

图书在版编目（CIP）数据

总工程师和他的女儿 / 焦祖尧著. —太原： 北岳文艺出版社， 2018.1
ISBN 978-7-5378-5268-5

Ⅰ.①总… Ⅱ.①焦… Ⅲ.①长篇小说—中国—当代
Ⅳ.①I247.5

中国版本图书馆CIP数据核字（2017）第159195号

书　　名	总工程师和他的女儿
著　　者	焦祖尧
责任编辑	陈学清
装帧设计	张永文

出版发行	山西出版传媒集团·北岳文艺出版社
地　　址	山西省太原市并州南路57号
邮　　编	030012
电　　话	0351-5628696（发行部）
	0351-5628688（总编办）
传　　真	0351-5628680
网　　址	http://www.bywy.com
E - mail	bywycbs@163.com
经 销 商	新华书店
印刷装订	山西人民印刷有限责任公司

开　　本	710mm × 1000mm　1/16
字　　数	466千字
印　　张	32.5
版　　次	2018年1月第1版
印　　次	2018年1月山西第1次印刷
书　　号	ISBN 978-7-5378-5268-5
定　　价	78.00元

《三晋百部长篇小说文库》组织机构

策划

杜学文　张明旺　王宇鸿　梁宝印

专家审读小组

主任：杨占平

副主任：续小强

成员：吕新　晋原平　张石山　王西兰

毛守仁　王春林　孟绍勇　王保忠

编辑出版办公室

主任：杨占平

副主任：续小强

成　员：古卫红　陈学清　闫珊珊　王保忠　潘培江

序：现代化进程中的山西文学

杜学文

从传统社会向现代社会的转化是人类发展进程中的重大课题。每一个国家、每一个民族都将面对，难以回避。个人，作为社会的组成细胞，也同样如此。这并不以我们自己的意志来转移。综观世界各国，在这种转化的进程中，都有了不同的选择，并表现出各异的特色。但总的来说，还是目前我们称之为"发达国家"的率先实现了现代化。其成功的转化有诸多原因，但从文化的角度来看，与其自然环境的特殊性、农耕文明的不发达，以及突出的个人奋斗精神、重利思想、实用主义等有极大的关系。而目前世界上的欠发达国家或发展中国家，则在向现代化转化的历史进程中，又表现出各自不同的特色。就中国而言，在其漫长的历史进程中，农耕文明得到了充分发展，并达到了最为繁荣的境界。现在的发达国家在转型早期的生存压力等表现得并不明显，从而一种自给自足、自得其乐的生活方式逐渐固化。向现代化转型的原生性动力并不强大。从某种意义来看，中国实际上进入了一种人类最美好的发展境界，那就是，依靠劳动来创造财富，与大自然和谐共处，有剩余的时间来体验人生的乐趣等等。中国从传统社会向现代社会的转化主要靠外部的强力推动。就是说，因为先发国家对财富、权力、欲望的强烈追求，在吸纳了东方文化，其中非常重要的是中国文化之后，骤然表现出突飞猛进的发展状态。其商业首先得到了快速的发展。特别是依靠对海外市场的分割，使过去形成的传统的世界市场在大航海时代变得更加活跃。同时，工业技术得到了快速的进步。人类的新发明成几何级数增长。新技术的出现使社会生产力得到了空前的解放，物质生产表现出前所未有的丰富。而与之相应的是社会制度的进一步变革。一种能够服务新的生产力发展的社会管理系统逐渐建立，并在血与火之中不断完善。在这样的变革转型中，东方古老的中国受到了西方先发国家的强烈冲击。传统的农耕文明与新发的工业文明之间出现了严重了错位，并引发了控制、占有与反控制、反占有的残酷斗争。中国从农耕文明的辉煌顶峰跌落，中国人开始睁开眼睛看世界，并反思自身文明存在的问题。在外力的冲击下，中国不自觉地开始了向现代化转化的历史进程。一代又一代的中国人筚路蓝缕、奉献牺牲，前赴后继、求索奋斗，就是要重新找到国家独立、发展、进步的正确道路，实现民族的复兴。在不同的历史时期，他们承担了不同的历史使命。不同的人们从自己所从事的事业中为这样一个艰难而宏伟的目标做出了自己的贡献。而中国的文学，同样没有疏离民族的历史追求，甚至在许多关键的历史时刻，承担了开启民智、传播思想、激发斗志、重塑文明的历史重任。在这样一个艰难的充满了探索的转型进程中，中国人民表现出了自己最大的智慧与韧性。一直到新中国的建立，才基本形成了主权统一、独立自主的现代国家形态，并以超人的勇气与奋斗精神、惊人的创造力与发展速度迈向现代化。在这样一个伟大的转化进程中，中国虽然经历了失败、屈辱、挫折，但终于创造了他人所没有的成就。而我们的文学，正是这一历史的亲历者、推动者、表现者。就山西文学来说，是中国文学的重要方阵，当然也是这一历史的组成部分。其努力与贡献非常突出。

首先是推动了现代汉语的大众化，为现代汉语从知识阶层走向普通民众，并使二者有机结合做出了积极的贡献。在中国追求现代化的进程中，经历了一个从"器"到"道"的转变。所谓"器"，就是中国人在最初以为是西方发达国家的技术、器物先进，因而倡导"洋务运动"，开办现代工厂，引进西方设施，等等。这些努力从历史发展的必然来看，当然是非常重要的。但是，事实很快证明，仅仅引进西方的先进技术并不能解决问题。之后发生了制度层面的改革，包括推翻清王朝，建立立宪政权，仿效欧美三权分立及选举制度等等。但是，这种形式上的制度变革没有使中国强大起来，反而使中国成了一盘散沙，四分五裂。于是，更多的人开始反思中国的文化。一方面，对中国传统文化中的落后部分进行批判；一方面引进国外的思想如无政府主义、新村主义，包括马克思主义等等。新文化运动成为当时风生水起的社会思潮。从今天来看，其对中国传统文化的批判有许多过激之言。但是如果我们回到具体的历史场景，就会感到这些批判背后所表露的急切心情及历史合理性。在新文化运动中，一个最为突出的问题，也是最为重要的成果就是把中国人使用了数千年的文言文转化为白话文。从文化发展传承的角度来说，以文言文为代表的中国书面语言具有其重要的历史价值、文化价值、文明意义。可以说，文言文的简洁、精炼、典雅，以及其表情达意的丰富性，是世界上任何语言都难以企及的。这也正是其生命力之所在。但是，从历史发展的现实来看，文言文也具有非常严重的局限性，难以适应现代社会的发展要求。首先是缺乏精确性。由于中国传统文化中思维追求整体感、人文感、艺术感，中国的语言缺少对事物的准确表述。这种特点虽然具有非常强烈的人文色彩，以及超越了具体现象的整体感，但是与现代工业技术发展中对事物精确性表达的要求有很大的距离。语言的背后体现的是思维方式。如果语言难以体现精确性要求，人们的思维同样将不能适应时代发展的要求。其次是书面语言与口头语言的分离。虽然任何语言都会表现出书面与口头的差别，也就是说，人们不可能把口头语言照搬为书面语言。但这种差别在汉语中表现得尤为突出。这就是作为书面语言的文言文与口头语言的"白话"之间的区别。这种区别使更多的普通民众与书面书写脱离，对开启民智、提升大众的文化素养产生了障碍。而现代化的实现并不仅仅是少数"文化人"的事，而是全民族的事。因此，语言的变革，使之更能够适应现代化的需要就成为一种时代的必然。20世纪的新文化运动，除了其在价值观方面的追求如"科学""民主"等之外，对语言的解放也是一种非常强烈的期待。一些有识之士率先放弃了对古代汉语的使用，积极采用白话文来构建现代汉语。这其中，出现了许多具有代表性的人物，如鲁迅、胡适等。今天我们仍然能够感受到鲁迅的语言中存留有古代汉语的元素。这是中国语文从古代汉语向现代汉语过渡的典型表现。而胡适等人则努力使自己的书面语言更加通俗化、口语化，也显示出某种过分倾向于白话的特点。另外一些具有欧美留学背景的人则企望借鉴外来语言对中国的语言进行改造，因而出现了许多非常欧化的表达方式。就中国现代汉语的成熟完善来说，这些努力都是非常珍贵的。但是，真正使新生的现代汉语从古代汉语中出走，并吸纳了民间语言的丰富、生动的特质，使之成为一种既有古代汉语的节制、典雅，又有民间口头语言的生动、活泼，从而使现代汉语能够成为一种具有完整的语法体系、鲜活的表现力，以及体现民族语言特色的"现代汉语"形态，则是以赵树理为代表的作家们做出了重要的不可忽略的贡献。

就赵树理个人的创作而言，其早期也是走欧美语法特色浓重的路线。但是当他发现这条路难以被普通民众接受后，其语言表达发生了转化，开始更加注重民族语言与现代性的融合。他的语言生根于中国古代汉语与民间语言的丰厚土壤。在保持语言典雅品格的同时，至少从这样两个方面进行了努力。一是更多地吸收了民间语言的表达方式，使普通民众能够走进这样的语言，使用这样的语言。也正因此，他的语言表现出非常鲜活、生动的状态，使语言的活力大大增强，表现力得到了拓展甚至突破。二是他的语言在规范性方面进行了重大的努力。一方面剔除了民间语言、方言中粗俗的、生僻的元素，使之更加典雅、庄重，另一方面，他保持并强化了以北方方言为主的结构形式，使之在语法形态方面更加完善严谨。所以，今天我们读赵树理的作品，其语言的流畅、生动、鲜活仍然非常突出。可以说，在中国现代汉语出现、发展、完善的进程中，赵树理做出了不可跨越的贡献。当然，这种贡献不可能是他一个人完成的，而是在特定历史条件下，由包括他在内的一大批作家共同努力，并在一代又一代作家的接力中实现的。赵树理丰富了现代汉语的表现力，并使这种获得新生的语言成为广大民众自己的语言。这后一方面的贡献更为重要。因为如果一种新生的语言难以得到民众的认可，其生命力是非常值得怀疑的。可以这样说，如果没有这些作家的努力，中国的现代汉语很可能成为一种"精英"的语言。也就是说，很可能成为一种少数有"文化"的知识分子的语言。这不仅将使语言的普及受到阻碍，也将因为得不到大众的认可而导致中国现代化的迟滞。

山西的作家受赵树理的影响甚深。除了创作理念、题材选择等方面外，在语言的运用上也同样如此。这也就是说，从赵树理以来的几代山西作家不仅坚持了赵树理的创作方向，也共同为中国现代汉语的进一步完善、发展做出了努力。尽管今天我们可以说，这些作家个人的成就不同，在语言表达方面风格各异，但是他们有一个共同的特点，即在坚持语言的民族化方面都进行了非常积极的实践。进入新时期，随着改革开放的不断深化，各种创作观念竞相显现。山西作家虽然与全国的创作相比更多地表现出固守的姿态。但是新的创作手法、元素等也在自觉不自觉地借鉴当中。其中就语言表达的追求而言，大体表现出两种特点。一种是仍然坚持语言表达的民族风格，并随着时代的发展变化使之更加丰富生动起来。他们的语言，不仅缘于题材选择的民间性、地域性，以及人物、故事的原生性，更缘于吸纳了民间语言的鲜活元素，在叙述、描写等诸多方面更多地体现了植根于本土的语言活力。另一种虽然也注重题材的地域性选择，但在语言表达中更多地呈现出一种开放的意识，比较侧重吸纳外来语言中的合理成分。如修辞的繁复，语句的长结构，象征意象的频繁使用等等。虽然这两种追求表现出各自不同的倾向，但他们随着时代的发展而推动现代汉语不断进步的努力是一致的。

需要我们重视的是，山西作家在自己的创作中表现了中国文化的原生态及其变化。这种原生态不是指文化最初形成的形态，而是指数千年来一直呈现出来的未经现代化浸染、改变的文化。从某种意义来看，它已经成为生活在这样的历史环境中每一个人不自觉的潜在意识，并支配着人们的思想与行为。文学的表达虽然是语言与形象的表达。但是隐藏在语言与形象背后的却是生成这种语言与形象的文化。如果一种文学性的描写没有隐晦地展示出某种文化及其价值观，我以为就是一种表面性的甚或肤浅的描写。山西作家在自己的创作中表现出一个非常突出的特点，即对自己生活的土地、家园有一种执着的关注。而就山西这一地域来说，其文化又具有某种典型性。这就是生根于黄土高原的农耕文化。在中国现代化的进程中，一个非常艰难的任务就是要改变这种文化，使之蜕变为一种新的文化：现代化。这一过程是非常艰难的，也是非常痛苦的。数千年的农耕劳作，已经形成了一种自足的完善的文明体系。但是，就在这种文明体系达到顶峰的时刻，我们突然发现她已经不能适应现代化的要求。于是，开始不自觉地改变自己。这一过程伴随着战争、灾难、屈辱、失去国土与家园等等。在经受这种外在考验的同时，还有我们内在的情感、思想、精神等诸多方面的考验。一方面，救亡与重生成为一种时代的必然使命。另一方面，精神与文化的重建、新生也面临着更大的挑战。就前者而言，山西作家的创作并不是真正的重点。而后者却是其在描写社会变革进步中隐藏的中心。山西是中国最早开始工业化、现代化建设的地区。但是我们很少能够看到山西作家所描写的这方面的作品。而曾经作为抗日战争敌后根据地中心的山西，实际上也没有太多的文学作品来表现。反倒是有许多作品在这样的社会背景下来描写当时的人们如何生活，并参与了这一影响世界文明进程的历史。可以说，这些作家们表面上看起来对社会变革更关心。但是一到拿起笔的时候，就情不自禁地流露出他们对于特定文化及其价值观的不自觉的关注。这实际上成就了他们，也局限了他们。如果就当代文学而言，最早的表达在于农民群体的觉醒。他们感受到了时代的变化，并参与、推动了这样的变化。比如小二黑，虽然具有了杀敌英雄的身份，但作家所要说的却是旧的文化观念，以及由此形成的生活方式对人性的伤害——当然是从爱情的角度切入的。作家的贡献不仅在于表现了时代变化中人性尊严的重新确立，更重要的是，作家生动地再现了这种旧的文化制约在人们劳动、生产、生活、情感，以及社会关系诸多方面的表现。也就是说，作家不是把一个关于追求自由恋爱、自主婚姻的故事作为一种孤立的现象展示出来，而是生动地表现了这种文化观念在旧的生活方式中的普遍性，以及其荒谬性。也就是表达了必须改变这种文化观念的必然要求。这当然是非常符合时代需要的，也是中国在现代化进程中必须跨越的。在山西作家的创作中，相当多地表现了劳动者——当然主要是农民，以及农民出身的、具有农耕文化背景的其他身份的人们对劳动的热爱，对土地的执着，对家庭的重视等等。从历史的层面来看，这些内容都构成了农耕文明的重要组成部分，也是这一文明能够发展、生长的原动力。但是从时代的要求来看，这种文化又成为那些最终必然要离开土地，不再是农民的人们内心世界与精神领域的时代痛苦。比如在改革开放之后，工业化的浪潮漫卷一切。在最具现代化特点的大型露天煤矿当工人的吴福却难以适应这种快节奏的标准化的生活方式。他无限怀恋地回到了自己的家乡。但是家乡已经不再是曾经的家乡，吴福也不再是过去的吴福。他身跨两界，无所归依，内心充满了痛苦。这是一种时代转换、文明更替的痛苦，是一种具有重大典型意义的内心再现。而在现代化程度日益加深的历史时期，农村也已不再是传统意义的农村。农民也不再是仅仅从事农业生产的农民。更大的市场与财富吸引了更多的农民，城市成为新的生活中心。虽然从某种意义来看，城市化可以作为现代化程度的一种标志。但是城市化也同时带来了传统文化的消失、传统生活方式的改变，以及传统人际关系的新建。老甘，这个仍然坚守在内心世界的"过去的农村"中的农民，痛苦地怀恋着昔日活色生香的农村及农村的生活。但是，过去的一切似乎已经义无反顾地过去了。他的农村已然不再。如果说这样的农村随着市场化程度的提高有新生的希望的话，也与过去的农村大不一样。老甘的痛苦同样是一种时代的痛苦，是我们在走向现代化进程中不可回避的痛苦。当然，山西的作家也描写了这种进程中人们的希望、新生，以及由此而来的快乐、自信。宋老大进城送公粮时那种发自内心的自豪感、主人感，那种终于直起了腰板的幸福感将永远感动我们。而在首都打工并学会说普通话的小雪也动人地透露出新一代农民美好的未来。

山西的作家们也企图从比较宏大的层面来揭示中国文化的品格，以及由此而反映出来的中国精神。这些描写不在意于对现实生活具体人事的再现，而是企图通过某种具象化的人事具有隐喻意味地表达作家对民族性的理解。他们营造的人物生活环境不太具体，而是具有某种概括性，超越了具体的、实指的时间、空间。其中人物的行为，以及由这种行为所表现出来的文化内涵、价值选择体现出一种超越了具象的恒久性。由此可以使我们领略一种民族的生存状态与价值操守。其中的一部分作品甚至具有进行人生意义、价值意义探求的哲学性努力。这时，作家关注的不再是现实生活中具体的人事，以及其中透露出的社会文化内涵，而是超越其上的价值追寻。在临危受命的戴夫人身上，作者赋予她民族人格最为优秀的内涵。她不仅具有一般人所可能具有的大局观，以及人性的智慧，而且作为生命个体，她具有了一种古人所言的"浩然之气"。她在漫长艰难的商旅途中，没有感受到生命的渺小，而是站在太行山顶吟诵前人的诗篇。她感受到的是生命的博大、伟岸，以及大自然的神奇、浩渺，是一种天人合一、物我两忘的至高境界。这不仅是她个体生命的壮美华章，也是民族文化中价值体系的完美内化。张马丁的遭遇则从另一种角度表现了不同文化短兵相接所引发的一系列事件，以一种宏阔的视野描写了文化境遇背后各异的价值体系之间的交锋、错位、融合。还有许多作品通过对具体人物生命境遇的描写，表现了具有历史意味的在潜意识中特定价值观支配下的民族精神世界。

　　读山西作家的作品，事实上也可以看到中国从农耕文明的顶峰跌落到重新崛起，实现现代化的历史进程。在当代文学中为数不多的抗日战争题材的作品中，我们可以看到以中国北方农民为主的人们如何从屈辱中觉醒、抗争，并取得了历史性意义的胜利。抗日战争的胜利，不仅仅是军事的胜利，而且是中华民族在经历了无数的失败、屈辱之后终于走向独立、自主，重新以一个文明民族的形象自立于世界民族之林的标志；也是中国在经历了种种探索，尝试了不同发展道路之后，终于表现出走向正确发展道路，迈出实质性转型步伐的标志。尽管一直以来我们都有这方面的创作，但是具有宏观性、历史深刻性的作品还不多。新中国的建立是中华民族终于在百余年的努力之后有了自己独立政权的大事，也是中国开始以超人预料的成就向现代化迈进的起点。山西的作家以自己敏锐的笔触描写了这一关键时刻中国普通人内心世界的喜悦、自豪，以及对未来的憧憬。还是在1949年10月1日，诗人高沐鸿就创作了诗歌《这是我们人民自己的胎生》，为新中国的建立而欢歌。之后的一系列文学作品生动地表现了站起来的普通民众内心世界的巨大变化，特别是其人格世界的变化。他们实实在在地感受到了新社会的进步，以及当家做主的自豪。他们不仅在经济上得到了解放，在政治上得到了翻身，而且在精神世界上发生了积极的蜕变。一个新的时代带来了新的发展与进步。也正是这些作品成就了这个新文学史上一个最具典型意义、产生重大影响的文学流派——"山药蛋派"。他们有共同的创作追求，有共同的题材选择，有以赵树理为代表的领军人物。这个流派出现的意义，不仅仅是属于文学的，更是属于中国文化的。他们在尊重并表现中国优秀传统文化价值观的前提下，呈现在这种价值体系影响下中国民众，主要是农民如何生活、生产、思考、发展。读这些作家的作品，不仅使我们能够了解到特定历史时期中国发生的事情，而且将使我们了解中国人是怎样的一种生活方式，中国人在新的历史时期发生了怎样的变化。在20世纪70年代末、80年代初，山西的作家们非常敏锐地感受到时代将要发生的巨变。这种感受不是源于理性的分析研究，而是源于他们对现实生活的关注与热爱，是他们从具体的生活中感受、发现了时代变革的动力。其中有他们对极"左"路线的批判，以及对中国变革发自内心世界的呼唤。这首先是已经成名的一批被称为"老作家"的人们走上了历史的舞台。而另一批将在中国文学园地表现出勃勃生机的作家以自己的敏锐发现了生活的变化。至20世纪80年代中期，以《当代》发表一组山西作家的作品为标志，文学"晋军崛起"成为中国文坛的一个重要事件，引起了广泛关注。这批作家一进入文坛即表现出不俗的活力，显得生龙活虎，风生水起。他们首先成为对极"左"路线的批判者。通过一系列生动的、充满生活意蕴的人物形象来揭示中国曾经走过的弯路，以及即将出现的变革。而后，出现了一系列呼唤改革的优秀作品。一些小说被改编为影视作品，在当时传媒欠发达的条件下产生了极大的轰动效应，甚至有万人空巷之叹。其中的朱克实、李向南、李高成等成为新的历史条件下拨乱反正、推进改革的典型人物。这些作品既是文学的，更是时代的、历史的。它们表达了中国人内心深处希望变革的期待，也呼唤着一个新的历史时期的到来！

中国的改革是中国从传统的农耕文明出走，迈向现代化的重大事件。随着改革开放的不断深化，中国表现出强劲的发展态势。同时，也遇到到了许多需要解决的问题。一方面是现代化程度的不断提高，另一方面是这一进程的艰难演进。一个时期，那种充满浪漫主义色彩的乐观情调被现实生活中的艰难前行所生发的复杂性代替。改革并非一帆风顺，充满了困惑、曲折，有许多困难需要智慧与勇气来克服。这一时期，山西的文学创作沿两条主线展开。一方面是直面现实，表现新的发展时期人民的智慧力量，及时代的进步，如农村改革，国企改革，全球化背景下的商业博弈，以及反腐倡廉、环境保护、民主选举、基层生活、重大事件等等。总的来说，山西文学表现出社会的艰难进步，这种进步首先是积极的、正义的、人民的力量战胜了消极的、不义的、损害人民利益的力量。同时也表现出了中国传统社会在时代的发展进步历程中逐渐变化：如传统农村的式微与新盛；农村人口向城镇的转移；土地的工业化、商业化等等；商品经济的蔓延，城镇化的发展；以及身处其间人们内心世界的彷徨、痛苦、选择；人对土地以及建立其上的生产生活方式的依恋；对改革进程中传统国有企业的情感等等。从这些作品中，我们可以观察、感受到中国正在发生的翻天覆地的变化。另一方面，许多作家企图从超越现实的具有形而上意味的层面来探求中国的民族精神。一些作品甚至具有了某种哲学性品味。他们可能借助于某一历史事件，或者设计一个与现实生活隔离的故事来表现自己理解的民族精神。这一类作品可能表面上与现实生活没有直接的关联，但是对我们认识民族文化、民族品格具有积极的意义。事实上这些作品为我们提供了一种思想文化资源，是对现实生活中剧烈变革引发人的价值观的迷茫进行的某种文化性指引。它不涉及现实问题，不为我们思考感受现实生活提供具体的形象。但是，为我们提供观照现实、解决现实问题的精神力量、价值选择和思想资源。这其中也有一个如何认识人生、如何认识民族、如何面对个人价值的问题。

总之，不论是对现实生活的直接表现，还是以隐晦的笔法对现实生活提供精神资源，都可以看到山西作家对社会生活、人生价值的一种积极的态度。他们试图以自己的描写来表达某种具有积极意义的思想内涵，为今天的人们提供精神力量，以推动中国社会的发展、进步，以及在历史蜕变中人的完善。这些努力也可以视为是在现代化进程中对民族精神的一种回顾与追寻。读山西作家的作品，可以使我们从一个侧面感受到中国走向现代化的历史进程。

山西作家在艺术创造上也进行了积极的努力。就山西文学的当代面貌来看，表现出一种从一元向多样的发展态势。当代山西文学受以赵树理为代表的"山药蛋派"影响甚重。一代一代的作家不仅受到这一流派作家关注现实生活、关注社会民生的创作理念的影响，而且在表现手法上也多承续这一流派。因此，直至改革开放前，山西文学基本呈现出一种"山药蛋派"式的一元状态。但是，进入改革开放的新时期后，这种局面开始发生变化。一些人更注重语言描写、心理表达等等。不同于

"山药蛋派"风格的作品开始大量出现。首先是题材选择表现得更加多样，其次是表现手法更加多样，再次是创作观念也呈现出多样化的格局。山西文学终于形成了从一元走向多样的创作态势。那些坚持以农村为主要创作题材的作家们也积极地吸纳了其他的表现手法，使农村生活的表现领域大大拓展。另一方面，山西也出现了典型的所谓"现代派"小说。心理结构、借鉴侦探小说手法的"悬念"结构、无情节结构、意象结构、寓言式结构等等次第登场，宏大叙事与个人化叙事并存一体。这些作品有的已经产生了比较大的影响。无论如何，他们都是山西作家对文学自身进步的积极探索。

从某种角度来看，山西文学似乎为我们呈现出了中国走向现代化的百年变迁史。这不仅表现在人们广为关注的小说创作之中，同时也更加丰富地表现在文学的其他领域，如诗歌、散文、戏剧，以及逐渐从散文文体中独立出来的报告文学及传记文学之中。当我们追寻这种变迁的历史时，不能割断由山西而表现出来的中国五千年文明史。山西是华夏文明的主要发祥地，从远古以来，这一文明代代相传，承续不绝，其中涌现出众多的仁人贤士。作为个人，他们有自己所处的具体的历史环境、成长条件，对人类文明的进步做出了自己的贡献。但是，作为一种文化现象，他们似乎勾勒出中国文明发展进程的历史脉络。在他们身上体现了中华文明的历史贡献、价值选择，以及思维模式。对他们进行研究，并用传记的方式表现出来，使今天的人们了解并感受他们所具有的闪光的人文价值，不仅对今天的改革发展具有积极的意义，对我们现代化进程中的文明重建同样具有非常重要的意义。这将首先使我们看到历史发展进程中文化的影响力，进而使我们能够进一步确立文化的自信心与自觉性。在这些如星光一般闪烁的先人身上，我们将体会到中华文化的魅力、价值和绵延不绝的生命力。承续山西文学的精神品格，创作出新的能够表现时代精神的优秀作品，是我们这一代人的使命。而对五千年文明发展进程中那些曾经做出突出贡献的英杰才俊进行文学式的描述，也将是我们传承民族精神的一种努力。因此，组织编辑出版山西文学"双百工程"，有着非常积极的现实意义。

这一"工程"包含两个序列三个方面的内容。一是"百部长篇小说"，其中一部分是已经发表出版并产生了较大影响的现当代小说。通过集中编辑出版，可以使我们比较全面地回顾审视山西文学某一方面的成就与贡献。另一部分是新创作的长篇小说。其目的是推动山西长篇小说的不断繁荣。把它们列入这一工程，即是对文学发展的新推动，也可以延续已有的成果，使人们看到山西文学创作的最新成就及更加生动的面貌。二是"百部山西历史文化名人传记"。山西的报告文学近些年来表现出非常活跃的态势。不仅参与创作的作家比较多，出现的作品比较多，而且产生的影响也比较大。其中一些作家应该说是中国报告文学领域的领军人物。同时山西也是华夏文明的重要发祥地，在五千年的文明发展历程中涌现出许许多多的对中华文化发展进步做出重大贡献的英杰先贤。以传记的方式把这些先人在中华文化发展进程中的贡献表现出来，有助于我们重新认识中华文明对人类的重大贡献，有助于我们进一步追寻中华文化的精神、操守、品格，并使我们从先人的风采中找到自己前行的楷模和动力，激励我们推动中国的改革发展进步。所以，这也就成为我们的一种责任。相信通过这一努力，既将促进山西文学的进一步繁荣，也将进一步增强我们的文化责任，重塑我们的文化形象，展示中华民族在漫长发展历程中表现出来的精神力量与智慧，为实现民族复兴的中国梦做出积极的贡献。

目录

第一章

雁门关外,有一座古老而年轻的城市。

说它古老,是因为据史书记载,远在一千五百多年前,北魏拓跋氏就在这里建都,役使数万劳动人民,开凿了艺术精湛、举世闻名的佛教艺术的石窟群。由于地理位置的重要,自古以来,这里就是兵家必争之地。横亘在这个城市西北的逶迤起伏的山头上,至今还留存着一垛垛烽火台。夕阳残照中,耸立的烽火台就像一个个持戈执戟的武士,威武地挺立在群山之巅。说它年轻,是因为解放以后,这个城市以极快的速度改变着旧的面貌。石窟群的对面,一对对现代化的矿井建设起来了。在城郊,一座座大型工厂从平地矗起。昔日狐兔出没的地方,铁路、公路像蛛网般交织。钢铁的轰鸣声,代替了过去的马嘶狼嗥。在市区,高大建筑的红墙灰瓦和古老寺院的飞檐琉璃相辉映。林立的烟囱使坚实的城堞一下子变矮而失去了威仪。古色古香的鼓楼上,筑巢而息的各种鸟儿,因为受不了宽阔水泥马路上汽车喇叭声的刺激,离开了故居;惯于在那些古建筑的斗拱中栖身的蝙蝠,夜晚在一片白亮的灯光中也捕捉不到什么食物而流徙他方……在这个城市的任何一隅,都可以看到古老的陈迹和现代的建设和谐地并存着,鲜明地对衬着。这种并存和对衬,使人感到一种源远流长的蓬勃生机,显示出这个城市无限茁壮的生命力。

华新动力机厂,就坐落在这座古老而年轻的城市的东北方向。这是第一个五年计划期间建成投产的内燃机工厂,生产载重汽车发动机和小型船舶发动机。厂区约莫有三平方公里面积,被一条直通市区的柏油马路切开:南边是工厂,北边是生活区。生活区又被一条南北方向的小河分隔成两半。河西是一大片鳞次栉比的平房,河东是二十几栋三层楼房。在第三栋楼房的二层上,住着华新动力机厂总工程师叶赋章一家。

叶赋章早年丧妻,身边只有一个独生女儿——工厂产品设计科的技术员叶琪。父女俩和一个远房堂姐——叶琪称她姑姑,设计科的青年人称她叶姑——住了一套房子。这套房子有四个大小不等的房间,还有厨房、卫生间、储藏室和阳台。阳台在叶工程师书房外边,书房里间是他的卧室;对面两间住着叶琪和她的姑姑。

叶赋章早年留学英国,后来又转到德国,是专攻发动机的。但他在业余生活里却有着广泛的爱好:喜欢种花,喜欢照相,喜欢下围棋,还喜欢弄弄诗词。他已经五十五岁了,看上去还不算苍老。偏高的细长身材,清瘦的脸庞,由于下颏比较宽,所以两颊的颧骨并不显得突出。因为青壮年时期有过一些坎坷的遭遇,加之常年用脑,头发疏疏朗朗,所剩无几,而且已经半白了。他不戴眼镜(因为散光,写东西的时候倒是例外),所以从那虽然到了老年仍然显得很秀气的眼睛里,可以更直接地看到这个人的坦率和纯真。出门的时候,他喜欢穿一套半新的蓝斜纹布中山服,但在家里,却喜欢换一件西服上衣。这并不为了显示一种派头,而是因为这种衣服穿上去脱下来都比较随便,不过是两三粒纽扣嘛,扣上一两粒就可以了,不扣也没有关系。这已是他的一种老习惯了,并没有想到要去改变它。

自从四年前叶琪在上海大学毕业来到身边后,叶赋章的生活里就不觉得有缺憾了。近年来,叶赋章发现自己的生活渐渐变得有规律起来:除非有什么特殊情况,他总是在晚上十一点入睡,早晨五点半起身。洗漱完了,他就到阳台上去呼吸呼吸早晨的新鲜空气,舒展一下筋骨,然后给盆花浇水、整枝。他有一盆不知名的草木花,是一位朋友早年从南洋带回来的。

这种花的衍生能力很强,摘下只有两三片叶子的一段头枝,往泥土里一插,浇些水就能活,而且很快会开出一种粉红色的、香气四溢的小花来。现在,这种花草已经在许多人家的窗台上抽枝、开花。叶工程师这盆花,放在他的书架上。花盆是地道的宜兴货,赭红色,侧面雕有一幅古画《独钓寒江雪》,既古雅,又朴素。三个书架上,放满了中外文书籍。他从阳台上回到屋子里,就动手收拾书架,掸掸灰尘,排排整齐。收拾完了,叶琪就会给他端来一杯牛奶。叶工程师总是一面喝牛奶,一面翻着最新出版的国内外技术杂志和报道资料。等到叶琪吃完早饭,工厂的广播室开始播送工前广播操的音乐了,父女俩便一同出门去上班。这时候,女儿总是给父亲提着放资料的皮包,并排地走在通向办公大楼的那条水泥马路上。

今天是星期天,叶工程师照旧在五点半就起身了。他从阳台回到屋子里,收拾好房间和书架后端牛奶来的不是女儿而是他的堂姐。因为今天设计科的青年人到刘家洼公社水渠工地上过团日,叶琪带了点干粮,一早就走了。父女俩不在一起过星期天是不多的。女儿不在家,叶工程师喝完牛奶,就审阅一份技术文件。

这是一份落实全厂第四季度生产任务的技术措施计划。近年来,工厂党委带领全厂职工,坚定地贯彻执行党的鼓足干劲,力争上游,多快好省地建设社会主义总路线,工厂的生产能力一年中就增长了百分之二十。现在,一九五九年的秋天,中央号召继续开展破除迷信,解放思想,意气风发地大搞技术革命和技术革新的群众运动。工厂党委认为,要继续开展"双革"运动,必须踏踏实实地解决前一段运动中出现的矛盾和问题,首先要解决技术和管理上的薄弱环节,为此,有关技术科室制订了这份技术措施计划。作为全厂生产技术的总负责人,叶赋章需要认真审阅并签署这份技术文件,才能付诸实施。

叶赋章神情专注地工作着,忘记了和这份技术文件无关的一切。

斜对面的小屋子里,叶姑正在给她堂弟的一件衬衣翻领子:把破的一面翻到背后去,好的一面翻过来。叶赋章是一个乡村蒙馆先生的儿子,父亲从小教育他:一丝一缕,当思来之不易。现在,虽然家里经济情况很不错,但他生活上却一贯很俭朴。

叶姑缝完了衬衣领子,看了看墙上的挂钟,轻轻走到厨房里,倒了一杯白开水,放在一盆冷水里凉了凉,然后端起来,轻轻走到堂弟的屋子里。

"赋章,该吃药了。"

叶赋章"唔"了一声,侧过脸来,用感激的眼光看了堂姐一眼。他的胃不大好,医生嘱咐要按时服用胃舒平,但他工作一忙,常常忘了服药;多数情况下,需要堂姐和女儿来提醒。

老工程师打开抽屉,从瓶子里倒出两片白色的药片,就着温温的开水,一口吞下去,又伏在桌子上,工作起来。

老太太没有走开,她站在堂弟背后,眼光落在老工程师半白的头发上。她知道不应该打断他的工作,但禁不住要说几句:"赋章,大礼拜天,你就不能休息上半天吗?"

叶赋章转回头来,淡淡地一笑:"阿姐,你回屋去休息吧! 我事忙。"说完,又转回头去,继续工作。

叶姑知道自己的劝说是不起作用的,轻轻地叹了口气,挪步想走,不知怎么又冒出了一句:"阿琪今天去劳动,连副手套也没带。"

叶赋章这次没有回过头去,只是随口应了一声:"农村里的人劳动,不戴手套,阿姐!"

老太太惭愧地笑了。她是从农村里出来的,怎么不知道这一点呢? 她这样说,不过是出于对侄女儿的疼爱罢了。

叶姑出去不久,电话铃响了。

叶赋章拿起电话,一听对方的声音,忽然高兴得哇哇叫喊起来了:

"是你呀,老刘! ……什么时候回来的? ……给我带回什么了? ……一副担子? 哈哈! ……老骨头了,压不塌吧? ……我去你那儿怎么样? ……你来? 好! 现在就来,快点来!"

他放下电话,手忙脚乱地打开书柜子,拿出一罐筒装的香烟,一筒平时舍不得喝的茶叶——一个老朋友送给他的碧螺春。他又急急忙忙走出屋子,连声喊着:"阿姐! 阿姐!"

叶姑闻声走出来,不知道出了什么事情。

"阿姐,老刘回来了,一会儿就要来,给他弄点什么吃的?对了,上次我出差带回来的苏州芝麻饼,还有一点吧?"

叶姑松了口气。原来是老刘回来了,你看这五十来岁的人,高兴得变成个小孩子啦!

"芝麻饼还有,我再熬点绿豆汤。"老太太很高兴,老刘一来,堂弟就可以休息休息了。

老刘叫刘之毅,是华新动力机厂的党委书记。十来天前去省里开会,今天刚回来,就要来看总工程师叶赋章。

六年前,叶赋章为了支援新厂建设,从上海来到这个塞外古城,就和刘之毅一起工作。几年来,他们在工作中互相了解,建立了一种深厚的同志情谊。老工程师曾经感叹地说过:"人生得一知己足矣!"他把党委书记奉为知己,特别珍视他们之间这种真诚的情谊。

叶赋章没有心思再钻到那份技术措施计划里去了。刘之毅走了十来天,老工程师经常想念他。现在他回来了,而且给自己带回了一副担子,那一定是个新任务!

叶赋章在屋子里踱着步,他兴奋地猜度着:党委书记带回的是什么新任务呢?

他一边踱,一边谛听着外边,希望听到楼道上传来熟悉的脚步声。

他等待着,心情激动,还有点焦躁不安,就像战士等待去前线的命令。

在不安的等待中,脑子里忽然跳出来唐朝诗人刘禹锡的两句诗:

马思边草拳毛动,雕眄青云睡眼开。

这两句诗,正是他眼下心情的写照。

叶赋章难为情地笑了。一向沉着稳重的老头子,怎么也会像毛毛躁躁的小伙子那样沉不住气呢?

楼道上终于传来了他熟悉的脚步声。

叶赋章急忙走出屋去,把门打开。

刘之毅提了个旅行包,笑眯眯地站在门口。

"出去十来天,也不写封信来!"叶赋章劈头责怪道,"站着干啥?还不进来?"伸手就去提刘之毅的旅行包。

"让我喘口气嘛,老叶!"刘之毅笑着说,"我从老柴家里出来,就直奔府上,真是马不停蹄啊!"

"还没回家?"

"回了家再来看你,越发要挨骂啦!"

两人一边说,一边进了叶赋章的书房。

叶赋章刚把刘之毅按在沙发上坐下,叶姑就提了水壶进来冲茶:"老刘回来啦?"

"您好啊,叶姑!"刘之毅从沙发上站起来,和青年人一样用"叶姑"来称呼老太太。

"你总和我那么客气干啥?坐下,快坐下!"叶姑一面冲茶一面说,"老刘,出门十来天,回来也不先回家,我不赞成你。"

"这还挨骂了呢!"刘之毅瞥了一眼叶赋章,"叶琪呢?"

"过团日去了。"

"到哪里?"

"到刘家洼公社的渠道工地。"

"这一下把你这个老头子撇下了!"

"你这不是来和我做伴了吗?"叶赋章从铁皮筒里取出一支烟递给刘之毅。

刘之毅吃惊地说:"这筒烟你还没有抽完?"

"留着慰劳挨骂的人嘛。"叶赋章笑着说,又端来了一碟苏州特产芝麻饼放在刘之毅面前。

"这可是好货,又脆又香。"刘之毅说着,抓起一块就咬。

叶赋章拉过一张凳子,在刘之毅对面坐下:"老刘,这次开会有什么新精神?你不是说给我带回了一副担子吗?快说说,看我能不能挑起来?"

"急什么呢？等我吃完再说不行吗？"说话间,刘之毅已经啃完半个芝麻饼,忽然想起了什么,放下另半个饼子,打开旅行包,取出一个古装人物的彩釉瓷像。

"给你带回这件礼物,喜欢吗？"

"啊,祖冲之！喜欢,太喜欢了！"叶赋章拿起祖冲之的彩釉瓷像,很尊敬地端详着,感叹道:"我们这位老祖宗实在了不起呀！世界上第一个计算出圆周率'π'的近似数值,不就是这位老先生吗？而这已是距今一千五百多年的事了。我经常想,作为他的子孙,我们应当——"

"应当更有作为！"

"对,应当更有作为！"叶赋章把祖冲之的瓷像恭敬地放在书桌的正中间,久久凝视,沉思不语,仿佛在同这位古代伟大的科学家会心交谈,忘记了有客人在旁边。

"这芝麻饼挺好吃。"刘之毅笑着说了一句,把老工程师拉回到现实中来。

"噢！那你就多吃点。"叶赋章醒悟地一笑,又把碟子向刘之毅面前推了推,"我是'寂然凝虑,思接千载'了！"

"你是神思万里啊,叶老总！"刘之毅笑着说,"如果你不搞发动机,到大学里去教教古典文学,讲讲诗词,你的成就不一定在那些知名学者以下呢！"

"不,不,"叶赋章连连摇手,"我这一辈子,注定要和发动机打交道,搞文学,我可不是那块料。寻找一个参数,推导一个公式,我可以在书堆里钻几天,要是为了一个词或一个字去呕心沥血,'吟安一个字,捻断数茎须',我可没有那份耐心。"

"哈哈哈哈……"刘之毅大笑起来,"你要真到大学里去教书,我这顿芝麻饼就吃不上了。"说罢,推开了面前的碟子。

"饱啦？"

"饱啦。"

"现在,该和我说说,你带回什么任务了？"

刘之毅没有答话，又点起一支烟，站起来走到窗口，向外面眺望。

叶赋章奇怪了："你怎么不说话？"

刘之毅没有回答，还是伫立在窗口，忽然回头喊："你来看！"

老工程师不解地走过去。

窗外，一块空地上，建筑工人正在紧张地劳动：有的挖地沟，有的砸地基，石夯起起落落。

"看什么？"叶赋章莫名其妙。

刘之毅指着建筑工地说："这儿要干什么？"

"造一座托儿所。"

"盖房子，首先要打基础，结结实实地打基础；基础打好了，房子才盖得牢固。对吗？"

"那还用说？"叶赋章如堕五里雾中，真不明白党委书记为什么要给他提起这个常识问题。

"那你说，我们搞社会主义建设，首先要打的基础是什么？"刘之毅转过脸来，笑着问。

"……"叶赋章一时答不上来了。

"这就是省里开会的新精神！"刘之毅兴奋地说，"这次会上，传达了毛主席和党中央近年来反复强调的一个战略思想：发展国民经济必须以农业为基础，必须把农业放在首位。"刘之毅说到这儿，眼光投向遥远的天际，那里，一块块白云排列着向前推移，就像排空的巨浪。

"老叶！"刘之毅从天际收回眼光，深沉地说，"这是决定着社会主义革命和建设命运的战略思想，我们全厂职工一定要认真领会！"

老工程师眯着眼睛在思索。少顷，忽然问：

"你带回什么任务来了吗？"

"是啊，带回来了，带了一副担子回来了。"刘之毅连连点头说，"因为我们是搞动力机械的，上级领导希望我们在完成国家计划任务的前提下，为农村设计制造一种经济实用的发动机。"刘之毅停了一下，轻轻地拍着叶赋章的肩膀，又说：

"老叶，从现在起，我们的肩上，应该搁上这副担子，要挑起来，挑好！"

叶赋章转过脸，接触到刘之毅两道有神的眼光。这眼光里充满着鼓励和信任，希望和期待。

叶赋章感动了，清秀的眼睛里射出激动的光彩，说："对，对，对，在我们这个国家，发展国民经济应该打好农业这个基础，民以食为天嘛！为农村解决动力问题，这是个好题目。"

两个人又坐到沙发上。叶赋章也拿起一支烟来点着。他平常是不抽烟的，只有心情激动或者烦躁时才想起要抽烟。

刘之毅透过袅袅的淡青色烟雾，凝视着眼前的老工程师，激动地想：他和党总是那样的同心同德，对党的每个号召、每个声音总是那样真诚地倾听，并且很快同自己联系起来，希望找到自己的岗位，拿出自己的行动。在新事物面前，他没有偏见，没有犹豫和彷徨。这样的人，是应该依靠的，应该大胆放手让他们去工作，支持他们的工作。这是党的事业所需要的。

刘之毅从激动中平静下来，说："你说得很对，老叶。这是一个好题目，一个重大的题目，我们要让全厂职工都来围绕着这个题目做文章，来搞集体创作。党委要很快研究一下，如何使农业是发展国民经济的基础这一思想深入人心，首先是各级领导要很好解决这个问题。你呢，要考虑一下，要让技术人员，首先是产品设计科的同志，动动脑筋，为完成上级党委交给我们的任务，看看应该怎样做出自己的贡献呢？"

叶赋章把刚抽了半支的烟撤熄，点点头说："我先想一想，再抓紧时间，和他们研究一下。"

"设计科的青年人今天去刘家洼公社劳动，说不定会有点实际感受。他们回来后，你和他们谈谈。你那宝贝女儿，没有叫你一起去？"

"叫了。方斌还说，我走不动可以用自行车推我走。"

"那你怎么不跟着去看看？"

"手里还有点事儿。再说，真叫人家用自行车推着走，像话吗？"叶赋章笑着说，"不过，只要我年轻几岁，这该死的胃不和我捣蛋，义务劳动啦，爬山啦，我可不会输给他们青年人。"

刘之毅瞥了他一眼：“在我的印象里，对于这个'老'字，你好像并不敏感啊！”

叶姑这时端了绿豆汤进来，插嘴说：“干起工作来，没日没夜，你说他能不老？”放下汤，用嗔怪的眼光看了看堂弟，又转向刘之毅说：“我劝他，嘴上擦石灰——白说；老刘，你总叫我管着他点儿，我管不了，还是你来管吧！”

刘之毅哈哈大笑，用调羹搅着碗里的绿豆汤，说：“管不了，您也得管，和您的侄女儿，联合起来管他嘛！我早说过，要给他找一个能管他的人，好好管管他，可他不要。您这堂弟，太顽固！”

“你又来了！别提这事行不行？”叶赋章不满地制止党委书记，又对叶姑说：“阿姐，该你忙的都忙完了，歇着去吧！我和老刘还有点事儿扯扯。”

“怕我在这儿碍你事啦？”老太太不满地说，“老刘替你操心，我赞成。老了，身边总得有个人，知疼知热，这叫瞎子靠棒，棒靠瞎子。老刘，你说不是？”

“这是大实话，叶姑！我愿意尽力帮忙。”刘之毅微笑着看看叶赋章，“老叶，要听听群众的意见嘛，不要固执己见——”

“你今天到底找我干啥的？”叶赋章哭笑不得地打断了党委书记的话，又转向堂姐：“阿姐，你不见我们在研究工作吗？老刘开会刚回来，我们有要紧事儿商量。”

叶姑无奈了，只好叹口气说：“反正我这把老骨头，还要埋到老家乡下去，阿琪也不会守你一辈子！”

她嘟囔着出去了。

屋子里安静下来，两人闷头喝绿豆汤。

“不要再给我提那码子事了，老刘！”叶赋章搁下碗，叹了口气说，“你应该了解我，自从肖淑死后，我心里……”他说到这里突然打住了，仿佛不愿去触动心上的伤疤。他把那半支熄了的烟又点上，默默地走到窗口，凝视着远方。

“我了解你对肖淑的感情。”刘之毅走过去，拍着他的背说，“她离开你已经十八九年了，你不该再让自己的心，包在痛苦织成的茧子里，你应该有新的生活。我想,肖淑在九泉之下也是这样希望的。"

"我的感情已经完全被她带走了。"叶赋章拧熄烟蒂,把脸埋在手掌里,"我永远忘不了她在临终前对我的希望,照她的希望去生活,这就是对她最好的纪念。"他忽然抬起头,脸上掠过一丝凄苦的笑容,说:"老刘,别谈这些了吧,还是接着说刚才的话题。"

刘之毅点点头。

"你说,在你的印象里,我对'老'字并不敏感。是的,对于年岁的增长,身体的衰老,我倒的确没兴趣去感叹。可是,一想起对社会主义建设已经做出和可能做出的贡献那么少,而精力却远不如从前,岁月流逝,徒增马齿,心里就别是一种滋味。"

刘之毅懂得他的意思。老工程师想为社会主义大厦多添一砖一瓦的心情,他对党对人民事业的热爱和一片赤子之心,作为党委书记,他是深知深解的。这正是两个职务不一、经历迥异、相差六七岁的人能够内心相通、情投意合的原因。

"我不喜欢你经常去品这种滋味,老叶!"刘之毅坦率地说,"时代要我们做的事情太多了。没工夫去感慨啊!"

叶赋章站起来,在屋子里缓缓踱着,点着头说:"的确,不应该感慨,也没工夫感慨。我这大半辈子,真正为人民工作才十年,我还年轻着呢!"

"和我们的国家一样年轻,老叶! 太阳才刚刚出山啊!"刘之毅笑着说,忽然想起了什么:"世界上大多数人喜欢我们这个年轻的国家,希望我们强大起来;可是,也有些人不喜欢,害怕我们强大起来。前两天的报纸看了吗?"

"看了!"一提起前两天报纸上的事,叶赋章就激愤起来,"我把它和《人民日报》观察家评论文章一起剪下来了,经常翻翻,很能受教育!"说着,从皮包里掏出两张剪报。

"绝妙的反面教材!"刘之毅指着剪报上附载的文章说,"看帝国主义者怎样观察中国、观察世界的,他们喜欢什么、不喜欢什么、希望什么、又害怕什么,我们就从反面懂得了自己应该做什么、不应该做什么,应该怎样做、不该怎样做。"

叶赋章激动地在屋子里踱着。他在国外的经历,使他对那些帝国主义者的嘴脸有更清楚的认识。他说:"老刘,什么时候厂里开大会,我要发个言,说说自己心里的话。"他拿起一张剪报,"我要用这句话作为我发言的结束:'让帝国主义者像秋虫一样悲鸣吧,中国的历史车轮将以隆隆巨响压倒他们所能发出的一切大大小小的噪音,向前飞驰!'"

"好极了,叶老总!"刘之毅高兴地说,"讲出了中国人民的志气,历史的车轮必将压倒秋虫们发出的大大小小的噪音!"

在他们中间,经常进行着这样无拘无束的谈话。在一般场合下,叶工程师是不好发表什么言论和见解的,但在刘之毅面前却是例外。他们的意见和看法一致的时候比较多,但也常有争执。每逢这种场合,刘之毅总是点上一支烟,笑嘻嘻地认真听着,直到对方把自己的见解表达完了,他才不慌不忙地发表自己的看法。这时候,叶赋章却坐不住了,他会围着刘之毅,转前转后,伴随着手势,和对方继续进行争论,直到被对方的意见所折服。叶赋章这时候的神情,就像一个青年人从外面归来,急于要把他的见闻,告诉沉着的长者一样。这和他平时待人处事的端凝庄重全然两样。自然也有另一种情况,刘之毅被他说服了,每逢这时候,党委书记会深思地眯缝着眼睛说:"叶老总,你是对的。你又叫我开了一次脑筋。我得好好想想。咱们只服从真理,不是吗?"叶赋章反倒会不好意思起来,说:"我只是一孔之见。反正,我心里有啥,要给你倒干净,不会剩着过夜。你姑妄听之,做个参考吧!"刘之毅听了会哈哈大笑起来,有一次竟说:"我想给你这个总工程师加一个头衔,叫'总参谋长',怎么样?做工厂的总参谋长,我看挺合格!"作为一个非党的知识分子,叶赋章深深感激刘之毅对他的信任,这是党的信任,他从这里得到力量,也更自觉地加强了工作责任感。

"吃饱喝足,我该走啦!"刘之毅一看手表,就从沙发上站起来。

"忙什么呢?"

"要回家看看,然后去找几个常委碰碰头。你的女儿也快回来了吧?"

第二章

设计科的青年人,在刘家洼公社水渠工地紧张地劳动了一天,拖着两条疲惫不堪的腿,踏上了归途。

夕阳下山了,田野上升腾起淡淡的暮霭。暮霭中,道路两侧的地里,深翻土地的社员们还没有收工。大地是吝啬的,向它索取粮食,需要付出多么艰巨的劳动啊!

一行人三三两两地走着,谈着今天在农村劳动的感受,不时爆发出争论。

叶赋章的女儿叶琪,干了一天繁重的活儿,虽然也很疲劳,但这个倔强的姑娘,却没有喊一声累,看上去精神还蛮好。

叶琪的鞋带松了。她蹲下去系好带子,抬起头来,发现设计员方斌在身边等她。

"追上去!"叶琪把背包挂好,就要举步。

"急什么,慢慢走好了。"方斌有气无力地说,"今天我可真是累了,你也不见得还有劲儿吧?"

"那也比你强。"在方斌面前,叶琪是从来不示弱的。看着方斌那残兵败将般的狼狈样子,她觉得好笑。

"别神气，明天早晨你准起不了床。"方斌说。

"不要把人看扁了，同志！"叶琪掠了掠短发说，"我四岁就到了农村，是在农村里长大的，比你能吃苦，知道吗？"

叶琪的童年确实是在农村里度过的。十四岁，爸爸叶赋章工程师从国外回来，才把她带到了上海。读高中一年级的时候，上海解放了。在她大学生活的最后一年，也就是正当她收集资料写毕业论文的时候，叶赋章离开了上海，来到塞上古城，建设华新动力机厂。叶琪毕业以后，就来到了爸爸身边，因为她学的正是发动机专业。

叶琪和爸爸在一起工作和生活已经四年了。

四年前，当学校宣布她分配到爸爸身边去工作的时候，她兴奋的心情是难以形容的。她急急忙忙收拾东西，准备行装。可是，当她爬上学校的大卡车，就要出发去火车站的时候，那一双双惜别的眼睛，说不完的鼓励、叮咛和祝愿，却使她的鼻子发酸了。她在心里默喊着："再见吧，亲爱的母校，亲爱的老师和同学！在未来的工作岗位上，我们一定要发热、发光！"当车轮转动的时候，"啪啪"几下，她的眼泪掉下来了。其实，这不能叫作女性的本能，就是站在她身边，向送行者挥手告别的那些五尺男子汉，不也在一边笑一边擦眼角吗！这中间，叶琪的同班同学方斌就是擦得最厉害的一个。

经过两天两夜的旅程，他们终于到达了这个塞上古城。这是一个九月下旬的早晨。走下月台，他们就不约而同地哆嗦了一下：车厢内外的温度，相差有十度以上。就在月台上，他们马上打开手提包，往身上加衣裳。不过，叶琪只加了一件细毛线背心，其余的衣服都打在行李里了：她嫌随身带的东西多太累赘。这方面方斌倒是比她想得周到，他加了一件银灰色的绒线背心，又加了一件烟色的西服上装，然后在外面罩一件半新的斜纹布中山装。方斌看见叶琪带的衣服少，就从旅行包里取出一件对襟羊毛衫，要她穿上。叶琪硬是不肯穿，因为她在启程时取笑过方斌，说即便去黑龙江边，也不用随身带这么多衣服，她笑方斌谨慎过度。方斌笑着说："也许会用得着的，这又不是到外婆家去串门！"现在叶琪觉得他的谨慎倒是对了。

不过,她不会在嘴上向方斌承认这一点:如果穿了他的衣服,就等于自己认输了。她宁可再挨会儿冻,上了汽车会好些的。但是这一次方斌没有让叶琪任性,他用一种多少有点权威的长者般的口气命令说:"穿上,冻病了好受吗?"

"我不冷,真的。"叶琪笑着把羊毛衫扔还给方斌。

"你就听我一次话好不好?"方斌假装生气地喊道,"你冻病了我怎么向你爸爸交代?"

叶琪倏地转过头,不高兴地看了方斌一眼:"怎么,你是我路上保驾的?我难道还是个孩子?"

"又来了,又来了!"方斌不得不把口气缓和下来。"先穿上,其余的以后再说,好吗?"他放下旅行包,把那件羊毛衫披在叶琪身上。

叶琪从方斌的眼里,看到了那种挚切的关注和乞求的神色,她不再任性了,而且感到有点内疚:自己应该用这种态度来对待人家的关心吗?她不知道。不过,除了这种态度,还有什么别的态度呢?这一点叶琪更不知道。就在这时候,她听见方斌惊讶地喊道:

"阿琪,你看那人穿的是什么?"

叶琪抬起头来,一下子愣住了:对面过来一个背行李卷的汉子,穿一件厚甸甸的又肥又长的褂子;这褂子外面是平板板的,里面却是毛茸茸的。这样一种光茬皮袄,他们是第一次见到,九月里就穿这样的东西,更觉得惊奇。

"这就是塞上风光!"方斌低低地在她耳边说。这时叶琪已经脱下外衣,穿上了那件羊毛衫。羊毛衫长了些,好在是穿在里边。方斌打量了她一下,心想:"倔牛犊到底认输了!什么时候你才能变成一只温驯的小羊呢?"当他们一起向出站口走去的时候,方斌对她说:"也许我们也需要有这样一件衣服呢。"

"为什么?"叶琪有些不以为然。

"为了适应环境。"

"不是适应环境,而是要改变环境。"叶琪自信地说。好像已经成了一种习惯,两个人在一起,总要顶上几句嘴。有时,彼此的意思并没有出入,叶琪却偏要用一种自己的方式来表达。每逢争论没有结果的时候,总是方斌做了让步,才算收场。但是叶琪并不喜欢这种让步,她认为,意见有分歧,就该痛痛快快地争论出个长短来。

　　四年前,他们到达这个塞上古城的第一个清晨,看到有人穿光茬老羊皮袄。但到了中午,却有人穿了衬衫在街上跑来跑去,正像民谣中说的那样:"早穿皮袄午穿纱,抱着火炉吃西瓜。"那一年冬天,从温度计上,他们第一次读到零下三十度的数字;他们第一次见到棉絮般在空中搅拌的大雪;第一次见到滑冰:这种新鲜的运动立刻把他们吸引住了。在南方,他们也滑过"冰",不过,穿的不是带刀的冰鞋,而是四个轱辘的"冰鞋";轱辘也不是在真正的冰上滚动,而是在水泥地上滑驰的。穿着带刀的冰鞋在冰场上溜滑,比起那八个轱辘在水泥地上滚动,自然来劲儿得多。就在这一年冬天,他们都学会了滑冰。不过,在滑冰方面两人的兴趣也不一样:方斌喜欢滑花样,叶琪却喜欢滑速度。方斌向她提过建议,认为女青年滑花样更显得健美。叶琪却觉得滑速度更能锻炼一个人的体力和意志。既然观点上不能统一,就只好分道扬镳了。不过他们总是一起来到滑冰场,又一起筋疲力尽地回去的。第二年春天,他们见识了北方春天特有的大风沙。起先还觉得好奇,以后就学着本地人骂起"灰天气"来了。真是"灰天气"啊,一刮就是三天五天!正像民谣中说的那样:"来到云州府,每天三两土。上午没吃够,下午还得补。"到了阳历三月底了,树梢和田陌之间还见不到一点绿意,上哪里去找寻春天的踪迹呢?而这时在江南水乡一定是另一番景色了。叶琪无法说服自己来喜欢这里的气候。不过,她的信心并没有动摇:这在将来是能改变的,不是说沙漠都能变成绿洲吗?方斌好像缺乏这点信念,认为自己是个现实主义者。他看着窗外刮着的大风沙,常常自我解嘲地说:"也许命里注定要我们在这风沙里锻炼几年吧!"

　　但是,四年以后的现在,叶琪却喜欢起这里的天气来了。冬天这里是冷一些,但因为屋子里有火炉、暖气等取暖设备,尽管室外零下二三十度,室内还是相当暖和的。从家里到办公室,从办公室去车间,短时间的室外活动,凛冽的寒风反而使人头脑清醒,更有精神。在南方,冬天温度虽然比这里高,但室内没有取暖设施,屋里屋外温度一样,甚至屋里温度比外边还低。睡在床上,虽然压了两条被子,人还冷得像虾一样蜷成一团。因此,叶琪觉得在北方过冬天反倒比南方舒服。至于夏天,这里既凉快,又没蚊子,西瓜也特别甜,这是南方所不能比的。春天有点风沙,那也没有什么可怕的。不知是习惯了,还是什么原因,叶琪觉得近年来的风沙没有前几年大了。自然,这里最好的天气还是在夏秋之交,气温在二十度到三十度之间,不冷不热;天空比一年中其他季节更高远、湛蓝,白云也比一年中其他季节更轻、更白;空气里没有一点灰沙,好像滤过一样。因此,远处起伏着的青山上,连一条条的羊肠小道也能看得见,好像每到这个季节,这些远的山、近的山,和人们之间的距离就缩短了。这时候,田野上更是一片绿,葱葱茏茏,就像无边无际的绿绒毯铺在大地上。和南方比起来,在其他季节里,这里的绿色确实要少一点。为了弥补这个缺憾,大自然仿佛把其他季节里所短缺的绿色都集中在这个季节里。秋风一起,天空还是那么高远、湛蓝,云还是那么轻、那么白,只是田野里的颜色被急剧涂改了,绿绒毯变成了金黄色的绒毯。

在这样的季节里,确实应该到外边去活动活动。当设计科团支部书记王志嘉,在一天下班前宣布了去刘家洼公社水渠工地过团日的决定后,设计员们都放下绘图铅笔和计算尺,鼓起掌来了。本来,这种场合是用不到鼓掌的,但是设计科的青年人却有这么个习惯,凡是他们所喜欢的事情,一个决定,一项建议,一则新闻,甚至是属于传闻之类的消息,他们也会使劲地鼓起掌来。这种表达感情的方法似乎能缩短彼此间的距离,使得一伙年轻人之间的气氛显得更加和谐、热烈。

方斌不是团员。在王志嘉宣布了团支部的计划以后,叶琪问他:"你去不去?"

方斌笑着说:"你去我还能不去吗?对了,得把照相机带去,农村有农村的风光啊!"

今天早晨动身的时候,方斌的一身打扮活像个地质工作者:挎着鼓鼓囊囊的背包和水壶,戴着白色遮阳帽,架一副宽边墨镜,白袜,白球鞋,手里挂了根不知从谁家劈柴堆上拣来的木棍子。一路上,他形影不离叶琪,并且不断在她耳边嘀咕:怪她没戴遮阳帽,没戴手套——到了渠道工地要干活呀!过分粗糙的手是不适宜拉计算尺和握绘图铅笔的,更何况她又是个女孩子!叶琪有点不耐烦了,叫他别再唠叨。在穿着这类问题上,她不喜欢别人来给自己出主意。她喜欢怎么穿就怎么穿,关人家什么事呀!今天,她还是平时那副打扮:上身是一件咖啡色夹克衫,下边着一条毛蓝布裤子,挽起了裤腿,和平常不同的是换了一双浅帮的草绿色球鞋,配上一头运动员式的短发,通身给人一种充满青春活力的感觉。戴什么遮阳帽和手套? 皮肤晒黑点有什么关系? 至于手变得粗糙就不能拉计算尺和握绘图铅笔,这种担忧更是可笑。叶琪知道方斌这样说是出于对她的关心和爱护——没忘记处处当她的保护人,所以只是嗔怪地朝他笑笑:"行了,行了,多承关照,不胜感激! 下次出来,一定记住,好吧?"

现在,劳动归来,方斌出发时那种风度没有了,宽檐遮阳帽和墨镜塞到了背包里,那根木棍子也扔掉了。叶琪禁不住想开他的玩笑:

"遮阳帽和手套没帮上你的忙吗,地质勘探队员同志?"

"还有心思开玩笑呢?"方斌说,"我的骨头都散了架子啦!"

这时候,团支部书记王志嘉发现他们掉了队,转过身来招呼:"走快点呀!"

"快走!"叶琪催促方斌。

"你着急你先走,把我扔下好了。"方斌嘟起了嘴。

前面传来热烈的议论声,仿佛为一件什么事情在争执。

叶琪说:"你听,前头多热闹! 咱们赶上去。"

"他们议论他们的,咱们议论咱们的。"方斌还是迈着慢腾腾的步子。

叶琪无奈,只得放慢了脚步。

今天的团日活动,给叶琪留下了十分深刻的印象,渠道工地上的情景,又在她眼前出现了。

他们本来以为,水渠工地上一定是旌旗飘扬,挑战书、应战书、诗歌、快板等贴满一处处席棚，挑土、运土的担子，车子往来如飞，号子声、笑语声此起彼伏，一派热火朝天的景象。但来到刘家洼水渠工地上，他们并没有看到这样的场面。只见社员们分段在挖土、运土，干得有条不紊。青年男女多的地方，就要热闹一些，沉重的劳动也改变不了他们打打闹闹的乐天性格。

刘家洼公社副社长大老张，向他们介绍了全公社的水利规划，带领他们参观了引水工程，看了渠道的完工部分，然后，青年人来到工地上，和社员们一起挖土。

叶琪一到工地，就被一伙姑娘围起来。她们叽叽喳喳，争相把自己的挖土经验告诉工厂里的姐妹，自然，还免不了打听工厂里青年女工的劳动和生活。方斌在来到工地以前，已经把墨镜取了下来。他看见工地上没有一个人戴手套干活，只好冒着皮肤变粗糙的危险，摘下那副雪白的线手套，跳到渠道里去了。

苏一鹏一开始干得很猛，干了一阵，就斜躺在渠道里，对着蓝天直喘粗气。

在旁边挖土的鲁大明回头问："你又出啥洋相呢？"

苏一鹏按着急剧起伏的胸脯说："我没劲了，伙计。干这玩意儿，光凭程咬金的三斧头不行，得有点长劲吧？"

鲁大明熟练地往渠岸上扬着土，说："大米白面是好吃的？庄稼是农民用汗水浇出来的，谁要是看不起农民，那就最没良心！"

"谁看不起农民啦！"苏一鹏扭头说，"不过，这种劳动，实在太原始了。"

方斌和叶琪在一起铲土。为了在叶琪面前逞好汉，一上来也猛干了一阵。但他的干法不得要领，一锹撺上去，一半落在渠道里。叶琪说他是在扬场，他却说铁锹不好使。不一会儿，他就感到腰酸背疼，看见苏一鹏躺下来了，便走过来，在他身边坐下。

"来一支吗？"方斌掏出烟来。

"我一辈子不学抽烟，你别当教唆犯。"苏一鹏既像正经又像开玩笑地说，"累啦？"

"社长刚才不是吩咐过，干活要有劳有逸吗？"方斌狠狠地吸了口烟，吐出一圈圈白色的雾环，"让肌肉消除一下疲劳再说。叶琪，过来休息一下吧！"

叶琪没有搭理，她和几个姑娘一边干活，一边说话。

苏一鹏一向和方斌合不来，为了不在方斌面前认输，他跳起来干活去了。方斌笑了笑，一个人仰天躺着，大口吞吐着烟雾，倒也得其所哉。

王志嘉和几个老农在一起挖土。休息时，他问起收成，问起他们的收入和生活情况。那几个老农见他干活踏实，为人谦和，对他倒也不见外。他们说，去年的收成是不错的，可惜后来因为大炼钢铁和深翻地，劳力紧张，有些山药蛋没人去刨，烂在地里了；有些晚莜麦也没有及时收割，损失不小。今年春上旱得厉害，年景恐怕不会比去年好。活儿太多，人手实在忙不过来。他们上午修渠，下午还要去深翻地。王志嘉问起去年深翻地的效果，那几个老农有的说好，有的好像不怎么赞成，说下面翻上来的是"死土"，而庄稼是要长在活土上的。还说，有的地方规定深翻必须三尺，他们大队因为大老张睁一只眼闭一只眼，实际上只翻二尺深。王志嘉又问起去年兴起的农村食堂。他们说，刘家洼大队的食堂，上半年就解散了，说那样过光景不行，尽糟蹋东西。庄稼人倒是希望吃饭不要钱，但眼下还办不到。大老张同意食堂解散，后来挨了批评，正社长变成了副社长，如今就抓农机和农田水利。

王志嘉听着，心情很有点复杂。这些年，他对农村的情况，原本是从报纸和广播上了解的。看来，实际情况要复杂得多。过去，他曾认为，作为小生产者的农民，虽然经过了合作化，但对公社化以后发生的巨大变革，很可能一时不能适应。这种情况，在革命的进程中总是难免的，所以，应该对他们所说的情况进行分析。但眼前这一张张质朴淳厚的脸，却叫他在感情上接受了他们的见解。他记得，厂里有的职工从农村探亲回来，也曾说起过类似情况。当时，他还有点不以为然，认为他们没有站在时代的高度来看待农村中发生的变化；现在，他却觉得自己过去的看法，和实际有点不大相符了。

喝水吃干粮的时候，大老张向他们介绍当今农村的情况，但对公共食堂和深翻地只字未提。他从农业要增产必须认真贯彻"八字宪法"说起,讲到要解决水、肥问题,要精耕细作,都需要大大增加投工的数目,加上农、林、牧、副要全面发展,要大搞农田基本建设,劳动力就显得相当紧张了。他说,一九五八年五月,党中央和国务院发出了迅速在农村中开展农具改良运动的指示以后,农具改革收效不小,但还不能从根本上解决农村劳力不足的问题,因为光靠人力是不能大大提高劳动生产率的,出路只有一条,那就是实行农业机械化。目前,动力是个大问题。车把式赵德顺也插话说,现在农村很需要机器。他们刘家洼大队地处高山,地多人少,只有一台柴油机,还是旧式的,经常出毛病。

在劳动中,叶琪也深深感到,农田的活儿劳动强度大,效率低。有个小姑娘说,她想上民校学文化,但妈妈叫她晚上推碾子;还有个姑娘说,明天她们不能来修渠道了,因为队里叫她们去提水浇园;有两个小伙子凑过来说,浇地还好,深翻地那才费劲,一锹锹挖,一天挖不了半亩地……他们向往着拖拉机、抽水机、铡草机、磨面机、打谷机、山药蛋切片机……当他们得知叶琪在工厂里是专门画机器(搞设计)的,就高兴得立刻"炸"开了,争先恐后地要她画这个机,那个机,好像只要她画出来,就能造成送到他们手里,那神情的急迫、恳切,使叶琪的眼睛湿润了。

……

叶琪在归途上想起这一切,依然不免激动,她问方斌:"你说,我们应该为农村做些什么?"

"农村的事儿,农业部和各级党委会考虑,我们能做什么?"方斌不以为然地说。

"你没见他们迫切需要机器吗?"

"我们厂不是农业机械厂,帮不上忙。"

"我们就没有责任?"叶琪提高嗓门说。

"这就看怎么说啦!"方斌说,发现叶琪不大高兴,连忙改变口气说:"你让我想想。"

在设计业务方面,方斌自认为能力是比较强的。在学校里,他曾被称之为高材生。他的记忆力很强,能非常熟稔地背出"里卡多燃烧室"的一连串数据,能背出圆周率"π"的小数点后面十五位数字:一般人计算的时候,采用"π"的数值只是3.1416;方斌却不然,他追求的是数据应该接近绝对正确,因此,在运用"π"的时候,用的读数是3.1415926535,如果需要的话,还可以往后背几位数字。但是在实际生产知识方面,方斌是差得很远的。刚毕业到工厂的时候,有人给他提了个问题:节径十六毫米单线螺纹的螺距是多少?在机器制造行业中,这是最起码的知识,一般工人都知道,技术人员更应该清楚。但是方斌却在这个问题前面发呆了:是一点五,还是一点七五,还是二,他一时说不上来。后来是团支部书记王志嘉给他救了急,他才下了台。

方斌出生在一个高级知识分子家庭。父亲方锦天是上海某大学的金相学教授。方斌很小的时候,方锦天就在儿子身上下功夫,按照自己在旧社会形成的理想和希望来塑造儿子的性格。全国解放那一年,方斌正在读高中。他学习很努力。父亲的生活道路强烈地吸引着他:读书,出国深造,写出学术论文,在国外带着学位回来。那时候,他就是学者,社会名流,各种各样的需要就能得到满足。他自信,凭着自己的才干和父亲在学术界的地位,是完全可以这样做的。但是,解放不久,年轻而脑子灵活的方斌就发现,完全照父亲的道路走,很难,社会的性质已经改变了。他为此苦恼。有一段时间,他学习的成绩并不出色,只是抱着将来混一碗饭吃的念头打发日子。第一个五年计划开始,给方斌带来了新的力量。他发现,国家要大力推进社会主义建设事业,而搞建设不能缺少技术人才;国家对知识分子还是十分重视的。某些有学识的科学工作者,不是受到党和政府的尊重,在社会上有相当地位吗?他的生活信念又萌动了,学习劲头又高了起来。父亲告诉他:"技术是铁饭碗。有了本事,谁也打不倒你。任他改朝换代,你也认准这条道走。"他觉得父亲这席话很有道理。于是他的学习成绩又上去了。但是父亲并没有教导他如何踏实刻苦地治学,如何去求得真本事。父亲当年去国外,相当程度是为了"镀金"。那个年代,外国的月亮都比中国的圆,镀一层金回来,不管真本事如何,教授的桂冠就戴定了。父亲感到遗憾的是，他没法再给儿子安排这样的生活道路，儿子得靠他自己谋取前程。新社会需要有真才实学的人，他希望儿子靠本事去立足社会，不要成为"芸芸众生"之中的一个。

方斌的父亲方锦天，出生在一个地主兼盐商的家庭。叶赋章的父亲曾随身带着儿子，在他家里设馆教书。后来，叶赋章和方锦天又在同一个中学读书，直到毕业。正因为老一辈有这样的关系，所以，在大学里，方斌对待叶琪的态度，就和一般同学不一样。他处处以长者自居，好像是叶琪的保护人。对于叶赋章工程师的为人，方斌从他父亲嘴里早就有所了解；他还读过老工程师发表的一系列论文。叶赋章没有北调以前，到他们学校来做过专业报告。方斌还知道，老工程师对于发动机的增压问题做过深入的研究，积累了大批资料，有不少新的研究成果。这项工作，当他还在国外的时候就开始了，目前需要做系统的整理。这篇论文一旦发表出来，将会震动国内外动力界。近些年来，老工程师忙于工厂的工作，无暇顾及。方斌却早就有了这样一个心愿：将来能和叶琪结合，成为他们家庭的一分子，在研究工作上，就能够做叶赋章的助手，直接从事这项十分有意义的工作。所以，当毕业分配填表的时候，他没有要求留在南方，而是自愿和叶琪一起来到这风沙滚滚的塞外古城，来到叶工程师身边。他之所以还没有向叶赋章提出这个要求，是因为他和叶琪之间的个人关系，还没有达到他可以提出这个要求的程度。

方斌一向认为自己是有生活信念的，靠着这种信念的支撑，他顽强地努力奋斗。年初，他从一本技术资料中，发现了一篇关于小型柴油机结构的通论文章，他非常感兴趣。于是，他花了大半年的业余时间，以技术资料上那篇文章为蓝本，设计了一种发动机，写了篇论文，半月前投寄到某动力研究所主编的一个刊物。今天在渠道上，他也曾激动了一阵，感到农村确实需要机器；但也仅仅激动了一会儿，过后就平静了，他没有想到把这种需要和自己联系起来。

现在，叶琪又在催问他了："你想了半天，到底是什么态度？"

方斌笑笑说："着什么急呢，阿琪！我看，还是冷静点好吧！"

"冷静?"叶琪有点反感,"在渠道工地上,你是没看见,还是没听见?能无动于衷吗?"

"不要把事情看得太简单了。"方斌费劲地迈着两条灌了铅似的腿,"你没有想想,咱们厂是生产专用发动机的,国家计划已经压得很重,再生产什么农业机械,有可能吗?再说,试制一种新机器,可不像吹口气那么容易,抽点力量,帮农村修修配配,或许还有可能。"

叶琪觉得,方斌的话也有一定道理:厂里生产任务确实很重,领导能支持这么搞吗?

"还有,"方斌在暮色中用肩膀靠近叶琪,低声说,"我认为,搞科学技术,应该向着高精尖的方向攀登;搞农业机械,这个服务目的似乎……似乎低级了一点,我们不应该在这方面去耗费心血和时间。"

"这一点我不同意,"叶琪直率地说,"农村那样需要机器,我们有责任来考虑这种需要!"

"你不同意?"方斌微微一笑,白白的牙齿在暮色中闪光,"你爸爸可是会同意我的说法的。"

"不见得,爸爸我了解他。"

"你是作为一个女儿来了解你爸爸的;我是作为一个学生来了解一个严谨的、博学的老科学工作者的。"方斌自信地说,"今天回去,我们就可以听听他的意见。"

产品设计科的年轻人回到厂里,天已完全黑了。

方斌没有回宿舍,跟着叶琪,来到叶工程师家。

星期天,职工家里一般都是吃两顿饭。叶工程师来北方不久,也改成了这种习惯。上午,刘之毅走后,他认真审阅工厂第四季度的技术措施计划,一直到晚饭以前结束。饭后,他搬了张藤椅,来到阳台上,一边翻着技术杂志,一边考虑刘之毅带回来的新任务。为农村设计和试制一种经济实用的发动机,这是一个十分艰巨的任务,自己应该义不容辞地挑起这副担子。但是,由于他主管全厂的技术工作,不可能全力以赴抓这件事。这个任务,还得交给产品设计科,所以要先和设计科的领导谈谈这件事。他进屋去给产品设计科负责人丁明达打了个电话。丁明达不在家。他回到阳台上,翻着几张工厂出版的小报,继续考虑着如何挑起党委书记带回的这副担子,不时抬起头来,看看前方的楼房转角处,等着女儿归来。他在阳台上坐久了,微微感到凉意,才回到屋子里去。

叶工程师书房的墙上,挂着一个十分精致的黑色镜框,镜框里是一张三十岁左右的妇女的半身放大照片:她生得非常清秀,椭圆形的脸,一双闪动着光彩的眼睛,一头浓密而剪得十分整齐的短发,轮廓分明的嘴唇紧抿着,嘴角两边有两个小小的酒窝,给人一种刚毅和倔强的感觉。她斜坐在一张藤椅里,神色自若,似乎在小憩,又像在深思。第一次走进叶工程师的书房,看到这张照片的人,一定误认为她是叶琪:那眼神,那刚毅倔强的嘴角,还有嘴角两边小小的酒窝,只有叶琪才有。不过,照片上的人年纪要大些,那眼神里还流露出一种哀愁,那是叶琪所没有的。她是在另一个时代里生活过的人,是叶赋章的爱妻肖淑。

她生长在一个中产阶级的家庭,父亲是一个比较有名的律师。她在一个女子文理学院毕业以后,就和叶赋章结婚了。他们的婚姻是违反家庭意愿的,于是只好毅然决然地离开了比较优裕的家庭,离开了父母,双双投身到茫茫的人生大海。

乡村蒙馆先生的儿子叶赋章,大学毕业以后,虽然成绩优异,却找不到比较合适的工作。他向往到研究部门去工作,结果连研究部门的门槛都没有踏过。其实,那时候国民党反动政府忙着围攻"苏区",打内战,所谓研究部门,不过是装装门面的摆设。许多人在衙门里做官,同时又吃着研究部门的俸禄。那些研究机关,除了一块块漂亮的牌子以外,就只有几个看门守院的老头子而已。叶赋章奔走了足足有半年时间,吃完了他妻子手上的一只金表和几件比较值钱的衣服,才找到一个教书匠的饭碗:在一个滨海的中等城市里教高中物理。肖淑也充任了当地一个小学里的音乐和美工教师。一年以后,他们有了第一个孩子,这就是叶琪。肖淑的体质本来不好,生产以后,得不到调理,身体越发虚亏。当时,叶赋章一面教课,一面刻苦自修,决心要报考公费出国深造。他这样做,并不是瞧不起教书工作,而是觉得政府极端腐败,人民灾难深重,国民经济中相当部分掌握在帝国主义分子手里,政府一味仰仗外人鼻息,谁都可以欺侮中国。照他看来,国家所以会落到如此境况,就是因为近百年来,内忧外患,中国没有科学,没有工业,所以无法摆脱贫困、愚昧和落后。出路只有一条,就是发展科学,振兴工业,才能救国。叶赋章对日本明治维新后经济的发展情况还做过研究,其结果是殊途同归:只有工业和科学才能使国家变穷为富,变弱为强。他决定出国深造。但是他没有背景,也没有经济条件,唯一的办法是去报考那机会极少的公费名额。在这一点上,大盐商家庭出身的方锦天要比他幸运得多,靠着巨大的经济力量,他没费多大劲就到了美国。

肖淑对于丈夫叶赋章这一宏愿是全力支持的。产后不久,她就抱病亲自操持家务。为了不使孩子的哭闹打搅丈夫的自修,她抱着孩子,坐在斗室外间的小厨房里,哄着、拍着、唱着催眠曲,一坐一个黄昏。有时深夜醒来,看见丈夫还在伏案学习,她会悄悄起床,给叶赋章披上件衣服,给他倒一杯开水,然后搬张凳子,在丈夫旁边坐下来。在深夜的寂静里,年轻夫妻默默地四目对视,没有语言,但目光却交流着多么炽热深沉的感情!

过了三年,叶赋章终于以十分优异的成绩,考到了一个公费名额。但就在这时候,日本帝国主义在这个滨海城市上空扔下了炸弹。不久,这个城市就陷落了。叶赋章带着妻子和孩子,避难到乡下去。在一个集镇的码头上,他们等了整整一星期,还不见乡下的小火轮开上来。连天的阴雨,饥寒交迫,加上辛劳的惶惶不可终日的奔波,许多天的彻夜不眠,肖淑在码头上发起高烧来。叶赋章把孩子托付给一个逃难的旅客,到处去找医生。镇上只有一个医生,也避难到乡下去了。叶赋章徒步三十多里,才找到一个念过两年医学院,如今瘫痪在家的青年人。他雇了辆独轮车,在泥泞中跋涉,把那个医学院的学生推到了镇上。肖淑已经奄奄一息了,经过诊断,确定是急性肺炎。但是到什么地方去找药物?叶赋章叫天天不应,叫地地不答,真是走投无路啊!第二天傍晚,肖淑就丢下丈夫和三岁的孩子,闭上了眼睛。叶赋章是眼睁睁看着她离开这个世界的。弥留之际,叶赋章还把她抱在怀里。当时,她的气喘平息了,脸上出奇地红润。她还是抿紧了嘴角,但却在努力对他微笑。"我……不能……再和你们……在一起了,赋章!"她断断续续地说着,"可惜,我不能……"眼泪从她的睫毛上往下滴,淌到了她嘴角边那个小小的酒窝里。"孩子……就交给……你了,希望她……不要……像我这样……没出息。"她越说越困难了,"你……决心要……走的路,应该……走……走……走下去!"就在这时候,睫毛上还沾着泪珠的眼睛合上了:肖淑离开了她的丈夫和心爱的女儿,离开了这个世界。

这个巨大的不幸,使得叶赋章一下子变得苍老了,他的头上出现了白发,额上横刻了几条沟纹。在这荒凉的小镇上,掩埋了他的爱妻,然后把孩子寄托在一个远房的堂姐家里,他只身到了后方。妻子临终前的那句话,像一把锋利无比的刀子,刻在他的心田上:"你……决心要……走的路,应该……走……走……走下去!"一想起它,叶赋章就不由得浑身战栗,像有一把钩子钩住了他的心脏。他的妻子是日本强盗杀害的,而日本强盗所以能在中国土地上横行不法,就因为我们的国家太弱,太穷,就因为我们国家没有科学,没有工业啊!每想到这儿,他就恨不得一步跨过高山重洋,去到大海那边,把世界上最先进的科学技术带回中国来。那时候,我们将会有自己的工业,自己的国防。那一年冬天,他终于漂洋过海,到了英国……

叶赋章工程师从回忆中走出来,天色渐渐暗了。女儿还没有回来。他没有开灯。天边的火烧云通过玻璃窗把火红的光辉折射到屋子里。叶工程师的眼睛又回到了肖淑的照片上。妻子在凝视着他。许多年来,这张照片一直没有离开过他。镜框两旁有一对精致的扁花瓶,里边插着两把鲜花。当鲜花枯萎以后,叶琪又换上了两把新鲜的花束。

"工业救国,科学救国,多么荒唐的想法!"叶工程师苦笑着。想起当年全国人民在抗日的烽火中浴血奋战,进行着艰苦卓绝的斗争,而自己却煞有介事地跑到外国去,觅什么富强之道,寻什么立国之本,真是可笑至极!非但可笑,而且感到一种极度的愧赧;因为没有等他学成归国大展宏图,日本帝国主义就被中国共产党领导下的广大人民群众打倒了。那时他还在国外,埋头在实验室中。消息传来,不由得欣喜若狂。他在寓所里大声吟诵着杜甫的《闻官军收河南河北》:"剑外忽传收蓟北,初闻涕泪满衣裳。却看妻子愁何在,漫卷诗书喜欲狂。白日放歌须纵酒,青春作伴好还乡。即从巴峡穿巫峡,便下襄阳向洛阳。"他吟着吟着,不由得难过起来,因为自己对于这一伟大胜利并没有贡献一分力量,觉得无以告慰祖国的父老同胞,无以告慰故乡小镇上一抔黄土下的肖淑。于是他更加发奋用功。国家总是要建设的,他希望自己学成归国后,能真正对祖国有所贡献。为了多学一点东西,一九四六年的夏天,他从英国到了西德。他在一家动力公司的研究室里担任研究员,工作得很有成绩。研究室的环境和条件都很好,他确也学到了不少东西。一九四七年年底他要求归国。公司董事会却百般挽留,答应给他以更高的物质报酬,提供更好的研究条件,叶赋章没有答应,因为他需要的并不是这些,他是属于自己祖国的。德国人惊讶了,他们不能理解这个中国人追求的到底是什么。叶赋章执意要走,却弄不到出境护照。他并不气馁,外国资本家不让他回来,他就越发得回来。经过多方面的努力、奔波,最后得到了一个华侨组织的帮助,方才弄到了出境许可证。于是他又提着那只从国内带去的小皮箱,再一次漂洋过海,回到了祖国。

一踏上祖国的土地,他就闻到了硝烟的气味。蒋介石在美帝国主义的支持下,一心一意打内战,祖国人民还是处在水深火热之中啊!他怀着一颗沉重的心,来到南京国民政府的有关部门报到,请求工作,并提出自己一套发展国家动力工业的计划。结果,被推到了所谓后方资源开发总署。他在旅馆里等了两个月,还是不见召用。他一次次去开发总署请命,但对方不是推托因故不能接见,便是劝他耐心等待。最后,连他在国外朝朝暮暮苦心经营的一套计划,也不知被丢到什么地方去了。这一来叶赋章真正伤心了!原来他自从懂事以来一直梦寐以求的东西,他的妻子在临终前还念念不忘的东西,多少年来寄托了他全部欢乐和希望的东西,不过是肥皂泡似的幻影!原来这么多年来他一直在欺骗着自己!深夜,在旅馆里,四十多岁的中年人,竟大放悲恸!为什么要吃那么多苦头跑到国外去呢?那时候,如果拿起枪杆子,到前方去,和日本强盗拼个死活,在抗日战争中尽一份微薄的力量,不比现在强得多吗?

第二天清早,他就离开旅馆,又回到了上海,托人在一个汽车修配厂里找到了工作。半月以后,他只身回到故乡,把他寡居了二十多年的远房堂姐和十四岁的女儿叶琪接出来。他们一起来到那个荒凉的小镇上,凭吊黄土下长眠了十年的肖淑。由于连年的徭役征赋,小镇变得更加荒凉了。十年前叶赋章在肖淑坟边插的几根柳枝,如今竟长成碗口粗的柳树。坟堆四周,芳草萋萋。叶赋章长久伫立,不忍离去。想起肖淑临终前的嘱咐,和目前自己的境遇,不由得流下几行伤心泪来。

第二天他们就到了上海,算是定居下来。叶琪进了中学。她不仅外貌酷似肖淑,性格上也有很多与她母亲相同的地方。不同的是,肖淑身上统一着纤弱和倔强两种截然不同的性格,而叶琪身上就只有纯真和倔强了。虽然叶赋章出国时她还没有懂事,但当隔了那么多年再见面时,这个女孩子却一眼就认出了这是她爸爸。理想和精神上已经完全破产的叶赋章博士——他在德国时曾经因为一篇论述发动机增压问题的论文获得了博士学位——把他女儿看作了生活中最大的寄托和安慰。他的生活中不能没有她了。他用一种女性的细致、温存和耐心,来安排女儿的一切,但他没有娇纵她。肖淑临终前说过,孩子交给他了,他一定要对得起她。叶赋章博士还有一种十分朦胧的想法:自己这辈子所没有实现的理想,也许在女儿身上能够实现——因为他相信,现存的一切一定要改变的。他怎么也没有想到,仅仅隔了一年多时间,上海解放了,世道完全变了。失去的理想和希望,青春和活力,又回到了他的身上。他终于明白,自己过去所追求的东西,自己一心一意想走的路,实际上是空中楼阁,绝不可能实现的。真正的阳光大道展现在他面前!他欣喜若狂地去咀嚼和体会着许许多多从未听说过的新道理,目不暇接地去捕捉生活中许许多多从未见过的新气象、新事物。他仔细品味着,努力思索着。当时,他因为在一所工业大学里兼课的关系,所以主动提出跟随一部分教职员去农村参加土改运动。以后,他又积极投身于抗美援朝和思想改造运动。他觉得自己开始了真正的生命。自然,在提高思想认识的过程中并不是一帆风顺的。四十多年的特殊生活经历,在他身上留下了印记,使他对一些事物有了比较固定的看法。改变这些看法不是容易的,这中间有过激烈的思想斗争,有过许多痛苦的不眠之夜,也有过犹豫和局部问题上的反复。但他终于一步步地走过来了。叶琪高中毕业以后,他鼓励女儿报考自己所学的专业。女儿高高兴兴地同意了。父女俩决心为中国的动力事业贡献他们的力量,所以,他们之间的关系,既是父女关系,又是母女关系,还是一种师生关系。

叶琪到北方来之后,父女俩朝夕相处,感情更深了。现在,叶工程师又踱到了阳台上,把眼光投向前面那幢大楼的墙角转弯处。在路灯光下,他终于看见了女儿那熟悉的身影。于是他三步两步奔到室内,急切地喊道:

"阿姐,快热饭,阿琪回来了!"

第三章

叶琪带回一束野花,有鹅黄色小瓣儿的,有浅蓝色蟹爪状的,有白色车轮状的,也有红色鸡冠形的。她回到家里的第一件事,就是把母亲遗像两旁已经干枯的花束换下来。

她草草洗了下脸,就坐下来吃饭,肚子早就饿得在叫喊了。方斌也没有推却,就像在自己家里一样,在餐桌边坐下来。

叶工程师坐在桌子的另一边,饶有兴趣地看他们吃饭。本来,他想问问,今天去公社水渠工地看到了什么,团日是怎样过的,刘之毅不是说他们会带回一些实际感受吗?他还想把党委书记带回的新任务和他们谈谈。看见女儿和方斌狼吞虎咽地吃着,觉得不该打搅他们:吃饭多说话会影响消化的。于是他起身回自己屋子去。

“爸爸,”叶琪急忙咽下一口饭,喊住了他,“今天你没有跟我们一起去,真是可惜。”

叶工程师回转头来,微笑着说:“吃过饭和我好好谈谈吧。吃东西少说话,要细细嚼,慢慢咽。”对于女儿,他永远觉得她是孩子。

饭后,叶琪和方斌来到书房,发现叶工程师正在同客人谈论工作上的问题。

客人叫丁明达,四十四五岁,是工厂的设计科副科长。新中国成立前大学毕业后,在天津海关干了几年,后来到一爿比利时人开办的洋行当高级职员;新中国成立后,他在天津市公共交通公司保养场搞技术工作;五年前,为了支援新厂,他来到这里。

丁明达离开天津这个大城市,来到风沙漫漫的塞上古城,是自愿的。他认为,换换环境,也许会给一个人事业带来各种各样的机会。来华新厂五年了,这种机会并没有光临他。从职务上说,至今他还是个副科级。去年以来,他觉得生活的齿轮一下子加快了转动的速度,他不习惯这种紧张,不习惯那种到处都在跑步前进的喧嚷声浪。近年来,他想在事业上有所成就的雄心壮志消退了,只希望生活安静点,口袋里宽裕点,市场上的东西丰富点。由于很会保养,他体态丰满,脸色红润,只是因为嗜酒,鼻子上出现了不太明显的紫红色斑。又高又长的鼻梁上,架了副金丝边眼镜,眼珠子有点发黄,眼白也有点发浑,透过镜片看过去,那双眼睛总是没有神采,有点昏昏欲睡的样子。他精神好的时候,一对眼珠子转动得要快些,这时,眼皮底下的肌肉也会微微颤动起来,但他脸上的神色仍旧告诉别人:他对一切都看透了,都不在乎。由于他的独特经历,这人显得分外世故,性格上似乎有一种捉摸不定的因素。平时,丁明达说话非常谨慎,很少流露自己的真实思想;但在同乡会计老周面前却是例外,彼此都认为是信得过的好朋友。今天下午,他提了瓶竹叶青酒,去会计家,在小屋子里和老周一面下棋,一面聊天,一面用花生米下酒,直到天黑才回家。到家才知道叶赋章打电话找过他,便赶快来看老工程师。

"哈哈,都回来啦?今天累坏了吧?"丁明达在沙发里欠欠身,大声向两个青年人打招呼。

"不算太累,丁科长!"叶琪回答说。

"怎么样,收获一定不少啰?"丁明达转动着发黄的眼珠,笑嘻嘻地问。

"满载而归!"方斌开玩笑说,"回来走都走不动了。"

"带回什么啦?每人买一口袋土豆?"丁明达兴致勃勃地问,"本地有三件宝:土豆、莜面、老羊皮袄。拔丝土豆,趁热下酒,倒也不错。"

"我们说的是思想上的收获。"叶琪说。

"和你们开玩笑嘛,谁会到农村去买土豆?"丁明达大笑起来,意识到自己是他们的领导,于是摆出领导的气派说:"那就说说你们思想上的收获吧!"

"几句话可说不清楚。"叶琪说,"总之,农村的变化很大。丁科长,你也应该抽空下去看看,和我爸爸一起去。"

"是啊,生活的脚步是不慢的,应该下去看看。"叶赋章点头说。

"是应该下去看看。"丁明达也完全同意,"常言道,百闻不如一见。叶总,什么时候咱俩一起去,带上你那架德国货'蔡司'照相机。"

"向党委提个建议,"叶赋章认真地说,"组织大伙一起去干点活,打打场,或者到渠道工地上挖挖土,都行嘛!"

"干活可是吃不消的,"方斌连忙说,"那土才不好挖哩。你们看,这是啥东西?"他伸出右手,手上有两个小水泡。

"哈哈,两门大炮!"丁明达快活地叫喊起来,"这就叫炮轰一穷二白嘛!设计员手上打起了泡,这有意义啊,太有意义了!没说的,这两个泡就是收获。"

叶琪不喜欢丁明达那种笑声,不喜欢他那种丰富的联想,比如什么"炮轰一穷二白"之类。这一点却正是丁明达一向自诩的特长:他能寓严肃于诙谐之中。

"公社的集体劳动是紧张的,繁重的。你们要是去,不妨干些象征性的劳动。比如铲几锹土啦,推个空车往回返啦!"方赋十分热情地建议。在科里,他和丁明达的关系是比较可以的;在设计科的青年人中间,丁明达比较器重的也只是方斌,虽然不知道因为什么原因,他们个人间的交往并不太多。

"高见,高见!"丁明达扯得高兴起来,"'象征性劳动',这名词好!其实嘛,铲几锹土,用'蔡司'照相机那么'咔嚓'一下,留个纪念,意思也就到了嘛,要真干,反正我老丁是不行。"

"不,我倒觉得,既然去了,就要参加劳动,干些力所能及的活。在设计室里拉计算尺,就不知道打井、挖渠的滋味儿嘛。"叶赋章发现女儿默默地站在一边,好像对他们这种谈话缺乏兴趣。也许她太累了,而自己和丁明达要谈的问题还没有谈完,便说:"你们先休息吧,我和丁科长还有点工作要商量一下。以后再抽时间给我好好谈谈今天的所见所闻。"

方斌原想把今天在路上和叶琪争执的问题向叶工程师提出来。他知道,王志嘉回来以后,一定会向厂领导提出什么想法和建议的,先听听老工程师的意见,也好决定自己的态度和行动。现在他一看谈不成了,只好怏怏而归。叶琪实在累了,也没有送他,径自回屋休息。

叶琪和方斌走后,丁明达和叶赋章又继续起原先的谈话。

"……要接受这样一个新任务,我们有力量吗?有可能吗?"丁明达着急地说,"叶总,您不是不知道,咱们究竟有多少设计力量!现在,应付日常工作,已经忙得晕头转向,要再挑起这副担子,我看够呛,肯定够呛!"

"老丁!"叶赋章皱皱眉头,打断了丁明达的诉苦,"现在,七十二行,行行都忙,都紧张。这个任务,是上级下达的,我们……"

"这我知道,叶总!"丁明达反过来打断了老工程师的话,他的诉苦才刚刚开头,"可我得实话实说,叶总!其实,工作忙一点,也无所谓。问题是,咱们干得了吗?有力量、有时间吗?您也知道,现在的技术工作是越来越难做了。科室工作既要面向这,又要面向那,原来的一套工作秩序打破了。柴厂长新到任不久,可以说,对于发动机,是擀面杖吹火,不怎么通的。带兵和造机器毕竟两码事嘛!"

丁明达说着说着就激动起来,眼皮底下的肌肉也随着嘴巴的张合而微微颤动。这个人说话虽然一向谨慎,但在叶赋章面前倒有例外的情况。这并非因为他和总工程师特别知己,而是觉得在这个党外人士面前,话说得稍微出点格也没有关系:老工程师是正直的,他绝不会向别人反映或引申自己所说的话。于是,他又激动地说:"和工艺科的交道也不好打,只要咱们图纸上稍微出点问题,生产会议上人家就会将你的军,好像他们工艺上的问题不能解决,都是由于设计科图纸上那点小毛病的关系。真难啊,叶总!"丁明达说到这里,感叹地往鼻梁上方推了推眼镜:他之所以要往鼻梁上推眼镜，并不是因为眼镜滑动下移了，而是表示滔滔话河中的一个间隙、停顿，就像电影中的"淡出""淡入"那样。

叶赋章决定不再打断他的话。他懂得丁明达的脾气，每次来，总要又是诉苦又是表功地数落一顿设计科的工作，然后用请示、商量的口气，提出一项要求来，叫你不得不同意。今天在丁明达毫无思想准备的情况下，突然要再给他加一副重担子，他肯定会找出许许多多理由来讨价还价的，干脆让他把心里要说的话都说完，然后再做他的工作。

"车间的问题更不好办。"丁明达呷了口茶，掏出两支烟来，递给叶赋章一支。叶工程师摆摆手，丁明达自己点着，继续说下去："新产品的汽缸盖定位孔公差，在制造上怎么也保证不了。车间两个主任的意见也不统一：陈副主任的意见是要求我们改一改，朱德泉主任的意见是照设计要求做。做又做不出来呀，达到公差确实有困难。老陈三天两头找我，问我改一改公差范围影响不影响装配质量。唉，他们确实有难处呀！"说到这里，丁明达发黄的眼珠子转过去瞥了一眼叶赋章，看见对方并没有反应，就加重语气说："老陈这个人您是知道的，跟他弄别扭了，人前人后，他那大嗓门会吵得玉皇大帝都头疼。再说，为了生产，设计部门和生产部门的关系弄僵了也不好，依我看……"他说到这里戛然而止，又一次转过黄眼珠，注视着叶工程师的反应。

叶赋章没有答话，只是毫不含糊地摇了摇头。

丁明达看到总工程师摇头，连忙变了口气："他们这种要求，你说我能答应吗？他们嚷嚷说要找您解决。我说，找叶总他更不会同意，还是想办法闯过去吧。他们又说要找柴厂长、刘书记，事情确实不好办啊！"

"技术条件是万万改不得的。"叶工程师站起来，有点激动，"老丁，搞发动机的人谁不清楚，汽缸盖定位孔的尺寸保证不了，那么缸盖和缸体以及其他零部件，在装配上许多尺寸的要求就都保证不了，发动机就会产生一系列的问题。这上面能有什么讨价还价的？"

"是呀，我也是这么说。"丁明达从口袋里掏出折叠好的两块绒布，擦着眼镜片，"制造和设计总是有矛盾的。制造车间只希望完成任务，对于发动机的设计指标,却是不大关心的。可是,这棘手的问题究竟怎么办呢,叶总?"

刚才,丁明达一听说要承担一种新型发动机的设计任务,不由得吓了一跳。他心里拿定主意,决不能随随便便把这个任务接受下来。在叶琪、方斌没有进屋以前,他已紧张地动了一番脑筋。能推就推,实在推不了,他还有第二个办法。无论采用哪一个办法,他都需要诉诉苦,因为叶工程师是讲究实际的人,工作上最反对大轰大嗡。他把困难都摆出来了,老工程师会考虑实际情况,慎重处置的。如果新任务是一只皮球,他要把这只皮球反踢给总工程师。

一个多月前,设计科的正科长调走了,眼下,是丁明达这个副科长主持着全科的业务工作。他认为,科里的正常工作,已经够忙的了,如果再抽走几个人去设计新型发动机,设计科这个"齿轮"势必还要以更快的速度来转动,他丁明达怎么能受得了? 他想出的第一个办法是:车间不是一直嚷嚷产品上的某些技术条件加工有困难吗,不如趁此机会把几个设计员派下去,协同车间去解决,而下车间的人,科里却有权随时把他们抽回来。总工程师一向主张设计人员要深入车间,解决生产中的实际问题,说不定他会同意这样做的。这一招如果成功,再压任务,就更有理由拒绝了。这就是他向叶赋章诉苦的目的。

"你看怎么办才好,叶总?"丁明达又一次问总工程师要办法。

叶赋章沉思有顷,说道:"我的意见是技术条件决不能改动;生产中的问题,我们派人下车间,协助车间工艺技术员,一起和工人研究解决。"

丁明达一听就高兴了,但他还故意显出为难的样子说:"又要抽我的人? 叶总,你又不是不知道,科里就那么几个人,本来就够紧张了……"

叶赋章说:"设计总得为生产服务嘛! 产品出不来,工作的成果在哪里呢?"

"那好吧!"丁明达好像费了大劲才下定决心,"那你看派谁去呢?"

在派人的问题上,丁明达又在使心眼了。其实,派谁他心里早有打算;但是,如果和盘托出自己的打算,万一将来厂部不同意,党委有意见,不是难以交代了吗?这个打算不该自己端出来,要让总工程师来决定,以后即便领导上有意见,他也能一推六二五。

叶赋章和下级研究工作,是从来不使心眼的。他也不会使心眼。虽然,设计科副科长的为人和性格脾气他不是不了解,但眼下对方脑子里一部复杂的机器在怎样转动,他却并不了然。世界上再也没有比脑子更复杂的机器了,一秒钟进行亿万次计算的电子计算机,也不能完全代替人类的大脑啊!

"我看,抽什么人,由你们科里决定吧。"叶赋章说,"总之,生产上的技术问题,光叫喊是没有用的,只有多和工人商量,踏踏实实去解决。"

"派苏一鹏去怎么样?"丁明达故意提个冒失小伙子,去让叶赋章否定。

叶赋章摇摇头:"不行,小苏实践上缺乏经验。我看还是叫王志嘉带两个人下去。"

这正合丁明达的心意。在决定王志嘉下去的问题上,他不是没有矛盾的。王志嘉是科里的业务主力,走掉这么个人,他自然舍不得。如果从工作出发,他宁可派方斌下去,也不愿叫王志嘉离开科里。但是王志嘉又是个"危险人物",上级交下什么新的任务,他这个共产党员肯定会坚决响应和接受;非但自己响应和接受,作为团支部书记,他还会发动广大团员青年一起来干。这么一来,设计科这个"齿轮",转得就会控制不住速度了。所以,他在斗争一番之后,决定咬咬牙把王志嘉放下去。现在,他的打算通过叶赋章的嘴说出来了。

但丁明达还要"拿一把"。他显得颇为为难地说:"王志嘉,这可是科里的主力啊!我看,小苏不行,派方斌去吧!"

"不。"叶赋章挥挥手,"王志嘉解决实际问题的能力比方斌强。咱们派人下去,不是为了应付,而是为了真正解决问题!"

"好吧,我服从您的决定!"丁明达站起来说,把"您的决定"几个字咬得很重。

他想赶快告辞，免得总工程师又提起新任务来。

"着急什么呢，老丁！"叶赋章笑着说，"刘书记带回来的新任务咱们还没研究哩！"

"什么！还要接受新任务？"丁明达失声喊道，"派人下车间不是您决定的吗？"

叶赋章沉着地说："车间要派人，新任务也要担当起来，老丁！"

"您这不是开玩笑吗，叶总？"丁明达大惑不解了，一向最讲究实际的总工程师，怎么会做出这样不负责任的决定呢？

叶赋章严肃地说："老丁，上级交给的任务，不能推三推四，讨价还价，我们必须抽出设计力量，来攻这个发动机。至于派人下车间解决技术问题，是临时的，问题一解决，就可以上来。搞这个发动机，可不是十天八天的事，我们要做出切切实实的安排来。"

丁明达没招了，于是他拿出了第二个办法。

"那我有个要求，叶总！"他显得颇为认真地说，"我是个实事求是的人，我有多高水平，您也清楚。为了很好地完成上级交给的任务，我建议把设计力量抽出来以后，组成一个设计和试制小组，直接由厂部或您领导。"

叶赋章知道他在推卸责任，也知道一时说不服他，便说："这个问题，等厂部和党委研究再定吧。明天，你是不是把上级交给的新任务，和科里的同志说一说，同时安排一下，让王志嘉带两个同志赶快下去，把缸盖加工上的问题解决以后，上来集中精力设计农村需要的发动机。时间不等人哪！"

设计科团支部书记王志嘉和苏一鹏、鲁大明等从野外回来，就直奔食堂，狼吞虎咽地把肚皮对付过了，才去浴室里狠狠冲了冲。

从浴室里出来，苏一鹏兴致勃勃地拉着鲁大明去看篮球比赛，王志嘉一个人回宿舍去。

王志嘉二十八岁，颀长的身材，显得清瘦。端方周正的脸盘上，有一双好对着目标凝视而不那么活泼灵动的眼睛，想什么问题的时候，眼光常常成斜角盯着地面,好像那问题的答案就埋在前面的地底下。他有一头钢针一样桀骜不驯的头发,对一件事情同意或是赞赏,颠动一下头发,就算表示,最多拉开经常是抿紧的嘴角,淡淡地一笑。平时他不苟言笑,显得老成持重,不露锋芒。

"别看王志嘉不哼不哈的,人家心事重啊!"苏一鹏经常这样说。

苏一鹏曾经慨叹道:"王志嘉虽然比我大几岁,但说过的话加起来,顶不了我说话总数的二分之一。"

在学校里,苏一鹏有个外号叫"小猢狲",参加工作以后,没有人这样叫他了。但他那活泼好动的性格并没多大改变。这人总是用最直率的态度、最外露的方法来表达自己的感情,这和大个子鲁大明完全相反。如果不爱说话不能算作是一种了不起的缺点的话,鲁大明实在是个十分可爱的人物。他憨直、厚道,行动迟钝但做事却特别细心,不急不忙,十分稳当。他身高一米七八,大手大脚。他的棉袄,给苏一鹏当短大衣正合适。谁能相信呢,这个鲁大明,却擅长针线活儿。看过他用四层布纳起来的袜底子,那又细又密,横平竖直的针脚,叫设计科的女同志咂舌不止呢!开始人们不相信这是他的手艺,说是他母亲纳的。鲁大明拉开他阔阔的嘴巴笑了笑,并不计较。但是小个子苏一鹏气呼呼地为他作证了。看起来,一些矛盾的东西很难统一在一个人身上,鲁大明却是例外。最奇怪的,还是鲁大明和苏一鹏之间的友谊。他们之间有什么共同、协调的地方呢?一个个儿粗大,一个个儿细小;一个沉稳,一个急躁;一个细致,一个粗心;一个憨厚,一个机灵;苏一鹏属的是猴子,鲁大明偏偏属牛!这些看起来很难调和的性格特点,却使他们之间建立起了一种十分特殊的友谊。平常,他们几乎是形影不离的。无怪乎方斌感慨地说:"这真是矛盾统一的范例啊!"

王志嘉他们的宿舍,在二号楼三层,住的是套间:外屋住三个人,里屋却只有一个人。

按照工厂行政科规定,单身职工每三人住一间房。因为照顾青年技术人员的学习进修,他们可以两人住一间。原先,苏一鹏和方斌住在里间,王志嘉和鲁大明住外间。后来苏一鹏执意要搬到外间来,原因是和方斌谈不来,睡在里间太闷,愿意到外间凑凑热闹。王志嘉不同意他这种做法,倒并不是怕外间多一个人嫌挤,而是觉得把方斌一个人丢在里间不好。他对苏一鹏说,从谈不来到谈得来总有个过程的,作为一个共青团员,在生活上不该如此任性。但是苏一鹏却不完全同意他的说法。他说,有的人一见面就知道能和自己合得来,有的人却相反。他强调这种最初印象和直接感觉的重要性。他接受王志嘉的批评,但还是要搬出来,对这一点,方斌并没有感到不快,更没有提出什么异议。

苏一鹏搬到外间以后,方斌把房间重新整理和布置了一下。一张二屉桌子放在窗口,旁边是满满的一架书,一只油黑发亮的提琴盒横放在书架上层。书架的横头是床。床的对面,是搁在凳子上的两只皮箱,箱子上罩了块很漂亮的亚麻布挑花台布,上面放了个镂雕的玻璃花瓶,里面插几支出自高超艺人之手的北京绢花,有时换几支刚折下的月季或蓓蕾初绽的杏花进去,竟叫人辨不出真伪来。花瓶旁边是方斌的一张八寸放大照片,照的是侧面,光线和角度都很好。特别是一双眼睛十分传神,它们凝视着前面,仿佛目标在望。墙上贴着张油画,是法国画家米勒的《牧羊女》:茫茫苍穹下,一群羊在吃草,牧羊女低头伫立。经过方斌的整理布置,所有的东西都各得其所,房间里并没有因为搬走个人而显得太空。其实,方斌倒很喜欢独处一室,自己爱怎么作息、生活都可以,几个人住在一起,总会受到干扰和约束。不够理想的是进出还需经过外间,如果单独有个门就更好了。

外间的陈设要简单得多。三个人合用一个书架子,各占一层;电灯下面是张二屉桌;箱子都塞在床底下。墙上贴着两张画,一张在苏一鹏的床头,画上是一伙青年人抱着测量用的标杆仪器,和茫茫的风雪搏斗;另一张在王志嘉的床头,画的是"二七"大罢工的一个场面:林祥谦被绑在一棵大树上,他岿然挺立,慷慨陈词,使得面前的军阀刽子手们惊惶失措。

王志嘉推门进来,里外间都没有人。他就打开《英语文法》,默默地看起来。他在学校里学的俄文,现在他正在自修英文。稍稍凭借字典,他已能阅读一般的英文技术书籍。他的计划是两年以内再掌握一门外国语。他看了一会儿《英语文法》，老是感到心神不定，放下书，想了想，哦，对了，昨天换下的衣服还没有洗。他不喜欢把今天该做的事情留到明天，就起身把要洗的衣服浸在脸盆里，又到苏一鹏床下翻出一件衬衣和一件汗衫，这是小苏三天前换下的衣服了。他提醒那位球迷好多次，衣服应该勤换勤洗，但对方却认为这些生活小事不必如此认真，往往是身上一件也脏了，才想起上次换下的还没有洗，于是急急忙忙跑到盥洗室去，三下五除二就完成了任务。

王志嘉洗完衣服，又打开了《英语文法》，但不知为什么他还是看不进去，心思仍然不能集中，书上的文字好像活动起来了，转眼间，这些活动的方字，又组成了水渠工地上的劳动场面，变成了大老张、刘金保、德顺大爷和蹲在渠岸上抽烟的一个个老农的身影……

王志嘉闭了闭眼睛，极力想摆脱眼前的幻影。以往，当他集中精力做一件事的时候，是很少产生这种幻觉的。尽管苏一鹏吱吱呀呀拉着胡琴在耳边聒噪，他照样能一心一意地钻到书本里去。现在，这样的神思恍惚连他自己都感到吃惊。

白天，在渠道工地上的见闻，像在他脑子里塞了一团乱麻，怎么也理不出头绪来。他努力说服自己：不要凭道听途说的一点印象，对农村发生的事情作出判断；应该考虑和需要考虑的，是自己能为农村做些什么。农村迫切需要解决动力问题，这是大家耳闻目睹的。大老张曾说，据有关部门调查，一个劳动力使用农业机械进行生产，比使用旧式农具生产效率提高一倍半以上，提供给国家的商品粮增加四倍多；每一马力动力机械发挥的力量，相当于八个劳动力。一个叫刘金保的青年农民也说："我们要机器，绝不是舍不得这两只手，是想腾出手来做更多的事情，为了快一点扔掉这一穷二白！希望工厂的同志能跟上我们的想法，支援我们……"

当时，王志嘉并没有表态。他不喜欢说空话，更不喜欢说大话。就是在劳动归来的路上，大伙热烈地议论的时候，他也只是一个人默默地想问题。他越想越感到有一种无形的压力。现在,面对着桌上摊着的《英语文法》,他一个字也看不进去。他想,自己是搞动力的,工厂是造动力机械的,应该义不容辞地为解决农村的动力问题出一把力。他想去找叶总工程师谈谈自己的想法,一看表,已经九点多了,还是明天一早去吧。

第四章

第二天一早，王志嘉洗完脸，到足球场上跑了两圈，就去找叶总工程师。

从足球场到楼房区，要穿过平房区。

建厂初期，在厂房还没有盖起来之前，这一大片平房就出现了，当时是一支庞大的施工队伍住在这里。工厂建成以后，成了第一批带家属的职工宿舍。开工生产了，在外地培训的工人和技术人员陆续回来，又新招了不少工人，职工人数越来越多，平房已不敷使用，就在河东盖了一大片楼房。

党委书记刘之毅一家，就住在这每平方米造价三十一元五角的平房里。大儿子参军以后，两口子和一个小儿子，住了两小间房子。前年，工厂基建科在河东盖了几排带暖气和卫生设备的甲级平房，是给厂级领导住的。刘之毅在党委会上建议：厂级领导一律不往里搬，把这些房子让给那些身体不好、腿脚不灵便的老工人们居住。总务科又叫他搬到楼房去住，他也拒绝了。他说住在平房里，职工们来串门不要爬楼梯，方便。他每天骑了那辆咯吱咯吱作响的自行车上班。招待所有洗澡的淋浴和盆塘设备，但他总是和工人一起泡在大池子里洗。基层工作和生产中的问题，职工的一些思想情况，他常常从浴池里无拘无束的、热热闹闹的议论中了解到。

在雾气腾腾中,泡在解乏的热水里,人们和他谈话是多么随便!

王志嘉正在平房区走着,听见旁边有人喊他。

他一回头,见刘之毅从自来水管那儿担了担水走过来了。

"刘书记!"王志嘉眼睛一亮,"您什么时候回来的?"

"昨天。你这急匆匆的,上哪儿去?"

"去找叶总。"

"没想到要找我?"刘之毅笑着问,放下了水桶。

"不知道您回来了,"王志嘉说,"我先去和叶总谈谈,再来找您。"

"昨天去刘家洼公社渠道工地劳动,是不是有点什么感受?"

王志嘉惊讶地看了一眼刘之毅,心想:党委书记怎么知道自己的心事了?

刘之毅慈蔼地笑着说:"晚上肯定没睡好吧,看你那眼圈乌黑乌黑的!"

王志嘉心里一热:党委书记总是那么关心人,了解人!

"走吧,去我家里,咱俩先扯扯,再一起去找叶总。"刘之毅又担起了水桶。

"我来给您担!"王志嘉出于对革命长辈的尊敬,要过去帮忙。

"不用!"刘之毅担着满满两桶水,迈着稳健的脚步,在前头走了。

王志嘉空身在后面走着。他是个实在人,不会那种"热情的"客套。

王志嘉尊敬党委书记。他性情随和,平易近人。他能和各种人交朋友。在群众中,他就像鱼在水里一样。在党委会里,在上万人这样一个大型工厂里,他是一块吸力很强的磁石。一个陌生人只要和他接触一两次,就会对他产生一种信赖感,愿意把自己生活中的喜悦、烦恼和心事向他倾吐。十五年的戎马生涯,十二年的地方工作经历,锻炼成他坚毅果断、开朗豁达的性格特点。群众把听他的报告当作一种享受,不仅是因为他用群众的语言,深入浅出地表达上级的指示精神,而是觉得这位党委书记的内心,和他们每个人息息相通。

刘之毅的爱人吴子芳,正在生火做早饭。看见王志嘉来了,连忙把他让进里屋。

在一张吃饭的方桌——也是党委书记在家办公的桌子——两边，刘之毅和王志嘉面对面坐着。党委书记喜爱这个青年人：他喜欢想问题，虽然还没有脱尽幼稚，但却常常想得很深；他不像有些人那样自以为有思想，对生活发表一通纯客观的评价或感慨之后，就丢在脑后，好像这一切和自己并无多少关系；他在想问题的时候，总是把自己摆进去：这个问题自己怎么看的？在这个问题面前自己应该怎么办？因此，他不是那种激动来得快也去得快的人，他在思考之后总会产生行动。这正是党委书记喜爱他的原因。

王志嘉把昨天在渠道工地上过团日的情况，以及归途上青年设计员的想法，向党委书记做了汇报。

起先，刘之毅两手合抱着搁在桌子上，平静地倾听对方的叙述；后来，他的眼睛闪光了；再往后，他坐不住了，站起来两手撑着桌面，前倾着身子；忽然，他绕到了王志嘉身后，张开双臂，抱住年轻人的肩膀。王志嘉转过脸来，看见党委书记脸上闪动着一种异样的光彩：自己的汇报显然使对方激动了。

"哈哈！好，好！"刘之毅高兴得大声喊起来，"太好了，志嘉！这次我去开会，带回来一个任务：为了支援农业，上级要我们厂设计和制造一种经济实用的发动机，作为农村的部分动力来源。昨天一回来，我就和叶总谈了这个问题，他蛮有信心，说很快要和你们研究一下这件事哩！"

王志嘉好不激动！由于生活的启示和责任感的驱使，他们仅仅有一种为农业做点贡献的愿望，上级却把具体任务交下来了，把行动的目标指出来了！

王志嘉坐不住了，站起来要去找叶工程师。

"等一等，志嘉！"刘之毅还在高兴地嚷嚷，"坐下聊聊，咱们好好聊聊！昨天的团日过得不坏嘛！这副担子，你们要好好挑起来啊！"

王志嘉严肃地点点头。

"在接受任务这一点上，用不着给你们做多少思想工作了，志嘉！"刘之毅拍着王志嘉的肩膀说，"为了这种共同的想法，咱们应该吃点东西。吃点什么呢?"他的目光在屋子里搜索了一下,忽然对着外屋喊道:"喂,同志!还有鸡蛋吗? 能不能煎几个荷包蛋,烙几张饼,慰劳一下我和小王呀!"转回头来,又低声说:"咱们先喝一点茶,我还有一点'雨前龙井',味道不错。"

王志嘉没想到党委书记在高兴时也会像孩子那样直嚷嚷。他用十分亲切和尊敬的眼光,注视着刘之毅,不需要来什么客套,他也没有学会客套。

"你刚才说,社员们向我们提出了要求,叫我们要跟上他们的想法,对吗?"刘之毅一边沏茶一边说,"是啊,得跟上,紧紧跟上!这是生活发出的命令! 我们无论如何要打好这个'基础'。"

刘之毅沏好茶,把一杯递给王志嘉,拉过一个凳子,在年轻人的侧面坐下。

"还有什么情况,给我说说。"

王志嘉却低头沉默了。

刘之毅发现小伙子的神色有点异样,想了想,轻轻地拍着他的背说:"说吧,我想听。"

王志嘉的眼前又出现了那几个老农质朴淳厚的形象。他鼓起勇气,谈了昨天在渠道工地上的见闻,谈到深翻地,谈到公共食堂,谈到目前农村里口粮已经紧张……

刘之毅默默听着,脸色越来越严肃、深沉,眼光直直地盯着桌面上,仿佛那木质纹理中隐藏着什么东西。

王志嘉已经说完了,刘之毅的神色姿态却没有任何改变。

王志嘉不知道自己的话在党委书记心里激起了什么反应。他只会说实话,刚才那样讲他并不后悔。他希望党委书记能帮助他分析和认识这些道听途说的现象,否定他那些不必要的忧虑。但刘之毅却不开口。王志嘉知道,党委书记愿意倾听别人内心的声音,从不会给人扣什么帽子。他眼下的沉默,只能说明自己刚才所说的触动了他,引起了他的深思。

"志嘉!"刘之毅的眼光终于离开了桌面上的花纹,移到了王志嘉的脸上。"对于当前的农村情况,我了解得不多。我只觉得,近年来,我们的生活中出现了一些不正常的东西,或者说是一些不好的风气。有些人,好像忘记了我们党实事求是的原则,把精力放在弄些花里胡哨的事情上。上个月,咱们厂里发生的那个选举事件,真把我气坏了……"

不久前,不知从哪儿刮来一阵风,说要建立工、农、商、学、兵五位一体的"城市人民公社",华新动力机厂成了公社的一个管理区,但是区、乡的建制仍然存在。有一天,厂里突然接到公社通知,说要选举几名人民代表,至于选的是什么代表,是区一级的,还是乡一级的,却没有说明。一个干事接了电话,告诉了分管这方面工作的厂工会主席,工会主席就布置下面选举。有些单位,也没问清选什么代表,就按名额选了。只有加工车间的主任朱德泉等少数几个单位的领导,打电话询问到底选什么代表,是几年一次的选举。工会主席也答不上来,叫他们照布置的选就是了。这时候,刘之毅从外面开会回来,听说此事,哭笑不得地跑去找工会主席,说区人民代表是去年选举的,柴厂长和朱德泉主任就是代表,根本不需再选;乡人民代表大会半年前才开过,也不会再选代表。这时候,公社也来了通知,说他们弄错了,不是选人民代表,是选管理区的代表。但是下边已经把人民代表选出来了。有人问工会主席怎么办,工会主席想了半天,想出了个高招:"放在那儿,下次开会时用吧!"

刘之毅专门召开了一次党委会来讨论这件事情。他要求大家从选举事件上看思想作风,看官僚主义、形式主义的危害。他说:"社会上有些事情我们管不了,总该管好厂里,管好自己吧!这种滑天下之大稽的笑话,但愿以后再不要发生了。我们当干部的,吃着人民的小米,这样办事,不该羞死吗?"

选举事件就这样过去了,但刘之毅思想上受到的触动却远远没有消失。他联想到厂内外许许多多事情,心里逐渐产生了一种深深的忧虑。平时,他把这种忧虑埋得很深,夜阑人静,他却常常为此而辗转反侧。

刚才,王志嘉谈起的这些情况,他并非一无所知。过去,他常常警告自己:人的认识落后于事物发展的情况是常有的。在新事物面前,不是人人都能一下子习惯和接受的,凭一孔之见去妄加判断更不应该。但他在内心深处,在感情上,却难以处之泰然。一段时间,他的心里也充满了各种矛盾。现在,面对着王志嘉那双诚实的眼睛,他又能说些什么。

他站起来,走到窗口,伫立片刻,又转身在王志嘉身边坐下,把手搭在年轻人的肩上,深沉地说:"志嘉! 生活的步子迈得是很快的,它时时给我们提出新问题,摆出新矛盾,要我们去认识、回答、解决。由于思想上的懒惰和片面性、盲目性,我们常常是不及格的学生。还是要好好学习马列主义和毛泽东思想,用这个显微镜和望远镜,到生活实践中去观察、分析,可能会得出一些符合实际的结论;但这需要时间。"

王志嘉深思着点点头。

刘之毅继续说:"生活就像激流,是永远不会停滞的。在我们的国家里,它的步子应该迈得快些。有的人不懂得它,就埋怨它,指责它,说它走得太快了。在它面前,他们就像山里的猢狲,上下犹豫,左右徘徊,结果,生活前进了,他们自己身后留下的却是一片空白;也有人像激流的浪花碰击产生的泡沫,漂浮在水面上,在阳光下炫耀它的色彩。我想,我们还是做一滴水,投进去,默默地推动激流前进,这样也许……"

刘之毅说到这里打住了,拍拍沉思中的王志嘉说:"扯远了,扯远了,还是回到咱们的本题上来,考虑考虑农村的动力问题。对,咱们吃点东西,就去找叶总。"

话音未落,就听见外屋的吴子芳说:"不用找了,叶总来啦!"

"真的?"刘之毅急忙站起来,带翻了凳子。

刘之毅和王志嘉走到外屋,叶赋章和女儿叶琪已出现在门口。

"啊哈! 我们正要去找你,你倒来了!"刘之毅迎上去,"请进! 请进!"

叶赋章和吴子芳打了个招呼,就进了里屋。

刘之毅又对着外屋喊:"同志,多煎几个荷包蛋怎么样? 昨天我吃了人家的芝麻饼呢!"

叶赋章连忙制止:"老刘,我不吃早饭!"

"不吃饭,吃两个鸡蛋,不要紧吧? 叶琪,同意吗?"

叶琪笑笑说:"姑姑还等我们回去呢!"

"你也不用回去了。"刘之毅对叶琪说，"给你吃两个鸡蛋当然不够，咱们还有烙饼呢！"说着，又沏了两杯茶，把一杯递给老工程师："我可没有你的'碧螺春'，这点'雨前龙井'，也不错，你尝尝！"

　　叶赋章接过茶杯说："今天早晨起来，叶琪给我讲了他们在公社渠道工地劳动情况，农村也向我们提出这个问题来了，老刘！"

　　"王志嘉一早起来，就为了这件事要去找你，半路上被我截住了。"刘之毅笑着说，"你手下这些兵，积极性还不小呢，是不是，志嘉？"

　　王志嘉说："叶总，我本来想把有些想法和您谈谈，没想到，上级领导已经给我们交下任务了。您就领着我们干吧！"

　　叶赋章微微一笑，点了点头，说："我们是要干的。昨天晚上，我想了想，这个发动机，要经济实用，还要适合我国农村的特点，能够做多种用途。"

　　"对，农民兄弟就是这样要求的！"王志嘉兴奋地说，"装上抽水机能抽水，装上发电机能发电，装上铡草机能铡草，装上打谷机打脱谷……"

　　"装上磨面机能磨面。"叶琪补充说，她忘不了那个想上民校而她妈妈叫她推碾子的小姑娘。

　　"还有容易掌握，容易维修，"刘之毅补充说，"不能搞得太复杂了。"

　　"对，对，是要这样。"叶赋章呷了一口茶，沉思了一会儿，说："不过，搞这样一个新东西是不容易的，我们思想上应该有个准备。发动机不是一般的工作母机，它本身要发出动力。图纸好画，做出来能不能达到设计规定的各项指标，就很难说。'大跃进'以前，我国的动力机械，一直还处于仿制和局部改进设计的阶段，包括我们厂投产的新产品，也不是我们自行设计的。真正的独立自行设计才刚刚开始。现在，我们对这个新东西又有这样那样的要求，没有现成的路子好走。可以想象，困难和问题肯定不会少的。"

　　"叶总考虑得很对啊，志嘉！"刘之毅说，"要把问题想得多一些，把事情想得困难些、复杂些，要有碰钉子甚至跌跤的准备。"

　　王志嘉完全同意老工程师的说法。小伙子不是那种头脑一发热就想上天摘星星抓月亮的人。他恳切地说:"叶总,你想到什么问题,都给我们提出来。"

叶赋章说:"具体业务上的问题,我们以后可以一步步研究。我只是说,设计一种新的发动机,不像设计一台机床,一套工具,一套非标准设备那么容易。国外搞一种新式发动机,少则七八年,多则十几年。当然,他们是资本主义国家,搞个东西,往往政府方面搞,资本家搞,军事方面也搞,各搞各的,还互相保密、拆台。咱们是社会主义国家,要发挥社会主义制度的优越性。"

"是啊!"刘之毅点头说,"咱们要走自己的路子! 老叶,你就领着这伙年轻人,做个开路先锋,闯它一闯怎么样?"

叶赋章感激党委书记对他的信任。

"一起来闯吧,我还是有点雄心的! 不过,当前工厂任务排得比较满。要搞这个东西,必须把它列入计划,认认真真来抓。"

刘之毅点点头说:"你说得对! 党委准备开会讨论,要做个比较长远一点的安排,不能当作权宜之计。"说着,他又对两个青年人说:"你们对这件事很热心,这很好。不过,咱们搞的是一件过去没有搞过的事情,一定要集中大家的智慧,群策群力。在投入试制以前,设计工作是很艰巨的,重担子得你们设计科来挑。要让你们科里的同志,都来热心这件事。日常的工作,一个人要干两个人的,好抽出力量来设计这个发动机。"

王志嘉默默点头,恳切地说:"这些年来,我们是仿制人家的东西。这次独立自行设计,我们可以跟着叶总,好好学点东西。叶琪,你说对吗?"

叶琪点点头。刘书记和爸爸都十分重视这个任务,她感到高兴。

叶琪想起了方斌。为什么他对这件事那么冷漠呢? 冷漠并不是他的性格,在某些事情上,他比任何人都热情。她的眼光又落到王志嘉身上。这人平时言语不多,甚至显得有点拘谨、呆板,但在这件事上却显得十分热心!

这时候,吴子芳在外屋喊道:"叶琪,你来帮个忙!"

原来,党委书记的爱人又是煎荷包蛋,又要和面烙饼,有点忙不过来了。

叶琪出去后，王志嘉也要走。他想赶快把这个消息告诉苏一鹏等人。但刘之毅不答应。

王志嘉怕领导同志有一些事情要商量，就到外屋挑了副水桶，担水去了。

年轻人一走，两个上了岁数的人，谈起话来就越发推心置腹了。

"你昨天找老丁谈了？"刘之毅问。

"谈了。"

"怎么样？"

"说了一大堆困难。"

"不想接受这个任务？"

于是叶赋章把昨晚和丁明达谈的情况，简单地说了一遍。

"这位同志……看来得做点工作。"刘之毅沉吟道，"对这个任务的意义，不是所有人都能一下子认识的。这正是党委要认真抓的问题。"说着，提起热水瓶，给叶赋章的杯子里冲水。

"老叶！"刘之毅坐在老工程师旁边，拍着他的背说，"题目，上级领导和农村的实际已经给我们提出来了，我们一定要回答好、解决好，要不，我们的子孙后代可要骂我们的！"

"你相信我能挑起这副担子吗？"叶赋章侧转脸，突然问道。

"相信，当然相信！"刘之毅毫不迟疑地说，"当然，不是你一个人挑，可是你得挑重头！"

叶赋章默默喝着水，脸上浮现出一丝不易被人觉察的苦笑。

这一丝苦笑没有逃过党委书记的眼睛，他说："你是不是又在感慨自己上岁数了，精力不支了？"不等叶赋章回答，又接着说下去："老，是自然规律，上了年纪的人，迟早总是要向马克思报到的。可是我们有下一班的人马啊！你看，"他指了指外屋说，"叶琪，王志嘉，他们这一代人，会从我们手里拿过接力棒，往前跑去。路，是没有尽头的。"

"可是我常常担心他们的脚力，"叶工程师深有所感他说，"要知道，前面的路并不是平坦的;或者说,前面不一定有路,要自己去踩出来,用脚底去磨出来!"

"这就需要我们上岁数的人啦。"党委书记呷了口茶,"路应该让他们自己走,但我们需要在旁边搀扶一下,给他们当根拐棍吧!"

"问题是,我们上了年纪的人,虽然可以比作是老马,但老马也不一定识途啊!"叶赋章激动地说道,"这样伟大的社会主义事业,过去谁想过,谁搞过? 想当初,我们一群糊涂虫,为了梦想科学救国,工业救国,漂洋过海,去到他乡异域。我们在远洋轮船上,热烈争论和描绘着祖国的未来,从马六甲海峡议论到亚丁湾,几天几夜不睡觉,发挥了最大的想象力,但想象的结果和今天的现实生活相比,和我们的第一、第二个五年计划相比,差距就是十万八千里了!"

"这是不能比的。"刘之毅吸了口烟说,"而且,困难在于,人家走过的路子我们不能完全照着走。中国有中国的情况,中国人要走自己的路子。这条路,在方向上,总体上,党和毛泽东同志已经给我们指出了;在具体实践上,却还要我们去闯。比如,这个发动机,具体怎么搞……"

"对了!"叶赋章一拍膝盖,"每个具体实践,都是一条支路,无数支路构成一条大道。条条道路通罗马嘛! 在一个科学命题上,要真正闯出一条自己的路子,不容易啊! 像我这个上了年纪的人,身上少了点闯劲,步子也迈不大了。正因为过去走过的路多了点,那些险山恶水在印象和记忆中刻下的痕迹很深,它们常常会对今天的行动发生作用,所以举步反而更加谨小慎微了。可是年轻人呢,说实话,我有点不大放心。他们没有见识过大江大海,所以总认为只要把脚步跨出去,底下就都成了路;要不,就认为前面的路,都和他脚下的一样平坦。"

"老叶,你分析得很对!"刘之毅也激动起来,掐熄了烟头,站起来走了几步。"不管怎么说,这条路我们一定要闯出来。应该相信,方向有党来指引,只要我们新老两代互相扶携,和工人同志结合起来,一起前进,路是会被我们踩出来的。这一点上,老叶,我可乐观得很呢!"

党委书记的乐观心情感染了老工程师。叶赋章点了点头,想了想,仍然显得有点忧虑："可是老刘,说真话,我总是觉得自己身单力薄,不能给年轻人以更多的帮助。在工作上,在治学方面,我不敢乱给他们出点子,唯恐在一不注意的时候,某些在我看来是理所当然的,而实际上却很可能是消极的过时的东西,给他们以影响。那样的话,我会难过死的。可是,有些事情不说又觉得不对,不说会对不起党,对不起他们年轻人!你看,多矛盾呀!矛盾,真是矛盾!"

听着这个老工程师掏出来的肺腑之言,刘之毅深为感动。这是一个正直老知识分子的心声!他在为自己身上新出现的矛盾而苦恼,这是难能可贵的啊!而自己,作为一个党的工作者,需要做的是什么呢?如果矛盾是一把锁的话,他应该帮助老工程师去找到一把钥匙。

"我为你高兴,老叶!"党委书记亲亲热热地说,"一个人能够不断地从自己身上发现矛盾,这是大好事!矛盾就是问题嘛!能够发现问题,提出问题,这才能解决问题。最可怕的是看不到问题,或者干脆不愿意看到问题,在问题面前抱'不承认主义'。当然,问题不会因为你不承认它就不存在了。问题积得多了,或者发展了,不去解决,这儿那儿就要出事儿。"

刘之毅说到这儿,停顿了一下,喝了口水,继续说:"其实,社会主义革命和建设在向纵深发展,生活时时刻刻都在向每一个人提出新的问题。你就说我,还不是早早晚晚都在发愁?中央提出,全国人民也是这样要求,要尽快改变国家一穷二白的面貌。像我们这样大的一个社会主义企业,如何使各项工作适应新的形势需要;如何进一步开展以技术革新和技术革命为中心的群众运动,把苦干、实干、巧干结合起来,使群众的集体智慧更好地发挥出来;如何使各级干部更好地了解群众的情绪和要求,学习群众的干劲和创造,从而更快地提高领导工作的水平……问题多得很哪,老叶!我不也就是那点水平吗?发愁没有用,只有认真学习领会党的指示,结合我们企业的具体情况,真心实意地依靠群众,迎着困难,一个个去解决问题。"

这时候,吴子芳和叶琪端着饭进来了。

叶赋章笑着说:"你给我灌了两杯茶水,我还能吃得下东西?"

刘之毅说:"茶水清清胃,正好吃东西。来吧,两个荷包蛋,不让你多吃。王志嘉呢?"

叶琪说:"他担水去了。"

"我还不是五保户嘛!"刘之毅笑着说,"叶琪,快去把他叫来!"

叶琪出去找了一圈,没找见王志嘉。回来时,听到门侧一间用土坯搭的小房里,传出来叽里咕噜的声音,进去一看,原来是王志嘉在背英语单词。

刚才,王志嘉把水缸担满了,做饭他插不上手,刘之毅和叶赋章又正谈得热火。他想回宿舍,又怕刘之毅生气,于是便钻到这间专门放煤和劈柴的低矮土房里,背起英语单词来。

刘之毅夫妇陪着三个客人吃早饭。他们的小儿子,是职工子弟学校小足球队的成员,一早就出去参加训练了。

叶赋章用筷子夹起一个荷包蛋,笑着说:"老刘,以后有啥事,我就早晨来家里和你谈,好吗?"

"怎么,对我的荷包蛋感兴趣了?"刘之毅大笑起来,"叶琪,你爸爸嘴也挺馋嘛!"

叶琪笑着说:"在家里不馋,出来就馋了。"

吴子芳说:"那好啊,啥时候想吃,来吧! 我做菜不行,煎个荷包蛋,还拿手!"

"你又吹了!"刘之毅对妻子说,"人家叶姑,做啥菜也拿手。你这点本事,差得远呢!"

王志嘉和党委书记、总工程师一起吃饭,本来感到有点拘束,见大家说说笑笑,他也变得轻松自然起来了。

"叶总!"王志嘉把自己的碟子推到叶赋章面前,"这两个蛋,请你吃了吧,我吃饼!"

又是一阵大笑。刘之毅把碟子又推回到王志嘉面前说:"叶琪开她爸爸的玩笑呢,你就当了真?"

王志嘉不好意思地看了一眼叶琪,两个对视而笑。

叶赋章吃着吃着,又想起了发动机,对刘之毅说:"老刘,这事儿,得抓紧啊!"

　　"对,得抓紧!"刘之毅说,"上午,我去车间转一转,回来就找柴厂长研究。这几天,你把手里的工作赶一赶,腾出点时间,好好考虑一下这个机器怎么搞。"

　　"我听从将令!"

　　"不,以后发令的应该是你!"

第五章

机械加工车间的两扇大门,过了夏天就不常打开了。大门上开了扇一人高的小门,人们都从这儿进出。这个小门上装着弹簧,打开以后会自动关闭,因此车间里的声响在外面听来就很微弱。可是从小门一跨进车间,就立即投身到了一个声音的海洋中:马达的嗡嗡声,皮带的滑动声,各种刀子切割、刨削、钻镗金属的声音,刀子和砂轮接触的声音,金属撞击相碰的声音,吊车来往的隆隆声,压缩空气的哧哧声,各种齿轮咬接传动的轧轧声;尖厉的,粗钝的,浑厚的,洪亮的,短促的,间歇的,持续的,突然迸发的……各种各样的声音,一齐向你涌来,把你淹没。置身在这样的声、光、热、力的劳动海洋里,一个人心里会油然而生一种劳动的庄严感,感情上也会起到一种净化作用。

这是一座跨度很大的厂房,吊车梁到地面有八九米的距离,两旁都是落地玻璃窗,所以车间里显得非常宽敞明亮。各种机床,有的按工种排列,有的按照零件的流水线排列。有些机床上插着流动红旗。吊车横梁上挂着醒目的大字标语:"鼓足干劲,力争上游,多快好省地建设社会主义!""进一步开展增产节约运动!"

刘之毅穿过各种机床,不时和工人们打招呼。有人告诉他,车间主任朱德泉在三工段。

刘之毅来到三工段，看见有个老工人正在训一个青年女工。这老工人正是朱德泉，青年女工是他的独生女儿朱小英。

朱德泉五十岁出头，穿一身油腻腻的工作服，前进帽没有盖住他两鬓的花白头发。朱小英二十一二岁，圆圆的工作帽扣住了她盘起的两条短辫子，平时又调皮又刺人的两颗黑白分明的眼珠子，此刻失去了光彩，盯着脚边的一堆铁屑，两只手在吊带工装裤上擦着：她正在挨剋！

"我说你这脑袋壳里是不是少了点啥？为啥记性就这么赖？"朱德泉的手指差一点戳到女儿的脑门上，"给你说过几遍啦？叫你把它们分开，分开，你呢？……"

刘之毅看了一眼铁屑堆，明白了：铁屑堆里有不多一点闪光发亮的铜屑，姑娘准是干活着急，忘了把它们单独收集起来，和铁屑混在一起了。

朱小英嘴角动了动，大概想为自己辩白两句，看见爸爸那又黑又长的眉毛还在抖动，便把到了嘴边的话咽下去了。

这没有逃过朱德泉的眼睛："喔，你是想说，就那么几粒铜屑，嫌我大惊小怪！你知不知道，铜是宝贝，九块钱一斤。谁给你那份权力，可以大手大脚？"

有人在旁边给她女儿说情："小英活儿可真干了不少。"

"这就有理啦？"朱德泉不看说情的人，还是盯着女儿："多、快、好、省，这四个字就那么难记？增产不节约，咱社会主义干不成！"一低头，看见有个小伙子趴在铁屑堆上，一颗颗拣着铜屑，这是三级青工刘金生。

朱德泉很喜欢这个农村来的朴朴实实的青年人，他叹了口气说："放着吧，金生，让她自己来拣。"

两颗眼泪从朱小英眼眶里突出来。在家里，她是撒惯娇的，可是眼前爸爸正在火头上，而且确实是自己错了。错了就改！她摘下工作帽，蹲下去，拣起一颗颗铜屑，放到帽子里。

刘之毅一声不吭走过去，帮着小英拣铜屑。小英发现身边蹲着的是党委书记，大滴大滴的眼泪就流下来了。

"眼泪可没有铜屑值钱。"刘之毅掏出手绢,叫她把眼睛擦干,"爸爸的话记住啦?"

朱小英点点头。

"老头子批评你,真正是疼你,明白吗?"

朱小英又点点头。

这时,朱德泉也蹲下来,叹了口气说:"老刘啊,这些年轻人,不当家不知道柴米贵。"

刘之毅笑着说:"还没训够哪,啊?"转脸对朱小英说:"干你的活儿去吧,这儿我们来。"

朱小英走后,两个人专心致志地拣起铜屑来。

刘之毅问:"脑子里琢磨啥哩,不兴给我说说?"

朱德泉说:"我就知道你要套我的话。我问你,老刘,这嘴上空喊'一天等于二十年',就能喊出名堂了? 干咱这一行的,学'天桥把式'能行吗? 谁不想把步子迈得大些? 可是迈大步总得一步步迈呀,还能飞? 有人怕说他保守、'右'倾,明明知道那样干不行,却闭着眼睛喊加油;有人连定型产品的技术要求都想改,这不是活见鬼吗?"

刘之毅沉默不语。

"你为什么不说话?"

"我要说什么你还不清楚?"刘之毅笑着说,"老朱,对上级精神,要允许别人有个正确理解的过程。"

"他闭着眼睛说瞎话,还能正确理解?"朱德泉有点忿忿然,"我也想快,可得实打实的快。你比如说,这两天,我在琢磨,毛主席说农业是基础。为了加强这基础,工人阶级该干啥? 你说,计划的生产任务完成就行了? 就可以安心睡大觉了?"

刘之毅心一热,肩膀更加靠近朱德泉,亲热地说:"老朱,完成计划的生产任务还不行,咱们还得再挑一副担子!"

朱德泉一愣:"怎么? 有新任务?"

"上级要求我们厂,为农村试制一种发动机。这担子,咱能挑得起来吗？"

"你是说给农村造的？"朱德泉沉吟了一下，"行啊，给图纸吧！"

"没有图纸，要咱们厂根据农村的需要自己设计。"

"这么说，我还得等着？"

"谁叫你干等啦？以后，你得关心关心这个发动机的设计工作。"

"设计任务，交给谁啦？"

"还不是产品设计科的那伙青年人！想叫叶总带着他们干。你那个徒弟，劲头可高哩！"

这时候，车间办事员急吼吼地跑来了，一边跑一边喊：

"刘书记，门岗来电话，说有个叫赵德顺的老汉赶了挂大车，拉了台机器来找您，叫您快去。"

刘之毅一拍朱德泉的背说："老朱，'基础'找上门来了，我得赶快去看看。晚上，我上你家去串个门，咱俩好好聊聊。"

这个不速之客赵德顺老汉，是刘家洼公社刘家洼大队的老社员。

队里唯一的一台柴油机坏了，赵德顺老汉和青年社员刘金保，拉着这台机器进城修理。

当他们赶着大车，正要从土路拐上一条宽阔的柏油马路时，突然发现有个青年人，骑了辆闪光锃亮的自行车，箭也似的驶过来。

刘金保赶紧跳下车去拉磨杆，想紧急刹车，但已经来不及了，那辆自行车顺着马路方向，径直向大车撞过来。

眼看一场事故就要发生！

就在这一瞬间出现了奇迹：自行车的前轮，刚碰到了胶皮大车的轱辘，就紧急刹住了！

这个骑快车的人，就是青年设计员苏一鹏。

今天上午一上班，当王志嘉告诉他，上级交给工厂一项新任务，这项新任务要由他们设计科来承担时，苏一鹏一跳三尺高，对着满屋子的设计员喊道："来劲！来劲！真来劲！伙计们，大显身手吧！"喊完，又鼓起掌来。

他鼓掌有自己的独特方式:把嘴唇拱成一个小缩口,直径大约有一公分左右,然后弓起两个手背,对着嘴巴上的小缩口使劲拍击,从手掌里出来的声音冲进缩口,进入口腔,发出的声音格外清脆、响亮,甚至能收到爆竹声的效果。

对于新鲜的事情,苏一鹏总是异乎寻常的热心。现在,当他弓起手背,对着嘴巴狠狠拍击一通之后,就转过身去,捅了捅鲁大明:"大个,你家在农村,咱们搞这个机器,你爹、你妈,还有你那未婚妻,准保高兴!"

鲁大明憨厚地笑笑。看来,接受这个任务,他确实挺高兴。

王志嘉给了苏一鹏一个任务,叫他到市科学技术协会去借国内外的发动机产品样本和一些外文资料。苏一鹏得令,骑着车子就上了路。

一条平坦的柏油马路穿过田野,连着工厂和市区。马路两旁景色如画。那大片大片淡黄颜色的,是成熟而尚未收割的莜麦;那一块一块赭黄颜色的,是待掘收的山药蛋地。田陌上一排排的或是散落的大叶杨、小叶杨,墨绿中已笼上了黄意。远处是像骆驼背脊般起伏着的青山,青山上面是蓝湛湛的天空。空气新鲜,阳光柔和,微风拂煦。这样的天气,骑上车子,在宽阔的马路上兜兜风,确实使人心旷神怡。苏一鹏飞快地蹬着车轮,向前驶去。他一会儿双手合抱在胸前,一会儿又把双手抄在背后,在车上神气活现地表演"双脱手"。这个二十岁的青年人,做任何事情都喜欢别出心裁,骑自行车也不例外。

苏一鹏正得意地骑着车子赶路,猛发现一挂三套马车打横里赶上了马路,脱口喊声:"啊呀!"立即两手捏闸,来了个紧急刹车。

好险啊!一场撞车事故避免了。

苏一鹏的心平静以后,才发现赶车的是刘家洼公社的刘金保和德顺大爷。于是,他嘿嘿一笑,显得有点难为情地问:"德顺大爷,车上拉的啥东西呀?"

坐在车辕上的德顺老汉,看了看苏一鹏,磕掉烟锅里的烟灰,风趣地笑着说:"小伙子,技术不赖嘛,耍把戏的能耐也没你大吧?可要记住:戳坏眼睛碰破脸,找起对象来要麻烦点啊!"

苏一鹏尴尬地笑了笑,发现车上拉的是一台旧式柴油机,便凑过身去,仔细看机器上的标牌。正像木匠喜欢品评桌椅板凳,裁缝爱好议论别人身上的衣服式样一样,搞发动机的人见了发动机,自然就来了兴趣。

"二十马力,英国货,一九四〇年的老家伙。"苏一鹏说,"德顺大爷,这就是您在水渠工地上说的那台柴油机吗?现在往哪儿拉呀?"

"医院!"德顺老汉的脸色忽然沉了下来,好像一提这事就使他恼火。

"医院?"苏一鹏摸不着头脑了。

"住院嘛!"刘金保挺正经地说。

"坏了?"苏一鹏问,"这家伙经常坏?"

"老病号!"刘金保也颇有情绪地说,"上午走得好好的,下午就给你发脾气了。这鬼脾性,谁也摸不准。"

"告诉你们个好消息,"苏一鹏说,"我们厂就要为你们农村设计和制造一种新型发动机,这机器,管保比这'老爷'货强。"

"真的?"刘金保一喜。

"当然!"

"刘政委开会回来了吗?"老德顺问。

"谁?"

"刘之毅刘政委嘛,听说他开会去了。"

"你是说我们刘书记?"

"抗战那会儿,他是武工队三支队的政委,常在我们村落脚。"

"刘书记回来了,给农村造机器的任务就是他带回来的。"

德顺老汉听到这里,"吁——"的一声吆喝,把牲口拉住了,转脸说:"大保子,咱不进城了。"

刘金保一愣:"去哪?"

"找刘政委去!他们能造就能帮助咱修。我还有几句体己话要和他说说。"

刘金保也来了兴致:"对,我也顺便看看我兄弟。"

"你兄弟也在我们厂?"苏一鹏问。

"加工车间工人，叫刘金生。"

苏一鹏热心地说："要不要我陪你们去？"

"不用了！"老德顺拉紧缰绳，叫牲口转身，"你办你的事儿去吧，咱们后会有期。"

苏一鹏骑车上了路，老德顺和刘金保拨转大车，往华新动力机厂奔来。

动力机厂的厂区，绿化得很好。建厂初期栽下的杨树，几年以后就蹿得老高，厂房和生活区，都被密密的树林包围着。老德顺到生活区刘政委家里去过几次，却没有进过厂。大车赶到一个十字路口，不知该往哪边拐了。看见有个人低头迈着慢腾腾的步子走过来，便叫刘金保下车去问路。

"同志，到厂里咋走？"

那人抬起头来，打量着眼前的青年农民，半晌才说："往右拐，朝南走。"说完，又低着头，迈起了慢腾腾的步子。

这人正是丁明达。

自从叶赋章和他谈了要设计科接受新任务的事儿以后，丁明达的心里很不安生。一来怕科里忙不过来，接受了新任务，生活这个齿轮的转动速度会控制不住；二来怕负责任，独立设计一种新型发动机谈何容易？弄不出来，或是弄出了问题，他这个设计科的头头向谁去交账？虽说上面有总工程师，但叶赋章要主管全厂的技术工作，不可能抽出来担任总设计师。按惯例，设计科科长就是总设计师，所以，只要一接受任务，他就摆脱不了干系。至于昨天向叶赋章提出让设计小组直属厂部或总工程师领导的建议，恐怕也是行不通的。

昨晚，他发愁了半夜。早晨起来，头疼脑涨。上班后就去医院，开了点去痛片之类的药，从生活区往办公楼走去。

他慢慢地迈着步，继续想心事。现在，只有去找找柴厂长，看看他的态度了。

正走着，一挂三套马车从身边擦过，磨杆一拉，一阵尖厉的响声，车刹住了。

丁明达一看，还是刚才问路的那挂车。

"我说同志，你怎么耍笑我们啊？"刘金保气呼呼地说，"厂子明明在路这边，你叫我们上那边去干啥？"

丁明达翻着厚眼皮说："你们不是去饭店打尖吗？"

德顺老汉说："我们肚饿有干粮，打啥尖？"

丁明达问："那你们要干啥？"

刘金保说："我们要进厂。"

"进厂？"丁明达看看刘金保，又看了看车上的那台柴油机，这才明白了，笑着说："农民同志，我们厂不修柴油机，不修！"

"我们等着它浇地呢！"刘金保着急地说。

丁明达两手一摊："那又有什么办法？国家只叫我们造机器，没让我们修机器，懂吗？"

刘金保正在迟疑，老德顺发话了："别和他磨牙了，进厂找他们刘书记去！"

"喔，你们认得刘书记？"丁明达说，"不行，刘书记从来不搞什么面子夹里的事儿，找他也没用，这人脾气我知道。"

"我比你更机明①！"老德顺甩了一个响鞭，大车就跑开了。

刘金保纵身上了车，朝后喊道："那同志，你不是也进厂吗，上来吧，慢腾腾走得挺费劲！"

丁明达摆了摆手，又低下头去，迈着四方步，向柴厂长的办公室走去。

①雁北方言，明白、清楚的意思。

第六章

从清晨起,厂长柴强的办公室里就会不时响起急骤的电话铃声,这种铃声会持续到深夜。

柴厂长的办公室有五架电话,一架在他的办公桌上,其余四架在外间一张专门搁电话的小方桌上:调度电话、专用电话、外线电话、分机电话,有时会两三架同时响起来,不知该接哪架好。如果厂长的工作仅仅是和几架电话周旋,那倒实在太轻松了。每天,有一连串的会议在等着他:生产会议、调度会议、例行会议、临时会议、电话会议等等。各种上面下来的和下面上来的文件、报表、计划、措施、报告、通知、汇报、申请等等,摆满了一桌子。如果这些文件报表等只需要签个字就可以存档或转到别处去,那倒又省事多了;偏偏柴强又认真不过,非要一份份、一件件仔细看过,写上自己的意见,有时还需召开会议,研究后才做批示。此外,他还要深入生产基层,解决具体的生产问题,从原材料供应一直到产品装配试验;应付各种突如其来的来访、请求、扯皮,排解和处置各职能科室、生产车间之间所产生的问题、矛盾、纠纷……

厂长柴强来厂半年,已经基本上习惯、适应他的工作了。他是个精力十分充沛的人,体格魁梧、健伟,两条胳膊和胸脯上满是茸毛;他的声音洪亮,目光如炬,像一台烧足了气的火车头一样,浑身上下都是使不完的劲。正好把他的位置放在厂长室里,换了另一个地方,说不定他会觉得不过瘾的。来厂以前,他是一个骑兵师的师长。他有一股打硬仗的作风,只要接受了任务,他就会千方百计去完成。什么讲条件、喊客观、讨价还价,从他领导下的干部和战士的嘴里是听不到的。但是,计划以外的临时任务,柴强却不肯轻易接受,他不愿意让这临时任务打乱已定的工作安排,他像打仗一样极其严格地执行已经制定的战斗部署。

他来到工厂以后,把多年战斗和工作中形成的作风也带来了。所有电话,如果他在办公室的话,从不用别人代接。他处理问题干脆利落,毫不拖泥带水,这使得下边的中层干部十分惊讶。有一次,两个车间副主任由于工作上的问题扯起皮来,最后竟意气用事地在车间吵开架了。吵架解决不了问题,就拉拉扯扯来找厂长。

那时柴强到任不久,大伙都不摸这个新厂长的脾气。吵架的进了里屋,外屋还来了一些人看热闹。

柴强端端正正坐着,脸上毫无表情,一面看报,一边倾听着两个当事人一五一十地陈述。

两个人要说的都说完了,却不见厂长开口,正在奇怪,厂长却已放下报纸,站在他们面前。

"你们两个都是车间副主任,是不是?"他双手插在马裤口袋里,神情十分严肃。

两个人同时点点头,却不明白厂长问这一点是什么意思。

"你们两个都是共产党员是不是?"他还是那副姿势,不过声音比刚才更威严了。

两人又连忙点头。

"那好!"他举起一只手,从空中劈下来,还是用他那洪钟般的声音说道,"都给我回去,好好想想,以你们的身份去想一想,你们吵的是什么,该怎么办? 嗯,走吧!"

两个副主任十分顺从地走了。第二天,每人送了一份相当深刻的检查,而且把解决问题——这是引起争吵和动肝火的直接原因——的措施都写上了。

柴强离开部队来到地方,但仍然保留着部队上的许多习惯,有时还穿着那条草绿色的马裤(尽管膝盖上已补了补丁)来上班。他上衣的风纪扣是从来不松开的,就连他说话的声调也没多少改变。当他给全厂职工传达上级指示或布置任务的时候,就像在对战士下达作战命令一样。每句话从他的嘴里发出,用工厂的行话来说,好像十个大气压力从一个缩口中压出来似的。他的每句话最后一个字停留在空气中只有半秒钟,这和那种演说家所习用的拖音恰恰相反。在他讲话的时候,那神态就像在指挥作战一样:拧起两条浓黑的眉毛,挺直了颀长而结实的身躯,有时稍微前倾一些;突然,他的双手从半空中劈下来,像闪电一样;倏忽,两只手又左右横扫开去,似乎有一柄指挥刀握在他的手里。

现在,站在柴强面前的不是全厂职工,也不是他的战士们,而是设计科副科长丁明达。

上午,丁明达没有找到柴厂长,下午才在办公室堵住了他。

没等丁明达开口,柴强就给他提了个问题。

"我说丁科长,"柴强还像在部队里一样,用行政职务称呼自己的下级,"新产品上几个技术问题,你们能不能尽快解决一下?"看来,加工车间的老陈把状告到厂长这里来了。

"我们已经做了安排,准备派人下车间协助解决。"丁明达轻松地说,心里暗暗庆幸:亏得昨天晚上和叶赋章研究了这个问题,要不,厂长今天突然提出来,他用什么方法来招架呢!本来,自己就要从这个问题上谈起,再进入正题,现在厂长给起了个头,正好!

"要限期解决!"柴强举起一只手,劈下去,"部队打仗,说拿下那个碉堡到时候就得拿下来。咱们搞工业,也得学学打仗的作风。干革命,就怕拖拖拉拉!"

"正是为了解决问题,我们把业务骨干抽出来了。"丁明达不慌不忙地说。

"叫谁下去?"柴强问道。

"王志嘉带两个人。"丁明达注意着柴强脸上的反应,"我和叶总研究决定的!"

柴强点了点头,这个人选,他比较满意。

"我们也有个要求,柴厂长!"丁明达觉得现在是一个机会,应该从厂长这里得到保证,"设计科人手本来不多,现在又把主力抽到车间去了,科里工作势必更加紧张。以后,再有什么额外任务,我们可是没法接受的啰!"

柴强不假思索地说:"现在,就是新产品的定型工作,还有什么额外任务? 放心吧,不会给你们加什么苛捐杂税的!"

刚说完这句话,突然想起昨天刘之毅带回来的新任务,连忙改口说:"对了,丁科长,我刚才这话,恐怕不能算数。"

"怎么?"丁明达故作吃惊地问道。

"刘书记从省里开会回来,带回一个任务,要咱们厂给农村搞个发动机。"

"咱们干得了吗,柴厂长?"丁明达失声喊道,"首先,咱们厂设计力量不足。柴厂长,您可能不大了解,设计一种新机器,实在不容易啊! 我们科的力量,应付正常工作,已经够吃力了,再加额外任务,有可能吗?"

柴强为难地搓着手。昨天,刘之毅一回来,就和他说起这件事。柴强当时的态度就不很坚决,怕计划以外的任务打乱了正常的工作部署。今年,国家计划比去年增加了百分之二十的产值。柴强自己还有一本账,要在国家计划的基础上再超百分之二十,来个名副其实的"继续跃进"。现在半路上插进一个新任务,势必对计划任务带来影响。

丁明达看见柴强脸上有为难的神色,连忙说:"柴厂长,咱们得从实际出发。如果上级没有把任务硬性下达咱们厂,还只是一个建议,您看能不能向上级反映咱厂的情况,请他们重新考虑考虑?"

柴强还没有来得及回答,刘之毅和叶赋章进来了。

上午,为了承修老德顺拉来的那台柴油机,刘之毅找几个生产科的负责人商量,有人却认为这是分外的事情,作为特殊情况,这次可以帮助解决。到了调度室又碰到了问题，说接受这样的临时任务会打乱安排好的作业计划等等。最后，朱德泉代表加工车间接受了任务，措施是发动群众，用业余时间来修理。

刘之毅深深感到，必须尽快地把职工的思想引导到发展国民经济要以农业为基础的轨道上来，要做到这一点，各级领导的思想必须统一。

刘之毅去找了叶赋章，一起来和柴强商量。

丁明达见党委书记和总工程师来找厂长，知道是来研究那个新任务的，心里不由得"咯噔"一下。转而一想，应该赶快离开，免得不好表态。反正，自己的意思已经和厂长说了，厂长不会不吭气的。

丁明达向叶赋章和刘之毅点点头，想擦身走过去。但是叶赋章叫住了他："别走，老丁，一起研究研究昨天说的事儿。"

丁明达只好留下来。

刘之毅对柴强说："老柴，关于省里交给咱们的新任务，我和叶总商量了一下……"

"怎么样，叶总？咱们干得了吗？"柴强劈头就问叶赋章。

叶赋章笑笑，说："如果认认真真地干，我看还是干得了的。"

"咱们的设计力量是不是弱了一点？"柴强问。

"是弱了一点，"叶赋章说，"所以，我倒是这样想：咱们搞这个东西，一方面是完成上级交给的任务，为支援农业技术改造出一把力；另一方面，通过这次实践，锻炼和提高我们的设计队伍，这是一次很好的学习机会。"

刘之毅在一旁点头，他觉得老工程师是想得比较长远的。

叶赋章继续说："我们现在的产品设计工作，实际上是搞测绘仿制。我们不能老是停留在这种状况。根据国民经济发展的需要，我们要设计自成系列的各种发动机，必须要有一支像样的队伍啊！"

"问题是，现有的人手，连日常工作都忙不过来嘛！"柴强说，"刚才，丁科长和我说，准备叫王志嘉带两个同志到车间去解决新产品加工中的一些问题。"

"是吗？"刘之毅一愣，折过身去，看了看丁明达。

丁明达连忙欠身说："是这样的,刘书记。汽缸盖加工中有点问题,老是解决不了,我和叶总商量,他的意思是让王志嘉下去帮助解决,因为小王有实践经验。是这样吧,叶总?"

叶赋章点头说:"是这样,缸盖加工中的问题必须尽快解决。"

丁明达暗自庆幸,昨晚在总工程师家,那一番脑筋是动对了。转过脸去,却发现党委书记的眼光,正停留在自己身上,禁不住心里又"咯噔"了一下。

丁明达一向欣赏自己会动脑筋,能使心眼。但是,在刘之毅面前,却不敢使用这一套本领。他总觉得,党委书记看人时那种亲切和善的目光,能看透对方的五脏六腑。现在,那眼光不是在向自己提出一连串问题吗:为什么正好是现在把王志嘉派下去呢? 到底是叶总的意见还是你的主意呢? 你的真实意图是什么呢? ⋯⋯丁明达仿佛还感觉到,那眼光还包含着这样的疑问:这老丁大概又在使心眼了吧? ⋯⋯丁明达也承认,党委书记对自己并不抱成见,在全厂的工作问题上,经常征求自己的意见;对自己在工作中的错误缺点、旧的思想作风,也常有批评,但这种批评是与人为善的,和风细雨的,连句大嗓门都没有。他觉得,党委书记对自己,和对其他职工并没有差别。但不知为什么,丁明达又感到刘之毅对自己是有看法的,他使的每一次心眼,好像刘之毅都知道。所以,每当他与党委书记的眼光接触时,他一方面感到那眼光是亲切和善的,这一点和所有人的感觉一样,但又总感到这眼光中有点异样的东西,它像 X 光一样,在探索人的灵魂,思想⋯⋯

他觉得应该说几句话,然后尽快离开这里。

"上级交给咱们这个任务,按理说,咱们是责无旁贷。"他往鼻梁上推推眼镜,"当然,咱们力量不足,这是事实。接受这个任务,和正常的工作有些矛盾,这也是事实。如何解决,请⋯⋯请领导上决定,我们遵照执行。"他站起身来,"我先走一步,科里还有点事情。"

说完,他朝大家点了点头,不等柴强和刘之毅首肯,就转身走了。

刚才,刘之毅的眼光,确实在探索丁明达的思想。这个老工程技术人员,由于他独特的生活经历,旧的思想意识是比较多的,它们和生活中新出现的事物总有矛盾。帮助他摆脱这些旧东西的羁绊,使他跟上时代前进,这是自己的责任。但是,这位副科长又不勇于暴露自己的思想,也不愿意丢掉那套在旧社会形成的生活经验。刚才他急急离去,无非是怕表态,怕切实地承担责任。当然,关键不在他身上,关键是党委的意见一致,步调一致,特别是柴强的态度十分重要。

"老柴,你看这个问题怎么解决?"刘之毅问道。

柴强说:"不是人手不够吗?王志嘉还要带两个人下车间……"

"下车间是短期的,问题一解决就能上来。"叶赋章说,"以设计科现有力量,好好安排,能抽出一部分人来搞设计方案。"

柴强离开了他的皮转椅,踱了两步,举起右手,向下一挥:"这样吧,我们给部局打个报告,转达一下省里交给的任务。如果部局也同意,就作为正式任务下达,咱们就组织力量来干。"

"可以。"刘之毅点点头,"不过,现在就该行动起来,不要坐等。"

"不在乎这点时间吧,老刘!"柴强转身说,"咱们工厂,国家下达的任务排得很满。计划就是命令,必须不折不扣地去完成。至于计划以外的事情,恐怕也只好量力而行,对不对?"

"国家计划任务当然必须完成,但这个新任务也必须大力来搞。"刘之毅续上一支烟,用很重的语气说道,"不能把这看成是额外负担,老柴!毛主席一再强调,农业是发展国民经济的基础。在优先发展重工业的条件下,国民经济能不能全面、高速度地持续发展,决定于农业的发展速度!应该承认,在这方面,我们的思想有点赶不上形势。你知道工人们在想什么吗?他们说,工厂里完成了国家计划,但是农业上不去,工人阶级能不能说自己很好地完成了任务?"

柴强没有回答,他在品着党委书记的话。来厂以后,他和刘之毅之间的关系是正常的,合作得也很好。作为一个行政负责人,他尊重党委的领导,执行党委的决定。在党委会上,他不隐瞒自己的观点,也不随便附和别人。通了就是通了,不通还要坚持自己的看法,直到被别人说服为止。他和刘之毅之间,对某些问题的处理上,有时是有分歧的:刘之毅处理问题,总是要考虑到各个方面,仿佛永远是不慌不忙的;柴强不喜欢四平八稳,他办事总爱快刀斩乱麻,从不拖泥带水,执行上级命令非常坚定,很少左顾右盼。柴强把这归之于两人经历和所处地位的不同、思想方法和性格的差异引起的。柴强从内心里承认,刘之毅有丰富的地方工作经验,善于做人的思想工作,政策水平较高。全厂的大事,有这样的人把舵,他甩开膀子干就行。刘之毅也尊重行政领导,一些生产上的业务,一般他不去干涉,随便指挥。他钦佩柴强的工作魅力,赞赏他雷厉风行的作风,也承认两个人对一些问题的看法常有差异。差异就是矛盾,矛盾是普遍存在的。现在,在对待工厂的任务问题上,两个人的看法就并不完全一致。

叶赋章觉得,两位领导同志在交谈他们对一个问题的不同认识,自己在场是不大合适的。他站起身来,说:"你们先研究吧,决定了,就告诉我。"

"就是请你来一起决定嘛!"刘之毅说,"没关系,你也来一起争鸣好了,各抒己见嘛!"

"对,对,别走。"柴强也说,又转向刘之毅,"你刚才讲的当然有道理,不过,我们总得承认,工厂本身的任务和支援农业是有矛盾的。"

"当然有矛盾。"刘之毅也站起来踱开了步,"问题是怎样看待这个矛盾。是消极地来看待这个矛盾,还是用积极的态度来认识这个矛盾、解决这个矛盾。如果我们和全体职工真正认识到只有农业的大发展,才能促进重工业的大发展,才能为轻工业大发展提供充足的原料,为轻重工业提供广阔的市场;工农业的大发展,就必然带来交通运输、商业、科学、文化教育各方面事业的大发展、大繁荣。支农不仅是为了增产更多的粮食、棉花和各种农副产品,也是为了多产钢铁,多造机器,多产棉布,多造学校,是为了更快地推动社会主义事业向前发展,我们就能正确对待和解决局部和整体、目前和长远利益的问题,就会提高广大职工的思想觉悟,把工厂技术革新和技术革命的运动推向前进。做好了支农工作,各方面也会出现新的起色。这才是解决矛盾的积极态度。"刘之毅拍着柴强的背,开玩笑地说:"伙计,这绝不会是亏本生意!"

柴强深思了一会儿说："从战略意义上说，你讲得很对。叶总，你说呢？"

"我没有想那么多、那么深。"叶赋章说，"不过，我总认为，科学技术应该去解决社会主义建设中提出的问题。现在，问题提出来了，而且的确是个关系极其重大的问题。应该为了解决它，尽我们一份力。尽好这一份力，也不容易，要认认真真去抓。"

"那你说说，我们应该怎么去抓？"柴强说。

叶赋章说："在设计阶段，工作量主要集中在设计科。是不是专门抽出几个人，组成个设计小组，从现在起，就着手收集资料，考虑设计方案。"

柴强问："这个设计小组，还放在设计科？"

叶赋章说："老丁的意思是，为了加强领导，设计小组由厂部或我直接抓。我考虑，不是我直接抓，我也要管。还是放在设计科，充分发挥集体力量，这样更好些。让我直接抓，我的杂事太多，一时顾不过来，反倒会影响他们的工作。你们看，这样行不行？"

刘之毅说："我看可以。反正，上面是你叶老总挂帅。青年人没经验，你得领着他们去闯。老柴，你看是不是赶快召开一次党委会，把这个问题确定下来？"

"好吧。"柴强说，"对于发动机，我还是门外汉，叶总你多操心吧！"

丁明达回到办公室，第一件事就是看《参考消息》。

他已经养成习惯：不管有多么急的事情要办，哪怕是屁股后面着了火，他也要把当天《参考消息》的四个版面浏览一遍，才去干别的事情。他说，这是关心世界大事。

今天看报纸，精力却集中不起来，更没心思去对美联社或路透社的消息发表什么评论。

柴厂长的办公室里，接受新任务的问题研究得怎样了？决定下来没有？

丁明达一面翻报纸，一面心里琢磨：接受这个新任务，看来是势在必行了。今天上午碰到的那挂大车，非但进了厂，而且厂里承揽下来修理了。一般情况下，这是不可能的。

看来，这就是形势，就是潮流。他丁明达，只能跟着往前走，不能再讨价还价了。

他烦躁地扔下报纸，走到隔壁屋子里去。

隔壁是个大套间，外间是描图室，里间是设计员的办公室。

他走进里间。

设计员正在忙着他们的日常工作。丁明达走到王志嘉身边，说："王志嘉，赶快把手里的工作了一了……"

"是不是马上就开始设计新型发动机？"旁边的苏一鹏插嘴问。

"带两个人下车间，解决汽缸盖上的加工问题。"丁明达说，"叶总和柴厂长决定的。"

王志嘉吃了一惊，问："新的设计任务，咱们不搞了？"

"领导上还在研究。"丁明达说，"如果定下来要搞，咱们还得搞啊！"

叶琪和方斌的办公桌靠得较近。丁明达走过去说："你们说，咱们搞得了吗？"

方斌不置可否地笑笑。

叶琪反问了一问："你说呢，丁科长？"

丁明达没有正面答复，只是叹了一口气说："反正，就这么几个虾兵蟹将。"

"不要小看虾兵蟹将，也能倒海翻江呢！"苏一鹏走过来说，"丁科长，你真不知道，农村需要机器多么迫切，社员的要求真叫人感动！"

丁明达对苏一鹏印象不怎么好。这个毛头小伙子，不管人前人后，说话缺少分寸，有时还会在大庭广众之下顶撞你，他可不管你是什么科长厂长的。

丁明达本来想回敬他一句："天底下感动人的事情多着哩，感动就能感动出个发动机来？"话到了嘴边，又咽下去了。

"是啊，这任务，确实很重要。"丁明达点着头说，"不过，还得领导上拿主意,光咱们着急,不行。"

"领导到底是什么态度?"方斌问,他很关心这一点。

"从柴厂长的态度看,他好像有保留。领导有领导的难处,咱们不在其位,不谋其政。他们要为国家计划负责,要从全厂的工作着眼啊!"

上午,方斌听王志嘉说,上级要交给厂里一个新任务,他心里就动开了。如果把他投寄动力研究所的那个东西拿出来,肯定会受到重视;但他又觉得,生平第一个作品只用于农业,未免有点委屈。农业机械,给人的概念总是简单粗糙的,比较低级的。他应该给自己的发动机安排一个更好的命运。方斌相信,只要动力研究所发表他的论文,出路就不成问题。

方斌在心里对自己说:"沉住气,不要凑热闹、赶浪头! 只要有货真价实的东西,还怕得不到别人承认?"他转脸看了看叶琪,见她正托着下巴出神,好像不相信柴厂长会对这件事情不热心。方斌在心里喊道:你呀,把什么事都想得很简单,真是个傻丫头!

这时候,刘之毅和叶赋章进来了。

丁明达马上迎上去说:"研究定了吗? 大家正在关心着这件事呢。"

刘之毅拉着叶赋章坐下来,说:"大家都关心,事儿就好办了,正想听听你们的意见呢。"

"没说的,现在就想开始干!"苏一鹏说,"我们已经把发动机产品的样本、目录都找来了。"

"嗬,真有点干劲啊!"刘之毅笑着对叶赋章说:"老叶,你手下这些兵,临战状态不错嘛!"

叶赋章笑着说:"这种仗,他们还没有打过,光知道冲,可不行。"

王志嘉一听党委书记和总工程师的口气,知道领导已把事情决定下来了,高兴地说:"我们听叶总的指挥!"

刘之毅笑着对叶琪说:"大显身手吧,叶琪! 可得听你爸爸的将令哪!"

叶琪调皮地看了爸爸一眼,说:"我听总工程师的将令,不是听爸爸的将令。"

刘之毅哈哈大笑起来,说:"行啊! 这样提法,比较恰当。说听爸爸的将令,到时候耍孩子脾气,一撒娇,就不听了。"

叶琪说:"我可从来没撒过娇,不信你问爸爸!"

叶赋章淡淡地一笑,说:"这倒是真的。从小就没妈的孩子,不懂得撒娇。"

刘之毅了解工程师的女儿,知道她在对待新任务的问题上是积极分子。于是转向方斌,问道:"方斌,你呢?"

方斌没想到党委书记现在就叫他表态,一时语塞了。过了一会儿,才讷讷地说:"我……我当然也应该出力。"

叶琪瞥了方斌一眼,说:"有人认为,搞一种农用发动机,这个服务目的不怎么高级。农村需要的东西,总是简单粗糙的。"

这几句话,给屋里带来了沉闷的空气。

方斌心里着急,责怪叶琪不该在这样的场合使他难堪,叫他下不来台。私下里怎么说也可以,骂他几句也没有关系。

其实,叶琪并不是为了使方斌难堪,而是用激将法,让她的老同学对这件事热心一些。

刘之毅知道叶琪说的是谁,也注意到了方斌的局促不安,但他不想使方斌难堪,所以移过目光,不去注意这个白净脸皮的技术员。

但是叶赋章说话了,语气中还带点儿激动:

"这种看法很值得讨论讨论。为农村搞一种发动机,服务目的就低级了吗? 农业机械就应该是简单粗糙的吗? 科学技术到底为什么服务呢?"

刘之毅站起来,走到窗口,返身说:"是需要议论议论。究竟是生产的需要所提出的新课题来推动科学的发展呢,还是相反。记得,恩格斯在这方面有论述。"他走到书架旁边,取出一本《马克思恩格斯选集》,翻到一处,"你们听,恩格斯说:'社会上一旦有技术上的需要,则这种需要就会比十所大学更能把科学推向前进。'还有,'科学的发生和发展,从开始起便是由生产所决定的。'"

丁明达连连点头,表示他对革命导师的教导完全领会,完全拥护。

叶赋章不大清楚女儿指的是谁,他认为,对一个搞科学技术的人来说,

这种思想是要不得的,他有必要再说两句:

"搞科学技术,一上来应该把路子走正。要切切实实去做对社会发展有利的事。服务目的怎么能分高级、低级?要看对人民是不是真正有用。"

"叶总说得对。"刘之毅放好书,在青年人中间坐下,语重心长地说,"我希望,你们能经常把业务实践中出现的一些思想问题,拿出来研究研究,这绝不是针对某个人,而是为了大家的提高。比如说,通过整风学习,我们懂得了知识分子的无产阶级立场,就集中表现在坚定地拥护党的领导,对社会主义具有不可动摇的信念。解决了这个立场问题,就一定会对社会主义产生深厚的感情。凡是有利于社会主义的事,就会勇于挑起担子,奋不顾身地去完成。农村在合作化以后,能不能在一定时间内实现机械化,这涉及巩固工农联盟、巩固社会主义制度的大问题。这是一个十分艰巨的任务,不是搞出一两种发动机就解决问题的,也绝不是一两个行业能解决问题的,而是需要全党动手,各行各业都来行动,都来支援。但是,作为一个革命的知识分子,如何对待这个问题,来明确自己的服务对象、服务目的,却是十分重要的,是需要在斗争实践、科学技术实践中经常加以研究的。"

一席话引起了青年技术员的深思。

丁明达的脑子也没有歇着。他想,党委书记这一番议论虽然不是针对他的,但是作为设计科的负责人,自己应该代表大家表个态。

"刘书记刚才的指示十分重要,充分体现了党对我们工程技术人员政治上的关心。科里要抽个时间,认真讨论一下,更好地领会消化。"他的语调十分严肃。其实,到底怎么重要,他也不甚了然,目下最要紧的是表示出自己的鲜明态度。

刘之毅笑笑说:"我的意思是,结合你们的工作,这类问题可以经常议论议论,倒不一定专门来讨论,不要搞'空对空'嘛!"

"对,对,"丁明达马上改口说,"主要是领会精神实质。刘书记,这个发动机究竟怎么搞法?"

刘之毅说:"让叶总讲吧,他有个想法。"

叶赋章说:"你们是不是研究一下,抽出一个设计小组,专门承担这个任务。眼下,抓紧收集资料,准备考虑设计方案。"

"王志嘉还下去不下去?"丁明达问。

"下去!"叶赋章说,"到车间抓紧把缸盖加工中的问题解决了,上来集中精力攻方案。"

第七章

晚上,住在集体宿舍的设计员们都挤在王志嘉的宿舍里,热烈地议论着这个新任务。

有人建议在目前动力机厂所生产的多种专用发动机中,选择一种马力较小的,把输出功率那部分的连接装置改变一下,使它适合于农村所需要的多种用途。

有人建议从国外资料中,找一种比较接近农村需要的发动机来试制。

也有人提出,在现有的国内外发动机资料中,选择一种,进行局部改进。

苏一鹏拨浪鼓似的摇着脑袋:"不理想,不理想。"

"那你说怎么办?"问的人也很干脆。

"另起炉灶。"

"怎么起法?"

苏一鹏一时答不上来了。

议论中,王志嘉很少发言,只有争论得离题的时候,他才插上几句,把话题拉回来。他说:"根据上级的要求,叶总提出要搞一种多种用途、经济实用的发动机,要适合农村的特点,体现多快好省的精神。我们应该根据这些原则来考虑。叶总叫我们广泛收集资料,然后考虑方案,这就不是把现成的东西搬过来,修修补补……"

方斌没有参加他们的议论。

他躲在里屋,独自欣赏他那篇关于小型发动机的论文底稿。外屋争论得那么热闹,他们能拿出什么东西来呢?如果现在把这篇论文和发动机的总图摆在他们面前,一定会使所有的人惊讶不已的。但方斌并不想出这个风头。他在等待动力研究所的答复。他想到论文发表后在社会上引起的反响,想到今后自己在动力界的地位……叶工程师是看重人才的,这篇论文的发表,一定会使叶赋章高兴,自己也一定会得到他的另眼相看。至于他和叶琪的关系,将会以这为契机,而进入一个新的阶段。这一点方斌很有信心。总之,从此以后,他方斌将一步步向自己的生活目标走去……

方斌想得很多很多。是啊,只要展开想象的翅膀,广袤无垠的天地之间是可以随意飞翔、纵横驰骋的。

由于这种"飞翔"和"驰骋",方斌躺下以后还是睡不着。他觉得生活是美好的,为什么过去有一段时间,自己那样心灰意懒呢?这是意志薄弱!如果像当时那样长此下去,消沉、颓唐,以致堕落,该是多么可怕!方斌感慨地想:生活的舵总是掌在自己手里的,只要不往礁石上撞,根据风向走,是会到达彼岸的。现在,风不是在鼓着他的帆篷吗?

深夜,方斌终于入梦了。窗外微弱的路灯光照在他的脸上,他仿佛在微笑,大概在梦中还在继续着他的"飞翔"和"驰骋"吧!

外间鼾声大作。打鼾的是苏一鹏和鲁大明,一粗一细,一高一低,起落呼应。

王志嘉没有睡着,他失眠了!平常,他并没有失眠的毛病,但有了心事,也会半夜半夜闭不上眼。这种习惯,始于他从工厂进入工农速成中学的时候。一个粗通文字、不知代数几何为何物的工人,要在两年自学完普通中学的全部课程,实在是不容易的。在课堂上,他没有叫难;自修时,也没有向人诉苦。不过,晚上他失眠了。他想起,党把他派到这儿来学习,是希望他能学好,是相信他能学好的。离开工厂时,他的师傅朱德泉扛着行李,送他上车。老工人语重心长地说:"工人上大学,过去哪儿听说过?工人阶级需要自己的专家啊!小嘉,你千万不能给党丢脸,给工人阶级丢脸!你先走一步,以后还会有更多的人去,可要做个榜样出来……"一道数学题解不出来,他会想起朱师傅的话;一个物理公式弄不懂,他会想起朱师傅的话……王志嘉尝到了失眠的滋味。他在床上辗转反侧,又怕床发出响声把别人吵醒,于是强制自己一动不动地躺着,熬过了一个个的漫漫长夜。有时,他干脆披衣起来,拿了书到路灯光下去读。就这样,他战胜了最初看起来似乎是无法克服的困难,一直到学业结束,以比较优异的成绩离开学校。正是在他一次次和巨大困难斗争的过程中,加上他个人生活中的特殊经历,养成了他不尚空谈、深沉、善于思索、责任感强的性格特点。

现在,鲁大明和苏一鹏一起一落、风格卓异的鼾声,使得王志嘉怎么也进入不了梦乡。在鼾声的间歇中,他听见隔壁屋子里有吱吱的床响声。难道方斌也睡不着?王志嘉忽然产生了要和别人谈谈心的愿望。于是他下床趿了双鞋,披了件衣服,推开了里屋的门。

"谁?"方斌问道。

"我。"王志嘉小声说,同时关上屋门。

"干啥?"

"睡不着,过来和你聊聊。"王志嘉在方斌床沿上坐下。

原来,刚才方斌做了个梦,梦中和另一个人——仿佛是叶琪——骑了马在海边奔驰。他们快乐地策马飞奔,海浪在后面追赶他们。突然,马一失足,他就跌落在海滩上。海浪呼啸着,一下子把他吞没了。他惊叫一声醒来,就再也睡不着了。

王志嘉和方斌之间,并不存在什么特殊关系。作为一个党员、团支部书记,他应该接近和关心团外的青年。他经常主动接近方斌,找他谈心。方斌也总是客客气气对待他。对于自尊心极强的方斌来说,团支部书记有一个不使他反感的特点:他不露锋芒,从不表现出一种政治上的优越感。他总是以一个同志、朋友的身份和方斌谈话,态度是诚恳的,随和的。方斌即使喜欢挑剔——对于他所反感的人挑剔得更厉害,也无法对王志嘉产生恶感。但是,他们之间也就停留在客客气气的一般关系上了,两人中间仿佛隔着一层什么东西,妨碍他们更进一步的接近和了解。方斌是轻易不肯向人打开自己的心扉的,王志嘉也觉得难以对这个人做透彻的了解。

"你们议论得真热闹啊!"方斌说。他靠着床架半躺着,递给王志嘉一支烟:"来一根怎么样?"

"行!"王志嘉平时不抽烟,这时却顺手接过来了。一来,他不想辜负方斌的好意;二来不想破坏眼前亲切的谈话气氛。

点烟的时候,王志嘉呛得低声咳嗽了几声。吸了两口,反倒不咳了。他亲切地问:"方斌,你怎么不出来和大家一起议论议论?"

"我想看点书。"

"上级交给咱们这个新任务,你有什么想法?"

"挑起来嘛!"方斌深深吸了口烟,用同样亲切的语气说,"王志嘉,搞吧,我支持!"

"不是支持的问题,"王志嘉拍拍方斌的肩说:"要你全力以赴投进来,咱们一起搞。"

"不可能把力量都投到这上头来吧!"方斌说,"科里的工作总还要人做。现在,还没有确定究竟哪个设计小组来担当这个任务。"

"下班以前,丁科长告诉我,他和叶总研究决定,把咱们小组抽出来搞。"

"这么说,你这个设计组长,肩上的担子可不轻啊!"方斌说。

王志嘉向半躺着的方斌靠了靠,不无激动地说:"方斌,厂领导和叶总很信任咱们。我总觉得,这是我们搞工业的人的责任,特别是咱们革命青年,面对这个问题,每个人都应该做出自己的回答。"

"是啊,是啊!"方斌连连点头说,"每个人都该回答,我也要好好想想。"

"你现在还坚持那种观点吗?"

"什么观点?"

"搞农业机械,服务的目的……"

"不,不,不,"方斌连忙说,"叶总和刘书记说得对,我的看法有点片面。"

"那好,咱们一起好好干!"王志嘉高兴地说。

"我服从命令听指挥。"方斌说,打了个呵欠。

凭过去的经验,王志嘉知道,今晚要再做深一步的谈话是不可能了。隔在他们之间的一道东西是不容易掀掉的。

"不早了。"王志嘉站起来说,"快睡吧!"

"好,明天见!"方斌还是客客气气地说,在黑暗里还从床架上支了支身。

第二天,方斌就接到了动力研究所的信。

信上说,他寄去的论文稿已经收到了,等他们阅读研究以后,再和他联系。信上并指出:论文中所阐述的发动机,虽然附有总图,但因为没有经过试制,各项设计指标能否达到,是不得而知的。所以,这篇论文,实际上还是一份设计方案,一种设想。如果经过试制,达到了各项设计指标,附上试制报告,"它就能成为一个完整的、独立的研究成果"。在那种情况下发表,其影响和实际意义将远远超过目前这样的论文,等等。

这封信给方斌带来了十分复杂的感情。动力研究所还没有研读他的论文,所以,这篇东西的命运目前还不得而知。但是,动力研究所强调实践,如果附上试制报告,"它就能成为一个完整的、独立的研究成果",发表出来,将会产生巨大的影响。这个提法是十分吸引方斌的。

他立刻想到了准备给农村搞的那个小型发动机。既然任务已经交给了自己的设计小组,党委的决心这么大,叶赋章总工程师又亲自抓这个机器,自己还能置身事外吗?难道王志嘉他们搞出了个方案,自己在里边当个跑龙套的配角吗?这不是我方斌的性格!

经过反复考虑,方斌决定采取主动。

现在,王志嘉他们还没有考虑出方案,自己把这个初具规模的东西一下子端出去,肯定会引起强烈反应的。紧接着,将会把它投入试制;试制成功以后,"一个完整的、独立的研究成果"就出世了。那时候,试制报告上当然和论文稿上一样,写的是他方斌的名字。

这正是一个绝好的机会!如果上级不交下这个任务,到哪儿去为他的设计找一个实践的机会?工厂有固定的生产任务,决不会毫无来由地把一个没有把握的东西投入试制。而现在,一个千载难逢的机会呈现在他面前!可以断定,由于党委的重视,这个东西在试制过程中,人力、物力、财力将会得到充分保证,试制将会顺利进行,在并不遥远的将来,成功将属于他方斌!

方斌越想越是心花怒放。什么"服务目的不高级",去它的吧。现在,他自己把它否定了。

应该尽快把自己的论文端出去,叫大家目瞪口呆!

不,应该先取得叶总工程师的支持,他是工厂的技术权威,他的意见是举足轻重的!

对,为了取得叶工程师的支持,应该先取得叶琪的支持。谁都知道,叶总是那样喜欢他的女儿,而且,他方斌和叶琪过去是关系十分密切的同学,现在,也不是一般关系的同事。在叶琪身上方斌寄托着希望,附丽着幻想,这样重要的事情,当然首先要告诉她!

他决定去找叶琪。

方斌自认为十分了解叶琪,所以对她的心直口快,并没有做错误的理解。比如,昨天叶琪在办公室里当着党委书记的面将他的军,她的动机绝不是为了使他难堪,而是用她独特的方式激励他。这种独特的方式,叶琪仅仅在他们之间使用,这也标明她和自己的关系不是一般的。

下班以后,方斌等着叶琪一起离开办公室。他提议到厂前区的小花园里走走。

小花园里很寂静,只有头上树叶的飒飒声,和脚下踩着枯叶发出的沙沙声。

"阿琪,"方斌侧过脸来,亲亲热热地喊道,"我接受你的批评,决定全力去搞那个新发动机!"

"真的?"叶琪高兴地瞪着她的大眼睛,"这么说,刘书记的话起作用了?"

方斌点点头:"还有你的帮助嘛!"

叶琪笑着说:"昨天我揭了你的底,还怕你生气呢。"

"你以为我连好坏也分不清? 太小看人了!"方斌显得十分知己地说,"你就是骂我,也是为了我好,这我知道。"

叶琪觉得他的话有点过分,但也不想去计较。她问:"把我叫到这里来,有什么事?"

方斌停住脚步,眼睛里闪着光:"不瞒你说,阿琪,我已经有方案了。"

"真的?"叶琪吃惊而又高兴地问,"你已经有方案了?"

"而且这个方案基本上能达到上级向我们提出的那些要求。"方斌得意地说。

"是吗?"叶琪高兴得跳起来了。

从水渠工地上劳动回来,工余独处一室,叶琪的眼前常会浮起工地上那几个农村小姑娘的形象,她们的纯朴、善良和勤劳使她感动;她们没有更多受教育的机会,否则,她们中间也会出现很多技术人才的。她们的一生将交付于繁重的农活和家务,她们青春的汗水将洒在锅台旁和磨道里。许多人将像她们的母亲、祖母一样,去走完她们一生的路。叶琪小时候在农村待过几年,对农村妇女的生活有一定了解,也对她们充满了同情和尊敬。她渴望她们能够从繁重的田间劳动和家务中解脱出来,在生活中发挥自己的作用。她对新的发动机设计任务之所以如此热情,相当程度是这种感情支使着。现在,方斌已经有了方案,而且基本上能达到上级提出的要求,叶琪怎么能不高兴呢! 她看了看面前这个老"同窗",不能否认,他是有点才气的,别人还没有拿出主意来的时候,他的方案已经在胸中了。

单纯的姑娘,还从来没有认认真真地考虑过,她是不是喜欢方斌,或者她是不是应该去喜欢一个人! 是的,她和方斌在一起的时候,短不了要闹些小矛盾,方斌性格中的某些部分她不喜欢;现在,为了这个发动机,她却第一次觉得方斌是可亲的了,也可以说,她觉得这个人还的确有点讨人喜欢的地方。

叶琪高兴死了,她抓住方斌的袖子说:"快去告诉王志嘉吧,让他们也高兴高兴。"

"慌什么?"方斌握住了她抓袖子的那只手,不以为然地说,"要冷静下来,阿琪!"

叶琪不解地看看方斌:为什么要冷静?有了方案,难道不该高兴吗?在她看来,把方案立即告诉大家是理所当然的。方斌自己提出了方案,却要保持冷静,还要别人也"冷静下来",这是因为他有涵养功夫,还是怕人说他骄傲?她一时弄不懂。

"那先把方案给我说说,总可以吧!"她挣脱方斌的手,依旧很热情地说。

"当然可以!对你还有什么不可以说的呢!"方斌温柔地说,"不过,你得答应我,一定要支持我的方案。"

"那当然。"叶琪不假思索地说,"快说吧,别那么吞吞吐吐的急死人。"

方斌一五一十地把自己的打算告诉了他的女友。

听完了方斌的介绍,叶琪却有点犹豫起来了,她问:"这个东西能达到要求吗?"

"我不是说基本上能达到吗?"方斌说,"一个机器,要完全满足那些要求是不可能的。我这个方案,有几个指标是特别先进的,比如单位马力所占的机器重量,可以说在国际上也是比较先进的数字。"

叶琪觉得,她只是听了方斌的粗略介绍,没有仔细研究这个方案,也不好发表什么具体意见。她说:"你就赶快拿出来让大家讨论吧,人多主意多,在你方案的基础上改进、提高,这个东西可能会更完善些。"

"这倒不必着急,"方斌抓住飘落下来的一片黄叶,拿在手里观赏着,显得十分从容,"我要首先把这个方案交给你爸爸审查,他点头以后,再往外拿。否则,我是不会随便拿出来的。"

叶琪不大同意这种做法,她说:"为啥要这样呢,拿出来让大家研究研究,议论议论,有什么不好?"

方斌微微一笑,拍拍她的肩膀说:"你呀,是个傻丫头!"

"我傻什么?"叶琪躲开他的手,显得越发不解地看着方斌。

"众口难调呀,知道吗? 现在就拿出去,大家你一言,我一语,意见提了一大堆,一个好好的方案,被戳上十七八个透明窟窿,我怎么收拾? 你能要求别人提意见都实事求是吗?"

"那么,你对自己的方案信心并不大?"

"恰恰相反,我很有信心!"方斌把手里那片黄叶扯碎了,"不是我吹牛,这个东西在理论上是完全成立的,现在的问题是要把它投入试制,让它在实践中也能成立,它就是个完整的独立的研究成果,何必把方案拿出去让别人争论,耗费大家的精力呢!"

对于方斌这种过分的自信,叶琪颇觉得不以为然。她知道,这个人是不容易被人说服的。既然他要拿去先给爸爸看,也好。她相信,爸爸会发表正确意见的,所以没有继续和他争论下去。

在走出小花园的时候,方斌提醒她说:"别忘了,你是答应支持我这个方案的。"

"我一个人的支持有什么作用?"叶琪说。

方斌挨近她走着,低声说:"对我来说,你的支持比任何人的支持都重要。"

"为什么?"叶琪下意识地侧身往旁边走了两步,拉开了和方斌的距离。

方斌有点失望,不好意思再靠近她,但语气中不觉带出几分哀怨:"你难道真不懂吗?"

"我不懂为什么我的支持比任何人的支持都重要;我只知道,只要是好的东西,我是一定支持的。"

方斌说不上对这个回答满意不满意。这时候,他们已经走出小花园,踏上了厂前区的主干道。

叶工程师吃完午饭,坐在沙发上闭闭眼睛。他没有午睡的习惯,只要闭上眼睛休息一会儿,下午就有了精神。这时候,方斌夹了一包东西来找他。

自从和叶琪谈过他的方案以后,方斌就抓紧时间,躲在宿舍里,整理他的论文底稿。到今天凌晨三点,他又整理出一份清楚的资料,准备送交叶赋章审阅。

在外面,方斌彬彬有礼地称呼叶赋章为"叶总",但在家里,在叶琪面前,却亲亲热热地喊"叔叔"。这种称呼已经习惯了。叶琪那寡居了三十多年的堂姑,却因为这个称呼,和方斌亲热起来。

往常,叶工程师家的客人是不少的:党委书记、厂长、丁明达,青年设计员们是常客,朱德泉和一些老工人也常来。对待客人,叶姑一般都很热情。在年轻的客人中,她对方斌更亲热一些。这里有两层原因,除了对叶工程师的称呼上方斌与众不同之处,还因为方斌对叶琪那种超过一般同事的亲密关系。年近花甲的老人没有生过孩子,因此对叶琪就视如己出。她的堂弟也许因为工作太忙,要操心的事情太多的关系,对某些在她看来是家庭中头等重要的事情,好像根本不予考虑。这一点她是颇有意见的。既然她已是这个家庭的一分子,那么,堂弟疏忽的事情,自然应该由她来考虑了。

这个头等重要的事情自然是叶琪的婚事。她的侄女儿已经不小:她像阿琪这样的年岁,早已出嫁,并且被早死的男人孤零零地抛弃在这个世界上了。现在,她的阿琪,二十五六岁的大姑娘,却好像压根儿没有想起过自己的终身大事似的。她知道,堂弟舍不得她的侄女儿,她的侄女儿也离不开她的堂弟。但是,阿琪能一辈子厮守在父亲身边吗?男大当婚,女大须嫁呀!叶姑在心里暗暗责备堂弟的糊涂:耽误了侄女儿的终身大事,她是决不会饶他的。有次,当叶琪不在眼前的时候,叶姑也曾提醒过叶工程师:"赋章,阿琪也不小了,有男朋友没有?"

工程师笑笑,摇摇头:"阿姐,这种事情还是让她自己去处理吧。我们用不着为她多担心。"

"这是做爹的说的话?"老太太生气地责备起她的堂弟了。在这类事情上,她可是不含糊的,管你是什么总工程师不总工程师!在家里,她是他的堂姐。"如今这婚姻大事,当然不能像过去那样,凭父母之命,媒妁之言,可做爹的总不能不管呀！你就那么放心？我可放不下心，这不是小事，知道吗？"

叶工程师还是笑笑："我们操心太多有什么用？这种事情，只有她自己拿主意。阿姐，你还是放宽心吧！"

但叶姑还是放心不下，责怪堂弟到外国跑了跑，脑筋"太开化"了。她一次次提醒他，警告他，要是做父亲的不负责任，误了阿琪的终身大事，她决不依他！

其实，叶赋章何尝不关心女儿的婚事？不过，他不希望女儿目前为恋爱、婚姻、家庭这一类的事情分了心。在她这样的年纪，正是努力学习、发奋工作的时候。他一向认为，一个人在三十岁以前，不能在业务、工作上打好基础，以后就不可能有什么作为了。他对女儿是寄托着希望的。在女儿这样的年纪，把最宝贵的时间虚掷在卿卿我我的恋爱生活或是经营小家庭这一方面，那才是最不值得的。

这一点，他和他那性格倔强的女儿想的完全一样。当叶姑有时小心翼翼地在叶琪面前提起她的婚事问题时，叶琪总是用"行啦，行啦，姑姑"或者"不听，不听，不听"掩着耳朵来回答她。真叫老人哭笑不得！

叶赋章当然不能像他的女儿那样在堂姐面前任性，禁不住她的再三告诫，对这件事也慢慢地注意起来。他仔细观察过叶琪的交往，并没有发现女儿对某个青年人态度比一般人异样些。叶赋章自然也想起过方斌，但他知道，女儿和方斌比较接近，一方面是因为两人是老同学，再一方面还因为父辈有过交往的关系。在长时间的相处中，看不出女儿对这个青年人有更多的感情，或是怀着什么隐秘的想法。叶赋章直觉地感觉到，方斌对叶琪是抱有某种想法的。这倒使他觉得有点麻烦了。不过，他还不能断定自己的直觉对不对，有时甚至希望，这是一种不确切的印象，而不是事实。

现在，方斌夹了一包东西，喜滋滋地进来了。

"您正在休息吗，叶叔叔？"他抱歉地在门口站住了，好像很后悔在这时候闯进来。

"不，不，没有关系。"叶工程师摆摆手，示意他坐在另一只沙发上，"方斌,你们开始工作了吗？"

"开始了,正在查资料呢。"方斌说。

这时叶琪进来了,她坐在叶工程师身边的沙发扶手上。为了表示关系亲密,方斌并没有站起来和她打招呼。

"你有什么想法吗？"叶工程师问。

"我正是为了这件事来找您的。"方斌从沙发里把身体向叶赋章那边探过去,表示小辈对长辈的尊敬。"叶叔叔,您还记得上次我请您看的那篇论文提纲吗？"

"论文提纲？ 什么论文？"叶赋章一时想不起来了,"噢,对了,是不是那篇关于小型柴油机的文章？"

"对,就是那篇东西。"

叶赋章没有说话,靠着沙发闭上了眼睛。

方斌不知道总工程师在想什么,他有点着急,看了一眼叶琪。叶琪仿佛也感到茫然。

"我不同意你们花很多精力去写这种文章。"叶赋章张开眼,深有所感地说,"这种经验式的论文对建设没有什么好处。在我看来,除了基础学科,在应用技术方面,不结合实际的理论都是空话。"

"是的,叶叔叔,"方斌马上同意,"只有通过实践,才能验证理论的正确性。这次我就准备以它为根据,搞出一个新发动机方案,用它投入试制,来验证我的几个论点。叶叔叔,您认为这样做能行吗？"

叶赋章又闭上了眼睛。有顷,他从沙发上站起身,背着双手,在屋子里踱了两个来回,这才说:"这样做,我也不反对。不过,能不能满足农业上的要求,恐怕是个问题。"停了一会儿,他又十分感慨地说:"一个人精力很有限哪,方斌！ 应该把它花在有用的地方。像你现在写的这种论文,过去,我和你父亲都写过很多,结果是一堆废纸,浪费了那么多的精力,想起来真是心疼！"

方斌觉得膝盖上沉重起来。膝盖上是一个纸包,纸包里是他的论文,以及有关的数据资料。他本想老工程师看后,会给予肯定和赞扬。现在,他却没有勇气打开来了。他把乞援的眼光投向叶琪。

叶琪也没有想到爸爸对方斌的东西是这样的态度。她很为难。不过，爸爸应该看一看再发表意见，在目前方案还没有的情况下，方斌既然有个东西，总是应该受到欢迎的。

"爸爸，你先看一看他的东西，好吗？"

叶赋章点点头。

方斌连忙把他那包东西恭恭敬敬递过去。

但是叶工程师没有伸手去接。

"这样好不好，设计组不是正在考虑方案吗，你先把这份东西给他们看看，大家交换交换意见，然后我们来一起研究。"叶工程师说着又坐到沙发上。"这份东西，王志嘉他们看过没有？"

方斌摇摇头。

"你为什么不先给他们看呢？"叶赋章扭过脸来，盯着方斌说道，"你们是一个设计组，任务是交给集体的，你也是集体中的一员。"

"我想先听听您的意见，再……"

"我当然要看的，不过，应该先在设计组里好好讨论、研究，你一个人这么单枪匹马搞，可不行！"

方斌只好点点头。真扫兴极了！他怎么也弄不懂，老工程师会对他的东西如此缺乏热情！强调集体，还能否承认个人的作用？明明方案是自己的，为什么要拿到组里去"充公"呢？老工程师这样说，究竟是为了什么？他是真的这样想呢，还是以此表示自己的思想进步？他抬头瞥了一眼叶赋章，老工程师正神色坦然地注视着他。他慌忙低下头去，抚摸膝盖上包着论文的纸包。

房间里的空气有点沉闷。叶琪也找不到什么话来说了。她坐到叶工程师的书桌面前，随手翻起资料来。

方斌还在抚摸着纸包，他对纸包里的东西并没有失去信心。他认为，比起以前给叶工程师看过的提纲来，它的内容有了充实。王志嘉他们眼下还一无所有，这份东西拿出去总是会受到欢迎的。到时候，老工程师也得认认真真地看待他这篇东西吧！想到这儿，他的心情好转了一些。

这时候，站在门口的叶姑着急了。由于对侄女儿终身大事的关注，她留意来往的每一个青年男子。她觉得方斌这小伙子为人热情，长相不错，人情世故又很通晓，在老年人面前从不忘记礼貌，看来，肚皮里也很有文才。侄女儿配这样一个人还是合适的。因此，对于方斌的来访，叶姑接待得比一般人更热情些。临走总要送到楼梯口，婆婆妈妈地嘱咐："有空常来呀！""这里就和你的家一样嘛！""客气就见外了嘛！"等等，弄得叶琪反倒难为情起来。

今天，方斌一登门，叶姑就把注意力集中到对面堂弟的书房里来了，（叶琪本来还在厨房里收拾，方斌一到，叶姑就不叫她收拾，把她赶到堂弟的书房里来了。）因为听不清里边的说话，她干脆站在走廊上，伸长耳朵。他们说些什么，叶姑不大明白，但她却听得出来，房间里的气氛不大对头。为了不使来访的青年人过分委屈，她到厨房里泡了两杯茶，端着急急忙忙闯进屋去。

"啊，是阿斌来了！"叶姑亲亲热热地招呼对方，不直呼他的姓名，而用南方人习惯用的昵称，表示她把他看成是很亲近的人。"快喝口茶，润润喉咙。"

方斌连忙站起来，有礼貌地和叶姑打招呼。就在这时候，上班的预备汽笛拉响了。

方斌虽然心里很不痛快，但并没有忘记礼节。去上班的路上，他和叶琪两人，一左一右地走在叶工程师两边。方斌和老工程师靠得很近。一路上，三个人有说有笑地走着，颇为引人注目。在这种场合，方斌往往表现出十分随便，洒脱，显示出他和这父女俩的确有一种与众不同的关系。至于这样会不会引起别人的猜测，他无所谓，也许，猜测和议论，倒正是他所希望的。

上下班时，厂前区主干道上，人群像潮水一样往工厂涌去。骑自行车的人占一半。性急的人在后边一个劲儿打铃，有的小伙子干脆从人缝里穿过去。

一阵铃声,苏一鹏骑着辆崭新的自行车,从叶琪和她爸爸中间穿了过去,回头还朝叶琪调皮地眨眨眼睛。又是一阵铃声,他消失在人流中了。

　　"嘿,哪天摔个头破血流就老实了。"方斌笑着说。

　　话犹未了,有个人踩着细碎的步点,急匆匆从他的身边擦过,带过一阵淡淡的香气。方斌侧过脸去,和对方的眼光接触了。这眼光里颇有点异样的东西,仿佛有奚落,也有妒忌。这是技术图书馆的资料员尉迟文英。在一些偶然的场合里,方斌曾经对她表示过殷勤,但在大多数情况下,却又对她表现出一种若即若离的态度。看来,刚才她是故意赶到他们前面去的。方斌连忙低下头,不敢正眼看她的背影。但是尉迟文英那半高跟皮鞋敲着水泥路面发出的咯咯声,却特别刺激他的耳膜。他侧脸看了看叶琪,这个单纯的姑娘根本没有注意刚才的场面。方斌这才放下了心,暗暗责怪技术图书馆的资料员:"你这算是干吗呀?真是岂有此理!"

第八章

加工车间中部一条流水线上,有一台大型摇臂钻床,摇臂像巨人的胳膊一样,伸展在半空中。下面的工作台上,放着一个长方形的扁体零件,这就是发动机上的汽缸盖。

好几个人围着摇臂钻床的工作台,指指画画,议论纷纷,王志嘉也在其中。

王志嘉来到车间已经第三天了。设计员下车间,在一台机床上解决产品加工中的某个技术问题,人们有个习惯称呼叫作"盯加工"。王志嘉下来盯加工,并不是在旁边指手画脚,而是和工人一起操作,当工人师傅的助手。搬零件,擦机床,他什么都干,满身的油腻,使人根本分不出哪个是工人,哪个是技术员。

汽缸盖定位孔的加工确实是个棘手的问题,两孔之间的尺寸公差,只有一根头发丝粗细的几分之一。王志嘉下车间以后,和工人商量,将原来的夹具彻底检查一下,发现夹具制造精度没有达到。但这仅仅是保证不了加工精度的原因之一。两三天来,他跑进跑出,跑上跑下,真是忙得晕头转向,问题还没有得到完全解决。

他人在车间里,心还惦念着设计小组。

这两天,发动机设计小组的同志正在考虑发动机的方案,但是进展不大。白天,王志嘉在车间里,一心扑在解决汽缸盖定位孔的问题上;晚上,他又回到组里,和同志们一起考虑方案问题。昨天,叶总交给了他一份资料目录,建议他们广泛地查阅和研究这些资料,比较鉴别,这对他们考虑方案是有用的。他想尽快地把定位孔问题解决,然后回到科里去和同志们一起战斗。

吊车梁上的电表,指针转到了五点五十分的刻度上。工人们开始擦机床,清理机器旁边的切屑。定位孔的问题,只好明天再解决了。王志嘉觉得这几天时间过得特别快。他·边用废纱擦着摇臂,一边琢磨晚上如何进一步考虑方案。这时候,后边有人捅了他一下,回过头去,是青年女工朱小英。

"看不看电影?"身材不高却长得很结实的姑娘问道。

王志嘉笑了笑,还没来得及答话,朱小英就接上去了:"又是摇头!一说看电影,你就得了摇头病。都像你这样,俱乐部可以关门了嘛!"

"我真有事儿,"王志嘉抱歉地笑笑,"小苏也没有空,我不骗你。"

"提他干啥,我又没有请他。"朱小英脸红了,娇嗔地揍了王志嘉一拳,"下次你少给我提他。"

"好好好,不提,不提。"王志嘉直是点头,朝朱小英做了个鬼脸。

"说真的,你们也该注意休息呀!"朱小英这回口气严肃了,"不要像我爸爸,你们还没到拼老命的时候!"

"我们不是休息得很好吗?一天八个小时觉可没有少睡。"王志嘉眨着眼说,"不信,你去问小苏。"

"又提他了,你真坏!"朱小英上来又是一拳。

"干什么?没大没小的!"后面飞过来一声吆喝。

朱小英吐吐舌头,朱德泉拐着腿走过来了。

朱德泉一家,和王志嘉有着亲密的关系。平时,王志嘉总是把朱小英当作亲妹妹看待。他知道,调皮鬼苏一鹏和朱小英相互间都有好感,但又不好意思公开接近,所以两人在一起看电影总要把他拉上,让他坐在中间,这样就不至于引起别人的注意。

老朱头还没有发现这一秘密。在家里，这个独生女儿再怎么撒娇，他也不去管她；但在外头，在车间里，他吆喝女儿的嗓门却挺吓人的。

老头这几天心里很烦躁。五百多人一个大车间，要他操心的事实在不少。生产中的问题，兄弟单位之间协作扯皮的问题，包括职工夫妻间闹点小矛盾，都要他经心，过问。他是个急性子，最反对工作中间拖拖拉拉。上星期，二工段工人提出，为了解决生产中一个薄弱环节，要搞一条自动线。他大力支持，亲自给他们出点子，跑材料。自动线要焊接一组支架，他一看人手忙不过来，进度慢，就爬到支架上动起手来。那两天，他关节炎发了。在支架上跪着焊接，时间长了，膝盖像针戳着一样疼。这一头焊接完了，他爬到另一头去。腿疼得麻木，一失足，差一点从支架上掉下来，连忙抱住钢梁，往下看看，心里通通跳了好一阵，因为支架距底下有四米来高，跌到机床上也不是好玩的。他正装作没事儿似的继续往另一头爬去，没想到被好几个人发现了，人们嚷嚷要他下来，其中就有他的女儿。

"叫喊啥？"他瞪着眼，居高临下向女儿吆喝，"在上头蹲的时间长了，有点儿腰酸腿酸，想活动一下筋骨，就来了个单杠运动。有啥好咋呼的，啊？"

人们还是在下面叫喊，要他下来。他呢，按上面罩，握起焊枪，以一串串啪刺刺的电焊火花作为回答。没办法，知道他脾气的人，去把车间党支部书记叫了来。支部书记以组织的名义命令他下来。他被赶回去躺了一天，又拐着腿进了车间。支架已经焊了一半，他发现焊条质量不好，焊缝不细密结实，怕将来使用起来有问题，就命令停止焊接。上午，他给叶赋章打了个电话，请他来车间看看。老工程师也认为焊缝质量不好，这样焊出来的支架不能使用，叫车间停一停，等找到了质量好的焊条再焊。偏偏二工段的工人们心急火燎的，想赶快把自动线搞出来。朱德泉怎么还能躺得住？每天拐着腿在车间转，还去材料科要电焊条。

刚才，他又跑了一趟材料科。人家告诉他，采购的同志已经来了电报，货订上了，但什么时候发来没有把握。在回来的路上，他一边走一边心里嘀咕："不能等啊，还得自己想办法解决。"走到车间旁边，忽然想起那个定位孔加工问题不知解决得怎样了？还有那个发动机方案，不知考虑出点门道来没有？他责备自己对这件事关心太少，于是便拐进了车间，就发现他的独生女儿给了他的徒弟一拳头。

"你啥时候才能像个大人那样规规矩矩？"朱德泉呵斥着女儿。

王志嘉连忙笑着说："小英来叫我看电影，师傅！"

"用拳头叫你吗？"老朱头又瞪了女儿一眼，"电影，电影，除了看戏看电影，心上还有啥牵挂的？"

父亲对女儿说话，大概用不着讲究全面、客观，因为女儿是不会生父亲气的。老朱头这话也确实讲得片面，朱小英哪能没有心事呢？她不仅关心着车间里的革新，也关心着那个发动机呢！还关心着搞那个发动机的人呢！周围没有别人，她任性点也没有关系。

"你也知道关心个人？"女儿嘟起嘴冲着爸爸喊道，"志嘉哥白天扑在车间里，晚上大半夜大半夜考虑发动机方案，你也叫他们和你一样拼老命呀！"

老朱头这一下没有发火，他心事重重地问王志嘉："咋的？方案有点眉目吗？"

"还没有。"王志嘉沉重地摇了摇头，"这两天，叶总叫我们先翻翻资料，提点设想。"

朱德泉想了想说："是啊，短时间拿出一个全新的方案不容易，不能把事情看得简单了。小伙子们情绪怎么样？"

"情绪是很高，不过思想不大统一。"

这两天，由于一下子蹦不出个新方案，大家又吵吵开了。有人主张还是在目前生产的发动机上，把连接部分进行改进设计，以适应广泛用途；有的人则认为从国外现成资料上去找比较有把握。争来争去，争不出结果。王志嘉也觉得这样考虑方案是有问题的，首先应该把思想统一起来。

朱德泉说："一人一把号，各吹各的调，这可不行。要让大家的步调一致起来嘛。"

"志嘉哥，那个愣头青和你是不是唱一个调？"朱小英低低地插了一句。

"谁?"朱德泉转身问女儿。

朱小英连忙给王志嘉使了个眼色。

"你是说我们科里那个小调皮呀?"王志嘉笑着给朱小英掩饰,"还行,基本上是一个调门,就是吹起来气急。"

"气急吹不好喇叭的。"朱德泉没有深究,"依我看,要把方案的基本原则确定下来,思想统一在这上头,吹起来调门就一致了。"

"您说得对!"王志嘉深情地看了朱德泉一眼,"叶总昨天提醒的也是这一点。"

"也要注意休息,不要把身体折腾坏了。你们年轻人比不得我们老头子。"朱德泉又说,"汽缸盖上的问题,明天我想请几个老师傅来和你一起'会诊',臭皮匠总是多点好嘛!"

在老工人"会诊"汽缸盖定位孔的会上,肯定了王志嘉对加工问题的分析和建议,落实了措施,问题很快就解决了。

丁明达原想把王志嘉打发到车间去,走了骨干,他就有理由不接受新的设计任务,没想到事情没按他的愿望发展。他后悔把王志嘉派去车间,几次打电话催他回科工作。定位孔的加工问题没有解决以前,王志嘉当然不可能离开车间。丁明达没有埋怨自己,反倒怨起王志嘉来,怨他心眼太死,不知道为科领导分忧。

定位孔问题一解决,丁明达就把新的设计任务甩给了他,还大大鼓励了一番,说相信他们能出色地完成任务。设计中的一些问题,不必事事都请示科领导,因为科领导还有许多日常工作需要处理。

王志嘉回到科里,和大家一起,集中精力攻发动机方案。但是,几天过去了,却还是没有眉目。

晚上九点多了,产品设计科办公室里依然灯火通明。

这是一间抵普通房间三倍大的屋子,靠窗一连串排着七八架制图机,另一边排着一溜办公桌,有的桌子上也有制图板。正面墙上有几张关于某项产品试制、定型的图表;有一个布置得很朴素的学习和生活园地。那边墙上有革命导师关于科学技术工作的语录,还有几张招贴画。

屋子里没有人说话,十分安静,只有翻书、翻资料发出的声音。

苏一鹏双手抱着脑袋,好像不抱住就支持不住似的。他面前有一叠厚厚的复制资料,但他的注意力并不在资料上,大概资料里没有他需要的东西吧!

叶琪和鲁大明正在翻资料,不时在本子上记录些什么。

方斌坐在墙角里一张制图机旁,眯细了眼睛,正在凝神思索。

只有王志嘉特别平静,他手里捧着一本小册子,全神贯注地一页一页读下去。

苏一鹏抱了一会儿脑袋,好像忍受不了屋子里的这种寂静,就凑到鲁大明那边去,和大个子低声嘀咕起来。忽然,他转身对着王志嘉喊:“喂,伙计,你来一下!”

王志嘉没有听见苏一鹏的喊声,还是埋头在那本小册子上。他的思想,有时却又离开了眼前的书本,升腾在广袤的田野上。

星期天他常和鲁大明一起,到厂郊的农村里去转转:夏天,站在地边和农民唠唠,或弯腰帮他们拔拔草;秋天,在打谷场上帮老农妇割割谷穗,掰掰玉米,和他们谈谈家常;冬天,他会钻进牲口棚,和饲养员聊起大天。他的业余生活是单调的,为人也显得刻板。他没有苏一鹏那么多的兴趣和爱好,琴棋书画,吹拉弹唱,他都不入门。苏一鹏常常笑他“不会生活”,有一次还开玩笑说:“王志嘉,我怀疑你当过小和尚,你准念过经,参过禅。”他付之一笑,并不计较。没有欢笑的童年,在他身上烙下了很深的印记。他对农村感到亲切,并不只因为他的祖父就是农民,而是因为他对普通人的生活和命运有一种出自本能的关切,对生活的强烈责任感正源于这里。他看到农民生活并不富裕,不少人家还相当贫困。土房里,临窗一铺炕,炕上的铺盖很单薄。地上是一排瓮,瓮里放粮食,也放衣物,此外别无长物。不少人家靠喂几只母鸡下蛋换钱去买火柴,买油盐。有人开玩笑说,农村的老年妇女是鸡屁股银行的经理。合作化以后,这种情况还是没有很大改变。据管理区的干部说,他们的集体积累不多,有的生产小队,买副牲口的笼套缰绳,一时都拿不出钱。农村要机器,但农民手里没有钱,设计这个发动机时能不考虑这个矛盾吗?现在,他的心情不单为方案出不来而烦躁,更为面临的这个矛盾而感到沉重不安。这一点,除了鲁大明,别人大概是难以理解的。

苏一鹏悄悄来到王志嘉的身后,猛地将他手里的小册子抢过去。

王志嘉没有提防,吓了一跳。

苏一鹏一看书的封面,就不胜惊讶地叫喊起来:"呀呀呀,我说老先生,你在读什么书呀?《关于农业合作化问题》,我的天,难道这里边有我们所需要的方案吗?"

好几个人围了上来,只有方斌坐在那儿没动。

王志嘉从苏一鹏手里夺回那本小册子,轻轻地将书展平,严肃地说:"这里面虽然没具体方案,但是,有我们所需要的指导思想!前两天,刘书记和叶总提醒我们,在考虑方案的时候,首先必须搞清楚应当从什么角度出发,也就是设计应该遵循的基本原则。我想,这几天我们吵来吵去,吵不出结果,就因为这个基本原则没有掌握好,出发的角度不一样。你们说是不是?"

苏一鹏眨眨眼睛,他觉得这话不无道理。

"毛主席说,在一切能够使用机器操作的部门和地方,统统使用机器操作,我们国家的社会经济面貌才能全部改观。我国现在还是一个农业大国,对农业进行技术改造,需要多少机器?可是我们很穷,一穷二白啊!国家不富裕,农民手里也没钱。现在钢材、有色金属还相当缺乏,石油燃料更是紧张,制造加工能力也不高,这些问题,在我们考虑方案的时候要不要想到?"那天,和朱德泉师傅谈起设计方案以后,王志嘉就一直在考虑这个问题。他想自己弄清楚后,再引导同志们一起来讨论,把思想统一到一个基点上来。

王志嘉这一席话,引起了大家的深思。这些问题,为什么都没有考虑到呢?这几天争不出结果来,正是因为离开了这个基点吧!

方斌觉得应该把自己的方案亮出来了,否则,在这个"基点""角度"上议论多了，恐怕大家会对他的东西意见更多。叶工程师坚持要先让大家讨论，看来，不得到科里的支持，这个东西是出不去的。

他摸出一支烟，点上，不慌不忙地说："王志嘉同志，我这里倒有一个现成的方案，大家看看怎么样！"

"方案？现成的方案？"王志嘉欣喜地喊道，"咳，方斌，你这家伙，已经有了方案为啥不早点拿出来，让大家高兴高兴！"看得出，他确实是从内心里感到喜悦和兴奋的。

"现在也不晚呀，"方斌打开他那一包资料，故作谦虚地说，"恐怕不一定行。"

设计员们都围了上来，认真地看着。

方斌吸着烟，喷出一圈圈烟雾。他在等着大家的评价。

没有人说话。

方斌又接上一支烟。他观察着大家脸上的表情。从表情上看，他觉得不很乐观。

忽然，动作迟钝、不善辞令的鲁大明说话了："依我看，农村要的，恐怕，不是这种发动机。"

方斌的手指一颤，半截烟掉在地上。他急忙拾起，笑着问："为什么？"

苏一鹏马上接过来："依我看，这里边没有多少东西是新的，好些东西，我们好像在什么地方见过面。你说是不？"

方斌扔掉烟头，一脚把它踩熄，克制着自己，笑着说："不错，这里边我是采用了国外一种新的结构，因为它是先进的，既然先进，我们就应该学习。"

"我看不见得！"苏一鹏直通通地说，"先进在什么地方？先进在结构复杂这上头？"他抹了抹嘴巴，接着说，"如果我的话不是太武断，这种发动机拿到农村去是不合适的！"

直出直进的小伙子，在任何场合下总是用最坦率的方式表达自己的意见，心里怎么想，嘴里就怎么冒。他根本没想到，这几句话非但戳恼了方斌，而且使得叶琪也惊讶和不平起来。在这以前，她没有好好看过方斌的

100

方案,凭着她的一贯印象,她相信这份东西里总会有些可取之处的。现在,在苏一鹏嘴里却得到这样的评价,叶琪觉得有点不太公平。

方斌从叶琪的眼睛里,看到不平之色,心里感激她,身上也觉得增加了力量。他抑制住冲动,面带笑容,说道:

"确实,苏一鹏同志,你的话是武断了些。这上面,我已经花了一年多心血,而你却如此轻易地给它判了极刑,这未免……未免有点不近情理吧!"

苏一鹏一下子语塞了。不过,要他承认这个方案,那是办不到的。他决不说违心的话。过了一会儿,他讷讷地说:"总之,这个东西,不合乎农村的要求。大家发表意见吧,算我没说。"

"提不出充足的理由,是说不服我的。"方斌看到了苏一鹏的窘态,显得稍稍有点得意,"搞设计工作,谁都知道资料最重要。小苏,你虽然不是大科班①出身,也是小科班①出身嘛,不会不懂得这一点吧?而我这个东西,正是建立在资料的基础上的。"

叶琪的心情却在不知不觉间起了变化。刚才她还同情方斌,在心里批评苏一鹏太武断;现在,她却对方斌言语间表现出的那种傲态感到不以为然了。她觉得方斌那熠熠闪光的眼睛在刺人。这时候,方斌那刺人的眼光对着王志嘉了:"你怎么不说话,王志嘉?发表一下你的看法嘛!"

王志嘉一直聚精会神地看着方斌的方案,同时听着大家的争论;方斌问到他头上,他必须说话了。

"这个方案,我还要好好看看,不必今天晚上就来下结论。"

王志嘉一开口,就招来了苏一鹏不满的眼光。但是王志嘉还是按着自己的意思说下去:"方斌花了这么多工夫,里边总可能有点东西吧?"

方斌松了口气。不过,王志嘉对他的方案肯定得还不够充分,他感到不大满足,但嘴上却显得十分谦逊:"那也不一定,很可能花了精力却做了虚功。"

---

① 大科班指大学本科毕业;小科班指大学专科毕业。

"虚功也不怕,新的方案可以从这里得到借鉴。"王志嘉并没有注意方斌的复杂心情,他坦率地说道,"我们设计的是当前农村需要的发动机,看来,某些需要突破的老框框,就不得不大胆地去突破。搞设计工作,资料当然重要,问题是怎样使用资料,照搬过来恐怕是不能解决问题的。你说是不是,方斌?"

方斌本来就嫌王志嘉对他的方案肯定得不充分,没想到后面又发挥了这样一通见解,心里自然不痛快,但还是勉强笑着说:

"道理是不错,做起来,恐怕就不容易啰!"

"不容易怕啥?"苏一鹏终于等到机会来发表自己的意见了,"做容易的事情何必还需要我们?"

"你误解我的意思了,苏一鹏同志!"方斌的笑容不见了,他冷冷地说道。

王志嘉觉察到了方斌的不快情绪,他婉言说道:"这里可没有'我们''你们'的问题,方斌同志! 咱们都是为了能搞出一种农村需要的发动机。离开了这个题目,文章就不好做了。我看,现在大家坐下来,先议论议论这个基点问题,然后仔细地把方斌这个方案研究一下……"

争论就这样结束了。

几个人心里都不痛快。方斌后来的态度,很使叶琪反感。她同意王志嘉的说法,为什么要分"我们""你们"呢? 目标不是一个吗? 她转脸看了看一向自诩是她保护人的方斌,觉得他自负得有点可笑!

第九章

丁明达费了一番心思,没有能阻止科里接受设计支农发动机的任务。领导上已经做了决定的事,公开反对是万万不成的。他最怕人家给他扣什么"右倾保守"之类的帽子。因此,在某些场合里,他还会十分热心地为青年人吹捧一番。他是他们的科长,他手下有这么一帮小伙子,他也应该光荣嘛!

他知道,要搞出一个新东西,是很不容易的,设计这一关过了以后,还有制造关。制造出来的东西,是不是符合设计要求,这是谁也没法打保票的。他认为,青年人这样热心地搞,不是幼稚,就是为了赶浪头,浪头过了,事情也就过去了。对于他丁明达来说,只要一般口头上支持就行了,千万不要热心地插进去,否则以后会陷于被动,要拔也拔不出来。

因为方斌坚持自己的方案,王志嘉等又觉得在方斌的方案上搞,很难满足农村的要求,必须另起炉灶。意见无法统一,丁明达就去请示叶赋章。

叶赋章正考虑如何解决这个问题。到叶工程师家里来商量工厂技术改造的刘之毅却说话了:"依我看,好办,两个方案同时进行,来个百家争鸣嘛!可惜现在还只有两家,多几家也没关系!你看行不行,老叶?"

"行! 行!"叶赋章连声说,感动地看看党委书记,心想:为什么自己觉得表态困难,他却态度那么鲜明?"百花齐放,百家争鸣"是党发展科学艺术的坚定方针,刘之毅处理问题,总不离开党的方针政策,而自己却往往就事论事。就事论事,就不能高瞻远瞩,在需要决定问题时就常常举棋不定。老工程师在心里告诫自己:作为一个大型企业的技术负责人,不能成天技术来技术去,要很好学习党的方针政策,特别是有关科学技术方面的方针政策。这样,在工作中,才能高屋建瓴!

丁明达那浑浊的眼珠在近视镜片后转了几转,眼光从叶赋章身上落到党委书记身上。刘之毅神色坦然,刚才的话并不像在唱高调。丁明达不觉有点纳闷。他心里琢磨:这两年,"百花齐放,百家争鸣"这口号已不大提了。一九五七年,有些人起来"放",起来"鸣",结果惹了麻烦。现在,要反的是"右"倾,刘之毅的嘴里却又出现了"百家争鸣"这个名词,还说"可惜只有两家,多几家也没关系",这是什么意思? 此人真是有点不好捉摸呢!

"让两个方案同时进行,就这么定?"丁明达又加重语气重复了一遍。

"就这么定了。"叶赋章断然说。

丁明达嘘了口气,既然是党委书记与总工程师定的,出了什么事与他无干。眼下他手里没有纸笔,不能把刘之毅和叶赋章的话记下来。

他回到办公室,立即把锁在抽屉里的小笔记本拿出来,在上边记下了:"公元一九五九年八月二十四日上午九时二十三分,在叶总办公室,就两个发动机方案问题,刘书记指示……"

柴强的办公室里,挂钟指到了晚上十点。

晚上的时间也和白天一样过得快。柴强在台历上简单地写完了明天必须办的几件事情以后,打算回家:刚才在医院工作的妻子给他来过电话,说他们的小三子有点发烧;今天她要值夜班,希望他能回家过夜。柴强不回家是不行了。他披了件上衣,出了办公大楼。

才交"秋分",塞上的天气,中午还很热,俗称"尖热",早晚却很凉快,穿了毛线背心,也感到凉飕飕的。柴强走了几步,无意识地转身看了看办公大楼的灯光。

"啊呀!"他站住了。

平常,整座大楼这时候只有二层靠东和底层右侧的三间屋子里有灯光,这是保卫科和另一个科室在值夜班;这几天来,三层西侧三个窗子里一直灯火通明。这是产品设计科的青年人在夜战。

"我怎么把他们给忘了!"柴强责备自己。

在党委讨论为支援农业搞一种发动机的时候,柴强检查自己思想上有片面性。他坦率地承认,他和刘之毅在支农问题上,认识方面有差异。这种差异的产生,就因为他看问题有片面性。他说:

"开始我认为,不在其位,不谋其政,我是厂长嘛,厂长要对国家计划负直接责任! 问题就在要谋什么政! 谋大政还是谋小政。不能设想,社会主义可以长久的建立在一方面是技术先进的工业,一方面是技术落后的农业的基础上。只有逐步地把工业和农业建立在现代化的大生产基础上,才能使工农业相适应地高速度发展,才能更好地把社会主义事业推向前进! 这就是我们要谋的大政!"

这几天,柴强没有顾得上过问小伙子们的工作情况。现在,他们都在办公室里,应该上去看看。

他转身又上了楼。一层,二层,三层,他放轻了脚步来到设计室门外。

从门玻璃上看进去,设计员们正在专心地工作,有的翻阅资料,有的考虑方案,有的在进行计算……他们工作得比白天还紧张。柴强知道,白天,他们在制图机上,在骚扰的车间里,在静谧的图书资料室中,已经工作了整整八个小时。现在,他们却全然不显得疲倦。一霎间,他想起了曾经跟在他的战马后面,挥舞马刀驰骋在华北大平原上的那些年轻战士们。"可爱的年轻人!"他在心里喊道,"他们身上的革命朝气是多么可贵啊!"

柴强认为,这时候去打断他们的思考,扰乱设计室里平静而肃穆的气氛,真是一种罪过! 他在门口站着,完全忘记了家里正在发烧的孩子。

他听丁明达说,两个方案将同时进行,是为了体现"双百"方针,柴强当时没说什么,心里却有些不以为然。同时搞两个方案,真有这个必要? 把力气集中在一个方案上,不是会更快搞成吗? 据说这是刘之毅的意思,柴强有点不大相信,很可能是老工程师的想法,刘之毅表示了赞同吧？来厂工作后,他发现党委书记对总工程师十分尊重,甚至尊重得有点过头,变成言听计从了。对此,他感到有点不是滋味。知识分子的作用应该很好发挥,但总不能发挥到成为"依靠对象"吧！他想找个机会和老刘谈谈,因为这是原则立场问题,而不是个工作方法问题。

应该集中兵力打歼灭战,现在却兵分两路,免不了还要互相掣肘。年轻人是可爱的,只要是领导的决定,他们就会根据这个决定忘我地去工作。正因为这样,领导做出任何决定都该慎重。现在,两个方案同时进行已经好几天了,据说还没有个鼻子眉毛。

"必须打断他们的工作。"柴强的脑子里忽然产生这么个念头,"正因为他们年轻,才要更好地爱护他们。"

这时候,有个额上搭着一绺犁尖般短发的青年人,把手里翻着的一本厚厚的图书摔在桌子上,长叹一声说道:"什么百科全书,就没有我们要的东西！"

柴强推门进去,接上说:"本来嘛,如果靠这东西就能解决问题,那还要你们这些人干什么？"

厂长的突然出现,很出乎青年人的意外,大家齐声和他打招呼:"柴厂长还没有休息？"

"事情一多,就忘了来看你们了。"因为夜深人静,柴强的声音显得格外洪亮,"怎么样,方案还没出来吧？"

"有点眉目了。"王志嘉说。

"我们要尽快把它搞出来。"鲁大明说。

"是要快！"柴强说着,捡起苏一鹏桌子上的那本书,"这不是无字天书,所以要咱们敢想敢干。它上面没有的,咱们要搞出来,咱要写中国自己的大百科全书！"

"对！"苏一鹏来了劲,"中国人绝不比外国人笨。"

"是要有志气。"柴强又拿起一本新到的外文资料翻了翻,问:"方斌呢？"

王志嘉说:"大概在宿舍里。"

"叶琪没来?"柴强又问。

王志嘉说:"因为同时搞两个方案,科里把力量安排了一下,让叶琪和方斌一起搞。"

"唔。"柴强点点头。他本想对两个方案的做法发表一点自己的看法,但想到这是刘之毅和叶赋章决定的,不应该在青年人面前议论,便转了话头,说:"这样吧,今天已不早了,大家都回去休息,我来熄灯。"

"柴厂长,我们再干一会儿。"几个人同时提出要求。

"不要讨价还价!有劳有逸,才能更好地战斗。"柴强捅了捅王志嘉,"你带队,开步走!"

王志嘉也捅了捅苏一鹏:"那,那就走吧!"

苏一鹏嘟起嘴,捅了捅鲁大明:"服从命令,开步走!"

年轻人走出办公室,柴强最后熄了灯。

走到二楼,柴强没有再往下走,说是要到值班室看看,叫他们先回宿舍。

凉飕飕的秋夜,繁星在天。远远近近,一片热闹的秋虫声。

几个青年人,悄悄地在厂区主干道上走着。他们的衣着都比较单薄,抵挡不住寒气,就双臂交叉抱着肩膀,这样身体的散热面积可以小些。

"咱们这几天翻资料花的时间多了。"苏一鹏说。

"叶总希望我们广泛地接触一些资料,能开阔思路。"王志嘉说。

"我看多翻了资料,会束缚人的思想。"苏一鹏不同意总工程师的观点。

鲁大明发愁地说:"这些资料里,也确实没有多少可以参考的。"

王志嘉觉得难以说服他们,因为他自己拿不出有力的理由来。

他们为方案里的一个具体问题争论起来了:先是边走边争论,后来就干脆站住,双手也顾不得抱住肩膀了,因为需要伴随手势才能更好地表达自己的意思。

争论没有结果,他们又返回办公室去。

急促的步子过处,秋虫的声音中断了,等到他们走过一段路,"音乐会"又继续开下去。看来,不到天亮是不会结束的。

蹑手蹑脚,他们上楼了。因为怕碰到柴厂长,他们特地从另一个楼梯口上去。

一级又一级,他们悄悄地上了二楼。楼梯口的电灯熄了。小心点,不要失足!

忽然,面前有个火星一亮。

"谁?"这一声喊,同时从几个人嘴里发出。

"我!"回答的是厂长柴强。

"柴厂长,您怎么还没走?"王志嘉有点难为情地说。

"你们不是走了吗,怎么又来了?"柴强踩熄了烟蒂,笑着说,"我就想到你们可能和我捉迷藏。"

"方案到现在还没有弄出来,"王志嘉心情沉重地说,"一想到农村的需要,我们就……让我们再干一阵吧!"

柴强沉吟了一下,说:"我理解你们的心情,青年人! 不过,今晚就不要再去办公室了,咱们一起回去休息吧!"

在回宿舍区的路上,柴强为了把他们的心思从方案上引开,给他们讲了一个小通信员的故事:

一次激战以后,人困马乏。小通信员在战斗中受了点轻伤,柴强命令他好好休息,"关"了他两天的"禁闭"。但小通信员骗了他。小鬼用金蝉脱壳计,离开营地,用自己极少的津贴,从老乡那里买了十个鸡蛋,悄悄交给了炊事员。当晚,炊事员给柴强端来了一碗鸡蛋汤。柴强查问鸡蛋是怎么来的,炊事员只好如实"交代"。柴强说小通信员蒙头睡了一天,哪儿也没有去。其实,他看到的不过是黄军被下卷着的一件军大衣。柴强查清了这件事情,把小通信员训了一顿,并且命令把余下的八个鸡蛋交给小通信员养伤。小通信员拒绝执行命令,他振振有词,说柴强在四个月前的一次激战中受伤失血太多,一直没有复原等等。柴强见他婆婆妈妈,来了脾气,叫人把他送到卫生所去。小通信员也来了孩子气,蒙着头在担架上哭到卫生所。第二天傍黑,敌情有了变化。上级命令他们立即从左翼包抄敌人。在动身前,有个紧急情报需要送交指挥机关。这时候,小通信员又站在他身边了,接受了送信的任务。那次,包抄阻击的任务完成得很好,那封情报起了很大作用。小通信员在穿过敌人封锁线时,身中二弹,是他的战马把他驮到了指挥所。他向首长呈上那份情报后就牺牲了。挂包里还有八个鸡蛋,不过都碎成了蛋浆。

"那时他才十八岁。"柴强停下步子,点起一支烟,"要不是牺牲,他如今在干什么呢? 说不定也会来造发动机吧!"

秋虫们的声音也放低了些,大概它们也在听故事。没有落净的白杨树叶,发出窸窸窣窣的声响,远处传来沉重的隆隆声,一列运煤车开过去了。

"我常常想,从战火中走过来的人,今天他应该做几个人的工作,就是说,把那些牺牲了的战友们想在解放后做的工作,都担当起来。"柴强说到这里激动起来了,烟头的火光在夜色中一明一灭。"你们的肩上,就搁着我那小通信员的担子。一定要破除对书本的迷信、对权威的迷信、对那些吓人的所谓'规律'的迷信,这才能解放思想,尽快把发动机的方案搞出来。"

青年人听着故事,都没有发言。对于一向好饶舌的苏一鹏来说,这是不容易的。

"我那次为什么要训他呢,毕竟他还是个孩子啊!"柴强自言自语,还在缅怀往事。今天,当他在二楼检查了一遍,准备下楼回家的时候,忽然想起了那个小通信员。他在楼梯上点起一支烟,靠着扶手出了会儿神。恰巧,和小通信员一样,技术员们也来"骗"他了。

王志嘉被故事深深感动了。他在心里暗暗说道:"柴厂长说得多好:活着的人们,应该把战争中牺牲了的同志肩上的担子加到自己肩上。搞科学技术,也要有小通信员穿过敌人封锁线的那股子劲!"

"一定要破除迷信,解放思想!"苏一鹏激动地喊道,"不然的话,新的方案是出不来的!"

没有人表示异议,青年人默默地走着,大家在心里下着决心。

啊,繁星在天!明天,将又是个阳光灿烂的日子!

丁明达请示了叶总工程师,把设计小组的力量安排了一下,分成两个摊子去搞,他就了了一件心事:我这个设计科的负责人,也尽了领导的责任嘛!

晚上,同乡会计老周的孩子过"百岁"①,请他吃饭。他多喝了点酒。酒后烦躁起来。老周又去找了两个人,邀他一起打麻将。打了三圈,手气一直不好,心里越发烦闷。十点过后,会计爱人又端上了绿豆粥。他吃了半碗,两个肩膀扛着一个发胀的脑袋踉踉跄跄地出来。

不知为什么,丁明达近年来经常感到一种说不出来的烦闷。在家里,他好发脾气;在好朋友面前,他就用抱怨和牢骚来抒发他的积郁。今天下班回来,经过厂前区的小花园时,他在两株白杨树下站住了。

这两株树,一大一小。那株大的,也不过碗口那么粗,照例正是生命力旺盛的时候,不知为什么有几根枝条却干枯了,从春天起就没有舒枝发叶。别的树上还留着一部分黄绿相间的叶子,而这株树上的叶子却已经落光了。在它旁边有一株亭亭玉立的小白杨树,树叶大部分还是翠绿的,花白的树皮里,好像有一种青绿色的液体在流动,充满了茁壮的生命力;似乎它根本无视什么秋风秋雨,而且准备和严冬挑战似的。

丁明达每天经过这里,这两株树从来没有引起过他的注意。今天这偶然的发现,引起了他颇多感慨。他的年岁并不算大,照例正是精力旺盛、大有作为的时候,但却和这株大白杨一样,未老先衰了。这并不是指他的身体。因为保养得好,他的健康很不错,一年到头,连伤风咳嗽都很少见。这里说的,是指他的生活信念,他的抱负,他的精神。年轻时,他曾梦想要有一番作为,名字能在学术界挂个号。但是他的青春并没有冒过一星火花就熄灭了。在海关、洋行,在战战兢兢的应酬和交往中,他送走了自己的如锦年华。往后,就是繁忙的、紧张的工作。这几年来,他关心比较多的是职务、待遇。四十四五岁的他,至今不过是个副科长而已!正科长已经调走

①民间旧俗:孩子生下一百天,请亲戚朋友吃饭,来客向孩子祝福。

了半年,明明由他主持科里的业务工作,但就是没有给他摘掉"副"帽戴上"正"帽。他私下里盘算:是自己工作上没成绩,还是某些领导对自己有看法?是群众关系没搞好,还是自己的社会关系复杂?找了半天,找不到一个确切的原因。在和会计同乡的一次开怀畅谈、悉心探讨中,他得出的结论是:领导把设计科这一摊子交给自己负责,不能说对自己不信任。如果在工作中没有什么突出的成绩,技术上没有什么特别的作为,那么他丁明达不过是只一心想上树的蜗牛而已。蜗牛也许不会意识到它的爬行速度是慢的,可是他毕竟是个万物之灵的人啊,而且是个经历过沧桑,知深知浅的人啊!那株小白杨以它茁壮的生命力,三两年内就能把它的躯干长得和大杨树一般粗。往后,它的浓荫就会覆盖住旁边那株未老先衰的"前辈"。到那时候……

丁明达想到这里,感觉到一种无法充填的空虚。大的作为是不可能了,那就过点平静的日子吧,可是"大跃进"以来,生活的齿轮偏偏转动得那么快,叫他没法平静。丁明达就是怀着这种怅惘的心情,去到他同乡会计家吃"百岁"饭的。但是酒并没有把愁浇熄,三圈麻将也没有把他的心情扭转过来。现在,他一走到屋外,夜风一吹,脑子反倒清醒起来了。

丁明达并没有回家睡觉,却径自往办公大楼走去。

做出这个决定,是他脑子清醒后灵机一动的结果。看来,生活齿轮的转动速度,他个人的力量是无法左右的。这几天,小伙子们正在日夜苦战,他这个副科长,晚上不去看看,厂领导知道了,会有什么看法?光在人力上做了点安排,实行"组织领导"是不够的,业务上也应该去领导呀,他觉得,应该去关心这个发动机,关怀那一伙青年人。

丁明达虽然在个人事业上信心不足,但在内心深处,总不甘默默无闻,于是产生了一个更加隐蔽的想法:靠自己单枪匹马,想在科学技术上有所建树,确实感到身单力薄(实际上,他一贯缺乏那种刻苦钻研、顽强实践的精神),如果能和别人合作,他出些主意,由别人来做具体工作,倒未尝不是一个好办法。青年人既然劲头那么足,领导又那么支持,说不定真能赶上个"大浪头"呢!为什么自己不去"插一脚"呢?只要他参与进去,做出成绩以后,人家一提起来,总是以他"为首"的呀!

他觉得这个发现非常重要,身上顿时来了精神。他应该立即去关怀那个发动机,关怀那伙青年人。

丁明达加快步子,往办公大楼走去。

在楼下,他见办公室的灯居然亮着。来得正是时候! 这么晚了,他还去看他们,足见他的诚心了。

他一口气上了三楼,推门进去,看到的是一双惊慌失措的眼睛:设计室里只有一个人,那就是方斌。

方斌完全没有料到这个不速之客的来临。他坐在王志嘉的办公桌前,肘下按着一张报纸,报纸底下盖着几张草图和计算草稿。因为动作太匆忙了,有几张没有完全盖住。

"是……是丁科长您呀!"方斌松了口气,胸口还在嘣嘣直跳,"还没有休息?"

"我哪天能比你们早休息呀!"丁明达倚老卖老地说,一边注意着方斌紧张的脸色,"刚才和工艺科王科长研究完工作,我想来看看你们搞得怎样了。只有你一个人? 王志嘉他们呢?"

"他们早就回去休息啦。"方斌心里落下一块石头。现在可以肯定了,丁明达是偶然撞进来的,他并没有发觉刚才自己在干什么。

原来,王志嘉等被柴强赶回去的时候,方斌也还没有入睡,闭着灯,躺在床上想心事。

"他们今天怎么回来那么早?"方斌想,"难道方案搞出来了?"

决定两个方案同时进行以后,王志嘉建议叶琪、方斌和另一个设计员一起搞,以加强方斌这个方案的力量。但方斌只接受了一半,也就是只接受了叶琪。他想了许多理由,把另一个设计员推回去了。关于叶琪,王志嘉即使不提出建议,他也会主动要她的。他想的是:叶琪迟早会和他一起生活的,这个方案属于他,叶琪终究也是属于他的,这次合作,会更快地促成他们结合。还有,如果叶琪参与了他的方案,叶工程师总该对他的方案另眼相看吧!

今天,他在叶工程师家消磨了一个黄昏。作为同时进行的两个方案之一,叶赋章比较详细地看了一遍方斌的方案。在提出意见的同时,他也承认某些局部的设计上考虑得比较周到。这使得方斌颇受鼓舞,心情大为好转,从叶总家出来时,觉得天色都更美丽了些。

外屋的三个人都睡下了,方斌却全然没有睡意。"他们的方案真的出来了吗?"他想。

不久,他听到了鼾声。这时,一个奇怪的念头,不,应该说是一种强烈的欲望,在方斌的心里产生了。他觉得需要去做一件事情,便悄悄披上衣服,上了厕所。

从厕所出来,他没有回到屋里去,而是直奔办公大楼。他要看看王志嘉他们的方案。孙子兵法上说:知己知彼,百战不殆。不知为什么,方斌觉得,两个方案是在斗争……

夜已深了,厂区主干道上静悄悄。

但是,方斌的心却在怦怦作跳。他急急走着,不时左右回顾,好像主干道两边的冬青树后面,有一双双眼睛在注视着他。

方斌一进办公室,就急急地在王志嘉的桌子上翻腾。就在这时,丁明达闯了进来。方斌立即拉过一张报纸,把桌上的资料和数据盖住。

"他们恐怕早已进入梦乡了。"方斌在丁明达面前,不大隐讳自己对另一个方案的态度,"我没有他们那么轻松啊,丁科长!"说着,掏出一包恒大烟,递给丁明达一支,又给他点了火。

丁明达的酒意完全没有了。他冷静地抽着烟,打量着面前的青年人。方斌刚才的窘态并没有逃过他的眼睛,深更半夜,在王志嘉的桌子上乱翻,是在探摸对方的底细吧?小伙子啊,你突出的个人主义,严重的成名成家思想,可要适当克制一点啰,要适当注意一点啰,弄不好可要摔筋斗哪!

丁明达在心里说这些话的同时,又在想另一个问题:我插到哪个方案里去呢?方斌这个,也许成功的可能性大些?但小伙子锋芒太露,和他拴在一起,恐怕不是轻松的;王志嘉他们那个呢,也许还没有个成形的东西吧?

方斌抽着烟也在想心事：两个方案最后只能采用一个，采用哪一个，是需要有人说话的。他应当争取更多的人支持，特别是在技术上说话有分量的人。叶工程师当然是他争取的主要对象；眼前坐着的设计科负责人丁明达不也是个重要人物吗？

　　“丁科长，科里抽出这么多人，这些天您实在忙坏了，我也不好意思来麻烦您。等您有了空，我想请您看看我那个方案，请您指点指点。”

　　“好呀，好呀！”丁明达连连点头，却没有进一步的表示，因为他心里还在打架：把宝押到哪一方呢？

　　“我那个东西，叶总已经看过了。”

　　“叶总的意见怎么样？”

　　“他，他给了我不少鼓励。”方斌模棱两可地说。转念一想，必须给丁明达一点信心，这样，他的态度才会鲜明些。于是用一种很洒脱的动作抖了抖烟灰，说道：“丁科长，您也知道，叶总是轻易不夸人的。现在两个方案同时在搞，在目前阶段，他怎么能对我的方案做完全的肯定呢？这一点，我心里是有数的。”

　　果然，丁明达的热情高了起来：“好啊，看来，你这个方案把握是比较大的啰！”

　　“这还难说。”方斌故作谦虚地说，“从方案到总体和零部设计，到投入试制，一直到成品出来，问题一定是不少的，将来麻烦丁科长的地方不会少的。”

　　“这是我分内的工作嘛，算不得啥。”丁明达笑着说，“有问题我们一起来解决，需要我来参与你们的方案，变成你们中间的一分子也可以嘛，是不是啊？”说完哈哈大笑起来。

　　方斌的心里有点发凉，他来参与倒也不必，不过眼前也不好回绝，只好随和着说道：“那自然欢迎！”

　　其实丁明达也还没有下决心插手方斌的方案。因为两个方案还没有比较，领导的态度也不清楚，现在把话说死是不合适的。不过，先在方斌这方面挂个号也不是坏事。脚踩两只船，如果一只船漏了，那就干脆到另一只船上去。

第十章

一向沉着稳健的刘之毅，近来不知为什么心情变得烦躁起来。有天吃饭后，他要去车间，爱人吴子芳叫他披上大衣，他没有理会。刚走出门，吴子芳追出来，把大衣披在他肩上，他双肩一抖，甩掉大衣，一言不发地走了。

他是个善于控制自己感情的人，因此，这个无言的动作，使了解丈夫性格的吴子芳惊骇了一阵，才捡起大衣回家。

在办公室，在车间里，在会议上，人们很难发现他有什么异样，就像平静的水面下隐藏着湍流，他把烦躁和一种难以名状的忧虑，深深地埋在心底。

八届八中全会的精神传达以后，作为党的干部，他觉得自己首要的职责是根据公报的精神去工作，去贯彻落实全会定下的方针和政策。过去，他在长期的工作中形成一个习惯：领会党的指示精神时，总要结合本地区本部门的具体情况，真正理解了，吃透了，再用自己的语言，去宣传党的指示精神。这和照本宣科带来的效果当然大不一样。但这次传达八届八中全会的公报和决议精神时，他却觉得十分费劲，费劲在于联系实际比较困难。生活实践本身，很难成为那些文件的生动注脚和形象说明。作为党的基层领导，他当然无权按照自己的观点解释那些文件。对于反对"右倾机

115

会主义"，他确实没有半点思想准备，他本来以为，需要反对的是那些违反党的实事求是原则的做法与风气，可是现在却反了个个儿。

他不无惶惑。他悄悄检查自己，怀疑自己落后于形势，陷进了习惯的思想方法和工作方法。一个党员是不能允许自己的思想行动与党的决定和指示精神相悖的。他一遍又一遍"抠"着公报，一次又一次分析着现实生活中出现的各种现象，他要证明自己是错误的，他必须这样做，证明了自己的错误，他才能轻松地嘘一口气，才能心安理得地睡个安生觉。

"华新动力机厂反'右'倾没有声势，行动也不力。"市委书记已经在一个小会上这么说了。作为工厂党委书记，他怎么能没有压力？

他成天泡在厂里。车间、办公室、会议室，两点连一直线，三点就可以组成一个面，他就在这个面上奔忙。他要在实践中发现自己的错误，批判自己的错误，这种心情不仅是急迫的，而且是十分虔诚的。

然而，他看到的是有一种无法驾驭的力量，冥冥之中在推动着一切，他这个党委书记也在被推着一起走。多么别扭而又难堪的被动！

他要自觉，他要主动！他欣喜地发现，以技术革新和技术革命为中心的群众运动，在全厂范围内一直持续地开展着，虽然有的单位搞表面热闹，花里胡哨，但多数车间是有成果的，这些成果已经在生产上反映出来了。为了取得领导这一运动的主动权，刘之毅大部分时间都在车间里一边劳动，一边调查研究。通过劳动和调查研究，他发现了生产中的某些规律。比如，某个零件的某道工序，在生产中成了薄弱环节，这道工序的加工机床上，工人们就动脑筋搞开了革新，使得辅助劳动机械化，劳动效率就提高了。这一来，这台机床在整个零件的加工流水线上就显得突出了，上下工序就赶不上它，于是上下工序必须来个改革，才能求得新的平衡。上下工序的机床自动化程度提高以后，就要求减少零件的传送时间，要求各台机床操作互相配合，因此就需把几台机床连接起来，形成联运机床或自动线。这一条流水线联动了，就会影响前后左右，要求在更大范围内的联运和自动。刘之毅从这些基本实践形成的规律中，看出了一个问题：要领导好这个运动，使它健康发展，必须采取积极平衡的态度，不能怕紧张，怕先进环节突破了旧的生产秩序,应该努力使前后左右都赶上这个先进环节,配套成龙,积极平衡,而不是消极地把已经机械化、自动化了的这个环节拉下来,停下来,和其他环节消极平衡。在当前,某些干部中确实存在着怕紧张、怕打乱秩序的消极平衡思想。这正是保守思想的一种表现。

这些日子以来,刘之毅还在思考另一个问题。加速农业的技术改造这一历史任务已经摆在全党全国人民面前,随着"发展国民经济以农业为基础"这一思想日益深入人心,各行各业支援农业的任务必然越来越大。如何既能完成和超额完成企业的原来计划,又能抽出相当力量去支援农业,解决这个矛盾,也只有靠进一步搞好"双革"运动,增产挖潜。在这种新形势下,工厂的工作要不出现被动局面,必须进一步克服某些人思想上的保守情绪,在以"双革"为中心的群众运动中,强调积极平衡,把工作做到前面去,使全厂生产保持持续增长的局面。

刘之毅松了口气,他终于把中央的精神和本单位的具体实践结合起来了,他在按照中央的精神工作,这一点可以告慰自己。"思想上的保守就是'右'倾吗?"有时,他会突然问起自己来,"保守是思想方法问题,还是立场问题呢? 解决它的方法是靠说服引导还是靠批判斗争呢?"他本来可以为自己找出毫不含糊的答案,但这个答案显然与上面的精神不一致。他不敢再往深处去想了。反正,深入开展以"双革"为中心的群众运动,做好积极平衡,是有许多工作需要做的。

党委赞同刘之毅这一分析和设想,责成他和总工程师叶赋章,带领几个人深入基层调查研究,进一步总结出一些带规律性的东西,用来指导全面。

刘之毅一向有意识地引导老工程师深入生产第一线,让他的理论和生产实践结合起来,充分发挥他的技术骨干作用。革命斗争的实践和生产劳动的实践,对知识分子的世界观改造,总是最直接、最深刻因而也是最有效的。叶赋章也很愿意跟着刘之毅深入基层。在对一些具体问题的看法和态度上,老工程师和党委书记也常有差异和分歧。这种差异和分歧一出现,老工程师就有意识地分析和思考:为什么自己的看法和他不一致? 不一致的实质是什么？通过这种分析和思考，老工程师常常从自己的立场、观点、方法上找到了原因。叶赋章的这种分析和思考，自然是在自己的脑子里进行的，但刘之毅却能发觉。"我警告你，叶老总！"有一次，党委书记认真地对总工程师说，"你干什么事可别和我对号！要是在某件事上我本来就是错的呢？或者不那么完全对头呢？特别是在生产技术问题上，我的看法和态度更加不足为训，主要是该听你的。"老工程师从鼻孔里笑出声来，说："当我是小孩子，连个对和错也分不清？放你一百八十个心吧，我知道该怎样做。"话虽这样说，叶赋章还是常常从两个人对同一事物看法的分歧和差异上，去分析原因，寻找自己身上的不足。正是在这样的过程中，他们的友谊越来越深笃了。叶赋章把刘之毅引为了知己，并且欣慰地对自己说："人生得一知己足矣！"

在深入基层的过程中，叶赋章还跟着刘之毅，力所能及地参加劳动。有一天晚上，他们来到连杆抛光室。抛光工作是最脏最累的，干活的都是那些体力很棒的小伙子。有个愣头愣脑的小鬼吃完夜点回来，看见有人在他的抛光机上干活，操作方法不对头，远远地就大发雷霆，又是跳脚又是吼。等走到跟前，那人回转身，摘下护镜，原来是总工程师叶赋章！

"没有得到你的批准，我们就干开了。"叶赋章抱歉地说，"你这活儿，干起来实在不轻松啊！小同志，和你商量个事好不好？咱们闹个活动的辅助工具，托住零件，不用人老端着，能不能省点劲，提高点效率？"

小伙子顿时眉开眼笑："不瞒你说，叶总，我也考虑了个道道，不知道行不行？"说着，打开工具箱，取出一张沾满油腻的图纸。叶赋章一看，和自己想象的那个活动辅助工具差不多。图画得不规范，但意思是清楚的。

过后，叶赋章感慨地对刘之毅说："工人群众中真有聪明人啊。我还没有来得及指手画脚，他倒已经一五一十把我想说的说出来了，而且说得比我想得还好。"

"因为他们最有实践经验，这是一切聪明才智生发的源泉。"刘之毅睨视了叶赋章一眼，"不过，还有一种更加聪明的人。"

"什么人？"

"把理论和实践真正结合起来的人,或者说,理论一旦武装了最有实践经验的人,就会变得更加聪明起来。叶老总,你算是哪种人呢?"

"反正,这两种人都不是。"

"我要是认为你是后一种人呢?"

"这不是你的金口就能使我变成后一种人的。"叶赋章叹口气说,"我确实愿意自己变得聪明一些,这么一大把年纪了,再不聪明一点,就更干不成什么事啦。我为啥老和自己过不去,说实话,就想让自己聪明起来,不让主观上的毛病妨碍自己正确地去认识客观……"

他们一边说,一边来到加工车间,在那里又碰上了一件叫叶赋章感叹的事情。

焊接自动线支架,原来由于焊条质量不好,不能继续进行。叶赋章也说过,只有先停工,等买来了质量好的焊条再焊。今天一进车间,却发现支架已全部焊好,自动线开始安装了。叶赋章生气地上去责问:"明知焊接质量不好,为什么这样的支架还要使用?这是对谁负责?"工人们笑着递给他一把锤子,叫他敲敲焊缝,看看焊接质量如何。叶赋章一敲焊缝,惊得目瞪口呆:一条条焊缝匀称、细致、紧密,焊接质量极好!

叶赋章问:"买来新焊条了?"

回答是没有。

叶赋章又问:"谁焊的?"

有个毛头小伙子说:"我。"

"你?"叶赋章越发惊讶,"你是怎么焊的?"

"这,你得问我们朱主任。"小伙子调皮地说,"他给我变了个戏法,我手里的焊枪一点下去,就成了这样的焊缝!"

"这老家伙成精了!"旁边的刘之毅笑着说,"人呢?把他找来,让他说说这戏法是怎么变的。"

"他起不了炕啦,关节炎发病得厉害。"小伙子的调皮劲儿没有了。

人们七嘴八舌地介绍了"变戏法"的过程,叶赋章和刘之毅才弄清了事情的原委。

原来，自动线支架的焊接工作停止以后，朱德泉心里火烧火燎，实在不是滋味儿。他成天在车间里转，也急不出个办法来。关节炎又捣蛋，有时疼得他直冒虚汗。车间党支部书记强押着他回家，交付给朱大娘，叫她看着他，不让进车间。朱大娘心疼老头子，执行命令倒挺坚决：把他关在屋子里，拉张凳子当门坐着，纳起鞋底来。

朱德泉老老实实地躺了半天。第二天实在躺不住了。

"你愁我死不了，把我关在屋子里闷死呀！"他在里边捶着炕沿喊道，"快开开门，我得出去透透空气。"

"别使你的'空城计'，一个晚上一个晚上的睡在里边也没憋死，青天白日就把你闷死了？老老实实给我躺着！"

眼看着"空城计"不行了，那就来软的吧。老伴心肠软嘛！他央求道："小英她娘，行行好吧，让我出来坐会儿，咱俩谈谈心，解解闷，你看我一个人在里边多憋气！"

朱大娘扑哧笑了，厉声地说："少来你那一套！要谈只管谈吧，你在门里我在门外，还不一样能谈心？"

"隔了扇门怎么谈哇？咱俩真的好久没唠唠了，我成天穷忙，委屈你了。"

"少啰唆，给我好好躺着！"朱大娘吼起来——他在耍滑头嘛！

软硬都不行，朱德泉没招儿了。他下了炕，使劲捶了几下门，吼叫一阵，又跌跌跄跄地倒在炕上，嚷嚷起来："啊哼哼，这膝骨里像针刺呀，痛得我受不住啦，你给我锯掉这两条腿吧！小英她娘，你可真狠心，全不念咱三十三年夫妻情分……"

他这么一喊，朱大娘真有点沉不住气了。她从门缝中往里看去，只见老头子疼得满炕打滚。明知是假的，但还是心疼得像被猫爪子抓了似的，几次想打开门扣子，但一想起车间支部书记的嘱咐，便硬硬心肠坐了下来了。

朱德泉在里边叫唤了一阵，外面还是没有动静，知道今天出去是困难了。他安安静静地躺着，想起心事来。

半小时，一小时过去了，朱大娘在外面听不到什么动静，心想折腾了半天，大概睡着了。从门缝往里看，见老头子侧身向里躺着。于是，她挎了只篮子，上商店买菜去了。

路上，她想起这些日子，老头子确实忙坏了，今天叫他在家安安稳稳吃顿好饭吧。

她来到菜店，见柜前排着一条长龙，她就赶快加入队列。这一阵子，买东西排队越来越多了。凡是排长队的，总是买难买的东西。她排了一阵，才问前边的人这是卖啥，人家告诉她，是排队买胡萝卜。朱大娘一听就火了："买胡萝卜还要排队，真是！"前面有人回头笑她："你寻思这儿在卖鸡鸭鱼肉？老太太，菜店半月不见荤腥了，莫非你还不知道？"

朱大娘一边嘀咕一边往外走。真是的，菜店半月不见荤腥，东西都到哪儿去啦？老头子这些天忙得下巴颏都瘦尖了！她转了好些地方，终于在一个农妇手里用八块钱买来了一只母鸡，又去打了一斤土烧酒，想好好慰劳一下老头子。

回到家里，屋子里还是没有动静。心想屋门扣得紧紧的，谅他插翅也飞不出去，便放心在外边的灶上烧煮起来。

煨鸡炒菜，朱大娘忙得滴溜溜转。烧煮停当，中午下班的汽笛也拉响了。朱大娘拍拍围裙，想把老伴叫起来吃饭。她打开门，顿时目瞪口呆了。

屋里哪里有人？再一看，窗户洞开！

朱大娘瞪着窗户，只喊了声："这老家伙！"不知道是心疼丈夫，还是觉得受了委屈，两行老泪挂下来了。

她对着炕头上七八个烟头呆了半晌，突然，跌跌撞撞地向外奔去。

刚出门，就见女儿和车间支部书记老胡扶着朱德泉走来了。

"饭好了吧？"朱德泉笑嘻嘻地说，"这不怪我，临走前，想向你请假来着，你不在，敢情是买菜去啦？"

"大嫂，是你们老两口串通作弊，还是一时疏忽？"车间支部书记笑着说。

朱大娘真是哭笑不得，她也顾不得答话了，蹲下去就抚摩朱德泉的膝盖,心疼地说:"你不知死活,小英也是瞎子?"

朱小英不依了:"你还看不住,我有啥办法?"

"行啦,行啦。"朱德泉高高兴兴地说,"问题解决了,下午也不跑啦。"低下头,悄声说:"你能不能弄点酒来,今天我要和老胡痛痛快快地喝一杯!"

问题到底是怎么解决的呢? 原来朱德泉到车间变了个戏法。

上午他躺着想心事:车间生产任务的安排;降低原材料的消耗;工具的返修;四工段两个工长闹不团结;五个女工家住得远,喂奶时间太紧张;王志嘉他们的发动机方案;二工段现是全车间的薄弱环节,自动线弄起来了,被动就能变成主动,反过来促进其他工段……想着想着,注意力又集中到了自动线支架的焊接问题上。

"不能等,无论如何不能等。"他一个人自言自语,"焊条质量不好,造成焊缝有气泡砂眼,是因为焊药中有杂质……"他一个人苦思冥想,调动了全部脑细胞……

不知想了多久,无意间一挥手,碰到了炕头的电灯拉线,电灯唰的一下亮了,他又随手把它拉灭。他盯着电灯出神,好一阵,无意间又碰了灯线,电流通过灯泡里的钨丝,灯泡唰的一下又亮了! 就这一瞬间,好像有道电流通过朱德泉的脑子,他的头脑也一下子亮了。

"电流,电流,"他高兴得叫起来,"加大电流,把落到焊缝金属里去的焊药都吹出来,焊缝里就不会有眼子了,没错!"

他一高兴,忘记了膝盖骨发疼,下炕蹑手蹑脚走到门口,从门缝里向外张望,老伴不在了,但门在外边扣着。

"要马上试验,试验一成,支架很快就能焊起来。"朱德泉一个人自言自语。

怎么出去呢? 他在屋子里转来转去,像关在笼子里的一只狮子。忽然,他一眼盯住了窗子,扑过去,提起插销,打开窗子,一阵凉风带着阳光灌进屋子里来。

朱德泉搬了张凳子,垫了脚,翻过窗口,在外边引火的劈柴堆上找了根木棍,拄着往厂区走去。半路上,遇到车间的材料员开了电瓶车过来,他招呼一声，就上了电瓶车。

到车间里，用加大焊接电流的方法一试，完全成功！

这就是朱德泉变戏法的经过。

叶赋章听了这个故事，大受触动。他对刘之毅说：

"老刘，电焊条质量不好，我知道；是我命令他们停止焊接，等新焊条买来后再干的。可是老朱和工人同志不肯等，硬是迎着困难冲上去，变个戏法把困难解决了。为什么在对待电焊条的问题上，我和他们的态度不一样呢？"

"这个问题提得好。"刘之毅点着头说，"不过，答案我不给你找，你自己找去。"他很高兴，因为老工程师又在找自己身上的毛病了。他相信对方能找出答案。

"问题其实也简单，"叶赋章叹了口气说，"他们要求改变生产面貌的愿望比我更强烈，他们是工厂的主人嘛！"

"你就不是主人？"刘之毅笑着问。

"我也是主人！"老工程师感慨地说，"不过，我老实承认，我和他们还有差异，不，应该说是差距。我要缩短和消灭这种差距。"

"这我完全相信，你叶老总是能做到的。"刘之毅亲切地说。老工程师的真诚使他感动，但他又感到对方身上需要更多的勇气和自信，才能更好地把作用发挥出来。他觉得需要和叶总谈谈这个问题，刚要开口，发现对面来了个人，不由得高兴地喊道："嘿，变戏法的来了。"

果然，朱德泉迎面走来了。他没有拄棍子，但走路一颠一颠，腿脚还是不利索。

"戏法变得不坏啊！"刘之毅迎上去。

"什么戏法？"朱德泉莫名其妙了。

叶赋章指着支架焊缝说："同样的焊条，焊出了奇迹！"

"就因为这焊缝，叶老总刚才大发感慨，说找到了他和你之间的什么差距。"刘之毅笑着说。

"啥差距？"朱德泉不以为然地说，"我是急眼了，急出这么个法子。"

“为什么我就没像你这么急眼呢?”叶赋章说,“我只知道叫你们停工,叫你们等来了好焊条再干。”

“你有你急眼的事,你要管全厂的技术工作;我只操心一个车间。”朱德泉打心眼里喜欢这个老工程师,他向工人学习是多么虚心!“比方说,你要为志嘉他们那个方案急眼;我呢,也急,但有劲使不上。”

“对,对,对,”刘之毅高兴地喊起来,“老朱这个说法比较客观。大家都是主人,大家都有急眼的事,只是分工不同,急的内容也不同。”

“老朱是车间干部,和设计科的工作关系本来不大,他不也在为发动机方案着急吗?”叶赋章说,声音很高,带着激动,“你不要为我辩护,要是为了照顾我的面子,该批评不批评,你这个党委书记就没有尽到责任!”

刘之毅见老工程师认真起来,连忙笑着说:“好,好,我先接受你的批评,行不行?”

叶赋章没有接茬,他盯着朱德泉。老工人在关心着青年人的方案,自己对这个方案关心得够不够呢?

关于发动机的设计方案,前几天,叶赋章曾向青年人做过一些原则性的指导。目前,正在考虑方案阶段,如果自己提的意见过于具体,会束缚他们的思想。要锻炼培养青年人,就该放手让他们工作,不要设置过多的框框。等他们拿出一个初步的设想以后,再细细和他们研究。

“青年人的劲头很足啊,老总!”刘之毅笑着说,“现在,两个方案同时进行,很好嘛! 我倒是希望,他们真能争鸣出一个好东西来!”

“说实在的,”朱德泉眨眨眼,指着一排支架说,“我为啥对这条自动线那么着急? 现在它是全车间的薄弱环节,自动线搞了起来,后进转化成了先进,再让全车间来撵它。这么一来,整个车间红火了,我想提前一个半月拿下全年任务。什么时候发动机图纸一出来,我就能腾出力量来搞试制,还能抽出一部分力量,去农村搞巡回检修机器。我下的就是这盘棋!”

刘之毅心里一阵激动:原来自己想的,这个老工人不但想到了,而且已经在行动了。现在,应该让各级领导,让全厂职工都来想这个问题。他抓住朱德泉的胳膊说:“走吧,找个地方咱们好好议论议论,怎么走好这一盘棋。"

宿舍里,苏一鹏和鲁大明刚刚下了一盘棋。急性子鬼心不在焉,为了把对方的老"将"端下来,不顾前后左右,驾着仅剩的一只"车"横冲直撞,一撞就撞到了对方的"马口"里。败局已定,但嘴上偏偏不肯承认,借口自己的"士""象"都全,说:"算了,和棋!"

大个子不答应:"不能算和,下!"

"我不想赢你还不行吗?"苏一鹏一抖棋盘,棋局全乱了,这是他一贯的耍赖办法。

"好,好,又和了一盘!"大个子慢吞吞地收拾棋子。这个对手的风格,他是非常熟悉的,要赢他一盘棋,实在比登天还难。不信,请杨官璘来和他试试!

他们等着王志嘉去办公室研究方案,可是这家伙不知跑到哪儿去了。

鲁大明收拾完棋子,从床底下取出一双布鞋,发现帮儿上有两个小洞,于是取出针线,开始缝补。

苏一鹏手里没事,就去擦他的车子。他有一辆"飞鸽"牌自行车,已经骑了将近两年,还像全新似的。这人对自行车有着特殊的爱好,平时总把车子擦得闪光锃亮。车杠、护罩,凡是喷了油漆的地方还要打蜡。前轴后轴上挂上了两个红黄绿三色相间的防尘圈,又请朱小英给他打了两个手把套。这辆车子,凡是能打扮的地方,统统打扮到了。那块牌照,有时插在后护罩上,有时插在前护罩上,有时挂在大梁上,有时拧在辐条上,再不就直接挂在前叉上。骑着这样一辆漂漂亮亮的车子,看他又有多神气!路上人少时,免不了一个人还要表演一下"单脱手""双脱手",或者坐在后面的衣架上蹬着车子出洋相。他并非为了表现给人看,只因为车子给了他很多乐趣。对于他,自行车已经超出了代步的作用,变成了他生活中的伙伴。宿舍到食堂不过几步路,他也得骑着车去。

苏一鹏一边擦着已经纤尘不染的车轮毂,一边发愁地说:"大个子,咱们到今天还拿不出个完整的方案来,叫方斌看笑话。咱们的王志嘉老兄,倒不急不忙,经常还去钻资料室、图书室,好像扔不掉'洋拐棍'。我真有点不理解他了。你说是咋回事儿?"

"咋回事儿,我也说不清。"大个子呐呐讷讷地说,"老王这人,干事稳,不像你那样,毛毛糙糙。"

"还嫌我毛毛糙糙?你这人,和王志嘉一样,火烧眉毛都不着急。请问,你们究竟准备什么时候把方案拿出来?人家方斌可不等你。"苏一鹏大为不满地说。

这时候,苏一鹏已经擦完车子,在盆里浸了两件衣服,洗了起来。

鲁大明还是不急不慢地说:"你嚷嚷有什么用?性急吃不了热豆腐,再急也急不出发动机!"

苏一鹏满手是白白的肥皂泡沫,走到鲁大明跟前:"那你说怎么办,有耐心的朋友?"

鲁大明停止了缝补,想了想说:"王志嘉不是在考虑基本参数吗,我看,等他那儿出来了,咱们再花三四天时间——"

苏一鹏更不耐烦了,他打断对方:"好了,好了,三四天,七八天,十来天,你准备等到猴年马月才出发动机呀?人民公社可在等着咱们哩!"他一激动,没注意把满手泡沫洒了鲁大明一身。

鲁大明擦掉身上的泡沫,也不生气,还是不紧不慢地说:"那你就急嘛,急出个发动机大家高兴。"

两人正在难解难分,有人进来了,是丁明达。

丁明达笑着说:"屋里只有两个人,倒热闹得很呀!"

苏一鹏给他搬了张凳子,说:"都回来了才热闹呢。"

"王志嘉呢?"

"失踪了。"

"什么?"

鲁大明连忙解释说:"吃过晚饭就没回来。我们等他一起去办公室。"

丁明达"唔"了一声:"那还有一位呢?"

苏一鹏说:"你是说方斌吗?他不在图书馆,就在叶总家里。"

丁明达又是"唔"了一声，掏出烟来："把你们抽出来以后，科里人手少了，真是忙得不亦乐乎，也顾不上来看看你们的方案。进展得怎么样啊？"

"还……还可以吧！"苏一鹏支支吾吾地说。又坐下去洗起衣服来，心里责怪王志嘉和鲁大明：不是不用着急吗？科领导来催问了，你们回答吧！于是转过脸问鲁大明："你说进展得怎么样，有耐心的朋友？"

鲁大明放下补好的一只鞋，又拿起另一只。苏一鹏在将他的军，他只能实实在在地说："这一阶段，我们想多花点时间在发动机的基本参数和结构上，所以进展慢了点，以后速度可以加快……"

丁明达一听，心里就转开了：看起来，他们还没有个成形的东西，而方斌已经有个方案在那里。但是，从领导态度看，好像对他们的东西抱的希望大。自己究竟应该持什么态度呢？现在来决定踩哪只船，还不是时候，但情况应该多了解一些，免得以后领导问起两个方案的情况，自己无法回答。

"听说你们在结构上有很大胆的设想？"

"我的意见是必须打破传统的三大结构五大系统。"苏一鹏说，"我们就是要突破洋框框，标标自己的新，立立自己的异。丁科长，你说行吗？"

"乖乖，打破三大结构五大系统，好大的胃口！"丁明达在心里喊道。他毕竟搞了那么多年发动机，有一定的理论和实践经验，所以对这个大胆设想能做出自己的评断：这是不切合实际的幻想。但他并不立即表明自己的态度，眼前的小伙子性格相当冲，弄不好给你扣上一顶"右"倾保守的帽子，他可不管你科长不科长的。

"哈哈，真是标新立异啊！"他用一种既不肯定也不否定的口吻说，"这个设想定下来没有？"

"还没有，"鲁大明说，"王志嘉不大同意。"

"噢！"丁明达心里动了一下，这个王志嘉脑子好像没有苏一鹏那么热。

"他呀，就是踢不开洋框框！"苏一鹏把搓洗的衣服往盆里一按，"丁科长，你说我们要不要破除迷信，解放思想？"

"要，要，当然要！"丁明达连忙同意，表这样的态是决不会出问题的。

但他在心里却对自己说:"瞎闯蛮干就叫破除迷信,解放思想? 你们要真的这么干,我的脚可不敢在这只船上踩。"

"那王志嘉的意思是——"他觉得必须弄清王志嘉的打算和设想,因为在他们的方案中,真正起作用的是团支部书记而不是眼前的愣头青。

鲁大明正要回答,王志嘉抱了一叠资料进来了。

"丁科长在这儿!"他兴冲冲地说,"我们原想明后天给您汇报一次呢。"

"哈哈,是我对你们关心不够。"丁明达说,"来看看你们的进展情况。听说方案里很有点新东西嘛。"

"不行,丁科长。"王志嘉放下资料,诚恳地说,"纸面上的东西好画,能不能制造出来,造出来和设计要求能不能符合,难说啊! 我们这几个人,理论和实践方面都缺乏经验。"

"而且干这种事情是大姑娘坐轿,第一遭,是吧?"丁明达笑着说,他最习惯于用打哈哈来使严肃的谈话变得轻松起来。"困难难不住英雄汉,我相信你们的志气。"

"丁科长对我们很有信心?"苏一鹏好像找到了知音。

"当然,没有信心还行! 群众有信心,领导也就有了信心。"丁明达说。

"信心总是建立在切实可靠的基础上的。"王志嘉说,"刚才,我又到图书馆去翻了些资料,咱们的一些基本参数,我看可以定下来了。"说着,打开了一个笔记本。

鲁大明和苏一鹏放下手里的活计,凑过去看。

王志嘉把笔记本摊在丁明达面前:"根据上级向我们提出的要求,我们确定的几项主要设计指标是先进的,比如每马力所占的发动机重量是小的,每马力小时的耗油指标是低的。我们还想用多种燃料,能烧中柴油、重柴油、酒精、植物油,总之,要做到经济实用。"

丁明达一边看,一边嘴里发出"唔唔"之声。这种声调,你可以做多种解释:表示赞同、表示惊讶、表示"我看到了"、表示"也不过如此嘛"、表示"这能行吗"……总之,希望听到他意见的人,都可以从他的"唔唔"之声中得到和自己意见相符的表示。

丁明达心里想的却完全是另一码事。他承认这些设计指标相当先进，问题是未来的发动机能不能达到？他认为根本不可能，一厢情愿嘛！主观愿望再好也成不了客观实际。看来王志嘉这小伙子脑子也并不冷。

"不能给他们泼冷水！"丁明达在心里拿定了主意。

"这些指标，我同意。"苏一鹏高兴地说，"现在应该马上考虑发动机的结构。"

王志嘉的眼睛看着丁明达："丁科长，说说你的意见吧，你有经验嘛。"

"唔，唔，"丁明达为难地搔搔他半秃的头顶，"指标，确实很先进，很先进。当然，如何达到这样先进的设计指标，恐怕，还得费一番脑筋。"

"我们是采取了一定措施的，"王志嘉打开另一个笔记本，"比如，在油耗问题上……"

"我看是不是这样啊，"丁明达打断王志嘉的介绍，"你们先把这些措施落实了，我请叶总一起来看，到时候咱们仔细研究。现在你们要我说出个子丑寅卯，我也不好说，怕束缚你们的思想，影响你们的思路。"

丁明达仿佛在谦虚，实际上，怕听了王志嘉介绍的措施，要提意见，要表态。赞成不行，反对也不合适，只有暂时回避才是上策。

王志嘉对丁明达的性格和为人是有所了解的，于是笑笑说："那也好。我们这就去办公室，好好落实一下措施，这是考虑机器结构的依据。"

"我还有点事要找找工艺科科长。"丁明达也站起来。

走出宿舍大楼，丁明达推推鼻梁上的眼镜，郑重地叮嘱道：

"领导上对你们的方案寄托着很大希望啊！科里工作再忙，我也不让打搅你们。抓紧时间，好好干，拿出个像样的东西来，也是咱设计科的光荣嘛！"

第十一章

周末来了,紧张地劳动了一星期,真需要好好休息一下啊!

但是,产品设计科的青年人却忙得连日期也忘记了,他们只怨时间走得太快。《西厢记》里,王实甫写恋人送别,依依不舍,怪时间过得太快:"恨不得倩疏林挂住斜晖。"社会主义建设时期,人们要干的事情太多,时间却没有放慢脚步,"真想用钢缆拴住日头"啊!

"啊哈,诸位,知道今天是什么日子吗?"下班以前,别出心裁的苏一鹏,从图板上直起腰来,打了个哈欠,大声宣布道:"今天是鲁滨孙在荒岛上那位朋友的弟弟!"①

"你胡扯什么?"鲁大明正埋头在图板上,他瓮声瓮气地说道。

"嗨,今天是星期六,不是星期五的弟弟吗!"苏一鹏一本正经地说。

设计室里一阵哄笑。

大家已记不得几个星期天没有休息了。方案出不来,还有什么心思去玩呢?星期六晚上,正是青年人约会、看电影、压马路的好时刻。前几天,朱小英就和苏一鹏打过招呼,叫星期六晚上一起玩玩。实在顾不得啊! 她

①英国作者笛福的小说《鲁滨孙漂流记》中,主人公鲁滨孙有个侍从和朋友叫"星期五"。

130

会生气吗？不要紧,请王志嘉给她解释好了。

季节在秋分和寒露之间,在塞上,晚上七点钟左右天色还很亮。

太阳已经沉到西山背后去了,它的余晖给连绵的群山镶上了一道金光闪闪的边饰。由于这道镶边的反衬,逶迤西去的山脉,变得更加幽暗,更加遥远了。山脚下,稀稀落落的灯火闪烁着,更给山色增加了一种深邃莫测的感觉。

天空一片深蓝色,随着夜的来临,蓝色的浓度越来越重。一群群归鸟掠过上空,翅膀敲击着空气,发出飕飕的声音。远处的烟囱还在冒着浓烟,浓烟顺着轻风,横飘过去好几里路,像一条黑带子,把天宇划开。

这时候,通往市区的柏油马路上,各式各样的载重卡车少了,车身上漆着红白相间颜色的公共汽车却很繁忙。每到周末,上下的乘客比往常要多一倍,公共汽车公司只能把一些预备车都放出来。即便这样,每个汽车站上还是排着长长的队,乘客们伸长脖子,等着从下面开往市里的车子。

汽车站的标牌,钉在一株高高的白杨树上。这条马路的两边,六年以前种的白杨树,都已齐崭崭地长成碗口那么粗了,间隔丈把远就是一株。盛夏,远远看去,像两排绿色的屏风。这条马路是通往市郊的主要干线,两旁有几个新建的大型工厂。早晨,有人在马路上跑步、做操;傍晚,在残阳夕照里,在月色皎皎的黄昏,也常有人在马路上散步、谈心……

等车的人总是性急的,恨不得车子一辆接一辆开过来,把自己带到要去的地方。可是车子就是迟迟不来。是被火车截住了,还是在前几站"抛锚"了？也有人遗憾地说车辆太少,不像上海、北京,两三分钟就有一趟。

在这些人中间,有一个人的心情却和大家不同,她甚至不希望汽车开过来。这人便是叶琪。

叶琪被一种自己也解释不了的苦恼缠住好几天了。她的苦恼,始于方斌把他的方案拿出来"亮相"的那天。

她学的是发动机,对方斌的方案并不是没有看法的。开始,她见方斌拿出这样一个成形的东西,她为之高兴。后来,大家对他的方案做了仔细的分析,特别是联系农村的要求来看,那份东西就显得很不理想了。她同意王志嘉的意见,既然是给农村搞的,就应该搞出一种能基本满足农村要求的机器来。既然方斌的方案不符合设计的基本要求,那就和大家通力合作,去搞新的方案,这是十分简单的道理。方斌为什么不这样想呢?他那种傲岸的态度,那种自恃有学问的明显的优越感,使叶琪受不了。这种态度,和他平常在爸爸和自己面前表现出来的态度截然相反。方斌也觉察到了叶琪的不快,曾多次委婉地向她解释。但解释并不起作用,越解释越使叶琪烦躁、不快。后来,领导上决定两个方案同时进行,要叶琪帮助方斌搞那份方案。王志嘉还以团支部书记的身份,专门和她谈话,希望她和方斌好好合作,把设计的基本要求,贯彻到那份方案中去。这样,两份方案中就可以挑出一份比较好的,投入试制。叶琪接受了领导上的安排和王志嘉的建议,不算太勉强地去和方斌合作了。

尽管方斌平时对叶琪的意见是尊重的(与其说是尊重,不如说成是不愿意和她产生分歧),但在方案问题上却并没有很好接受她的意见。方斌认为,一部机器要达到那样的要求,根本是不可能的。世界上哪里会有这样的事情:又要马儿好,又要马儿不吃草?一定要这样干下去,那就会把这台机器的设计和试制拖到无限远,而且很可能做的是一场虚功。

方斌对叶琪说:"几百年前,有人就想做一种永动机,不需要外面加进能量,机器却能永远不停地自动运转,发出功率。这种愿望够好了吧,这种机器够理想了吧,这才是真正不吃草的马儿呀!不知多少人,往这上面倾注精力,甚至毕生的精力。结果呢,不过是一种梦想。梦想就是梦想,它永远成不了现实。我们有头有脑的人,何必去蹈这种覆辙呢!只有傻子才去干这样的事情!"

叶琪说:"我们的发动机和永动机完全是两回事,你怎么把马嘴安在牛头上呢?"

方斌说:"是两回事情,但实质上差不多,都是属于又要马儿跑,又要马儿不吃草一类的。叶琪,我们何必去凑热闹呢?世界动力史上还缺两个傻瓜吗?"

......

这样的争论是无法继续下去的。叶琪开始烦恼了,她觉得和方斌在设计思想上不能统一。

方斌还是坚持自己那一套。他认为自己的方案比较有把握。只要一投入试制,他就取得一半成功。时间是十分重要的,特别当两个方案开始了"百米竞赛"的时候。早一天成功,他的腰杆就能早一天变硬,在别人的心目中,"方斌"这两个字将是另一种意义。他在心里暗暗地给未来的发动机起了个名字:方—105;"105"是汽缸直径,前面冠一个"方"字,就相当于电学中的"法拉第"、"欧姆"一样的意思。自然,这一点他并没有告诉叶琪,因为她并不喜欢这些。

今天,方斌托人去市里某剧院买了两张音乐会的票子,庆贺他们方案的基本成功。事先,方斌没有征得叶琪的同意,票子到手以后才给她说起。他百般劝说,才勉勉强强把叶琪动员来了。

说真的,叶琪没有心思去看节目。同志们正在设计室里苦战,她却和方斌去市里消闲,这像什么话?可是方斌死死地缠住她,甚至说看完戏回来再加班也不迟等等。

现在,他们排队等车已经有十来分钟了。叶琪的心情还是好不起来。汽车来不来与她有什么关系?不来倒更符合她的心愿:开演以前赶不到市里,他们就不必去了。

方斌也感到扫兴。这样一个美好的周末,这样一个可爱的暮秋的傍晚,两个人愉快地谈谈心,看看戏,听听音乐,痛痛快快地玩一玩,那该多好!这种时候,应该把工作上的问题完全抛开,连他的"方—105"也该搁在一边。可是现在两个人却在闹别扭!

要是往常,方斌完全有办法很快使叶琪破涕为笑、转怒为喜的,但是现在他却无可奈何!他想不通,为什么一个发动机方案会在他们感情上引起这样的波澜?

必须解释,只有用恳切的解释,用赤诚的语言,才能打动对方。

"阿琪,你总是误解我的意思。"方斌用很好听的男中音,在叶琪耳边说着，"我坚持咱们的方案，因为它有把握，不会做虚功。农村不是在等着咱们的机器吗？应该尽快搞出来，送到农村去。"

沉默，叶琪沉默。

"至于我说把这个发动机当作事业的开端，这又有什么难理解的呢？集体的事业，党的事业，不也就是我的事业吗？"

叶琪忽然回过头来："难道集体的事业，党的事业，就是在这个发动机上开的头？"

"不，不，不是这个意思，"方斌连忙纠正，"是我没把意思说清楚。总之，个人的事业是集体事业的一部分，两者是完全结合的，你说对不对？"

叶琪不想在这个问题上和他争论，于是只有沉默。

"别人不了解我，这不奇怪，"方斌用一种令人感动的声调说，"阿琪，你总该了解我啊！相信我吧，在任何问题上，我是能独立思考的，盲从绝不是我的性格。"

叶琪冷冷地说："你独立思考的结果，就是除了你的方案，再也不相信别人可能创造新方案？"

"啊呀呀，是我不相信吗？"方斌压低声音喊道，"他们那个方案究竟是什么，大概连他们自己也不知道。作为一个能够独立思考的人，怎么能赞同他们那样做呢？"

叶琪还要说什么，方斌却鸣鼓收兵了："好了，好了，现在不谈这个了。这样好的时刻，我们却在这里做些无谓的争论，太没意思了。我希望这是我们最后的一次争论，好吗，阿琪？"

叶琪淡淡地一笑。

"看，山头上那一抹云，多好看！"方斌在转移叶琪的注意力，"你看呀，阿琪！"

叶琪转过脸去。

已经沉下去的夕阳，把最后一束余晖射在浮动在山顶上的一抹薄云里，薄云被染得通红通红，就像一片炽热的火。

"我不得不承认，塞上也有塞上的美。"方斌因为转移了叶琪的注意力而高兴，"'大漠孤烟直，长河落日圆'，可惜眼前没有大漠，也没有长河！"

方斌正在欣赏天边的景色，耳边陡地响起一个出乎他意料的声音：

"真的，今天晚上我还有事，不能陪你去了。"

方斌转过脸，难以置信地搜索着叶琪脸上的表情。

"为什么？"他急急地问，"你忘啦，这可是中央乐团的旅行演出，我们已经等待了多少时候！千载难逢啊！我费了九牛二虎之力，才托人弄到两张票子！知道吗？"

"那我只能抱歉了。"叶琪把票塞在方斌手里，她已经下了决心。

"为什么？你倒是给我一个理由啊！"方斌激动得跳起来了。

"我有事儿。"叶琪说，没有商量的余地。

方斌发呆了。俄顷，他想起了什么："是不是晚上团组织有活动？那你等一下，我去给你说一声，马上就回来。"没等叶琪答话，就把票塞在她口袋里，转身跑了。

望着暮色中方斌急急跑去的背影，叶琪感到又好气，又好笑。团组织有什么活动呢，只不过她不想去罢了。中央乐团的旅行演出，她的确神往已久，特别想听一听女作曲家辛沪光的《嘎达梅林交响诗》：美丽的草原，苦难深重的牧民生活，蒙古王公贵族勾结军阀向帝国主义出卖土地和民族利益，嘎达梅林率众起义，激烈的战斗，悲壮的牺牲，人民的进一步觉醒，草原上铁流在前进……音乐语言用其他文艺形式所达不到的效果，表达了蒙古人民可歌可泣的战斗生活，撼人心魄，使人振奋。每次，在收音机里听完这支交响诗，叶琪总要激动好一阵。现在，中央乐团路远迢迢来到塞上古城，演出这支乐曲，对爱好音乐的叶琪来说，是个难得的欣赏机会。

可是她决定不去了，感情是不能随意左右的。既然不想去，去了也不会痛快的。特别想到王志嘉他们还正在灯下呕心沥血苦战的时候，交响诗对她已经不那么吸引了。

这个性格倔强的姑娘，对一件事一旦做了决定，便会毫不犹豫地去行动。

可是方斌走了！要不要等他回来，说明情况，把票交还给他，然后再回去呢？正想着，有只手轻轻地搭在她的肩上。

她转过脸，见是朱小英笑嘻嘻地站在她跟前。

"等谁呀？"对方在明知故问。

"谁也不等。"叶琪淡淡地说。

"算了吧，你寻思我没看见？"朱小英说。暮色中，她的脸上闪动着一种颇为异样的神色，问道："他们今天晚上不都在搞方案吗？"下面一句话没有说出，意思是："你们怎么有工夫去市里逛呀？"

叶琪觉察到了朱小英的心情，笑着问："谁在搞方案？是苏一鹏，还是谁呢？我怎么不知道？"

朱小英心里很不是滋味儿。以往，她对这个女技术员是颇有好感的。今天，王志嘉、苏一鹏等照样苦战，叶琪却和方斌一起进城。她点了对方一下，这个女技术员非但不感到羞愧，反而大大咧咧地开她的玩笑！一刹那，把对方过去留给她的好印象赶跑了。她扭头想走。

叶琪心里暗笑，一把抓住朱小英的手，亲亲热热地说："刚才，你不是问我等谁吗，要不要告诉你？"

"随你的便！"朱小英想挂出一副笑容，却挂不出来。

"我等的就是你呀！"随着这一句话，一张小纸条塞到了朱小英手里，"真的，等了半天，就等你来。"

朱小英回转身去，叶琪已经走了。三级铣工好不惊异！她展开手里的纸条，凑着天边的霞光，发现这是一张戏票，座位相当好。顿时，她感到不知所措了。

"这人，干吗把票给我呢？"朱小英不能理解这个女技术员。当她的眼光再次落到手里的戏票上，想起半小时后她身边坐着的将是方斌时，就觉得心里不是味道了。

这时候，公共汽车终于开了过来。排着的队伍开始蠕动，鱼贯走进车门。

可是方斌还没有来。

"管他呢，去就去！"朱小英下了决心，拉着车门扶手，轻盈地上了车。

叶琪回头见朱小英上了车,轻松地笑了。等会儿方斌见旁边坐着另一个人,会怎么想?管他呢,爱怎么想就怎么想吧,生气也好,难堪也好,对她都无所谓。

忽然,叶琪愣了一下,因为当她往回走的时候,发现离车站不远的一株白杨树下,有一双闪光的眼睛在注视着她。那眼光给人一种异样的,难以描述的感觉。

"她为什么要那样看着我?"叶琪一边走一边想,"真是奇怪!"

这人,正是技术图书馆的资料员尉迟文英。

设计室里,王志嘉、鲁大明、苏一鹏围着一张制图桌,桌上有一堆草图和计算草稿。

一场热烈的争论还没有结束。

苏一鹏直着嗓子嚷:"不行,这三大机构五大系统的洋框框必须打破,否则我们的方案新在哪里?"

"问题是用什么样的结构形式才能保证我们要达到的设计指标,"王志嘉沉稳地说,"不能离开主题做文章。"他打开一本资料,指着一处地方,"国外资料上也有记载,有的发动机采用传统的结构形式,但由于采取了一系列措施,达到的指标却很先进。"

"我不看。"苏一鹏说,"光翻这种东西,就要束缚思想。柴厂长也说过,资料和百科全书不是无字天书,咱们需要志气!同志,外国是外国的情况,中国是中国的情况,我们需要的是适合中国农村的发动机,否则,用方斌的方案为啥不好?咱们还费那牛劲干什么?"

王志嘉不吭声了。苏一鹏这一阵嚷嚷,从原则上说是对的。但是,在一无资料,二无经验的情况下,完全抛开发动机的传统结构形式,这样做能行吗?难道自己真的缺乏志气吗?

"人家那个东西都快出来了,我们还像蜗牛一样慢慢爬呀,爬呀,真是好耐心!"苏一鹏激动地嚷着。

王志嘉没有搭理,他还在沉思。

鲁大明慢悠悠地说："什么人家人家的，咱们搞这东西又不是为了出风头！"

苏一鹏正想找个出气的对象，冲着大个子就喊："那依你说怎么办，有修养的朋友？"

有人推门进来，这是叶琪。

三个人都有点惊讶。

"刚才方斌打电话说，你们去听音乐会，怎么跑回来了？"苏一鹏劈头问道，没注意叶琪的脸色，"是没等上车？"

叶琪把短短的头发一甩："听音乐会？没那样好的兴致！"她冲着王志嘉问道，"咱们的新方案什么时候出来？"

"咱们的新方案？"苏一鹏和鲁大明都觉得奇怪。

王志嘉笑着说："小叶，你还是帮着方斌，把那个方案搞出来，这是领导上的安排。有问题，咱们可以一起研究，好吗？"

"你和他去研究吧！"叶琪不高兴地说，"我不知道为什么要把力量分成两摊子，集中力量搞一个不是更好吗？"

"两个方案，可以做个比较。"王志嘉耐心地说。

"那一个人搞一个不更好？"叶琪有点赌气了，团支部书记一点不理解她的心情，"反正，我是不去了。"

"嘿，怪了！"苏一鹏一拍巴掌说，"方斌说，你完全同意他的方案，还说你……"

"我，我怎么啦？"叶琪冒火了，"你不要老打断人家的话好不好？"

苏一鹏一下子明白了：她是和方斌合作不下去！本来嘛，方斌那人，跟谁合作也不行。小伙子虽然叫叶琪抢白了一顿，却很高兴：

"这么说，你是要来参加我们的方案了，是不是？"

"怎么样，不要我？"

"欢迎！欢迎叶琪同志参加我们的方案设计！"苏一鹏立即表态，一高兴，就拍起手来，拍了几下，还不过瘾，又弓起两个巴掌，对着嘴巴拍击。

周末的办公大楼，出奇地寂静。苏一鹏这短促的掌声，听来就显得格

138

外清脆、响亮。

这是出自至诚的欢迎。叶琪友好地朝他笑笑,想起刚才在汽车站上和朱小英相遇的戏剧性场面,觉得这两个人都很讨人喜欢。

"那好吧,"王志嘉无奈地叹了口气说,"明天请示一下领导再决定。现在来研究一下新的方案。叶琪,我先给你介绍一下我们的想法,再给你说说我们遇到的困难,刚才你进来以前,我们还吵了一场呢!"……

月亮升上了中天,外面光华如水。屋子里,日光灯刺刺响着。四个青年人,全部心思都投入到方案里去了。什么不愉快的约会,什么感情上的芥蒂,什么无法统一的争执,什么意气用事的烦恼,都抛到了九霄云外……

窗外,秋虫唧唧,为他们唱一首赞美的歌。

方斌跑到俱乐部给王志嘉打了个电话,才知道那天晚上并没有团的活动。他冒着一股火跑回汽车站。一列长队不见了,只有几个没有挤上车的人,伸长脖子在等下一班车开来。

"给我开什么玩笑?"他想,因为跑得急了,大口地喘着粗气。

为什么叶琪采用这种态度对待他?特别是今天,她的行为不能用任性来解释了。这一切到底是为了什么?方斌真是百思不得其解。

不管怎样,叶琪今天还是去听音乐会了,想到这一点,方斌觉得欣慰。可是为什么不等他一下呢?

远远的,马路尽头出现了两盏灯,不一会儿,两条光柱就冲过来了。这一班车来得比较快。方斌顾不得礼貌,竟抢先上了车,其实车上并不太挤。

赶到剧场,开演铃声响了。他几乎是冲进剧场里去的。

服务员用手电筒引方斌到位置上去。隐隐约约,他看到叶琪已经坐在那儿。一阵高兴,使劲往自己的位置上挤去,踩痛了别人的脚,也顾不得道歉了。

"嗨,你这人,干吗不等我一下?"他在昏暗的灯光中坐到位置上去,把朱小英当成叶琪,在她肩上拍了一下。

朱小英转过脸来,惶惑地看着方斌。

方斌吃了一惊。我的天,什么叶琪,这不是加工车间主任朱德泉的女儿吗?

"你没有坐错位置?"方斌压低了声音问。

朱小英笑着摇摇头。

方斌不信:"给我看看你的票。"

朱小英亮出了票。

没错,一点没错,这是叶琪的票!

方斌伤心了,用发颤的声音问:"是叶琪给你的?"

朱小英点点头。

台上,乐队指挥的手已经挥动起来,几十种形状、大小、音色不同的乐器在演奏,方斌却全然没有听到。他问朱小英:"叶琪上哪儿去了?"

"她说有事,不能来。"

这么说,叶琪是不愿意和他在一起度过愉快的周末,不愿意和他一起听音乐会! 他难过了,伤心了,痛苦了,他和叶琪之间发生这样的波折是第一次,无论从思想上,还是从感情上来说,方斌是没有准备的。

"她为什么要用这种态度对待我? 这公平吗? 她凭什么这样做? 就因为她是总工程师的女儿,就因为她也是一个大学生、技术员? 就因为她是个青年团员?"

这一场音乐会,方斌没有听出什么味道。他一向很喜欢听中央乐团里首席小提琴手演奏的《新疆之春》,可是,同一个演员,演奏同一支曲子,今天听来却非常刺耳,"依依呀呀",更增加了他心里的烦躁。

道理很简单,曲子欢乐,他的心情不欢乐。

音乐会最后一个节目是小提琴协奏曲:《梁祝》。这个古代传说中的爱情故事,使此时此刻的方斌产生了共鸣。当乐师演奏到"化蝶"那段,他忍不住为之慨叹,竟自作多情地想起了他和叶琪的纠葛。

"追求到真正的幸福是多么困难啊!"方斌无比感慨地想,"有时需要付出沉重的代价!"

但梁祝的遭遇是过去的事，是封建时代的事，而现在，什么东西阻碍他去得到他理想中的人呢？什么东西妨碍他和叶琪的结合呢？他怎么也找不到答案，心里感到茫然。

从剧场出来，方斌忘记了起码的礼貌，竟没有同朱小英说一句话，一个人怀着复杂的心情，赶到车站去。

回厂已经十点多。宿舍里却空无一人。

他想躺下睡觉，但全无睡意，仿佛觉得还有什么事情没有做似的。他趿着鞋在房间踱了几个来回，决定到叶工程师家去。

要是叶琪在家里，那好，两个人就坐下来好好谈谈。误会是可以消除的。如果要他赔些不是，说点好话，也并不困难。刚才在屋子里踱了几个来回，方斌终于找到了两个人闹意气的原因，这就是在方案问题上，他没有很好尊重叶琪的意见，又没有耐心细致地向她解释，在她面前，他表现得过分自信了，因而损伤了她的自尊心。

方斌觉得这个缝隙是可以弥合的。和叶琪相处多年，方斌已经锻炼出来一种弥合这类缝隙的本领。可怕的是叶琪不愿意和他一起搞，而要转到王志嘉他们那个新方案里去，那就麻烦了。如果现在去她家里，她还没回来，后面一种可能就成了现实！

不管怎么样，他应该去看看。叶琪不在家，就和她爸爸谈。方斌相信，这位叔叔对他总还是比较关心和爱护的，对叶琪的行动也是能够产生影响的。

现在他只有这样做了。

第十二章

　　叶赋章工程师在国外的时候,主攻的是发动机,但对冷加工和热加工方面的东西也学了不少。现在,由于工作需要,他从主管产品设计进而负责全厂的技术工作,是完全能够应付自如的。这一段时间,他跟着刘之毅深入各车间,调查研究,去发现矛盾,抓薄弱环节,提出积极平衡的措施。在这个过程中,工人们的积极劳动,坚定的立场,强烈的爱憎,高度的责任心,使他很受教育。老工程师经常自觉地对照自己,寻找差距。加上刘之毅在节骨眼上好给他提问题:"这是为什么"啦,"这说明什么"啦等等,引导老工程师往深处想。所以,每次下去,用他自己的话说,总是"得益良多"。前两天他还对刘之毅说:"经常深入到下面来,我精神上也变得年轻了。老刘,我确实感到我并不老。古人说:'哀莫大于心死。'精神上年轻,人是不会衰老的。"

　　这一阵叶赋章委实忙,所以对于设计科青年人搞的发动机方案,过问得不多。他想,等方案都出来了,再好好和他们研究吧。

　　他也经常向叶琪询问发动机方案的进展情况。发现女儿的情绪不大好,这使他纳闷。是因为方案问题引起的? 还是有别的原因呢? 他想和女儿好好谈谈,但每天大家回去得都很晚。早晨,叶琪又起得比较迟。青年人必须保证足够的睡眠，做父亲的不想把她叫醒。而且，有些问题三言两语是谈不透的，也就一直拖了下来。

已经是晚上十一点了，叶赋章还没入睡。这些年来，他已经形成了一种习惯：叶琪没有回家以前，他是不睡觉的。总要等女儿屋子里熄灯以后，他才上床。

忽然楼梯上响起了脚步声。他连忙摘下花镜，合上桌子上的一份铸造车间技术改造的报告。

"笃，笃，笃，"有人在敲门。这不是叶琪，因为她有门上的钥匙。

叶姑也没睡，做着针线在等侄女儿。听到敲门声，她走出去开门。

"啊，是阿斌啊！"叶姑惊讶了，"这么晚，你还没休息？"

"叔叔休息了没有？"方斌压低了嗓音问道。

"还没有，他在等阿琪。阿琪呢？"

"我也不知道。"方斌苦笑了一下，心想："看来她是去和他们一起搞了，她不愿意和我合作了！"他的心里陡地感到一阵隐痛。

"快进来吧！"叶姑看见他在门口站着发呆，连忙招呼，一边自言自语，"阿琪到哪儿去了呢？"

叶姑关上门，大声对里屋喊道："赋章啊，阿琪不知上哪儿去啦！"

叶工程师见方斌进来，确实有些惊奇，他问："你不是和叶琪一起出去的吗？"

"她没有和我去听音乐。"方斌垂头丧气地说，"在汽车站上，她撇下我跑掉了。我也不知道什么地方惹她生了气。"

"她现在可能在哪儿？"叶赋章着急地问。

"不知道。"方斌委屈地说，"可能在办公室，和他们一起搞方案。"

叶赋章和他的堂姐都放心了。

只是叶姑多了一层心事：好端端的，这两个孩子怎么闹开了别扭呢！这些日子以来，因为搞方案，她的侄女儿和这个讨人喜欢的小伙子同出同进，她感到欣慰。老人的心总是这样的啊！

"阿斌，你可别见她的怪。"叶姑说，"我们的阿琪还是小孩子脾气，你比她大一岁,你让她一点,啊?"

"阿姐,你去睡吧。"叶赋章说,"我们两个谈谈。"

叶姑一面嘀咕,一面走出屋去。

对于女儿的脾气,做父亲的是很了解的。近来她的情绪不好,很可能和方斌有关系。这是他们两个的事情,他不想在方斌面前提起。

"两个方案进行得怎样了?"叶赋章问道,"这几天在下边忙,也没顾得过问你们的事情。"

"我没有偷懒,叶叔叔!"方斌像孩子在亲人面前倾诉委屈,"可是阿琪不愿意和我合作。"

"为什么?"

"还不是说我这个东西设计指标保守啦,不符合农村的要求啦等等。其实这都是王志嘉他们的意见。"

"既然是合作,那她也可以提出自己的看法嘛。"叶赋章微笑着说,"上次我就对你说过,为了更好符合农村的需要,你那个方案确有不少地方需要重新考虑。"

"可是阿琪的意思是要把它根本否定,和王志嘉他们一样去另起炉灶! 我认为这样做绝不是科学的态度!"

叶工程师沉默了半晌才说道:"王志嘉他们那个搞得怎样了? 我还一直没有看过。"

"他们没有拿来请您看过?"方斌惊讶了,加重语气地说,"我还以为,他们早就来向您请教过了呢! 这么说,他们也太自信了!"

"早早晚晚,我很忙,白天更不好找。他们可能是怕打搅我。"叶赋章说,他不愿意把事情往另一个方面去想。"听说他们那个方案设想很大胆。"

"的确是大胆,大胆得很!"方斌笑着说,"可是科学上的问题不是靠大胆就能解决的! 参数选得是最先进的,制造的材料要最一般的,加工和使用要最方便的,据说还要打破发动机的传统结构形式,不再采用三大机构五大系统。您看看,岂止是大胆,简直是——"他想选择一个适当的词语,但没有找到,只好就此打住,注意着叶工程师脸上的反应。

叶赋章不大喜欢方斌说话的那种口气。可是,王志嘉他们那个方案却引起了他的注意。如果正是按方斌刚才说的那样搞下去,这会出问题的!一无资料,二无经验,就这个也不要,那个也否定,甚至连发动机三大机构的结构形式也要打破,这样搞,恐怕要走弯路吧?科学上的问题,必须以科学的态度去对待,单凭主观愿望是解决不了问题的。他不由得在心里暗暗责备王志嘉:"小伙子,你怎么不来找我商量商量呢?"接着他又责备起自己来:"他们年轻,没有经验,你可是过来人啊!怎么能因为工作一忙,就不去主动过问呢?"

方斌以为刚才一席话已经打动了老工程师。他知道,老工程师对科学的态度是极严谨的,最反对那种凭主观出发不考虑客观实际去办事情的人。

"我向他们提过建议,"方斌说,"他们并不采纳。说我不相信群众的力量。我还能说什么呢?"他加油添醋,越说越委屈,"其实,我不过是想学叶叔叔那样,去对待科学,解决科学上的问题。"

叶赋章又沉默了。王志嘉会不会说这些话呢?他会不会以方斌所说的那种态度,来对待发动机的方案呢?不过,他们那儿有苏一鹏,这是一个真正的"激进派",脑子一热,什么别出心裁的花样也会想出来,而且要立即付诸行动。可是,王志嘉,你是应该懂得怎样做的啊!

"我真不明白,为什么阿琪也会跟着他们去凑热闹。您应该劝劝她,叶叔叔!"方斌已经觉察到老工程师那种不快的心情。看来,今天晚上来这一趟是值得的,因此他的心情大为好转了。

方斌的话更加激起了叶工程师的烦躁。什么"凑热闹"之类的说法,他是不爱听的。难道他的女儿对那个新方案,会没有自己的看法吗?她会不假思索地跟着他们去瞎干吗?不,不会的。由于相信他的女儿(实际上也是相信他自己),相信王志嘉,他竟有点怀疑方斌所说的是不是属实了。是啊,方斌为什么要用那种讥讽的口气来谈论他们呢?叶赋章认为,这种态度是不恰当的。

"叶叔叔,您应该劝劝她。"看见叶工程师还是沉默不语,方斌又提醒了他一句。

"她会知道怎么做的。"叶赋章说道,"自然,我要和她好好谈谈。"

"我恳切地希望她回来和我一起搞。"方斌的语气很诚挚,"我一个人身单力薄,需要她的帮助和支持。这是真的,叶叔叔!"

叶赋章想了想说:"好吧,我和她谈谈。当然还要看看她自己的意见。"

对于这样的回答,方斌感到不完全满意,但也不好再往下说了。于是转过了话题:"对我那个方案,您还有什么新的意见?"

"意见,上次我不是简单地说过了吗?你应该认真地去解决一下,然后把总图画出来,等我看过王志嘉他们的方案以后,一起发表意见。"

方斌对这个回答很满意。既然叫他画总图,就说明他的方案有希望了。至于王志嘉他们那个方案,他认为是根本无法实现的,至少在较短时间里是拿不出来的。他应该争取时间,在他们之前,让自己的东西得到更多人的承认。这十分重要。

他告别了叶工程师,以轻快的步子下了楼。

他的总图已经画出来了,这一点没有告诉老工程师,怕他批评自己工作草率。看来,现在到了进一步亮相的时候了。

方斌吹着口哨,觉得精神很好。

忽然,什么地方传来了喁喁低语声。

方斌转过脸去,发现右边小道上有两个黑影,并排走过来。

方斌浑身一震,从大脑神经中枢到脚尖的神经末梢陡地紧张起来。虽然背着月光,看不清他们的脸,但从声音可以听出,其中的一个人正是叶琪!

方斌转身一闪,就闪在墙角的阴影里。

小道上的两个人走近了,方斌终于看清,那是王志嘉和叶琪。

"这么晚了,他们还在谈些什么?"他的心嘭嘭跳着,像要蹦出喉咙口来。

为了听一听他们的谈话内容,方斌竭力克制着自己的激动。

"……为什么一定要把这个任务交给我呢?我真不明白!"叶琪说。

"没有别的原因,你和他比较接近,帮助他可能更有效果。"这是王志嘉的声音。

"要是我接受不了这个任务呢?"

"不,小叶,这是团组织仔细考虑过的。"

因为快上楼了,叶琪和王志嘉就没有再往前走,站在原地,继续着谈话。

"完不成任务我可不负责任,我预先说在前头。"

"我们大家来努力,好不好?"

方斌没有完全听懂他们的话,但觉察到谈论的是自己,他拉长耳朵,继续听下去。

"我的意见是,明天你还是和他一起搞那个方案。设计原则要坚持,具体问题要和他好好商量。正确的东西总是最有说服力的,吵架也不怕,但不要意气用事,动不动给他发脾气。咱们要通过搞这个发动机,把他的思想提高一步。"

"还是那句话,这个任务我恐怕完成不了。"

"小叶,现在不是耍小孩子脾气的时候!"王志嘉口气变得严肃起来,"这是工作需要!"

"我总认为没有必要搞两个方案。"

"有了两个方案可以互相比较,取长补短。"

"我和他在设计原则上没法统一。"

"耐心做工作嘛。"王志嘉笑着说。

"没有这个本事!"叶琪态度坚决,"如果一定要有人和他合作,那就另派人好了。"

方斌觉得伤心透了。他怎么也想不通,叶琪对自己为什么这样反感!看来,就是在过去,自己在她心目中也并没有什么特殊地位。他顾不得伤心,因为他们的谈话还在继续。

"那好吧,"王志嘉说,"明天我和领导再研究一下,必要时可以派另一个人去。不过,团组织给你的任务并没有取消。"

"我量力而行!"叶琪说,"是不是上我家坐坐?"

"不啦,"王志嘉说,"你爸爸大概休息了。"

"不,他在等我。"

方斌心上像被针刺了一下:"过去,她什么时候用这种口气邀请过我呢?"

"你不是说,要让我爸爸看看咱们的方案里的一些设想吗?白天他可抽不出时间。"还是叶琪的声音。

"'咱们的方案'!听她说得多有感情!"方斌难过透了,"我究竟什么地方得罪了她呢?"

"今天不去了,"王志嘉说,"另外抽个时间吧。你们都该休息了。"

"随你的便吧。"从语气中听来,叶琪有点不高兴了。

"你和叶总说一下,请他安排个时间,我们要向他汇报方案设计的情况,请他提意见。"王志嘉诚恳地说,"其实前几天就该来向他汇报了,但总想弄出个样子来再说。他不会生我们的气吧?"

"我不知道。"叶琪说,"不过,我相信他会支持咱们方案的。"

"主要是想听听他的批评,请他给我们出出点子。"王志嘉说,"明天见吧。"

"明天见。"

方斌从墙角的阴影里走出来,感到脑子发胀,头重脚轻,刚才从叶工程师家出来时的愉快心情早就烟消云散了。对于叶琪的作为,他唯一可以解释的是:倔强性格的极度发作,孩子脾气的充分表露。刚才她和王志嘉说话的时候,不也是任性地带着一种情绪吗?说不定以后还会清醒过来的吧?

但这种解释并没有使他心安理得。叶琪不愿意和他合作,这也许会影响叶总对他方案的看法。但他感到有点惶恐的,还是叶琪对自己和王志嘉的态度不一样。难道仅仅因为王志嘉是她的团支部书记吗?不,不,方斌越想越不是滋味,甚至感到刚才叶琪和王志嘉说话时所带的那种情绪,也值得细细研究了。

方斌回到宿舍里,外屋那三个人还在压低嗓门,热烈地议论他们的方案。他毫无表情地从他们中间走过去，没有理睬王志嘉的招呼。进了里屋，他就把门插上。王志嘉洗完脚，轻轻地敲他的门，他没有搭理。

他和衣躺在床上，觉得浑身的骨头都已散了架子，实在不想动弹了。

这一夜，方斌不知道是什么时候睡着的。

听见钥匙插进锁孔里的声音，叶工程师知道女儿回来了。

他又一次合上手里那份报告，去给她开门，虽然，他明知叶琪自己能进来的。

"您怎么还不睡觉，爸爸？"叶琪嘟起嘴说。

"你不回来我能睡吗？"

这么一句话，使得困乏的叶琪心里感到温暖，但她还是嘟起嘴说："我们年纪轻，少睡点有啥关系？你可是上了年纪！"

"不对！"叶赋章从女儿手里接过手提包，挂在衣架上。"老年人可以少睡点，年轻人却必须有足够的睡眠。"

"不说了，爸爸。我们都赶快休息吧。"叶琪把爸爸拉到他的卧室里去。

叶赋章原想和女儿好好谈谈发动机的事情。刚才方斌的来访，给他增加了不少心事。如果王志嘉他们那个方案，是像方斌所说的那样去搞的话，他是有意见的。既然女儿参加到那个方案中去了，他就应该向她好好了解一下，并希望通过女儿，把他的想法带给王志嘉。

现在，看到女儿那疲惫不堪的样子，他打消了这个念头。应该让她马上休息。

叶琪回到她的屋子里去了。

为了让女儿尽快睡下，叶赋章一上床就熄了灯。

不过他并没有合眼，他在注意着女儿屋子里的灯光。

夜光表的指针已经指在十二点半的刻度上，叶琪房间里的灯还亮着。

"这孩子没关灯就睡着了？"叶赋章想，半点睡意也没有。

他故意大声咳嗽了几声：如果女儿还没有睡的话，这几声咳嗽会起作用的。

果然,叶琪房间的灯光暗了点,可能是在灯泡外边罩了什么东西。

这么说,她还是没有睡!

"倔巴头!"叶赋章在心里对自己说,"和她死去的妈妈一样。"

他把眼光投向对面屋子的墙上。因为要观察女儿屋里的动静,他没有把卧室的门关上。借着叶琪房间里射过来的暗黄灯光,隐隐约约可以见到外屋墙上镜框里的放大照片。

"和你一样的脾气啊!"老工程师不禁喃喃地说出声来。想到二十七年前,墙上的她为了和他生活在一起,毅然和企图羁绊她的家庭决裂,不禁又一声感叹:"和你一样的倔,这孩子!"

又是五分钟、十分钟过去了。除了叶姑屋里挂钟的嘀嗒声和窗外没有落尽的白杨树叶还在夜风中飒飒作响外,四周再听不到什么声音。

叶琪屋里的灯光还没有熄灭;这灯光很弱,做爸爸的却越来越觉得刺眼。

叶赋章再也躺不住了。他披衣起来,趿了双拖鞋,毫无声息地推开了女儿的房门。

叶琪正双手托着下颏,对着桌子上的几张草图和计算草稿出神。因为专心致志,竟没有发现爸爸走进屋来。

叶琪觉得眼皮沉重,于是揉了揉眼睛,披在肩上的上衣滑落下来。她正想转身拾起,外衣却又披到了她的肩上。

她回过头去,失声地喊道:"您怎么还没有睡,爸爸?"

"你不睡我能睡吗?"老工程师还是那句话。

"好,我现在就睡,真的!"女儿说着就急忙收拾桌上的东西。

叶工程师并没有走,他在桌边一张小凳上坐下了。

"阿琪,你这几天精神很不好。"他端详着女儿的脸,"是身体不大舒服吗?"

"不,爸爸,身体没什么。"

"为什么我总感到你情绪不好,有点反常?"父亲忧心忡忡地说,眼睛一直没有离开女儿那倦怠的脸。

"有些问题，一下子没有想通……"叶琪低头弄着指甲，"爸爸，你知道，方斌那个方案——"

"喔，是为了这个！"叶工程师一震，"是为了你和方斌？"

"不，爸爸，是为了发动机。"

叶斌章点了点头，眼睛看着女儿，鼓励她说下去。

"最初，我是同意方斌那个方案的，"叶琪正视着她的爸爸，"但就在当时，我也总感觉那个方案是缺少些什么。后来，王志嘉他们提出一个新的设想。那个设想很大胆，很新奇。"叶琪说到这里，眼光离开了爸爸，"不知为什么，我倒很喜欢他们那种设想。"

叶赋章合上眼睛，没有马上发表意见。

"后来，决定两个方案同时进行，科里让我和方斌一起搞。我觉得在这个方案里，也应该像王志嘉他们那样，考虑那些应该考虑的问题。可是方斌不同意，认为设计一种机器，'既要马儿好，又要马儿不吃草'是办不到的。他的过分自信真叫人受不了。"

"唔。"叶工程师哼了一声，还是没有发表意见。

"特别叫人生气的是他对王志嘉他们那个方案的态度！"叶琪的口气有点愤愤然了，"他根本就不相信人家能搞出来，也好像不希望人家搞出来。"

叶赋章皱了皱眉头，"唔"了一声，还是没有说话。

"方斌认为我应该毫无保留地支持他。他还说您赞成他的方案，叫我听爸爸的话。"

叶工程师的眼睛睁开来了，有点生气地说："我赞成他的方案？我什么时候说过这样的话？"

房间里的空气有点沉闷。

叶琪突然说道："爸爸，我和方斌同学七年，但我好像并不怎样了解他。"

隔壁屋里挂钟单调、沉重的嘀嗒声，代替了叶工程师的回答。

"也许我过去太幼稚了！"说到这儿，叶琪双手捧住了头，支撑在桌面上。

"很可能,阿琪!了解一个人并不容易。"叶赋章轻轻地抚摩女儿的头发,有顷,说:"在发动机这个问题上,我还没有见过王志嘉他们的方案,很难发表意见。"

叶琪抬起头,正视着爸爸。

"在工作问题上,你用不着跟着爸爸。有时候,爸爸的看法不一定都正确。青年人有青年人的想法,这是应该尊重和爱护的。"

叶琪的大眼睛里闪动着光彩:"是的,过去我做什么都跟着您,因为我相信您是对的,您是我的好爸爸!"说着,她娇憨地笑了。

叶工程师爱抚而又严正地说:"不过,需要我管你们的地方,我还是不会撒手的,否则,就是对你们不负责任。就说王志嘉他们搞的方案吧,大胆固然大胆,新奇固然新奇,可是问题也肯定不少。究竟怎么搞下去,需要好好研究。我忙得没有时间去找他们,为什么他们也不来找找我呢?"

"他们怕打搅您!"女儿撒娇地说,语气中间,她已完全和他们站在一起了。"王志嘉今天和我说,叫您定个时间,他们要来向您汇报。"

"明天,明天上午就叫他们来。"叶赋章不假思索地说道。

"明天您能抽出时间?"

"明天是星期天,"父亲提醒女儿,"我可以把手里的工作压一压,腾出半天时间来。"

"太好了!"女儿掠了掠短发,高兴地喊道,"爸爸,您会支持那个方案的吧?"

"当然,只要它是切实可行的话。"叶工程师站起来,"不过,我们现在应该达成一项协议!"

"什么?"

"马上睡觉!"

第十三章

　　方斌在技术图书馆里整整消磨掉一个星期天。

　　早晨起来，他本来想去找叶琪，质问她昨天为什么失约，请她澄清是不是还打算和他一起搞方案？等到他漱洗完毕，回到宿舍里，外屋的人都出去了。方斌肯定，他们是去办公室搞方案的，叶琪当然也不会在家。至于对叶工程师，需要说的话昨天也都说了。他决定不再爬那二层楼梯。他回到屋里，看见桌上有张条子，这是王志嘉写给他的。条子上说，希望他吃过饭后，在宿舍里留一留，他们想和他研究一下方案。

　　"多余！"他看完条子，打算把它揉成一团扔掉，转眼一想，却改变了主意，把那张条子压在茶杯底下，他决定躲开他们。

　　他来到了技术图书馆。

　　因为是星期天，技术图书馆只开放五个小时，下午两点就闭馆了。但是方斌却没有走，一直到傍晚他才离开那儿。

　　原因很简单，图书资料管理员尉迟文英破例地接待了这位读者，而且待客如上宾，这就使得方斌流连忘返了。

　　高中毕业后，尉迟文英没有考取大学。有人介绍她去当小学教员，她不愿意当"孩子王"，去吃粉笔灰；她认为那样的环境最容易夺去一个姑娘的青春。她很想去当演员,报考过一个话剧团。她认为自己形象不错,口齿又好,还有点表演技能。于是,在生吞活剥地背熟了一些戏剧专门名词的定义以后,就满怀信心地去应试了。她顺利地通过了初试这一关,但在复试时却被淘汰下来了。在主考提出的几个即兴表演中,她进不了规定情绪,因此表演时非常做作。在朗诵寓言《狼和小羊》时,不能正确体现主题,把弱肉强食的狼,表演得过分强大,而且振振有词,好像缺理的倒是弱者小羊了。主考只能遗憾地告诉她,她的表演不完全成功,叫她一星期以后到剧团来看榜。

一星期以后,她确确实实知道自己是名落孙山了。回到家里,她狠狠地哭了一通,足足有两天没有吃饭,仅仅嚼掉了半斤巧克力。第三天,听人说劳动局代替某个动力机厂招收知识青年,她毅然地跑去报了名。五天以后,她就到了这个塞上古城。

尉迟文英来到了风沙漫漫的古城,并不是一下子就习惯的。有一次回去探亲,在家里住了两个半月。没有找到新的工作,只好又回到工厂里来。她不愿去车间当工人,加之她有高中文化,就让她来技术图书馆管理资料。她听从了这种安排,慢慢地,也就习惯了自己的工作。

方斌一到工厂里,除了打听俱乐部周末舞会经常演奏些什么曲子以外,就打听技术图书馆的藏书数量,国外杂志的订阅种类,就像他一到大学就打听学校有几位一级教授、有多少实验设备一样。他是图书馆最勤的读者,因此,尉迟文英就是他来厂之后最先结识的一批人中的一个。

不过,在相当长的一段时间里,他们的关系只不过是服务与被服务的关系。后来,方斌发现,当他去借阅资料的时候,受到了比别的读者要热情得多的接待。有时,他拿着资料往外走,后面好像还有两道眼光在跟踪着他。在感情问题上,方斌一向是很敏感的。于是,便开始注意起她来。

可以说,她长得不错。个子不算太高,却很匀称,苗条。能干的母亲给了她足够的营养,因此她发育得很好。略带椭圆形的脸盘上,端正而显得稍稍高了点的鼻子下面,弧线形的嘴唇轮廓很清,里边包着雪白的两排牙齿。一绺长长短短的头发,随随便便地搭在额角上(正因为长长短短,随随便便,才显出她的风韵),一双眼睛不算太大,却黑白分明,长长的睫毛配上双眼皮,显得分外花哨。也许因为家里开过洗染店的关系,她很喜欢打扮。但她从不艳装浓抹。她的衣着总是很得体、大方,完全是尉迟文英式的。裤子上的两条线,常年都是笔直的(那是因为她每天晚上把裤子压在枕头底下,要紧的时候,她还可以在搪瓷茶缸里装上开水,当熨斗使),但在她身上却并不刺眼。有时在上衣口袋的式样上,在几粒纽扣或者一枚胸针上,别出心裁的设计,都会给她增加不少风致……

在工厂里,她是颇受一班小伙子们注意的。方斌却有些奇怪:为什么早先他就没有很好注意她呢?他很快就得出个结论:因为他心里早就有了叶琪。如果有一杆戥子秤,搁在他心上,两边放着尉迟文英和叶琪,没有问题,叶琪那一头要重得多!从外貌上说,叶琪比之于图书管理员要稍为逊色一点,但她有一种温雅而朴素的美,而且,方斌还有点喜欢工程师女儿性格上那一股倔劲(因为倔而时常使他碰钉子,却又觉得她倔得可爱,这种感觉方斌自己也解释不清楚)。至于从事业观点上来衡量,毫无疑问,叶琪这一头要重得多了。一个是大学毕业生,一个是没有一技之长的高中生。而且,叶琪还有一个德高望重的爸爸;尉迟文英所有的,只是一个平常的妈妈!……

尽管如此,他还是常常到技术图书馆来。

一方面,这里有着丰富的藏书,有着类别繁多的国外技术杂志和资料,方斌对它们有很深厚的感情;另一方面,也不得不承认,是因为尉迟文英在这里。特别当他心情不好的时候,他就会跑到她那儿去,用间接或直接的方式倾吐他的积郁,承受她的抚慰。

技术图书馆是两间里外相通的大屋子。外间是阅览室,里间是图书借阅处和书库,再往里还有一间小屋子,和书库一门相通。这间屋子本来是工会放置宣传用品的,尉迟文英发现后,和工会主席蘑菇了半天,终于拨给了她。于是她搬出了集体宿舍。一个人生活,要自由自在得多。她特别讨厌别人在生活小节上对她指指摘摘;独居一室,她的耳边就会清静得多了。

在私生活上,她还算比较谨慎的。对于许多青年男子的殷勤,她常常是不屑地付之一笑,高傲地拒绝他们的约会和邀请。别人都说她要求高,说她眼睛长在头顶上,她并不反驳。

但是尉迟文英对方斌却早有好感了。在她看来,方斌有出众的相貌和不平凡的风度,他的好学精神给她留下了深刻印象,他的远大抱负更使她有点儿崇拜。而且,断断续续经过几次交谈之后,她觉得,他们的生活趣味,对生活的某些看法也较接近。于是,她肯定,在动力机厂,在她可能接触的人中间,方斌是最理想的人,她在方斌身上寄托着自己的理想……

尉迟文英极敏感地发现了方斌和工程师女儿的关系,心里很不平静。她有点恨方斌,觉得方斌这人"脚踩两只船",自己在他心目中并没有占多少位置!觉得自己虽然比叶琪长得漂亮些,可是光凭这一点,不一定能竞争过叶琪,为此,曾经暗暗地伤心悲叹。可是,为什么有好几次,方斌对她又那样亲近和温顺呢?为什么方斌多次告诉她,他和叶琪不过是同学关系,因为叶工程师和他爸爸是老世交、好朋友,才彼此比较接近的呢?

尽管方斌对尉迟文英总是若即若离,像发疟疾一样冷热不定,她却还是无法把他从心里赶出去。因此,当方斌为了寻找安慰来到她身边时,首先接触到的,总是从她那花哨的双眼皮底下放射出来的一种哀哀怨怨的眼光。这种眼光解除了他的烦恼,使他暂时忘掉了叶琪。

今天,下午两点钟闭馆以后,尉迟文英就招呼方斌到她的卧室里去。方斌在音乐会事件之后,本来就想躲开王志嘉的"纠缠",尉迟文英的卧室自然是个最好的去处。方斌原以为接待他的还是往日那样的抚慰和鼓励,没想到却有一场小小的风波在等着他。

"昨天晚上,音乐会的节目怎么样?很不错吧?"尉迟文英不冷不热地问道。

她这一问,方斌的脸红起来了。

本来,尉迟文英曾经建议两人一起去听音乐会。方斌却想和叶琪一起去,来回路上可以谈谈心,弥合一下最近在两个人中间出现的细微裂隙。因此,他婉言地拒绝了尉迟文英的提议,说放不开手里的方案,说科里大家都在苦战,他一个人陪她去听音乐会,影响不好。尉迟文英真的相信了他。但是,昨天晚饭后,图书管理员却发现方斌没有上办公室,而是到叶工程师家去了。她觉得蹊跷,便暗暗注意着他,最后尾随到了汽车站。

方斌和叶琪在汽车站上发生的一切她都看见了,不过,没有听清他们在争论什么。方斌却没有发现尉迟文英:暮色给她做了掩护。

"我在问你呢!"尉迟文英盯着方斌的眼睛,"昨天节目不坏吧?"

"很好,不,也一般,不见得怎样出色。"方斌有点语无伦次。

"收获很大吧?"口气是冷冰冰的。

"收获?有什么收获?"方斌害怕她那眼光,连忙避开,"你,尉迟,真爱开玩笑!"

"我爱开玩笑?你说是我?"图书管理员冲动起来,"开玩笑的是你,而不是我!我真不明白,为什么堂堂的大知识分子,也爱说谎、骗人!"

"你看,你看,把话说到哪儿去了?"方斌着急起来,"昨天晚上的事情,根本就不是你想象的那样!"

尉迟文英生气了:当着她的面还要掩饰!她不懂得为什么他要这样做?想着,想着,一大串眼泪从她花哨的眼里流下来。

眼泪大概是最能打动人的,方斌被感动了。因为图书管理员感情的突然爆发,只能说明她对自己确实怀着深情。他慌慌张张掏出漂亮的手绢,擦着尉迟文英脸上的泪水,一边柔声地向她解释:

"别难过,尉迟,你听我说嘛,你倒是听我说嘛!"

于是方斌委婉地向她说明,为什么昨天要和叶琪去听音乐会。他说,这完全是从手里的发动机方案出发的。他加重语气,说明争取叶琪的合作,对于这次创举的成功具有何等重要的意义。他毫不讳言和叶琪之间的矛盾与冲突(自然,这里所指的仅仅是在方案问题上的矛盾冲突),他用一种气愤不过的语气,说到叶琪的任性、高傲、缺乏女性的性格特征。他告诉尉迟,昨天晚上他和叶琪并没有在一起,叶琪拒绝跟他合作,他是一个人去市里听音乐的。现在,他还在生叶琪的气,要不是看在叶工程师面上,看在老一辈友谊的分上,他真不愿意再理叶琪了。

方斌说得那么认真,毫不做作。尉迟文英不得不相信了,昨天晚上方斌和叶琪的确没有在一起,他们吵了一架,她是亲眼看见的。

这么说,方斌还不是那种毫无情义的人!

"那两张票是俱乐部小王给我的,事先我并没有托他买票。小王知道我喜欢音乐。"方斌补充说,证明他并不是故意对她撒谎。"叶琪也想去,我只好把另一张给了她。没想到在车站上为了方案争吵起来,她把票送了别人。"

"送给谁?"尉迟文英还有点不放心。

"加工车间的朱小英,苏一鹏的朋友。"

尉迟文英这一下完全放心了。她抬起头来,闪动着长长的睫毛,睫毛上点点泪珠,闪闪发亮。她深情地看着方斌,觉得错怪他了。

方斌轻松不少,因为他的解释已经起了作用。尉迟文英梨花带雨似的脸庞,泪光点点,更增加了一种妩媚。他的心底里承认,这姑娘是美的,是动人的。这时候,尉迟文英也仰着脸,一往情深地看着方斌。方斌知道,尉迟文英正等待着他的抚慰,他的温存,只要一伸手,她就会投入他的怀抱。他不禁有点激动起来。

但是,方斌没有这样做。一瞬间,他想到了叶琪!是啊,现在叶琪还在他心中占着重要位置。虽然目前两个人的关系有点僵硬,但他并没有放弃和叶琪结合的希望。对于尉迟文英这样的人,滥用感情会把他缠住,会使他寸步难行。如果叶琪知道了他们这种关系,那么,他的希望就会彻底破灭。

在关键时刻他控制了自己的感情。方斌后退一步,坐在桌子旁边,微笑着说:"怎么样,不生我的气了吧?"

方斌没有给她温存,尉迟文英有点失望。但是女性的矜持使她收敛起奔放的热情。她用手绢擦干了眼角里的泪珠,理了理额上的几绺乱发,用她特有的那种哀哀怨怨的眼光扫了方斌一下,说道:"以后再不要发生这类不愉快的事情吧,我真受不了。"

"好,我们大家来努力。"方斌说,"我对你也有个要求。你知道,我是个事业感很强的人。在我的生活中,爱情固然是个很重要的内容,但是事业更加重要。一个人要立足于社会，获得大家的承认，不做出些成绩来是不行的。我不愿意当个平平常常的技术员，我对生活是有要求的。说实在的，我脑子里考虑的问题，恐怕比你要多得多。你应该体谅我，不能要求我成天把你搁在心上，让我抛开了事业，沉醉在卿卿我我的生活中。但愿你的友情能给我力量，鼓励我去发奋努力。能不能说，我的事业，也就是你的事业呢？"

方斌这一席话，使尉迟文英大受感动，她的眼角里又在闪光了。他说得对，这是一个男子汉应该说的话。她所希望于自己的爱人的，正是要有作为，而不是平平庸庸啊。这一来，方斌在她眼里变得更高大了，她甚至觉得有点惭愧。

"我一定听你的话，竭尽全力支持你。"尉迟文英低声说。

"谢谢！不过，在外边，尤其在大庭广众下，我们不要表示得过分亲密。"方斌说，"在某些领导的心目里，有事业心可以造就的青年人，对于异性应该是比较淡漠的。我们热在心里不好吗？心心相印，重要的是在心里，而不在外表！"

这种说法，尉迟文英是不怎么同意的。两个人亲近，关人家什么事？和一个人才出众的男人在一起，她会受到更多的注意。但是，在眼前这种令人感动的气氛中，她竟也完全同意这种说法了。她觉得，凡是从方斌嘴里出来的东西，都是十分有理的。

"我能做些什么呢？"她用一种抱歉的口气说道，"你需要我做些什么呢？"

"当然能！"方斌兴高采烈地说，"我最需要的就是资料，你搞的不正是资料工作吗？你能给我很多帮助的，你一定会给我很多帮助的！"

"我能当你的助手？"她也高兴起来，"那真是太好了！我一定尽一切力量帮助你。"

"让我们现在就开始工作好不好？"方斌说，"抓紧时间！"

方斌想起了自己的方案，正如他所说的，这是他事业的开端啊！

"你需要什么就说吧！"尉迟文英站在他面前，脸上的神情很严肃。她仿佛觉得,她已经是他的人了。

方斌打开一个笔记本,对着他的助手下令道:

"我要这几份东西:第一,雪佛兰汽车公司一九四七年的制造年鉴;第二,美国出版的《汽车学报》一九五六年第九期;第三,英国出版的汽车杂志《奥托麻别耳》(AUTOMO-BILE);第四,汉堡……"

不一会儿,尉迟文英就在他面前的桌子上堆起了一座小山。高中文化对她是有用的,她已能相当熟练地在资料的海洋中游泳了。能在这方面帮助方斌,她觉得很愉快。

"还需要什么吗,我未来的工程师同志?"她欢快地笑着,脸上红扑扑的,鬓角沁出了汗珠。

方斌觉得应该给她一点酬谢,于是亲了亲她的手,柔声地说:"休息一会儿吧,尉迟,你够累的了。我要的东西很多,有些你们这儿是没有的。应该给领导提提意见,图书馆的杂志文献太少了。"

这一天,他们合作得很好,也过得很愉快。

第十四章

星期天上午。叶工程师还是没能和设计员们研究方案。因为部局来了个工作组,要在很短时间内,总结一下动力机厂"双革"和生产管理方面的经验。他们临时把星期天也安排在工作日程里了。作为工厂的技术领导,叶赋章必须参加他们的会议。

设计员们也没有闲着。上午,他们走访了几个老工人,请他们给方案提意见。老工人们说,对于纸面上的东西,他们提不出多少意见,有些问题,恐怕在制造中才能发现。不过,对于设计这个发动机的愿望,却一致予以赞扬和肯定。有几个装配车间的工人,对结构提了些意见。

苏一鹏觉得很失望。但王志嘉却在一心一意地揣摩老师傅们的意见。确实,在纸面上,是不大容易看出问题的。但苏一鹏不以为然,认为工人们因为不懂理论,所以过分拘泥于实践。他并没有把这种意见放在心上。

下午,王志嘉在宿舍里等方斌,方斌没有回来。

他到图书馆去找方斌,那边已经关门了,办公室里也没有,叶工程师家也未去。王志嘉回到宿舍,看见他写的条子还压在茶杯底下。原来方斌没有看到纸条,这就难怪他了。

王志嘉一个人在宿舍里，静静地考虑方案上的问题。但是注意力却集中不起来。围绕方案问题，许许多多麻烦事情——往他脑子里钻。

方斌坚持他的方案，叶琪又坚决不和方斌合作。请示领导后，认为设计思想不一致，勉强一起搞也不会有什么结果。自己想找方斌好好谈谈，但对方似乎不感兴趣，不是躲着他，就是言不及义地敷衍几句把话题岔开。

另一个方案进展情况也不理想，原因是设计思想也不一致。苏一鹏坚持要打破发动机的传统结构形式，一口一个"踢开洋框框、旧套套"；好像不这样就不是破除迷信，就不是自力更生。丁明达是高低不表态，柴厂长倒好像赞同苏一鹏的观点。……

王志嘉着重考虑的，是这台发动机如何符合上级提出的要求。他认为，方案中的关键问题是保证达到既定设计指标。传统的曲轴、连杆、活塞的结构，体现了一般内燃机的构造规律，这是不能随便丢掉的。采用这种结构方式，绝不能说是什么崇洋媚外。在这个问题上，他和苏一鹏争论过许多次，在叶琪、鲁大明的支持下，苏一鹏才勉强同意了他的观点，但愣头青在思想上并没有完全解决问题。

王志嘉觉得很苦恼。不能很好说服苏一鹏，绝不能归结于小苏思想顽固，而是自己的理由还不充分，论据不够有力。这也不是缺乏说话技巧，而是对有些问题自己还没有很好吃透。现在，他们的方案已经基本成形，但在实践中能否禁得住检验，既定的设计指标能否达到，他也觉得没有把握。

由于近一个时期来连续紧张工作，睡眠太少，现在，他的头脑昏昏沉沉，好像坠了铅块。

王志嘉心情沉重地站起来，打开窗子。微风吹进一股新鲜空气，他贪婪地吸了几口。

他决定去找叶赋章。走到厂门口，才想起总工程师正陪部局工作组在各车间忙着，现在去找他是不合适的。

王志嘉正要回办公室去，苏一鹏迎面跑来了，急啾啾地说："你老兄还转悠啥呀？今天晚上，叶总说定要和咱们研究方案，快准备准备吧！"

去办公室的路上，王志嘉问苏一鹏："小苏，你对咱们的方案信心大不大?"

"那还用说?"苏一鹏信心挺大,"等会儿,叶总给咱们的方案打分数,不打个九十分,也得打个八十五,你等着瞧!"

去食堂吃晚饭的路上,方斌碰见鲁大明,得知晚上叶总要和他们一起研究方案,他的心里陡地紧张起来。

这是两个方案的第一次公开亮相,作为工厂的总工程师,叶赋章的意见自然是举足轻重的。也许,正是今天晚上,要决定两个方案的命运。

这几天,他躲着王志嘉,对新方案的进展情况,了解得很少。"战斗"马上就要开始,如何在叶总面前为自己的方案争取主动,不了解对手的情况,他觉得心里没有底。

他告诉鲁大明,肚子不舒服,他不想去吃饭了。

方斌并没有回宿舍,一口气跑到了办公室。他肯定:王志嘉他们正在吃饭,办公室里是不会有人的。上次碰上了丁明达,虚惊一场,今天他大概不会撞来了吧?

他拿了两张报纸,来到王志嘉的办公桌上,先把桌上的资料翻了翻,又打开抽屉,取出几张草图和计算草稿,匆匆忙忙地看起来。

他一边看,脸上的表情不时起着变化:庆幸、烦躁、不安、轻视、放心、焦急、颓丧……

突然,门外响起了脚步声。

方斌心里一个咯噔,马上拉过报纸,盖住了图纸资料。

门开了,进来的竟是王志嘉!

王志嘉啃着馒头进了办公室,惊讶地说:"你在这儿!"

方斌惊慌莫名地:"啊……王志嘉!你……吃过饭啦?"

"一会儿叶总要看咱们的方案,有两个数字,我还要核算一下。"王志嘉一边啃馒头一边说,发现方斌的神色紧张,有点奇怪:"方斌,你……你吃过饭了?"

"我……我肚子不大舒服……"

"白天我可等你了。"

"我……有点事儿,出去了。"

"叶总叫咱们一起去。"

"我听大鲁……说了。"

"肚子不舒服,怎么不到宿舍休息休息?"

"不碍事儿。这几天,连报纸……也顾不得看,我,翻翻……"方斌竭力使自己镇定下来,"你们的方案,出来了?"

王志嘉吞下最后一口馒头,说:"只能说是个初步设想,还不完整。今天,就想找你研究研究。"说着,打开抽屉,发现草图和计算草稿不在了。

"奇怪,草图哪儿去了?"王志嘉一边嘀咕,一边继续翻寻。

方斌发窘到了极点,只好揭开报纸,涨红着脸说:"是……是不是这个?"

王志嘉一愣:"怎么跑出来了?"

方斌支吾着说:"我也不知道。我来的时候,它……它就在桌子上。"

王志嘉从方斌慌张的神色上,明白这是怎么回事了。真叫人又好气,又好笑!这个平常那么自信、自负、仪表堂堂的人,内心深处隐藏着的是什么东西啊!

用不着使他难堪!在顷刻的沉默之后,王志嘉强压下愤懑的心情,用平静的声调说:"这么说,你已经看过了?"

方斌恨不得一头钻到地下去。王志嘉顷刻的沉默,给了他极大的压力。毫无疑问,自己笨拙的撒谎,已经被对方觉察了。他后悔自己行为的孟浪,但为时已经过晚。

"我……我随便看了看。不,我简单地……看了看。"他语无伦次地说。

王志嘉克制住冲动:"我们本来就要请你看的,希望你一起来研究研究。今天我找你,就为了这个事儿。"他指着计算草稿说,"你看,这几个参数,我们是这样选择的。喏,这个是……这个是……"

方斌连连点头:"很好,很好。"

王志嘉又指着草图说:"结构上,我们是这样考虑的,你看……"

"很好,很好。"

"制造材料上,几个主要零件,我们准备采用……"

"很好,很好。"

王志嘉诚恳地:"方斌,你看看行不行?"

"很好,很好。"

"真的吗?"

"很好,真的很好!"

"真的很好?"王志嘉再也克制不住了,大声地说,"这是你的心里话,方斌?"

"你要我说什么呢,王志嘉?"方斌眼睛盯着报纸,不敢接触王志嘉的眼光。

王志嘉双手撑着桌子,努力平息自己的激动:"我要你说心里话!"

方斌讷讷地说:"现在咱们不是两个方案同时在搞吗? 最好,不要……"

"两个方案同时进行,并不是资本主义国家里搞竞争!"

"嘿嘿,其实,你也知道我的水平,我能说出什么长短? 等会儿,还是听叶总的……"

这样的谈话实在是无法继续下去的。

屋子里沉默了。

外面,天色还没有完全断黑,上弦的月亮却已高挂在天上。秋虫们的音乐会已经开始了。

方斌收拾起报纸,踱到窗口,靠着窗台,凝视着外面的景色。为了缓和一下屋子里的气氛,他微笑着回头说:"王志嘉,你听,它们唱得好极了,简直是一部交响乐!"

王志嘉想起,一会儿要去叶总那里研究方案,气氛搞得太紧张不好,于是也走到窗口,说:"那是因为,它们在唱的时候,都是尽情地唱,并没有想到自己的声音在整个合唱中占什么位置。"

"不过,也不是所有的虫儿声音都是一样的。"方斌在谛听了一会儿以后说,"你听,这是蟋蟀了,那是纺织娘……有时,我会奇怪地想,我们人哪,还没有它们那样懂得生活,你说是吗?"

"难道,我们的社会,要求人们都发出一样的声音? 要求人们都消灭个性?"王志嘉盯着方斌,"我感到你的想法很有点奇怪,方斌!"

"也许是吧!"方斌感慨系之,却虚晃一枪,转了话题,"我赞美朴素的大自然;你赞成火热的人生,对吗?"

王志嘉不置可否地笑笑。

"我很了解你吧,王志嘉?"方斌笑着说。

"你,了解我?"王志嘉笑着说,"你恐怕只了解你自己,不,我看你对自己都不十分了解。"

"这话从何说起?"

"如果你真正了解自己,你就会懂得应该如何生活。"

"嘿嘿,老王,你可能是武断了些!"方斌又是虚晃一枪,"先不忙探讨这个问题了,你不是有两个数字还要核算一下吗? 咱们一会儿去听叶总的意见吧。我回宿舍还有点事……"

晚饭以后,叶赋章就在等着设计科的青年人。

方斌回到宿舍,打开他的东西,又翻看了一遍,直奔叶赋章家来。

他摸到了王志嘉他们那个方案的底细。他觉得应该对自己的方案有信心。

方斌把图纸摊在叶赋章面前。

"总图出来了,叶叔叔!"他毕恭毕敬地说。

叶赋章点着头说:"你很努力呀,方斌!"

叶琪在厨房里劈柴,方斌走进去邀请她:

"阿琪,你也来看看,好吗?"

叶琪只好把斧子放下了。

关于昨晚听音乐会的事情,方斌没有在她面前提起。他知道叶琪的脾气,如果气势汹汹地质问她,两个人的关系只会更加恶化。所以,现在还是用平常那样的亲切态度对待她。

看见方斌没有计较昨天的事情,叶琪反而有点不好意思。想起王志嘉代表团组织交给她的任务,觉得还是应该和他搞好关系,不能意气用事。昨天,自己确实是过分了些。

这时候,叶赋章从图纸上抬起头来,微微皱了皱眉头说道:"我不是几次提醒过你,不要不根据具体情况,随便搬用人家的东西。他们的发动机是干什么用的,我们的这个发动机是干什么用的,不考虑这个,随便搬来搬去,不是真正做学问的方法。"

方斌连忙解释说:"叔叔的意见我没有忘记。您不是常教导我说,继承是十分重要的吗? 而且,我这里所采用的两种系统的设计,已经列入经典文献,是具有权威性的……"

叶琪本来是抱着和解的态度来看他这份设计的,听到方斌这样解释,又控制不住自己了:"为什么就不兴结合我们的实际情况,创造自己的东西?"

"是应该创造,"方斌微笑着说,"可也得在前人的基础上创造嘛,叔叔不是经常这样教导我们的?"

方斌一口一个"叔叔经常这样教导",叶赋章听了很不是滋味,抬头说道:"学习不是搬套,继承也不是照抄,你不要弄错了我的意思。我说你方案中,局部设计考虑得比较周到,那也只是局部的问题,并没有说肯定这个方案。方斌,搞这个发动机,是件严肃的事情,上级很重视。今天上午,部里来了电话,同意工厂党委的安排,将试制这个发动机列入工厂生产计划。"

方斌惊喜地问:"真的? 那您所指的'这个'是指哪一个呢,叔叔?"

"总是你们两个中间的一个吧。"

"可是他们到现在还没有个成形的东西呢!"

就在这时候,外边有人敲门。

"是王志嘉他们来了!"叶琪说着就去开门。

趁叶琪去开门的时候,方斌把他的图纸卷起来了。

"方斌已经来了,好啊!"王志嘉、苏一鹏、鲁大明走进来。

"两个数字核算完了?"方斌讪讪地问。

"王志嘉,你们的东西带来了吗?"叶赋章招呼他们坐下。

"带来了,叶总。"王志嘉有点抱歉地回答说。

"王志嘉,你可真沉得住气哪!"叶赋章笑着说,"我没工夫找你们,你们也不会来找找我? 快把方案给我看看!"

他们没有带来方斌那样完整的图纸,只有几张草图,和几份计算草稿。

叶赋章蛮有兴趣地看着。

又有人在敲门了。叶赋章皱皱眉,怕又有什么事情找他,打断他和设计员们的研究。

进来的是柴厂长和丁明达。

"这样重要的事情,为什么不和我打声招呼,啊?"柴强大声喊道,"要不是丁科长告诉我,我就错过发表意见的机会啦!"

丁明达接上去说:"可不,柴厂长相当关心你们的方案啊! 比较起来嘛,我这个设计科的头头倒有点像是局外人了。"

王志嘉抱歉地说:"东西还不像样子,想请领导在方案讨论会上,给我们提意见。"

"那是没有问题的,"柴强拉开嗓门说,"我一定要参加。刚才,刘书记原说要一起来,临动身,又有件紧急事儿给绊住了。他说,一定要好好看看你们的方案。抽个时间,你们给他送去。"

党委书记那么关心这个方案,青年们都很高兴。

叶赋章说:"刘书记搞了好几年发动机,又是业余大学的优秀生,顶半个发动机专家了,一定要请他好好提意见。"说着,指着桌子上的草图说,"这是王志嘉他们的方案,一起来看看吧。"

房间里的人都围着桌子,抱着不同的心情去看那份设计。看了一会儿,柴强遗憾地啧啧嘴说:"这么简单的图,我这个外行实在看不出个长短来,还是听听你们的意见,再发表我的高见吧!"说完,坐到沙发上抽起烟来。不过,他的眼睛并没有离开围着桌子的那一堆人,他留心地观察着大家的反应。

丁明达第一次认认真真地看这份方案。

"我的天！这能行吗?"他在肚里暗暗喊道,"我看你们也忒大胆了吧!"

不过,丁明达并没有把自己的意见说出来,因为他信守自己那"三不说"的信条,这是他总结了自己丰富的处世经验后得出来的:事先没有做过准备的,不说;报纸上没有发表过评论、领导没有表示过正式态度的,不说;根据不足的话,不说。现在,军人出身的柴厂长就在旁边,他的行为自然就更需要谨小慎微。

慢慢的,丁明达的注意力已经不在方案上了,他转到桌子的另一边,从侧面注意着叶工程师脸上的表情。

他发现叶赋章脸上的表情很不稳定,一会儿眉开眼笑,一会儿凝神苦思;一会儿喜从中来,一会儿又皱眉抿嘴。丁明达心里明白:这份方案带给叶总的感觉是复杂的。

"不错,确实很新鲜,可以说是另起炉灶!"叶赋章抬起头来,看着王志嘉和叶琪说,"如果真的按它做出来了,那确实是个了不起的创举!"

对于爸爸的这个评价,叶琪感到意外。她不假思索地问道:"爸爸,按照你的意思,难道它不能按图纸做出来吗?"

苏一鹏心里一乐,他觉得叶琪这句话问得真好。

方斌连忙插进去说:"叶琪,发动机可是自己转动的啊,它是不能靠别的东西来带动的。"

"老方,我们都是搞发动机的,这一点知识总会有的吧!"苏一鹏憋不住了。

方斌在办公室里匆匆地看过这份方案,他认为他们的设想不过是"乌托邦",叶总没有肯定它,是十分自然的。现在,正是需要他帮着老工程师说话的时候,他不说话,就会铸成大错。于是不慌不忙地说道:"正因为我们是搞发动机的,更需要懂得,画到纸上的东西,不一定做出来了自己就会动的。"

柴强按熄了烟头,专心地听着他们争论。到后来,在沙发上坐不住了,站起来走到他们身后,凝神听着。

丁明达注意到了厂长的举动。心里琢磨，现在根本不是他发表意见的时候。他的嘴唇抿得很紧，唯恐有一丝声音在疏忽中漏出去。

"是啊，发动机是要自己动的!"所有的人都听见叶工程师在轻声地说。

王志嘉带着谦逊的微笑说："方斌说得很对，发动机是要自己动的，非但自己动起来，而且还要达到设计指标!从图纸变成这样一台机器，确实并不容易。"说着说着，他的神情严肃起来，"问题和困难肯定是不少的，很多目前还无法预料!"

叶工程师看着小伙子周正的脸盘，赞赏地点点头。心想:他不是个莽撞的人!

"没有困难，咱，咱还搞什么设计创造?"鲁大明结结巴巴，终于说出了自己心里的话，"方斌，你说是不是?"

"那，那当然。"方斌不自然地笑笑。

"叶老总，"柴强在后面说话了，"依你看，这个方案的主要问题是什么?"

叶赋章沉吟了半晌，说道:"问题是不少的，比如冷却问题，充气问题，某些零件制造上的工艺问题。不过，按照方案的设计指标来看，最大的问题恐怕是燃烧问题。"

王志嘉在笔记本上迅速地把这几个问题记下来了，在"燃烧问题"几个字下面，画了两条线，表示要引起特别注意。

听见叶工程师给新方案提出了那么多的问题，方斌心里顿时轻松起来。他如鱼得水地说:"是啊，耗油指标这样低，散热情况又不好，燃烧问题不能很好解决，马力肯定是上不去的。"

"叶总，请您继续说下去。"王志嘉十分镇定地说，脸上的笑容还是那么真挚、恳切。

"许多问题都是互相关联的，冷却，热负荷，扫气和充气等等。"老工程师诚恳地说，"我要告诉你们，在这个问题上我吃过苦头。在英国，我离开了借鉴和参考，企图将一种发动机的燃烧室和冷却系统进行一种新的设计，在这上面我足足花了一年的时间，结果是一无所得。由于接连的惨败所招致的讥讽和打击,现在一想起来还心有余悸!"

房间里的空气顿时沉闷起来。

"可是爸爸,那是在英国!"叶琪激动的声音打破了沉闷,"而现在,我们是在自己解放了的祖国!"

叶赋章不以为然地说:"当然,那是在英国;可是科学上的问题毕竟是科学上的问题,它是不论国籍的!"

从表情上看,青年人对他这个看法是不尽赞同的,只有方斌在虔诚地听着。

看到方斌那种温驯的样子,叶琪更加激动起来。不知道是一种什么力量,鼓励她提出和父亲不同的看法:"不,爸爸。科学当然是科学,但在英国不能解决的问题,不见得在我们的国家不能解决。不同的社会制度对科学是有不同影响的。"

"好啊,叶琪,你竟批评起爸爸来了!"柴强掏出火柴,递给正在掏烟的叶赋章,"叶总,我倒要投你女儿的票,她说得有道理啊!"

王志嘉没有说话,只是友好地看了叶琪一眼。从这一眼里可以看出,他是同意叶琪的说法的。

叶赋章划了一根火柴,但熄灭了,又划了一根,把烟点着:"阿琪的话,当然是对的。我的意思是,不能光追求高指标,忘了从实际出发。这个实际,我的意思是包括两个方面,一是实际使用上是否需要这种高指标;二是这种指标有没有可能达到。"说着,转向丁明达,"老丁,你怎么不发表意见?依你看呢?"

丁明达为难地咬咬嘴唇,他没想到总工程师这时候就将他的军。说心里话,叶赋章的意见他完全同意,非但如此,他还认为搞这种根据不足的方案不是大胆,而是瞎胡闹。可是,他没有忘记柴厂长在旁边。从厂长刚才的话音中,这位拿枪杆出身的"一厂之长",是赞成青年人那样搞的。他觉得很难说话。但是话总是要说的,因为大家都在等待他的"高见",自己是设计科的头头嘛!在短短的几秒钟里,权衡过轻重以后,他发表了一套折中、公允的"看法"。

"作为一个见多识广的老前辈,叶总的意见确实值得注意。"丁明达煞有介事地说,"不过,青年人的想法也十分值得鼓励,他们的出发点完全无可厚非,我们有权利要求他们继续搞下去,有责任支持他们继续搞下去。我想,叶总的意思也正是这样!"

这样的意见是没有人反对的,但并不是所有的人都听得痛快。叶琪首先就反感,她在心里问:"究竟说了些什么?行在哪里,不行在哪里?自己的态度到底怎样?这就是你的领导水平呀?"

方斌原以为丁明达会支持他的,听科长这么一说,就不免感到失望。但转念一想,在这样的场合里,丁明达也只能说这些话,不能认为他是站在王志嘉方案一边的。重要的是,叶工程师没有表态支持,形势对自己是有利的。顾不得厂长在旁边,他试探老工程师:"叶总,两个东西您都看过了,根据目前的情况,您认为我和王志嘉他们的方案,哪一个更——"因为意思已经说出来了,所以把"更"字拖得很长,代替了下文。

叶赋章感到为难了。大家的眼睛都在看着他,等着他的答复。这个正直的老知识分子,只会坦率地表达自己的意见,他心里怎么想,嘴里也只会怎么说。

"这两个东西都不成熟,都存在问题,现在来决定取舍,我认为还早了一点。"

老工程师虽然并没有肯定一个,否定另一个,但在场的人对他的答复却没有一个人是满意的。苏一鹏首先感到失望。叶琪说过,她爸爸会支持新方案的。他们满腔热情地跑来找他,希望他能帮助出点子,解决些具体问题,没想到他发表的意见却是那么不冷不热。在苏一鹏看来,不否定这一个,必然就否定另一个,这没有什么含糊。可是总工程师却说什么"都不成熟",还没有到决定取舍的时候,这算什么技术权威?他的嘴角动了动,几次想说话,看见王志嘉脸上还像刚才那样挂着诚恳、谦逊的笑容,只好使劲抿了抿,把已到了嘴边的话咽下去。

方斌对这个答复也不满意。他觉得眼前决不能沉默,应该把话说透。柴强在场虽然使他拘束,但他肯定,厂长是不会对叶总的意见当场加以否定的。他不希望叶总能承认自己的方案,只要老工程师倾向于他的方案,柴强不发表意见,也就等于默认了。那么,往后在方案问题上,自己的腰杆就硬得多了。这种机会是绝不能错过的。

"我知道,我的方案并不是很理想的,"方斌以谦恭的姿态开头,接下去就不那么谦恭了,"但是它没有解决不了的问题。王志嘉同志他们这一个,充气和燃烧问题恐怕是难以解决的。叶总,您看——"

王志嘉脸上顿时收敛了笑容。什么"你的""我的",他对这种说法反感透了:"方斌同志,我们早就说过,现在设计的是农村需要的发动机,这里没有我和你的问题!至于方案上存在的问题,我们会努力去解决的!我希望,大家都能从同一个角度去考虑方案!我们只能有一个角度!"

方斌有点狼狈:"我不是这个意思,王志嘉同志!请你不要误会。不过,两个方案是客观存在,只能舍鱼而取熊掌,或者相反,两者是不可兼得的。现在,农村在等着我们的机器,我们应该快一点拿出来,不该老在方案上争论不休!"

"完全应该快一点拿出来!"王志嘉说,"不过,首先要考虑的,拿出来给人家的是什么东西?"

"呃,这也对。"方斌觉得理短了。

"看来,这个问题只有拿到方案讨论会上去解决了。"柴强说,"叶总,你的意见呢?"

"我认为,现在还没到召开讨论会的时候。"叶赋章的态度很坚决,"两个方案,存在的问题都比较多。在设计思想和设计方法上,都有毛病。这样搞下去,恐怕不行。"

"那你认为怎样搞比较好?"柴强笑着问。

"我要好好想一想。"叶赋章说,接着又自言自语,"应该怪我……我没有认真抓紧,忙不是理由……"

对叶赋章的意见和态度,柴强是有保留的。既然新方案出发点是对的,指标是先进的,这就是真正的新生事物。对这种新生事物,除了支持,不该有第二种态度。缺点当然应该指出,但应抱着支持的态度去指出。老工程师大概上了年纪,过去的经历把他束缚住了。不,这也许正是知识分子的摇摆性,他们不可能像工农一样具有彻底的革命精神。他们所处的地位,决定了他们不可能像工农分子那样强烈要求改变国家一穷二白的面貌,从而改变自己的经济地位。柴强觉得,自己这样的分析和认识是唯物的。当然,还是要团结他们一起工作,只是不能把希望完全寄托在他们身上。想到这儿,他用一种缺乏热情的口气说:"叶总,这项工作,咱们还得抓紧哩!"

"是要抓紧。"叶赋章从沉思中醒悟过来,说,"是不是先请刘书记看一看,然后,我把考虑后的具体想法,和你们一起讨论研究。"

柴强微微皱了皱眉,心中有点别扭:老工程师说要请老刘看,这他并不反对,问题是,叶赋章仿佛相信,老刘会支持他的意见和态度,也就是说,相信党委书记老刘在对待发动机方案的问题上,会和自己这个厂长态度不尽相同。这使他心里颇感不快。老工程师为什么会这样想呢?原因就在于刘之毅过分相信和依赖了他。柴强对党委书记和老工程师间的关系,越来越感到别扭了。但他眼下却只能这样说:"给老刘看看,好嘛。"

丁明达也点了点头,他庆幸自己没有过早地发表意见。本来,他想以合作的身份参与到某一个方案里去的,现在,还是再看上几步棋再说。

深夜十二点了,王志嘉还没有入睡。

在回宿舍的路上,王志嘉和苏一鹏发生了争论。苏一鹏认为,叶工程师不支持他们的方案,是老知识分子不能理解青年人的心,是右倾保守思想在作祟……王志嘉不同意苏一鹏的看法,认为叶工程师不是那种人。相反,他感到工程师工作认真负责,态度谦虚谨慎,热情支持和关心青年人的工作,他身上有很多东西是值得他们学习的。特别是每当他回忆起亲身经历的两件事,更感到叶总工程师可亲可敬

一九五六年底,工厂的基本建设还没有结束,有两个辅助车间正在施工。当时,设计科团支部组织青年参加基建工地劳动:挖打基础坑。

有一天下班前，他们按照施工要求，在基础坑里浇灌好水泥，盖上草席和暖帘，就收了工。当天晚上，西伯利亚的寒流，越过蒙古大草原，来到了雁门关外。王志嘉清晨醒来，发现晚上下了大雪。想起工地上基础坑里没有搞好防护设施，穿上衣服就往工地跑。

　　大雪足有一尺多深。王志嘉在雪里深一脚浅一脚地跑着。昨天是周末。为了看戏，大家收工早了点，基础坑上盖的草席和暖帘，只是随便苫上，没有压紧，一阵大风，就可能把它们吹光，那么……

　　他上气不接下气地跑到工地，一看就傻了眼：盖在基础坑上的草席等早已被风卷走了，坑内都是积雪。

　　突然，什么地方传来"呼哧呼哧"的声音，右边一个基础坑里，一锹锹雪从坑里往外飞。王志嘉跑过去一看，原来是叶赋章在铲雪！

　　老工程师干得满头大汗，一顶皮帽扔在坑沿上。尖厉的寒风呼啸着，把地面、坑口的雪吹起，撒在他身上。他浑身是雪，头发上挂着晶莹的水珠：热气把落在头上的雪化成了水珠。

　　"是您呀，叶总！"王志嘉失声喊道，仿佛有一块软绵绵的东西堵在嗓子眼，他再也说不出什么了。

　　"小王，快叫人去，把坑里的雪清除掉！"叶赋章拄着铁锹，抹了一把脸上的汗珠和水珠，"要立即采取防护措施，否则混凝土基础受冻，就会全部报废！"说完，又"呼哧呼哧"地从一人深的坑里往外铲雪。

　　王志嘉奔回去叫来人，铲掉了基础坑里的积雪，加了保暖层……

　　原来，老工程师每天有早起的习惯。今天起来，发现昨晚下了大雪，想起团支部在工地上挖的基础坑，就拄了根棍子，踏着雪深一脚浅一脚赶到工地上去了。

　　他们突击了一清晨。老工程师和他们并肩战斗，最后迈着冻麻的双脚，由叶琪扶着回办公室去……

　　王志嘉目送着老工程师走后，又把每个坑检查了一遍。最后一个是环形坑，他跳下去把保暖层压结实，没有马上上来。他靠着坑沿，抬头凝视着雪后蓝色的晴空，眼眶发热了，他心潮翻滚，激动地想：有人不是说这个留过洋的技术权威是被改造的对象吗？不对！他和我们一样热爱社会主义祖国，热爱亲爱的党！正如刘书记说的那样，叶工程师绝不是什么改造对象，而是我们社会主义革命和建设的依靠力量！

不久，王志嘉又碰上一件事，更坚定了他对老工程师的这种认识。

有一次，方斌手里出去一份图纸，丁明达审核后签了字，叶赋章最后审核，在总工程师一栏内也签了字。图纸复制后，下到车间里。当时王志嘉正在车间里"盯加工"。他发现图纸上有一处不合理，稍稍改动一下，可以用价格便宜的一般材料代替价格昂贵的金属材料，丝毫不影响使用要求。

王志嘉回到科里去和丁明达商量。

"有这个必要吗，王志嘉？"丁明达在度数很深的眼镜片后面，转动着发黄的眼珠问，"图纸审批手续齐备，下到了车间里，就是法律，按照执行就行了。"

"不，丁科长，这样会造成浪费。"王志嘉坚持说。

"这是叶总签了字的，难道叶总的水平不如你？"丁明达发火了，对这个工人出身的大学生，他本来就不大瞧得起。否定这份设计，不就是否定他姓丁的吗？而且，正式图纸就是工厂的法律，谁有意见就提，他这个设计科副科长怎么当？

"你不尊重设计员本人，不尊重我，总该尊重叶总吧？"他加重语气说。

"叶总？"王志嘉语塞了。是啊，这份图纸叶总签了字，是总工程师最后审批的，他这样做是不是不尊重叶总呢？这么说，他不应该提出这个问题？

王志嘉心情沉重地回到车间里。在隆隆的机器声中，他摊开图纸，久久地凝视着。

"不，谁也没有权利浪费国家资财！"他坚定地对自己说，"既然我发现了这个问题，我必须提出来！"

他去请教几个老工人。师傅们支持他的意见。

"找叶总去!"王志嘉夹起图纸,就往总工程师办公室走去。

偏偏路上又碰见丁明达。问他干什么去,他直言以对。

丁明达叹了口气说:"你一定要去,我不阻止你。不过,还是希望你想一想,一个初出茅庐的青年人,硬要去否定工厂技术权威的意见,即便叶总不见怪,别人对你又有什么看法?而且,你的意见就是那么正确?万一……"

"我没有想那么多,丁科长!"王志嘉说,"反正,浪费是不能允许的。"

"好,好,"丁明达推了推鼻梁上的眼镜,"叶总说话,我照办!"

王志嘉一口气跑到叶赋章办公室。

叶赋章正在审阅一批工艺文件。他放下手里的工作,仔细地听了王志嘉对那份图纸的意见。

总工程师拧着双眉,在屋子转踱了一个来回,又回到图纸上,专心地琢磨着。

王志嘉的心怦怦跳着,注意着老工程师的反应。

叶赋章离开图纸,默默走到窗口,脸上严肃得很,他仿佛生气了。

王志嘉对自己的意见开始生疑。也许自己考虑得不全面吧?也许,自己对原设计意图没很好领会吧?……

叶赋章站在窗口,深深地吸了两口气,他确实生气了。

王志嘉确信自己伤了老工程师的自尊心。他轻轻地走到桌边,卷起图纸,想走。

叶赋章倏地转过脸来:"怎么?"

"也许我错了?"

"谁说你错了?不,你是对的,我错了!"叶赋章大声地说,两步跨到王志嘉身边,激动地抱住青年人的肩膀,"我在生自己的气,明白吗?为什么你考虑的问题我没考虑到?为什么轻易地在上面签了字?"他眯细了眼睛,用一种亲切的眼光看着小伙子:"你的主人公思想,比我强!"

"不，您太忙，叶总！"王志嘉被老工程师的坦白襟怀感动了。

"这不是理由。不要原谅我！"总工程师说着，抓起桌上的笔，在图纸上批道："此图作废，按王志嘉同志的意见修改。"然后把图卷起来，交给王志嘉。

王志嘉拿着图，僵僵地站着。

老工程师又坐到皮转椅上，继续审阅工艺文件。

"你去吧，啊？"他头也不抬，握笔的手却在微微颤动。

王志嘉心潮翻滚，想说些什么，却说不出来。

"车间里挺忙，你，快去吧！"他轻轻地说。

看着老工程师鬓畔的白发，王志嘉心里热烘烘的……

往事，像走马灯似的——在王志嘉脑子里闪过。

就是这个老工程师，为什么他对新方案态度不明朗呢？问题恐怕还是新方案太不成熟吧？是我们设计思想真有毛病吗？

苏一鹏和鲁大明的鼾声此起彼落。王志嘉却一点睡意也没有。他真想披衣起来去找刘之毅，但是夜深了，刘书记该休息了。

他数着"一二三……"强迫自己入睡。

第十五章

苏一鹏信心十足,他坚信刘之毅书记会支持新方案的。

早晨起来,他顾不得擦自己心爱的车子,就催着王志嘉去找刘之毅。

"没问题,伙计们!"他拍着胸脯喊,"刘书记一向支持新生事物,他会为咱们的方案叫好的!"

"可是,叶总昨天……"鲁大明好像信心不足。

"叶总又怎么啦?"苏一鹏冲着大个子就嚷,"他的话不是金科玉律!再说,昨天他也没有把我们的方案判死刑!"

鲁大明不想和他争论。要说抬杠,苏一鹏可以算得上是"专家",小伙子性气一上来,泰山也能撞倒。

有一次,他感冒了,清水鼻涕流个没完,越流鼻子越不通,只好张着嘴呼吸。

王志嘉叫他去医院看看。

"流几滴鼻涕能死人吗?"他用浓重的鼻音说话。

王志嘉叫他回宿舍休息。

"感冒不能上班,工厂里有这条规定?"用嘴呼吸也不影响他和人抬杠。

"多喝点水吧,感冒了要多喝开水。"鲁大个好心好意地向他建议。

"喔,照你这么说,鱼成天钻在水里,大概就永远不感冒了? 真新鲜!"大个子是他的抬杠对象,即便清水鼻涕时时要擦,他也不会放过和对手较量的机会。

漱洗以后,王志嘉叫方斌一起去刘之毅家。

方斌有一种预感:党委书记是不会肯定他这个方案的。与其现在拿去给他看,不如以后让他去听叶工程师的意见,谁都知道,刘之毅是十分尊重叶赋章的。方斌故作谦虚地说:"我的方案无足轻重,让刘书记先看看你们的吧。"说完,他上小食堂吃豆浆油条去了。

王志嘉等三人来到刘之毅家,不想又扑了个空。

刘之毅的爱人、子弟中学教导主任吴子芳告诉他们,刘之毅起来就去柴强家了,听说今天上午党委有个会议,他去和柴强研究有关会议的事情。

三个人商量了一阵,决定把方案留在刘书记家,请他有时间看一看,然后他们来听意见。

吴子芳笑着说:"中啊,我催他看,看完了给你们打电话。"

"你不催他也会抓紧看的。"王志嘉说。

吴子芳也是个老党员了。前几年,党委组织部要安排她搞人事工作,刘之毅不同意。他认为,党委负责人的爱人在本厂搞人事工作是不适合的。吴子芳对教育工作很有兴趣,主动提出到学校去,得到了刘之毅的支持。

刘之毅一向说,有人到家里来找他,不管他在与不在,也不管来的人是干部还是普通工人,一定要热情接待,要让人家跨进门就像回到自己家里一样。其实,宽厚、贤淑的吴子芳,即使丈夫不交代,她也会这样做的。

技术员们常来党委书记家串门,吴子芳对三个小伙子并不陌生。

"你们看看这是谁?"她从抽屉里取出一张照片。

"哈,小挺!"苏一鹏喊起来,"好家伙,真神气!"

"他们部队在帮助农村修小水电站,"吴子芳说,"他参加打隧道,像个大人了吧?"

照片上是个英俊的青年军人,是刘之毅的大儿子小挺。他挎着一把大锤,站在隧道洞口,灼人的阳光照着他。他眯细了眼睛看远方,似乎在思考什么,向往什么。

"这是《战友报》记者给他照的,人家是施工模范!"吴子芳不无骄傲地说,"不是爬到水塔顶上去逮鸽子的愣小子啦!"

王志嘉笑着问:"还想不想当飞机发动机设计师?"

"当了工程兵,兴趣变了。"吴子芳说,"上回来信,说他对炸药感到了兴趣,在研究什么爆炸力学。我说和炸药打交道太危险,老刘却去信支持他,说这东西对发展国民经济和国防建设都有重要意义,叫他在施工实践中认真学习,还找了几本书给他寄去。"

吴子芳一边说,一边张罗要给他们做早饭。青年们马上推辞,说去食堂吃点东西,还要去车间征求工人对方案的意见。吴子芳也不硬留,叫他们等刘之毅的电话就行。

下午下班前,王志嘉接到党委书记的电话,叫他晚饭后到办公室去,方案已经看过了。

"我们一起来吗?"王志嘉在电话里问。

"不,你一个人来就行。"

王志嘉觉得蹊跷,为什么只叫他一个人去呢?

苏一鹏说:"那有啥奇怪的? 刘书记对咱们的方案没有什么意见,叫你去把方案拿回来,接着搞下去,没错!"

晚饭后,王志嘉来到刘之毅办公室。

党委书记还埋头在方案上,他指了指一张椅子,叫王志嘉在他对面坐下来。

"要听我表扬你们吗?"刘之毅从图纸上抬起头,微笑着说。

王志嘉眨着眼,惶惑地看着党委书记。

"有吃批评的思想准备吗?"刘之毅还是微笑着问。

王志嘉点点头。

"真的?"

王志嘉又点点头。

"那好吧，咱们就开门见山。"刘之毅掏出烟来，点上一支，"下午，叶总和我仔细地研究了你们的方案。昨天晚上，他半夜没有睡，知道吗？我现在要谈的，实际上是转达他的意见，因为我同意他的看法。叶总责备自己，前一阵在方案问题上没有抓紧，我却要批评你，为什么不主动多请示他？他主管全厂的技术工作，比我还忙，这你们知道。他给你们做过原则性的指导，你们没有很好听进去。"

刘之毅吸了口烟，接着说："我不是从根本上否定你们的方案，你们的出发点是好的，考虑到上级的要求，农村的需要。问题是，你们的设计能不能达到这个要求呢？你们脱离了客观实际，从主观出发多了些。你们追求的都是高指标，这些指标有没有可能达到？有些指标有没有必要去追求？你比如说，单位马力所占的发动机重量，是不是越轻越好？叶总说不是。这不是飞机发动机，这是用在农业上的，重一点有什么关系？轻了，你用一般材料制造能行吗？"

王志嘉的脑子里"嗡"的一声，党委书记一锤子就砸到了要害上，他激动地掏出笔记本。

"用不着记在本本上。"刘之毅挥挥手说，"这不是技术上的问题，思想上搞不通，本本上记得再多有什么用？什么叫先进，你们认真想过这个问题吗？不结合实际情况，你就是做出一个和工业发达的资本主义国家出品的一样的机器，也不显得就是先进。问题是要根据我们的材料资源和燃料资源，根据农村的要求和特点，来造出我们的机器。不根据实际情况，一味追求超过国外的指标，这不一定都是先进。听叶总说，现在重油多的资本主义国家，某些部门还在用火球式发动机，这也并不显得就是落后。汽车发动机几秒钟就要起动，农业机器慢一点又有什么关系？脱离实际，不是马列主义！"

王志嘉心里一阵发热！近来，他总觉得心里不托底：他们这样搞行吗？真正符合多快好省的精神吗？他没有把握。可是问题究竟在哪里？现在，党委书记给他把扣子解开了。他紧紧握着手里的笔记本，激动地听着。

"我知道，你们那里有'激进分子'，他们恨不得一个早晨就改变一切。"刘之毅站起来，"主观片面性要害死人的，懂吗？因为知道得太少，所以把一切看得很轻易。听说，有人反对查阅和研究国外的技术资料，认为那不是自力更生，而是什么'洋框框'、'崇洋媚外'，有这事儿吧？"

王志嘉点点头。

"你也有这种思想吗？"

王志嘉又点点头。

"你大概不那么严重，不过你说不服别人，顶不住人家。"刘之毅按着王志嘉的肩膀，"这不是小问题，必须搞清楚，否则我们还要走弯路。"

门开了，党委秘书急急跑进来："刘书记，有您的电话。"

"稍微等一下。"刘之毅继续对王志嘉说，"前几天，我读了鲁迅一篇文章，他说，我们要搞'拿来主义'。他看问题，才是高水平。本来，科学技术是人类共同创造的财富。自力更生，绝不是一切自己从头做起。要学习人家先进的东西。学，是为我所用，是为了创造自己的东西。这有什么不好？人家走过的弯路我们就可以不走，人家走过的直路我们可以大步跨过去。科学技术上，不继承才是傻子，搞闭关自守，绝不能多快好省。叶总给你们的方案，提出几个要害问题，比如燃烧、充气等等，应该好好研究研究：国外在这个问题上是怎么解决的？有几种解决方法？再结合我们这个机器，来解决我们的问题。闭目塞听，瞎碰瞎撞，是聪明人干的事，还是傻子干的事？"

他发现王志嘉在用一种惊愕的眼光盯着他。这种眼光，刘之毅觉得陌生。过去，他和这位年轻人交谈问题，从未发现对方用这种眼光盯着自己。这种异样的眼光，使刘之毅无法判断王志嘉是赞同还是反对自己的观点。也许，年轻人对自己刚才的一席话只是感到吃惊，而没有来得及冷静下来加以判断吧？王志嘉怎么能不感到吃惊呢？因为自己刚才说的和时下流行的一套是不尽相同的，不仅不尽相同，而且还很有点抵触。自己一时激动，顺着思绪一股脑儿托出来，对方能完全理解和接受吗？再说，自己虽然对上述论点是坚信的，但一想到这些论点很不合乎时宜，就不免感到烦恼、惶惑,甚至悄悄地问过自己:我不会在坚持一种错误的东西吧?每当刘之毅冷静下来以后,他总感到在自己二十多年的革命生涯中,从来没有像现在这样缺乏自信。这实在使他痛苦。

他盯着王志嘉出神了。他完全相信,眼前的年轻人是能够独立思考,因而也会正确理解自己意思的。但如果自己也感到惶惑、犹豫,那么,王志嘉就不会感到惶惑和犹豫吗?毫无疑问,自己把烦恼和痛苦转递给年轻人了,他的眼神不是由惊愕而变成迷惘了吗?刘之毅感到不安起来。

秘书又进来了,他的神色不好:"刘书记,电话上有个要紧事儿,您是不是接一下?"

"好吧。"刘之毅跟着秘书往外走,走到门口,又转过脸说:"志嘉,对我刚才所说的,你要进行思考。虽然我自信它是对的,却希望你怀疑它,拿出自己的看法来和我争论。"

刘之毅出去了。王志嘉心里却像开了锅。

这一阵来,他身上一直感到有一种无形的压力,想到农村的需要,想起自己这一代人的责任,这种压力就与日俱增。他想尽快地搞出一种发动机,送到农村去。他反对方斌那样照搬外国的东西,他主张要独创,要走自己的路。但是他们没有经验。怎么创?自己的路怎么走?在他来说是朦胧的。他们只是凭着一股革命激情,用初生牛犊不怕虎的劲头往前闯。他不同意苏一鹏那种对外国的资料、对过去的经验抱抱一概否定的态度,但他对学习和独创的辩证关系也并不清楚,所以在反对和抵制苏一鹏那一套时并不坚决。他们追求高指标,本来以为是能更好地满足农村需要,结果却恰恰脱离了农村的客观实际。

刘之毅刚才的一席话,给他把扣子解开了。他终于找到了近一段时间来设计方案进展不快的原因,他觉得眼前豁然开朗起来,他觉得心里有底了。

但就在这时候,他看到了对面大楼上的一条标语:"一天等于二十年,超英赶美弹指间!"他的心里一阵发毛!刘书记说:"我知道,你们那里有'激进分子',他们恨不得一个早晨就改变一切。"刘书记说:"主观片面性要害死人的,懂吗?因为知道得太少,所以把一切看得很轻易。"难道说,"一天等于二十年"，这是"激进分子"的口号吗?"超英赶美弹指间"是"因为知道得太少,所以把一切看得很轻易"吗? 这是一种要害死人的"主观片面性"吗? 刘书记说的,和报章上长篇长篇的社论以及那些套红标题的报道,意思确实大不一样。一边是他从内心里尊敬和热爱的党委书记,另一边是文件和党报上的精神,中间站着他年轻的共产党员王志嘉!

共产党员应该在脖子上长着自己的脑袋! 刘书记要自己对他的话进行思考,甚至叫自己去怀疑它。从感性上说,王志嘉完全同意刘之毅的观点。"科学技术上,不继承才是傻子;搞闭关自守,绝不能多快好省。"这话说得多好!"不根据实际情况,一味追求超过国外的指标,这不一定都是先进。"难道脱离实际倒是马克思主义?

当王志嘉把报章上的长篇社论和套红标题的报道,以及那红红绿绿的标语抛在一边,面对着现实,面对着发动机方案的实践,凭着一个共产党员的责任感,以及四年大学生活中初步养成的科学思维方法,他抛开了犹豫,接受了刘之毅的观点。

王志嘉激动地站起来,走到窗口,两手撑着窗台,往远处瞭望。眼前是一片灯海! 家属区千百个窗口射出白亮的灯光,俱乐部的霓虹灯,马路两旁雪亮的碘钨灯,马路上各种车辆快速游动的车灯,远处矿山上像银河落地的闪烁灯光……生活,在喧嚣前进,人活了一辈子,有许许多多生活现象却不能解释。当他们的思想被主观片面性束缚住了的时候,他们只能看到一些表面现象,而看不到事物的内在联系,抓不住本质的东西,他们甚至煞有介事地用形而上学的思想方法来反对形而不学!

"可笑,真可笑!"王志嘉凝视着一片灯海喃喃地说,"我原来还以为自己多少懂得点什么,现在才知道,不过是用一个傻瓜的脑子在生活……"

这是发自王志嘉内心的声音。在他入党的时候,曾庄严地向党宣誓:要一辈子为党的事业而奋斗,要踏踏实实地去做对人民有利的事,时刻不忘人民的意志和愿望。在工作中,他给自己立了个信条:不图表面,不尚虚浮,要一步一个脚印,任何哗众取宠只会给党和人民的事业带来损失。他憎恨自己身上出现的错误和弱点。为什么没有像刘书记、叶总那样认识和对待问题呢？不能完全归结于思想认识水平不高这一点，还是自己的责任心不强，没有事事处处从无产阶级的根本利益出发，去想怎样做才能对党和人民切实有利。不站在这样的高度来看问题，就不懂得什么是真正的志气，什么是真正的自力更生。

刘之毅接完电话回来了。王志嘉回头一看，不由得吃了一惊：党委书记的脸上一片灰暗，仿佛顷刻之间变得苍老了。刘之毅默默地在一张沙发上坐下，半截已经熄灭了的纸烟，捏在他微微发颤的手指里。

王志嘉扑过去说："发生什么事了，刘书记？"

刘之毅困难地抬起头，微微一笑："没有什么，小王！"

"刚才，哪儿来的电话？"王志嘉紧张地问。

刘之毅把半截纸烟举到嘴边，抽了两口，才发现烟已熄了。他苦笑一下，又摸出火柴来，看见小伙子正着急地等着他回答，忽然变得轻松地说："一点小事，你不用问了。"

王志嘉见他不肯说，以为是工作上的事，也不便再问。

"现在，咱们再来讨论一下我刚才的那一套议论。"刘之毅说，"我希望你敞开思想，志嘉！"

"我同意你的观点，刘书记！"

刘之毅从王志嘉真诚的眼光里，肯定了这是年轻人的心里话。他知道，眼前这个青年共产党员，不是那种鉴貌辨色、随声附和的人。刚才，他从对方的眼睛里看到过惊愕、迷惘、犹豫。现在，他看到的却是深思后的激动。他肯定王志嘉的思想和感情上掀起过波澜。生活提出的道道难题，不仅摆在老一辈人面前，同时也摆在年轻人面前。作为长者，难道不该自己先拿出答案来吗？而且应该拿出正确的答案来！

"志嘉！"刘之毅拍了拍王志嘉的肩膀，亲切地看着他，"我们需要认真思索面临的问题，在发动机的方案上才能少走弯路。有人本来干着傻事，却认为只有自己聪明，别人都是笨蛋。我们不做这种'聪明人'，因为这对党的事业没有好处。"

王志嘉沉重地点了点头，走过去整理桌上的草图和资料，准备回去。

"放着吧,今天晚上我还要看一看。明天上班后,你把他们都找来,我要和大家谈一谈。现在,你去看看丁明达同志,他如有空,请他来一趟。"说着,他给家里打了个电话,告诉吴子芳说,今晚他不回家了。

丁明达正在灯下观赏着几条热带鱼,王志嘉来叫他,说刘之毅请他去办公室。

"有什么事儿,知道吗?"他着急地向王志嘉打听。

"可能是和你研究发动机的方案。"

"喔!"他松了口气,把手里烤干的一小撮鸡蛋黄捏碎,撒在鱼缸里。

养热带鱼,是丁明达的癖好。夏天,他一早起来,提了个瓶子,握了把用纱布做的长柄抄兜,到小河里去捞鱼虱子;天冷了,捞不上鱼虱子,他得用烤干的蛋黄饲鱼。下了小鱼,他慷慨地送给别人,并且热心地传授养鱼的知识、经验。一有空,他可以在鱼缸前坐上半个小时、一个小时,欣赏那些小鱼如何在碧绿的水草中游动、追逐,观察它们身上色彩斑斓的花纹如何变化。他向别人宣传,养鱼能使人赏心悦目,是一种有益于身心的娱乐。

在去刘之毅办公室的路上,丁明达在心里猜度:党委书记对这个新方案究竟会持什么态度呢? 万一叫自己表态怎么办呢? 他后悔刚才没有仔细问一下王志嘉,心里没底,可不能随便发表自己的看法。

很长时间来,丁明达总是信守自己的处世哲学。他自认为从这种"哲学"中得到很多好处。在言论上,他没给别人留下一根可以抓得住的"小辫子",历次政治运动,他都是安然过来的。

丁明达在十五年前就形成了他的处世哲学。那时,他还在一爿比利时人开办的洋行里当职员。有一次,一个老会计给他讲了个故事:

有三个青年人进京赶考,晚上到一个寺院里投宿。听说这个寺里的住持方丈是位高僧,道行很深,能卜知未来。三人一片虔诚,在方丈端坐的蒲团前跪下,请他预示他们赴考的结果。方丈挨个儿问了他们的情况,然后紧闭双目,不作一言。三个人连忙磕头。方丈右手拨着念珠,口喊"善哉善哉",左手高高举起,往下一挥。三人莫名其妙,连声"请高僧指点"。和尚说,他已经做了指点。三人问,这一挥手指点的是什么? 和尚说是"天机不可泄漏",赶考回来,自有分晓。三人再问,和尚如缄口的金人,再也不作一言。第二天,三人又启程赶路,一路猜到京城,也没猜到和尚的意思。赴考的结果,三人全都名落孙山。回程路上,又到那个寺院歇脚。方丈知道他们没有考取,鼓掌喊道:"应了,应了。"问他怎么"应了"? 他说,他左手一挥,就是预示他们全都名落孙山。

"和尚还真有本事!"阅世未深的丁明达感叹道。

"哪里有什么本事?"老会计吸着雪亮的水烟筒说,"要是一个人考取了,他就说,这手一挥,就是考取一个;要是两个考取,他就说,这手一挥,就是一个人不取;要是三个人都考取,他就说,这手一挥,就是三个人全取。他根本不会有错的时候。这就是他的道行、本事!"

老会计"咕噜咕噜"吸了一阵水烟,感叹地说:"大千世界,尘海茫茫!丁先生,如若能把和尚这一套学到手,那就能审时度势,随世浮沉,而不必去蝇营狗苟,胁肩谄笑了……"

当时,丁明达成天在一些外国职员中周旋。他年轻,还有血气,不愿意趋炎附势,阿谀奉迎,但在那个生活环境中经常碰壁。苦恼中,老会计这个故事使他开窍了。发薪以后,他买了两罐"红锡包"香烟,给老会计送去。

老会计惊讶地说:"从何说起,丁先生? 我无功怎能受禄?"

"谢谢你给我讲了个故事。"丁明达苦笑着说,"我知道今后该怎么做人了。"

以后,丁明达不仅和老会计成了朋友,而且和会计的儿子也成了莫逆,这就是他的同乡周会计。

解放这些年来,丁明达身上也起了不少变化,但这个处世哲学却没有从根本上撼动。他把它看成是一种护身符,十世单传,儿子也应该把它学到手才好。

丁明达走进刘之毅办公室的时候,看见党委书记正一动不动地站在窗口。桌子上是王志嘉他们的方案和计算草稿。

"坐下,老丁!"党委书记掏出两支烟,给了丁明达一根,又坐到自己的椅子上去。

"刘书记看了这个方案?"丁明达在沙发里前倾着身子,恭敬地问。

"看了。"

"您以为——"

"我想听听你的意见。"

"我的意见? 嘿,嘿嘿……"丁明达接连几个"嘿嘿",就是"嘿"不出下文来。党委书记神情严肃,是不是要批评自己对新方案支持不够呢? 肯定的,刘之毅不会满意自己在方案问题上模棱两可的态度,大概王志嘉向他汇报了。这样一份破除迷信,冲破条条框框的方案,刘之毅肯定是支持的。他觉得表态有了依据。

"说吧,怎么想就怎么说。"刘之毅又在催了。

"这份方案我看了,不错,的确不错!"丁明达鼓起勇气说,"这几个小伙子,真行!"

"唔,"刘之毅不动声色,"依你看,他们的设计指标,机器做出来以后能达到?"

"嗯,嗯,问题不大吧!"丁明达看见刘之毅的眉毛拧了拧,不觉有些心慌,心想:"难道这个态又表错了吗?"

"这不是你的心里话,丁明达同志!"刘之毅正视着他,炯炯的目光比灯光还刺眼,"你在叶总家里,并不是这种态度,为什么在我面前要这样说呢? 而且,就是在叶总家里,你也没有把心里话说出来!"

丁明达右眼皮一阵痉挛,发黄的眼珠盯着手里的烟头,一时不知道该怎么回答。他在心里承认,用自己的处世哲学,来对付眼前这个人是不行的。

"老丁,我一直想和你谈谈这个问题,"刘之毅走过来,在丁明达旁边的沙发上坐下,"作为一个正直的科技工作者,不仅在政治态度上应该说实话,在业务问题上也应该说实话。正确和错误,本来在一个人的脑子里是客观存在,回避问题,是解决不了问题的。现在不是旧社会,有什么不可以说的呢? 我们相信你老丁是爱我们国家的,是愿意我们国家兴旺发达的,领导上并没有拿另一种眼光看你。领导信任你,叫你挑设计科这副担子,你为什么不信任领导,不信任你的同志呢?什么东西使你和广大群众之间隔着一堵墙呢?"

丁明达一个劲地点头。党委书记在批评自己,但这种批评是诚恳的,是与人为善的。究竟自己为什么要这样做?什么东西把他和群众隔开?他没有认真想过。他只觉得,不管别人怎么样,他丁明达应该这样去待人处事。别人不是都像党委书记这样有水平啊!

而且,丁明达模模糊糊地感觉到,党委书记近来在工作和发动机方案问题上的一些看法,似乎和上面的精神不完全吻合。比如,刚才自己的表态,原本以为刘书记会赞成的,结果反而挨了批评。难道刘书记在变着法儿试探他?是想摸清他的真实思想,好反他的"右"倾吗?根据他对党委书记的了解,刘之毅是不会这样做的;另一方面,按照他的理解,党委书记是要绝对地无条件地按上面的精神办事的,可是刘之毅近来却……这里边一定有什么文章,他丁明达得小心加小心才是。

"你对很多事情的态度都是模棱两可,闪烁其词。这是会误事的,同志!"刘之毅拍拍他的背说,"就说这个方案,你肯定有自己的看法和想法,你不会同意他们这样搞的,可是你不说;你在看别人的态度,特别是看领导的态度。我一向不喜欢给别人扣帽子,今天却想给你扣上一顶,叫不负责任,是不是轻了点?"

丁明达苦笑了一下,连连点头,他觉得这顶帽子实在不算重,只要刘之毅不叫他挖思想根源,他愿意把它戴上。

"刘书记批评得很对!"丁明达显得十分诚恳地说,"在方案问题上,我确实不够负责任,确实!我怕别人说我是'右'倾保守。"

"经过努力能够做到的事情一定要做,实事求是绝不是'右'倾保守。"刘之毅说。

丁明达想松一口气,但只松了半口,就觉得现在松气还为时过早:这是不是刘书记的心里话呢?他必须趁机弄清对方的真实思想和态度。

"刘书记,您已经看了这个方案,您认为……"

"我认为,他们的设计思想、设计方法上有毛病,他们缺乏严格的科学态度。因此,这份方案是难以成立的。"

丁明达吃了一惊:党委书记坦率的态度,毫不含糊的观点,真是出乎他的意料!他肯定刘之毅不是在试探他,很想说几句"我本来就认为怎样怎样",话到嗓子眼里又咽了回去,因为他想起:刘之毅虽然认为青年人缺乏科学态度,但不见得具体看法和自己一样,而且党委书记的态度和上面的精神……

丁明达情绪上的变化并没有逃过刘之毅的眼睛。党委书记了解对方的性格特点和毛病,也知道改变一个人多少年来形成的思想习惯绝非易事。没有必要再去将他的军。但是,该严肃地给他指出来的还应该指出来,因为丁明达这人虚荣心很强,把面子看得比什么都重要:当众批评他,他会受不了;两个人在一起,当面骂他一顿,他也能过得去。这个人又多疑,常常喜欢把一些风马牛不相及的东西联系在一起,最后得出一个结论:组织上或某领导对自己有什么看法,对自己不信任等等。

"老丁,党对知识分子,一向是重视的,爱护的。"刘之毅又一次拍着他的背说,"在改变国家一穷二白面貌、建设社会主义的过程中,希望知识分子充分发挥作用。只要他拥护党的领导,拥护社会主义,自觉地用自己的专业知识和研究成果来为社会主义服务,他就应该受到尊重。领导并没有对你老丁有什么不同的态度。你也应该和党和群众同心同德,在工作中切实地负起责任来。这中间,关键是要摆好个人和集体的位置,弄清自己和党的领导的关系。共产党是为人民服务的党,并没有自己的什么特殊利益,共产党只做对人民有好处的事。你不应该用旧社会那一套处世哲学来对待党的领导,对待你的同志;不能自己把自己放到一个局外人的位置上去,不能用一种雇佣态度来对待今天的革命工作;应该把自己当作是工厂的主人,要用主人的态度去想问题,说话,办事。"

丁明达连连点头。他从心底里承认,党委书记的态度是诚恳的,绝不是板着面孔教训他。丁明达连连点头,倒不是他完全同意刘之毅的话,以后决心照此身体力行。他心里对自己说:"以后,在他面前,虽然不能完全实话实说,但要尽量实在一点,至于和别人打交道,那就是另一码事了。自己是个旧职员出身的知识分子,还是夹着尾巴做人好!"

"刘书记,我知道您这是真正爱护我。"丁明达用一种受了感动的声调说,"我这人,思想上毛病很多,但我还有点自知之明,所以,平时……"他说到这里叹了口气,"您这是金玉良言,我一定好好消化消化,我……"

"好吧,"刘之毅从沙发里站起来,走到窗口,半晌,回过头说:"请你和叶总说一下,明天一上班,请他来我这里,要和设计员再研究一次方案。还有,把方斌那个方案也拿来。"

"好,我这就去告诉他。"丁明达起身告辞。

下了楼,丁明达转身发现,刘之毅还一动不动地站在窗口。他心里一动:党委书记仿佛有什么心事,要不,刚才谈话中,脸上为什么不时出现一种恍惚的神情呢?

他当然不会知道,刘之毅的儿子在隧道工地上出了事;他更不会想到,刚才两人的一席交谈,使党委书记想起了另一个与方案无关的问题:为什么掏不出丁明达心里的话呢? 有人说,知识分子的特点就是多疑,难道这个特点是从娘肚子里带来的? 当然不是。人的性格特点,是后天生活实践的产物,共同的或类似的生活实践,产生类似的性格特点。那么,我们生活中一定有某种因素,使一些知识分子产生了多疑的性格特点。这某种因素到底是什么呢? 这是一种积极因素,还是一种不正常的消极因素呢? 刘之毅和丁明达谈话时就在想这个问题。于是,细心的丁明达就发现了党委书记脸上有一种恍惚的神情。

第十六章

吃完晚饭,朱德泉点起一支烟,坐在饭桌前,翻着几张生产报表,又琢磨起生产上的"平衡"问题来。

刘之毅和叶赋章带了几个人,在车间里蹲了几天,抓生产环节上的平衡,还抓班组的生产管理和技术措施。过去,在朱德泉的带动下,加工车间干部参加劳动是做得比较好的,但是,没有把参加劳动和加强生产管理很好地结合起来。生产、技术上的大小问题,都得由车间干部解决。干部忙得团团转,而很多问题得不到及时解决,工人们很有意见。当时,车间里出现过这样一张大字报:

> 清早来上班,任务一大摊,
>
> 借工具,借图纸,跑来跑去费时间。
>
> 这里争,那里吵;动嘴多,动手少,
>
> 事事都得干部搞,主人翁哪能当得好?

刘之毅对这张大字报很感兴趣。后来,发现二工段有个小组搞了个"八大员"管理制度,生产、技术、生活上的问题,由工人专人管理,搞得井井有条。刘之毅到小组里去劳动了几天,总结了他们的做法、经验。在党委会上,他提出了干部定期参加劳动和改进车间生产、技术管理的问题。党委经过讨论,做出了决定:从厂一级到车间一级的干部,普遍采用种"试验田"的领导方法,及时总结和推广各方面的先进经验,帮助落后迅速赶上先进;在全厂范围内,实行跟班劳动制度,干部拜工人为师,在实际劳动中,了解和解决思想、生产和工作中的问题;围绕当前生产中的关键,由干部和工人、技术人员组成三结合,参加突击性的活动,解决关键问题。同时,支持群众的合理要求,生产、技术管理方面的权力,该集中的集中,该下放的下放,在全厂生产小组普遍建立"八大员"管理的组织和制度。

党委的决定贯彻以后,车间的面貌有了显著改变。由于干部通过跟班劳动,认识到群众集体智慧的伟大,看到了他们中间蕴藏着的巨大创造力,和丰富的实际生产知识,因此心悦诚服地相信群众,处处依靠群众,学会了在工作中走群众路线,大大减少了官僚主义,赢得了工人的信任。工人说:"过去干部像金字塔,高高在上;现在是卫星,围着地球转。"

这样一来,生产就从不平衡到平衡,又出现新的不平衡,再达到新的平衡,一浪浪稳步地向前发展。形势确实喜人。

朱德泉翻着桌子上的报表,对上面的数字非常满意。他想:根据车间的生产情况,在发动机方案投入试制以前,可以抽出一部分力量,组成支援农业小分队,到农村去巡回检修排灌机械和其他机器。过去,他给刘之毅透露过这个想法,党委书记是完全赞同的。把这批人派出以后,他就要为新发动机的试制做准备了。

他考虑着应该把哪些人派下去。他摸出笔来,在一个小本本上写着他认为合适的人名。

"这孩子怎么还不回来吃饭?"老伴在外间锅台上洗碗,大声嘀咕。

"肚饿了她就回来呀。"朱德泉头也不抬,在本本上写着。

"你去看看她行不行?"老伴在门口探头问。

"能丢了吗?"朱德泉抬头回了一句。

老两口指的自然是他们的宝贝女儿朱小英。加工车间有个业余文艺队,朱小英是队长。这两天,他们正在为国庆节赶排文艺节目。

因为等女儿,今天的晚饭迟吃一个多钟头。朱大娘一面在锅台上洗涮,一边听着门外的脚步声。平常,闺女下班回来,总是跑步冲进门,嘴里嚷着:"妈,做啥吃的?饿死了!饿死了!"一边嚷一边去揭锅上的笼屉,抓起烫手的馒头,就往嘴里塞,一面吃,一面嘴里嘘嘘地吹气:馒头不仅烫手,也烫嘴哩!

今天她就不饿啦?

"你去看看她吧,啊?"老伴在锅台旁喊道,"唱呀,跳呀,也得花劲儿,肚饿了能行?"

朱德泉"唔"了一声,也不知道是同意,还是不同意,反正,他坐着没有动。

"叫刘金生下去,对,这小伙子合适。"朱德泉自言自语,在小本本上又一笔一画写下了"刘金生"三字。

"哐!"桌子上什么东西一响,朱德泉吓了一跳。一看,是只雪亮的饭盒。

"送去!给我送去!"老伴怒气冲冲地站在旁边。

"你不见我正忙着?"老头子用商量的口气说道,"着急啥,她不知道肚饿吗?"

"知道,知道!你车间事儿一多,为啥下了班不往家跑?爷儿俩一路货!"老伴绷紧了脸说,"你给我送去,回来愿忙到啥时候就忙到啥时候!"

"好!好!好!"朱德泉只能服从命令。他收拾了桌子的报表和本本,拿起饭盒,往俱乐部走去。

天,墨黑墨黑。为了抄近路,朱德泉穿过一片小树林。他一面留心脚下,一边还在想着他的名单。

对面急匆匆走来个人,两人撞了个满怀。朱德泉手里的饭盒差点落地。

还没来得及互相埋怨,彼此就认出了对方。

"我说你这个大科长,黑夜里在树林里转悠啥?"朱德泉笑着问丁明达。

"是朱头你呀!"丁明达定了定神说,"狭路相逢,倒把我老丁吓了一跳。"

从彼此对对方的称呼上听来,两个人的关系是挺近乎的。丁明达把朱德泉叫"老朱头",后来又把"老"字去掉了。

"咱们商量个事,老朱头。"有一次,丁明达挤着那发黄的眼珠子,对朱德泉说,"如今号召增产节约,反对浪费,我倒有个合理化建议:把你这'老朱头'的'老'字节约掉算了,往后,就叫你'朱头'怎么样?"

朱德泉老拳一晃。

丁明达连连摇手:"别误会,别误会,这'朱头'不是'猪头',我是说,你是车间主任,是四五百号人的头,尊姓朱,叫'朱头'是名副其实的嘛!"

两人有这么近乎的关系,是出于一个偶然的原因。

有一次,科室干部下车间劳动,丁明达来到加工车间。他应名是个工程师,设计科负责人,但对实际生产,尤其是机床操作懂得很少。有时不懂装懂,闹了好些笑话。朱德泉知道这人最怕丢面子,好几次给他解了围。丁明达内心挺感激,心想这个老工人出身的车间干部挺懂"人情"。有一天上夜班,晚饭时,因为心情不好,多喝了几杯,到了车间里脑袋还是晕晕乎乎,头重脚轻。那天,丁明达帮着他跟班的工人师傅去搬零件。旁边,有台吊车吊了几个曲轴箱开过来。吊车女司机打着铃,他也没有听见。眼看曲轴箱往他头上撞过来。他一发现,慌得六神无主,忘了扔下零件闪身躲避。吊车司机是个新手,一看这情况也慌了,紧急刹车已来不及。说时迟,那时快,只见旁边扑来一个人,死命抓住吊件,往自己身边拉。吊件从丁明达身旁擦过,没伤他一根毫毛,却把那人拖过去几步,摔了个鼻青脸肿。

丁明达吓出一身冷汗,酒也醒了,一看那救他的人,正是车间主任朱德泉!

以后,丁明达一见朱德泉,就要先拱拱手:"救命恩人,你好呀!"

朱德泉笑着说:"下次,你再灌那么多'猫尿'进车间,可没人救你了。那东西有啥灌头?你心烦,找我下两盘棋怎么样?"

丁明达一次也没有找老朱下过棋。他知道,两人要谈起正经的来,是没有共同语言的。但见面时总显得十分近乎。

“我说你在这儿转悠啥?”朱德泉又一次问道。

“刘书记看了王志嘉他们的方案,叫我找一下叶总,从这儿去他家近些,所以就碰上了你朱头。”

“刘书记对这个方案可满意?”朱德泉问。

“你说呢?”丁明达诡秘地反问。

朱德泉想了想说:“他会肯定这个方案的。”

“有什么根据?”

朱德泉心里一个“咯噔”。“难道……”他在心里对自己说,“不会的,他一定会支持这个方案的。”

他相信这个方案,还不如说他相信自己的徒弟王志嘉。但是,他却听见丁明达这样说:

“我原先也是这样想的。可是咱们错了,朱头!刘书记不满意这个方案!他只肯定了他们的设计原则,却否定了他们的设计思想、设计方法。”

朱德泉心里又一个“咯噔”,这确实出乎他的意料。他想了想,问:

“是不是小伙子们不太实事求是?”

“对了!”丁明达说,“脑子里热度太高,初生牛犊呀!”

朱德泉不喜欢这位好喝“猫尿”的伙计这种声调,但他顾不得为这计较了。他为王志嘉一伙青年人着急,为农村急需的这个发动机着急。他相信刘之毅,这人站得高,看得远,绝不会轻易否定一个东西的。他还想问问刘书记的具体意见,丁明达已经从他身边擦过去了。

朱德泉心事重重地往俱乐部走去。

加工车间业余文艺队,在俱乐部的休息大厅里排练。朱德泉从侧门走进去,就看见休息大厅外面窗台上,趴着个人,聚精会神地看里边排练。

朱德泉从背影上就看出这是苏一鹏。老头子最近才知道,这家伙和自己的女儿挺要好。在这个问题上,他并不想干涉。青年人互相喜欢上了,一起玩玩,了解了解,反正还没“请示报告”,没有到“拍板”的时候嘛,你管他们干啥?朱德泉不是不开通的人,他愿意当人们所说的“老丈人”,也愿意看到个小外孙哩。不过,朱德泉也知道,苏一鹏是个"愣头青",脑子好发热,一发热什么事情也想干。他在这个方案的设计中,究竟起了什么作用?最近他们一直在苦战,今天怎么有工夫来趴窗台了?他走过去,竟然出人意外地在苏一鹏的背上捅了一下。

"愣头青"回头一看,脸上顿时出现了一种颇为奇特的表情:连连眨着的眼睛里流露出惊惧,上下唇还长着茸毛的嘴巴费劲地张开,脸颊上的肌肉在颤动,堆出一副巴结的笑容:

"朱,朱主任!"

"你趴在这儿干啥?"朱德泉强忍住笑。

"嘿嘿,嘿嘿……"接连几个"嘿嘿",苏一鹏手足无措地傻笑着。老头子严肃的眼光越发使他慌神,往日的灵嘴利舌,变成了结巴:"嘿嘿,我……我……随便看看。"

"嘿嘿,嘿嘿,排练也挺有意思。"苏一鹏双手在四个兜的裤子上搓着,瞅个空子想溜。

朱德泉朝里一看,原来自己的女儿和几个姑娘正在跳舞:一手提个小花篮,一手捏了把花扇子。老头子看过市里文工团的演出,知道这叫《采茶扑蝶》舞。

难怪这家伙不愿坐着看硬要趴着看!朱德泉真是好气又好笑。

"没事干?不是在搞方案吗?"老朱的口气咄咄逼人。

"嘿嘿,方案吗,刘书记在看。"老头子话题一转,苏一鹏就出了口大气,通身的神经一下子松弛下来,"把王志嘉叫去了,我没事,出来转转。"

"你们的方案搞得怎么样?"

"没问题,刘书记准满意。"苏一鹏得意扬扬地吹起来,两手再也不往裤子上搓了,"指标都很先进,完全能满足农村的需要。"

朱德泉"唔"了一声,闭了闭眼睛,心想:这家伙脑子还热着呢。得让他冷一点,要不,志嘉做他的工作就不好做了。老头子不担心自己的徒弟,相信他能正确理解党委书记的意见。

"要是刘书记不满意你们的方案呢?"

"决不会!"苏一鹏打起保票来,"刘书记准保喜欢我们的方案,他一向支持新生事物。"

"刘书记当然支持新生事物,不见得一定支持你们的方案。"

"放心吧,朱主任! 你讲的这种情况绝不可能!"

"为什么不可能? 凭你这份主观、自信,就有可能。"

苏一鹏不逃避老工人的眼光了。他正视着对方,看见朱德泉一脸严肃,全不像在逗他。

"难道……"他心里怦怦跳了几下。

"你这个人,我还不大了解,"朱德泉眯细了眼说,"听人说,脑子很容易发热,是不是?"

苏一鹏眨着眼,琢磨对方话里的意思。

"我看,给你降点温有好处;要不,碰上冷东西,一下子会炸的。"

苏一鹏瞪大了眼睛:"难道……"

"难道个啥? 不是叫你冷静点吗?"

苏一鹏又眨了几下眼睛,转身就跑。

"你回来! 回来!"朱德泉冲着他的背影喊。

愣头青没有回头。

朱德泉叹了口气,才想起了手里的饭盒……

苏一鹏一口气奔回宿舍。

推门进去,屋子里静悄悄:鲁大明正在看书,王志嘉在缝一条被单。两幅的被单中间破了以后,沿着接缝把它拆开,把坏的缝在外面,将原来外面的两条边对接起来,又变成了一条好被单。这是鲁大明的创造。

"咳,这老朱……朱主任他骗我!"苏一鹏大声喊道,本来想称他"老朱头",觉得这样称呼对朱小英不尊敬,就改口称"朱主任","可把我吓了一跳。"

鲁大明问:"朱主任骗你啥?"

苏一鹏说:"他讲刘书记不支持咱们的方案。我根本不信。"

"这是真的。"王志嘉一边缝一边说。

"你老兄也给我开玩笑!"苏一鹏走过去,给了他一拳。

"小苏,你不要跳脚。"王志嘉放下手中针线,心情沉重地说,"刘书记确实不满意咱们的方案,咱们的设计思想有毛病,设计方法也不对头。"

"什么?什么?"苏一鹏怎能不跳脚?这太出乎他的意料了!他从房间这一头跳到那一头,跳到鲁大明身边,抓起大个子手里的书,扔在床上,吼叫着:"大个,你说,你说,咱们真的错了?"

鲁大明取回那本书,将书页展平。苏一鹏一看,是一本《鲁迅杂文选》,跳过去又要抓。

鲁大明一手挡住他:"发啥神经?"

苏一鹏吼着:"你看这书,干啥?这时候,还练你的修养功夫?"

"王志嘉说,要让脑子冷静冷静……"

"我冷静不了啦!找刘书记去。"苏一鹏说着就往外冲。王志嘉一把拉住他:"刘书记现在有事,你不能去!"

门开了,方斌打着口哨,轻松地走进来。刚才,丁明达已经把他的方案要走了,说是刘书记要看。丁明达还告诉他,党委书记对王志嘉他们的方案不怎么"感冒"。方斌又吃惊又高兴,形势的变化发展多么出人意料?到底党委书记有水平啊!只要刘之毅一点头,他方斌就是胜利者!他的"方—105"就将成为现实。"叶琪啊叶琪,"方斌在心里喊道,"你不听我的话,硬要去和他们凑热闹,凑出什么结果来了?你要回来和我一起搞,我还是欢迎的。不过,这回你该吸取点教训才好!"

方斌迈着轻快的步子走回宿舍。走廊上,他就听见苏一鹏的嚷嚷声。他听了很开心,进门时下意识地打起了口哨。

方斌本来想说几句刻薄的话刺刺苏一鹏,但一想,算了,何必显得我方斌没有气度?所以只用异样的眼光瞟了一下三个人,搭讪了一句:"还没睡呀?"就进了里屋。

里屋又传来轻松的口哨声。

这口哨声刺激了苏一鹏,他瞪大两眼,只想和人干架。

王志嘉拉了拉他:"走吧!"

"去哪儿?"

"出去转转。"

"我没有这心思。"

"那你待着,大鲁,咱们走!"

苏一鹏急了,扑到门口,张手挡住:"我不让你们出去。"

"你不是要吵架吗? 到外面去吵不行?"王志嘉掰开他的手,"有什么,都冲着我来,好吧?"

愣头青没招了,只好尾随着他们出去。

走出宿舍区,他们信步踏上了通往附近农村的一条小路。

苏一鹏一面走一面嘀咕:"咱们的设计思想怎么错了? 设计方法怎么不对头? 难道破除迷信、自力更生,不对?"

王志嘉耐心地说:"破除迷信,解放思想没错,自力更生也完全对,问题是咱们理解错了。"

"怎么理解错了? 我不承认! 割了我的头也不承认! 照我看,领导思想上就有'右'倾;没说的,就是'右'倾!"

"你说什么?"王志嘉站住,转过脸来,月光下,一脸愠怒的神色。

"我说领导思想上就'右'倾! 怎么,不对? 你呢,本来就是小脚婆娘,没冤枉你!"苏一鹏连珠炮似的说着。

王志嘉叹了口气,没有和他理论,转过脸去,默默走着。

苏一鹏还在嘀咕:"柴厂长旗帜鲜明,他支持我们那样搞,他支持得对! 我就不信……"

苏一鹏议论起厂领导,王志嘉心里很难受。和他理论是不解决问题的,他肚子里正窝着火,干脆让他发泄完了再说。

走在最后的鲁大明实在忍不住了,走前两步,在背后给了苏一鹏一拳:"你胡扯些什么? 不许在背后议论领导!"

"怎么? 不让人说话?"苏一鹏转过脸来,就要干架。平常,他心里有不痛快的事情,常常在鲁大明身上发泄。现在,对方找到他头上来了。他的嗓音又提高了八度:"我不隐讳自己的观点,有话,就得说! 不像你……"

"我,我怎么啦?"给苏一鹏一顿抢白,鲁大明又变得结结巴巴起来。愣头青不理解自己的心情,他很难过。

鲁大明心里平静吗? 今天,王志嘉回宿舍,传达了刘之毅对方案的看法,开始,他也转不过弯来。经过王志嘉一番解释,这个实在人想通了。想通了心里更不平静:走了一段弯路,搞出这个发动机的时间势必拖长,而农村又多么需要它!

王志嘉知道,苏一鹏和鲁大明抬起杠来,是不容易收场的。人在心情不痛快的时候,发泄一下也许会轻松一些。但任凭感情发泄,更不容易冷静下来。他婉言说:"不要比嗓门了,小苏! 我们出来走走,是为了让脑子冷静冷静。前一阵走了点弯路,也没什么了不起,硬着头皮再走下去,损失可就大了。不能老做聪明的傻瓜啊!"

王志嘉这么婉转地一说,苏一鹏也觉得刚才太过分了。默默走了几步,嘟起嘴说:"'聪明的傻瓜',这顶帽子我可不戴,你们愿意就戴去吧。"

王志嘉笑着说:"抱'不承认主义'不行,小苏!"于是,他把刘之毅对方案的看法又说了一遍,并且谈了自己的认识。苏一鹏开始冷静下来了。

在乡间小路上,他们踩着月光而行。王志嘉把手搭在苏一鹏的肩上,边走边说:"聪明的傻瓜实在做不得。我在大学里有个同学,一向强调要培养自己的独立思考能力。他在听课时马马虎虎,很不认真。他认为上课时都听懂了,自己就用不着独立思考;上课时马虎点,弄不懂的问题,等到自修时去独立思考。由于一些基本原理和定律没有听懂,自修时怎么独立思考也不解决问题。但他还不愿意请教别人,要留着继续自己思考。思考到最后,他竟怀疑起这些基本原理和定律是不是正确了。"

"后来呢?"

"后来他还是不服气,继续着他的独立思考。他要踢开一些原理和定律,搞一种外面不必加入能量而能自己运转发出功率的发动机。"

"这不是永动机吗?"鲁大明插了一句。

"他不知道,世界上曾经不止一个人想搞这种发动机,结果都失败了,因为这违反能量不灭定律。等到他醒悟过来,已经迟了。各个课目他都跟不上去,只能留了一级。通过这次搞方案,我深深感到,不承认规律,是要受惩罚的;不好好总结和学习前人的经验,闭目塞听地瞎闯,也要受惩罚的。"

他们走到一个蓄水池边,在一块大石头上坐下。月光下,蓄水池里一池碎银,四周秋虫唧唧,秋夜是多么明丽、静谧!

三个人默默坐着,各人想着自己的心事。

在秋虫的唧唧声中,王志嘉想起了和方斌在办公室相遇的那个尴尬场面,和他因为秋虫的声音发挥的那一通见解,脸上泛起了一种苦笑的神色。

"你在想什么,王志嘉?"苏一鹏侧脸问。

"我想起方斌说过的一句话。他说:他赞美朴素的大自然,我赞美的是火热的人生……"王志嘉看着波光粼粼的水面,又苦笑了一下:"他自认为很了解我。"

"你同意他的说法吗?"苏一鹏仰脸问。

王志嘉没有马上回答,他的眼光,还是停留在跳动的波光上。有顷,他才轻轻呼出一口气:"说实话,对这火热的人生,我还并不怎样理解。"

"我不明白你的意思。"苏一鹏说。

"马克思说过:'永恒的运动和永恒的破坏和创造,这就是生活的本质。'这句话我反复想过。宇宙万物都是对立的统一。对立、矛盾、斗争总是绝对的,统一、平衡是相对的,由于矛盾和斗争,使得事物永远在运动,在变化发展。这种运动、变化和发展,势必要破坏旧的,创造新的。这是生活的根本规律,是千真万确的真理。谁要违反它,就要吃苦头,受惩罚。"

苏一鹏和鲁大明都有点吃惊,王志嘉怎么发挥起这么一通道理来了呢?

王志嘉没有留意他的话在两个人身上引起的反应,继续沿着自己的思绪说下去:"人们在改造客观世界,这就是说,破坏人类社会和自然界中那些陈旧的东西,创造新的东西。在这个过程中,人们也破坏着自己身上那些陈旧的东西,创造着新的东西。这就是在改造客观世界中改造主观世界。没有后一个改造,就不能很好地进行前一个改造。真正懂得这一点的,才是一个自觉革命的人。人生是火热的,就因为生活中充满了这种改造吧!"王志嘉说着,被自己表达的思想激动起来,"问题恰恰是,有些一心一意改造客观世界的人,却不能很好注意改造自己的主观世界。他们认识事物的观点、方法是错误的,他们陷在一种严重的盲目性中;他们不能很好地承认规律,认识规律,驾驭规律,却认为自己的看法就是真理;他们一意孤行,按照自己的认识去行动,结果,往往干出事与愿违的事情。我,就是这种聪明的傻瓜中的一个!"

苏一鹏和鲁大明终于弄明白了王志嘉的意思。在一个深秋的夜里,在月色皎皎、秋虫唧唧的田野中,这种深刻的自我剖析,这种没有任何矫饰的完全从心灵中涌流出来的思想语言,像水银泻地的月光那样纯净,是使人折服也使人感动的。苏一鹏的一团火气消散了。他和鲁大明的眼光默默相对了一阵,就抬起头来,仰视着星空,想起自己的心事来。

王志嘉的这种思想,并不是即兴的流露。在刘之毅转达了叶赋章对方案的意见,谈了他自己对方案的看法以后,王志嘉受到了很大的触动。据说,革命圣地延安的中央党校大门上方,写的就是"实事求是"四个大字,是毛主席的手笔。实事求是是共产党人的基本原则。现在,不管社会上风行什么,从为农村设计的这个发动机方案来看,他们已经走了弯路。生活的教训证明刘之毅书记的观点是正确的。反过来,他看到自己的幼稚和浅薄。为什么老工程师对待科学技术问题上态度那么严谨、执着?他对具体技术问题的看法又那么符合辩证法呢?为什么党委书记能站在那样的高度来认识和分析一些生活现象呢?刘之毅出去接电话以后,王志嘉站在窗口,凝视着一片灯海,心悦诚服地承认自己"不过是用一个傻瓜的脑子在生活"。他的确是苛责自己,因为他一向不愿意原谅自己的缺点和错误。任何一个错误和缺点,只会给党和人民的事业带来损害,而他对养育自己的党虔诚地默誓过:要切切实实地去做对人民有利的事!

夜凉如水。三个青年人踏着月色往回走的时候,竟没有一个人说话。这种反常的沉默,说明三个人心里都不平静。

苏一鹏一晚上没有睡好。他在床上翻来覆去,怎么躺也不舒服。他想着方案,想着王志嘉在蓄水池边说的那些话。他承认王志嘉的话有道理,也承认自己身上的毛病,但一想到方案,又不免着急起来。难道真的应该被否定?难道方斌那个倒应该被肯定?下一步到底怎么搞?

就这样,他一会儿通了,一会儿又不通。迷迷糊糊,直到天亮,也不知道到底睡着没有。

第二天一早,苏一鹏睁开眼来,发现王志嘉不在了。

他知道,王志嘉去足球场上跑步了。不管晚上睡得多晚,早晨总是坚持锻炼,这是团支部书记多年来的习惯。

苏一鹏漱洗完了,就去找刘之毅。

去找党委书记,是去承认错误,还是在方案问题上没想通,要向刘之毅申述自己的意见?苏一鹏自己也不十分清楚。昨天晚上,在一时的冲动中,他说过党委书记"右"倾。回来躺在床上,脑子冷静了,觉得是一时失言。他尊敬刘之毅,愿意吃他的批评,只要把自己批评通了就行。

苏一鹏来到刘之毅家里,才知道党委书记昨晚没有回家。

他从足球场旁边穿过,赶到办公楼,推开门不禁吃了一惊:刘之毅趴在桌子上睡着了!踮着脚走过去一看,身下压着他们的方案。这么说,党委书记昨晚就没有睡觉!

这时候,王志嘉赶来了,他见苏一鹏从球场旁边急急往办公楼走去,就跟了上来。他把愣头青拉到外边,又进屋去,把窗帘拉上,把滑下的衣服给刘之毅披上,悄悄地把门关严。

上班以后,王志嘉和苏一鹏、鲁大明去找刘之毅。走到门口,听见里边有人说话。

"这么说,不要紧了?"这是柴强的声音。

"脱险了。"刘之毅说。

"吴子芳同志知道不知道?"

"还没告诉她。"刘之毅说,"还是谈谈方案问题吧。你刚才的意见,我是不同意的。不能鼓励他们那样搞。要正确理解破除迷信、自力更生的意义。任何事情不能光看动机,还要从实践、从效果上来检验。在科学问题上,必须抱老实认真的态度,否则就要吃大亏。"

"这个问题,我们是否换个时间再谈,现在,你赶快回家——"

"不,应该尽快把领导的思想统一起来,否则下面不好工作。"

"统一到什么上面来呢,老刘?是不是需要统一到上级的指示精神上来?"

"对这个发动机,上级的要求就是适合我国农村的特点和需要。"

"我是说在这个发动机的具体搞法上。"

"上级并没有指示我们应该如何搞,老柴!"刘之毅的声音,急切中显得深沉,"这些日子,我老在想一个问题,这就是,当前批判'右'倾保守思想,但要防止另一种倾向:违反规律,胡干蛮干,这是虚劲,不是实劲。这种作风,搞坏一个企业可是很容易的啊!"

王志嘉觉得,站在外面听领导谈话,这不好,拉着苏一鹏要走。但是愣头青不肯,他往后一弓身,挣脱了王志嘉,却把门撞开了。

"嗬,进来,进来!"刘之毅走过来招呼,"正要找你们呢。"

三人只能走进办公室。

"老刘,你和他们谈吧,我还有些事要处理。"

柴强从沙发上站起身,向门口走去。

刘之毅默默地注视着他的背影,直到柴强随手带上的门把他隔在门外,才走到苏一鹏跟前,眯起眼睛盯着小伙子:"王志嘉给你说了我的意见吗?"

苏一鹏点点头。

"怎么样?想不通吧?"

苏一鹏不吭气。

刘之毅笑着说:"我已经做好思想准备,戴一顶'右'倾保守的帽子。没关系,有意见只管提好了。"

"我有点想通了,刘书记!"苏一鹏低着头说。

"有点通,那还没有全通嘛!"刘之毅拍拍他的背说,"我喜欢你的直爽,哪里不通,说吧。"

"老刘！老刘！"叶赋章喊着闯进来，后面还有叶琪，"小挺怎么样了？我刚才才听陈秘书说起……"

"不要紧，他脱险了。"刘之毅迎上去说。

王志嘉莫名其妙。一问，原来昨天晚上陈秘书叫刘之毅去听的电话，是小挺所在的部队首长打来的，电话里告诉他，部队帮助驻地农村修建一个小型水电站，因为隧道塌方，小挺受了重伤，当时不省人事，已送部队医院抢救。今天清晨，刘之毅给部队挂了个电话，得知已经脱险，但伤势很重，正在进行手术。

王志嘉心里非常难过。原来，昨天刘书记是在得到这个不幸的消息后，忍着巨大的不安和痛苦，和自己讨论方案问题的！看看桌子上摊着的两个方案，又看看党委书记发红的眼睛，王志嘉感到一阵阵难过。

"小挺也是为了帮助农村解决动力问题，流了点血。"刘之毅说，"不用为他操心，青年人体质好，能恢复的。咱们还是来操心这个发动机方案吧！"

叶赋章感动地点点头，转身对叶琪说："你去把我桌子上那包东西拿来。"

"把方斌也请来，还有丁明达同志。"刘之毅交代叶琪，然后又回转脸来说："昨天晚上，我仔细地看了两种方案。方斌那一个，基本上是照搬国外的。不问具体条件、情况，照抄照搬，不可能解决我们的问题，也不是我们的方针。对另一个方案，我倒想多说几句。"

他走到桌子旁，指着新方案的草图说："它从农村的需要出发，不照搬照抄，有不少大胆的设想，许多指标相当先进，从原则上来说，这些应当予以肯定。"

苏一鹏的眼睛里闪动着光彩：刘书记并没有把方案完全否定嘛！

这时候，叶琪抱了一大包资料进来了，后面还跟着丁明达、方斌。

"我们正在议论方案。"刘之毅向丁明达、方斌打了个招呼，示意他们坐下，继续说："问题在哪儿呢？问题是……"说到这儿，他向叶赋章看了看："叶总，还是你来说吧！"

"你说一样嘛!"老工程师说。

"不,研究这样的问题,应该是你唱主角。"刘之毅笑着说,"而且,你说起来比我清楚。"

"好吧,我来说。"叶赋章在沙发里挺了挺身子,"有些意见,那天在我家里,已经说了,后来我又仔细想了想。正像老刘刚才说的,王志嘉他们这个方案,在设计原则上应予肯定,要支持他们搞下去。问题是,先进的设计指标,将来机器做出来能否达到?有些指标,根据农村的使用情况,并没有必要去追求。"

方斌弄不清楚在他进来之前,他们是否已研究过他的方案。现在谈的是王志嘉他们那个方案的问题,对他来说,当然也十分重要。他伸长耳朵捕捉着老工程师的每一句话。

"……根据我们的燃料资源、材料资源和制造能力的情况,以及农村使用的特点,应该主攻哪几个指标,如何达到这些指标,正是在这方面,方案没有充分体现出来。这是一。第二,为什么拒绝学习和参考国外先进的东西?为什么要搞关门主义?把国外的先进经验、成果拿来,进行比较鉴别,吸取他们一点一滴的好东西,不是更有助于创造我们的新东西吗?"

"这一点很重要!"刘之毅插话说,"对国内外的先进经验和成果抱虚无主义的态度,绝不是破除迷信,也不是真正的自力更生。"

苏一鹏的脸上发起烧来。

叶赋章抱起茶几上的一包资料说:"昨天我翻了半夜,把多年积存的资料找出来了。"

"好啊,非常需要这样的东西!"刘之毅接过资料,递给王志嘉,"我个人有个想法,根据叶总刚才讲的两个问题,下一步,要做两件事情:第一,要深入农村,进行调查研究,明确必须主攻的目标,包括现在农业动力机械上普遍存在的问题;第二,要广泛查阅和研究资料,学习国内外的先进经验,有批判、有分析地吸收和借鉴。刚才我和柴厂长说了,从下一季度起,技术图书资料费要增加三倍,你们可以大量订购国内外的技术图书、杂志和资料。"

"真的?"方斌出自本能地高兴起来。

"当然是真的,"刘之毅说,"先进的东西一定要学,包括外国的东西。但是学习不是为了照搬,而是为了丰富我们自己,提高我们自己。在科学的历史上,已经有了许多高峰,我们要向它们学习,但不是拜倒在它们面前。要善于学习啊!有位科学家说过这样的话:如果我看得远些,那还是因为我趴在过去的巨人肩上的缘故。"

"那是牛顿说的。"叶赋章补充道。

"对了,是牛顿的话。他还把自己比做是'在科学真理的大海海边拾贝壳的孩子。'"刘之毅挚切地对青年人说,"但是牛顿的目的不是爬到过去的巨人肩上去,而是为了因此能看得更远,去攀登更高的峰顶!"

在场的人都频频点头,刘之毅这一席话是使人折服的。王志嘉和叶琪尤其激动。

"如果大家都同意我的意见,咱们就立即行动。"刘之毅说。

"这样行不行?"叶赋章说,"国庆节休息两天,我想和小伙子们一起去农村做点调查研究;另外,方案中有些难解决的问题,比如燃烧、充气等问题,我也有点想法,可以一起和他们研究研究。我到了农村,别人想逮我也逮不住啦!可以吗,老刘?"

"行啊!"刘之毅高兴地说,"下农村,我给你们当向导怎么样?上次你们劳动是在刘家洼公社的水渠工地。这回我们走远一点,到刘家洼大队去。那里是山区,很热心搞农业机械化,我挺熟悉。老叶,你说好不好?"

叶赋章连连点头:"可以,可以。"

刘之毅对方斌说:"你那个方案,设计原则还不明确,这次一起下去,有好处。"

方斌心里有点发凉,但还是笑着说:"我听从领导的安排。"

去农村,苏一鹏特别高兴。要不是在党委书记的办公室里,许多领导都在场,他又要对着嘴巴鼓掌了。

第十七章

国庆节那天,一清早,刘之毅和叶赋章就带领一伙青年人,乘一辆中吉普,到离厂四十里外的刘家洼大队去。

汽车在山路上慢慢爬行。这是通向附近县城的一条简易公路,很多地方是盘山开凿出来的:一边是陡峭的山崖,另一边是深深的峡谷。为了爬上一个山头,汽车在山腰里要转好几圈。拐弯的地方,竖着一个个三角形的标牌,上面写着"鸣笛""减速行驶",画着"Z"字形的急转弯符号。

成天和图板、计算尺打交道,到车间里听的是机器轰鸣,闻的是机油、汽油味道;山区开阔的天空,清新的空气,山梁上放牧的羊群,山崖石缝里迟开的色彩鲜艳的山花,这一切,都使设计员们感到新鲜,心旷神怡。车身的颠动并没有削弱他们谈话的兴致。他们议论着山下埋藏大量待采的煤,山头上的绿化,山区公路的改造,每个人都可以充分发挥自己的想象力。

只有方斌的话不多。他一手握住支架帆布车篷的铁杆,眼睛茫然地在荒山秃岭上浏览。他和周围的人都格格不入。打心眼里说,他对去刘家洼兴趣不大,到一个山村里去搞什么调查研究呢?有这个必要吗?党委书记没有肯定他的方案,这本来是他意料中的;没有肯定另一个方案,却是他没有料想到的。他朝司机旁边刘之毅的背影瞥了一眼。党委书记和总工程师正默默地注视着前方。他们很少谈话，大概怕影响在山路上行车的司机的注意力，间或也转过脸来，在青年们的热烈议论中插上几句。

对于眼前的党委书记，方斌的感觉是很复杂的。刘之毅不像柴强那样，对一个人或一件事痛快利索地下断语，做结论，表态度。刘之毅接近每一个人，包括他方斌，而且总是用自己独特的形式。他还记得，到动力机厂后，和刘之毅第一次见面的情景。

当时，他们还没有搬到楼房来办公，生产准备这一摊，设在家属区的两排平房里。每天早晨，他们要从围在铁丝网里的资料科去抬来一麻袋的图纸资料，下班以前再送回去。有一天，听说工厂主要领导要来设计科研究产品上的一个重大问题。方斌新来乍到，为了表现一下自己，主动跟着鲁大明和苏一鹏去资料科抬资料。

从资料科到他们的临时办公室，有三百米的距离。鲁大明和苏一鹏抬了不到一半路，方斌就嚷着要上去换苏一鹏。苏一鹏也没有客气，就把扁担的一头交给了方斌。一麻袋资料，也不过七八十斤，鲁大明一个人扛也并不费劲。但方斌的肩膀实在没有经过锻炼，扁担一压上去，脚下就摇摇晃晃，像个醉汉。

苏一鹏跟在后边，看着方斌那副狼狈样子，禁不住哑然失笑。你看他，两手托住肩上扁担，不敢让它搁在肩上，好像肩胛上生着脓疮似的。

"慢点，慢点，"方斌对扁担另一头的鲁大明说。没走几步，脸上就曝出汗珠，可是他连手绢都顾不得掏，因为他不能松开托住扁担的手。

"还是让小苏抬吧！"憨直的鲁大明说。

"不用，不用。"方斌下决心要坚持，但脚下摇晃得更厉害了。

头天晚上下了点雨，地上坑坑洼洼里还有积水。方斌脚上穿了双白皮鞋，和发湿的黑土相映衬，越发白得刺眼。

"担心你的白皮鞋，方斌！"苏一鹏在一旁提醒他。

"没事，没事。"方斌一直留心着脚下，防止白皮鞋踩到水洼或烂泥里去，但双脚偏偏不听指挥，步子东扭西歪，白皮鞋上已经溅上几块泥迹。

苏一鹏有点可怜起他来了。这人往日的翩翩风度，他那发亮的头发，含笑而多情的眼睛,落落大方之中又显得矜持高傲的神采,和眼前醉汉一样的狼狈相,简直无法联系起来,而且,那双白皮鞋上泥迹在逐渐增多……

"我来换你吧!"小伙子心肠有时也挺软。

"不要,不要。"方斌气喘吁吁地说。充硬汉子就充到底,到办公室已经不远了,那里,工厂主要领导正在等着这袋资料呢。

机灵的苏一鹏看出了方斌的心思,心里陡然起了一种厌恶的感觉。现在,反而不想去替换他了。想起方斌平时那种趾高气扬、目中无人的样子,看着他出洋相,觉得很有趣。

总算快到办公室了,无论如何要挺过去,但是脚下摇晃得越发厉害了。

"小苏,换方斌!"鲁大明下命令了。

"不要,不要,并不重呀!"方斌摇了摇头,甩掉了脸上的几滴汗珠,有一滴没有甩掉,落进了眼睛里,刺得眼珠子咸辣辣发痛。

"别小看咱方斌,再重点他也能抬。"苏一鹏带刺地说。忽然发现前面有几个挖好的树坑,树还没栽,里边盛满了泥浆,急急喊了声:"当心坑!"

话音未落,走在前面的方斌一只脚已经踩了进去,因为他眼睛只顾看着脚上的白皮鞋,没有再往前看一点,苏一鹏的提醒已经来不及了。

资料口袋掉在一旁,方斌跌了个嘴啃泥,一只白皮鞋变成了黑皮鞋。

人们从办公室的窗口看到了这个场面,纷纷跑过来。

"为什么不换他?"一个结实粗壮的汉子冲着苏一鹏说,眉宇之间一股怒气。

"他不让换。"调皮鬼有点冤屈。

"他不让换,你就在一旁看?"那人说,"不能看同志的笑话,同志!"说完,转身给方斌拍打身上的泥尘,笑着说:"同志你个性挺强啊! 要好好锻炼,但不要硬充好汉,跌痛了没有?"

方斌摇摇头,接触到两条能察人底蕴的眼光。

在鲁大明扶方斌回宿舍换衣服的路上,他才知道,这是工厂党委书记刘之毅。

这些年来,方斌对刘之毅是又敬又畏。他没有主动接触刘之毅的愿望。方斌认定,无论在思想上,还是在感情上,刘之毅只可能和王志嘉一类人接近,至于自己,和党委书记共同的地方太少了。他本能地感到刘之毅不会喜欢自己的方案,正是从这一点出发的。

两个方案至今还定不下一个来。这说明自己的东西不是没有希望。在事业上,方斌是顽强的,他决不肯轻易认输。老工程师就在面前,但是,因为在方案问题上叶赋章没有明显地支持自己,方斌觉得很失望。在感情上,他觉得和工程师父女疏远了。

这次下农村,尉迟文英说啥要跟着来。两天的假期,她不愿孤独地一个人度过,想跟着方斌到农村里"新鲜新鲜"。在晚照落霞里,两人在田野上散散步,或者在清晨到山头上去采摘沾着露珠的野花,多么富有诗情画意!但是方斌坚决反对她跟着去,简直没有商量的余地。在这种情况下,尉迟文英只有服从。

"倒不如让她来了好,"方斌闭着眼睛默想,"在遥远的山村里,我不会感到寂寞吗?"

但就在这时候,方斌听到了叶琪的笑声。他立刻转变了想法,觉得不让尉迟文英来是完全正确的。

叶琪、王志嘉、鲁大明、苏一鹏和刘金生正在热烈地谈论着一件有趣的事情,几个人中间时时爆发出笑声。刘家洼是刘金生的老家,他顺车回家看看。

"方斌,一个人愣着想啥?过来呀!"王志嘉在招呼他,"小刘刚才出了个灯谜,说山区最需要一样东西,这东西不洗不脏,越洗越脏;不洗能吃,洗了不能吃。你猜猜,这是啥东西?"

方斌愣住了:不洗不脏,越洗越脏;不洗能吃,洗了不能吃……哪有这样的东西啊!在猜谜语、说绕口令这类事情上,他一向不愿意动脑筋,这是低级的游戏嘛!在这上头去牺牲脑细胞,实在太不值得!

"猜呀!"叶琪也友好地催促他。

方斌受了点感动,别人并没有把他扔在一边啊!为什么自己把自己孤立起来呢?

"我想想……这东西是吃的还是用的?"

"能吃,也能用。"刘金生说。

"世界上还有越洗越脏的东西吗?"方斌喃喃地说。

"你脑子要转个弯,不要直猜。"王志嘉热心地提醒他。

"对,要转个弯,"刘之毅也转身插嘴说,"不要钻牛角尖,方斌!"

"啊呀,我怎么口渴得不行?"鲁大明突然嘟囔了一句。

方斌从大鲁的嘟囔中得到了启示:"我猜到了,这是水!"

"对了,对了,"刘金生拍着手说,"我们山区最缺的就是水啊!"

方斌友好地看了鲁大明一眼,他明白,大个子这么嘟囔是给他的提示。

汽车翻过一个山梁,山沟里出现了一个村庄。

刘家洼是个二百来户的村庄,四面都是山梁;仿佛是个瓦盆,村庄坐落在盆底中央。全大队不到三百个整劳力,种着四千来亩土地。这些土地,大部分在山梁上,一小部分在北梁后面的一块千数来亩的平川上。公社副社长、大队党支部书记大老张热心搞农业机械,先后创置了两台锅驼机,一台柴油机,打了几眼井,搞了三百来亩旱涝保收的"饭碗地",生产发展得很快。公社把这里作为农机试点。最近,上级拨下了一台拖拉机,公社就把机耕站临时设在刘家洼。

汽车开进村口,正在大槐树下玩耍的一群孩子就飞跑过来,把汽车围住了。后面,有个满头白发的老太太,颠动着小脚追上来。

刘之毅一下车,就迎着那老太太奔过去,一边奔,一边用洪亮的大嗓门喊:"大嫂,大嫂,看看是谁来啦?"

老太太急忙刹住脚:"咳,是老刘!"抬头看看树梢,"今儿是东风,怎么把你从西边刮来啦? 还记着你老嫂子哪?"

"记着,记着,哪能忘了?"刘之毅盯着老太太的满头白发,"人还挺结实,就是头发……"

这时,叶赋章和青年人被孩子们簇拥着过来了。

刘之毅招呼说:"过来见见,这位是我们厂的总工程师老叶,这位大娘就是德顺老汉的老伴。当年,我们武工队在这一带活动,她给我们传消息、送情报,可是位革命老人哪!听说,如今你当了托儿所所长啦?"

"啥所长不所长!地里活儿干不动了,给媳妇们照看照看娃娃,让她们下地好好干,不能坐在炕上白吃饭嘛!"老人精神矍铄,说话爽朗利索,"老刘,听说你们在给咱农村造机器,啥时候造出来呀?"

"今天登你们的三宝殿,就为了这事儿。"刘之毅说,"老叶和这伙年轻人就是干这营生的。这机器该怎么造,他们想听听村里大伙的意见。老德顺呢?"

"他呀,如今比谁都忙。"

"忙啥哩?"

"人家要当啥发明家呢!"

"搞啥发明?"叶赋章蛮有兴趣地问。

"叫什么牵索犁,我也搞不清。"

"支书大老张呢?"

"到后山拉锅驼机去了。"

"拉回来干啥?"

"切草,磨面,机器太少了啊!"老人说,"我派个孩子叫他去。"

刘金生从人群中钻出来:"三奶奶,不用派孩子了,我去!"

老人"呀"了一声:"是二保子?你也回来了?看我这老眼昏花的。大老张在后山上。"

"知道!"刘金生撒腿就跑。

叶赋章兴致勃勃地说:"老刘,咱们是不是先去看看那牵索犁去?我得先见见这个老德顺!"

"他在大队院的侧厢房里。"老人说,"你们去吧,我离不开这群娃娃。"

刘之毅对这一带非常熟悉。边走,边给大家讲这个村子的斗争历史。他带着深沉的感情,讲到刚才碰到的"托儿所所长"。

"有一段时期,这里成了敌占区。我带了两个武工队员,黑夜化装进了村,住在老德顺家里。日本鬼子三天两头进村,又是抢劫,又是搜查。我们只能撤到后山去，住在一个山洞里，领导这一带的民兵与敌人做斗争。当时，这个大娘就是我们的交通员。她每隔两天，借着上山砍柴，给我们送一次饭，还有老德顺交给她的情报。后来，敌人发现武工队在活动，就在村口派了岗哨。有一次，下了大雪，她出不了村。我们已经饿了两天。她急坏了，和老德顺商量到半黑夜，想出了个法子。她五更起来，熬了一罐小米粥，把蒸好的窝窝头用布缠在腰里，反披了一件老羊皮袄，悄悄溜到村口。经过岗哨的时候，她把瓦罐挂在脖子上，两手着地，悄悄爬过了卡子。由于羊皮和雪是一个颜色，敌人竟然没有发现她。她心疼我们挨饿，一口气奔上后山。上山时摔了一跤，跌到了一个雪坑里，盛着小米粥的瓦罐摔破了。但是窝窝头还是热的，是她身上的体温烤热的。她催着我们快吃。一边吃，我们那两个小伙子一边落泪。她却说：'流那咸水做啥？快趁热吃吧，吃饱了身上有力气，好和鬼子干哪！赶跑了鬼子，咱好过好光景！老刘不是说过，将来种地还能用机器，咱奔的就是那日子嘛'！"

"这是很好的小说题材。"叶赋章说。

"你这个诗词爱好者，也可以写写小说嘛！"刘之毅笑着说。

说着，他们就进了大队院。院里静悄悄地，干部们大概都下地了，只有会计的屋里传出来算盘的噼啪声。

刘之毅悄悄推开一间侧厢屋门，只见一个老汉趴在地中央，地上钉着好几截铁棍，有的铁棍上装着木轮子，绕着绳索，绳索一端还有把木犁。

老汉听到了声响，回转头来，发现了客人。

"啊哈，大老刘，刘政委！"他连忙从地上爬起来，"你怎么不声不响就跑来了？"

"怎么，还要扯旗放炮？"刘之毅抓住他的胳膊，指着叶赋章说，"这就是我以前和你提过的叶工程师，今天特地来拜访你。"

叶赋章热情地和老德顺握手，说："向你学习来了，老哥！"

"不客气，老叶！"老德顺说，"上回我去你们厂，没见到你，你挺忙。"说着，眼睛直勾勾地盯着苏一鹏。

苏一鹏笑着说："不认得我了，老大爷？"

"认得，认得！"老头子乐呵呵地说，"你骑车挺有本事，自行车轱辘差点碰上我大车轱辘嘛！小伙子，记得我当时咋说你来？'戳坏眼睛碰破脸，找起对象要麻烦点！'没忘了吧？"

鲁大明说："老大爷，他找上对象了。"话音刚落，就挨了苏一鹏一拳。

"好啊，那算我白操心。"

厢房里一片哄笑。

刘之毅指着地上的一摊东西说："鼓捣啥哩？"

"你说这呀，嘿，我想踢它个飞脚哩！"德顺老汉兴致勃勃地说，"听说咱动力厂要给农村搞发动机，我就思谋怎么能用机器来耕地。公社一台拖拉机，忙不过来呀！思谋了几黑夜，就思谋出这个办法！"老汉又趴到地上比划起来，"这叫牵索犁。机器放在地头，带动绳索，绳索牵着犁在地里来回走。不用马，不用牛，一天耕它个五六亩。耕得深，耕得多，闹它个增产不用愁！老叶看看，这办法行不行？"

叶赋章蹲下去，琢磨着，不住地点头："行，行，你这东西，看起来简单，从原理上分析，还挺深哩！"

"这老家伙真变成活鲁班了！"刘之毅兴奋而又感慨，眼光看着激动的青年们，"听见吗？等咱们的机器呢！"

"机器搞得咋样了？大保子和我成天惦记这事儿呢。啊，我们那台柴油机的'病'，你们给治好了，这段时间很听使唤！大家叫我感谢你们哩。"

"感谢啥？那是我们应尽的责任。造机器的事，我们搞了个图样，想来听听你们的意见。"刘之毅说，"大保子现在干啥？"

"人家到公社农机站了，学开拖拉机呀！"

"在村里吗？"苏一鹏问。

"今天去二里沟翻地了，黑夜要回来。"老汉说，"走吧，回家沏壶水喝。今儿中午，叫老婆子给你们做'莜面饸饹'，咋的？"

下午，支部书记大老张，领着他们村里村外转了一大圈，看了几台动力机械，看了水浇地，看了山沟里新打的一眼深井，和正在动工的一座二级泵灌溉站。泵站建成后,可以浇南梁上八百亩地。这个四十开外的中年人,曾经在刘之毅领导的武工队里干过两年,那时,他还是个毛头小伙子。这人胆大心细,作战勇猛,刘之毅很喜欢他。

一下午,他们转了好几个山头。每到一处,大老张总要介绍他改造这个山头的设想、规划。看得出,这是个有气魄有谋略的实干家。

和十五年前相比,刘家洼的变化是巨大的,这一点刘之毅的感受很深。特别看到当年的毛头小伙子,已经成长为农村的基层领导干部,而且摆脱了老式农民的保守和狭隘,有作为有理想,有气魄又有谋略,他感到十分兴奋。但兴奋中又夹杂着一些苦涩的成分。他听说,大队的公共食堂几个月前才解散,不多一点储备粮都吃光了。今天那顿"莜面饸饹",是刚打下的新粮,老德顺拿出来待客,实际上他们也是头一顿吃。德顺老伴做饭时,刘之毅曾在堂屋里掀开一个个粮缸,粮缸多半是空的,虽然,场面上还有些谷子和玉米没打下来,但已经能看出,社员的口粮是相当紧的。当他们跟着大老张在村里村外转悠的时候,他看到村子四周和地陌之间,留着一个个白茬茬的树桩,这些树木被砍伐的时间还不长。村外岔路口,还耸立着不冒烟的土高炉,高炉旁边半人高的荒草中,躺着一团团说不上是炉渣还是毛铁的黑疙瘩,使人很容易回忆起一年前那村村社社热火朝天的日日夜夜。大老张领他们出村时,故意绕过土高炉所在的地段。但刘之毅还是走过去看了看,叶赋章和年轻人也跟了过去。大老张却站在原地没有移步。等他们看过土高炉回来,大老张朝他们凄苦地一笑,再也没说什么,就领着他们往前走了。

叶赋章的兴致却始终很高,土高炉并没有影响他的情绪,因为这种奇特的景象他并不是第一次见到。更主要的,是因为他对大老张介绍的一切,发生了浓厚的兴趣。刘之毅不让他跟着转那么多地方,要他早点回去休息,他不答应。别人问他累不累,他说不累,说中午那顿莜面饸饹很解决问题。

晚饭以后,大队部开了个座谈会。刘金保也赶回来了。

听了王志嘉等对发动机方案的介绍,大家热烈地议论起来。

炕桌上点着一盏白亮白亮的电石灯。由于屋子里烟气太浓,灯光显得暗淡了。叶赋章学着本地人的样子,挺吃力地盘腿坐在炕上,手里端着一个粗瓷大碗喝水。王志嘉趴在炕桌上,记录大家的意见。方斌坐了会计的一张白木椅子,他不习惯上炕。叶琪和几个农村姑娘挤在一起,她们既陌生又亲切地围着这个城里来的大学生。刘之毅蹲在脚地上,和几个老农挤在一起,一根羊骨烟嘴从老德顺那长满胡茬的嘴里拔出,又到了他嘴里。人们用树根或羊骨做的烟嘴,用小学生写过作业的废纸卷成手指粗的烟卷,抽着自种的"小兰花"烟叶。屋子里弥漫着浓烈的烟雾。好像没有这种烟雾,农村黑夜的会议就失去了特有的气氛似的。

世世代代和土坷垃打交道的庄稼人,来议论一种机器的设计,在方斌看来是颇为滑稽的事情。他们能懂得机器的原理吗?能懂得发动机的构造和计算吗?笑话,真是笑话。浓烈的烟味刺得他的嗓子发痒,他真想早一点离开这个地方。但是会议并没有结束的样子。耐着性子待下去吧,有什么办法呢!王志嘉却飞快地在小本本上记着他们的意见。有什么好记的呢,做个样子给人家看看罢了。

方斌打起呵欠来。忽然,他见大老张从脚地上站起,走到炕桌前面去,从口袋里掏出个小本本,翻了一阵,又合起来,开始了他的演说:

"依我说,没有机械动力就没有农业机械化。可咱农村现在主要是靠人畜动力,这哪行啊?你们现在给农村搞个发动机,好事,大好事!上次,我听大保子回来一说,高兴地和德顺大叔灌了一斤'高粱白'。"

人们哄笑起来。

叶赋章也笑了,心里却很感动:他们的发动机虽然还没有成形,却已经牵挂在农民的心上了!

"咱们确实迫切需要机器。你就说这水,是农业保产和增产的重要条件,可排灌机械靠啥带动?电一下子拉不来嘛!你说这运输吧,"他又翻开小本本,"有个材料上统计过,在农村,运输劳动量占全部农业劳动量的百分之四十,有的地方占到百分之七十。一辆四吨半载重汽车,运程超过四十里,可以顶一千人,短途运输可以顶四五百人;一台二十五马力拖拉机可顶二三百人……"

方斌不再打呵欠了。这人还真有一套呢！听说,他兼着公社的副社长,负责农业机械方面的工作。

"一句话,咱们需要机械动力,迫切需要,非常需要！光讲需要有啥用？咱们要做得出来啊！我再三思谋,咱们国家现在石油不多,最好多搞锅驼机,可是做锅驼机钢材要得多,咱国家用钢材的地方多着哩。"

"对,大老张你说得对！"叶赋章松开盘着的两条腿,下了炕,"多造发动机,困难就在两方面:油和钢材！王志嘉,听清楚了吗,这就是咱们该使劲的地方！"

电石灯下,王志嘉连连点头,心里无限感慨。关着门,一个劲儿追求高指标,恰恰脱离了农村的实际,脱离了国家的大实际！还自以为高明得很呢！他心跳,耳根发烧了。

有人问:"不烧油,烧别的行不行？咱这地方到处都是煤,烧煤能成吗？"

叶赋章笑着说:"发动机不能烧煤,要把煤变成煤气才能烧。"说到这儿,他秀气的眼睛里忽然一亮:"对,可以搞个煤气和柴油两用机！"

"这主意好！"刘金保从墙角里跳出来,挤到了电石灯前,直着嗓子说:"油,咱们就是短缺,拖拉机还常喝不饱。你们在燃烧上动脑筋,没错！"说着,从口袋里掏出个本本,打开,"你们看,我这儿抄过一篇材料,上头说:'东方红'拖拉机的发动机改动改动,五十四马力就变成了七十五马力,还减少了耗油量。有的地方,在搞什么柴油机废气涡轮增压,说是能大大节省燃油。这路子,着实对着哩,你们也往那上头奔吧！"

"等等,等等！"叶赋章激动地拿过刘金保那个小本本,没有翻看,只是用手抚摸着,眼睛里闪动着惊喜的光彩,说:"你,开拖拉机的？"

刘金保点点头。

"开了多长时间啦？"

"四个月。"

"开脑筋啊！开脑筋啊！"叶赋章大声说,"刘金保同志,你不简单！在山沟沟里开了四个月拖拉机,你就关心起涡轮增压问题来了。老刘！老刘！"老工程师对着墙角里的党委书记喊道，"我国的动力事业，前程远大啊！"

刘之毅从脚地上站起来，也往电石灯旁边挤过来了。

"哈哈！大保子，我们叶总夸你了！他可是不大夸人的，知道吗？"刘之毅大声说，白天那种苦涩之感已一扫而光，"你们的意见，好得很，为了这个，不要说跑四十里，跑四百里也值得嘛！是不是，老叶？"

叶赋章连声说："值得，值得……"

开完会，叶赋章和刘之毅跟着老德顺，到大队院里的厢房去睡觉。

支书大老张，原说要在大队办公室架张床，给老工程师休息。叶赋章执意不肯，硬要和刘之毅一起，挤到老德顺在厢房里的那条炕上去。

上了炕，叶赋章靠着叠在墙根的铺盖上，默默想心事。

刘之毅和老德顺，在炕头上热烈地谈论着村里的事情。

叶赋章向刘之毅要了支烟抽着。

抽完一根烟，老工程师忽然提出来要去看看青年人。

"你累了，明天去吧。"刘之毅劝他休息。

"不，我要和他们谈谈柴油、煤气两用的问题。"

"你想出办法来了？"

"咱们的煤炭资源非常丰富，山西、内蒙古一带，小煤窑到处都是。柴油、煤气两用的发动机，前途挺大。"

"能两用吗？"刘之毅也来了兴趣。

"能啊！先用柴油启动，然后烧煤气。有个小小的煤气发生炉就行。"

"明天和他们研究不行吗？"

"现在叫我躺下去，也睡不着。"叶赋章说着就下炕穿鞋。

老德顺说："你这个毛病和我差不多：心里有了事，炕上铺绸盖缎也睡不舒展。"

青年们住在老德顺家。

老德顺家三间正房。平时，老头子睡在大队部院里，老伴带一个小孙

221

女住在东房,中间是堂屋,西房闲着。

四个小伙子住在西房里,叶琪就和德顺老伴做伴。

西房里,王志嘉、苏一鹏、鲁大明仰躺在卷起的铺盖上,回想着刚才座谈会上的情景。方斌擦过脸,洗完脚,也爬上炕去躺着。

已经晚上十点多了,山村的夜十分寂静,偶尔听到远处的几声狗吠。

"我真有点浑!"苏一鹏一拍脑袋,打破了沉闷。

鲁大明咄咄讷讷地说:"有点儿浑?不够吧!我看是挺浑!"

"怎么,你就不浑?"苏一鹏好不容易从内心出发,做了点自我批评,鲁大个还不满意,他有点光火了。

"我又没说我不浑!"鲁大明说。

王志嘉知道他们又要抬杠,笑着说:"咱们大家都浑,对不对?要不是叶总和刘书记提出来,咱们恐怕还要浑下去呢!"

方斌抽着烟,没有发表意见。

王志嘉侧身问方斌:"听了意见,你有什么想法?"

"挺好,挺好!值得参考。"方斌说,心里却在想:搞科学的,没有主见能行吗?他们提出的要求不能说错,但是,搞什么柴油、煤气两用机,降低耗油量,还要少用钢材,谈何容易?机器不能纸糊!偏偏叶总也那么热心,真叫人难以理解。

王志嘉叹了口气说:"既脱离实际,又关门主义,这样搞下去,能搞出什么名堂?"

"主攻方向明确了,回去咱好好干!"苏一鹏一拍炕席,下了新的决心。

鲁大明发现方斌翻开被褥,在找什么东西,奇怪地问:"找什么,方斌?"

方斌担心被褥上有虱子,所以打开来看看。鲁大明这一问,他连忙掩饰:"嘿嘿,这被子,还挺新。"

"你是怕被子上有虱子!"机灵的苏一鹏一下戳穿了。愣头青自认为对方斌是相当了解的:一撅屁股,就知道他要拉什么屎。他用一种很不满的口气说:"将就点吧,同志!"

"哪里,哪里,"方斌狼狈地掩饰,"有两个虱子也不怕,咬不死人。"

王志嘉厌恶地瞥了他一眼。

他讨厌方斌这一套！平时，对方斌的自负、狂妄和严重的个人主义还能容忍，唯独对方斌瞧不起劳动人民的表现，他不能容忍。王志嘉记得，有一次，几个人在饭厅里排队买饭，议论起本地农民的生活习惯。方斌说："这地方人就是不讲卫生，他们根本不洗澡。这只能证明他们很落后。"苏一鹏说："我对他们穿衣服的习惯有意见，冬天就是一件老羊皮袄，里边穿件紧身红兜兜，他们叫'朱腰子'，男男女女都这样。夏天也穿这红兜兜，我看不出这种服装有什么好处。"尉迟文英说："老羊皮袄上还有股膻味，真难闻。"她对各种异样的气味特别敏感，平时走路手里也捏了一方小手帕，以备不时之需。方斌结论性地说："这是故步自封，是生活习惯上的惰性，是落后，他们得承认这一点。"对这种议论，王志嘉本来不想发表什么意见，但听到后来，实在忍不住了。他在郊区农村下放过，了解这儿农村的情况。他说："我们承认目前农村还不够卫生，也相信这种情况一定要改变的。说他们故步自封、自甘落后是错误的。不能离开具体条件来做结论。南方开门就是河，到处是水；这儿呢，一个村子只有一两眼吃水的井，有的村上连一眼水井都没有，吃水要到老远的山沟里去挑。水贵如油啊！咱们在工厂，一开水龙头，自来水哗哗往下淌，你爱怎么洗就怎么洗，爱怎么用就怎么用，一天洗两三回脸，洗四五回脸也没人管你。要你到老远的山沟里去挑水用，你大概就不会那么讲究了吧！"接着，他又对穿衣服的习惯做了一番解释："冬天，这里气温低，特别是风大，在野外干活或行走，光穿棉的不行，只有老羊皮袄风钻不进去，才能真正起到御寒作用。至于'朱腰子'，本地农民所以爱穿，也有其特殊原因：莜麦是这里的主要农作物之一，吃了莜面，肚子不能受寒，受寒容易得肠胃病。'朱腰子'能保护肠胃部分不受寒，一年四季都适用，冬天在'朱腰子'里絮上棉花，夏天再把棉花取掉。在旧社会，劳动人民缺乏起码的生存条件，只能过简单的生活。在和自然、和人的斗争中，他们积累了不少经验。穿衣方面，老羊皮袄和'朱腰子'是最实惠和方便的。现在生活慢慢地好起来了，大家的衣服也多起来了。随着生活条件的改变，文化的普及，农村的卫生情况一定会越来越好的。"他这一番解释很起了点作用,议论着的一伙人中没有提出不同的见解。

王志嘉对还在翻着被褥的方斌说:"方斌,不要找了,给大娘看见,会叫她伤心的。"

"找什么呀?"刘之毅推门进来,后面跟着叶赋章和老德顺。

大家一下子全傻眼了。

"方斌丢了串钥匙。"王志嘉显得很随便地说,"都上炕吧! 德顺大爷,炕上坐!"

善良的老德顺,根本就没有发觉他们在耍什么花样,一边上炕一边问:"找到没?"

"找到了。"方斌红着脸,用感激的眼光看了看王志嘉。

叶赋章没有介意。刘之毅却眯细着眼,盯着方斌看。他从方斌身边打开的铺盖上,仿佛猜到了什么。

这时候,叶琪听到党委书记的声音,从东屋跑过来。看见爸爸也来了,哀怨地说:"爸爸,您还不累吗? 怎么不早点休息?"

"您为啥还不睡?"爸爸反问女儿。

"听大娘讲故事哩。"

"讲啥故事?"苏一鹏挺有兴趣地问。

"找钢笔的故事。"

大家轰的一下笑起来。

苏一鹏说:"你们那儿讲找钢笔,我们这儿是找钥匙。"

叶琪摸不着头脑:"找啥钥匙?"

王志嘉连忙把话岔开:"你就给我们'贩卖'一下找钢笔的故事吧。"

叶琪说:"叫刘书记讲吧,这故事他知道。"

刘之毅想了想,摇摇头说:"我忘了,你给提个头吧。"

"土改时,你带了部队的文工团,来这里慰问……"

刘之毅一拍脑袋:"想起了,想起了,文工团里有一个刚参军的女学生娃娃,大城市的……"

于是他讲了一个"找钢笔"的故事。

那是1949年冬天,刘之毅带了文工团,来这里慰问翻身的贫雇农。有几个女孩子,住在老德顺家。其中就有那个刚参军的女学生。当时,她们每人只带了一床军被,怕她们受冻,德顺老伴把自己盖的两条破被子抱来了。那个女学生娃想盖又嫌被子脏,还怕有虱子。晚上,演出一结束,她先跑回屋子里,翻开被子捉虱子。正好大娘进来撞见。那个女学生娃一慌,赶快撩起被子,匆忙中打翻了炕头上的一盏小油灯。大娘又点起火,问她干什么,她说丢了支钢笔。大娘带着她找,最后终于把那支钢笔找到了。

　　"钢笔在哪儿?"苏一鹏问。

　　"在她口袋里。"叶琪掩着嘴笑了。

　　这笑仿佛有传染性,顷刻间全屋子里一片笑声。方斌扭着脸,竭力也装得在笑。叶琪却觉得他们笑得有点异样,又弄不清怎么回事。

　　刘之毅早已明白,"找钥匙"和"找钢笔"是一码事。方斌的眼光老躲着他,小伙子心里有鬼嘛!

　　"故事还没完,叫刘书记接着往下讲。"叶琪说。

　　"对,后面还有精彩的。"刘之毅嗽了嗽喉咙,又讲下去:

　　"那时,新中国成立还不久,农民生活相当艰苦。文工团员们吃派饭:住在谁家吃在谁家。第二天晚上,德顺老伴给她们做了顿好饭:小米稀粥煮山药蛋。先给她们一人捞了一碗稠的。那个女学生娃倒吃得挺香,一边吃一边还看着锅里。这时候,德顺老伴走到她身边,把半碗粥扣在她碗里。女学生娃两眼盯着碗里,就是不动筷子。老两口热心地劝她吃饱。她却把碗一放,跑回西房,趴在被子上哭开了。我在另一家吃罢饭,来看看她们。我问她为什么哭?她抽抽搭搭地说:'这地方人太不讲卫生,把自己吃剩的东西叫人吃。我又不是狗!'我一听可真冒火了!大声对她说:'同志,你错了,错到印度国去了!她是疼你,怕你吃不饱,自己把碗里稀的喝了,把稠的留给你,懂吗?你爹你妈这样疼过你吗?亏你说得出口,'我又不是狗!'她一听,抽抽搭搭越发哭得厉害了,问我:'这是真的?'我说:'你不了解他们,你的思想感情和他们差得太远了。他们心里,可比你干净得多!你要革自己的命,要改造!去,把那半碗稀饭吃了!'她坐起来,扑愣着两只大眼,看了我半天,就跑到那边屋里去,端起那半碗稀饭,眼泪扑簌簌往下流。她把稀饭和眼泪一起吞下去。这个学生娃开始革自己的命了。"

"正经说,那娃还真不赖。"老德顺的回忆被勾起来了,"往后,她演戏,干活,可真卖力。做啥吃啥,再不嫌淡嫌甜。可有个毛病我不赞成,一捧起碗,眼泪就在眼眶里转,叫人心疼得不行。"

"后来呢?"叶赋章挺有兴趣地问。

"后来,可出息成了个好战士……"

"说起来,还得谢谢你大老刘,要不,老婆子上哪儿去认这么个干闺女?"老德顺笑着说:"上个月,她还托人从太原给我捎来两瓶汾酒。我一瓶还没动。明天,老刘,老叶,咱老哥儿仨先'报销'它一瓶,咋的?"

"我不会喝酒,老哥!"叶赋章说:"我倒愿意看人家喝酒。酒后话多,旁边人听着,很有意思。"说着,自己笑了起来。

大家都被老工程师的话引笑了。

叶赋章说:"咱们言归正传吧。我想和你们研究研究柴油、煤气的两用问题,在我们的石油还没有大量开采以前,这倒真是条路子……"

第十八章

天才麻麻亮,德顺老伴就起来了。

她拿了簸箕,到院里去端炭,准备生火做饭。走到院里,发现墙角里蹲着个人,嘴里一个劲地叽里咕噜。她慌忙端了炭,进屋对正在穿衣的叶琪说:"闺女,快出去看看,墙角蹲着个人在干啥?"

叶琪知道是王志嘉在背英文单词。她笑着说:"大娘,他在做功课哩!"

"有这样做功课的?'叽里咕噜',倒像念经。"

"他念的英文,外国话。"

"难怪我一句也听不懂。"大娘也笑了。

叶琪走到院子里,笑着对王志嘉说:"你蹲在这儿叽里咕噜,可把大娘吓坏了。"

王志嘉抱歉地说:"那我轻点儿。"

"我给她解释明白了,你背吧。"叶琪说着,拿过一把扫帚,准备扫院。

"扫过了。"王志嘉说,"晚上睡得好吗?"

"挺好,比在家睡得还甜。你呢?"

"我也睡得挺好。"王志嘉撒了个谎。其实,昨晚他又没睡好。倒不是因为换了个地方,睡不着,而是白天看到和听到的那些事情。老德顺的牵索犁,大老张改造每个山头的设想和规划;座谈会上大老张和刘金保对方案的意见;方斌"找钥匙",德顺大娘的干闺女"找钢笔";特别是叶总提出柴油、煤气两用以及解决燃烧问题的一些设想,像走马灯一样在脑子里转来转去,翻上翻下。他想:主攻方向越来越清楚了,下一段,应该尽量少走弯路……

王志嘉从房檐下挑了担水桶,上井台去打水。叶琪和他一起出去。

太阳还没有出来,东山顶上,曙色初开。一片橘红色的朝霞,抹在山头上,越往上颜色越浅,最后和灰蓝色的天空浑成一色。远处山腰里的村落上空,已经飘起了袅袅炊烟。山沟里升腾起一层层雾气。雾气和炊烟搅在一起,使人看远方的东西有一种迷离恍惚之感。刘家洼的羊群已经出栏,放养的社员用羊铲铲着土,投向走在前边的山羊,指示它领着羊群该走的路。饲养员牵着大牲口往井台旁边的水槽走去。社员们担水的、出灰的、拾粪积肥的,隔着老远吆喝说话,声音清脆响亮,好像清晨的空气传导声音的能力特强。公鸡在窝里使劲叫着,唯恐贪睡的人起不了炕。村后什么地方,有人拉开嗓门,唱起了二人台《走西口》:"哥哥呀走西口,小妹妹泪蛋蛋流……"

沿着村边的一条小道,王志嘉担着水桶,和叶琪并肩慢慢走着。

山村的早晨那么清新,那么生机盎然!叶琪环顾着,谛听着,什么地方受到了触动。她笑着对身边的团支部书记说:"王志嘉,昨天晚上,我想了很多。"

"想方案?"

叶琪摇摇头:"我想了些奇奇怪怪的事情。你知道,我四岁那年,爸爸出国前把我送到乡下。我的童年是在农村里度过的。我爸爸有个婶婶,我叫她二奶奶。十八岁嫁过来,第二年就死了丈夫。二奶奶六十九岁去世,整整守寡五十年。她没有儿女,就靠自己纺纱、织土布维持生活。她整整一生去过的地方,方圆没有超过十里路。她活着,没有欢乐,也没有希望。她默默地生下来,又默默地死去。她死的那年,我十三岁。我守在她的床边,看着她闭上眼睛,结束了苦难的一生。大家哭她,我也哭,因为二奶奶是个好心肠的女人。我一边哭,一边想:二奶奶为什么要到这个世界上来呢?难道她生下来,就为了受苦受罪吗?这太怕人了!当时,我小小的心里充满了痛苦。新中国成立以后,我才明白,这是旧社会旧制度造成的。后来,在党团组织的教育下,我逐渐懂得,好好学习,好好工作,正是为了彻底埋葬迫害二奶奶的那个旧制度,让人们生活中有欢乐,有希望,让二奶奶一生中遭遇的那种悲剧永远不再发生。但是,由于童年生活印象在一个人的脑子里刻得特别深,农村给我的印象总是压抑的,沉闷的,人们在土地上从事着无休止的繁重劳动;我认为,他们勤劳,但是守旧,实干,却缺乏理想。你说我的偏见有多深?"叶琪说到这里,侧脸看了看王志嘉,难为情地笑笑。

王志嘉很认真地听着。他喜欢同志间无拘无束地在一起谈生活、谈思想。不要矫饰,不要渲染,怎么想就怎么说。他喜欢同志间的那种亲切和信任。现在,叶琪谈的无疑是她的真实感受。

"说下去吧,我听着呢。"

"这些年来,经常看报纸上关于农村的报道,但我总没有实感,那些偏见也没有彻底打掉。"叶琪淡淡地笑了笑,"昨天下来,看的,听的,对我的刺激很大。哪里还有什么压抑和沉闷?照我看,他们每一个人都有希望,有理想,他们用双手创造着新生活!你看看大老张的气魄!刘金保竟关心着柴油机废气涡轮增压问题!德顺大爷在创造牵索犁!"叶琪说着激动起来,"你看,他们真正掌握住了自己的命运,他们真正成了生活的主人啦!"

王志嘉被叶琪的激情感染了。这个平时言语不多,性格倔强得有点执拗的姑娘,文静的外表下竟蕴藏着火一样的激情!对于农村这两年来的变化,王志嘉有过思索,也多少有点自己的看法。刚才,叶琪所发表的感受和见解固然未免天真,但她的愿望是真诚的,激情是感人的。他友好地看了她一眼,问:"你还想到了什么,小叶?"

"还想我自己,"她难为情地笑笑,"想自己应该怎样生活?做任何事情,应该为谁着想?考虑什么人的利益?立足点应该在哪里?"

"你能不能把这些想法和方斌谈谈,小叶?"王志嘉亲切地说。

"不，谈不到一起去，"叶琪摇摇头说，"而且我也没有向他谈这些想法的愿望。"说到这里，她忽然想起了什么，问："昨天晚上，他找钥匙，是不是和大娘的干闺女那样，在被褥上找虱子？"

　　王志嘉没有回答，默默走了几步，诚恳地对叶琪说："小叶，咱们得帮助他把思想上的'虱子'捉掉。"

　　叶琪说："不容易，有些东西，在他脑子里已经根深蒂固了。"

　　说话间，他们来到了井台上。王志嘉刚把水桶放下，叶琪就抢着去摇起辘轳，想往上提水。可是用荆条编的水笸斗就是沉不到水里去，几次摇起来，都是空的。她一着急，使劲把笸斗往下蹾，还是不见效果。看见王志嘉一旁站着发笑，就撇嘴说："过来帮帮忙嘛，笑啥？"

　　王志嘉过去抓住绳子，只一抖，笸斗里就进了水。叶琪连忙摇辘轳。井很深，一笸斗水挺重，两只手摇也吃力。王志嘉几次要去帮忙，她都不答应，憋足气，一转又一转摇着。偏偏绳子捣蛋，不好好往辘轳上卷，这一圈迭在那一圈上，直往上垒高，使得笸斗在井筒里晃来晃去，泼掉很多水，等到提上井口，只有半笸斗了。

　　"南方农村里不用这玩意儿，是吧？"王志嘉笑着说，他处处考虑到别人的自尊心。

　　"还是我缺乏锻炼。"叶琪坦然地说。

　　"我来吧！"王志嘉走过去，把笸斗放下井，两手按在辘轳上，用摩擦阻力减低辘轳的转速。让笸斗平稳地落到井下。往上绞的时候，他一只手摇动辘轳，另一只手抚着绳子。绳子整齐地卷到辘轳上，笸斗平稳地徐徐上升，提上来还是满满的一斗水。

　　"你真行！"叶琪轻轻地说。

　　王志嘉担起水桶，两人走下井台，就见迎面来了两个人。

　　这是刘之毅和叶赋章：党委书记挑了担粪筐，总工程师扛了把粪铲，他们拾粪回来了。

　　"你们快来看，"老工程师兴高采烈地喊道，"我俩一早拣了多少粪？"

　　挑着粪筐的刘之毅笑着说："叶琪，你爸爸对拾粪挺在行的呢，驴粪、马

230

粪、骡粪,他都能分得清。"

叶琪说:"他呀,连刚孵出的鸡娃也能分出雌雄来。"

王志嘉惊讶地问:"叶总,您真有这本领?"

叶赋章笑道:"这不算啥本领。事物总有它本身的特点,这也就是矛盾的特殊性吧!咱们搞科学技术的,需要一双观察事物细致深刻的眼睛。你比如说,刮起旋风来,实际上是一种旋转涡流。最近我老在想,为了改进发动机汽缸里的燃烧情况,如何使充气形成一种旋转涡流。我翻了一些文献,有的地方也提到类似这样的理论。咱们抽点时间,好好研究一下这个问题。"

这时,支书大老张跑来了。他说:"北边有个阎家沟大队。一台柴油机坏了。听说动力机厂有人在刘家洼,前次又帮我们修好了柴油机,就派人来,要请你们去修理。"

刘之毅说:"老叶啊,咱们下来,看来可以干的营生还不少。吃过早饭,让王志嘉他们去修理机器。你呢,就蹲在家里,好好考虑考虑你的旋转涡流,和柴油、煤气两用问题。中午,叫德顺老伴再给你做顿莜面饸饹。我呢,吃过早饭就得回去,不能再陪你们了。"

"你走吧,这儿我已经熟悉了。"叶赋章说,"阎家沟我还得去,了解一下农村动力机械普遍存在些什么问题,这对于下一步改进方案很有用处。"

早饭以后,送走了刘之毅,他们就出发去阎家沟。

路上,叶赋章提醒青年们:在工厂搞设计工作的人,往往缺乏实践经验,没有搞过发动机的修理。发动机上一个毛病的产生,往往有许多原因,各种原因又是相互联系、互为因果的。去了以后,不要指手画脚,应该先听听他们的意见,也就是要先做学生,再做先生。

接着,叶赋章又给大家谈起发动机的燃烧问题。既然未来的发动机主攻的目标之一是燃料问题,要烧次质柴油和煤气,燃烧问题就更加重要了。

阎家沟派来的人在前边引路。几个青年人像众星拱月似的拥簇着老工程师往前走。方斌没精打采地在后头跟着。

方斌的情绪很不好。今天早晨,叶琪和王志嘉担水回去,他才穿衣下炕。看见工程师女儿和团支部书记在院子里有说有笑,方斌心里实在不是滋味。

　　洗漱完了,方斌到东屋去找叶琪。

　　叶琪正在给德顺老伴拉风箱,大娘忙着给大家做饭,她要做一顿莜面块垒①给工厂来的人尝一尝。

　　"阿琪,出去走走好吗?"方斌对叶琪说。

　　"你不见我正忙着?"叶琪看了他一眼,低下头去,"啪嗒啪嗒"地拉着风箱。

　　"去吧,闺女!"德顺大娘一面和着莜面一面说:"我一个人,能忙过来。"

　　"我不想去。"叶琪的回答很干脆。

　　大娘不知道两个年轻人闹别扭,热心地建议:"咱山沟沟里,没啥好的,城里来的人都说,山区空气好,这倒实在。出去转转吧,吸点儿新鲜空气。"

　　方斌趁势说:"阿琪,听大娘的话,走吧! 我有点话要和你说说,再说,咱们也难得来农村。"

　　"你为什么要勉强我去做不愿意做的事儿呢?"叶琪愠怒地说。"啪嗒啪嗒",风箱拉得更响了。

　　王志嘉闻声进屋,对叶琪说:"小叶,我来拉,你去吧!"

　　"去哪儿?"叶琪恼怒地问。

　　"出去走走嘛。"

　　"你们想去去好了,何必一定要拉着我?"叶琪的倔脾气又来了。真叫人生气:王志嘉还动员她跟方斌一起出去散步呢!

　　自从为方案问题闹了别扭以后,叶琪对方斌在感情上就不知不觉地起了变化。过去,长期在一起学习工作,两个人关系比较密切,老同学嘛,父一辈又是老相识嘛,关系密切一点是很自然的,叶琪根本没有去想方斌对自己抱什么企图和目的。音乐会事件以后,叶琪在苦恼中,回忆起她和方

---

　　①莜面块垒:雁北、内蒙古、张北一带农民喜欢的食品。莜面用开水搅拌成块粒状,再下油锅炒熟。

斌相处中的种种情况,前前后后,联系起来,就明显地觉察到方斌对她是抱有企图的。这个发现,使她对方斌产生了戒心,感情上顿时疏远了。

叶琪还没有认认真真地去想过,自己理想的伴侣应该是什么样的,反正不是方斌这样的人,这一点却在她心里断定了。因此,这一阵来,当方斌在她面前表现出一点超过一般同志关系的亲密时,叶琪就觉得别扭,甚至连方斌叫她"阿琪",听起来也觉得刺耳。

眼下,她怎么能跟着方斌出去散步呢?

方斌讨了个没趣,心情说不清是遗憾、伤心还是恼怒。他回到西屋,又在炕上躺下来。

方斌真想赶快离开这个山村,回到厂里去。不管怎么说,那里有尉迟文英啊!如果对面屋子里拉风箱的不是叶琪,而是尉迟,他建议出去散步,尉迟一定会像温驯的小绵羊似的紧随着他,一起去领略山区清晨扑朔迷离的风光吧!……

现在,方斌在老工程师身后走着,听他们热烈地议论旋转涡流、燃烧等问题,却插不上嘴,也没有心思插嘴。叶赋章两边,一边是叶琪和鲁大明,一边是苏一鹏和王志嘉,方斌感到孤独。

方斌对老工程师也产生了成见。叶赋章提出为了改进充气效果采用旋转涡流,进一步解决燃烧问题,等等,不都是为王志嘉他们那个方案出的主意吗?老工程师对他们那个方案多么热心啊!这恐怕和叶琪参加那个方案有关吧?这个"叔叔",对他的"侄儿"不关心了。方斌觉得委屈、伤心……

"方斌!"他忽然听见老工程师回头喊道,"你耷拉个脑袋干啥?为什么不参加我们的讨论?"

"我听着呢,叶总!"方斌不自然地笑笑,紧走两步,缩短了和老工程师间的距离。

叶赋章说:"你那个方案,也要考虑主攻的指标问题,你的设计蓝本,也就是国外那个发动机,并不是用在农业上的。"

"我已经做了一些改变,叶总。"

"你没听到昨天社员们对方案的意见吗?"叶赋章说,"要把他们的要求放在心上,认真来考虑。我们下来,不是走走形式的。"

方斌连连点头:"对,对,我应该考虑。"

近来,老工程师也发现了女儿和方斌有点别扭。开始,他认为这种别扭是因为方案上的不同看法引起的。后来,从方斌的情绪中发现,两个人闹别扭的原因不尽在方案,这就进一步证实了他原先的感觉:方斌对叶琪是有个人目的的。

叶赋章不赞成女儿要孩子脾气,意气用事地对待方斌,但也不希望方斌去追求叶琪。他了解女儿,认为她和方斌这样的人结合是不大适合,也是很少可能的。老工程师并不是像叶姑所责备的那样不关心女儿的婚事,只不过他有他做父亲的独特的方式罢了。他暗暗从旁观察,至今还没有发现叶琪喜欢上了哪个青年,自己也没有物色到对女儿来说比较合适的人。

作为一个上了年岁的人,叶赋章的气度当然比女儿要大得多。他觉得应该帮助方斌,把精力集中到发动机方案上来,不要因为个人感情上的一些问题影响了工作。现在,不能让他一个人孤零零地跟在后边。

阎家沟离刘家洼有六华里,走了四十来分钟,他们就进了村。

村里的干部群众,对叶赋章等的到来非常热情,好像机器上的问题,他们一去就可以妙手回春。

阎家沟大队的大队长老常,把他们请到办公室,向他们介绍了大队的情况。他们今年购置了柴油机、切草机和脱粒机,没花国家一分钱,完全是靠大队的公积金开支的。

叶赋章感叹地说:"创这份家业不容易啊!"

老常恭恭敬敬地给老工程师喝水的碗里添满了水,说:"我们的家底太薄了。要说想法,那可多着呢! 我们自己使劲,还得工人老大哥支援哪!"

"是这样,是这样。"叶赋章连连点头说,"工厂里的同志,也都在考虑,怎样为支援农业出把力气。工农手拉手,一起来干吧!"

接着,叶赋章详细地询问了农村动力机具的使用情况,以及他们的要求。老常说的和刘家洼的大老张、刘金保说的意思差不多。这更加坚定了老工程师对方案主攻方向的认识。

正说着,有个孩子奔进来说:"说明书,说明书,那个工程师要说明书!"

叶赋章这才发现,方斌不在了。孩子所说的"工程师",准是方斌无疑了。

老常带着他们,来到饲养室前面的院子里。

方斌正在对着大伙儿演讲,什么柴油机的原理、结构、工作曲线等等,向围着他的社员和孩子搬弄着书本上的那一套。他说得玄玄乎乎,天花乱坠……

"说了半天,我也闹不机明。"叶赋章听见身边一个中年汉子说。

老工程师心里有点冒火:这算干什么呢?用这一套来吓唬人,掩盖自己实际知识的缺乏吗?还是想露一手呢?

叶琪走过来,厌恶地朝方斌撇撇嘴,对叶赋章说:"爸爸,别让他讲了。"

叶工程师走过去。

方斌也发现他们来了,从人丛中挤出来。

叶赋章说:"别讲了,找到毛病没有?"

方斌尴尬地说:"毛病?嘿,不少,这儿那儿都是毛病。"他指着旁边的一台柴油机:"恐怕得进城大修。"

老常走过来说:"这台柴油机,昨天刚从井上拉回来,带动切草机切草,干了半黄昏,就坏了。"

叶赋章走到机器旁边,检查了一下,就在柴草堆上坐下来,请开机器的社员详细地介绍了机器的使用情况,故障产生的前前后后,还叫他们分析分析毛病产生的原因。

社员们看见这个头发花白的老工程师,没有一点架子,和大家一起坐在柴草上,谈机器,拉家常,说话和颜悦色,不搬书本上的东西,觉得新奇而又亲切。听刘家洼的人说,这人留过洋,出过国,喝过多少墨水没法说,是个很大很大的知识分子哩!

坐在柴草堆上议论了一阵,叶赋章叫王志嘉发动了机器。老工程师听声音，又观察排气的情况，很快就找出了机器的毛病，然后亲自调整了气门间隙，又解决了汽缸敲击和排气不正常等问题，机器正常运转了。

在他们检修机器的时候，大队长老常蹲在旁边，拿了块擦布，在机器上擦了又擦。

叶赋章很受感动，感叹地对大队长说："老常，你把机器看得比自己的孩子还金贵啊！"

老工程师完全能理解这个大队当家人的心情，他觉得自己肩上责任更加重大了。

归途上，叶赋章叫王志嘉、叶琪等在前面走，他在后面，要和方斌谈一谈。

谈话从方斌在阎家沟的演说说起，老工程师批评他不该在群众面前来这一套。

方斌不承认这是在"吓唬老百姓"，说是为了普及发动机的基本知识。

叶赋章说："我不是说你不该给群众讲讲发动机的基本知识，问题是怎样讲。在劳动群众面前，我们的态度应该老实点。他们把我们叫去，是为了解决实际问题，应该结合实际来讲。用夸夸其谈来掩盖自己在实践上的无知，这未免太可笑了，群众也不会买你的账。"

方斌承认他今天没有很好听老工程师的话：先当个小学生，也承认自己在实践上缺乏经验。但他又说：

"叶叔叔，你说得当然对。不过，我总认为，搞设计的不一定非懂得修理。一个装配工可能是修理行家，但却不懂设计，您说不是吗？"

叶赋章说："我们不是搞纯理论研究。一个搞发动机设计的，连发动机出了毛病也找不出原因，不会去排除故障，这不能说是合乎情理的。这里暴露你一个思想，总是把理论看得比实践高，这是十分错误的。理论之所以重要，是因为它能指导实践，脱离了实践的理论，还有什么用呢？即使像纯数学中许多极度抽象的理论概念，也是实践中的抽象。数学家通过大量演算，去找寻出某种规律，再来解释实践中的一些现象。"

老工程师说着说着，有点激动起来："方斌，我多次提醒你，做学问一定要踏踏实实，严肃认真，为什么你总是听不进去呢？"

方斌虽然怪老工程师对自己的方案不热心，但现在的批评却是诚恳的。在今后的工作和生活中，争取老工程师的关心和支持，还是极为重要的，千万不能把关系搞僵。想到这里，立即用一种受了感动的声调说：

"叶叔叔，我接受您的批评。过去，我确实太自信，没有很好听您的话。我很懊悔。以后请您严格要求我。我在这里，无亲无友，你们一家，就是我的亲人了！……"

叶赋章觉得方斌的话说得有点过分，但他接受批评，愿意改正自己的毛病，总是好的，便亲切地说道：

"不能那样说，方斌！领导和同志们都很关心你。我们生活在集体中，要很好接受集体的帮助和监督。"

吃过午饭，老德顺叫叶赋章上炕睡个午觉。

老工程师没有睡午觉的习惯。他谢绝了老德顺的好意，想一个人单独到外边走走。

他走到村口，有个场景吸引了他的注意：不远处有一个大污水坑。这是过去烧砖打土坯的地方，地势低洼，一下雨，就有半膝盖深的积水。不少猪在污水坑里拱食着什么，还有一群从六七岁到八九岁不等的孩子，用筛子、笊篱在水里捕捞什么东西。

叶赋章走到坑边，发现孩子们蹲在水里，在捕捞一种扁圆的带尾巴的小虫子。

老工程师问他们捞这种小虫干什么，回答说是为了喂鸡，鸡吃了能多下蛋。

叶赋章一动不动地在水坑边站着，不由得思绪万千。

孩子们认真地在污水里打捞。每捞到一个虫子，都要高兴一阵。他们没有在场院里打弹子，不去玩捉迷藏，他们在污水里打捞几个虫子喂鸡，让鸡吃了多下蛋，下了蛋卖给供销社，支援城市，支援工厂。有些在城市生活的人，常常埋怨市场上鸡蛋不能满足供应，副食品不够丰富，却不知道直接生产物质财富的人在怎样生活，不知道农民在怎样大力地支援着城市、工矿。的确，和新中国成立前相比，我们国家发生了天翻地覆的变化，但我们的国家还很穷，的确是一穷二白。

"看来，农村的现状还远不是自己下来前想象的那样。必须迅速改变这种状况！"叶赋章想着，心里升腾起一种庄严的责任感。就是为了眼前这些打捞虫子的孩子，也应该奋力工作啊！

他信步向村口一株大槐树走去。

槐树下是个凉快的空地，几只母鸡在那儿觅食。

叶赋章在一块石头上坐下，下意识地观察着母鸡的觅食动作。

叶琪告诉他：刘金生的奶奶喂了几只母鸡，攒了二百三十八个鸡蛋，到供销社卖了钱，压在箱底里，什么时候队里买机器，她就拿出来。

老工程师看见孩子捞虫，母鸡觅食，就想起了女儿说的这件事，不由得产生一阵强烈的激动。无论如何要把这个发动机搞好，搞得让农民满意。一定要用自己的专业知识，用自己后半生的经历，很好地为农业这个"基础"服务。

他抬起头来，目光落到了不远处几个光秃秃的山梁上。这些地方，都应该按照刘家洼支书大老张胸中的规划，很好地改造，山梁山沟，应该成为花果山、米粮川。叶赋章眯起眼睛，眼光越过那些光秃秃的山梁，落到了遥远的天际。他的思想，也离开了那些捞虫的孩子，觅食的母鸡，飞腾到了一个更加深广的领域。他想起今天早晨，拾粪回来，在院里蹲着和老德顺聊起的一件事情。

他问老德顺："村里人对使用机器有什么反应？"

老德顺说："盼的人为数多。也有人不相信种田都能用机器。庄户人就是讲实际，眼不见，他不信。有人说，祖宗八辈传下来的种地方法，耕作经验，还能废了？有人说，种地用机器要赔钱，光喝那油就供不起。扇阴风的也有，那种人日思夜想回头走单干，就怕种田用上机器，集体越闹越好，他们想单干，好比寡妇死了儿子，没有指望了。"

当时，刘之毅接过话头，深沉地对叶赋章说："他分析得很对呀，叶老总！将来，围绕着农业机械化问题，一定会有一场不轻松的斗争。因为农业机械化要把落后的农业技术基础，转到现代化的基础上来，进一步解放农业生产力，这就不能不触动落后的保守的耕作技术、耕作制度和陈旧的农事习惯，而且要相应调整农业经济上落后的生产关系，这就必然要受到一些人的抵制和反对。咱们的发动机是来参加这一场战斗的，不是有人说'光喝那油就供不起'吗？为了使机器在战斗中更好地发挥威力，看来这燃料问题，得好好攻一攻哪！"

老工程师想着这一切，在大槐树下坐不住了。他站起来，向大队部院里老德顺住的厢房走去。他要抓紧做几件事：要和老德顺研究研究牵索犁，帮他进行一下计算，然后将牵动部分做点改进；要找大老张商量一下，能否把全公社开柴油机、锅驼机的人集中起来，给他们讲一讲农用动力机械的基本知识。这一点倒是方斌给他的启发，使他想到随着农村面貌的改变，机械化程度逐步提高，将要有更多的人去使用、管理机器。现在农村的一些动力机械，多数是由干部或有点文化的青年来使用和管理的。他们没有受过有关业务知识的必要训练，只是因为需要，就边学习边干开了。他们一般只知道如何开动和使用，对机器的原理、结构是不清楚的，所以出了毛病，不容易找到原因，去及时排除故障；也不可能根据机器的性能特点，更好地去维护保养。当然不能像方斌那样，从理论到理论，用抽象的概念去普及动力机械的基本知识，应该结合他们的实际操作和使用，讲解一般的原理和构造，用形象的办法去普及。叶赋章决定自己动手来写讲课提纲。此外，需要集中点时间，和青年设计员们研究一下发动机的充气和燃烧问题。

第十九章

市委常委扩大会议,整整开了一天,当刘之毅走出会议室,已经是下午五点多钟了。

他下了楼,绕过院里的环形花圃,穿过市委各部所在的那幢办公楼,向大门外走去。

"刘书记!"厂里的小车司机在车里喊他。

"等了我一下午?"刘之毅钻进车里。

"来接过你两次,见会没散,只好回去,柴厂长叫我再来等你。"司机把车发动了,"简直是马拉松会议!"

"唔。"刘之毅仰在车座上,没有再说什么。

他感到十分疲劳,真像刚刚跑完全程四十公里的马拉松。

汽车从市区主干道上疾驰而过,街道两边的墙上,庆祝建国十周年的标语,红红绿绿,满目皆是。哦,我们的共和国十岁了,牙牙学语的年纪已经过去,他应该充满活力,向青年时代走去,共和国的每个公民,应该迈着坚定的步伐,向着同一目标前进!

可是,有人却说,刘之毅这个二十多年党龄的老党员,跟不上时代的步伐了。

今天的市委常委扩大会议,抓了两个典型,一个是郊区区委书记,另一个就是华新动力机厂的党委书记刘之毅,共同的问题是领导"反右倾"运动不力,甚至本身就有"右"倾情绪、"右"倾思想。

"你们的发动机准备什么时候搞出来呢,刘之毅同志?"精瘦干巴的市委书记,从沙发靠背上支起身,眼睛像两把锥子盯着刘之毅,"你事事处处听命于那个留洋归来的总工程师叶赋章,把他的话奉为金科玉律,看不到群众的积极性,这究竟是我们共产党领导知识分子,还是知识分子领导我们共产党呢? 之毅同志,你不觉得思想里潜在着一种危险的东西吗?"

刘之毅开始有点慌乱,但很快就冷静下来。他对这样的会议并不是毫无思想准备的。当他在自己的观点主张和上级的文件精神之间左冲右突、苦苦寻求答案,但最后还是一个共产党员的党性和对人民事业的责任感占了上风的时候,他就预感到,要坚持自己认为正确的东西绝不会是轻易的,甚至免不了要担风险。但他有这样一种脾气:在没有认识到自己确实错了的时候,他不违心地随大流。他是华新动力机厂的党委书记,他办事必须从华新厂的实际出发。社会上的动向和风气,他无法左右,但在华新厂,他不能允许把党的实事求是的原则践踏在烂泥里。虽然,坚持这样做,有时他自己的信心也不是很坚定的,因为华新厂不是一个独立的社会存在,能坚持到哪一步,是很难说的。他之所以在信心不很坚定的情况下还要坚持,是因为相信生活将最后做出结论,而党也会发现并纠正目前社会上那种时兴的做法。

刘之毅在市委书记提出指责后,本想做个长篇发言,汇报华新厂的工作和发动机方案的进展情况,从中申述他的观点。但市委书记没有让他这样做:"之毅同志,讲你的观点好了,情况不要再说,我们很了解,而且做过研究。"

原来如此! 市委很了解华新厂的情况,这当然不是柴强汇报的,而是……刘之毅看到,会议室一角坐着个人,瓶底般的深度近视眼镜镜片,盖住了他两只眼睛,看不清他的眼光此刻正射在什么目标上。他是市委组织部的一个科长,半月以前,被派到华新厂去担任市委工作组组长。刚到厂的时候,刘之毅到招待所去看望他们,问起工作组来厂的任务、目的,厂党委配合工作。这位工作组组长却闪烁其词,说他们此行没有具体任务,只是下来走走看看,了解些情况,不必劳驾厂党委配合安排什么。刘之毅也就主随客便,没有过多的热心。

半月来,工作组三个人经常出没于车间和家属区,很少与刘之毅照面。那天,他们到党委办公室,翻看党委会议记录,碰上了刘之毅,"眼镜"也只是淡淡地笑了笑,算打招呼。

星期六下午,刘之毅正和机关的部分干部在厂医院后面的一块空地上种秋菜。尉迟文英干不了体力活,挖了几铁锹就大汗淋漓,一屁股瘫坐在墙根,掏出花手绢擦汗,用小梳子梳理被汗水粘在鬓畔的几根银丝。

"起来,把这垫上!"刘之毅站在她面前,把一块木板递给他。

"不妨事,刘书记,裤子脏了怕啥?"尉迟文英想站起来。

"你累,就休息会儿。垫上这木板!"

"我不怕脏,刘书记!"

"不怕脏?好嘛!可这地下又湿又冷,你是个女同志,随便乱坐,受了寒,可不是闹着玩的。"

尉迟文英刚才干活出了一身汗,这地下凉凉的,坐着正舒服,没想到党委书记想得那么细。她仰起泪汪汪的双眼,接过那块木板。

刘之毅回到干活的地方,刚拿起铁锹,工作组组长来了。

"刘书记,你领着大家种菜呀?""眼镜"说,瓶底般的镜片把他的眼光折射成一团模糊,使人看不清他的眼神,从音调上,也听不出来他对书记领着干部种秋菜是什么态度。

刘之毅笑笑说:"职工吃菜有困难,自己动手也能解决一点。"

"那位同志是谁?"工作组组长指着墙根的尉迟文英(此刻她已把木板垫在屁股下边),"是你的千金?"

"不,是技术图书室的资料员。"

"看得出来,是个大家闺秀。""眼镜"用一种异样的声调说,"你很会关心人,刘书记!"

工作组组长走了。刘之毅盯着他的背影,脸上闪过一丝苦笑。

他听说,"眼镜"还登门造访过叶赋章。

那天晚饭后,叶琪到办公室研究方案去了,叶赋章正在翻阅一些外文资料。

"眼镜"自报家门后,叶赋章便热情地请他落座喝茶,但这位工作组组长仅仅在沙发里蹾了蹾屁股,拍了拍扶手,仿佛要试试沙发弹簧的弹性如何,很快便站起来,对总工程师书房兼卧室的陈设一一打量,还走到书桌前,翻了翻那厚本的外文资料,用瓶底般的近视眼镜贴上去瞅了瞅那密密麻麻的洋文和奇奇怪怪的插图,用鼻子凑上去闻了闻书架上那盆吊兰,用手指捏捏吊兰的叶子,特别还对墙上肖淑那张照片端详了一阵,在他端详的时候,嘴角上还吊着一种奇怪的微笑……

叶赋章对客人进屋以后的举动感到有点不舒服,但想到这是市委派来的工作组组长,还是耐着性子,再次招呼对方:

"请坐!请喝茶!"

"好!好!好!请别客气!"客人嘴里这样说,眼光却还在室内浏览,脚跟也没移动。"老叶同志,我对你这儿的一切很感陌生,却很有兴趣。原来,喝过洋墨水的大知识分子是这样生活的,这很叫人开眼界。"

客人的语调里有着明显的揶揄,叶赋章当然听得出来,出于礼貌,还是耐着性子说:"知识分子的穷毛病不少,加上又有一种惰性,习惯的东西不容易改变。"

"你误解我的意思了,老叶同志!"客人这才在沙发上落座,"对你们的习惯和生活方式,我并没有加以褒贬的意思。当然,如果愿意工农化一些,可能会更容易和群众打成一片,是不是呢?"

叶赋章没有点头,也没有摇头,他默默地在另一只沙发上坐下。

"这当然是小事,不必介意的。""眼镜"说,眼睛盯着总工程师,"咱们谈点正经的,先谈谈现在搞的发动机方案。听说,在工作问题上,你们的党委书记刘之毅同志,一贯是很支持你的,特别这次……"

"是的,我们的刘书记对工程技术人员的工作一贯很支持。"谈起这个话题,老工程师就来了兴致,也来了感情。看见"眼镜"听得认真,甚至掏出了笔记本,他就把刚才对客人产生的一点点不愉快扔在了一边,想到工作组组长是市委干部,和老刘一样都姓"共",他的内心里甚至感到一种歉意:怎么能对客人刚才的举止感到不快呢?知识分子工农化,应该从思想到生活都"化"才对,客人提出的建议不正是对他的爱护吗?

叶赋章想到这儿,便激动地把党委书记如何关心、爱护和支持知识分子工作的事例,一一向客人介绍。在他介绍的过程中,客人忙着在小本本上记录,除了嘴里含糊不清地发出"唔唔"的声音外,有时还连连点头。叶赋章认为,这是在表示赞赏无疑,于是介绍起来越发细致,而且更带感情色彩。

在客人站起来准备告辞的时候,管生活的副厂长来了,给叶赋章送来一只宰好的母鸡和二十个鸡蛋。

"这,这干什么?"叶赋章吃惊地问副厂长。

副厂长告诉他,快过中秋节了,厂里的副业场给领导弄了这点东西,改善一下生活。

"我不需要这些东西,"叶赋章说,"请你拿到职工食堂去!"

副厂长说:"东西太少,按职工人头分,根本没办法。"

"书记、厂长都有了吗?"叶赋章问。

"你就别问这个了。"管生活的副厂长一脸委屈,"刚才我给刘书记送去,他也叫我送职工食堂,我说,东西太少,食堂没法处理。他问我:'叶总有了吗?'我说没有。没想到他发火了,说:'为什么不给他送?我说过多次,生活上的事,要先考虑咱们的叶老总,他上了岁数,用脑又多,为什么你们就是记不住?'叶总,你快收下吧,别让我再挨克了。"

叶赋章默默地接过副厂长手里的东西,朝工作组组长扬了扬,意思是说:"看见了吧,我刚才给你介绍的情况完全是事实,没有半点夸大!"

但是,这一次,工作组组长却没有点头赞赏。叶赋章只看到在他嘴角上挂着一丝阴沉的微笑。

……

市委书记对华新厂的情况还能不了解吗？"眼镜"这个工作组组长在厂"工作"半月，收获是不小的。刘之毅觉得已无须再做任何介绍。但自己的观点是应该阐明的，特别在党的会议上。在他申诉自己观点的时候，避开了时兴的口号和说法，只是结合华新厂的实际，强调了坚持党的实事求是的原则，不搞形式，不图虚名，讲求实际效果。他申述完了，会场上居然沉默了好一阵。

"之毅同志，能不能请你谈谈这样一个问题，"市委宣传部长托了托白边眼镜，用一种和他身份很相称的斯文口气说道，"你对当前全国范围内正在开展的'反右倾'运动是怎么认识的？作为党委书记，你在本单位是如何领导这一场运动的？"

刘之毅想了想，又歉然地朝宣传部长笑了笑说："这个问题，我恐怕回答不好。我总认为，企业党委的任务，是在企业中贯彻党的方针路线，保证企业能较好地完成国家下达的各项生产指标。华新厂职工根据党中央制定的'鼓足干劲，力争上游，多快好省地建设社会主义'总路线，努力增产，厉行节约，扎扎实实地开展技术革命和技术革新，生产成绩是显著的，去年较前年产值增加百分之二十点七，今年有可能继续保持这样的增长速度。"

"你走题了，之毅同志。"宣传部长提醒说，"我请你回答的是对'反右倾'运动的看法。"

刘之毅不慌不忙地说："我作为华新厂的党委书记，只能就华新厂的实践发言。我认为，华新厂的职工，在贯彻执行党的建设社会主义总路线方面，思想是坚定的，行动是扎实的，效果是良好的。"

"是这样吗？"精瘦干巴的市委书记又从沙发靠背上支起身来，"你带领干部在工作时间大种秋菜，说是为了帮助职工克服困难。你们在大好形势下出现的一点小小困难面前，表现得惊慌失措，这就是你所说的坚定？"

"华新厂职工生活上有困难，这是事实，可能是我们的生活福利工作没有抓好，所以想自己动手，克服一点困难，好让职工安心生产、工作。"

"我并不否认目前生活上有那么点困难，问题是看你们在困难面前的精神状态！"市委书记拍着沙发扶手说，"共产党人应该怎样对待困难？十月革命以后,由于外国武装的干涉和国内反革命武装的叛乱,苏维埃俄国同自己主要的粮食、原料和燃料产区的联系被切断了。饥饿折磨着工人,莫斯科和彼得格勒的工人每人每两天只能得到八分之一磅的面包,甚至还有根本得不到面包的时候,工厂因为缺乏原料和燃料而停工。但是布什维克党仍然充满斗志,工人阶级也没有灰心丧气。难道当时有人离开了岗位去种秋菜吗?请你看看《联共(布)党史》,上面有没有这样的记载?"

"面对困难,解决一点总比不解决好。"刘之毅轻声说,他实在不愿意和市委书记在这样的会上争论,"延安时期,我们也曾……"

"此一时彼一时!"市委书记打断他,"问题的实质还在于思想的精神状态。你们有的领导,当前社会上开展的'反右倾'运动触动不了他的神经,而对一个资产阶级娇小姐十分体贴爱护,对一个老知识分子关怀备至——像叶赋章这样的知识分子,究竟姓资还是姓共呢?为什么在发动机方案问题上要对他言听计从呢?类似这样的例子,说明了一种什么思想感情,一种什么样的精神状态,我们希望刘之毅同志认真想一想。要知道,生活在前进,我们的主观思想落后于客观实际的事是常有的,不要认为自己在一个局部所坚持的做法就一定正确。"精瘦干巴的市委书记以诲人不倦的语调继续说:"当然,我并不怀疑之毅同志是一心想把工作做好的,华新厂的工作成绩摆在那里,我也知道你是很辛苦的。问题是,有一种与形势很不协调的错误的思想苗头已经出现了,组织上有责任提醒你……"

大概因为华新厂的工作成绩"摆在那里",刘之毅申述的观点从原则上讲又是站得住脚的,市委常委扩大会议对他提不出具体的有分量的指责,只是做了一点警告,并决定让他到省委党校去短期轮训一次。

汽车已经出了市区,在一条平坦的柏油马路上疾驰。车窗外,原来是一片片农田,但现在却有了不少新建筑。去年下半年,好像发生过一场"圈地运动",许多新建单位在这里打起了围墙,里边多数是半截子厂房,有的还只是屋架,有的围墙里是冲天炉、土高炉;大门都造得很漂亮,门口挂着的牌子也很气派。这条马路两旁,一年中发生的变化确实是不小的。

看着一块块牌子从车窗外边闪过,刘之毅的心情很复杂。他从这里,已经看到未来新市区的雏形。生活的步子迈得多么快啊！新事物当然不可能一下就变得很完善。我们从事着前人难以想象的宏大的事业，因为缺乏经验，出现错误是难免的。应该如何正确地看待这一切呢？市委书记说，生活在前进，我们的主观思想落后于客观实际的事是常有的，自己在一个局部所坚持的做法是不是正确呢？会不会太自信了？难道，上级的指示精神，偏偏不适合华新动力机厂？

这种想法，并不是此时此刻才产生的，近几个月来，他常常被类似的感觉所折磨。他多次想自我否定，但当他到自己的工作实践中去寻找答案的时候，得出的结果却是更坚决的自我肯定。这种更坚决的自我肯定却没有给他带来安慰，带来的是更大的迷惘和痛苦。一个党的基层干部，难道可以和上级不保持一致吗？他觉得这是难以想象的。就在一年以前，他也曾以一种虔诚的热心，动员全厂职工上山背矿石，用三天的时间建起一座小高炉，一天一夜搞成二十个土法炼钢炉……那使人热血沸腾的日日夜夜给国家带来了什么？共产党员可以这样对人民不负责任吗？今年春天，他带领机关干部，在没有接到上级通知的情况下，全市第一家拆了土高炉。难道还要留着让职工观赏吗？这些东西反映到人们的视网膜上，绝不会带来兴奋愉悦之情，更不会产生庄严肃穆之感。现在，在为农村设计的这个发动机方案上，难道还再去做聪明的傻瓜？

屋子后面，一畦胡萝卜、一畦白菜长得很好。昨天，刘之毅给菜地浇过水，现在，他拿了把小锄，在白菜畦里松土。

这种白菜当地人叫它青麻叶，叶茎呈淡绿色，叶子是深绿色，吸足了养料和水分，它那通体的绿色使人感到一种生命的勃发和跃动。刘之毅撩起菜叶，用小锄细细锄着。这时候，大半的烦恼已经抛却。

种菜，他能算半个行家，初级师范毕业后，他在一个不到百户的山村上当教员。这个初级小学只有四十多个学生，却分四个年级。全校的学生都挤在一间低矮狭窄的教室里，给这个年级上课，那三个年级的学生就自习或者轮流做作业。老师是由学生家里轮流供膳的。一个用细荆条编的盖篮里,一碟山药丝或炒白菜,两个蒸馍,一小罐稀饭,就是款待老师的好饭食了。质朴的山民,对老师是极其尊敬的,每年打下新粮后,就要把给老师供膳的那点麦子留下,青黄不接时,哪怕家里有病人想吃根面条,也舍不得动用一颗。十九岁的刘之毅当了教师后,吃了半年百家饭,忽然声明要自己开火炊了。因为他体恤到那些质朴山民的困难,松软爽口的白面蒸馍他难以下咽(山区高寒,那里小麦种得不多,但供膳的主妇,蒸白面馍馍的手艺却个个高超)。他在办公兼住宿的那间小屋的炕灶上支起了一口锅,在山墙外开了一小片菜地。课余,他到山沟里去担水,到茅厕去淘粪,或者捏了把小锄,蹲在菜畦里松土拔草。有一次学生放了农忙假,他却打起了摆子,接着又发无名高烧,三天起不了炕。虽然有人给送饭,饿不了肚子,却惦记着那片菜地。第四天,他挣扎着下炕,出了校门,到屋旁一看,见一个姑娘正在给他的菜地浇水。姑娘叫吴子芳,是他的学生,年纪只比他小三岁,是小学生中的"大学生"。菜畦旁那担水,是从一里路外的山沟里挑来的清泉。

"刘先生,你的菜长得挺好……"姑娘转过脸朝他一笑,那眼光,像山泉一样清澈明净。

后来,他参加了革命,在根据地编过小报;以后,又到青救会,之后是武工队。吴子芳也到了部队上,当过卫生员,后来到了妇救会。结婚那天晚上,他在灯下,看着新娘那清澈明净的眼睛,想起了山沟里那股流淌不竭的清泉。他说:"赶走了鬼子,生活安定了,咱们有了固定的住所,一定要在房前屋后种几畦菜。"她默默点头,清澈明净的眼睛里放光了,大概又看到了山村小学山墙旁菜畦里那悦目的绿色,那绿色是清清的山泉浇灌出来的。但是,他们这点小小的希望却始终未能如愿。抗战胜利了,艰苦的解放战争使他们各自东西,他去了晋察冀,她却到了晋绥。新中国成立后,他作为军代表去接收一个煤矿,在极其艰难的条件下,发动工人和技术人员,修复了敌人溃退前破坏得遍体鳞伤的矿井,出了煤,支援解放大军南下云贵川康。1953年,吴子芳带着孩子来到他身边,还没来得及安家,他就奉调到这个塞外古城,建设一个大型的发动机厂。在一片高粱地里,建设一个大型工厂,遇到的麻烦、困难和问题,并不比恢复一个矿井容易。除了应接不暇的工作,他还要学习一个新型工厂的管理,学习有关发动机的业务知识。有几年开春后,他会旧事重提:"现在有个家啦,咱屋后种点菜吧,要不,种点树,这不用常浇水。"吴子芳点头同意,但也总是没工夫上劲。学校工作省心吗? 她成天也是"马不停蹄"的,何况还有家务。有时,夫妻俩会感叹:"咱俩都变懒了啦!""咱俩变成个没头苍蝇啦!"在房前屋后,种一片绿色,使人时时感到生命的勃发和跃动,这点愿望,也许要将来退休后才能实现了。那些年,市场上有充裕的蔬菜供应,房前屋后种点菜,意义并不在物质上,也许是对已经逝去的青春岁月的纪念,对绿色(人们不是常说这是生命的颜色吗)的渴望和追求吧!

和精神的需要比起来,物质的需要毕竟是第一性的,这种需要显得直接而且无情。当市场上蔬菜供应越来越困难,像往常那样在深秋贮藏足够的冬菜已没有可能的情况下,刘之毅决定发动全厂职工,用工余时间种秋菜。在一个星期日,他和吴子芳把屋后的空地翻挖了一遍,拣去石子瓦砾,撒下了胡萝卜和青麻叶籽。人们看见党委书记在一个瓦盆上缚上绳子,用一个罐头盒绑在竹竿上,到厕所里去淘大粪,也就纷纷效法起来。家属区的厕所居然变得更加干净了,而人们房前屋后的空地上,也就出现了一片片绿色。这绿色仿佛给人们增加了一点信心和力量,生活上的困难是可以动手来克服的。

但精瘦干巴的市委书记却说,这是在大好形势下的"一点点困难"面前表现出的惊慌失措,并且说《联共(布)党史》上,没有布尔什维克党号召苏维埃人去种秋菜的记载。刘之毅松土的速度慢下来了,按捺下的烦躁又冒了出来。这倒不是因为市委常委扩大会议上挨了批评,而是自己坚持的观点和做法,与上级的精神不仅节拍不一,而且有些方面差异很大。从市里回来,他只喝了一碗稀饭,就跑到菜地里来了。吴子芳发现丈夫的心情极其烦躁,也猜到了产生这种烦躁的原因。她知道丈夫不需要那种廉价的安慰与同情,更不需要做妻子的对引起丈夫烦躁的原因发泄一通牢骚,用之来熨平丈夫心头不快的皱褶。他们夫妻间没有这种习惯。所以,当丈夫喝完一碗稀饭,放下筷子时,她已经递过一把小锄,并且用她特有的明净的眼光看着他。那双眼睛已远非当年那样动人,眼角和下眼睑上已经布满粗粗细细的皱纹,但那眼光依然是清澈明净的。刘之毅仿佛还会从那儿看到山沟里那泓清清的山泉。当这山泉流过他的心田时,他便感到一种滋润,一种温暖,甚至产生一种远行归来、背靠着一堵坚实的墙可以休憩的沉稳感。

"你的菜长得不坏呀!"背后传来柴强的声音。

"工夫不负有心人。"刘之毅站起身,扔掉小锄,掏出烟来,给柴强一支。

两人默默地抽着烟,眼光都在菜畦上扫来扫去,却不互相接触。

"后天就走?"柴强终于打破了沉默。

"你知道了?"

"市委已经通知厂里。"

"明天咱们开个党委会,工作上有几个问题,我要在会上说一说。"

柴强摇摇头:"不说也罢,我怕市委知道,会对你……"

"不,一个党员不该隐藏自己的观点,党委会上可以敞开思想进行争论,我愿意自己的观点被否定。一个近万人的大厂子,党委是心脏;一个心脏,跳动不可能有几个节律。"

柴强又续上一支烟,没有立即表态。

他很矛盾,甚至感到痛苦,因为他发现和党委书记在某些问题的看法上,产生了越来越明显的差异(他不愿意称之为分歧)。一开始,他不想承认这种差异,但差异却并不因为他的不想承认而不存在,相反越是不想承认,却越是感到这种差异的存在。柴强对刘之毅的为人是尊敬的,对他的水平和能力是钦佩的。来厂以后,他们合作得很好,但近几个月来……

柴强一向认为刘之毅的政策水平很高,他庆幸党委有这样的一个班长。作为厂长,他可以专心抓生产,抓业务;贯彻执行党的方针政策,有老刘掌舵。现在,老刘的某些观点和做法,竟与上级的指示精神有悖,这使他感到惶惑不安。从工厂实际出发,他觉得刘之毅的某些观点和做法实在不能说错。那么,上级的指示精神错了吗? 这是不可能的。作为一个党员,他认为无条件服从和执行上级的指示是党性的主要表现。每当他思想上产生矛盾时,他就这样告诫自己:只能怀疑自己,而不能够怀疑上级指示的正确与否。这种情况下,他和刘之毅在思想认识方法上原有的差异,就变成了对某些问题和观点上的分歧。这种分歧给他带来的烦恼,常常由他略带暴躁的军人性格表现出来。他好发脾气,甚至有时骂人,过后,他又骂起自己来,因为他对自己这样做很不满意。

今天,刘之毅刚离开市委会议室,柴强就接到了市委的电话。电话里,秘书简要地讲了今天市委常委扩大会议的内容,并且告诉他,刘之毅要去省委党校学习,厂党委的工作要由他暂时主持。接完电话,他茫然地在厂区转了一圈,心情复杂烦乱地回到家里,啃了半个馒头,就来找刘之毅了。

"生产上的事情,我不大担心。"刘之毅捡起那把小锄,用拇指擦去锄上的泥,"'双革'运动是开展得健康的,我相信这样扎扎实实地搞下去,不闹花里胡哨的东西,前景是不会错的。我担心的还是那个发动机。它正在艰难地起步,在这方面,我们的经验太少,而未知数却太多。我希望党委要多听听工程技术人员的意见,特别要支持叶总的工作。"

"你放心走吧,"柴强扔掉了烟蒂。他本来想和刘之毅谈谈发动机的事,因为,正是在发动机的搞法上,他和刘之毅看法的差异表现得最为明显。但不知为什么,此时此刻他却不想再提这个问题了,是因为一时不可能争出个长短,还是不愿让老刘挂牵,好让老刘安心去党校学习?他自己也说不上来。

刘之毅了解厂长此时的心情,他笑着问:"去省城,要捎带给你办什么事吗?"

"你把马恩列斯的书好好啃一啃,消化了,给咱带点体会回来。"柴强忽然一把抓住刘之毅的手,好像党委书记现在就要离开厂子似的,他陡地生出了一种孤独之感。

刘之毅紧紧握住柴强的手,两人默默对视着,良久良久。

叶赋章正在厨房里修炉灶。

灶膛的泥壁,因为使用已久,碎裂而且局部剥落了。叶姑已经提过多次,说要让厂里的泥瓦工来修一修。她的侄女老是忘记给修建科打电话,她的堂弟自然更不会把这事放在心上。下班到家才想起,打电话已找不到人。老太太扬言,再不找人修理,她就要"罢工"了。

"自己动手吧,"叶赋章说着,就罩上叶姑做饭用的围裙,卷起袖子,当真干起来了。

他把碎裂的泥壁敲下来,在灶膛四周洒些水,叫堂姐找了些烂棉花,一点点撕开,拌和在叶琪从楼下端来的一盆黄泥里,然后,抓起一把把泥团,狠狠摔向灶膛四周,用手抹光,坐上锅,根据锅底留在灶膛口上的印迹,把灶口抹圆,抹平再抹光。他干得十分在行。

叶琪在一旁抿着嘴说:"爸爸,我创造了一个歇后语,总工程师修炉灶——大材小用。"

"跟我学着点!"老工程师手下认真,嘴里也显得颇为严肃,"这点本事,本该只传儿子媳妇,传给你,我还不大情愿。"

"女婿传不传?"后面飞过来一个声音,刘之毅走进厨房来了。

"女婿是外姓,更不传!"叶赋章头也不回。

"哈哈,听见了吗,叶琪?你爸这老头子真够呛呢!将来你找个女婿,远走高飞,叫他一个人唱独角戏。"

叶姑在后面跟进来说:"女婿?女婿在哪?老刘,你问他爷儿俩,谁着急过?阿琪在他爸眼里,怕还只有十五岁吧?她自己呢,怕是还在背着书包上学,'小呀么小儿郎,背着书包上学堂',小时候她就这么唱的。后面怎么唱来,阿琪?"

"不怕太阳晒呀不怕那风雨狂,只怕先生骂我懒呀……"叶琪真的唱起来了,脸上一副调皮相。

她近日来心情不错:去了趟农村,大家的思路开阔了,方案上颇有进展;同时,在她心里,还模模糊糊地产生了一点东西,她说不清这是怎么一回事,只觉得眼前的生活,带着异常绚丽的光辉。她根本想象不到党委书记刘之毅会被深深的苦恼纠缠着。她很快乐,在亲人面前,她竟用一种童稚式的天真表达她的快乐了。

"看见了吧,老刘！越长越小了！"叶姑又好气又好笑地指着叶琪说:"真是皇帝不急,急死太监！早先,我还一个人思谋,等阿琪成了家,我还可以帮她带几个孩子,当个老姑婆婆。嘿,算我白操心,人家不要！"

叶琪一听堂姑提到孩子,不觉顿时羞红了脸,转身要走,却被叶姑一把拉住:"今天老刘在这儿,你这个大书记管不管年轻人的婚姻大事?"

"怎么不管？ 管哩,从年轻人的婚姻大事,到托儿所孩子的尿布,我都管。"刘之毅笑着说,"您老先别急,您侄女儿管保给你找个称心如意的侄女婿,我相信她的眼力。"

刘之毅这样说,倒不是没有根据的。开始,他也曾以为叶琪和方斌挺要好,凭他的感觉,觉得这两个年轻人不怎么相配,心里不免有一点惋惜。近来,他发现叶琪对方斌并没有什么感情,对王志嘉似乎倒颇有好感。他是从叶琪的眼睛里看出来的。眼睛不是心灵的窗户吗?(当年,他也是从吴子芳的眼睛里发现一个姑娘的秘密的。)总工程师和他的堂姐也许还被蒙在鼓里,叶琪自己也许还不愿承认这一点,但刘之毅相信自己的眼力。

叶琪忽然咯咯地笑起来。刘之毅问她笑什么,她说:

"我姑姑问您要称心如意的侄女婿哩,你就给我找一个吧,刘书记!"

"你自己找!"

叶琪调皮地说:"我不会找呀,要不,请子芳阿姨教教我,好不?"说完,转身走了,她要到办公室去研究方案。

"披上一件衣服！"叶姑追上去叮嘱。

这时,叶赋章正在对灶膛进行最后的修整,他招呼刘之毅:

"老刘,你来看看,我这手艺怎么样?"

刘之毅端详了一阵说:"顶个六级泥瓦工。真没想到,你吃了那么多年洋面包,还没忘记搪炉子。"

"书上的东西容易忘记,手艺却是忘不了的。"叶赋章说,"小时候,我就养成一种习惯,什么也愿意自己动手试试。这些年,人变懒了。"

"这本来不是你的事,你的任务是搞发动机。"刘之毅说,"从农村回来,有点新的设想吗?"

"有,王志嘉他们正在修改方案。"

"我恐怕不能参加方案的讨论了!"

"为什么?"

"我要出门。"

"到哪儿去?"叶赋章倏然回过头来。

"到省委党校去学习。"

"走多少时间?"

"恐怕少则一个月吧。"

叶赋章匆匆洗了手,拉着刘之毅进了书房。

"非你去不行吗?"他把刘之毅按在沙发上,"我真不愿意你这时候离开工厂。"

"放手干下去吧,就当我还在工厂一样。"刘之毅看着老工程师,发现他的神色有点疲惫,而且带着失望。

叶赋章并不知道今天市委常委扩大会议的内容,更不知道刘之毅去党校学习的真正原因,但总工程师却能体察和感觉到,近来,党委书记的工作中有不少困难,虽然他的外表还是一如往常的达观镇静,实际上他却是心事重重的。叶赋章几次想和他敞开谈谈,并且提出几个问题来请教他,但刚要启齿,又把那些话咽下去了。何必要为难他呢,他的难处够多了。所以,两人在一起,对一些敏感的问题,彼此都小心翼翼地绕开去,仿佛两人都没有感觉到那些问题的存在。如今,刘之毅突然要走了,叶赋章不免产生了一种失去坚实依恃的感觉。

叶赋章此刻的情绪,刘之毅当然感觉到了,他显得很轻松地说:"我又有上学的机会了,你不嫉妒我吗? 早就想坐下来读点书,想点问题,就是没时间,闷着头干,真怕是盲人骑瞎马。"

"你如果是盲人骑瞎马,那么我呢? 我在工作上坚持的都对吗?"叶赋章急切地说。

"我不敢给你打包票,"刘之毅说,"有一条我是坚信的,坚持按规律办事,就坚持了正确的东西,那就不要犹豫,不要动摇,不怕议论,不怕那些有形或无形的压力,这才算是对党和对人民的利益负责。我相信你叶老总是愿意这样来办事的。因此,"刘之毅说到这里,忽然打了个顿,接下去又加重了语气,"我要求你继续坚持自己认为是正确的东西,并且要帮助年轻人正确地认识发动机方案设计实践中出现的问题。这就是我临走前对你的要求。"他用火热的眼光盯着激动的老工程师,语气显得更加委婉:"可能会有议论、误解,你也会感到委屈、失望,但你要忍一忍,一定要忍一忍。你能答应我吗?"

叶赋章轻轻抓住党委书记的手,默默地点点头。

这时,叶姑在过道里发现了什么,高兴地嚷起来:"这么好的青麻叶,是你老刘种的吗? 你会当书记又会种菜,真是文武全才呀!"

第二十章

朱德泉的老伴朱大娘,倚门翘首等着丈夫和女儿回来吃晚饭。

下班汽笛拉过了个把钟头,端在桌上的饭菜已经凉了,还不见父女俩的影子。

"又不知黏糊在哪儿啦?"她独自嘀咕着,进屋又把饭菜端到灶上,再热在笼屉里。

朱大娘要出门办公事:她是家属委员会的委员,居民小组长。后排有一对双职工,女的坐了月子,男的出差了,她一日三顿要去照护那产妇,帮着料理些事情。

正要出门,王志嘉来了。

"你师傅呀,忙得脚后跟都不着地。"她伸手抹了抹王志嘉那乱蓬蓬的头发。

"小英呢?"

"谁知道? 说不准车间里开会?"朱大娘端详着王志嘉:"你也瘦啦,小嘉! 看你那脸,腮帮子塌下去了,胡茬子也不刮刮!"

"我身体挺结实,师娘!"王志嘉笑着说,"我给你担水去!"

"不用,小英中午担了。"朱大娘按着他在桌子旁坐下,"小嘉,我上次给你唠叨的事,你放在心上没?"

"顾不得,师娘!"王志嘉傻呵呵地说,"以后再说。"

"啥时候能消闲了? 一辈子不消闲就一辈子打光棍呀?"朱大娘生气地说,"你自己不找我给你找。"

"打不了光棍,您放心。"

"二十八九了,还不急不忙,我能放心?"

"过了三十也不晚嘛。"

"谁家的姑娘等你呀?"朱大娘鼻子里呼哧一声,指着王志嘉的褂子说:"看看,看看,扣子掉了也不缝上! 打光棍,打吧!"说着,拉开抽屉,从一个小盒里找出个纽扣,给他缝起来。

"听你师傅说,你们那儿有个姓苏的愣头青,和你小英妹子挺热乎?"朱大娘抬头问,"你给我说说,这人怎么样?"

"那是个好后生,师娘。"

"不是说挺愣?"

"还年轻,有点咋咋呼呼,人挺好呀!"

"只要愣在理上,倒也不怕。"朱大娘缝完扣子,收拾起针线,"和你小英妹子能合得来?"

"他们自己看中的嘛。"

"你把他领来我看看。"

"着啥急? 到时候不用领他也会来。"

"这事儿你得给我操心着点,弄个不合适的,我可饶不了你。"她警告地晃了晃拳头,"要说嘛,小英着啥急哩? 我着急的还是你!"说到这里,她忽然想起了要办的"公事","你等等他们,我有点事儿要出去。"走到门口,又回头说:"碗橱里有茴香豆,你自己拿着吃吧。"

朱德泉住在平房区,和刘之毅家隔得不远。按照规定,满十年工龄的老工人,可以从平房搬到楼房去住。大楼里有暖气,有自来水,还有卫生设备,条件比平房要好得多。但是朱德泉却没有搬家。他老伴有意见,说家里没人担水啦(说到这件事她鼻子就要发酸:新中国成立前她生过三个儿子,一个也没活下来,家里有个小子该多好啊)!说老头子有关节炎,搬到暖气房子里去就会好点啦等等。但朱德泉不答应,叫老伴想想过去住在山东潍坊猪市破木棚里的光景。还说:"现在南方来的职工很多,对北方的天气一时不习惯,把楼房让给他们吧!咱老刘不还在平房里住着?他爱人有冠心病,你知道吗?说啥没人担水,家里啥时候短了水吃喝?小英能担,我还能担嘛!过几天,再给你找个好力气的女婿,成天给你把水缸担的满满的,行不行?"把个老伴说得又好气,又好笑,从此再也不提搬房的事了。

这套房子有一大一小两间,大间里住着老两口,小间里住着朱小英。小间外面有个矮矮的两眼灶。王志嘉坐在大屋子里,拉过两张报纸看起来。

这几天实在忙,报纸也顾不得看。从刘家洼回来以后,在叶赋章的指导下,他们认真地阅读和研究了大量国内外的技术资料,将许多类型发动机的燃烧室、供油、进气系统,进行了分析比较,采用了老工程师提出的用导气屏产生旋转涡流的办法,设计了一种新型的进气系统,来保证产生良好的燃烧,在燃烧室的设计上也有独到的地方,要使未来的发动机既能烧次质的中柴油,又能烧煤气。经过反复的大量计算,一个比较完整的方案出来了。方斌从农村回来之后,也花了一番努力,将方案做了局部改进。

叶赋章回厂以后,又淹没在大量的技术领导工作里。吸取了上次搞方案的教训,他经常过问方案的进展情况,挤出时间来和青年设计员一起研究具体设计问题,为他们解答疑难。他对这一阶段设计方案的进展情况比较满意。

柴强记着刘之毅临走前的嘱咐,对发动机的方案也比较热心。他要求青年设计员尽快把方案定下来,然后绘出机器的总图和零件图,由工厂领导来安排试制。

王志嘉今天来找朱德泉,就想了解一下车间的生产情况,看看年底以前,能否抽出一部分力量投入新型发动机的试制工作。

碗橱就在旁边,伸手就可以拿到里边的东西。茴香豆他很喜欢吃,不过今天没有兴致。报纸上一条消息吸引了他:东北有个机床厂里,一条加工齿轮的自动线搞出来了，毛坯进去，成品出来，连中间的热处理工序在内，都不需要用手工操作。

他放下报纸，仰头看着天花板发愣。近来，对于报纸上的消息，他有点将信将疑了。过去，那些套红标题里蹦出来的一个个"卫星"，曾使他惊叹、激奋，对它们的真实性从来就没有怀疑过。但后来，在他比较熟悉的领域里放出的一颗颗特大又特大的"卫星"，却使他莫名其妙了。虽然他诚心诚意希望那是真的，但无情的现实却告诉他，夸大的虚假的宣传和诚心诚意的希望，都不会使不可能存在也并不存在的东西成为真实的存在。即使那样，他还是愿意看报纸的，并且继续希望那些没有套红没有过分夸大的消息，确实是生活中真正发生的事情。比如，眼前报纸上这条消息，毛坯进了齿轮自动线，最后成品出来，不需要手工操作，这应该是可能的，外国的技术报道上见过类似的例子，但愿它是生活里的真实！为什么要去怀疑它呢？应该加快自己的步子！他联想起，发动机的工作无论如何要抓紧，要往前赶！试制任务，主要在加工车间。要给师傅再加上一副担子了！师傅是最了解他的，他有好多话要给朱德泉师傅说。

在朱德泉和王志嘉两家的历史上，有过一段骨肉至亲般的交往。

王志嘉的父亲王德新，和朱德泉从小跟着一个师傅学徒，师兄弟情同手足。十五年前，他俩在山东潍坊一个引擎修配厂做工。这一年王志嘉十三岁，也进厂当了小徒工。为了每月给老家寄几个钱，爷儿俩白天半饥半饱，晚上在模板工房里钻在麻袋里过夜。王德新是个三锤子砸不出一句话的人，受了气，总往肚子里咽，最多不过用血红的眼睛瞪上一眼。王志嘉像他父亲一样，从小就不爱说话。当时，他正在发育期，由于缺乏必要的营养和过分劳累，他面色萎黄，体质消瘦，严重贫血。

一天，王德新正在钳工台上干活，忽听得车间角里传来一声巨响，接着，许多工人往那儿奔去。

"德新！德新！"传来声嘶力竭的喊声。

王德新扔下锉刀，急奔过去。

许多人围着一台龙门刨床。王德新冲进人群，发现十三岁的王志嘉躺在地上,眼睛紧闭着,嘴唇在轻轻地动,脸上没有一丝血色。

像一堵墙壁倒塌下来,王德新扑到儿子身上。天哪,竟有这样不幸的事情降临到他们爷儿俩身上!

原来,王志嘉饿着肚子,连续工作了十二个小时以后,疲惫得连腿也站不直了;龙门刨上皮带接头处的挂钩勾住了他的衣服,差一点把他卷上天轴。那件勉强蔽体的破烂衣服救了他的性命:在卷到八九尺高的地方,衣服撕裂了,他从高处掉下来,受了重伤。

王德新抱着昏迷的儿子,直掉眼泪。工人们愤怒得肺都像要炸裂。有人吼道:"这日子还能活吗? 眼泪往肚里吞,不行,求神拜佛也不行! 来啊,把这孩子抬起来,咱们找经理去!"

说话的,正是车工师傅朱德泉。

王德新把腰杆挺直了。有人找来了门板,王德新和朱德泉在前面抬着。

当过日伪汉奸的代经理,平时对工人软硬兼施,手段凶狠毒辣。一见工人们人多心齐,来势勇猛,他的驴脸上便堆满笑容。他说,对于这事故,他很遗憾,但这不是厂方的责任,他可以通知账房,借几块钱给王德新,为儿子治伤,至于工人们提出的条件,他无法考虑。

王德新喘了几口粗气,一个箭步,抓住代经理,猛的就是三拳头,他血红的眼里冒着火,一张口,震得玻璃都格格发响:"穷人的命就这么不值钱? 说话吧,今天你打算怎么办?"

工人们怒吼着,一下子围住了代经理,一条条火一样的目光射向代经理,无数铁棍一样的胳膊在他眼前晃动着。

代经理只能答应工人们提出的条件。

当天晚上,王德新在朱德泉家里熬了一罐粥。回工房的路上,从一条黑黑的小胡同里窜出七八个穿黑衣服的汉子,把他拉进一个破院子。

第二天,过路人在垃圾堆上发现一个浑身血肉模糊的人,他只剩一口气了。

工人们闻讯赶来,一看,是王德新。朱德泉把他抬回自己家里。

王德新奄奄一息地支持了两天。第三天,终于含着满腹怨恨离开了苦难的世界。临终以前,他把王志嘉托付给了朱德泉。

十三岁的王志嘉痛不欲生,巨大的不幸,使他过早地成熟了。从此,他懂得了什么叫仇恨。

老家只有一个年迈的祖母。噩耗传去,老人禁不住打击,半夜起来,跳进村口一个池塘。

王志嘉从此成了孤儿。朱德泉收留了他。

他在朱德泉家里养了半年伤。

朱德泉一家,住在猪市场边上的一个破木棚里,每逢初一、十五,买卖小猪都在这里成交。全家四口人,就靠他一人挣钱,日子本来就没法过下去,现在又多了一个王志嘉,自然越发困难。朱德泉女人生孩子还没有满月,也起来服侍王志嘉。他们家里除了一床破被絮、几个盆盆罐罐和一只老母鸡之外,什么也没有了。这只老母鸡,是朱德泉家的一个宝贝,每天下一个蛋,隔上三天,就把三个蛋送到杂货铺的柜台上,换回半斤盐,一盒火柴。朱德泉女人坐月子,每天喝高粱面糊糊,孩子吮不出奶,女人脸黄得像蜡一样,瘦得皮包骨头,也从没在这只老母鸡上打过主意。不久,生下才一个多月的孩子死去了。

朱德泉靠自己挣的那几个钱,买水给一家人喝也成了问题。虽然工人中间也有人给王志嘉送来几个钱,几升米,但时间一长,一家人还是过不下去。

两个月以后,王志嘉可以走动了,朱德泉却瘦了下去。原来,早在半个月前,他就瞒着老婆和王志嘉,到医院里去排队卖血,用卖血换来的钱,换回一点粮食。看到王志嘉因为缺乏营养身体恢复不快,朱德泉竟狠心地一刀把那只老母鸡宰了。直到一盆香喷喷的白煨鸡摆在王志嘉面前,王志嘉才知道师傅早晨磨刀是干什么了。朱德泉唯一的小女儿(女人在新中国成立前生了五胎,就留下她一个)伸手去抓鸡肉吃,被爸爸打了一下,哭了老半天。王志嘉实在吃不下去,但朱德泉瞪着眼逼他吃。王志嘉吃一块鸡肉,掉一大串眼泪。从此,他懂得了天地之间最高尚的情谊。

伤好以后，朱德泉带着他流浪到了济南，进了一家工厂，直到解放。

新中国成立后第二年，党组织鼓励他进了工农速成中学。

大学毕业前，在统一分配表的志愿一栏里，他填的是"到祖国最需要的地方去"。学校有关部门了解他和朱德泉的关系，决定把他分配到朱德泉身边来。当时，朱德泉因为支援新厂，已经到了华新动力机厂。

第一次领了工资，他喜盈盈地来到朱德泉家里。

在师傅面前，他好几次欲言又止，腼腆得像个大姑娘。

朱德泉注意到了他的神情："小嘉，有啥事情你说嘛，对师傅还见外呀？"

"师傅！"他好不容易才说清了自己的来意："今天，今天，我想，请您和师娘，还有小英妹妹，到外边吃顿饭！"

朱德泉大笑起来："好啊，我们的小嘉摆起阔气来了！请我们吃啥呀？"

"吃鸡，白煨鸡！"

朱德泉脸上的笑容收敛了。他闷头抽完了一根烟，才说："傻念头！傻念头！这鸡，我能吃出味儿来？光记住我不行，小嘉！记住天下的受苦人吧！记住过去的苦日子吧！丢了你这个傻念头！"

王志嘉脸红了，心上热辣辣。

"师傅，师傅，"他心里激动地喊道，"您永远是我的师傅，永远……"

门口响起了脚步声，把王志嘉从回忆中惊醒了。原来，他的师傅朱德泉回来了，后面还跟着当年因为抓鸡肉吃而挨打的朱小英。

朱德泉到底上了年岁啦。你看，卡其布前进帽盖不住他鬓畔的白发，又粗又深的沟纹爬满了他的额头和眼角！岁月不留情，他的背驼起来了；师娘说，晚上睡觉枕头低了，凸起的背脊就成了支点，躺不舒展。枕头高也不行，他经常半夜半夜睡不成觉：加工车间是全厂最大的车间，大几百号人的生产、学习和生活，他都得操心。他习惯挑重担子，不喜欢别人把他当老头子看待。

看样子，一路上父女俩在争论什么问题，进门以后，朱小英还噘着嘴。朱德泉却发现了王志嘉，问：

"怎么你一个人坐在这里,你师娘呢?"

"办公事去了。"王志嘉笑着说,"车间开会啦,师傅?"

朱德泉还没有答话,朱小英就插上来:"叫志嘉哥评评理,爸爸!"

"评吧,评吧。"朱德泉在炕沿上坐下来,抽烟点火。

王志嘉忽然想起了什么:"师娘说这里有茴香豆。"他打开橱门,端出一碟豆来。

朱小英抓了一把,在王志嘉对面坐下:"你说说,我们这个要求怎么样?"忽然发现王志嘉面前的那张报纸,如获至宝地喊起来:"你看,爸爸,就是这条新闻,齿轮自动线,多棒!为啥我们就不能搞?为啥?"她忘记吃茴香豆,把报纸塞到朱德泉的眼皮底下。

"人家有人家的情况,我们有我们的情况,不一定人家搞啥我们也搞啥。"朱德泉说,"再说,搞这么一条自动线也不容易,成套的油压操纵设备,电器设备,不是你希望有,一下子就会有的。总要从实际出发啊!"

朱小英还是弄不通,一向最支持先进事物的爸爸,为什么这次在齿轮自动线问题上变得保守起来了?

王志嘉蛮有兴趣地听着父女俩的争辩。他觉得,这和前一阵在发动机方案问题上的争论倒挺相似。

"为啥二工段的两项革新建议都支持,偏偏不支持我们三工段的?"小英还在嘀咕。

"我说'自动迷'啊,"朱德泉疼爱地说,"搞啥不搞啥,要看需要和可能。二工段两项革新都从生产需要出发,也比较实际,这不该支持吗?路,总要一步步走啊!"

朱小英还不服气:"我们就不从生产出发?"

"你们工段现在急需解决的是销子上的定位槽问题。我给你们提过建议,希望把两台机床改装成半自动化,夹具用新方法定位,这就能保证质量,提高效率。你们不'感冒',说不过瘾,在小小的销子上做文章不值得。我倒要请教请教:什么叫过瘾?什么叫值得?这个销子做不出来,机器照样出不去,你说这是小事一桩吗?"朱德泉丢掉烟蒂,抓了一颗茴香豆扔进嘴里，"'感冒'不'感冒'，离开生产实际还有啥意思？"

朱小英一个劲儿吃着茴香豆，心里已经服帖了，只是嘴上还不服帖："人家说，朱主任怕女儿搞自动线搞不出名堂，现眼丢丑，自己脸上无光，所以才不支持……"

"爱说啥让人家说去，反正我心里有谱。"朱德泉上下颌费劲地分合着，还不时眨着眼睛，大概品出了茴香豆的独特滋味。

"你看，人家志嘉哥他们搞的发动机！"朱小英转移了目标，"要搞就搞个中国风格的，别人用过的，咱就不要，多帅！"

朱德泉眼睛不眨了，他问王志嘉："别人用过的咱不要，这是啥意思？你们还是这么搞？"

王志嘉笑着摇摇头。

"真新鲜！这话谁说的？"朱德泉问女儿。

"反正有人说呗！"女儿有点不好意思了。

王志嘉心里自然明白：这是苏一鹏过去的见解。

"令人担心啊，志嘉！"朱德泉严肃地说，"这种要不得的思想，还能传染人呢！这一阵方案搞得怎么样了？师傅忙昏了头，也顾不得过问你们的事儿。"

"还磨什么牙？肚子饿不？"朱大娘从外边进来，对着老头子就嚷。

"等你呀！少了你能开饭？"朱德泉笑呵呵地说。

"嘿，也知道有少不了我的时候？"朱大娘连忙揭开笼屉，端出热腾腾的一盘窝窝头。

"吃完饭咱们再谈吧，师傅。"王志嘉帮着去拿碗筷。他想和师傅好好扯扯。

"也好。"朱德泉说，"等会儿，你还要帮我做做她的思想工作。青年人的脑子，有时也挺顽固，真的，挺顽固！"声音挺响，是说给女儿听的。

一家人坐下来了。朱大娘又拿来一副碗筷。王志嘉只好陪他们再吃一点。

他一边吃一边想：师傅说，青年人的脑子有时也挺顽固，自己的脑子里是否也有点顽固的东西呢？思想方法上的片面性，一点论，确实能使人变得顽固。要警惕啊！

饭后，朱大娘又出去了。王志嘉向朱德泉详细地汇报了最近方案的进展情况。

他说，方案修改以后，叶工程师比较满意，刘书记去省委党校学习以前，也对方案做了肯定。这几天他们正在绘制零件加工图，图纸出来后，下到车间就可以开始加工试制。

朱德泉是工厂党委的委员。他对刘之毅在市委常委扩大会议上挨批评的事已有所闻。刘之毅在去省委党校前，曾和他聊过，希望把车间工作按原来的部署和方法扎扎实实地抓下去，同时要他关心正在进行的发动机设计，和试制的准备工作。朱德泉的组织观念一向很强，从来没有对上级组织做出的决定产生过怀疑，但这次刘之毅挨了批评，他却怎么也想不通，他心里像塞进了一团乱纱，烦躁又理不出头绪。王志嘉自然不了解这些情况，朱德泉也没法向徒弟倾吐积郁。对于发动机方案的进行，他并不抱过分乐观的想法。当然，他不能让徒弟泄气。他告诉王志嘉，厂部最近就要研究试制问题，准备工作，他已经安排妥了，只要方案搞好了，图纸出来后，车间就能铺开来干。

隔壁屋子里，朱小英在低声哼歌子。大房间里却很安静，因为师徒俩都在想心事，于是歌声听起来就很清晰了。

汾河水黄又黄，
弯弯曲曲向南方，
水声响波浪翻，
河岸上有个好姑娘。

十八岁的俊花本姓王，
纺花下地样样强。

媒人整天把门上，

俊花心中有主张……

朱德泉猛地捻灭了烟头，歌声使他想起了什么。

"小嘉，你听，'自动线迷'又在高高兴兴地唱歌了。"他不是在说笑话，脸上严肃得很。"她没有你想得多。她心想，既然人家搞出了自动线，他们也该搞出来。最好呢，全车间在一个晚上都自动化，她可以穿着白罩衫，坐在操纵室，按着电钮，哼着什么'汾河水'，一边唱一边工作。你们那个愣头青，在这一点上倒和她差不多，也不知道是谁影响了谁，得提防着他点儿。"

王志嘉笑着说："他下了次农村，很有点进步。"

"有进步就好。"朱德泉叹了口气，他本来想对徒弟说，师傅老了，恐怕不会进步了，眼下，师傅对好些事认识不了，理解不了，希望他这个徒弟能用自己的脑子好好去想，想清楚了再干，不要莽莽撞撞……但就在这时候，有人轻轻地敲门。

"进来！"朱德泉喊了一声。

门开了，苏一鹏轻手轻脚地走进来。

"朱主任！"愣头青惴惴地喊了一声。

王志嘉禁不住要笑。平时，这家伙到哪也是一阵风，走几步路也不规矩。有一次，下班回宿舍，在厂门口把一块石卵子一直踢到宿舍门口，然后拾起那块石头，一步三级，跳上三楼，用膝盖顶开宿舍门，在床上来了个"前滚翻"，拿起脸盆，顶在头上，学着朝鲜人，到盥洗室去打水……今天，他突然变得如此文静，有礼貌，实在出人意料。

天不怕地不怕的苏一鹏，一向畏惧朱德泉两道严厉的眼光。他踮着脚尖走进来，在一张凳子上坐下。

"有事儿吗？"朱德泉用严厉的目光对着他。

"我找，找王志嘉。"他紧张地在凳子上挪动着身子，对王志嘉说："刚才得到消息，柴厂长在厂部会议上说，要很快进行方案讨论，然后定下一个，投入试制，咱们的零件图得赶快出来。"

"真的?"王志嘉眼睛一亮。

朱小英在房门口露了一下脸,马上缩进去了。

王志嘉笑着喊:"出来呀,小英!"

"呼"的一声,门关上了。

苏一鹏的脸红了。他拉拉王志嘉的衣角,悄声说:"走吧,老王!"

王志嘉看了看师傅,坐着没动。

"着啥急?来了,就坐一会儿。"朱德泉说,口气并不那么严厉。

"好,好。"苏一鹏手足无措地,"大娘不在家?"

"她有事出去了。"

"我知道她挺忙的。"

"你怎么知道?"

"我……我也是听说。"

我的天!长到这么大,第一次这么老实吧?王志嘉咬着嘴唇,竭力不让自己笑出声来。

"今年多大啦?"朱德泉的口气越发和婉了。

"二十四。"

"我看不像。"

"您说我多大?"苏一鹏问道,悄悄地瞥了主人一眼,发现老工人是和颜悦色的,心情稍微轻松了一点。

"多不过十七八吧!"朱德泉认真地说。

"您要笑我,朱主任!"苏一鹏低着头说,"我哪点还像十七八?"

"哪点?多着咧!你比如考虑问题啦,对人处事啦,走路啦,趴窗台啦……说你十七八,我看还嫌大了点,是不是?"

苏一鹏的脸红到了脖子根。

"我……我是……挺……幼稚。"他困难地说,像是短了半截舌头。

"还准备幼稚到啥时候?"朱德泉一本正经地问。

"嘿嘿,朱主任,您以后多帮助。"

"我能帮助你啥?我倒是担心,你把小英帮助得成了十五六的小姑娘。"

苏一鹏的头越沉越低，一只手又去扯王志嘉的衣角。

王志嘉觉得应该为他解围了，笑着说："师傅，以后让他们好好互相帮助吧。"

说着，看见里屋的门开了一条缝，缝里露出小英两只闪光的眼睛，她显然是在偷听！王志嘉扑哧笑出声来了。

朱德泉不知道徒弟为什么发笑，吼了声："你笑啥？给我把他们管着点！大人就该像个大人的样子，嘿，还趴窗台？"

"你在哪儿趴窗台来？"王志嘉问苏一鹏，他还不知道这个"掌故"。

苏一鹏没有回答，只是扯他的衣角。

"我们回去把图纸赶出来，师傅！"王志嘉笑着向朱德泉告辞，又大声对里屋喊道："小英，我们走啦！"

苏一鹏如逢大赦，急忙向门口走去。

外边有人推门进来，差点撞在他身上，进来的正是朱德泉老伴。

苏一鹏喊了声"大娘"，脸上尴尬地一笑，就从她身边擦过，冲出门去。

"他是谁？"朱大娘问王志嘉。

"他呀，就是你要我把他带来的那个人！"王志嘉笑着说，"不用带，他自己来了！"

朱大娘双手一拍，追到门口，苏一鹏已经没影了。

王志嘉追出去，苏一鹏在不远处等着他。

"今天阁下很有进步！"王志嘉笑着说。

满头出汗、气喘吁吁的苏一鹏一拳打过来："你就看人家的笑话，不帮忙！"

"我不帮忙，你现在还出不来。我问你，趴窗台是什么掌故？"

"那次，小英她们在俱乐部大厅排练，我趴在窗台上看，正好老头子给小英送饭来……"

"一下子就被揪下来了？"

"我自己下来的。"

王志嘉哈哈大笑："你这家伙，以后少出洋相！再叫我师傅抓住了，你们俩的事儿就得吹！懂吗?"

"你说我真像个十七八岁的人?"

"差不离。"

"唉,有什么办法呢?"苏一鹏发愁地说,"这是性格！性格已经形成了。"

王志嘉严肃地说:"不能完全归结在性格上,还是这里,"他指指自己的脑袋,"这里有问题……"

经过叶赋章住的楼下时,王志嘉站住了。

"咱们进去和叶总谈谈,问问他什么时候讨论方案。"

苏一鹏犹豫了一下,抬起头来,发现叶赋章屋子里的灯熄了。

"你看!"他指着黑洞洞的窗口说。

王志嘉觉得奇怪,老工程师每天睡得很晚,怎么今天这么早就熄灯了?

第二十一章

叶赋章在房间里踱来踱去,心里很乱。他拉熄了灯,坐在沙发上想心事。

从农村回来,两个方案都进行了修改。尤其是王志嘉他们那个,抓住主攻目标,在研究分析了大量国内外技术资料的基础上,在燃烧、进气等系统方面,有独创的设计。叶赋章在内心里已经对这个方案做了肯定。

这几天,从设计科到厂部,从某些科室到车间,要求尽快召开方案讨论会,肯定一个方案,立即投入试制的呼声很高。

今天,厂长柴强到叶赋章办公室来研究生产中一个问题时,也向老工程师提出了要确定方案尽快投入试制的问题。

前几天,叶赋章就听到了这种呼声,并且认真地进行了考虑。

老工程师告诉柴厂长,举行一个讨论会来确定一个方案,这可以,马上投入试制,是不适宜的。他向柴强说明了原因,要求厂长慎重考虑他的意见。

柴强是主张尽快投入试制的。他对叶赋章的意见做了一番考虑以后,还是没有改变自己的主张。他要求老工程师亲自主持方案讨论会,定下一个方案,尽快投入试制。

叶总工程师说服不了厂长,又不想放弃自己的意见,他对柴强说:

"老柴,全面铺开试制,我是怎么也不能同意的。讨论会上,我要再次提出我的看法。因此,这个讨论会是不是由你来主持,让我作为一个会议参加者来发言。我希望你能考虑我这个要求。"

"主持方案讨论会,本来是你职责范围的事,你为什么要推卸呢?"柴强的语调稍稍高了一些,却已经能使人感觉到这显示着一种不快。"大家的意见和要求,我们还是应该听取的,这些意见,即便十分中只有一分正确,也不该忽视嘛!"

叶赋章听出了厂长话里的意思,但他觉得,在投入试制的问题上,不存在几分之几的意见应该听取的问题,这里只有两种选择:是,或否。他说:"我暂时还无法更改我所坚持的意见,老柴!我必须从一个工程技术人员的角度来对待这个问题!"

柴强默默地在屋子里踱着。"不要再给老刘找麻烦了!"这句话,已经到了他的嘴边,但还是被他咽下去,因为他想起刘之毅走前的再三叮嘱,要支持老工程师的工作。也许叶赋章坚持得有道理。

柴强经过一番考虑后,答应了老工程师的要求。

……

叶赋章躺在沙发里,反复考虑着试制问题。他想,是自己没有把意思给厂长说明白,还是厂长不理解自己的心意?他又想,如果青年们知道了自己对试制所抱的态度,将会有什么反应?

他决定去找青年们谈谈。

叶赋章下了楼,往单身宿舍走去。

他常去单身宿舍,和青年们商量商量工作,看看他们的生活,有时,下棋找不到对手,便来这里"拉夫"。

推开宿舍门,外屋没有人。

叶赋章正想转身走,方斌从里屋出来了。

"是叶叔叔!"方斌意外地喊道,"您是来找我的吧?我在里头呢,请进吧!"

叶赋章只好跟着方斌进了里屋。

"王志嘉他们呢?"

"不知道。"

叶赋章在床上坐下。方斌马上递过烟来。

老工程师心里有点烦躁,所以就接过了烟。

方斌掏出打火机,利索地给他点着了烟:"叶叔叔,听说很快要举行方案讨论会,这个会一定是您主持吧?"

"不,是柴厂长。"

"一般不都是由工厂的技术权威来主持吗?"方斌觉得很意外。

"这是我的要求。"

方斌越发奇怪了,心想:总工程师为什么要违反惯例提出这样的要求呢? 应该弄清楚这个问题。

叶赋章知道他要问什么了,转过话题说:"方斌,如果讨论会通过了你们中间的一个方案,你认为能不能投入试制?"

方斌觉得这个问题提得奇怪,又想起在食堂吃晚饭时,好像听人说起,总工程师不大同意马上投入试制。他不理解叶赋章为啥这样做。对方斌来说,他关心的不是试制问题,而是哪个方案被通过的问题。

方斌学着丁明达的样子,模棱两可地答道:"关于试制问题,我相信厂领导和您会做出合适安排的。"

叶赋章"唔"了一声,没有再说下去。

方斌这才觉察到,对方并不是来找自己的。现在除了尉迟文英,好像很少有人在关心自己的方案。丁明达当着他的面说是支持,甚至表示过要和他合作,但在需要他说话的地方,却又像缄口的金人一般了。他觉得伤心。这两天,他躲着别人,一心一意准备讨论会上的发言。他原来希望由叶赋章主持讨论会,现在,连这点希望也落空了。在方斌眼里,柴强在技术问题上不过是"白帽子"。"白帽子"主持会议,就只能按"白帽子"的逻辑去决定问题,他还可能得到什么呢? 想来想去,希望还只能寄托在老工程师身上。在方案讨论会上,对这样一位见多识广的技术权威的意见,总不至于置若罔闻吧！

"阿琪不在家吗？"他亲切地问。

叶赋章点点头。

"唉！"方斌轻轻地叹了口气，"我真不懂，为什么她竟连爸爸的话也听不进去了？"

叶赋章陡地一震：什么，他的话连女儿也不听了？

方斌说："他们不是急着要投入试制吗？"

叶赋章心里想：可不是！吃晚饭时，自己向女儿说明了对试制的不同意见，她不是有点不以为然吗？"不听话"这三个字是重了点，至少可以说，她没有很好懂得自己的意思。年轻人到底没有见过大江大河啊！

"这也不能怪阿琪，她是受了王志嘉的影响。"方斌说到这里，重重地叹了口气，"唉！在政治上，王志嘉同志可以说是很不错的，怎么在技术问题上这样主观、自信，连叶叔叔您的话都听不进去，真叫人难以理解！"

叶赋章抬头看了看方斌，心想：他对我说这些话干什么？王志嘉并没有和我讨论试制问题，我也并没有在这个问题上直接向他表过态，凭什么说他听不进我的话呢？

"柴厂长到底新来，还不了解发动机，也不了解人。"方斌以为他的话起了点作用，继续在老工程师耳旁絮聒，"事实上，也只有搞科学的人，才懂得严谨的科学态度是多么重要！"他知道叶赋章很尊敬党委书记刘之毅，于是又添了一句："在这方面，刘书记的确比柴厂长强得多，您说呢，叶叔叔？"

叶赋章站起来了。他不喜欢背后议论别人，更不喜欢议论领导，就是和最亲近的人在一起也是这样，加之眼下的心情又是如此烦乱，他不想再和方斌啰唆什么了："你继续准备吧，我要回去休息。"

方斌恭恭敬敬地把他送到楼下。叶赋章头也没回，匆匆向家走去。

"我的女儿会不听我的话？不能！不能！"一路上，他在心里翻腾着这个问题。因为走得急，一不小心，踩着一块鹅卵形的石子，身子晃了晃，差点摔倒。

很快就要举行方案讨论会，他要回家很好考虑一下，如何在会上陈述自己的意见。

方案讨论会会场设在厂部会议室。

会场经过了一番布置:长条的会议桌,首尾衔接地围成里外两圈,桌面上蒙着雪白的台布;每隔一米左右,就有一盆刚从花房里搬来的鲜花,洋绣球、吊金钟、玻璃翠……红花绿叶,衬着洁白的台布,使会场平添了一种生气,一种青春向上而又庄严肃穆的气氛。正面墙上的领袖像下,有一块黑板,黑板两边挂着大幅整洁漂亮的图纸,这是方斌的杰作。

参加会议的有三十多人。除了产品设计科的部分设计员,还有各技术科室的与试制有关的负责人,附近工业学校的两位教师和几位工人。

方斌来得很早。为了给人一种谦逊的印象,他搬了张凳子,坐在墙角里。直到柴强宣布会议开始,他才走到黑板前,拿了一根像指挥棒似的小棍,指着图纸,滔滔不绝地解释他的方案:

"以当前我们国民经济在动力方面的需要来看,小型多种用途的发动机是十分需要的,因为动力问题是农业生产中带根本性的问题。所有机器,都像马克思说的那样,分做三个部分:原动机、传动机、工作机。没有原动机,工作机就动不了。水需要一定的动力才能浇到作物上,肥料需要一定的动力制造、运送、散施……实现农业的增产,必须依赖一定的动力条件。因此,可以说……"

"这小伙子有一套!"下面有人在议论了。

"听说他父亲是有名的教授!"

"……"

朱小英却有点反感,咬着耳朵和刘金生嘀咕:"这个方斌真是个演说家!"

方斌滔滔不绝地说:"……本设计方案就是根据如上准则……它集中了当代发动机设计权威已有定评的新成就,又根据农村的需要做了部分改进设计……可以设想,如果这种发动机能够试制成功,大量投入生产,供应农村,它将在农业技术革命中发挥很大作用……"

下面很活跃,不少人脸上流露出兴奋的表情。

"其次,这个方案由于是建立在广泛的资料基础上的,试制较有把握……"

接下去,方斌详尽地介绍了发动机的结构和性能。

"这个方案不错啊!"有人喊道。

方斌的心情大为好转,看来,并不是没有人欣赏他的方案。于是他露出谦逊的微笑,向大家鞠了一躬,挑战地看了王志嘉一眼,走回墙角的座位去。

这一眼,在王志嘉身上没有引起什么反应,却把叶琪刺痛了。刚才,她对这个老同学的夸夸其谈,本来就很反感;现在又用这样的眼光来看人,这不仅是对王志嘉的挑战也是对她的挑战。在叶琪的眼里,方斌显得更加陌生了。

柴强和旁边的叶赋章说了句什么,站起来说:"把两个方案都摆出来吧,大家好发表意见。"

王志嘉挂起总图。图纸上油迹斑斑,看得出,他们带着它走过不少地方。

王志嘉开始介绍方案。他说,考虑到目前我国在燃料方面的资源还没有充分开发,所以发动机每马力小时耗油指标是比较低的。因为许多地方煤炭资源比较丰富,所以本机除了烧中柴油,还可以烧煤气。总之,燃料问题是方案中所追求的主要指标。为了减轻农村的负担,尽可能降低成本,发动机的制造材料,大多是一般的金属材料。比如曲轴,根据计算,准备采用球墨铸铁来制造,这就可以节省大批镍铬合金钢,而这样的钢材,目前我们大部分还依靠进口,应该把外汇用到最需要的地方去……

接着,他对发动机的具体结构和计算做了介绍,并且介绍了可能遇到的问题。他说:"由于燃料消耗指标比较先进,烧的又是质量次的柴油,势必要求汽缸里能产生良好的燃烧情况,因此必须有很好的充气条件。我们根据叶总建议,采用了装置导气屏来造成旋转涡流,设计了一种新型的进气道和燃烧室。但是这种进气道和装置的导气屏能否产生理想的旋转涡流,我们还没有把握,这只能通过试制来解决。另外,在制造方面,也可能会遇到不少问题……"

王志嘉朴素的介绍,使叶琪受到了感动。你看,他没有半点骄矜之气,没有夸夸其谈,他不想哗众取宠,而是实事求是地、客观地介绍方案,甚至把存在的问题和可能遇到的问题都提出来了。他和方斌,在品格和气质上,是多么鲜明的对照!其实,方案的内容叶琪非常清楚,但她还是精神专注地在听着王志嘉的介绍,好像第一次听到那样新鲜。这种奇怪的现象,也许叶琪自己也是无法解释的,因为她还没有完全意识到,正在介绍方案的这个人,已经悄悄地走进了她的心里……

苏一鹏在下面发急了,火烧火燎地想:"这家伙,干吗在会上把问题和困难端出来?这不是自己泄自己的气吗?"他给王志嘉打了几个手势,但王志嘉没有理会。他写了个条子,想扔给王志嘉,被旁边的鲁大明制止了。

对于王志嘉介绍的方案,反应是各种各样的,有人兴奋,有人惊异,有人沉默,有人不以为然……

工艺科科长咬着冶金科科长的耳朵:"不简单哩!"

冶金科科长感叹地点头说:"真是耳目一新!"

机动科科长对生产科科长说:"真是初生牛犊不怕虎啊!"

生产科科长却不以为然:"新的创造也许正是在他们手里才能出来!"

供应科科长本来晚上要出差到外地去,而且也不在被邀请与会之列,但他听说开方案讨论会,就兴致勃勃地赶来了。他所关心的,是发动机的材料供应问题。刚才王志嘉介绍方案时,说发动机采用的大多是一般材料,很少贵重金属,他松了一口气,将来试制和投产时,供应科不会有多大压力了。但他又觉得有点不满足:正因为采用的是一般材料,试制时显不出供应科的作用了。对于技术上的问题,他懂得不多,但方斌的图纸整洁漂亮,介绍方案时的一套议论,引经据典,侃侃而谈,确实像个有学问的人。这个方案做起来一定较有把握。因此,从直觉上,供应科科长却倾向于方斌的方案了。

工具科科长对他说:"老兄,你算没事了,将来不会挨屁股啦!"

供应科科长连连摇头："不要过分乐观！我怕将来搞到半路，一般材料解决不了问题，叫我马上拿出耐热钢、合金钢什么的，不就要了我的命啦！我看还是第一个方案保险！"

会场上议论纷纷，三三两两交换看法，酝酿着往外端的意见。

丁明达的心情很紧张，他不像其他科室负责人那样，发表一些客观的议论和意见就行，他是设计科的负责人，必须有具体的态度和意见。从内心讲，他倾向于方斌那个方案，认为它比较可靠，做起来有把握。可是支持王志嘉他们那个方案的人也不少，柴厂长是其中的一个。现在厂长和总工程师还没有发表意见，他丁明达就贸然地去肯定哪一个，否定哪一个，是不妥当的。又一想，自己的身份和其他与会者不同，如果被柴强指名发表意见，那就太被动了，不如利用自己的身份，争取个主动。刘之毅批评过自己的处世哲学，但在座的人不都是刘之毅啊！还是要见机行事。

"两个方案已经介绍过，现在，需要诸位提出意见，给予指教。"丁明达推了推鼻梁上的眼镜，继续说："这两个方案搞得都很仓促。也许有的同志要问，这样仓促的东西为什么要拿出来？我只能抱歉地说：没法子，这是形势的需要，我们不能慢吞吞……因此，也显而易见，它们还是粗糙的，肯定还存在不少问题。开这样的一个会，正是为了向诸位领教。我相信，与会诸位，对于这样的新生事物，肯定会给予热情的、充分的支持！这里，我谨代表设计科全体同志，向诸位预致谢意！现在，请诸位发表意见吧！"

他坐下来，摸出手绢，擦了擦沁出汗珠的脑门。他发现，刚才一席话并没有引起多大反响，不少人还在三三两两的议论、商量，好像并没有听到他所喊的"诸位、诸位"。丁明达有点失望，但是他的心不跳了，在，可以安安稳稳地坐着去听别人发言了，不用担心柴强点他的名了。当然，必要时他可以发言，那是在柴厂长和叶总发言以后……

"依我说，后边这个比前边那个好！"说话的是加工车间的青年工人刘金生。

会场里波动了一下：各科室的负责人、厂内外的技术权威们还没有发言，这个毛头小伙子却起来开炮了。

有人不轻不重地说:"说说你的具体意见嘛!"

有个工程师慢悠悠地说:"后面这个,确实是从农村的需要出发的,想法很对头呀!"

工业学校的一位老教师说:"后一个方案,在正确运用热力学中的某些基本原理,解决汽缸中的燃料问题方面,颇有独到见地。以后,我们在教学中,可以作为一个范例来运用。这一点,大概是叶总的贡献吧?"

"不,这是大家努力的结果。"叶赋章说。

接下去,开始了热烈的讨论。

发表的意见中,有支持两个方案中的某一个的,也有模棱两可的,也有提问题的。

有个老技术人员站起来,没有说话,先掏出手绢擦眼镜,擦完了,端端正正架在鼻梁上,这才慢条斯理地说:"看来,争论是完全必要的,这符合百家争鸣的方针! 王志嘉他们那个方案,设计的动机显然是非常好的。然而,我们学过辩证法的人都知道,动机往往不等于效果。我认为,他们的方案缺乏根据。方斌同志这个方案,看起来是比较成熟的,可以说,成功是指日可待的。呃,自然,这仅仅是我个人的看法,不足为训!"

方斌连忙接上去说:"不,就我这个方案来说,存在的问题也还不少。刘老,您的鼓励,我十分感激。刚才那位工人同志说得对,思想不对头,根据再多也没有用,在设计这个东西的过程中,我深深体会到这一点。"

会场上一刹间的沉寂。

朱小英又站起来:"我不认为王志嘉这个方案缺乏根据。农村需要这样的东西,这就是根据。至于说动机和效果,自然不是一码事儿。不过,从来没听说过,好的效果不是好的动机产生的。"

朱德泉坐在他女儿的斜对面。对于她大炮式的发言,他的感觉很复杂。他喜欢这丫头天不怕地不怕的冲劲,有些话也说得很有道理,谁说好的效果不是由好的动机产生的呢? 农村的需要就是根据,这话也有它对的一面。可是,傻孩子,需要不等于根据啊! 我们的需要太多了,可是能否都办到? 这里还有个"可能"的问题嘛! ……不过,朱德泉承认,孩子的的确确长大了,她已经在独立思考了。往后,对她说话,不能一味用那种长者的口气了……旁边的人站起来说话,打断了朱德泉的思索。这是机动科科长:

"方斌这个方案,主要的问题到底是什么,我觉得应该研究一下,笼统地肯定或者否定一个东西是不合适的。"

苏一鹏压了一肚子话,想往外倒,可是王志嘉拉着他的衣角,不让他说。现在,他管不得许多了,像个炮弹似的从椅子上"弹"了出来:"耗油量大,结构复杂,制造困难,成本太高,一句话,农村用不起!"

方斌站起来:"小苏,我们最好研究一些具体问题。比如,发动机的燃料问题,你们那个是把握不大的,我的很有把握,这一点是不是事实?"

苏一鹏还没有回答,叶琪却接上了话:"不完全如此。你采用了耐热活塞顶,这会带来两个问题,第一是所用材料太高级,成本随之提高;第二是制造上的问题不好解决,大家都知道,镶顶活塞是不好做的。"

方斌伤心地盯了叶琪一眼:在关键时刻,她非但不支持他,也没有保持中立,而是站在自己的对立面!

难道方斌承认自己的方案失败了吗? 不,他还有信心。现在,应该把要说的话都说出来,因为关键时刻已经来到了:"我认为你们方案的某些指标是不可能实现的,不过是'纸上谈兵'而已。"

鲁大明也憋不住了,瓮声瓮气地问:"为什么?"

方斌不假思索地说:"为什么? 因为想象不等于现实! 又要烧次质燃料,耗油量又这么低,制造用的材料又这么次,这办不到。我能设计一个每一马力每小时烧油一百克的发动机,怎么样,这更加先进吧?"

许多惊讶的眼光落到方斌身上。

方斌发觉自己一激动说漏了嘴。怎么能忘记自己置身的场合,忘记必要的礼貌呢? 他连忙更正:"我这是说笑话。不过,我总觉得你们大胆的假设近于幻想。"他的眼光落到叶赋章身上,就像落水的人抓住了岸边一根草似的,说道:"叶总多次提出,你们方案的致命问题是燃烧问题和与此相关的充气问题,在叶总指导下,你们虽然采取了一些措施,但叶总也认为不是很有把握的。这难道不是事实？"

苏一鹏正要发言，柴强制止了他："大家谈了不少，让我们听听叶总的意见吧！"

叶赋章站起来，用深沉的目光，缓缓地扫视了一下会场，说道："刚才介绍的两个方案，大家还可以充分发表意见。我认为，方斌那个，基本上是从国外一份资料上照搬过来的，他做了些局部改进，但也没有从根本上改善发动机的性能，而是追求一些不必追求的高指标。不根据我们国家的情况，不顾农村的特点，不管使用的要求，脱离实际地去照搬照抄，这绝不是我们该走的道路。应该提到的是：领导上和同志们曾多次向他指出，这样搞下去是不行的。但方斌没有认真考虑这些意见。所以，这个方案，没有能达到上级的要求，也不可能满足农村的需要。"

像一盆冷水兜头浇在方斌身上，方斌麻木了有半分钟。他没有想到老工程师，也就是他的"叔叔"，会对他的方案做出这样的结论。他低着头，没有勇气看一眼叶赋章。但他还是竖起耳朵听着，听听老工程师对另一个方案怎么评价。

"至于另一个方案，"叶赋章接着说下去，"也走过了一段曲折的路程。目前的方案，考虑到了燃料资源、材料资源和现有的加工条件，考虑到了农村的使用特点和要求，主攻的几个指标是明确的，措施也是得力的，可行的。当然，这个方案也还存在一些问题，比如能不能产生理想的旋转涡流，气道的形状能否保证良好的充气情况等等，有些问题目前还没有发现。但这个方案，路子对头，很有希望，它基本上能满足农村的要求。我认为，应该把它肯定下来。"

苏一鹏高兴了，他用膝盖碰着王志嘉的膝盖说："伙计，叶总对我们的方案点头了！"

叶琪微笑着看着老工程师，爸爸对两个方案的鲜明态度，使她高兴。

柴强环顾了一下会场，说："刚才叶总对两个方案做了客观的分析，并且建议把后一个方案肯定下来。我认为他的建议很好，是到了从两个方案中确定一个的时候了。"

经过一阵小声议论,意见基本上得到了统一:肯定王志嘉等的那个方案,并决定今后把力量都集中到这个方案上来。

柴强和叶赋章低语了几句,抬头说道:"现在,我们是不是来研究一下试制问题? 或者说,在肯定了一个方案以后,下一步应该怎么办?"

柴强话音刚落,刘金生就站起来说:"把机器的图纸给我们吧,我们立即开始加工发动机的零件。"

"图纸很快就能出来。"苏一鹏颇为得意地说,"下一步,是你们显身手的时候了。"

"发动机的材料消耗明细表什么时候搞出来?"供应科长着急问,"我们得马上给你们备料啊!"

"图纸得赶快出来,要不,我们的工艺准备工作没法做。"工艺科科长的积极性也来了。

"关于试制问题,我要多说两句。"叶赋章又站了起来,"同志们想尽快把发动机试制出来,这种愿望是很好的。但是,我认为,发动机的方案和图纸出来了,还不能全面铺开试制!"

叶赋章说到这里,突然停住了,因为他这几句话像一块石头投进了平静的湖面,会场骚动起来了。

"什么? 什么?"苏一鹏连声问身边的鲁大明,"叶总不同意我们的方案投入试制? 是不是我听错了?"

王志嘉也很吃惊:叶总既然肯定了方案,又不同意投入试制,难道让方案老是停留在纸面上吗? 但他想起,叶总在工作和科学技术问题上,一贯慎重、负责,他不同意试制,一定有他的道理,应该耐心地听下去。

方斌却是一喜:老头子否定了自己的方案,肯定了他们的方案,却又不同意投入试制,这个肯定,不是抽象的肯定吗?

心情最复杂的还是叶琪,她没有想到,爸爸在这样的会上,会决然地反对他们的方案投入试制! 昨天吃晚饭的时候,爸爸是给她流露过这个意思。当时她认为,爸爸是希望他们在投入试制前把方案再推敲推敲,使工作做起来更慎重稳妥些,并不是反对试制。这个方案中,有爸爸的很多心血;有些关键问题,是在爸爸的指导下解决的。为什么他要反对自己肯定的方案投入试制呢? 爸爸的这个态度,对自己的同伴们该是多大的刺激啊!

叶赋章知道自己的话在会场上会引起什么反响。人们出于对他的尊重,没有当即起来和他争论。他必须把问题说清楚。他说:

"在全面投入试制以前,必须先进行部件试验,通过部件试验,也就是将局部系统和主要零件、部件,进行试验,来验证设计的合理性,发现方案中存在的问题并予以解决。"

接着,叶赋章举了些例子,说明部件试验的必要性。

会场上的气氛仍是扭不过来,不少人还是用一种惊诧、疑问的眼光看着他,似乎在说:这个部件试验有必要吗? 这样搞,发动机要到什么时候才能出来呢?

叶赋章从大家惊异的眼光里看出了问题,他觉得有必要进一步把一些情况说清楚。他说:"我们过去是一直搞仿制的,如何独立设计并试制一种发动机,我们是生疏的。我们制造发动机的历史还很短,而国外已经搞了一百来年。即便这样,他们现在搞一个发动机要多少时间呢? 少则七八年,多则十来年……"

"七八年?"

"十来年?"

人们交头接耳,议论纷纷。

"而且,他们有完整的资料,设备齐全的试验室,有比较好的加工设备,可我们……"

叶赋章说到这里,会场上交头接耳的低语,三三两两的议论都消匿了,所有人的眼光都集中在他身上。

老工程师感觉到这种眼光的压力,他大声说:"我不是说我们也去搞他们那么长的时间! 中国人为什么要踩着人家的路子走? 我们应该有自己的道路!"

这几句话,把大家的心里都烧得热烘烘起来。老工程师说得对,为什么我们只能踩着人家的路子走呢？中国人应该走自己的道路！

"这条路怎么走？要靠我们自己去探索！"叶赋章激动地说，"但是探索不等于盲闯，盲闯是闯不出道路来的。一个纸面上的方案，不管看起来多么完善，在没有经过部件试验以前，试制时不会有结果的。因为发动机是自己发出功率的动力机械，不是工作母机或其他用外来动力带动的机器。"

热烈的议论，再一次出现了。开始是轻声的，和缓的，往后就变得激烈起来。不过，争论的内容已不是方案本身，而是试制问题了。

王志嘉问："我们没有部件试验设备，怎么进行试验？"

叶赋章说："设计和制造试验设备，建立自己的部件试验室。"

王志嘉又问："要搞多少项试验呢？"

"各个系统、主要零部件都要试验。"

"那得多少试验设备啊！"苏一鹏脱口喊道。

"这么搞，发动机啥时候才能出来？"朱小英说。

"爸爸，这么干，是不是走人家的老路？"叶琪在激动中，冒了一句。

叶赋章的脑子里嗡的一下，女儿这句话像根棍子击在他的头上。是啊，这么干，是不是还在走人家的老路呢？刚才，自己不是还说不能走人家的老路吗？但是，凭他在国内外的广泛阅历，和自己的实践经验，断定部件试验是非搞不可的。坚持正确的实践方案，不能叫作走老路！可是……

叶琪这才发现，刚才自己冲口而出的一句话刺伤了爸爸，心里非常难受。在这样的场合，她无法劝慰爸爸，也无法向爸爸解释。她倒了杯水，递到老工程师面前，轻轻地喊了声："爸爸！"

老工程师抬起头来，和女儿的眼光接触了。

叶琪看见的，还是平常那样慈蔼亲切的眼光，她的心里一阵发热。

……

讨论会结束得很迟，但还是得出了一个结果：在最短的时间内，把王志嘉他们的方案投入试制。

老工程师的意见，没有被大家接受。

在整个讨论过程中，柴强一直冷静地倾听大家的意见。他承认自己在发动机业务方面还是生疏。这样的会议,对他来说是一次学习的机会。等到讨论起试制问题的时候,他却冷静不下来了。柴强完全同意,在科学技术方面,我们应当走自己的道路,老工程师的民族尊严感,引起了他的敬意。但是,叶赋章坚持搞部件试验,柴强认为是脱离实际的,眼下是不可能的。再说,这样做,不正像总工程师的女儿所说的那样,又走人家的老路了吗?厂长觉得,总工程师真是矛盾得出奇!一向强调理论要结合实际的人,为什么在应该去大胆实践的时候,却举步不前呢?试制就是实践,问题不通过这个实践去解决,不永远是问题吗?荆棘丛生的荒原,不迈出第一步,路怎么会出来呢?叶赋章这样坚持,是怕承担风险吗?这不就是知识分子的软弱性和动摇性?对这样的人,刘之毅却把他作为工作中的依靠对象,能依靠得了吗?他又想起刘之毅在市委挨批评的事,心想,再不能让别人给刘之毅捅娄子了。作为厂长,他应该在一些重要时刻,真正拿出爱护党委书记的行动来,即使违反刘之毅的本意,他也不能仅仅出于对总工程师的尊重,去迁就一种错误的意见,日后让老刘受到连累。他说:"我们正处在一天等于二十年的伟大时代,要考虑时代的要求,要用时代的精神办事,按部就班,四平八稳是不行的,观望等待更不行。方案投入试制,势在必行……"

争论的结果,多数人的意见和柴强相符。他扼要做了小结,就把试制问题肯定下来了。

会散了,人们陆陆续续走出来。

叶赋章刚下了楼,叶琪就从后面追上来,扶住他的胳膊。

"爸爸!"叶琪轻轻地喊了一声,心里很难过。

她很理解父亲处理问题的执着和郑重。过去,凡是对工作的合理建议,对生产有利的革新创造,爸爸总是十分支持的。在处理这些问题的过程中,他总是尊重别人的意见,尊重群众的创造精神,从不把自己的意见强加于人。在发动机的试制问题上,明明知道搞部件试验是没有条件的,为什么还要坚持自己的意见呢?他一向强调,在学习先进技术成果的基础上,要闯我们自己的路子,为什么因为国外在方案投入试制前,搞部件试验,我们也一定要这样做呢?这不又回到人家的老路上去了吗?作为最懂得爸爸的女儿,也理解不了爸爸为什么坚持要这样做。现在,爸爸的意见被否定了,他一定很难受,做女儿的心里更加难过。

叶琪挽着老工程师的胳膊,慢慢走着。她想安慰一下爸爸,但是找不到一句确切的话来说。

女儿的轻声呼唤,使得叶赋章心里一热。不过,她也是赞成试制的,还有什么好说的呢?打心眼里说,他倒并不是生青年人的气。他们没有见识过大江大河,希望立即投入试制,让发动机早点出来,这种心情是可以理解的。问题是,作为当家人的柴厂长,不该这样草草地做决定啊!弄不好,只会挫伤青年人和工人们的积极性……他依着女儿,把胳膊让她挽着,低头想心事。

会议结束后,柴强看着总工程师脚步沉重地低着头下楼,直到苍老的身影消失在楼梯拐角处,心里突然对老工程师产生了一种怜悯之感。一个人脱离了群众,将变得多么孤独!自己作为厂长,还是应该给他做点工作,对他进行一些帮助的。

"走慢点嘛,叶总!"柴强赶上来了,他对叶琪说,"叶琪,把你的爸爸交给我吧,我来送他回家,好不好?"

叶琪见厂长要单独和爸爸谈谈,只好先走了。

叶赋章叹了口气说:"柴厂长,看样子,我成了'右倾保守派'了!"

"恐怕不能这样说吧!"

"我的意见,很多人并不赞同,你也不赞同嘛!"

"谁说我不赞同?你对方案提出的几个问题就很好嘛,一定要他们认真去解决。"

叶赋章挥挥手:"我不是指的这个,我是说,在决定将它投入试制的问题上。"

"是啊,这倒该想想了,为什么多数人都主张立即投入试制呢?"

"我再三说过,"叶赋章诚恳地说,"这不是做台机床,图纸怎么样,做出来也就会怎么样，一台发动机，成功的标志是达到设计指标！"

"可你明明知道，我们没有搞部件试验的条件。"柴强说，"试制，又不是成批生产，失败了，那就再来。没有失败，就没有成功。据说，你们搞科学技术的人是最懂得这一点的，是吗？"

叶赋章的脸上，泛起了一种异样的微笑。他觉得和厂长深入交谈一个问题确实困难。于是老工程师又想起了党委书记刘之毅。他心里喊道："老刘，只有你才是最懂得我的！"

"你怎么不吭声，老叶？"

"你让我想想！"

"又是想想！老叶，不是我批评你，你们知识分子，做事情总是不爽快，很简单的事儿，也需要横想竖想。就说这个发动机吧，我们必须支持他们搞下去，这一点难道还有问题吗？"

"这是没有问题的！"

"即使失败十次一百次，我们还要支持他们搞下去！"

"很对。"

"可是我总觉得你对这个新东西支持得不够坚决！"

"我支持它，可是照目前这样搞下去我不同意！"

"既支持，又不同意它搞下去，我被你搞糊涂了，老叶！"

叶赋章站住了，激动地说："柴厂长，我多次说过：这样一份很不成熟的图纸，是不能直接投入试制的。在国外，都是将机构和部件逐个进行试验，然后才开始试制。"

柴强打断了他的话："你也知道嘛，老叶！咱们过去一直是仿制产品，没有任何部件试验设备，另外，你不是也反对走他们的老路吗？"

"是的，我反对走他们的老路，但是，有些正确的做法，是不能否定的。"

"我认为，投入试制就是在摸索路子。你不是说过，路，要用自己的脚底去磨出来吗？"

"可是我不同意盲目的实践！"

谈话没法继续下去。

这时候,后面追上来个人,打破了两个人之间的尴尬局面。这人就是王志嘉。

在整个讨论过程中,王志嘉没有发言。他相信大家会对方案本身做出结论,用不着自己来辩护。他详细地记下了大家对方案的意见。后来讨论起试制问题,他才向老工程师提了几个问题。

叶工程师不同意方案投入试制的决然态度,使王志嘉感到意外。他琢磨着老工程师话里的意思,心想,跳过部件试验直接投入试制就肯定不行吗?一种实践方法不行,难道不能换另一种方法来实践吗?总之,方案不能再停留在纸面上。应该再和老工程师好好谈谈。

王志嘉收拾完了资料,和苏一鹏等整理了一下会议室,就去追叶赋章。

三个人并排走着。

王志嘉见厂长和总工程师之间,气氛比较紧张,心想他们刚才一定是在争论试制问题。他想说几句话缓和一下气氛,一时又想不出合适的话来。

叶赋章转过脸,诚恳地对王志嘉说:"小王,我很担心,全面铺开试制,会有什么结果。这样搞,就像一个不会游泳的人,偏要到深水里去游泳,结果会把我们淹在里边的。"

王志嘉恳切地说:"叶总,我们学游泳不行吗?"

"对,可以学嘛。"柴强说,"不下水怎么能识水性呢?下去了,吃几口水,不就学会了吗?这是起码的常识吧?"

叶赋章执着地说:"建立试验室,进行部件试验,就是搞浅水区、游泳池,这样做,正是为了尽快地把发动机搞出来。"

"我们只能根据自己的条件来实践,老叶!"柴强说。

叶赋章苦笑了一下,没有回答。

"王志嘉!"柴强用军人的习惯口气喊道,"跟着叶老总,好好学游泳!"

回到家里,叶姑已经把晚饭端在桌子上了。

父女俩闷着头吃饭,好像彼此都不想再提起这个发动机。

平常,在饭桌上,父女俩总是有说有笑的,今天却有些反常,叶姑觉察出来了。

"怎么,是不是汤咸了?"

"不咸,姑姑。"

"馒头碱放多了?"

"不多,姑姑。"

"那就是放少了,发酸吧?"

"不酸,姑姑。"

叶姑觉得奇怪:汤不咸,馒头里碱也放得正好,为什么两个人吃饭提不起兴致来?

"真的,阿斌最近为啥也不来玩了?"在她的思想活动范围里,方斌是个重要角色。

"人家有人家的事儿,姑姑。"叶琪有点不耐烦了。

"有事,有事,有事就连串门的工夫也没有了?"叶姑大不以为然,"准又是你惹得人家生气了。"

叶赋章心里十分烦躁,他不愿意让这种谈话继续下去:"阿姐,你回屋休息吧。"

叶姑明白,堂弟的意思是叫她不要往下说了。她生气地一边嘀咕一边往外走:"休息,我要休息个啥? 你们倒不肯好好休息,一天到晚往外跑。嘿,连阿斌也不上门了,真是!"

吃完晚饭,叶琪到灶下收拾完了,又给爸爸打了一盆洗脸水。

"爸爸,我还要出去一下……要研究试制问题。"

"去吧!"叶赋章擦着脸,不动声色地说。

"您早点休息,不要等我。"

"知道。"

女儿走了,房间里只剩他一个人。叶赋章的心情越发感到沉重。

忽然,他记起了不久前的那次谈话,他曾对女儿说过:"有时候,爸爸的看法不一定都正确,青年人有青年人的想法,这是应该尊重和爱护的……"

当时,他是用一种真诚的态度来说这话的。那么,现在……自己这样坚持对不对呢?

心里烦躁,他坐定不下来,在屋子里踱了许多个来回,乱哄哄的脑子里还是理不出个头绪。

他忽然想抽烟。拉开抽屉,发现烟已抽光。

平常,他很少抽烟,只有在晚上工作久了,疲倦袭来的时候,或者心情烦躁的时候,才用得到它。他买了烟,多半是来访的客人抽掉的。

现在,他多么需要一支烟!

他决定到商店去。

在商店里,他碰到了丁明达。丁明达刚从副食品柜上过来,手里提了一瓶六十度的白酒。

"买烟呀,叶总?"他迎上来,"吃过晚饭没有? 走,上我家喝两盅去!"说着,晃了晃手里的酒瓶:"可惜这是红薯白干,连高粱白干都没有。"

"谢谢。"叶赋章打开一包烟,递给丁明达一支,自己点着一支。

丁明达吸了一口,皱了皱眉头,看看烟卷上的牌子,大惊小怪地喊道:"叶总,你这是怎么啦? 抽这种蹩脚牌子?'牡丹''前门'抽完啦? 你不是有特种供应吗?"

叶赋章笑笑说:"不好抽?"

"又苦又辣,呛嗓子。"丁明达说。他不想抽第二口了。

"我倒很喜欢这种味道。"叶赋章狠狠地吸了一口,"很多人都吸这种烟,为什么我们就吸不得呢,老丁?"

"你这是与群众同甘共苦呀?"丁明达笑着说。他感到老工程师的心情不好,于是用一种颇为同情的口吻劝道:"你太认真了,叶总! 大家决定的事情,就先这么干吧!"看见老工程师在皱眉,又说:"今天的方案讨论会,开得也确实不大理想,叫那些毛头小伙子去干什么? 他们在机床上干干活还可以,要说设计呀,理论计算呀,说句不客气的话,他们是擀面杖吹火,一窍不通的。"

叶赋章喷出一口烟:"听听他们的意见也好嘛。"

"您的意见没有被接受,这很遗憾。"丁明达深表同情地说。其实,在会上争论是不是投入试制的时候,丁明达是同意试制的,他表这个态,是因为他看准了形势。

"说这些干什么,老丁?"叶赋章不以为然地说,"已经决定要试制了,科里的工作,应该很好安排一下,尽量从各方面给他们方便,使他们没有后顾之忧。有事儿,只管找我,要尽力去帮助他们解决试制中的问题。"

"自然,自然,"丁明达说,"这是我分内的工作,我还能不管吗?"

叶赋章知道,丁明达支持试制,用他的话说是形势需要。也好,能关心他们就是好事,只要不去给青年人瞎出主意,捅出娄子就行。

叶赋章回到家里,发现有人在等他。这是加工车间主任朱德泉。

朱德泉的来访使他感到意外。但他很快就联想到:老朱来看他是为了发动机试制问题。

白天的方案讨论会上,朱德泉没有明确表态,这使他感到奇怪。

"你抽烟!"叶赋章从打开的一包烟中抽出一支递给他。

朱德泉没有像丁明达那样,为烟的牌子惊奇。他一面吸,一面从口袋里掏出一包东西。

"刘书记走了,没有人做你的对手,棋瘾发了没有?"朱德泉笑着说,"围棋我下不了,象棋还可以杀几盘。来吧,较量较量!"

他打开那个小包,里边是一副沾满了机油的木制象棋。

"好,较量较量!"叶赋章的兴致也来了。

两个人在茶几上摆开了阵势。朱德泉飞了相,叶赋章却没有动。

"走呀!"朱德泉喊道。

"不,老朱!"叶赋章想起了什么,"我问你,为啥今天在会上你不发表意见?"

朱德泉盯着棋子,沉吟不语。过了一阵才说:"我正想和你谈谈这个问题,叶总!表个态度,这不难,可是,笼笼统统地表个态,有什么用呢?"

老工人这几句话,引起了叶赋章的敬意。

"你不同意立即投入试制,不是不支持方案,这我相信。你不会随便对一个事情下结论的。立即全面铺开试制,我也觉得不大妥当。话说回来,发动机又不能长期停留在纸面上,就像孩子学走路,不让下地是学不会的。搞部件试验又确有困难。为啥我今天没表态,因为我拿不准主意。"

叶赋章觉得,这个老工人考虑问题是比较实际的。应当搞,但在目前的条件下怎么搞,他所苦恼的不也是这个问题吗?

"柴厂长的话,你兴许听起来不大舒服。"朱德泉看着叶赋章的眼睛说,"他是个直性子,是为发动机着急——"

"这我清楚。"叶赋章点着头说。

"年轻人那边我可以帮你做点工作,别的劲就使不上来了。"朱德泉发愁地说,"你可得多给他们出些点子啊!"

叶赋章心里难受。点子在哪儿?资本主义国家那一套搞法他知道。那里搞工业有几百年的历史了,我们没有那样的条件,也不能样样事跟着他们学步……

两个上了年岁的人,以一种长者的心情,用老年人的方式,冷静地倾吐彼此的心怀。叶姑屋里的挂钟,传来单调、沉重的嘀嗒声,时间在悄悄地过去。他们的心情,像钟摆声一样沉重。

茶几上的棋子,除了已经飞出的一只"相"外,都各就各位地守在自己的阵地上,"指挥官"早就把它们忘记了。

就在两个老年人为试制问题冥思苦想的时候,他们的女儿叶琪和朱小英,还有王志嘉等一伙青年人,却以另一种心情,在部署"战斗",考虑试制计划。

方斌没有和他们在一起。他躲在尉迟文英的小房里,在一张纸上写着什么。他想申请退出试制,现在,他正在编造种种理由。

第二十二章

这几天,叶总工程师特别忙:一年里最后一个季度,是完成本年度生产任务的关键。随着"双革"运动的深入发展,生产技术上又暴露出不少新的薄弱环节,需要他拿出解决这些薄弱环节的措施来。第四季度还需要为明年的生产任务做准备……叶赋章作为工厂的总工程师,已经有很多事情叫他发愁了。

他每天回来很晚。回到家里,看见女儿不在,就自然而然地想起了发动机,于是生产上那些叫他发愁的事情就暂时退位,占据他整个思想的,便是发动机的试制问题。

方案讨论会决定发动机投入试制,作为个人,叶赋章是服从的。会后,他曾专门和有关技术部门的领导打了招呼,在铸、锻、冷加工、热处理等工艺方面,要尽力保证发动机零件的加工要求,来大力支持试制。

每天等叶琪回来以后再入睡,这是叶赋章的习惯。可是,这两天叶琪因为试制发动机回来得愈来愈晚了。在等女儿回来这段时间里,叶总工程师就翻寻各种资料,苦苦搜索记忆,开始了另一件工作。

叶赋章坚信部件试验是必要的,越过这个过程,试制恐怕难以取得成果。他觉得自己应该看得远一点,如果试制不成,他应该拿出一个办法来。他已经隐隐听到有人在说他"右倾","像他这样喝了多年洋墨水的人，自然只认得洋人走的路，要他跟上社会主义新时代的脚步，那才不容易哩!"他甚至隐隐听到这样的传闻，说刘之毅吃了批评，原因之一就是因为党委书记十分信任他，支持他的工作。他不能断定这消息是否确实，但无端地把谣言造到党委书记头上，恐怕是不可能的，总是事出有因吧! 他感到十分不安，心情极其沉重。如果因为自己的错误而连累党委书记，他会难过死的。在这种心情下，他甚至怀疑自己一贯坚持的是不是正确的了。但这种怀疑在他心里并没有停留多久，因为他相信自己是在按照规律办事，更相信刘之毅对他的支持并不是出于一种盲目性，这种支持里也不带任何个人关系的因素。他尊敬党委书记，是从内心里承认刘之毅是个有高度党性的共产党人。他记得老刘临走前对他的嘱咐，他决不能使党委书记失望。风言风语他可以不听，被人(包括自己的女儿)称为"走老路"的误解他可以忍受，他要抽工余时间，设计出必要的试验设备，在试制不成的情况下，可以尽快把试验室建立起来。

已经晚上十二点了，叶琪还没有回来。

叶赋章从资料堆钻出来，长长地舒了口气，他确实困倦了。

他趿着拖鞋，在房间里往返地踱着。忽然，他在书架前站住了。

书架上面墙上，他妻子遗像两边的鲜花枯蔫而且发干了。这使他惊讶。以往，每隔几天，刚枯萎的花束就会被新鲜的花束换下来，肖淑的相片常年是被鲜花拥簇着的。现在，相片两边的花束已经干枯了，他和女儿居然没有发现!

由花束他想起了叶琪。因为，花束的更替，一向是女儿的事情。现在，它干枯了，这说明，女儿也把它给忘记了。

叶赋章不再踱步，他坐在沙发上，陷入沉思。

他感到，最近以来，生活中的某个环节上起了些变化。这种变化，不是一开始就觉察出来的。但是，当他突然觉察这种变化的时候，就不免惊讶起来。

比如说，许多年来他养成的生活习惯，他们家庭的生活秩序，现在有一部分已经被打乱了。他屋里的灯光,12点以后还亮着。早晨起来,在阳台上活动过筋骨以后,一杯牛奶没有了,这本来应该是他女儿亲手煮的,但是现在她还没有起床:晚上睡得太迟了,早晨爬不起来是很自然的。(实际上,即便叶琪还像过去一样早起,做父亲的也喝不上奶了,因为牛奶已经不再供应。)一天两顿饭,父女俩总是一起吃的;现在,陪她吃饭的常常是他的碎嘴堂姐。上班的时候,女儿总是给他提着皮包,走在他的身边;而现在,皮包得他自己拿着。皮包并不重,但身边少了一个人却觉得不习惯。妻子遗像旁边的鲜花干枯了,书架上也落了一层灰尘;两盆不知名的草木花,也因为没有人料理而显得有些萎蔫。这些,本来都是叶琪的事情……

"也许这种习惯和秩序本来就应该打破的。"叶赋章自我解嘲地想。

"不想了,不想了,"他心里喊道,"睡觉去吧,睡觉去吧!"

可是他没有站起身,一个奇怪的问题跳了出来:这一切都是什么原因产生的呢?

答案是很容易得出的:原因是在女儿一方面,而女儿是因为发动机……

是啊,女儿和他,在发动机的试制问题上,看法并不一致。

叶赋章的眼前,出现了女儿那倔强的嘴角,端正的鼻梁,生气时微微上翘的长睫毛。昨天晚饭时,父女俩有过不很愉快的争执:

白天,青年人在研究试制问题时,不知怎么又提到了叶赋章坚持搞部件试验的问题。苏一鹏叹了口气说:"唉!叶琪,你爸爸是怎么搞的?人家外国那样搞,难道咱们也非得那样搞?你说这是走老路,我看也是。那天的讨论会上,你不说这句话,我也要说了。……"

叶琪心里非常难过。难道爸爸真是在走老路?伙伴们这样议论爸爸,自己能说什么呢?因为第一次说出这个意思的,正是她自己啊!

回到家里,叶琪就把自己关在屋子里。她也说不清是生自己的气,生苏一鹏的气,还是生爸爸的气。

叶姑喊她吃饭,她说不饿。喊了两次,她还没有出来。这一下把老太太急坏了。

"赋章,阿琪今天是怎么啦?"老太太大惊小怪地喊她的堂弟,"上午啃了一个干馒头就往厂里跑,到现在还不想吃饭!你自己呢,这一阵来也是心事重重,茶不思,饭不咽,你们这爷儿俩到底摊上什么事啦?"

"二姐,你不明白!"叶赋章从书桌上抬起头来,"有些事情,和你说也说不清楚,你不用管就是了。"

"叫我不用管?这办不到!"老太太火起来了,"这一阵,你们爷儿俩也不亲亲热热地说话啦,阿斌也很少上门啦,这是为了啥?你倒是给我说个明白呀!"

"二姐!"叶赋章也有点不耐烦了,拉长声音喊道,"工作上的事情,你是弄不明白的,还是省点心吧!"

"省点心?我要省什么心?我的心都在你们爷儿俩身上了!"

六十来岁的老太太,实在不明白堂弟和侄女儿以及阿斌之间,发生了什么事情。老少两个人都不懂得自己的心意,不免生起气来:"是不是我在这里碍着你们,叫你们不痛快?给我买张车票吧,我回乡下老家去!"说着,不由得流下泪来。

叶赋章看见堂姐伤了心,心里更加烦躁:"好了,好了,二姐!算我的不是行不行?我叫阿琪出来吃饭!"说着,准备去叫女儿,叶琪却走出来了。

"看你,姑姑,这是干什么呀?"她扶着老太太坐在沙发上。"我和爸爸都是为了工作上的事情操心,你不要往别的地方想。"

"可是阿斌为啥不上门了?"老太太擦着眼泪问,她最关心的还是侄女儿的婚事。

"他爱来就来!"叶琪听堂姑提起方斌,心里就觉得别扭。为了不使她在这个话题上扯得太远,就说:"我要吃饭了,姑姑!"

叶姑到厨房里忙去了。叶赋章对女儿说:"阿琪,对姑姑不要过分任性,叫她不痛快!"

叶琪点点头:"我心里烦!"

叶赋章知道女儿心里烦的是什么,他说:"对我有意见就说吧!"

"那天,我说您坚持搞部件试验是走老路,您知道,后来,我的心里是多么难过?难道,我的爸爸,真的是……"叶琪说到这儿,眼角里浮动着泪花。

"说下去!"老工程师轻轻地说。

"爸爸!难道因为国外那么搞,我们也就一定要那么搞吗?"

"并不是因为国外那样搞了,我们也一定要那么搞,这是不能跳跃的一个阶段。"叶赋章说到这儿,指指桌上的馒头说:"就像吃东西,不先经过食道,是不能到达胃里的。"

"难道就只有这一条路吗?"叶琪闪着泪眼喊道,"多几种方法去实践就肯定不行吗?"

"我还是认为,从方案直接铺开试制是不行的!"老工程师说着,不免激动起来,"盲闯蛮干不会有结果!"

"可是,爸爸,您的看法也不一定就是正确的!"

"在我还没有发现它错在哪里的时候,我一定要坚持!"叶赋章的态度依然很坚决,"说我走老路,我是不会放在心上的。"

老工程师后面那句话,把女儿的心刺痛了。她轻声说:"爸爸,依您说,应该怎么搞呢?"

叶赋章说:"我正在考虑试验室的设计方案。"

叶琪一愣,终于明白爸爸在干什么了。她说:"您是说,万一试制搞不下去了,就回过头来,再……"

叶赋章点点头,说:"你是不是和王志嘉说一说,抽点时间,我和你们一起研究一下建立试验室的方案。做两手准备,有好处啊!"

叶琪想了想,摇摇头说:"不,爸爸!现在我不能告诉他们,这会动摇大伙对试制的信心。况且,现在要全力以赴搞试制,也抽不出时间来考虑建立试验室的问题。"

叶赋章没法再说下去了。他轻轻地摇了摇头,觉得脑袋十分沉重。

看着父亲难过的样子,叶琪心里暗暗责备自己:爸爸肯定听到了人们对他的议论,心情是可想而知的,作为女儿,自己非但不能为爸爸解忧,反而……爸爸面对各式各样的议论(她听了也曾为之生气,为爸爸抱屈),仍不为所动,还是坚持要按自己认为是正确的道路走下去,这种执着的态度,使她感动。爸爸不是在为试制操心吗?他根本就没有采取旁观的态度。

做女儿的应该理解爸爸的心情,怎么能用这样的口气和他说话呢? 可是,爸爸应该理解年轻人的心啊,难道脚下的路只有一条吗……

父女俩,本来想好好谈一谈,结果还是谈不到一起去。等到叶姑把饭端来了,彼此才从难堪的沉默中解脱出来。

这个家庭原有的生活秩序被打乱了。六十多岁的叶姑在旁边想:"这父女俩应该像过去一样,和和美美,亲亲热热;为什么这一阵子变化那么大呢?"

生活,它并不是任何时候都按着每个人的想法和愿望进行的,它有自己的规律啊!

叶赋章在屋子里躲着,真是思潮起伏。

老工程师一向认为,女儿是最了解他的。新中国成立以前,他把一切都寄托在女儿身上:希望、欢乐与痛苦……女儿就是他的生活信念。新中国成立以后,他在精神上才找到了真正的寄托,但是女儿仍旧是他生活中最亲近的人,特别是她进大学读了发动机专业以后,做父亲的就在她身上寄托了更多的希望……

叶赋章停止踱步,在沙发里坐下,点起一根烟抽着,没有半点睡意。

"柴厂长也不理解我的心情,"叶工程师难过地想,"他不熟悉发动机,这不能怪他……可是慎重一点又有什么不好呢? 为什么不能多方面的听取一下意见呢?"

看来,朱德泉的想法倒是和他比较接近的,但是老朱也拿不出个好办法来!

他自然而然地想起了党委书记刘之毅。如果他在家,也许情况会好得多吧! 他会告诉年轻人怎样去做的,也会告诉他叶赋章怎样去做的。

叶赋章完全相信,只有党委书记才能理解自己的心情,理解这种甚至连亲生女儿都不能理解的心情……可是,听说老刘挨了批评,这到底是怎么回事呢?

叶赋章强烈地想念着刘之毅。他决定立即给党委书记写信。

写完了信,他又打开了一叠资料。女儿没有回来以前,叶赋章是睡不着觉的。他要尽快把建立部件试验室的方案搞出来，一旦目前的试制搞不下去的时候，他能给青年人铺好一条路，让他们继续走下去。另外，叶赋章还考虑到：从工厂长远的发展来看，建立部件试验系统，也是完全必要的。

深夜一点过后，叶琪回到家里。她轻轻地上了楼，轻轻地把钥匙插进锁孔，轻轻地在过道里走着……

爸爸屋里还亮着灯。她不想进去再打搅他了，只是屈起手指，在门上轻轻地敲了三下，意思是她已回来了，叫他快休息。

屋子里没有声响，叶琪也就回到自己房间里去睡觉。

因为加工车间里有几张图纸上发现了问题，急需处理，第二天要早起，所以她把闹钟按平日的起床时间拨前了一个小时。

清晨，马蹄表清脆的铃声把叶琪从酣睡中惊醒了。她起来后到厨房去洗脸，发现爸爸屋里还亮着灯。叶琪觉得奇怪，轻轻推门进去，眼前的场面使她吃了一惊：爸爸趴在书桌上的资料堆里睡着了，床上的被子却叠得端端正正，这么说，他昨晚熬了个通宵！

从书桌上散乱的资料可以看出，爸爸通宵不眠，正是为了发动机！

叶琪的眼睛湿润了：多好的爸爸啊！可是，为什么他那么坚持自己的意见呢？

她站在老工程师的身后，一时竟不知所措了：叫醒他呢，还是让他睡在这儿呢？

不应该叫醒他，醒了他是不会再睡的。于是她到衣架上拿了件大衣，轻轻地披在他的身上。

这时候，老工程师醒来了。

叶琪一看爸爸的脸，吓了一跳：老工程师脸色蜡黄，眼光迟钝，一摸他的额头，烫得烧手。

由于连日劳累，晚上又熬了一个通宵，老工程师发起烧来，胃里也感到剧痛。叶琪进来时，他并没有睡着，而是一手按着胃部，趴在桌子上休息。

"阿琪，给我点止痛片。"叶赋章喊道。

叶琪急忙给爸爸找来了止痛片,倒了开水,让他吃完药,扶着他去床上躺下,立即去找柴强。

　　柴强马上给职工医院挂了电话。不一会儿,就来了值班大夫和两个护士。根据柴强的指示,要求叶工程师立即住院。

　　叶赋章只能搬到医院里去住了。

　　方斌想申请退出试制。

　　他抽中午休息的时候,去找丁明达:在办公室里,向科长提出这种要求可能不适宜,便来到丁明达家里。

　　丁明达刚吃完饭,点着一支烟,跷起二郎腿,坐在弹簧椅上,用火柴梗剔着牙缝里的肉筋。(他居然搞到了一块牛肉!在吃的方面,丁明达是从不吝啬的:用高价买东西虽然心疼,但这是"进口"物资,是吃到自己肚子里去的,健康比啥也重要啊!)听完了方斌的要求,他皱了皱眉头说:"恐怕不行吧!"

　　"为什么不行?科里的正常工作不是需要有人做吗?"

　　"要注意影响!"他以一种精通世故的口气说道,"因为没有采用你的方案,就退出试制,这会给人一种什么印象呢?领导会怎么看待你这种做法呢?小伙子,不要那么锋芒毕露嘛!听我的话,绝没有坏处!"

　　方斌固执地说:"丁科长,说真的,我没法子和他们一起合作。你也了解我的性格!再说我对自己的方案还没有完全失去信心。对他们那个东西,我的确没有半点兴趣,何必要我也陷到里边去拔不出来呢?"

　　丁明达没有回答,集中精力剔他的牙齿,终于把嵌在牙缝里的那根肉筋剔出来了。他如释重负,这才说道:"方斌!你对自己的方案还有没有信心,这是你自己的事情。至于王志嘉这个方案,我也不是对它信心十足的。可是,领导上同意了,我就得承认它!做工作,如果不能领会上级领导的意图,那就要出娄子。你……你难道还没感觉到形势在朝什么方向发展吗?"丁明达突然压住了声音,显得颇为知己地说,"为什么要逆潮流而动呢?小伙子,你的生活经验还太少了点,听我的话,不会吃亏的。至于会不会陷到里边拔不出来呢,那就得看自己的本事啦,也可能陷进去,也可能不陷进去……"

丁明达今天在一个偶然的机会里听到一个消息,说有些单位头头缺正职的,要补上,或由副职提升。他稍稍推论了一下,不禁心花怒放了。全厂没有比较合适的人来当这个设计科长,看来他这个副总设计师该"转正"了!心情一好,今天中午多喝了一盅,所以话多了些。但是,他发现,刚才的话里,有些地方已经超出分寸,必须适可而止,于是接着说道:

"好啦,方斌!我再一次告诉你,退出试制是办不到的,科里的工作我自有安排;你呢,还是和他们一起搞去。将来机器出来了,试验报告上,总结论文上,能不把你的名字放上去吗?还能放在苏一鹏、鲁大明的后头吗?好好干吧,听我的话吃不了亏。我还要参与进去呢!"说罢,打了个呵欠,站起来,表示他要休息。

方斌无奈,只好扫兴地出来。

丁明达刚才的"体己话",方斌自然是听懂了的,他也感觉到了形势的发展变化,为此而感到惶恐。惶恐之余,他曾经生出一个念头,干脆顺着形势来,甚至跑到形势前面去,提出一个比王志嘉他们那个方案更加"先进"的方案,很可能会得到一些人的支持。但他冷静下来,又觉得这念头无疑是在发疯,因为这样的方案根本不可能成立,即使投入试制,也不可能有什么结果,他方斌想打这张牌,最后会把一点可怜的老本都输掉。可是,跟王志嘉他们一起干,怎能显出他方斌的能耐?他是不甘心唱配角的,更不用说是充当跑龙套的角色。权衡再三,还是退出试制,在一旁看看热闹,如有适当时机,再登上前台也不太晚,说不定需要换个新角色,再把戏唱下去。他有点鄙夷丁明达:你这个设计科副科长算个什么角色?投机分子而已!他方斌是不屑为之的,和丁明达相比,自己是有尊严的。想到这儿,脚步上自然而然地走出了几分精神。

迎面来了个人,从方斌旁边走过去。他觉得那人的脚步声很熟悉,忙转过脸去,原来是叶琪。她刚从医院出来,要到车间去。

"她难道也没有看见我?"方斌想,"不,她是不想理我,她把我当成陌生人了！"

一种奇怪的力量使他转过身躯，心想："她不理我，我还是要理她。我要和她谈谈清楚。我要再一次提醒她！"

紧走几步，他追上了叶琪。

"阿琪，等一等。"

"有事儿吗？"

"你爸爸住院啦？"

"嗯。"

"唉！他应该爱惜自己的身体。"

叶琪默默点头。

"你现在上哪儿去？"

"去车间。"

"你们就这样开始搞了？"

"难道你不来吗？"

"需要我的时候我会去的！"他把口气放婉转了些："阿琪，暂时把发动机放一放，谈点别的好不好？"

"说吧！"

"我们同学整整七年，我的爸爸和你的爸爸是世交，是老朋友。阿琪，我们这一辈的人，应该也学他们那样……你知道，就在我们上高中的时候，我就不把你仅仅当作一个同学看待了！"

"我不懂你的话是什么意思！"

"不懂？"方斌喊道，"不，你懂，你应该懂！"

"为什么我应该懂？我什么时候向你表示过我懂得你这种意思？"

这时候，他们已经来到厂前区的小花园里，站在丁明达曾为之感慨的那两株白杨树下。

"好啦，阿琪，"方斌只能把声音放轻，"为什么我们碰在一起就要顶嘴呢，难道我们前世烧了对头香吗？"

"过去我们也没有少顶嘴。"叶琪说。

这一阵来,叶琪觉得对方斌的认识越来越清楚,原先那种说不清的烦恼反倒没有了。不管怎么说,自己作为一个共青团员,对这个老同学应该给予帮助。她坦然地说:"方斌,我也以一个老同学的身份要求你,少想想个人的得失,丢开你那个东西,和大家一起来搞吧!你看,农村那么需要机器,你却老在个人的问题上缠来缠去,有什么意思?"

方斌心里不快,但还是微笑着说:"你就真的认为,我应该把自己的方案丢开?"

叶琪吃惊了:"怎么,你还不想把它丢开?"

"我对它还没有完全丧失信心,为什么要丢开它?"

"可是会上通过的只有一个方案,我们应该想一切办法把它搞出来!"

"那是起哄,不是讨论。"方斌一想起方案讨论会上的情景,心里就不痛快。

"你胡说!"叶琪喊道,"大家都摆道理,怎么是起哄? 你的道理不是第一个摆的吗?"

"为什么让那些工人参加? 他们懂得发动机吗?"

"他们是发动机的制造者,怎么会不懂发动机?"

"好,好,懂,他们懂!"凭过去的经验,方斌觉得在一个具体问题上争论下去,是绝不会有结果的,只会弄得更僵,再说丁明达刚才谈到了形势,他方斌也不能太不识时务,为此,口气就变得婉转起来。"你看,一谈起来又顶开了。我提个建议,我们都平心静气点好不好? 阿琪,你应该看到,那天会上,你爸爸是什么态度? 我的意见当然不足取,难道说,你爸爸,在德国获得动力学博士学位的人,他的意见也毫无道理? 他那么坚决地反对你们的方案进入试制,你没有看到? 怎么还要跟着他们去瞎闹? 别人不尊敬你的爸爸,难道你也不尊敬你的爸爸了吗?"

"够了,够了!"叶琪痛苦地喊道,"为什么你要让我听这些话! 你明知道……"

"这些话我怎么能不说呢,阿琪! 我总觉得,我……我应该对你负责!"

"我不需要谁来对我负责,我自己知道该怎么去做。"方斌的最后一句话,使得叶琪从烦乱的心境中摆脱出来,她实在不愿意再和他啰唆下去了。要离开他,越快越好。但就在这时候,她又一次想起王志嘉交给自己的任务,按捺住不快的心情,恳切地说道:"我再说一遍,希望你把那个方案放下来,和我们一起来搞,把精力放在有用的地方去!"

方斌觉得伤心。看来,在叶琪面前,他所有的努力都是白费的,她不会再听他的话了。他用一种异样的眼光盯着叶琪,口气十分冷漠地说:"真遗憾,我们同学了那么多年,你竟会不了解我的性格!你认为我会轻易放弃正确的东西吗?……我简直不懂,是他们的方案吸引着你,还是别的什么东西?"

叶琪蓦地抖了一下,方斌的话像一根刺戳在她心上:她懂得这话里的弦外之音,觉得受了侮辱。她的眼睛愤怒地看着方斌,嘴唇翕动了几下,但没有说出一句话来。忽然,她把短短的头发一甩,拔脚走了。她不是走,而是在奔跑,在方斌面前没有流出来的眼泪,奔跑中从腮边淌下来了……

"阿琪,阿琪!"方斌追了几步。

叶琪不回头。

方斌这才明白,无意中冒出来的一句话刺伤了她,转念一想,这样说了也好,让她知道,他方斌是从怎样一个角度在关心着她。

因为把多时藏在心里的一句话说了出来,方斌反而觉得轻松。他吹着口哨,迈着轻快的步子,转身朝宿舍走去。他决定给动力研究所写信,并且把经过修正和改进的方案寄去。他认为,只要动力研究所出版的刊物上能够发表他的这篇文章,那么,毫无疑问,学术界将承认他方斌的存在,这时候,工厂领导和周围的群众对他方斌也将另眼相看,何必死去活来地和他们在方案上纠缠不清呢?至于参加试制的问题,能应付就应付过去。他可以推托科里的工作没有结束,车间里有个什么问题需要下去解决等等,原因总是不难找的,只要不卷到试制中去就行。在这一点上,丁明达是不会过分认真的。

叶琪来到铸工车间的模型工段。

一堆人正围着图纸在吵吵嚷嚷。

原来,和车间调度室联系的结果,其他工种好办,模型工段在本月内却无法接受任务。他们的任务已经达到饱和状态:除了本厂的正常生产任务外,还有一批协作铸件,必须按合同交货。发动机上的木模,再早也得下月中旬才能排进去,那就是一个月以后的事情了。

等一个月,那怎么行? 他们又去找生产科。生产科也觉得为难。

"这木模就把咱坑死啦?"苏一鹏暴跳着,狂吼着。

"等这么长时间,怎……怎么行?"鲁大明也嘟嘟嚷嚷地说。

王志嘉知道,试制的关键不在模型上。但是铸件出不来,加工车间就没法加工。他的心里火烧火燎,但是跳脚有什么用呢? 办法是喊不出来,跳不出来的,需要冷静。

"唉,"苏一鹏长叹一口气说,"要是这一个月时间,能并在一天过,我宁愿……"

"宁愿什么?"王志嘉问。

"少活那二十九天!"

"废话!"王志嘉禁不住笑起来。

"不用木模就不行吗?"说话的是朱小英。

"不用木模?"站在一旁的叶琪喊了一声。现在,占据她整个思想的是木模,和方斌的不快已完全在脑后了。

"是啊,为什么就非要用木模?"苏一鹏大喊起来,好像发现了一个新大陆。

王志嘉问道:"不用木模铸件怎么浇得出来?"

朱小英说:"我听谁说过,在东北,过去有人用胶泥做过模型……"

"胶泥?"大家的眼睛为之一亮。

"好办法,小英,你立了一功!"苏一鹏一跳三尺高,"我看,就用这办法!"

"等一等,"王志嘉做了一个制止的手势。

"怎么啦?"苏一鹏不解地问道。

"胶泥行吗?"

"为什么不行?"苏一鹏不假思索地说道,"胶泥是有可塑性的,还不是你要它怎么样就怎么样?"

"烘干后尺寸会不会变化呢?"王志嘉问。

"咱把尺寸放大一点,烘干后要是还嫌大,就修去一点,不就行了吗?"

"烘干后会不会裂开呢?"王志嘉觉得问题很多。

"人家东北能做为啥咱这儿不能做?"苏一鹏不客气地指着他的鼻子说,"老兄总是前怕狼后怕虎的!"

叶琪受了方斌的恶言刺激,一到车间里,就觉得同志们都非常亲切。面对着困难,大家一心一意地想办法,没有人在考虑个人的得失。特别是王志嘉,这个设计组的负责人,他肩上的担子比谁都重。此刻,他冷静沉着地在分析同志们提出的建议,考虑着可能产生的问题。但苏一鹏却指着他的鼻子,说他"前怕狼后怕虎",叶琪对愣头青有点反感,难道王志嘉不比你更着急吗? 一想起方斌的冷言冷语,她就恨不得长出四只手来搞机器。她轻轻对王志嘉说:"与其要等一个月,不如就用胶泥做模型试试吧!"

王志嘉的心里在上下翻腾:时间,速度,农村的需要……怎么能慢吞吞地搞呢? 试试吧! 不试怎么知道能不能使用呢……

王志嘉抬起头来,所有的眼睛都集中到他身上,特别是叶琪那两只发光的眼睛里,充满了期待和信任,他知道,大家等他发表意见。

"好,试他一试!"王志嘉站起来,使了很大的劲才说出这句话。他理解自己肩上的责任,正因为这样,他才不敢随便发表意见啊!

他们去请教老工人。老工人说,过去倒是听说有人这样做过。但是,胶泥里边要不要加点什么东西,不清楚;烘干的方法恐怕也值得研究;而且,这里的胶泥和东北的胶泥性质成分是不是一样,也不知道……

苏一鹏说:"管它呢,使用胶泥干!"

朱小英说:"试一试吧,说不定能成!"

王志嘉心里琢磨:"模型做不出来,这一关卡住后边就不好办,不能在这里耽误了时间,说啥也要闯过去!"

他叫来叶琪,想去医院就胶泥做模型的问题,请示叶总工程师。

路上,他们碰上了柴厂长。

王志嘉把情况向柴强做了汇报。当王志嘉提到要去医院请示叶总的时候,厂长连连摇手,说:"不要去打搅叶总了,让他好好治病,休息。我已经关照各个技术部门,不要为工作上的事情去找他,让他操心。你们有什么事情,先找找丁科长。"

王志嘉和叶琪想了想,确实不该为胶泥模型的事去叫总工程师烦神、操心,便去找丁明达。

丁明达十分为难。柴强不让去找叶赋章,担子只能自己来挑了。他根本不相信胶泥能做模型,但青年人正在热劲上,他还能反对吗?他不想戴"保守"的帽子,何况柴强又支持他们那样搞的。丁明达权衡了一番轻重之后,支支吾吾地表示同意了。

青年人决定立即出发去找胶泥。

为了争取时间,他们爬山蹚水,抄赶近路,去到窑场。

他们在寒风冷雨中,忍饥耐饿地赶路,为的是早一小时、早一分钟把模型做出来。

信念,驱使着这些年轻人去吃苦,去战胜困难……

第二十三章

刘之毅在发动职工利用工余时间种秋菜的同时,曾和厂工会的干部研究过一次工作,明确无误地给了他们一项任务:在市场供应紧张、物质生活匮乏的情况下,为了使大家的眼睛不至于老是盯着生活上的困难,唉声叹气,必须把职工的文化娱乐生活搞上去。厂工会一位副主席和几个年轻干事,为了安排职工的业余生活,颇费了一番心血。在华新厂,嘴里发出"唉唉"之声的人确乎不多。

星期天,工厂的生活是丰富多彩的。这一点,单从福利区主干道两边贴着的海报上,就可以看出来:

俱乐部放映彩色影片《五朵金花》

厂体协举办全厂科室乒乓球锦标赛进入决赛阶段,前三名争夺赛今天下午2点在俱乐部休息厅举行

职工图书馆举办文学讲座,特邀市文联同志分析讲解毛主席词三首《沁园春·长沙》《蝶恋花·答李淑一》《忆秦娥·娄山关》,地点:子弟中

学第六教室,时间:中午12点

工具车间第三届运动会今天举行,希职工同志莅场助兴

厂科学技术协会举办"标准化"讲座,地点:技术图书室阅览厅,时间:下午1点

车间男女篮球锦标赛进入第二轮……

天气晴朗,阳光灿烂,虽然天气预报说今天傍晚有雨,但下午三四点钟还看不见有变天的迹象。

职工们按照自己的兴趣,三三五五,有的还携儿带女,去参加或观看某一项活动。兴致高的人还安排了时间,争取多观看或参加几项活动。

早晨,苏一鹏从花花绿绿的海报旁边走过,脚步放慢了。青年人是爱玩的,但眼下不是玩的时候,且待发动机试制成功后,再痛痛快快地玩吧。他害怕海报的诱惑,所以不敢正眼看它们。

设计室里静悄悄地。王志嘉和叶琪、鲁大明等都到车间去了。苏一鹏今天必须赶出几张零件图。越过一片宽阔的厂前区,球场上的哨子声、欢叫声仍然一阵阵传过来,吸引他的注意力。没有办法,他只好把窗子关起来,这样才能把全部注意力集中到制图板上来。午饭以前,他终于很好地完成了任务。到食堂里狼吞虎咽地往肚子里填了两个馒头,就到铸工车间去了。

铸工车间一反往常的热闹景象。这个月的任务完成得很均衡,星期天用不到加班。因此,隆隆开动的吊车在休息,铁水翻腾的冲天炉也在休息,造型机粗钝的打击声和清理工段电凿刺耳的"突突"声也消匿了。只有型芯工段里传来小型鼓风机的隆隆声,中间还不时夹着几句歌声。这歌声是从一个姑娘的嘴里十分随便地哼出来的。也许因为衬着鼓风机的隆隆声,这漫不经心、断断续续的歌声,在宽大静谧的车间里飘散时,听起来却颇为

清新动人。

"风在吼,马在叫,黄河在咆哮,黄河在咆哮! 河东河北高粱熟了……"她唱的是《黄河大合唱》中的《保卫黄河》。但过了一会儿,又换了另一支曲子:"汾河水,长又长,弯弯曲曲向南方……"

唱歌的人是朱小英,她请求参加试制小组,得到了同意。现在,她坐在一张矮矮的工作台上,手里剪着车间墙报上用的图案,嘴里漫不经心地哼着歌子,眼睛一忽儿瞟一下壁上的电钟,一忽儿瞟一下身边的烘炉。她是在这儿看炉子的。

炉子里装着他们用胶泥做成的模型。如果温度正常的话,再过一个来小时就要开炉了。朱小英不时走过去观察炉子的温度,从仪表上记录数字。嘴里自言自语:"你可得争气呀,我们就靠你来争取时间呢! 你看,我志嘉哥眼睛都熬红了……"

正常,一切都正常! 看来,成功是没有问题的。但是,为什么好多人总担心它成功不了呢? 有的人似乎还不希望它能成功。在她看来,方斌好像就是这样的人。一样的年轻人,一样受过高等教育,方斌为什么和她的志嘉哥就不同呢? 一个人成天光琢磨个人的事情,个人的得失,有什么意思呢? 真无聊! 呀呀呀,太没意思了!

二十岁出头的少女,暂时中止哼她心爱的歌,一边剪着墙报上的图案(她负责车间墙报的出版工作),一边思索起生活来了。

这小姑娘也常常有苦恼。生活中有些事情,按照她的想法,应该是一种样子,但是实际情况并非如此,有时甚至和想象中应该的样子相差甚远。比如说,在她看来,搞技术工作的,都应该像她志嘉哥那样,又红又专,一个心眼向着党,向着社会主义,可是,偏偏有方斌这样的人。还有丁明达,虽然这个人经常对着她爸爸"朱头长、朱头短"地喊得挺亲密,但她无论如何没法子喜欢他。她尊敬叶赋章工程师,可是这次老工程师不赞成发动机立即投入试制。她喜欢苏一鹏这个小伙子,可是又觉得他太愣,脑子简单,缺少她志嘉哥身上的那种沉着、稳重、会动脑子的优点。王志嘉在她心目中,是青年人中优点最多的一个,但是他为什么对自己的生活问题考虑得那么少呢？可以说他根本就没有在考虑。经过一个时期的交往，朱小英对叶琪有了好感，甚至亲热地喊过她"姐姐"。可是，方斌却说，他们俩在同学时代关系就不错。难道叶琪连方斌是个什么样的人都看不出来吗？真是奇怪！

有些问题一下子是找不出答案来的，朱小英决定不再去想它们了。她过去记录了仪表上的数字，又回到工作台边，剪着图案，轻声哼起歌子来。

突然有人用手蒙住了她的眼睛。

"是谁捣蛋？"她问。

没有回答，只有从牙齿缝里迸出来的咻咻的笑声。

"放开不放开？"她吼道。

眼睛被蒙得更紧了。

"我要不客气了！"她扬起手里的剪子，威胁对方。

咻咻的笑声变成了嘿嘿的笑声，蒙眼睛的手还是没有放开。

她知道这是谁了，嗔怒地吼道："调皮鬼，还不撒开？"

蒙眼睛的手放开了，苏一鹏笑嘻嘻地站在她面前："还唱歌呢，怎么有这么好的心情？"

朱小英用手帕擦了擦眼睛，不以为然地说："为啥心情不好？"

"你知道这炉子里的模型能成吗？"

"为什么成不了？"朱小英有点发火了。这家伙怎么说起这种话来？"你也想吹点冷风吗？来吧，尽管吹！"

苏一鹏看她生气了，连忙解释说："你别急，咱俩的看法是差不离的，倒是王志嘉他不放心，怕没有把握，着急得什么似的。"

"志嘉哥他这是怎么啦？"

"我看哪，你那志嘉哥倒有点像小脚婆娘，你说是不是？"

"我说不上来，"朱小英有点茫然，"不过，我爹总是说他心事重，他考虑的问题多。"

"考虑得太多有什么用？眼下首先要考虑的是把胶泥模型做出来。"

"可是叶总为什么不支持我们投入试制？"

"他提出要搞部件试验,根本脱离实际。"

"连叶琪也不完全会赞成他的看法,这两天,他在医院里一定很苦恼。"

"有什么法子呢,到底上了年纪啦!"苏一鹏叹了口气说,"照我看,上了年纪的人,十有八九是保守的,也可以说,保守和年龄成正比。"

"年龄和保守有什么关系?我爸爸也保守吗?"

"我不敢说。"

"在我面前说,怕什么?"

"那次方案讨论会上,你爸爸为什么不表态?"

是啊,爸爸为什么不表态?显然,他也不是积极支持投入试制的。联想起爸爸反对他们搞齿轮自动线,朱小英不免丧气地摇了摇头。

"你摇头干什么?我说的不对?"苏一鹏问道。

朱小英不愿再议论自己的爸爸,她甚至也不愿笼而统之把叶总归之为"保守"的一类人。她说:"我看,叶总的苦恼,和方斌也有关系。"

"这人,你就别提他了。"苏一鹏不屑地说,"这次没有采用他的方案,意见可大着咧。"

"他现在算不算参加试制?"朱小英问道,"你说他参加吧,又不做具体工作;你说他不参加吧,又常常下来走动,好像挺关心似的。"

"他借口科里有事走不开,又不完全在科里工作,就这样上面待待、下面转转,挺自由自在。其实,主要的原因是他不愿意和我们一起搞,也不相信我们的发动机会成功。"

"这种人,你们应该好好批评批评他!"

"王志嘉可没有少帮助他,"苏一鹏说,"人家听不进去,有啥办法?"

"我真不明白,"朱小英又想起了一个问题:"为什么叶琪要和他相好?"

苏一鹏从工作台上跳下来,像维护什么似的说道:"谁说啦?谁说叶琪和他好啦?"

"方斌不是在追她吗?"

苏一鹏松了一口气:"他追叶琪是他的问题,人家叶琪可没有什么表示。"

朱小英也松了口气，说道："我好像觉得资料员尉迟文英和方斌挺接近。"

"他们的事儿谁也说不准。"

朱小英过去看了看炉子，回过来说道："我志嘉哥年纪也不小了，你们就不关心关心他吗？"

苏一鹏调皮地朝她映了映眼睛：

"我看哪，还是先关心关心你自己吧！"

朱小英生气了，噘着嘴，狠狠地在背上给了他一拳："讨厌！人家可是和你说正经的！"

"那你说该怎么关心他呀？"苏一鹏赔着笑脸说。

朱小英想了想，诡秘地说："我觉得叶琪挺好！"

"我说你这人也真成问题！"苏一鹏一本正经地说，"人家成天在一起工作和学习，还用得着……"

电话铃把他俩的话打断了。苏一鹏拿起话筒，原来是王志嘉打来的，说加工车间有一张图纸上的配合尺寸有些问题，叫他去一趟，因为图纸是他画的。

"马上就来！"苏一鹏对着电话做了一个立正的姿势。他正想搁下话筒，忽然想起了什么："喂，等一等。我告诉你一件事情。……什么事情？……嘿嘿，说起来嘛，可以说是件大事情。……什么？你说有没有发动机那么大？……嘿嘿，很难说，可以说是件不大不小的事情。总之，有人在关心着你！……你说是谁？嘿嘿，是我和小朱，真的，一点不假……"

"啪"的一声，对方把电话挂了。苏一鹏转过身来，故意耸耸肩膀说："你那志嘉哥并不欢迎我们的关心，真是遗憾。我到加工车间去了，你留心着炉子吧！"

苏一鹏走了。朱小英又认认真真地剪起图案来。车间里恢复了原来的平静。活泼爱动的少女，好像不习惯这样的环境，又轻轻地哼起歌子来。

"志嘉哥最听爸爸的话，应该叫爸爸给他多操操心。"朱小英心里嘀咕着。对了，爸爸去市里开了五天的劳模大会，今天应该回来了，回来看见胶泥模型搞成功,心里不知会多高兴呢。

突然方斌出现在她的身边。他挟了两本大部头书,穿戴得整整齐齐,笑眯眯地对她说:"是你在这儿呀,小朱!哼着歌儿劳动,真是愉快的劳动呀!"

方斌的突然出现,使得朱小英很不自在,她头也不回地说:"为啥不愉快呢,方技术员?"

"不,不,应该愉快,应该愉快!"方斌满面堆笑,"小朱,王志嘉他们呢?"

"在加工车间。"

"模型在炉子里吗?"方斌用关心的口气问。

"唔。"

"要是这胶泥模型真的成功了,可是个了不起的创举啊!"

朱小英倏地转过脸问道:"你说它成不了?"

"能成,准能成!"方斌说着,走到炉子旁边,就想去开炉门。

朱小英丢下手里的东西,跑过去制止他:"还没有到时间,不能动!"

方斌讨了个没趣,搔搔脑袋,尴尬地说:"真的,小朱,你刚才唱什么歌来着?"

"《保卫黄河》,随便哼哼。"

方斌笑着说:"我看,是保卫炉子嘛!"

"这么说也行!"朱小英不想和他磨牙了,只希望他快一点离开。

这时候,资料员尉迟文英来了。她穿了一件蓝底碎花的线呢中式夹袄,领口上别了一枚红色的多棱角的别针,外套一件黑色的无领薄呢上衣,短短的头发是新近烫卷过的。无论什么时候,到什么地方,她通身的打扮,总是那么与众不同。

"你还在这儿,叫我好找!"她娇媚地埋怨方斌。转过脸去又和朱小英打招呼:"小朱,大礼拜天的还忙着呀!"

"忙啥?啥也不忙!"朱小英不大热心地回答,她不喜欢眼前站着的这个女人,心想:年轻轻的,光知道在打扮上下功夫,做学问,多没意思呀!"她做出这样的结论也是有根据的:有一次,资料员在百货公司买一枚胸针,足足挑选了二十分钟,还是没有挑选到合适的,最后托出差去上海的人,才买到自己比较满意的这个小玩意儿。

"有事儿吗,尉迟?"方斌轻声说道。

尉迟文英指指手提包,方斌会意了。转身对朱小英喊道:"小朱,好好保卫炉子吧!"

朱小英没有搭理,只是冲着他们的背影,大声地唱起来:"风在吼,马在叫……"

走到车间门口,方斌急不可耐地问尉迟文英:"这次到了些什么资料?"

尉迟文英从手提包里取出一叠外文技术杂志和资料,方斌接过去翻着,喜笑颜开:"太好了,真太好了!"他忽然想起了什么:"真的,尉迟,我叫你给动力研究所发的那封信发了没有?"

"发了。"

方斌忽然看见对方的眉毛皱了皱,连忙问道:"什么事叫你皱眉噘嘴的?"

方斌的敏感使尉迟文英感到惊讶,这说明对方是了解自己的。她用柔情的眼光看了看身旁的青年男子一眼。这样好的天气,应该出去走走,去市里看场电影,逛逛公园,或者到郊野里去散散步,现在却跑到车间来了。

尉迟文英自己也觉得奇怪,自从方斌邀她当助手以后,她的兴趣和注意力就慢慢地发生了变化。过去,她对资料是没有兴趣的,她摆弄它们,仅仅因为这是她的工作。现在却不是这样了。她热情地为方斌收集各种资料图片,甚至描绘图纸。方斌说,他有信心把她培养成一个技术员,做他名副其实的研究助手。她也觉得自己应该有一技之长,为此,她更感激他了。为了帮助他多做事情,比如做资料索引,抄录重要的文摘,她甚至压缩了平常用来打扮的时间。根据方斌的要求,每一份新的杂志和资料上架阅览和借阅之前,要先给他看一看。今天为了给他送一批新的资料,她把腿都跑酸了。

"喂,你怎么不说话?"方斌在催促她。

尉迟文英皱眉头，确实有一件事情要问方斌，可是又怕说了他不高兴。现在是不得不说了："上次王志嘉问外边要的那份资料看完没有？他问我要两次了。"

"喔，我还以为是什么了不起的大事儿呢！"方斌松了一口气，"资料我还在看，王志嘉再问起你，就说还没有收到。"

尉迟文英看了方斌一眼，迟疑地说："这样做妥当吗？这份东西是根据王志嘉的要求去索取的。"

"你真会大惊小怪，尉迟！"方斌掏起一支烟来，"我告诉你，这不是什么了不起的事情。"

"我总不能对着王志嘉说谎呀！"尉迟文英有点反感。

方斌点上火，慢条斯理地说："说谎？这名词可不大好听！"他狠狠地抽了一口烟，喷出了大圈大圈的烟雾，这才说道："其实，资料的目的就是为了参考、使用。因此，我用或者他用，不是一样达到目的了吗？再说，这份东西对我是很重要的。自然，对我重要的东西，对你也是重要的，你还不明白我的意思吗？"

资料员默认了。方斌击中了她的弱点。她低着头走路，心情有点茫然。

方斌拉了拉尉迟文英的衣角，轻声说道："好了，好了！凡事不必过于认真，尉迟！这可是我的经验之谈。走，咱们去办公室坐一会儿。"

"我心里有点乱，"尉迟文英抬起头来，美丽的眼睛也失去了光彩。

"乱什么？等一会儿来车间看好戏吧！"说到这儿，方斌附在她耳边轻声说道："你呀，你真是一个讨人喜欢的傻丫头！"

方斌和尉迟文英走了不久，王志嘉和叶琪来了。

"小英，炉子正常吗？"王志嘉问道。

"正常，一切都很正常。"

"还有多少时间开炉？"叶琪问。

朱小英看了看电表："还有半个来小时吧。"

王志嘉看了看手表，对叶琪说："我怎么老觉得时间过得很慢？你的表几点了？"

叶琪对了对表："一样，和电钟的时间一样。"

王志嘉走过去看看炉子，又看了看朱小英的温度记录。

朱小英发现王志嘉心事重重，就嘟起嘴，不高兴地说："你这是怎么了，志嘉哥？"

"不怎么，小英。我是心里……"他没有说下去，何必把自己的心情传染给她呢，他故作轻松地说："你还没吃饭吧，小英？"

"我不饿。"

"去食堂吃一点，听我的话。"

"我不去。"

"你看你看，脾气又来了不是？"王志嘉笑着说，"告诉你吧，我们俩也没有吃饭，你吃完了，给我们捎点儿过来，这是给你的任务。"

朱小英的确不饿，但是听说他们两人也空着肚子，她决定去食堂了。王志嘉从她手里拿过剪刀和纸片。她怕他剪不好，不让他动手；但叶琪说有她在旁边，保证剪不坏就是。这一来，小姑娘愉快地听从了，唱着歌从车间里奔出去。

朱小英一走，车间里又安静下来了。王志嘉认认真真地剪着图案，但是精力怎么也集中不到剪子上，他的手有点微微发颤。

叶琪觉察到了他的心情："你定定心，王志嘉！"

王志嘉难为情地笑了笑，说道："这剪刀不好使。"

"是你的手在发颤，"叶琪说着，心里不由得感到一阵发热。

王志嘉的两只眼睛布满了血丝，脸颊也比以前消瘦了。最近一个时期来，发动机占有了他的一切，甚至连短暂的梦里出现的也是机器……

叶琪和王志嘉相处已经三年多。过去，她听说过他的身世，她尊敬这位团支部书记，有时也悄悄学着他去对待工作，去待人处事。但是，从感情上说，她对他还是有距离的。她觉得王志嘉比较刻板，对自己要求过分严格，严格得甚至苛刻，他过分谦逊，因此自信不足，他的生活兴趣不够广泛，生活内容不够丰富。但是,在这次发动机的设计和试制工作中,叶琪逐渐把自己的看法推翻了。她常常从对方的身上看到自己的不足。更奇怪的是:过去认为是自己的优点,现在却觉得应该屏弃了。相处虽然已经几年,但对他并没有真正的了解啊!特别是这一阵来,方斌的思想面貌暴露得越来越明显,同学那么多年,她没有真正了解方斌。自然,即使在过去,他们两个人也不是很投合的,那时候,叶琪只归结到他们性格差异这一点上。现在,她觉得这种看法多么幼稚可笑!特别当她把王志嘉和方斌放在一起来对比的时候,她就对两个人有了更深的了解……

叶琪抬起头来,王志嘉瘦削的脸颊使得她心里一动,她想起一件事:

昨天,因为忙着制作胶泥模型,顾不得回家吃饭。后来,被苏一鹏拉到食堂里去了。在排队买饭的时候,王志嘉还在集中精力考虑试制问题。走到窗口,炊事员问他要什么菜,他一时也答不上来,抓了一把饭票递过去,说了一句:"什么都行。"惹得人们大笑。吃饭的时候,他嚼掉了两个馒头,却一筷菜也没动。叶琪笑着提醒他,他像小孩做错事似的抱歉地笑了笑,三下两下,把一盘菜送进了肚里。看来,他这样吃饭绝不是第一次……叶琪感动地想:当一个人被集体事业的责任感燃烧着的时候,是会忘记关心自己的。她隐约感觉到,应该有人来关心他……

实际上,她已经在关心他了,他的一言一行,一喜一怒,都触到她心里激起情绪反应,也许她自己也不愿承认对王志嘉有什么特别的关心,但她心灵上的调色板却对王志嘉身上的色彩特别敏感。

她仿佛要向他说些什么。她知道,王志嘉需要的绝不仅仅是生活上的关心。但一开口,冒出来的却是这样一句很笨拙的话:"看你眼圈乌黑乌黑的,又好几夜没有睡好觉了吧?"

"我能睡得好吗?其实,大家都一样!"王志嘉走过去看了看炉子,又接着说下去:"我没有研究过睡眠问题,是不是大脑要完全进入休息状态,才能入眠呢?可我,闭上眼睛,眼前就出现了走马灯似的一串。"

"你看到了什么?"

"一些支离破碎的东西。"

"你能给我讲一讲吗?"她的眼睛里有一种光在流动,这是一种热切而又真诚的光。

也许,王志嘉只看到了这光里的真诚,而没有发现这流动的光是源出于一颗姑娘的心,那里是一个极其丰富而微妙的世界,但这光毕竟消除了男女之间常有的那种隔膜,引起了他的激情。

"这也许是一种幻觉,"他说,"我常常看见老牛肩上沉沉的犁轭,看见打谷场上的连枷,小姑娘推碾子推酸的胳膊,民校里暗淡的油灯……我知道,农民并不是不舍得两只手,才向我们要机器,而是想把一部分力量省出来,去做更多的事情。他们现在使用着锄头、扁担、铁锹,这是他们爷爷的爷爷手里传下来的家具,靠这种工具去生产,一半是等着老天爷赏饭吃,怎么能更快地叫农村改变面貌? 怎么能生产出更多的粮食,使我们的国家富强起来……我一睁开眼睛就问自己:怎么办? 无论走到哪儿,我都觉得肩上有一副重担子压着。"

"我懂得你这种心情。"叶琪轻声说,眼睛湿润起来,她深深地被感动了。

王志嘉并没有注意到他的话在叶琪身上所引起的感情反应,继续着自己的思绪说下去:"想到这些,我就恨不得长出几只手来。我们怎么能慢吞吞地往前走呢? 有时我还想,历史交给我们这一代人的任务究竟是什么? 我们又能完成多少? 生命是那样短暂,如何最有效地付出这短暂生命的每一天? 因此,我非常害怕从事那些无效的劳动,这不但是在虚掷生命,而且会对我们的事业带来损失。可是我们又没经验,干一件事,常常像瞎子摸象。有时,我感到自己跟不上时代的脚步,也许我将成为一个落伍者……"忽然,他发现叶琪的大眼睛里湿漉漉的,不觉吃惊地问:"叶琪,我说了些什么呀?"

"我在听着。"叶琪微笑着说,那光,在一层薄薄的泪水上流动着,显得更加清澈而又热烈。

王志嘉愣了愣,随即开始平静下来。他奇怪自己刚才竟冲动地说了那么多话。记得上次在叶工程师家里争论方案时,叶琪表现出很鲜明的态度,甚至对她爸爸的某些看法都提出质疑。从那时起,王志嘉就觉得自己在思想上和她是接近的。但是,在一个姑娘面前袒露自己的感情还是第一次,他有些羞涩和不安起来。而且,什么地方被隐隐地触动了,他竟不敢再去看叶琪的眼睛。

"我们一起努力吧,多少人关心着这个东西啊!"叶琪安慰他说,"还记得刘书记临走时叮嘱我们的那句话吗?他说,认准了一件事,应该做到底!"

王志嘉点点头。这些天来,他根本没把生理上的疲劳当作回事,精神上的紧张却使他的神经感到疲劳了。想起上次方案被刘书记和叶总否定的教训,他一次次问自己:是不是又脱离实际犯片面性的错误了?他得不到回答。但是,他又越来越明显地感觉到,生活中有一股力量,一种势头,前拉后推,要他不枉他顾,加快步子向前冲。仿佛有一种声音时时在他耳边呼喊:"你左顾右盼什么?你没有听到时代的号角吗?你还是一个新时代的青年吗?"这声音比刘书记和叶总的声音加起来还响得多。叶总在说什么?他说,方案不能投入试制。他们没有听从他的意见,现在,胶泥模型就在烘炉里。是不是在盲目实践呢?正确的实践又应该是怎样呢?缺乏经验,实在缺乏经验!他觉得脚下仿佛踩的是薄冰:不怕自己的得失,是怕给党造成损失啊!王志嘉想到这里,便问叶琪:"叶总生我们的气吗?"

"不,他不是生我们的气。"叶琪说,眼前仿佛又出现了父亲彻夜不眠钻在资料堆里的身影。她想告诉王志嘉,老工程师正在搞试验室的设计方案,要他们抽时间去和他一起研究,但又觉得,现在提起这件事,会影响王志嘉和大家的情绪,还是以后再说吧。

王志嘉说:"今天开完炉,咱们再去医院看看你爸爸,向他汇报汇报工作情况。"

叶琪点点头。

就在他们倾心交谈的时候,天空阴沉下来了,雷声从远处的山头上滚过来,风卷砂土,撼动着窗户。

"怎么现在还打响雷?"叶琪走到窗口,看了看天色。

"可能要变天！"王志嘉一看手表，开炉时间快到了，就连忙给加工车间打电话。不一会儿，鲁大明、苏一鹏和几个青年工人奔来了。朱小英跟在后边，手里还拿着几个馒头。

王志嘉布置了一下，就叫朱小英去开炉。小英搬动重锤，炉门慢慢上升。这时候，所有人都屏气凝神，眼睛盯着炉门，好像眼睛一眨，模型就会飞走似的。特别是苏一鹏，双手撑在膝盖上，身体半蹲着，咬紧嘴唇，连口粗气也不敢出。

炉门缓缓上升，放着模型的铁板从炉子里慢慢取出来了，忽然，苏一鹏和朱小英同时"哇"的喊了一声。

原来，平板上那个完整的胶泥模型，烘干后已经碎裂成一堆硬泥块了！……

王志嘉的脑子里"嗡"的一声，胸膛里一阵收缩，但他努力克制自己：必须镇静，千万要镇静！

"完啦！"苏一鹏喊了一声，嗓子就哑了。

"志嘉哥！"朱小英喊了一声，就扑到叶琪肩上抽泣起来。

"老王！"鲁大明无可奈何地喊了一声，连忙别开脸去，不再看碎裂了的模型。

"王技术员！"

"老王！"

"志嘉！"

……

王志嘉闭了闭眼睛。大家在喊他，要他拿主意。模型碎成这样，这是他没想到的。困难像山一样向他们当顶压来。怎么办？任性地发泄自己的感情，重重地叹几口气，那太容易了，可是，这于事又有何补？

叶琪的眼睛一直没有离开王志嘉。此刻，他身上的压力该有多大？他的心情比谁都沉重吧！这次失败肯定会招来许多议论，给他带来巨大的压力，不是有人等着看笑话吗？现在，人们都盼着他拿主意，可他的口袋里并没有装着主意啊！

在这种困难情况下,叶琪觉得应该给王志嘉以支持,帮他分担点压力。

叶琪走过去,在他耳边轻轻说了声:"你要挺住啊!"

王志嘉抬起头来,接触到叶琪那亲切又深沉的眼光,他感激地点了点头。凝思了一会儿,忽然挺起胸来严肃地说道:"胶泥模型碎了,这说明,用这个办法来赶时间行不通,我们要总结教训,提起劲儿来,另想办法。"

"办法在哪儿?"苏一鹏哭丧着脸说。

"下一步怎么闹?"朱小英睁着泪眼问。

王志嘉没有马上回答,他心里有什么现成的谱儿呢? 他想起了党委书记刘之毅临走前的嘱咐:善于总结经验教训,才能不断前进。

王志嘉正想找大家一起商量商量,猛地,附近炸了一个响雷,雷声刚过,就传来了一阵急促的脚步声。

叶赋章和丁明达急咻咻地进了车间。他们穿过人群,来到碎裂了的模型前面。

"爸爸!"叶琪失声喊道。

所有人都吃了一惊:老工程师怎么从医院跑出来了?

丁明达用脚踢了踢干裂的胶泥块,长长地叹了口气。

叶赋章没有理会女儿的呼唤,盯着干裂的胶泥模型。

全场一片寂静。

叶赋章倏地回过头来,浓浓的眉毛在抖动。

青年们的心都嗵嗵跳着,所有人的眼光都落在老工程师身上,毫无疑问,眼前将是一场雷雨!

人们屏气凝神,等待着这场雷雨的来临。

空气是多么沉闷啊! 就像雷雨之前,空气里湿度很高,气压很低,使人窒息!

叶赋章的眼光,从人们的脸上一一扫过。

他接触到了女儿那惶恐、惊惧的眼神。

老工程师的眉毛不再抖动了。他缓缓走到苏一鹏面前,默默地看了这个愣头青有三两秒钟,忽然,从口袋掏出一块手绢,塞给苏一鹏,轻轻说道:

"把眼泪擦干！模型碎了，用眼泪是粘不起来的。"

沉默着的人群，难以察觉地波动了一下。

"你们想一锤子就把买卖做成吗？"叶赋章为了驱散沉闷的空气，克制着自己的激动，显得十分平静地说，"失败是成功之母，这句话，我很欣赏。不要垂头丧气，都把头抬起来！"

人们都把头抬起来了。他们看到老工程师的脸上，闪动着慈蔼的光彩。

"爸爸！"叶琪含泪喊了一声，嗓子哽咽了。

"叶总！"

"叶总！"

青年人眼里都闪着泪花，向老工程师围拢来。

"你们，用胶泥做模型，为什么……不告诉我？"叶赋章困难地说，"不要再在模型上下功夫了，如果继续试制，先抓一抓供气、供油系统……"

这时候，老工程师觉得胃里一阵剧痛，这是因为刚才走得气急，又加上激动和努力克制激动，感情上、精神上的强烈变化，在他的生理上引起了反应。他脸色蜡黄，头上冒出了虚汗，脚跟有点摇晃。

"爸爸！"叶琪扑过来。

"叶总！叶总！"王志嘉、鲁大明等都上去扶住他。

"不要紧！"叶赋章淡淡地笑了笑，"你们，把这里收拾一下，坐下来，好好商量商量下一步的搞法。"说着，推开扶着他的人，"我，要去和柴厂长研究一下。"

叶赋章往车间门口走去了。

这时，一个响雷从厂房顶上滚过，瓢泼大雨浇在玻璃窗上，车间里更加阴暗起来。

王志嘉和叶琪看着叶赋章的背影，从懵懂中惊醒过来，紧追上去几步，高声喊道：

"叶总！"

"爸爸！"

老工程师回头看了看他们,没有停步,继续往外走。

王志嘉回头问道:"谁带了雨衣?"有人递给他一把伞。他接到手,和叶琪追了出去。

叶赋章走了,丁明达也觉得不便再说什么,只是摇摇头,叹了口气,又喷喷嘴,掏出一支烟来,点上火。看着年轻人一个个都很激动,知道再说泄气的话更会引起他们的反感。于是,他用一种长者的口气说道:"不要灰心,青年人!叶总不是说了吗,失败是成功之母。柴厂长支持这个机器,你们还怕什么呢?"

丁明达口头上这么说,心里却想:"王志嘉这个方案,成功的可能性是很小了,当初好在没有直接参与进去,否则,出现了今天这样的事情,我丁明达不就被动透了吗?"

第二十四章

晚秋的暴风雨来得很突然,一个小时以后却雨停风息,乌云都推到东北方向去了,墨蓝墨蓝的天空里没有一丝浮云。经过一阵暴雨的冲击,空气好像被过滤了一样,凉爽、新鲜,沁人心肺。

这时候,在厂前区的小花园里,有两个人正在进行着一场气氛紧张的谈话。

谈话已经持续了一段时间。现在,叶琪背对着方斌,透过树干的间隙,凝视着远方。她的胸脯微微起伏,为了不在方斌面前流露自己的感情,她在抑制着激动。

"阿琪,你不能这样!"方斌乞求似的说道。

"你究竟要我怎么样?"叶琪转过脸来喊道,"还有什么话请你都说出来吧!"

方斌向她靠近一步,柔声地说:"阿琪,我这是为了你好。我们都不是小孩子了,做任何事情,都要三思而行,不能凭一时的意气、冲动。前段时间,你和我闹别扭,用那样的态度对待我,我不计较。为啥?因为我了解你的性格,我尊重你的自尊心。当然,我也有错,有时太主观、自信,和你商量得不够,我恨我自己的这些缺点,诚恳地希望在你的帮助下克服掉,可是你不理我。好吧,我不能强求。我相信事实最有说服力,会叫你清醒。现在,事实摆在面前,总不能闭着眼睛不看吧!"

"我看现实,也看人!"叶琪说,但是没有回头。

"好嘛,学会看人是很重要!"方斌没有理解叶琪话里的意思,他总认为自己在叶琪心目中还是有位置的。为了恢复过去的关系,他宁愿受点委屈。"我的长处和短处,还有人比你更清楚吗?为了帮助我,你就是骂我一顿,打我一顿也没有关系,这么别别扭扭下去,我真受不了。昨天在商店,我碰上叶姑,她责怪我不去你家里。我怎么向她老人家解释?说实话,我心里非常痛苦。"

叶琪不想听他唠叨下去,转脸问:"你还要说什么?"

方斌装着没有听见她的话,继续往下说:"我不知道你还有没有时间回忆过去,我可是经常想起往事。我记得,我不止一次地向你表示过这样的愿望:我们应该在一起工作、学习,未来还应该在一起生活。正因为如此,我现在请求你听我一次话。"

叶琪听到这儿,猛地回转身来,两条细眉高高挑起,大眼睛直视着方斌:"让我明确地告诉你,我无法考虑你这种愿望!你还有什么要说的没有?"

方斌就在她的逼视下倒退了一步,但仍然十分顽固地说道:"不,要考虑!我们同学七年多,我们的父亲是老朋友。没有人再比我们彼此更了解了。"

"我不了解你!"叶琪使劲把一绺短发往后掠去,"够了,请你往后别再向我提出这种问题!"

"我爱你!"

"我不爱你!"

方斌跳了起来:"请你告诉我为什么?为什么?为什么?"

"为什么?这原因你应该知道!"叶琪斩钉截铁地说,"我要走了。"

"不,再等一等!"方斌张开双手把她拦住。沉默了片刻,他用一种痛苦的声音说道:"阿琪,你……你真的就用这种态度对待我?"

"我没有学会别的态度!"叶琪讨厌他那种虚伪的声调。她觉得眼前这个老同学简直叫人厌腻死了。他为什么老是像一条蛇似的缠着自己呢?她竭力克制着自己的恼怒,痛切地说:"方斌同志,你这样下去很危险! 奉劝你丢开那一套为个人的想法,来和大家合作!"

眼看和叶琪的谈话无法继续下去,方斌有点心灰意冷了。听到叶琪又提到发动机,心里不由得暗笑了几声,冷冷地说:"合作? 你是叫我去给你们锦上添花? 嘿嘿,这个东西今后能不能继续下去,只有天知道了!"

"这就是你的态度?"方斌的话更把叶琪激怒了,"你知道,同志们是想帮助你!"

"谢谢,我自己还能帮助自己!"方斌不冷不热地说。转念,又想最后地做一次争取,于是马上变了口气:"不,我只需要你的帮助。你的批评我都接受。阿琪,听我一次话吧,哪怕你往后永远不听我的话也可以。"说到这儿,他一把抓住叶琪的手,冲动地说:"听我的话,也就是你爸爸的话。不要跟着他们去胡闹了,你没有看见,今天你爸爸带病从医院里跑出来,看到那个场面,他心里多么难受?"

叶琪心里一怔,想起开炉后方斌急急忙忙离去的情景,她猛地将手抽回,两道火一样的眼光射在方斌脸上:"原来我爸爸是你去请来的!"又想到爸爸带病冒雨来车间,这不是方斌故意在折磨他吗? 叶琪的声音禁不住有点发颤:"你这个人是多么……为什么我以前就看不出来!"

方斌惶恐起来,他还想解释:"别急,你听我说……"

"请你以后再也不要找我了!"叶琪把短短的头发向后一甩,推开方斌挡着她的手,冲出了树林。

方斌追上去。但是叶琪已经去远了。

这时候,月亮从东边的树梢上升起来,透过枝叶的空隙,把清亮的光辉洒在地上。空气还是那么凉爽、清新。近处,几只耐寒力强的秋虫用嘶哑的声音断断续续奏鸣着。方斌烦躁极了,新鲜、凉快的空气反而使他感到窒息,秋虫好像在唱着他心底里的悲歌。靠着白杨树,他站了一会儿,夜凉袭人,于是,浑身无力地向宿舍走去。

宿舍里只有苏一鹏和鲁大明。从车间里回来，两个人就干了一架。

胶泥模型的失败，使得苏一鹏伤心了。一回到宿舍里，他就唉声叹气地瘫痪在床上。鲁大明心里难受，但他没有叹气，也没有躺下来。坐着心烦，他就补起袜子来。一针一线，他缝得很细致。苏一鹏一看，不由得无名火高三丈，他从床上一个鲤鱼打挺，跳过去一把抓住大个子手里的袜底，狠狠地扔在一边，急吼吼地说："这是什么时候，你还缝这玩意儿？"

"干着急有什么用？"

"你就不着急？"

"要想办法！"

"缝这玩意儿能缝出办法来？"

冒失鬼不理解自己的心情，鲁大明只好放下手里的针线，走到窗口，把窗子打开。忽然，他回过头来喊道："别叹气，方斌来了。"

苏一鹏又一个鲤鱼打挺从床上跳下来，整了整衣服，叉开手指理了理头发："对，咱有气也不在他面前叹。大个子，打起精神来。"说罢，捡起那只袜底，塞在鲁大明的手里："拿着，好好缝你的袜底！"然后，半靠在床上，架起腿，嘴里哼着歌子，手在床沿上打拍子。

苏一鹏唱着："哈哈！真是乐死人，真是乐死人……"

方斌推门进来，看见一个人快乐地唱歌，另一个认认真真地缝袜子，不由得惊呆了。半晌，搭讪着问道："王志嘉呢？"

"不知道。"苏一鹏看也没有看他，继续哼着他的《真是乐死人》："想起了三年前……"

方斌讨了个没趣，煞有介事地叹了口气，就往里屋走去。

"怎么，你不舒服？"苏一鹏停止了哼哼，一本正经地问道。

"唉，真没有想到！"方斌答非所问地说。

鲁大明停住了手里的针线，抬头问道："没有想到什么呀，方斌？"

"你看，模型碎成这样子，谁能想得到？"方斌回头答道，"可是下一步又该怎么办？"

苏一鹏从床上跳起来："哟，我今天可发现了一个'新大陆'！"

鲁大明一愣："什么？"

苏一鹏的本色又恢复了："我可真没想到，咱们方斌同志对发动机试制如此关心呀！"

苏一鹏的话戳到了方斌心上，他恼羞成怒，想说句刻薄的话回敬一下，可是怎么也想不出来。末了，只是说了句："真是奇怪的逻辑！"

"不奇怪，一点也不奇怪！"苏一鹏笑着说，"十分合乎逻辑！"

"好啦，我离开你们还不行吗？本来，我在你们这里就是多余的！"方斌说完，连自己的屋子都不去了，返身要往外走。

鲁大明放下手里的针线，追上去说："方斌，你不能这么说。你应该真诚地和我们一起搞……"

楼梯上传来方斌的声音："算了吧，我没有福气来分享你们的荣誉！"

鲁大明也生气了："这个人真成问题！"

"让他走吧！"苏一鹏心情大为好转，他学着方斌走路的样子，说着："看他扮得多像呀：'唉，真没有想到呀！'简直是个演员。大个子，你开了眼界没有？这位同志的脑子里哪儿来这么多鬼东西？你还说欢迎他来一起搞，我看这才是多余的！"

"争取他一起来搞试制，也是为了更好地帮助他。"

"算了吧，他这人哪，不见棺材不落泪，不把他的个人主义连根挖出来，你就别想让他真正认识自己！"苏一鹏不以为然地说。

房间里又安静下来。鲁大明拿起了他的袜底，一针一针地缝着。苏一鹏忍受不了这种安静，嘭的一声，又倒在床上了。

"下一步到底怎么办哪！"苏一鹏捶着床沿干喊，"说真的，我的心里是一点主意也没有了。大个子，咱们的王志嘉呢？"

"走，找他去！"鲁大明放下了手里的针线。

暮色渐渐浓起来。铸工车间里，夜晚比白天更加安静了。

王志嘉蹲在那堆碎了的模型旁边，默默出神。白天，他给叶赋章在雨中送伞的时候，并没有向老工程师做很多的解释。他只是说，他们接受批评，蛮干是不对的，试制还要继续下去，请老工程师多指点他们。傍晚，他想去找朱师傅,小英说爸爸在市里开会还没有回来,他就到车间来了。

他来车间,是为了把现场再收拾一下,免得影响明天的正常生产。他清理着那堆破裂的模型,心情又沉重起来。

这时候,月光从车间侧墙的大玻璃窗里射进来,车间里一片朦胧。

随着一阵窸窸窣窣的脚步声,有一个人向他走来了。

王志嘉回过头去,凭着月光,他看清了站在身后的是他的师傅朱德泉。

"师傅!"他喊了一声,觉得嗓子有点发热。

朱德泉从旁边拉过来一只沙箱,两个人坐下来。他们上半个身子,浸浴在水银泻地似的月光里。这一老一少,紧偎着坐在那里。平常感情不大外露的年轻人,在师傅面前,现在却有千言万语,不知该从何处说起。

"说实话,在你困难的时候,我这个当师傅的帮不了你的忙,也不想来安慰你,和你一起叹气。"朱德泉看着徒弟说,顺手从旁边拿出一卷图纸,"有时,我会没出息地想,一个工人的儿子,居然能画出发动机的图纸,这本身,就值得高兴了。想起你爸和我一起学徒的时候,他二十岁上,叫人打坏了腰……"

王志嘉抬起头来。

"我们进厂两年了,还没见过图纸是啥样子:外国资本家把图纸锁在柜子里,不让中国工人看一眼。干活的时候,告诉我们该怎么干,就叫我们照着怎么干。你爹和我气不过,有一次,我俩配了把钥匙,悄悄把柜子打开,拿出图纸来一看,上面尽是道道,啥也看不懂。第二天,外国资本家打开柜子,发现图纸叠错了,知道有人看过,追究起来,有个工头出卖了我们,你爹就是那一次被打坏了腰……"

王志嘉懂事以后,父亲就给他讲过这段经历,隔了那么多年再提起这件事,又一次在他心里激起了强烈的感情波涛。

"唉!"老工人长叹一声,"那时候,政府腐败,经济落后,外国资本家就能骑在中国人民头上,拉屎拉尿。那光景,想起来就叫人心里像刀剜。现在,老百姓当家做主了,咱们在给自己干活。干了几年,又不知道该咋干了。我这个车间主任也不好当啊!光叹苦吗?怨天怨地吗?那不顶事,还是要挺起腰杆来干！摸索着干吧，可不能泄气，不能碰到钉子就抬不起头。咱们这两代人，大概不会有轻快事干的，我倒有这点准备了。"

王志嘉心里一阵滚热。师傅并没有严厉地批评自己，这使他心里更难受。对待可能出现的困难，他自己有多少精神准备？现在，模型破碎了，为了叫别人打起精神，他可以说些鼓气的话，但他自己的气鼓起来了没有呢？初看起来，他好像并没有泄气，实际上，他自己也变得六神无主了。他没法把沉重的心情从身上赶走。现在，他又一个人跑到车间里来想心事！这时，他听见师傅在耳边说道："别人说啥让他们说去，心里可得把舵稳住。叶总这个专家，他的意见会没道理？要多想想，不要毛毛糙糙，想好了，想通了，再行动。孩子，咱可不能图面上光彩，要图个实在，图个对国家有真好处、真贡献。师傅助不了你一臂之力，心可是贴着你的啊！"

王志嘉的眼眶发热，他心里很难过。自从第一次的方案被刘书记、叶总否定以后，他感觉到自己极不成熟，一直在注意克服思想上的片面性、盲目性。他曾在日记上写道："搞科学技术工作，要有敢于破除迷信、藐视困难的革命精神，也要有坚持不懈、深入细致、反复研究试验的坚韧行动。"一些思想上认识到的东西，为什么在实践时又脱了轨呢？追求速度，希望快些拿出机器来的同时，为什么不考虑一下效果和质量呢？思想上的"一点论"就是那么难以克服？是不是为图表面上的光彩，怕被人说长道短呢？似乎又不是这样，但是，生活中那股强烈的风，不是吹得他有点脚步踉跄了吗？思想上的片面性、盲目性，难道与此无关？他对自己不满意极了。

这时，朱德泉从地上拾起一块胶泥："你们在采用它做模型的时候，就没有考虑到：东北的土质和这里的土质有没有差别？具体的制作过程到底怎样？对模型的要求是否相同……"

"考虑倒是考虑过，就是……"

"就是没有坚持自己的意见，对不对？"

王志嘉愧赧地点点头。

"为什么不坚持呢？自己的脑子当时也太热了点吧！"朱德泉说道，"说起来，也不该责怪你们。铺开试制，我也觉得不合适，光停在纸面上也不对,搞部件试验,咱又没有条件。难哪,小嘉！可我想,叶总提出搞部件试验,肯定是有道理的。没有完整的试验设备,能不能搞点简单的？总之,冲破这个难关,说不定路就找到了。"

王志嘉抬起头来,领悟着师傅话里的意思⋯⋯

第二十五章

叶赋章那天从铸工车间出来,由叶琪搀扶着,去找柴强。

走到厂长办公室门口,老工程师竟没有勇气去推门。试制中出了问题,他这个主管全厂技术工作的总工程师,还有理由去对厂长发脾气吗?而且,他和厂长,在一些基本问题上,看法又存在着那样明显的差异!他们能谈出什么结果来呢?

叶赋章由女儿扶着,踉踉跄跄地回到医院里。

也许因为淋了雨,加上情绪激动,晚上又发起烧来。

第二天,烧退了,但胃里还是不舒服,不想吃东西。

下午,丁明达来看望叶赋章,无非是劝慰一番,叫他保重身体,安心养息,工作上的问题,暂时搁一搁。

叶赋章半靠在病床上,叹了口气说:"老丁,我真不明白,你知道他们在用胶泥做模型,为什么不制止? 这不等于存心看他们的笑话吗?"

"用胶泥做模型,柴厂长也知道。"

"柴厂长对技术上还不熟悉,难以判断,你是应该清楚的。"

"他们要争取速度!"

"速度? 到底什么叫速度? 整个发动机出来才叫速度! 光做出箱体就

行了吗？"叶赋章不满地看着自己的下级，因为话说得急，他微微喘气。

"我明白您的意思，叶总！"丁明达不慌不忙地说，"不能对着他们的热情泼冷水啊！要不，将来不成功还好，万一成功了呢？那时候，我们吃不了会兜着走的！"

"老丁！"叶赋章提高喉咙喊道，"我们首先要考虑的是对青年人负责！对党负责！"

"冷静一点，叶总！"丁明达还是不慌不忙，倒了一杯水递给他，"柴厂长不是叫他们敢想敢干吗？支持他们搞下去，这并没有错。你要看看今天的形势啊！"

"形势要求我们尽快搞成一种农村需要的发动机。"

"这不就对了？所以要支持他们搞下去！"

叶赋章举到嘴边的杯子又放下来了，由于动作太重，水溢到床头柜上："请问，我们支持的是什么？敢想敢干是没有错，但绝不等于盲目去蛮干！"

"我还不能肯定，是不是支持错了！"

"你应该知道，老丁！"叶赋章脱口喊道，"发动机的根本问题不在箱体的模型上，模型不能赢得速度……应该先抓几个关键的系统。如果他们不懂的话，我们应该知道啊！"

"我不能向他们提出这个问题。"丁明达嗫嚅着，"等他们知道这样走不通了，也许会转身朝另一条路走的。"

"为什么要看着他们那样走？"叶赋章一挥手，碰落了床头柜上的玻璃杯，"叭"的一声，跌得粉碎。

丁明达吃了一惊。知道这个老工程师的脾气，用自己那一套处世哲学是根本说不服对方的，相反，只会激起叶赋章更大的反感。

丁明达收拾着玻璃杯的碎片，婉言相劝道："叶总，您怎么又激动了？您是个病人嘛！中医书上说，过分的喜怒哀乐，都能伤人的身体，何况你还病着？"

叶赋章也觉得刚才太激动了。他平静了一会儿，说："老丁，工作很忙，你回去吧！试制工作，你要多去过问，切实负起责任。再给同志们打个招呼,以后,不用常来看我,免得耽误工作。"

丁明达走到门口,叶赋章又把他叫住,要他告诉厂部办公室,把新制订的几个技术文件送到病房来,自己要仔细看看。

这一下又惹起丁明达不少话来。

"我还要劝您,叶总!"丁明达回到叶赋章的床前,用一种诲人不倦的口气说。好像躺在病床上的人是他的下属或是小辈,"身体是革命的本钱。从字面上来看,本钱就是资本,资本家失去了资本,还能做什么买卖呢?为了更好地革命,必须爱惜身体。叶总,您已经是五十大几的人了,比不得那些身强力壮的小伙子,要多爱惜自己。"

这一套理论,叶赋章不大爱听。他知道,这人的话罐子一开,是不会马上刹住的,但是又不好制止他说下去,就从枕边取出一本杂志,似听非听地翻着。

丁明达点上一支烟,接着说下去:"有时候,我也常想些奇奇怪怪的事情。您比如说,您是这个工厂的总工程师,我呢,是这个厂的设计科副科长。从头衔上看,好像是少不得的人物。其实,没有我们,这么大的工厂照样生产,照样出产品,甚至也不一定有人念叨我们!您信不信?比如您现在在医院里住上半月一月的,保险工厂里出不了大问题,不信试试!"

叶赋章不想和他在这一套似是而非的"理论"上争辩,也不想按照他的办法去尝试。于是淡淡地说:"这不奇怪,工厂是个集体,我们不过是集体里的一分子。"

"对呀,"丁明达的兴致高了起来,"所以,我们办事情,不是在所有场合、不分事情的大小轻重,都需要那么认真的。您现在的任务就是养病,工厂的事情,不必过分牵肠挂肚。"

叶赋章有点不耐烦了,他合上杂志,打了个呵欠,又拍了拍枕头,表示要休息。

"您大概要休息了,是吧?那我就走。您还是多保重吧!"

丁明达走到门外,又回过头来朝着关上的病房门摇了摇头,心里说:"这老头子太死板了,眼下正是多事之秋,躲开麻烦,在医院里安安稳稳躺着,不比啥也强吗?我就捞不上个住院的机会,否则,倒真愿意躺在这里,闻闻来苏尔的味道呢!"

丁明达走后,叶赋章的心思又集中到了发动机上。他按了铃,请护士给叶琪打个电话,要她把家里书桌上的一叠资料,和他考虑的试验室设计方案,送到医院来,躺在床上,他可以琢磨一些问题。

窗外,绵绵的秋雨还没有止歇。

叶赋章的眼光,穿过茫茫的雨丝,投向灰蒙蒙的天空。他的脑子里忽然一动,产生了一个奇怪的念头。

"我这样坚持要搞部件试验,是不是太主观片面了?"老工程师自言自语地说,"是不是会束缚年轻人敢想敢干的创造精神?"

叶赋章记得,他曾经向刘之毅说过:因为过去他走过的路多了点,那些险山恶水在印象和记忆中,刻下的痕迹很深,它们常常会对今天的行动发生作用,所以,他在工作上,在治学方面,不敢乱给青年们出点子,唯恐一不注意的时候,某些在他看来是理所当然的,而实际上却很可能是过时的、消极的东西,给他们以影响。那样做,他会难过死的……现在,是不是出现了这种情况呢?青年人身上那股冲劲是应该爱护的,那种初生牛犊不怕虎的精神是应该发扬的。自己不也有过青年时代吗?

记忆,把老工程师拉回到二十多年以前。

那时,他在英国一个研究所学习和工作。有一次,他和他的指导老师伦勃朗教授之间,发生过一次很有意思的争执。

为了改进一个小型风冷发动机上的散热部分,伦勃朗教授坚持要增加汽缸上的散热片数量,以便达到更好的散热效果。由于小型发动机结构本身的限制,增加散热片确实有困难,因此,教授提议发动机散热由风冷改成水冷。但伦勃朗教授的助手叶赋章,考虑到风冷的优越性,征得教授的同意后,坚持研究下去。

有一天清晨,伦勃朗教授刚起身走到阳台上,想活动一下筋骨,就听到下边有人轻声喊他:"教授!伦勃朗教授!"

335

教授从阳台的栏杆上俯身下看，借着天上残留的星光，发现叶赋章站在楼下。

原来，昨晚叶赋章研究了一个通宵，终于把风冷发动机的散热问题解决了。他一高兴，就跑来把这个消息告诉伦勃朗教授。跑到楼下一看表，才5点不到。知道教授清晨起得很早，就在楼下等他起身。

在严冬凛冽的寒风中，叶赋章等了半个多小时！

伦勃朗教授招手让他赶快上楼。

当叶赋章把熬了一夜熬出来的草图，铺在教授桌子上的时候，伦勃朗一看就生气地喊起来："叶！你这是怎么搞的？散热片本来就少了，你怎么又减少了两片？"

"我是这样考虑的，教授！"叶赋章轻声说，"如果装置散热片的长度一定，风扇出来的风量不变的话，散热片的数量并不是越多越好。"

伦勃朗的声音却并没有放轻："散热片多了，散热面积就大，散热效果当然好，这是个常识问题。"

"事实并不是这样，教授！"

"我不明白！"

叶赋章婉言解释："绝不是越多越好，少了当然也不好，而是有一个数目，散热的效果最好。"

"我还是不明白，叶！"

叶赋章侃侃而谈："风冷发动机，是靠风把散热片上的热带走的，如果散热片过多、过密，风吹过散热片遇到的阻力太大，风速就大大降低，结果被风带走的热量反而减少了。您看，这是我计算的结果。"

叶赋章把一叠计算草稿交给伦勃朗教授。

教授看着看着，目瞪口呆了。

忽然，他搁下计算稿，一把抓住叶赋章的臂膀，摇晃着，激动地喊道："你真聪明，叶！你是……怎么想到这一点的？"

"我，我用笨办法。"叶赋章不好意思地说，"我在肥皂上，刻出一个个散热片模型……刻去两条肥皂。一边刻，一边计算……"

伦勃朗教授直愣愣盯着这个中国青年,半晌,感慨万分地说:"这个问题一说穿,实在简单。在我的脑子里,有一个固定的概念:散热片越多越好。一般说,这概念是对的,但是……"教授说到这里,紧紧抓住叶赋章的手说:"你很聪明,叶!你之所以聪明,在于你的思想不受成见的束缚。这,很可贵。叶,你要保持发扬这种精神!"

二十多年过去了。有一次,在聊天中,叶赋章给刘之毅谈起这件事,党委书记笑着说:"这是一个颇为有趣的生活现象,叶老总!真理再跨前一步,就成了谬误。思想上的形而上学,常常做出自己欺骗自己的傻事来。这是破除迷信、解放思想的大敌!你那位伦勃朗教授,倒还挺虚心呢!"

叶赋章回想起青年时代的往事,躺在病床上问自己:难道,这一次自己坚持得不对吗?犯了伦勃朗教授犯过的错误吗?

老工程师反复考虑,最后还是否定了自己的怀疑:坚持部件试验,和坚持散热片越多越好的观点是两码事。他坚持得没有错,应该坚持下去!……

叶赋章肯定了这一点,更感到要尽快把试验室的设计方案搞出来!

这时,门口却响起了脚步声。

叶赋章以为女儿给他送资料来了。

门开处,进来的却是方斌。

方斌戴着口罩,精神似乎不好。他手里拿着几支盛开的月季,进得门来,把花插在叶赋章床头的一个喝空的果子露瓶里,这才摘下口罩,恭敬地问道:"好一点吗,叶叔叔?"

"要好一点。"叶赋章随口答道,"怎么,你也不舒服啦?"

"头痛,可能是感冒了。"

"找大夫看了吗?"

"还没有。"他喷了喷鼻子,表示感冒不轻,"叶叔叔,您那天非但没有发火,还耐心地劝导他们,但他们还是要坚持搞下去!看来,您的忠告,并不起作用,他们要硬着头皮往前走,您有什么法子!"

"不,方斌,领导决定投入试制,他们可以继续搞下去。"

"可是,有些问题不是明摆着吗? 比如充气问题,燃烧问题,不经过部件试验,是无法解决的。"方斌说到这儿,已经完全忘记了礼貌,"问题是您提出来的,您总不会不承认吧?"

"不错,问题是我提出来的,现在我还是承认。不过,他们可以不承认!"叶赋章有点激动,支起腰来,严正地说。

"我不懂,他们凭什么不承认?"方斌一反平常那种温顺谦恭。他怎么也搞不明白,在短短两三天里,老工程师就变了态度。"他们到底凭什么不承认呢?"

"实践!"老工程师也生气了:面前的年轻人凭什么用这样狂妄的口气质问他?

方斌冷笑了一声:"就凭他们那样的实践? 您不是亲眼看到,他们已经实践得无法收拾了!"

"那就不兴再换一种方法吗? 他们又不是圣人,孰能无过啊?"

方斌几乎绝望了,可是他并不罢休,知道刚才有点失礼,口气便变得婉转而恳切起来:"可是,叶叔叔,您是本厂设计方面的技术权威,动力学博士! 您提出的问题,人们竟可以不承认它,有人甚至在说你'右'倾,说你的资产阶级世界观在起作用,这对您未免太欠尊重,而且……"

叶赋章踢开被子,霍地从床上下了地,喊道:"请你不要说下去!"

这个年轻人难道是在为他说话吗? 不,这是在挑拨离间! 这是在侮辱他! 老工程师一下子还不能明白和习惯这种感情,但是这种感情却是如此强烈地震撼着他! 他激动得微微气喘,过了一会儿,才躺到床上去。

方斌吃了一惊,他怎么也没有想到老工程师对他这几句话的反应是如此的强烈! 他终于明白,叶赋章是不会支持他了。也许从开头起,对方就不是支持自己的。是啊,他什么时候肯定过自己的方案呢? 他一开始就批评自己做学问的方法;他一开始就认为自己的方案不合乎农村的要求;他一开始就要求自己不要意气用事,应该一起通力合作,搞出一个新的机器来。他在会上已经态度鲜明地否定了自己的方案,而自己却因为他不同意新方案投入试制,误解为在某种程度上对自己的支持了……

方斌想到这儿,就像一只泄了气的皮球。他靠墙站着,不知道该马上出去,还是再在这儿留一会儿。为了不使脸上的表情过分尴尬,他又戴上了口罩。

就在方斌重新估价他和叶赋章之间关系的时候,老工程师的内心也经历了一场斗争。其实,刚才他对方斌说的那些话,并不完完全全是他的本意。不知为什么,当时却那么自然地从他的嘴里喷泻出来,是方斌那荒唐的行为把它们激发出来的。

叶赋章躺在床上,眯细眼睛端详方斌,心里涌起万般感慨:"为什么他的话里有这样奇怪的味道,而这些话竟出自一个年轻人之口?过去,为什么自己就一直没有察觉出来?是不是有些地方反而纵容了他?是啊,长时间来,只认为他身上有些个人主义,偶尔也给些不疼不痒的批评,没有看到它的严重性,没有看到它正在向什么地方发展……"

叶赋章闭了闭眼睛,心上产生了一种负疚的感觉。党把这些年轻的技术人员交给他,希望把他们培养成又红又专的技术干部,可是现在的情况却远非如此!他的心里不禁隐隐作痛。

老工程师心情沉重地说:"方斌,你不能用这种态度去看待事物。你还那么年轻,应该把生活的路子走正。"他说到这里,睁开眼来,发现方斌早已不在了。

"是我纵容了他!"叶赋章心里责备自己。

窗外传来淅淅沥沥的声音,恼人的秋雨又下起来了。叶赋章躺着,脑子里波涛起伏。这几个月里他委实太忙,因此很少能坐定下来考虑些工作以外的事情。现在,胃病把他束缚在医院的病床上,时间暂时是属于他的了。

直到晚上,叶琪才冒着雨来看爸爸。她并没有带资料来,因为护士打电话时根本没有提到这一点(这是医生的命令)。

叶琪一进来,就看见那几枝月季。她问是谁送来的,叶赋章告知是方斌，并说是方斌自己养的花盆里摘下来的。叶琪把花拔出来，扔到了窗外。

叶赋章从女儿的行动里，窥察到了她内心深处的东西。原来她心情不好，还有这层原因！毫无疑问，方斌不仅来纠缠他，也纠缠他女儿。叶琪扔掉月季花，表明了她对方斌的态度。要在往日，老工程师可能会责怪女儿太任性，太孩子气，但今天却从心底里赞成女儿的决然态度。

在绵绵的秋雨中，父女俩做了一次畅谈，叶琪转达了王志嘉和大伙对他健康的关切和问候，并说等他病好一点，就来向他请教关于部件试验的问题。现在，他们确实感到前一阵的行动有点盲目……

叶琪离开病房前，老工程师一定要女儿把他需要的东西送来，这就是家里书桌上的一包资料，和他正在考虑的试验室设计方案。

叶琪离开病房以后，护士就来熄灯。老工程师还没有睡意，他开了灯，阅读技术杂志，考虑着试验室的问题。时间在淅沥的雨声中过去。当他感到困意准备休息的时候，手表的指针告诉他已经是深夜一点。他走到窗口，伸了个懒腰，眼光被外面的什么东西吸引住了。原来，医院对面就是一幢集体宿舍大楼。现在，整个大楼里只有一个窗子里还亮着灯。老工程师一眼就认出来，那个亮着灯的房间，正是王志嘉他们住的。

窗外，淅淅沥沥的雨声还是没有停歇。叶赋章背着双手，在房间里踱来踱去，起伏的思潮把困意赶得无影无踪。踱了一会儿，他又来到窗口，长久伫立，嘴里喃喃着："他们还没有睡？"

对面屋子里那束灯光，使他心里感到温暖。灯光里雨脚如麻。他忽然随口吟道："檐下水如帘，秋色忽添……"

他迅速走到床边，从枕旁的一个本子上扯下一张纸，掏出笔来，在纸的上端写下了"浪淘沙"三个大字。

在秋雨瑟瑟声中，他振笔疾书……

第二十六章

一列客车穿过秋风秋雨,奔驰在黄土高原上。

硬席车厢里,靠窗坐着一个干部模样的中年人。他身材不高,但很结实,四方正正的脸膛,浓眉下边是一双透露着睿智干练的眼睛,一个人面对着他那亲切而深邃的目光,疙瘩会被熔化,疑团会被解开,犹豫会被信心代替,怠倦会给奋发让位。这种亲切而深邃的目光会透过人的五脏六腑,在人们的心里点起一把火,使人心底里升腾起一股力量,向着前面的目标奔去。他那抿紧而微微上翘的嘴角,稍微显得高大了一些但又端正的鼻子,给人以一种刚毅、稳健、感情丰富但又不外露的感觉。看上去,他不过四十六七岁,但鬓畔已经染上了丝丝点点的白霜,眼角上也已浅浅地镂刻了几条鱼尾纹。他穿了一身蓝色的平布干部服,上衣的领子和袖子两肘下面搓洗得发了白,裤子的膝盖上,没有磨破前已经用机器扎了两块补丁。这样一身衣服穿在他身上,更显得他的干练,平易近人。

在列车的隆隆声中,靠窗坐着的这位干部,忽然闭上眼睛,把身体半仰在靠背上,从他不时微微抖动的眉峰上可以看出,他正在凝神思索着什么。他的脸色,严峻中显出疲惫,仿佛他已经坐了三天三夜火车,旅途的劳顿耗去了他过多的精力,而目的地还很遥远。

这个人就是华新动力机厂的党委书记刘之毅。省委党校的短期轮训已经结束了，他本可以在省里再休息一两天，但是他待不下去，轮训小结完了，当天晚上他就想动身。负责生活的同志说，当天的车票恐怕不好买，更买不到卧铺。晚上，他亲自跑到车站，买到了第二天早晨开车的一张硬席票。

　　他带着深深的苦恼，带着对工厂的牵挂，和对正在战斗的人们的思念，走进党校。他很想通过学习，纠正自己思想上的错误，只要真正认识了这种错误，他就能把烦恼抛却。但他没有如愿，学习的结果，如饥似渴地钻到马列的一些经典著作中去找答案的结果，他非但没有认识到自己的错误，反而更加执着于自己的"错误"了。现实告诉他，我国现时的社会主义，与马克思在《哥达纲领批判》中所说的社会主义（共产主义的第一阶段），还有相当大的距离。马克思讲的社会主义社会是生产资料的全社会公有制，也就是单一的全民所有制，而农民还占全国人口的百分之八九十，集体所有制在国民经济中占有那么大比例的中国，明天就能向共产主义过渡吗？路线、方针、政策的制订要不要符合客观规律呢？难道客观规律应该符合路线的要求才能予以承认吗？倒因为果，违反规律，我们受到的惩罚还少吗？轮训班上，那些理论专家的讲演和辅导，真使刘之毅啼笑皆非：辩证唯物主义者居然抛开了"唯物"这一最基本的立足点，拾了些唯心主义大师们的牙慧，去解释马克思主义老祖宗们有关社会发展的经典论述。他想起延安中央党校大门上方毛主席手写的"实事求是"四个大字，想起中央大礼堂内象征着胜利的"V"字形旗架上，镂刻着的"坚持真理，修正错误"八个大字，历史难道能使它们失去光彩吗？他相信，党会纠正这种偏差的。作为中国共产党党员，他只能沿着真理的道路前进，而不能在旁边什么路上踯躅。他觉得苦恼抛却了不少。在一个星期六晚上，他很有精神地去看望共过生死的一位老战友，想给他谈谈自己的认识和感受。没有想到，他在那儿听到了一个传闻，说不久以前召开的庐山会议，本来是要反左的，省委负责同志去开会时，带的也是反左的材料，会上情况突然有了变化，反起"右"来了，省委负责同志又立即打电话回来，要反"右"的材料……

刘之毅一下子又被抛进了苦恼的深渊。历史大概常常在与人们开玩笑。但愿听来的仅仅只是传闻,事实并不完全如此才好。

"做一个共产党员所该做的,绝不违心去办事,一旦认识到自己错了,就立即改正。"他带了这样的自我约法,踏上了归途。

火车驾风驭雨,钻山越沟,向北奔驰。刘之毅却觉得它的速度太慢。在党校学习期间,他曾接到叶赋章的来信,所以他对工厂情况,特别是发动机的进展情况,并不是一无所知。对于试制中的问题,他曾做过认真的考虑,还曾和同志们交换过意见。

刘之毅的眼光,透过车厢的双层玻璃,落到了远处连绵的山头上,落到了风雨呼啸的旷野里。放眼看去,远远近近一片浓重的赭色,黄土高原赤裸裸地坦露出它的容颜,它是那样粗犷、雄劲,它的躯体里蕴藏着无限的生机和力量。杨树、柳树、榆树,在风雨里抖落了身上的残枝败叶,反而更加精神地矗立在旷野里。一只山鹰张开了宽阔刚劲的翅膀,拍击着风雨,在天空中回旋升腾。刘之毅凝视着窗外的景色,心里振奋起来:这哪里是萧瑟的暮秋景色?他的眼光,长久地停留在那只山鹰的身上,他喜欢这种鸟的性格:它愿意与暴风雨为伍,而不去寻找平静的栖息场所。不知为什么,一瞬间,刘之毅竟从眼前的山鹰想到了工厂里正在试制新机器的年轻人,于是,这些年轻人的身影便一个个地在他眼前出现了……

列车停靠在一个小站上。不久,上来一个抱孩子的中年女人。为了让她安顿孩子,刘之毅把自己靠窗的位置让给了她。这时候,有几个刚上车的农民,因为座位满了,便挤在洗漱的地方。他们忧心忡忡地谈着天气,谈着收成,谈着到明年可以想象的光景。他们想去县城临时找点泥瓦木工活儿干干。刘之毅蹲在一旁,参与了他们的对话,热心地问长问短,他对庄稼活儿的熟稔程度,使那几个农民误会他是专搞农村基层工作的。

下车天已黑了。刘之毅本来可以给工厂打个电话,叫党委派车来接。但他没有这么做,而是提了旅行包,挤上市区的公共汽车,来到市郊汽车站,坐末班车回到了厂里。

一到家,趁妻子给他准备晚饭的时间,他去找柴强。

柴强还没有回家。厂长的妻子、医院的护士长顾青热情地接待了他。

"这下子好了,刘书记,您一回来,老柴的日子要好过多了!"顾青又是拿烟,又是倒水。

"不一定吧!"刘之毅笑着说,"我回来了,他的日子也不见得会好过的。轻轻松松,顺顺当当的日子有什么好过呢?问题多一点,困难多一点,这样的日子才有过头呢!是不是,顾青同志?"

护士长想了想,有点难为情地说:"您这话是对的。不过,刘书记,您可能还不大了解老柴这人的性格,他到厂的时间还不长,担子又重,压力又大,可愁煞他了。这工厂的事儿比起带兵打仗,要复杂得多。凭着战士的勇敢……"

刘之毅笑着插言道:"带兵打仗,也不简单哩,光凭战士的勇敢,不一定就能打胜仗。"

顾青笑着点了点头,接着说:"在工作上,他确实是摽着劲儿干的。业务不熟悉,他苦恼得很。每天很晚回到家,半夜半夜的啃书本,什么《发动机构造与计算》,什么《汽车拖拉机发动机》。有时干脆就不回家,在办公室过夜。有一次,我值完夜班回来,天已发白,他没有回家。我拿了件衣服给他送去。一推门,见他趴在办公桌上睡得正香,身子底下是一本大部头书。我叫醒了他。他抹了抹眼睛,高兴得朝我直嚷,说他昨天晚上,终于把发动机的四冲程和二冲程的道理弄懂了。"

刘之毅听着,心里感到热乎乎地。这个老兵,到了另一个战场上,正在努力使自己变成内行呢,这是使人高兴的。他问道:"老柴常往下边跑吗?"

顾青说:"你刚走那几天,还常常下车间跑跑,后来上面的事情都应付不了,就跑不下去啦。他正在为这苦恼呢。"

两个人正说着,刘之毅的孩子来叫他回去吃晚饭。

刘之毅回到家里,刚端起饭碗,柴强就闯进来了。

"老刘,老刘,你到底回来了!"厂长人还没有到,声音先进来了。

两个人紧紧地握了握手,互相注视着,沉默了三五秒钟。刘之毅发现,柴强脸颊消瘦,胡茬子又长,眼珠上还网着血丝。

"派车去接你了吗?"柴强问道。

"派啥车呀,我这不是回来了!"

柴强有些不以为然:"你这个人也真成问题! 下着雨,刮着风,还有东西,打个电话不就给你去车了吗?"

"何必把身子养得这么娇嫩呢? 算了,老柴,不扯这个。"刘之毅咽下了一口饭,"刚才顾青同志说,这段时间里你的日子很不好过,是吗?"

柴强苦笑了一下,却没有回答,只是盯着党委书记的眼睛。刘之毅似乎显得挺轻松,是不是经过学习,他的思想问题解决了呢? 但愿真是这样! 他还希望党委书记帮他解决些思想问题呢。虽然刘之毅去省委党校前,他们对有些问题的看法并不一致。虽然柴强一向认为,作为下级,对上级的指示精神不该怀疑,更不能产生任何抵触情绪,但他还是能感觉到,生活实践本身提出的许多问题,用上级的指示精神却无法解决,他只能用军人式的服从,来掩盖内心的矛盾和苦恼。他希望刘之毅能帮助他解决这些矛盾。

"说说你在党校学习的收获吧。"

"收获不小。"刘之毅笑笑,接过吴子芳泡好的茶递给柴强。厂长憔悴的面容难道仅仅是因为劳累? 他焦虑的神色仅仅因为工作上碰到了难题? 凡是用脑子想事情的人,谁没有自己的矛盾和苦恼呢? 干巴精瘦的市委书记也不能例外吧? 要不,为什么那次市委常委扩大会议,一上来雷声很大,结束时雨点很小呢?

刘之毅笑笑说:"总算有时间认真读了点书,接受马克思、列宁的教导,结合我们的实践,认真地想了想,脑子里清楚了些,思想上也更坚定了些。"

"清楚了什么? 坚定了什么?"柴强急切地问。

"实事求是,一切从客观实际出发,而不是从主观或本本出发。"刘之毅盯着柴强的眼睛,"再加一句话:为人民的利益坚持好的,为人民的利益改正错的。共产党人,恐怕只能取这种态度。"

柴强惘然地点点头,又摇摇头,接着是既点又摇,大概他自己也说不清,此刻他的感受是什么。总不能说,上级的指示精神,是从主观或本本出发的吧？可是……

刘之毅知道，几句话要帮他解决矛盾，丢却苦恼，是不可能的。他转了话题，问起发动机的进展情况。

柴强谈起发动机的情况，刘之毅专心听着，一直没有插言。当柴强谈到胶泥模型的失败时，刘之毅说："看来，把图纸直接搬到车间里去全面铺开试制是不行的，生活已经替我们做出结论了。"说到这里，他沉吟了一下，问柴强："和叶工程师相处得怎么样？"

"他是一个脾气很固执的人，我到现在好像还不完全了解他。"柴强摇了摇头说，"对于新型发动机，他一开始就反对立即投入试制，到现在还是坚持这种态度，我也并不认为这个设计已经是很完善了，可是不投入试制，又怎么发现它的问题呢？他不赞成全面铺开试制，坚持要搞什么部件试验。"

刘之毅推开饭碗，点上一支烟，陷入沉思。烧掉了半支烟，他才抬头说道："老柴，据我的了解，叶工程师这个人，在技术问题上并不保守。全面铺开来搞行不通，这正说明他坚持得没有错。他去信告诉我，正在找一种切实可行的办法。不过，他一个人关着门找也是不行的，我们必须把他从书房里拉出来。他最近身体不大好吧！"

"还是老毛病：胃不好。我已经把他赶到医院里去了。"

"是要很好地爱护他。"刘之毅深有所感地说，"毛主席一再强调知识分子在社会主义革命和建设中的作用。像叶总这样的知识分子，是革命的宝贵财富啊！我们应该从本质上、主流上去认识他，充分发挥他的作用。丁明达最近怎么样？"

"工作上倒还勤勤恳恳，厂部的决定执行得还算坚决，对新型发动机也挺支持，不过，我总觉得这人作风不大扎实。"

"是啊，这人和叶赋章不一样。"刘之毅说着，就披上衣服，去穿雨鞋。

"你干什么？"柴强问道。

"我想去看看老叶。"

"今天你不能去了。"

"为啥?"

"坐了一天车,还是硬板凳,够累了,再说,我还有好些情况没有和你摆呢!"

刘之毅只好从命,两个人又在桌边坐了下来。

第二天,刘之毅早早就起来了。

昨天晚上,柴强和他谈到十点多钟才走。虽然经过一天旅途的奔波,他已经很疲乏了,但却并没有睡意。他琢磨着柴强谈的那些情况,脑子里波涛起伏,多少新的问题、新的困难在等着他! 就像休整结束重返前线的战士一样,他的心情十分激动。

开门出去,天气完全放晴了。连绵的秋雨之后,天空更加碧蓝,更加高远,几颗晨星映着眼睛,太阳还没有升起,东方天际泛起了一片红霞。

在塞上,一次秋雨以后总会带来一次降温。刘之毅感到身上的衣服单薄了些,回家披了件棉袄,往外走去。

他原想去看看叶赋章,一想,大清早,医院是不让探望病人的,于是想去看看设计科的青年人。走到集体宿舍楼前,又改变了主意:年轻人睡得晚,让他们早晨多睡一会儿,不必去惊动他们。于是他又往河东的家属宿舍走去:老年人都起得很早,朱德泉肯定不在床上了。

刘之毅从职工自己动手修建的运动场旁边经过,脚步不由得放慢下来。在运动场上,有个只穿一件衬衣的小伙子在拉单杠。一口气拉了二十几下,到后来力气使尽了,小伙子还不松手,屏着一口气,身体摇摇晃晃地上去了。刘之毅也为他松了口气,正想迈步往前走,看见小伙子的手还没有松开,看样子还想上去。刘之毅心里暗暗称赞这小伙子的顽强。这时候,小伙子运足了力气,又往上拉了。几乎要经过几秒时间,他的身体才升一寸,但他没有中途撒手,身体还是一寸一寸往上升、往上升,头顶已经和杠子平了,鼻子已经和杠子平了,越往上升,速度越慢,可是小伙子并不算完,直到肩胛高出了杠子的水平,他才停止,刘之毅不想往前走了,因为单杠上的小伙子在筋疲力尽的情况下,又如此重复了两次,方才松手,靠着旁边的双杠喘息，擦汗。

刘之毅擦了擦眼睛，他认出来了，这个顽强的小伙子正是王志嘉！

"志嘉！"他喊了一声，往单杠那边走去。

对方愣了一下，终于认出了喊他的是谁。

王志嘉忘记了拿搭在双杠上的衣服，直扑过来："刘书记，你回来了！"

"回来了。"党委书记用深情的眼光，上下打量着眼前的年轻人。他消瘦了，眼睛四周围上了一道黑圈，但是胡茬子却刮得光光的。他的脸上，找不出一丝一毫灰暗的情绪。刘之毅完全放心了。

"穿上衣服，当心着凉。"

"不要紧，惯了。"

"每天都坚持吗？"

"坚持。"

"为什么不把大家发动起来，一起锻炼呢？"

"这几天他们睡得太少了，"王志嘉腼腆地说，"想让他们多睡一会儿，就没有叫他们。"

刘之毅心里清楚：王志嘉决不会比他伙伴睡的时间多。党委书记在心里喊道："他不单在锻炼身体，他是在锻炼意志啊！"

面对党委书记慈霭亲切的眼光，王志嘉的心情沉重起来。他说："发动机没有搞好，刘书记，你批评我吧！"

刘之毅懂得他现在的心情，笑着说道："要是批评就能把新型发动机的关键问题解决，我一定狠狠地批评。志嘉，要禁得起失败和挫折，天下是没有真正的常胜将军的！"

王志嘉想起胶泥模型破裂后大家那种颓丧情绪，不由得惭愧地笑了。

刘之毅接下去说："所谓常胜将军，并不是没有打过败仗，而是能够正确地从失败中总结经验，吸取教训，因此能够多打胜仗，少打败仗。"

他们一面走一面谈，不觉走到了小河边。刘之毅说："走，看看你师傅去。"

"师傅一早就到车间去了，"王志嘉说，"我在这儿跑步的时候，见他从运动场上穿过去的。"

"那就去看看叶工程师。"刘之毅说,"你知道他住在几号病房?"

"二楼十九号。"

他们悄悄地进了医院,踮着脚尖轻轻地在病房过道里走着,没有惊动值班护士,进了叶赋章的病房。

叶赋章还没有醒来,昨天晚上他睡得太迟了。他侧着身子,发着细微的鼾声,眉心里还打着结,大概梦里还没有忘记发动机。枕边和床头上,有好几本新出版的技术杂志。刘之毅随手拿了一本,刚翻了几页,一张纸从里面飘出来。刘之毅连忙拾起,王志嘉把窗帘拉开一条缝,一束金色的阳光射了进来。刘之毅把纸张开,只见上面写着:

述怀(调寄浪淘沙)

　　檐下水如帘,秋色忽添,卧听淅沥谁挥鞭? 风雨敲窗催试制,梦里登鞍。雏雁向云天,无限关山,羽喙知否未丰完? 老马新途学举步,笑我蹒跚。

刘之毅看了一遍,又轻轻地读了一遍。他被老工程师真挚的心声感动了。这时候,一抹阳光把窗外微微摇动的树影,洒在叶赋章身上。刘之毅用亲切的眼光,凝视着熟睡中的老工程师。

王志嘉把那首词夹在杂志里,用崇敬的目光望着熟睡中的叶工程师。

刘之毅对王志嘉轻声说:"看来他一时醒不了,我们还是走吧!"

就在这时候,叶赋章醒来了。

他一时简直不敢相信,站在前面的就是自己朝夕思念的党委书记! 老工程师跳下床来,抓着刘之毅的手,摇动着、摇动着:"你到底回来了,老刘! 为啥回来前不给我写封信呢?"

"身体怎么样了,老叶?"

"没啥,挺好,今天我就要求出院!"

"干吗这样着急呢? 我们还是尊重医生的意见吧!"刘之毅说到这儿,

又从杂志里找出那张纸来，"老叶，你的词填的不坏呀！"

叶赋章一把抢过去，塞在口袋里："胡诌一气，没有意思。"

刘之毅认真地说："不，他真切地反映出了你的心情。"

刘之毅这么一提，叶赋章的心就往下沉了："老刘，机器搞得很不顺利。柴厂长把情况告诉你了吗？"

"我大概了解了。"

"你说该怎么办哪？"

"别着急，老叶，"刘之毅微笑着说，"有问题，有困难，也一定会有解决它们的办法！"

叶赋章看见党委书记如此沉着，不由得孩子气地问道："你带回好办法来了，老刘？"

刘之毅哈哈大笑："我能带回什么好办法来呢？问题还得靠你和大家去解决呀！"

叶赋章轻轻地叹了口气："老马不识新关山啊，老刘！"

大概是刘之毅的笑声把护士引来了，她推开门一看是党委书记，感到好不惊奇！她按照病房制度，要求他们离开。

"那我们只好走了，志嘉！"

王志嘉点点头。他想说几句安慰老工程师的话，又不知从何说起。

"老叶，安心在这儿养着吧。发动机的事儿，需要好好研究，像以前那样搞下去是不行的。"刘之毅说着，走到窗口，把窗子完全打开，新鲜空气和温暖的阳光，一齐灌到屋子里来。

"志嘉！"刘之毅转脸喊道，"你们已经好几个星期天没有休息了。天气多好！应该去外边走走。这样吧，这个星期天，我带你们去爬山！"

"爬山？"

"是啊，爬爬山，打打枪，劳逸结合嘛！也好让脑子冷静冷静，清醒清醒，回来更好的投入战斗！"

"我能赶上吗？"叶赋章的兴趣也来了。

"只要星期天前能出院，咱们就一起去。"

第二十七章

正如青年们所希望的那样,星期日是个好天气。

根据刘之毅的建议,团支部书记王志嘉,把与设计和试制发动机有关的人员,都动员来参加野游了。厂部同意开一辆"松花江"牌大客车,把野游者送到山脚下。王志嘉觉得坐车不如徒步走去好,和大家商量后,决定请几个年纪比较大的人坐车,这样,开一辆中吉普就行了。

年轻人一吃完早饭,就徒步出发了。一个多小时,他们就到了目的地鹰崖山下。这时候吉普车也开到了。稍微休息了一下,就开始爬山。

叶总工程师终于兴致勃勃地赶上了野游。

刘之毅回来以后,已到医院来和他深谈了两次。老工程师把自己对铺开试制的看法,以及建立试验室的设想和已经搞出的初步方案,向党委书记做了详细汇报。在听取叶赋章介绍这些情况的过程中,刘之毅多次激动地紧握老工程师的手,或者亲切地抱抱他的肩膀,喃喃地说:"叶老总,你在引着我往深里去想问题。是啊,有些问题得好好想想,往深里想想……"党委书记想了些什么问题,他没有告诉叶赋章,他说他还没有想透。叶赋章原想问问党委书记在省委党校的学习情况,还想问问他去学习前受批评的事是否确实,但想起这是党里头的事,作为党外人士,自己不该随便过问,

351

又看到刘之毅精神饱满，情绪很好，更觉得没有再提的必要。

今天，从汽车上下来，叶赋章和刘之毅、柴强、朱德泉一起，远远地落在年轻人之后，慢慢地向山上攀登。后来，老工程师在女儿的搀扶下，竟加快了步子，把几个老伙伴撇在后边了。

"天高云淡，望断南飞雁，不到长城非好汉。"老工程师一面走一面吟诵着毛主席的《清平乐·六盘山》，不觉身上更有了劲。"阿琪，放开我，让我自个儿走。嘿，不到山顶非好汉嘛！"

爬得最快的是苏一鹏和朱小英。这一对年轻人，一路上你追我赶，谁也不肯落后。当他们爬上山顶时，都气喘吁吁，汗流浃背了。

山顶是一块狭长的平地，正中有一株苍劲的古柏，周围有几块大石头，其中有一块二丈来高的扇形石，高高耸立，像是个天然屏障。前面还有一个较高的山头，山顶上有烽火台遗址，这才是他们今天爬山的终点。

朱小英把肩上挎着的干粮袋、水壶等东西放下，一屁股坐在大石头上："歇歇吧，再往上爬我可真受不了啦！"

苏一鹏笑着说："你的能耐也不大呀！"

"算了吧，我也没有落在你后边！"朱小英揉着膝盖说，"今天叶工程师可够呛了！"

"不要紧，有叶琪陪着。"苏一鹏说，"你怎么不担心你爸爸？"

"我爸爸可能吃苦呢。"

"你看看我这两条腿怎么样，当个登山运动员没有问题吧？"苏一鹏说着，在朱小英旁边坐下来。

"别吹牛了，"朱小英不以为然地说，"登山运动员爬的山，不知比这高多少呢。"

"你以为我没爬过高山吗？告诉你吧，我还爬过东岳泰山呢！"

"你爬过泰山？"小英有点不大相信。

苏一鹏神气起来："还能有假？那一年，我们去济南毕业实习，回学校时经过泰安，决定去见识见识泰山。嘿，你知道泰山有多高吗？当地人说，上山四十里，下山四十里！"

"这么高？"朱小英眉毛一挑，惊奇得睁大眼睛。

"要不叫东岳？"苏一鹏越说越来劲，"其实，高还不怕，陡才叫人害怕呢！快到南天门的时候，石阶陡得像峭壁一样。往上爬时，不敢回头看，一看脚就会发软。据说，有心脏病的人，爬到这儿就得回去，要不，爬着爬着，往后一看，旧病就要复发。"

"这么玄哪！"

"那才真叫爬山呢。"

"你上去了？"

"咳，看你说的！我非但上去了，而且是全班第三名呢！"

"不是吹牛？"

苏一鹏憋气了："你这人怎么啦，老是怀疑人家在吹牛！"

朱小英扑哧笑出声来："好了，快讲下去吧。"

苏一鹏绝不会把话葫芦只倒一半的，看见小英告了饶，又手舞足蹈地讲下去："你知道，上山时我们热得只穿了条短裤，一到山顶上，乖乖，不穿棉衣就受不住啦。再往下一看，天哪，脚下是白茫茫的一片。"

朱小英不敢置信地问："大雪？"

苏一鹏得意地："八九月份怎么会下雪，是云！"

"好家伙，你真的上天啦！"朱小英被他说得心动起来，"有机会，我也去爬爬那座山。"

苏一鹏兴致勃勃："找个机会，咱俩一起去。"

朱小英撅起嘴："为啥什么事情你都要跟着我？"

苏一鹏眨眨眼睛："这有啥不好？"

"吃批评你也跟着我吃吗？"

"谁批评你啦？"

"我爸爸。"

"干啥批评你？"

"说我做事情不好好用脑子。"她用手指苏一鹏的脑瓜，"说我这里一热，就想上天摘星星，抓月亮！"

"有何根据？"

朱小英认真地说："用泥巴做模型不是我出的主意吗？本来志嘉哥开始有些犹豫，我们纠缠着他泡蘑菇……对了，这里也有你一份，你逃不了责任！"

"咳，原来是这个！"苏一鹏放心了，"想快点把机器搞出来不好吗？"

"机器的主要问题不在模型上，不该在这方面去瞎闯！"

"可是下一步到底怎么办哪？"苏一鹏发起愁来，"车间好些老工人都不同意我们全面铺开试制，对设计又提了不少意见。"

"搞一个新东西怎么这样困难？"朱小英也苦恼起来，"刘书记一回来，就叫大家休息，爬山，真奇怪。"

这时候，下边传来了两个人的声音：

"啊呀，累死人了！"

"再加一把油，马上到了。"

"真要命！"

"锻炼锻炼嘛！"

朱小英侧耳一听，站起来就挎上干粮袋和水壶。苏一鹏问她干啥，朱小英说，方斌和尉迟文英来了，他们身上那种味道叫人讨厌，不如离他们远远的。苏一鹏一听，觉得很有道理，两个人就沿着狭长的山顶向另一边走去。

他们刚走，方斌和尉迟文英就来到大石头旁。

尉迟文英虽然累得香汗淋淋，却并没有马上坐下去，她摸出手绢，铺在一块比较干净的石头上，这才像一堆泥似的瘫了下去，娇嗔地喊道："我真不知道今天到这儿来干啥？你自己来就算了，还一定把我拉来。"

"大家都来了，我能不来吗？"方斌笑着说，"既然我来了，把你撇下不太冷清吗？"

"算了吧，算了吧，"尉迟文英揉着小腿说，"把腿都跑酸了，弄得一身臭汗，真不如在家看一场电影，听几张唱片。"

"既来之，则安之吧。"

晴空万里，太阳暖融融地照在山头上。微风吹拂，头上柏树枝"飕飕"作响。这里，听不到城市的喧嚣，听不到机器的轰鸣，也嗅不到一丝机油味儿。方斌恬适地闭上眼睛，想暂时把烦躁的心情驱走。

"你怎么不说话？"尉迟文英懒洋洋地问道。

"我要安静一下。"方斌还是没有睁开眼来。

方斌的冷漠态度，使得尉迟文英感到不快。和他相处虽然时间不短，但她还是摸不准方斌的脾气。他的情绪，像开春时多变的天气，忽冷忽热，乍晴乍阴。有时，尉迟文英感觉方斌对她是那样的钟情，有时却又感到是用与平常人没有两样的态度对待她。她常常为此而苦恼，但最后还是原谅了他。尉迟文英认为方斌是一个事业感很强的人，爱情不可能占有他的全部心灵，因此也不应该用自己的希望去要求他。大凡这种时候，尉迟文英不但原谅了方斌，而且更觉得他是值得去爱的。她关心方斌的方案，好像这个东西和自己有很密切的关系。方斌的方案没有被采用，尉迟文英也为他抱屈过。她相信，只要是有价值的东西，总会有识货的人。因此，她积极支持方斌把方案向外投寄。有些地方，资料员明明感觉到方斌是错的，比如长期扣压王志嘉要的那份资料，而且还叫她扯谎，可是当方斌稍稍做些解释，她心里就觉得释然了：也许他讲的并没有错，凡事又何必如此认真呢？资料既然是为了使用，谁用不都一样吗？尉迟文英这样给自己找寻理由。

尉迟文英总认为自己是最有主见的人，其实，她是个最没有主见的人。现在，资料员看着方斌那恬静怡然的神态，心想：他是在考虑自己的事业吧？他是从来不知道休息的！如果不是为了让自己的一生更有作为，他会省却多少烦恼？这样的人，是需要有人去关心他，爱护他的……资料员为了表示关心方斌的事业，她轻声问道："刘书记回来了，你的方案会被再重视吗？"

方斌没有睁开眼睛，脸上浮起了苦笑："不太可能，或者说没有可能。"说到这里，他长叹了一声："刘书记是不会喜欢我这个方案的。"

"为什么?"尉迟文英不解了。她没有怀疑过方斌的方案,而她对党委书记也是尊敬的,因此,在她想来,刘之毅不会像不懂业务的柴厂长,他会尊重方斌那个方案的。

其实,刘之毅并没有看过方斌修改后的方案,方斌这样说,不过是出于预感。他已经发现前一阵刘之毅在方案问题上所坚持的态度,和形势是不完全合拍的。这次,党委书记学习回来,很可能要纠正自己的做法,改变自己的态度,怎么还可能支持自己的方案呢,半点可能也没有!方斌的这种想法,自然是不能与人道及的,可是尉迟文英一定要他说出道理。

"我也说不清楚,不过,这将会是事实。"方斌睁开眼睛,眼光落到天际几片舒卷着的白云上。"现在,我的希望只能寄托在动力研究所了。如果他们认为里边还的确有点东西,愿意发表那篇论文,这我就三生有幸了。"说到这里,方斌又闭上了眼睛,"那时候,他们就不得不承认我方斌的存在!"

"为什么到现在还没有复信呢?"尉迟文英又忧虑起来,她的心情总是跟着方斌的情绪走的。

方斌的心里不由得收缩了一下:"是啊,我担心他们不会喜欢那篇文章……"他没有力气再往下说了。难道动力研究所就能不按形势的要求办事吗?刚才,要是尉迟文英不提出这个问题,他还可以给自己编织一些希望,去填塞空荡荡的心坎;现在,仿佛连编织希望残存的几根经纬都没有了。方斌颓丧地躺在石头上,心灵深处感到一种无形的压力,使他苦恼、心碎、悲怆……

方斌从他的发动机方案被否定,想到与总工程师女儿关系的破裂。是啊,方斌曾经爱过叶琪,追过叶琪,不能说,他对叶琪没有感情,但爱她、追她,从根本上说,还是为了满足他强烈的个人主义欲望。方斌想得美好极了:如果他能成为总工程师的东床快婿,那么叶琪理所当然的是他的得力助手,而发动机权威叶赋章,无可置疑地是他在动力界出人头地的可靠支柱了!然而,方斌幻想的肥皂泡被无情的现实刺破了,纷繁的思绪一下子又把他拉回到过去……

还在学校的时候,方斌和同学之间就不能很好相处,常常是格格不入,落落寡欢。他把这归咎为性格上的原因。那时他高傲,有时还莫名其妙的伤感。他到工厂几年了,仍然没有找到一个知心朋友。方斌和工人相处不来,和所谓"科班出身"的大学生也相处不来,和工农出身的知识分子更相处不来,因此他常常觉得自己不能被人了解。他曾主动地去接近一些人,想和他们交朋友,但结果都失败了。在爱好、趣味、生活情调等等方面,彼此是这样的格格不入!他们是欢乐的,哪怕工作和生活上遇到困难,碰了钉子,遭到挫折,他们还是高兴的,而他却总摆脱不了这样或者那样的烦恼。使方斌吃惊的是,生活的发展,同自己的生活方式、思想感情和趣味情调越来越抵触了。他想回避,想躲藏,但是他到处受到无形的冲击。方斌冷静地从理论上分析:也许这就是个人主义与集体主义的矛盾吧!他内心也承认自己是有个人主义的,也知道个人主义在今天的社会里不是好东西。但是他却有这样一个安慰自己的逻辑:个人主义给了他搞技术事业的动力,搞出了东西,还不是国家的?不管怎么说,个人主义的动机不好,但客观结果对社会主义是有利的。这一点上,他和丁明达的观点完全相同。在相当长的时间里,方斌坚持自己这种理论,他没有决心,也没有想下决心把自己身上那些与周围格格不入的东西割掉,抛弃。因为在他看来,如果这样做了的话,生活还有什么意思呢?但是方斌又感到有种无形的压力,正越来越重地压迫着他,要他把那些舍不得丢掉的东西丢掉。于是,方斌就不断地在无底的烦恼中挣扎。也正因为这样,许多诚恳的批评和帮助,并没有在他身上起到很明显的作用。

为农村设计发动机,这一意想不到的事件,给方斌带来了新的希望。他想好好干一场,做点成绩出来,为自己在工厂、在学术界争一席之地。结果呢,王志嘉他们那个方案上去了,他的东西却无人问津!方斌并不服气,也不灰心,相信他们的方案行不通时会想到他的。但是,当他看见叶琪不愿意和自己合作,而且两个人之间的关系逐渐恶化,以致决裂。当他看见过去认为最能依靠和争取的叶赋章工程师,都不再支持自己的时候,方斌才真正感到了惶恐。

生活并不是没有触动过方斌。老一辈革命者回忆当年那艰苦卓绝的斗争,许多人为了信念,大无畏地牺牲在晨光升起之前;工人忘我的劳动,他们那种先公后私,先人后己的品质;刘家洼农民的质朴和勤劳,也曾拨动过他的心弦。有时候,他也觉得完全为了个人太可耻,但为革命、为祖国,觉得又太抽象。如果两者兼备的话,那不就更好了吗?这时候,他把"客观上对社会主义有利"的理论,上升到"主观上既为个人又为国家"的理论,名之为"两架发动机"思想。实际上,个人名利是永远没法满足的,真正在他脑子里起作用的,总是为个人名利的那架发动机,为革命、为祖国的那架发动机,不过是块招牌而已,用它来欺骗别人,看来并不生效,那就是用它来哄哄自己吧!实际上,这种"两架发动机"思想,不过是座沙堆,他像一只鸵鸟,把头埋在里边,求个"说得过去",自己可以心安理得。但是生活中实实在在存在着的集体主义思想和力量(并不是形势与潮流所夸大和膨胀了的带鲜艳色彩的东西),正不断地冲击、涤荡着许多旧的事物和概念,无时无刻不在撼动着方斌的沙堆。他的理想实现不了,固然痛苦,要改变自己的生活目的,改变自己的生活方式、趣味、情调,在他来说更加困难。方斌感到惶恐,惶恐的同时,又苦于找不到一个地方作为避风港……

但有一天,方斌突然有了新的发现:他去找叶赋章,刚好父女俩都不在家。叶姑殷勤地招待他,递烟沏茶,亲切得很。方斌把身体埋在沙发里,坐等老工程师归来。屋里很安静,静得可以听到叶姑屋里挂钟的嘀嗒声。窗台上,一盆兰花和一缸水仙在散发着幽香,阳光把窗外的树影,斑斑驳驳地洒在靠墙的书架上。这里是如此恬静,安适!方斌的心里猛地一动:现在他所待的地方,不正是一个理想的避风港吗?老工程师是工厂的技术权威,他德高望重,人们尊敬他、照顾他。方斌所受到的那种无形的压力,是进入不到老工程师家里来的,和方斌相抵触的那些东西,也涉足不到这个安静的地方。在这里,他可以按照自己的愿望去生活,他可以在这个平静的窝里安度自己的岁月。哪管他走出大门又会受到生活激流的冲刷,但一天二十四小时中,他至少可以有一半时间躲在这个避风港里喘息。

方斌觉得这个新发现太重要了。他必须成为叶赋章家庭的成员之一。他把这当作是生活中最后一个堡垒,他一定要攻下这个堡垒,然后想办法把这个堡垒修筑得更坚实,好在里边栖身。可是,现实并不像他想的那么美妙:叶琪由对他的方案不满意进而拒绝和他合作,最后与他决裂了!直接和叶琪打交道已不能有多少结果,他知道父女俩关系特别密切,女儿很听父亲的话,于是集中全力争取老工程师的同情和支持。也许由于自己对客观情况做了错误的估计,加之方式方法上也有问题,和老工程师竟也产生了严重的冲突!看来,叶赋章的家里也并不平静!他的避风港,他生活里的最后一个堡垒眼看也将不复存在。这时候,方斌觉得难过和失望的,已不仅仅是发动机的方案没有被采用,而是他的生活信念被连根撼动了!

尉迟文英是怎么也理解不了这许多的,她只知道方斌在为事业而苦恼,为发动机而苦恼。其实,方斌爱她,主要是因为他自己太孤独,尉迟能给他慰抚,给他温情,还能当他的助手,作为一个少女,尉迟文英也还有其动人之处,可爱之处。

"尉迟!"方斌喊了一声,接下去发出喟然长叹。

尉迟文英茫然地问道:"你怎么啦?"

"我心里真闷得慌。"方斌痛苦地喊道,"尉迟,你知道吗,有时,我竟觉得,在这个世界上,除了我来关心我自己,爱护我自己以外,还有谁来关心我、爱护我、赏识我和需要我呢?"

尉迟文英心里慌了,一时不知如何安慰他:"你不应该这样消极,方斌!"

方斌沉重地摇摇头:"不是我消极,而是事实。一个人不能被人理解,这该多么痛苦!"

"不,不,"尉迟文英被方斌痛苦的心声感动了,"方斌,并不是没有人理解你,懂得你,有一个人不是愿意把命运和你连结在一起吗?"

"谢谢你,尉迟!"方斌睁开眼来,投过一瞥感激的目光,"可是爱情填补不了我心里的空虚。一个人,当他觉得目标在望的时候,他就会感到浑身都是力量。他向前奔呀,奔呀,可是突然间,目标像肥皂泡似的幻灭了,现实告诉他,原来他所追求的东西根本不存在了,这时,他是多么痛苦啊!"

"那就不能改变一下目标吗？"尉迟文英惴惴地问，唯恐触动得方斌更加伤心。

"改变目标？这在别人说来可能很容易，在我却是十分困难的。……就说这个发动机吧，我把它当成事业的开端，没想到这个开端却成了结束！"方斌说到这儿，不由得心头隐隐作痛。他依着古柏，仰天长叹："生活，多么复杂的生活啊！"

资料员找不到适当的语言来安慰方斌，自恨不能为他分担痛苦、忧愁。两个人沉默了一会儿。头顶上，古柏枝叶在飕飕作响。

"尉迟，你看，那是什么？"

顺着方斌手指的方向，尉迟文英看见有一只鸟在远处的山头上盘旋。

"那是一只喜鹊！"尉迟文英答道，随即又纠正说，"不，好像是一只鹰！"

"不管是喜鹊还是鹰，总之，它是一只鸟儿。"方斌触景生情地喊道，"鸟儿，多么自由自在地生活着！天地如此之大，它爱怎么飞就怎么飞，谁也不会去干涉它……可是我呢？能像这只鸟儿一样自由自在地飞吗？能想怎么飞就怎么飞吗？……我多么想做一只鸟儿啊！"

"在这儿感叹什么呀，方斌？"王志嘉和鲁大明出现在身后。他们肩上挂了好几支小口径步枪，大包的干粮和水壶。

两个人的突然出现使方斌有点局促不安，他装得很随便地说："我和尉迟在聊天。"

"好像在议论天上的飞鸟，是不是？"王志嘉兴致勃勃地问。

"是啊！"方斌懒洋洋地答道，"你看，它飞得多么自在，爱怎么飞就怎么飞，谁也不会去干涉它！"

"可是它也会遇到风暴，遇到雷雨！"王志嘉说着，把肩上的负荷卸下。

"它可以躲开嘛。"方斌不很热情地说。

"不，老方，真正的鹰，它们不会躲开风暴，躲开雷雨，去找寻安息的地方，它们喜欢在暴风骤雨中翱翔！"

不知为什么，王志嘉这几句话使得方斌很反感，刚才的复杂心情又出现了。以前，他认为，王志嘉虽然在业务上刻苦钻研，但终日忙忙碌碌，缺乏长远的打算,没有远大的目标。他们在发动机方案上的标新立异,却改变了方斌对王志嘉的看法。他是不是想借此露一手呢? 按照方斌的逻辑,这是完全可能的。他甚至认为,叶琪不支持自己的方案,和王志嘉有关,生活中最后一个堡垒的消失,也和王志嘉有关。有了王志嘉这样的时代幸运儿,才有方斌这样的生活落魄者。从那时开始,方斌对王志嘉就产生了一种对立情绪,同时更加疏远他了。

今天,正当他因为一只鹰而感叹自己的境遇时,王志嘉出现在他的身边,而且发表了完全与他相反的见解。方斌的心情变得更坏起来,郁积了很久的烦恼和不快,顿时爆发了。他向鲁大明伸过手去,说:"给我一支枪,一发子弹。"

"干啥?"鲁大明没有马上给他。

"我要试试我的眼力!"

"打什么呀?"鲁大明还是没有把枪给他。

方斌恶狠狠地说道:"打那只鹰!"

王志嘉笑着问道:"为什么用它做目标呢?"

"它太得意了,我嫉妒它!"方斌遥视天际,意味深长地说。

"你真爱开玩笑,方斌!"王志嘉说到这儿,忽然觉察到方斌话里的味道有点不大对头,于是笑了笑说:"不用浪费子弹了,让它飞去吧!"

方斌冷笑一声说道:"这么说,你倒是很爱护它!"

"方斌,你的心情不大好啊!"王志嘉正色道。

方斌近来经常提醒自己,不要忘了形势的发展变化,与人打交道时,一定要能控制自己。现在,王志嘉说他心情不好,他得赶快否认:"不,我的心情很好。"

王志嘉的心上,像被小锤子敲了一下。近来,自己闷着头搞设计和试制,对方斌暴露出来的一些错误思想和言行,没有及时进行批评帮助,看来他越来越远了。想到这儿,便把身上的小口径步枪卸下,走向方斌说道:"老方,难得有今天这样的机会,我们两人好好谈谈!"说着,又转向鲁大明和尉迟文英:"尉迟,你和鲁大明到他们那边去,我和老方要交换些意见。"

方斌一向不愿意和王志嘉正面思想交锋，所以连忙制止："不用了，老王。今天我和尉迟有些话要谈谈，是我约她来的。你有什么要说的就在这儿谈吧！"

　　方斌本来以为，把尉迟文英留下来，王志嘉就不会再和他交换意见了。谁知王志嘉想的和他并不一样。王志嘉想：方斌正在以自己的思想影响着尉迟文英，尉迟文英对方斌缺乏正确的了解，因此，当着她的面交换意见，对她也会有帮助的。王志嘉走过去，拍着方斌的背，在旁边的大石头上坐下，恳切地说："方斌，这次你的方案没有被采用，情绪很不好啊！"

　　"没有这回事，王志嘉同志！"方斌马上打断他的话，"相反，我祝贺你们，你们的发动机成功以后，肯定会震动国内外动力界。"

　　"最好我们不要用这种口气来谈话！"王志嘉的口气和脸色都严肃起来了。

　　方斌原想来个先发制人，说几句不中听的话，使谈话中断。看见王志嘉并不想走，只好把态度缓和下来："你叫我怎么说呢，老王？我这可是由衷之言！"

　　"一起来合作，把发动机搞出来吧，方斌！"王志嘉诚恳地说，"多一份力量，就能早一天把机器送到农村里去！"

　　"我能为发动机做些什么呢？没有我，你们不是搞得很好吗？我是很能自量的。"方斌用讥讽的口气说，"而且，我还想知道，你们的机器，下一步究竟怎样搞下去？"

　　"肯定要搞下去！前一阵因为没有试验，走了些弯路，往后就有了教训，这也是好事。"方斌的讥讽口吻把王志嘉激怒了，但他还是努力克制住自己的感情："老方，党和人民把我们培养到大学毕业，不容易啊！你知道吗，五十多个农民一年的辛勤劳动所得，才能供我们在大学里学习一年。党和人民寄予我们这样大的希望，时代搁在我们肩上的担子是这样沉重，我们没有理由计较个人成败得失，而忘记肩上的责任！方斌同志，你不能这样走下去！"

　　"谢谢你的关心！"方斌不冷不热地说，"不过，我好像觉得自己不再是孩子了。生活的道路该怎么走,我会告诉自己的,不劳你过分操心!至于对个人的得失和成败问题,各人有各人的看法。我认为,今天搞任何创造发明,个人的任何成就建树,客观上都是为了社会主义建设,都是为人民服务,何必教条主义式地给它扣上这样或那样的帽子?"

"你这样说,我不能同意。"王志嘉义正词严地说,"为什么人服务,是个根本问题。我们应该自觉地用自己的专业知识来为人民服务。有些人搞科学试验,把它作为取得个人名利的敲门砖,在科学上就只会走捷径,甚至钻冷门,赶浪头,凑数据,抄袭与剽窃别人的科学成果。他们不会从国家经济建设的需要和科学发展的具体情况出发,他们不可能具有对国家负责和坚持科学真理的高度责任感,也就难以搞出什么真正有价值的研究成果。这种例子难道没有见过吗?"

王志嘉说着,禁不住激动起来。他决定直接把方斌的问题提出来:"比方,这次搞发动机,如果你一上来就很明确为什么而设计这个东西,你就不会始终坚持你那个拼凑起来的方案,你就会认真负责地去设计真正合乎农村需要的机器,你就不会对新方案抱旁观的甚至是对立的态度,这还不明白吗?"

方斌控制不住自己了,跳起来嚷道:"行啦,行啦,你理论水平高,尽可以往深里分析。我认为,属于我个人的事情,我对自己负责,用不着别人操心!"

方斌这一嚷嚷,表明他已经败阵了。刚才,王志嘉一席话使他无法招架,想起尉迟文英就在旁边,他的脸也红了。为了阻止王志嘉再说下去,他就来了个"虚晃一枪,回马便走"。

谁知王志嘉并不因此就罢休,他站起来,声色俱厉地说:"不,方斌,这不是你一个人的问题,既然我们生活在这样一个集体里,就不能眼看着你这样走下去,也不能允许你这样走下去!"

"让我提醒你,王志嘉同志!"方斌也挺起脖子喊道,"现在最需要你操心的是发动机,是经济实用、中国风格的发动机,不是区区我个人!"

空气顿时变得沉重起来。

尉迟文英几次想过去劝阻,但又觉得不好开口。王志嘉对方斌的批评使她吃惊。她承认,团支部书记的分析是有些道理的,可是方斌的问题难道真的如此严重吗?她有些为他抱屈。

鲁大明故意站得远一点,其实,双方的争论他听得很清楚。他听了王志嘉对方斌的批评,心里觉得痛快。

这时候,对面山坡上传来了苏一鹏的喊声:"快过来吧,打靶要开始啦!"

王志嘉没有理会苏一鹏的喊话,他的心思完全集中在方斌的身上。发动机试制中的挫折给了方斌以口实,成了对方手里的最后一张牌,必须把这张牌给他缴掉。于是王志嘉正气凛然地说:"方斌,发动机我们是要搞的,而且一定要搞出来。我们不怕失败,我们还有失败的准备。我们希望你一起来搞,并不是在求你,不是没有你我们就搞不出来。既然领导上已经决定采用某一个方案作为任务交给我们,我们就只能一心一意去对待它。你有新的意见完全可以提出来,同志们是会认真听取的,可是你不是这样,借口科里有工作,对新方案冷眼相看,旁敲侧击,指指摘摘,这是一种什么思想在作怪?方斌同志,领导和同志们对你的帮助和期待还少吗?"

方斌这时已经冷静下来,他也无法为自己找理由了。为了掩饰自己的窘态,他撒赖地说道:"王志嘉同志,今天我们好像是来爬山的吧?何必跑到这样一个山头上,当着尉迟和大鲁的面来教训我呢?在工厂里还找不到这样的机会吗?"

王志嘉看他还不能正视自己的问题,不由得痛心疾首地喊道:"方斌同志!"

方斌被王志嘉炽热的眼光逼视得低下头去:"好吧,王志嘉,我们另外再找个时间,好好谈谈。小苏在叫你,我和尉迟还有点事情。"

王志嘉知道,方斌的错误思想,不是一两次批评帮助就能使他正确认识的。今天已经把问题当面揭开来了,应该让他冷静地想一想。于是,他把枪和干粮等背起来,走到方斌前面,语重心长地说:

"方斌同志,我今天说的一些话,可能会把你刺痛,但这是我,也是大家的心里话。正是因为关心你，爱护你，才这样坦率地给你把问题摆出来，请你好好地想一想！"

"我会想的，王志嘉同志。"方斌低着头说，那种傲岸的神情不见了。

王志嘉又亲切地招呼尉迟文英："尉迟，等会儿和老方一起来打靶吧。"

"就来。"尉迟文英红着脸说。

王志嘉和鲁大明走了以后，尉迟文英卸下肩上的水壶，拔开塞子，递给木然失神的方斌："你刚才的态度也有些过分了。"

方斌一只手挡开水壶，恶狠狠地喊道："怎么，他气势汹汹地批评我你没有听见？"

"人家是想帮助你！"尉迟文英盖上水壶，感到有些委屈。

"够了，让他好好帮助自己吧！发动机出不来，还不知道要怎样收场呢！"方斌恣意发泄着牢骚，"他王志嘉怎么了不起啦？扛了块'工人出身'的牌子，业务上拿得起来吗？你知道，他们为什么三番五次希望我去合作？难道是真的愿意让我去分享他们的成果？他们到现在才觉得需要我方斌啦？说起来倒是邦邦硬的：'并不是没有你我们就搞不出来'，既然如此，何必又不厌其烦地找我合作呢！"

方斌把王志嘉在场时端不出来的话都端出来了。他这样做，一方面是出出气，另一方面是故意说给尉迟文英听的，好纠正一下刚才给她的那种印象。

尉迟文英并不理解他这种心情，她的心是向着他的，因此发愁地说："你老是这样苦恼下去也不是办法呀！"

"为什么我要苦恼？现在我才知道，需要重新把我的方案拿出来。"方斌在气愤中，竟毫无节制地发挥他的想象：嘿，说不定有一天，他们那个既要马儿好，又要马儿不吃草的东西搞不成的时候，还需要我的方案呢！

尉迟文英迟疑地看了他一眼："我真巴不得你成功。可是，你是不是太自信了？"

方斌没有回答，却朝着她浑身上下打量了一下，失望地摇摇头说："尉迟，我发现你同样不十分了解我！"

"是我不理解你,还是你不理解我?"尉迟文英难过地说。

方斌摇了摇头,没有回答,解开上衣的纽扣,跳上一块石头,迎风伫立。忽然他低头说:"尉迟,叶琪和他爸爸来了!"

尉迟文英担心地说:"你不会再和他们吵架吧?"

"为什么要吵架呢?"方斌从石头上跳下来,"不过,你在这儿好像不太方便,是不是到那边看打靶去,我等会儿就来。"

"要是我在这儿碍事的话,当然可以走!"尉迟文英不高兴地说。

尉迟文英走后,方斌就迎着叶赋章走去。为了让老工程师忘掉医院里那次不愉快的谈话,他像往常一样,十分亲切地打招呼:"叶叔叔,您老人家真的上来了?"

"你不敢小看我哇,方斌!"老工程师因为兴致很好,好像也忘记了医院里的龃龉。"总算到了这块平地上了。阿琪,快歇歇!"

"上来的人呢?"叶琪问方斌。

"都在那边打靶。"方斌说着,又和老工程师寒暄:"叶叔叔,您的胃病好些了吗?"

"好了点,要不,今天还能来爬山吗?"

"刘书记呢?"

"还在后边,和一个老乡在说话。"

方斌觉得很难找到贴切的话来攀谈。无疑的,他和这一家人的关系远非当初了。为了表示自己的气度,他搭讪着对叶琪说:"这几天你也够累的吧,叶琪!"

"我没有比别人做更多的事情,为什么会累呢?"叶琪答道。因为话不投机,就不愿继续谈下去,于是转向叶赋章说:"爸爸,你坐在这儿等等刘书记,我到那边去看看!"

"去吧。"叶赋章揉着腰,转脸问方斌:"你是一个人爬上来的?"

"不,有几个人一起上来的。他们都到那边去了,我在这儿歇了歇。"

叶赋章心里想:"为什么他总跟别人合不在一起呢? 他大概又要对我

说什么莫名其妙的话吧?"老工程师警觉起来了。

"叶叔叔,刘书记回来后,发动机准备怎么搞下去呀?"

"还没有研究,不过肯定要搞下去!"

"叶叔叔,刘书记很了解您,在试制问题上,我想他一定会支持您的意见的。"方斌惴惴地试探,不敢触怒对方。

"那也不见得,"叶赋章淡淡地答道,"凡是正确的东西,他是一定会支持的。"

"那当然。"方斌连忙表示同意,他懊悔刚才没有和尉迟文英一起走。

想起方斌上次在医院里说的那些话,叶赋章不由得生起气来。

"方斌,那天在医院里,我原想和你好好谈谈,你怎么不声不响走了?"

"我怕妨碍您休息,另外我还有些事情。"方斌说着,急于想离开老工程师。

"的确,我以前对你帮助是不够的。"老工程师皱着眉说,"新中国成立前,我们搞科学技术,是为了梦想科学能救中国,后来才知道,社会制度不变,什么先进的科学技术都救不了中国,只有共产党领导被压迫的劳苦大众起来革命,才能解救中国。现在,党领导全国人民搞社会主义建设,国家的建设发展很快。过去我们连牙膏也要进口,现在我们自己已经能制造几百种工作母机,我们已经能轧制上千种钢材,千万座工厂、矿山,一处处建立起来,而新中国成立不过十年时间!看看现在,比比过去,哪一个诚实的科学工作者都会觉得,老一辈人所梦想的时代已经来到了!我们有多少工作要做?有多少新的课题要解决?我们应该抱着什么态度去工作和生活呢?千万不能辜负这个伟大的时代啊!千万不能辜负党对你们的希望啊!可是你自己呢,方斌?"

过去,凡是叶赋章说的话,方斌都是毕恭毕敬地聆听的,可是现在他不爱听老工程师的"说教"了。看来,叶赋章的话还刚开了个头,必须赶快脱身。

"叶叔叔,您的意思我明白。"方斌温顺地说。

"你不明白!你不明白!"叶赋章大声地喊道。

"叶叔叔,也许,过去是我错了!"方斌又后退了一步,只想早点离开他的"叔叔"。

"不是也许,而是肯定!"叶赋章激动了,"我一向认为,你们这些年轻人身上旧东西少、前进的步子迈得快。现在看来,并不全是这样,你就不是这样!"

老工程师最后一句话击中了方斌,使得他心里一阵发乱。

其实,刚才王志嘉的一席批评,并不是没有打动方斌的地方。有些话,方斌不得不承认是有道理的;有些话,尽管他不同意,但也提不出正当的理由来为自己辩护。他用气势汹汹的态度对待王志嘉,他不愿意听叶赋章的"说教",都是害怕他们会从根本上动摇自己的生活信念。

"叶叔叔,您让我好好想想!"方斌无奈地说。

这时,不远处的山坡上传来了一阵突然爆发的笑语声,人们大概在做什么游戏。

叶赋章指着欢笑声传来的方向说:"你看,他们那边是多么热闹!你应该在他们中间的,而不应该是一匹离群之马,更不能做害群之马。"

叶赋章说到这里,看到方斌脸上有羞赧之色,觉得也言重了些,又补充说道:"自然,我打的是比方。但是,他们是这样的愉快,朝气勃勃;你却在患得患失中苦恼,还不因为是离开了他们的缘故吗?"

"叶叔叔,我尽量努力吧!"方斌丧气地耷拉着脑袋。

叶赋章朝他挥挥手:"去吧,到他们那边去吧,让我一个人在这儿休息一下。"

他确实需要休息一下。爬了那么高的山,身子已很疲乏,刚才这一阵激动,使他更加累了。他背靠着那棵古柏,闭上眼睛,但是脑子里却安静不下来。

"哈,在这儿呢! 你看他多会找地方!"背后突然响起了丁明达的声音。叶赋章睁眼一看,刘之毅和朱德泉也来了。

刘之毅笑着说:"老叶,你可爬得不慢哪!"

"不行了，要不是叶琪保驾，又拉又推，恐怕还上不来呢。"叶赋章疲倦地说，"柴厂长还没有上来？"

朱德泉说："中午有个电话会议，厂部通讯员把他追回去了。"

刘之毅看到叶赋章神色激动，感到诧异："老叶，刚才干啥来？和谁在这儿扯什么问题了？"

"是方斌在这儿，我把他批评了一顿。"叶赋章皱着眉头说，"这孩子身上有很多不应该有的东西，可以说成问题得很！"

"是啊，有些东西，并不是我们认为应该没有就会没有的。这个年轻同志的思想很值得注意，也很需要帮助。"刘之毅说着，就在叶赋章的身边坐下来。

"为个人想得太多啦！"朱德泉摇摇头说。

"这小伙子一贯就是这样。"丁明达补充说。

刘之毅说："不能说，个人不能考虑自己的利益，但个人成了'主义'，把国家和他人的利益扔在一边，那就不大好了。任它发展下去，什么难以想象的事情都会做出来的。有人明知它不是好东西，却对它很有感情，说什么个人主义好比臭豆腐，闻着臭，吃着香。"

"胡扯！"朱德泉气愤地说，"臭豆腐可以做菜，调味，个人主义有百害，无一利。这些人真会编！"

丁明达的处境很尴尬。今天，他本来是不打算来爬山的。星期天嘛，弄上一斤老白干，和同乡周会计一边对酌，一边下棋，这才是最好的休息。后来，看见科里的年轻人都来了，而且叶赋章刚出院也参加，书记和厂长又都躬亲前往，他不参加自然是不行了。党委书记对他是比较了解的，那探究人的眼光，常常使他觉得不舒服，和刘之毅在一起，总是有些拘束，不如与年轻人在一起，凭自己的身份还能摆摆架子。可是又觉得应该和领导同志在一起，这样在别人的心目中不更有地位了吗？现在，他们议论的问题是他最不感兴趣的，但是为了表示一下自己的态度，他必须说几句："有些人的思想就是有问题。你说这个人主义是个坏东西，他也同意，可就是少不了它，说它是搞事业的动力，没有它，就像火车头里没有蒸汽一样，动不了！"

丁明达说得煞有介事。其实，他所说的那种人正是他自己。丁明达常常喜欢这样：在一些场合里发表的见解（这往往代表他的真实看法），在另一个场合里就拿来狠狠地批判，好像是他最深恶痛绝的。正因为批判的就是他自己的看法，所以总能谈得比较具体，绘声绘色，不了解内情的人，还以为他很有水平呢。

"老丁，你这是在批判别人，还是批评你自己？"

叶赋章这没头没脑的一句话，把丁明达吓了一跳。过去，他在老工程师面前，的确不加掩饰地对人对事发表过一些看法。现在，当着党委书记的面来揭老底，可不是好应付的啊！转念一想，刚才自己发表的一通意见并没有什么漏洞，所以胆子壮了起来："你想说什么呢，叶总？很可能我批评得还不深刻吧？"

"不！"叶赋章好像根本没有听到他在说什么，独个儿喃喃地说："我好像听到你自己赞扬过这种思想……不，老丁，这是一种十分错误的观点！"

丁明达听到"赞扬过"三个字，心里说："糟糕！他真的翻起老账来了，而且当着党委书记和朱德泉的面！"他埋怨自己过去在叶赋章面前说话太不谨慎。

刘之毅微笑着鼓励："老叶，心里琢磨什么问题，说出来大家听听。"

叶赋章好像没有听见刘之毅在说什么，他沉浸在回忆里了。

"对了，老丁，你还记得吧？有一次，我们研究青年设计员的使用和培养问题。谈到应该鼓励青年人有远大的理想和抱负时，我说，应该使他们的理想和抱负建立在正确的思想基础上。你说，这当然对，不过，否定个人动机的作用，恐怕也不符合历史、符合现实。你举了一些例子，说旧时代里很多知名的科学家并没有正确的世界观，他们的理想和抱负也缺乏正确的思想基础，不是照样做出了很大成绩吗？你还说，在社会主义新时代，个人名利思想，和无产阶级集体主义，可以互相补充，因为它也是激励人们上进的动力之一。"

丁明达心里又喊了一声"糟糕"！总工程师把他说过的话，原封不动地搬出来了！他来不及去思考怎样掩饰、对付，因为叶赋章还在说下去。

"我当时和你争论过，你听不进去。现在看得更清楚了，这种互相补充论是站不住脚的。方斌这个例子就很说明问题。老丁，在这种问题上可千万不能含糊，一定要闹清楚！"

丁明达一时慌了手脚。叶赋章这一席话，把他刚才为了表明态度而发表的见解完全推翻了！这不等于让他自己打自己的嘴巴，自己往自己脸上抹灰吗？这种搬石头砸自个儿脚板的事情，他还做得不多。他心里怪叶赋章不该在这样的场合揭他的老底，更责怪自己在老工程师面前说话不检点，这会给刘之毅什么印象呀？他乜着眼睛，瞟了党委书记一眼，发现刘之毅正低头蹙眉凝思，眼睛并没有盯着他，才稍稍放心了一些。转念一想，觉得应该对叶赋章提出的问题立即表示点态度，以免被党委书记"将军"，造成更大的被动，更难应付的局面。

"对，对，叶总刚才提的问题确实很对。"他满面愧色地说，"那种看法（他不敢提'观点'）是很不妥当的，不，是很错误的。我后来也发现了，也认识了。嘿嘿，是这样！"说完，赶紧到刘之毅的脸上去找反应。发现党委书记正笑嘻嘻地看着他，才稍稍放心了点。

"老丁，你说你那种看法是错误的，你到底错在哪儿呀？"刘之毅问道，脸上还是挂着笑容。

丁明达这一来更慌了手脚。说实话，他到现在为止还不知道错在哪里，刚才所以说他错误，仅仅是为了表表态度，没想到刘之毅在节骨眼上将了一军。为了解脱窘境，他调动了所有的脑细胞一齐上阵。由于他平时从不认真学习理论，因此，像样的装潢门面的词句一句都编不起来，急得光秃秃的脑门上沁出了汗珠。支吾了半天，方才咄咄讷讷地说："总之，那是一种错误的、唯心主义的看法，是形而上学的看法。"说到这里，他忽然想到刚才朱德泉话里的一个词，就连忙补充说："总之，这种看法是有百害而无一利的。"

刘之毅笑而不言。这一来丁明达越发急了，暗想："刚才自己的批判，词句够厉害了，难道还不行吗？"

"老丁，这可是一个重要的问题，我们应该把它搞清楚。"刘之毅虽然脸上还浮着笑容，但声音却很严肃。"无产阶级集体主义思想和资产阶级个人主义思想，是两种对立的思想和世界观，是不可能互相补充的。解放以来，我国科学技术有了很大的发展，这个过程，不也正是两种思想、两种世界观斗争的过程吗？当然，这个过程比较复杂，有时还有来自其他方面的干扰就是了。"

"对了，不说远的，就说近的吧，"朱德泉紧接着说，"这次搞发动机，出现的许多问题，单单是技术问题的争论吗？站在两个地方，两个方案是怎么也碰不在一起的。老丁，你是设计科科长，这经过你不清楚？"

丁明达连连点头，表示他明白了。心里又在忖度："好在那时自己没有参加方斌的方案，否则，往原则上一拉，吃不了要兜着走了。"想到这里，觉得自己当时还算"明智"。

"这个例子很好，能说明问题。"刘之毅接着说，"做任何事情是需要动力的，火车头里没有蒸汽发不出马力。革命的世界观能产生革命的动力，只有这种动力，才能使人们敢于在科学技术的道路上披荆斩棘，勇往直前，去攀登新的高峰。以个人目的为动力去搞科学，他们只会考虑如何使个人获名获利，而不会以认真负责的态度去对待工作，对待科学研究，他们不可能克服失败，知难而进。只知道爱护自己的身体、抱着活命哲学的人，是不可能去当登山运动员的。"

刘之毅的话点到叶赋章的心上，老工程师精神焕发地说："对了，一心只为了自己的人，是决不能老老实实做学问的。这种人我可见过不少。你就说方斌，我一再告诫他，要老老实实地对待科学，不要东拼西凑急着写文章。可是他总不听。现在看来，这根本原因不在于治学态度是不是严肃，而是他的思想、世界观决定的。"

刘之毅接上说："老叶，这样一个青年人，怎么会有这样复杂的思想呢？你想过吗？"

"想过，多次想过。"叶赋章说，"我本来以为，青年身上，旧东西应该少些，一般说来，这也许是对的。但是他们并不是生活在真空中，社会上各种思想的斗争,会在青年知识分子身上反映出来。老刘,你说,是不是这么回事儿?"

"很对,老叶!"刘之毅点点头,意味深长地说,"'各种思想的斗争',你说得很对呀! 有时,不仅仅是两种哩!"

"原来是这样!"丁明达失声喊道。他这一喊,表示他已经大彻大悟。今天这场争论是完全出乎意外的,他很狼狈,但也使他的思想受到了一次震动。虽然一下子他还接受不了那么多,更没明白刘之毅说的"不仅仅是两种哩"指的是什么,但为了避免往后犯大错误,回去以后需要认真地去和同乡会计探讨一番。会计是他的知己,在那儿说话是没有顾忌的。至于在其他场合,就需要接受今天的教训,更加审慎,以免再被别人抓住话柄。使他费解的是,刘之毅学习回来以后,为什么只字不提发动机的试制呢? 书记的观点态度会有什么新的改变呢?

第二十八章

　　青年们在另一个山头上打了一会儿靶，又唱又跳地热闹了一阵子，还是不见刘之毅、叶赋章等上来，王志嘉便提着枪跑来了。

　　朱德泉问："你们的人呢？"

　　"都来啦！"王志嘉说着，跑过去招呼大家。不一会儿，唱着跳着的青年人就把他们围住了。

　　"好啊，大家都挎了支枪，真够神气的！"刘之毅欢快地喊道，"老叶，你看看这些年轻人，能拿笔，又能拿枪，真是文武双全啊！"

　　看着眼前那些虎虎生气的年轻人，叶赋章不由得感慨道："他们的生辰八字比我们这一辈强，他们是应该这样生活的。"

　　"是啊，今天他们再也不会像你们过去那样，为衣食奔走浪费青春了。"刘之毅说着，从苏一鹏的手里取过一支枪，拉动机件："好枪！小苏，枪法怎么样？"

　　苏一鹏正了正肩膀上的干粮袋，来了个立正："报告刘书记：五十米距离，五枪打了四十三环，全厂科室射击亚军！"

　　看着调皮鬼那副神气，刘之毅不由笑出声来："好，够水平的。不过，要是二十年前，当个小八路还不大够格。"

"条件那么高?"苏一鹏似乎不大相信。

刘之毅说:"要知道那时候打的是活靶,而且是用'三八大盖''汉阳造'。"说着,端起枪来,向着远处瞄准。稍停,回过头来笑着说:"怎么搞的,我的手又发痒了。小伙子们,咱们比它几枪好不好?"

青年们欢叫起来:"好,好……"

刘之毅以司令员的口气喊道:"苏一鹏!"

"有!"苏一鹏又是一个立正。

"给你任务,把靶子插到右边那个小山头上去,立即行动!"

"是!"苏一鹏喊了一声,跑步走了。

刘之毅转身问道:"你们看这儿到那边距离多远?"

朱德泉说:"我看有八十米。"

丁明达更正说:"我看有九十米。"

"就算它八十米吧,"刘之毅从王志嘉手里接过子弹,"咱就打它个八十米!"

叶赋章兴致勃勃地说:"老刘,今天就看你的了。"

"真的,我得先声明一下:打好了,你们别捧我,出了丑呢,你们也别笑我。"刘之毅解嘲地说。说完,就趴倒在柏树下的大石头上,向着右边的小山头瞄准。

叶赋章也来了兴趣,他从叶琪的肩上取下照相机,从侧面对着刘之毅,急急忙忙地找正距离,调整光圈。

刘之毅没有发觉。

青年们都笑了起来。

叶赋章急忙制止,用手指搁在嘴上,轻轻"嘘"了两声。

这时,苏一鹏已经把靶子插好了,他一边往侧面跑一边喊:"开始吧,刘书记!"

刘之毅举枪射击。叶赋章拍下了一个镜头。

枪声刚落,苏一鹏就跑过去看靶子。刘之毅一枪击中靶心,苏一鹏一看就乐了,双手合成喇叭使劲喊道:"十环! 刘书记,打得好,打得好!"

听说党委书记一枪就打十环,青年人就欢呼起来了。刘之毅急忙挥手制止:"一枪不能算数,很可能是碰巧。"说着,接连又打了两枪。

大家都等着苏一鹏报环数。

苏一鹏一声不吭地跑来了。

"三枪多少环?"大家急着问。

苏一鹏没有回答,径自走到刘之毅身边,孩子气地说:"三枪打二十七环,刘书记,你真是神枪手哪!你教教我行吗?"

大家一听,又呼喊起来。

叶赋章拍拍刘之毅的背说:"老刘,你这一手还真的不减当年哪!"

丁明达连忙接上去:"刘书记的功夫是到家了!"

刘之毅擦着汗说:"你们看,你们看,我不是有言在前吗?出了丑不要笑我,打好了也不要捧我,你们这一捧,我要是骄傲了怎么办呢?"

在一阵愉快的哄笑中,王志嘉却认真地问道:"刘书记,你这手功夫是怎么练出来的?"

刘之毅随口答道:"就在这块石头上练出来的。"

"什么?"青年们惊讶不止,异口同声地问:"就在这块石头上?"

刘之毅没有回答,走过去摸着石头,轻声说道:"它还是那么结实!你们看,这上头弹痕累累,是日本侵略者留下的纪念。"说完,又走过去抚摸那株古柏,深情地说:"整整二十年了,你非但没有老朽,反而更茁壮了!"

年轻人都愣住了。叶赋章意外地问:"老刘,你对这儿挺熟悉?"

"怎么不熟悉呢?"刘之毅微笑着转过身来,"二十年以前,我们的武工队在这儿打过仗。这里的每一寸土地、每一块石头都同我们的脚底接触过。你们看这株老柏树,当年被日本鬼子的炮弹片削去半截,如今却郁郁葱葱,还是那样充满着生命力!"

青年人听他说到这儿,都怀着激情,有的抚摸古柏,有的抚摸石头,互相交换着惊讶的眼色。

突然,刘之毅指着前面那个山头问道:"你们看,那山顶上是什么东西?"

"是不是烽火台?"王志嘉说。

刘之毅点头说:"对了,是烽火台。雁门关外这一带,是当年有名的古战场,常年兵荒马乱,连岁征战不断。胡笳悲鸣,战马声嘶,敌人一来,就在这烽火台上举烽!"

叶赋章也被他带进了古老的历史里:"据说,那是用狼粪烧的,所以烟能笔直向上,百十里路外都能看见。"

"很可能。不过,当我们在这儿打仗的时候,已经用不到它了。"接下去,刘之毅就给他们讲了二十年前在这里发生的一次战斗。

"那时候,我是一支武工队的政委。一个'四九'天,我们在这儿打了一次硬仗。仗的规模并不太大,却打得非常激烈、艰苦。当时,敌人占领着对面那个山头,控制着制高点。我们的任务是在最短时间内把它夺回来。这样,一方面可以牵制山那边敌人的增援部队;另一方面,我们有一批军需物资要从这边的山脚下转运过去。当时,敌人的兵力三倍于我们。但是我们的战士斗志昂扬,完全相信自己能够胜利。当然,光凭着战士的勇敢,盲目去打,未必就能很快战胜敌人。所以在这一仗的具体打法上,却经过了反复的研究。我们把地形和敌情摸得一清二楚以后,决定先集中兵力,消灭敌人的一个关键火力点。这个关键火力点如何拿下来,也经过了周密的研究。要么不打,一打就得把它稳拿下来。"接下去,刘之毅生动地介绍了这次激烈战斗的经过。

故事把大家吸引住了,连方斌也张大了嘴巴,唯恐漏掉一个细节,好像嘴巴也能帮助耳朵捕捉声音似的。故事尤其吸引着王志嘉,他仿佛觉得,党委书记讲的往事和他们现在的工作、生活有着什么关系似的,他努力想把这种关系弄清楚,却又一时抓不住头绪,因为他的一半注意力还在刘之毅的战斗故事上。

"……就这样,我们把这个山头夺回来了。"

刘之毅的话音刚落,苏一鹏就跳起来喊道:"漂亮,这一仗打得真漂亮!"

朱小英也喊道:"打得过瘾!"

"让刘书记讲下去。"丁明达处处不忘记自己的身份。

刘之毅接过叶琪递给他的水壶,润了润喉:"我们也确实打累了。战士们趴在冰凉的石头上,啃着一半是黑豆一半是粗糠的冻窝窝头,警惕着敌人的动向。就在那时候,我们就曾经谈起过,当这片土地回到人民的手里以后,我们要好好的来建设它,打扮它,我们要让它插上翅膀,在一个早晨就飞过几年的时光。现在,这样的时候已经来到了!"

方斌心里一动:刘之毅说要让这片土地"插上翅膀,在一个早晨就飞过几年的时光",而且,"现在,这样的时候已经来到了!"难道,党委书记去省里学习回来,过去的观点和态度改变了吗?他虽然并不真正清楚刘之毅的观点和态度,但他觉得,社会上刮着的那股强风,在华新厂里大大降低了速度,这与刘之毅是有关的。要是刘之毅的态度有了改变,那么,王志嘉他们那个方案也将被认为是不理想的了。他方斌是不是应该采取另一个行动呢?采取一个为当前形势所需要的行动呢?他紧张地听着刘之毅说下去。

"我常常想,我们这一辈人,用自己的青春,用半生精力,搬掉了压在中国人民头上的三座大山,那就是帝国主义、封建主义和官僚资本主义,"刘之毅用亲切的口气对年轻人说,"但是历史赋予你们这一代的任务也是不轻的,现在中国人民头上还压着两座大山,那就是贫穷和落后。这两座大山带给中国人民的苦难十分深重,必须搬掉。把我们的祖国建设成为一个强大的社会主义国家,是全国人民的希望,也是全世界人民的希望!"

刘之毅说到这里,用深情的眼光环视着年轻人,更加亲切地说:"老的一辈虽然还在努力学习建设,但是毕竟要受到自然法则的限制,年岁不饶人哪!因此,搬掉这两座大山,建设社会主义的伟大重任,将要靠你们这一代人来接班。你们要以对子孙后代负责的精神,来担负起这个重任啊!"

王志嘉从党委书记的话里,得到了一股巨大的力量,感动得失声喊道:"我们明白您的意思了,刘书记!"

叶琪也激动地说:"我们不会叫老一辈失望的!"

苏一鹏心里一热,脱口喊道:"刘书记,我们一定把发动机搞出来!"

方斌也想附和着喊几声,不知为什么没有喊出来。

这一来，山头上就像开了锅，年轻人又嚷又喊，内容都是一个：一定要把发动机搞出来。

大家这么一嚷，倒把朱德泉的心事勾出来了。他忧心忡忡地问刘之毅："老刘，这机器到底怎么搞下去，是不是赶快研究一下？"

刘之毅笑着说："我们不能另外抽个时间来研究吗？"

苏一鹏嘟起嘴说："一想起发动机，我们连玩的心思都没有了。"

"我懂得你们的心情。"刘之毅沉吟了一下，"对于发动机，说实话我还只知道点皮毛。这次出去走了一段时间，业余大学的课程都拉下来了，看来我得留级。"

叶琪说："我们帮您补习，刘书记！"

"好啊，那我先谢谢你们。"刘之毅站起来，踱了几步，又到原地站住，"那么，我们就来谈谈这个发动机。如果刚才我给你们讲的战斗故事是一次硬仗的话，你们搞这个发动机是不是也可以说是在打一次硬仗呢？这个比方成立的话，咱们就来研究研究这个硬仗怎么打。"

刘之毅这么一提，山头上顿时活跃起来。王志嘉尤其兴奋，刚才听讲战斗故事所产生的联想，很快就要变得具体、清晰了。

"要打好一个仗，首先必须把敌情摸清，所谓知己知彼，才能百战不殆，否则，盲目冲锋，不但代价花得大，而且不一定获胜。叶总说，这个发动机从图纸到试制生产，一下子全面铺开，是没有把握的，很可能机器装出来后，出了问题还不知道在哪儿，这就等于盲目冲锋。老叶，是不是这样？"

叶赋章频频点头："对！对！"

方斌紧张的心情一下子变得松弛了，原来党委书记的观点和态度并没有改变！他说不上是高兴还是失望，一种倦怠和懒散的神情又回到了他的身上。

"那么，你们发动机要摸清的敌情是什么呢？那就是资料，第一性的资料。你们的图纸上，采用了不少相当先进的指标，做出机器来能达到吗？谁也不能告诉我们。因此，想办法去获得详细的、可靠的第一性资料，这是首要的工作！"

王志嘉如饥如渴地问："刘书记，这第一性资料怎么搞法？"

"试验，通过试验哪！"刘之毅睿智的眼睛里闪着光彩，"自然，参考别人的东西也是必要的，但是别人的东西搬到我们这儿来不一定适用，因为条件不同，要求不同嘛！大胆的设想必须紧跟着来个大胆的试验，不经过试验，设想就不能落实，相反，可能落空。因为设想毕竟只是一种主观认识，通过反复试验，才能使它和客观规律统一起来。解放思想，就是为了不受各种错误的偏见、成见的束缚，在实践的基础上获得对于客观规律的正确认识。主观认识符合客观规律了，人的思想也就真正解放了。迷信，在任何时候都必须破除，但不应把尊重客观规律当成迷信。大胆设想、创造，在任何时候都是需要的，但不应同毫无根据的胡思乱想混为一谈。我们必须根据这个原则来办事。"

朱德泉碰碰叶赋章的胳膊，轻声说："他说得多好！都在点子上啊！"

叶赋章笑笑，感动地看着党委书记。

"二十年前我们在这儿打的那次仗，敌人兵力三倍于我们。王志嘉，应该看到，你们的敌人也很强大，你们的兵力却很不足。怎么办？我看应该集中兵力，先拿下它的关键火力点，打它个歼灭战……"

"老刘，你等等，你等等！"叶赋章急急地打断了党委书记的话，眼睛里闪动着兴奋的光彩，自言自语地说："集中兵力，拿下关键火力点，打它个歼灭战……对呀，老刘，这发动机上的关键火力点是什么？是汽缸，应该先拿下一个汽缸！"

"老叶，你这一提我的心里更有底了！"刘之毅也兴奋起来，满脸泛着红光，"发动机上有好几个汽缸，每个汽缸的构造和工作情况是相同的，如果先拿下一个汽缸，整个发动机不就更有把握了吗？"

叶赋章一冲动，在刘之毅面前就不觉露出了点孩子气："咳，老刘，你这摸敌情，攻关键火力点，打歼灭战的点子是怎么想出来的？是不是这次去省委党校学来的呀？"

刘之毅连连摇头说："不，老叶，我是根据这个发动机的具体情况，还有你和大伙的意见，以及我自己的一些经历，瞎琢磨出来的。还是让我说完后你们再批评吧。"

王志嘉用最亲热的眼光看着党委书记："请您快说下去,刘书记!"

"这一个汽缸怎么搞法,我想,还是首先去取得第一性资料。"刘之毅侃侃而谈,看得出,在这以前,他已经做过认真考虑了。"叶总多次说过,这个发动机上最难解决的是燃烧和充气问题。"

"对,"叶赋章立即补充说,"充气问题,首先要解决进气道问题!"

一直沉默着的朱德泉也开口了："汽缸盖上进气道的形状,直接关系着充气的好坏,关系着发动机的燃烧性能。咱按照设计图纸,用木头做成模型,进行试验,行不行啊? 经过反复试验,一定能找到一种最好的进气道。根据这个气道模型做成金属气道,充气情况一定坏不了。"

"老朱你越说越具体了,就是这个办法!"刘之毅高兴地说道。说真的,有些问题,在这以前他还不是心里都有底的,经过一补充,一讨论,就变得更系统更具体了。接着他又就朱德泉提出的办法,做了发挥："经过反复试验找到的最好进气道,它的形状、数据,就是我们所需要的第一性资料。其他与发动机性能有关的构件,也要采用这种办法,一一试验,才能定案。"

"啊呀,老刘!"朱德泉禁不住失声喊道,"你简直变成发动机专家啦!"

刘之毅笑着说："老朱,你不知道,我这是受了名师的指点,开了点窍。"说着,又转向青年人说："你们希望发动机快一点出来,这个想法很好。但是,事物本身有它的客观规律,不是我们主观上希望它快就一定会如愿的。我前面说过,要把大胆设想和认真试验结合起来,先从一个点或几个点上做起,力量集中,容易成功,即使暂时失败了,部分失败了,损失也不会太大,从中却可以得到不少经验教训。有道是'磨刀不误砍柴工',刀磨快了,柴可以砍得更快。"

王志嘉听着,一阵激动,一阵狂喜。书记不仅给他们把病根找到了,而且还指明了道路。过去,因为没有经验,他们在摸索中摔过跤,现在党把他们扶了起来……王志嘉浑身发热,心潮激荡。

"老刘!"朱德泉听着,忽然想起了什么,大声地说,"你说了半天,不就说了一个部件试验的问题吗?"

"对了,我说的就是这个意思。"刘之毅笑着说,"必须进行部件试验!跳越这个阶段是不行的。"

王志嘉这一下清醒过来了:可不是,就像师傅说的那样,党委书记谈的,就是叶总一直坚持的部件试验啊!

一提起部件试验,王志嘉就发愁起来,他对刘之毅说:"刘书记,搞部件试验,咱们可是没有条件啊! 这试验设备,试验室,从哪儿来? 叶总早就提过这个问题,我们——"

"你们就是没有听,对不对?"刘之毅打断了王志嘉的话,从口袋里摸出折叠好的几张纸,展开,递给王志嘉,笑着说:"你们看看,这是什么?"

王志嘉他们一看,只见上面用工工整整的字体写着:

发动机试验室设计方案

目次

①燃烧试验室

②供油试验室

③气道试验室

……

青年人除了叶琪,都把惊讶的眼光投向刘之毅,好像同时提出了一个问题:"这是怎么回事?"

"这是叶总在住院时搞的,他带病为试验、也为你们铺好了路!"刘之毅说着,用十分亲切的眼光看了一眼总工程师,继续说:"叶总坚持要搞部件试验,坚持得完全正确。我刚才所说的,大半是他的意思。"

叶赋章一听急了,连忙更正说:"不,老刘,刚才你说的摸敌情,攻突破口,打歼灭战的点子,不是我想出来的,你要实事求是!"

"那也是受了你的启发,老叶!"刘之毅认真地说,"你在医院里和我的两次谈话,使我想了好些问题。"

刘之毅的神色变得严肃起来。他对青年们说:"有人认为,叶总坚持搞部件试验,是走老路。什么叫老路? 在科学技术的一个命题上,通过大量的实践,或者通过理论的求证,找到或总结出一种规律,这种规律是必须要遵循的。国外那样做,我们也得那样做,遵循这种规律去实践。你说这是老路也行,但这种老路是必须走的。谁想离开它,去乱闯乱撞,就要跌筋斗,摔得鼻青脸肿。"

刘之毅说着说着,不由得激动起来,声音也提高了:"路,确实有许多许多,要看它通到哪儿去。我们要走通向真理、通向胜利、通向成功的路,走体现了规律的路。这些路,过去有人走过,我们还要沿着它们走下去。如果说,因为有人走过就是老路,那我们就得走这种老路。当然,我们还得开辟新的走向胜利和成功的道路。叶总带着病,忍受着别人的误解甚至指责,坚持部件试验的准备工作,他是在坚持按规律办事,他是在坚持真理!一个科技工作者,要有这样的勇气和精神!"

青年们激动地听着,党委书记的一席话,把他们的思想提高到了一个新的境界。然而更加激动的是叶赋章,党委书记是那样了解自己! 自己虽然坚持了一些认为应该坚持的东西,但并没有认识得这么深啊! 现在,经刘之毅这么一说,他好像从一个土丘上一下子站到了高山之巅,顿时眼清目亮,尽管云遮雾障,却能看到大海上冒出地平线的桅杆!

青年们把感激的眼光,从刘之毅身上收回来,转到了叶赋章身上。

叶琪扑过来,喊了声"爸爸",眼睛就湿润了。她心里很难过,作为女儿,竟不能很好理解自己的爸爸! 第一个说爸爸坚持部件试验是走老路的,不正是自己吗?

叶赋章抚摸着女儿的头发,慈蔼地说:"别这样,阿琪! 今天,我倒想表扬你几句。你不同意爸爸的意见,能当着大家的面亮出来,这很好嘛! 因为是自己的爸爸,自己的亲人,有意见也不说,护短,这就不好啰!"

刘之毅哈哈大笑:"老叶,在这一点上你的女儿和你倒是差不多的。"

"叶总,您还生我们的气吗?"王志嘉转身握住叶赋章的手,激动地说,"我们没有很好听您的话,也不完全理解您的心……"

"不,我不责怪你们,"叶赋章亲切地问,"我了解你们的心情。"

"要批评先批评我，"苏一鹏挺身喊道，"错误在我的身上，好些事情都是我出的主意。我还骂王志嘉是小脚婆娘！"

"还有我，也有责任。"朱小英紧跟着叫道，"胶泥模型是我的主意，志嘉哥起先不大同意，我们给他泡蘑菇……"

"我也要检讨，"鲁大明瓮声瓮气地说，"脑子不够冷静……"

"你们这是干什么呀？到这儿来开检讨会吗？"刘之毅高声说，"现在需要鼓足干劲，继续战斗，而不是追究责任和错误的时候。稍稍走了点弯路，这是我们付出的学费。要学会游泳，也得先喝几口水嘛，这有什么了不起的？"

经刘之毅这么一说，大家的劲鼓得更足了，好些人摩拳擦掌，恨不得马上回去大干一场。

刘之毅却很沉着，他的眼光在人群中兜了一圈，问道："方斌呢？"

"我在这儿，刘书记！"方斌从一块山石旁边走过来。

刘之毅微笑着说："方斌，听说你现在还坚持自己的方案？"

方斌红着脸说："我没有这么想，刘书记。"

刘之毅拍拍他的肩说："对社会主义建设真正有利的东西，总是会受到欢迎的，如果不是这样，那就需要很好考虑。不过，目前你必须先把它搁下来，集中力量把新方案搞好，这是组织上的决定，也是工作需要。老缠在个人问题里拔不出来，这样下去可不好啊！"

"对，对。"方斌频频点头。刘之毅没有在大庭广众里批评他，王志嘉他们也没有就此机会给他提意见，他放心不少。对于刚才刘之毅和大家商量而得出来的试制办法，他抱着将信将疑的态度。特别对于第一性资料的说法，他不很同意。资料都是搜集来的，哪有到试验里去找的道理？况且，这试验设备那么容易搞吗？他觉得应该把这个问题提出来。

谁知他还没有开口，叶赋章却提出来了："老刘，试验需要一整套设备。现在集中兵力打歼灭战，攻突破口，试验设备可以简单多了。我原来考虑的试验室设计方案，需要修改，然后，因陋就简，自己动手，尽快搞起来。"

刘之毅高兴地一挥胳膊："对,就这么干!"

自己动手来搞试验设备,方斌认为是行不通的,可是又不好直接表示反对,于是用商量的口气问道:"这样搞能行吗?"

"从解决问题出发,为什么不行?"叶赋章坚定地说,"现在,路子越来越清楚了,建立试验室,这是当务之急。今后我们应该根据社会主义建设需要,设计和制造自成系列的发动机。因此,我们必须加强试验室的工作。"

"这是一个值得重视的意见。"刘之毅非常兴奋,"同志们,我们做的是开路工作,为祖国的发动机事业开路!许多新的问题必须去解决。老叶,你抽时间把刚才的意见写一写,党委需要好好研究一下,然后报到部局去。问题是从实践中提出来的,还得到实践中去解决。咱们自力更生,土法上马,土洋结合,一定能在最短时间里把必要的试验设备搞出来。回去以后,要和厂部商量研究,做出具体安排。"说到这里,他又微笑着环视了一下青年人,"今后,在试制过程中,我愿意做你们一名助手,通过试制,学点本领。"

青年们个个心里热气沸腾。他们呼喊着:"太好了,欢迎您,刘书记!"

热闹了一阵以后,刘之毅说:"我们是不是该到那边去开饭了?吃完饭,再去爬前面那个山头。山顶上有一个石洞,我曾经在里面住过七天七夜。到了那边可以和你们讲许多故事,讲到日落西山!"

苏一鹏一听更来了劲,他弓起手背,对着嘴巴鼓起掌来。朱小英也学他的样子,可是怎么也拍不响,苏一鹏说她功夫还没到家。他们又唱又喊,又跑又跳,把几个上了年纪的人撇在后面了。

叶赋章还没有从激动中平静下来,他挨着刘之毅说道:"老刘,今天这爬山,可真爬出名堂来啦!"

几个人相视大笑。叶赋章觉得浑身的疲劳已经跑得无影无踪,他还可以一口气再爬一座高山!

这时候,那只在远处山头上盘旋的山鹰,已经飞到了他们头顶上空。丁明达眼睛近视,抬头问道:"那是什么?"

朱德泉说:"那是只鹰嘛!"

"啊,是鹰!"叶赋章的兴致又来了,"这是一种最勇敢的鸟。"说到这儿,他忽然想起了毛主席的《沁园春·长沙》,不觉充满豪情地吟诵起来:

"……鹰击长空,鱼翔浅底,万类霜天竞自由。怅寥廓,问苍茫大地,谁主沉浮?"

这时候,不远的地方陡地响起了三下枪声,划破长空,紧接着传来了激越的喊声:"冲啊,冲啊!"

朱德泉回头说:"他们在向最高的山头冲锋了!"

刘之毅和叶赋章同时喊:"咱们快赶上去!"

丁明达用手扶了扶鼻梁上的眼镜架,也加快了步子……

第二十九章

党委会一结束,刘之毅就给叶赋章打电话,说要去总工程师办公室商量点事儿。

会开了一天,中心议题是对华新厂近年来的工作进行回顾、总结和检查。会前,刘之毅与柴强以及其他党委委员,充分交换了意见,要求大家在会上以一个共产党员对党和人民事业的忠诚,摆事实情况,说心里的话,立足于华新厂的工作实践,根据党所制定的建设社会主义总路线的精神,认真总结和检查党委的工作。会上,刘之毅首先敞开思想,汇报自己去省里学习的体会,以及对工厂工作的看法,观点鲜明,论据充足,说明党委工作中并不存在什么"右倾"机会主义,而是对工作中出现的许多新情况新问题,因缺乏经验而认识不足,产生了一些失误,特别是对社会主义建设中的某些规律性的问题,还处于一知半解,甚至是全然无知的状态。这需要在实践中加强学习,不断地摸索和认识客观规律,解决客观规律与主观认识之间的矛盾,自觉地、更好地发挥客观规律的作用。

"一个革命者不该违心地办事,否则,会愧对那些在我们身旁倒下去的战友,也无颜见我们的儿孙后代,"刘之毅在党委会上激动地说,"十六年前,我们武工队里一个十七岁的小战士,敌人罪恶的子弹夺去了他年轻的生命。他咽气前,躺在我的怀里,断断续续问我:'政委,我妈她……将来……会天天有白面馍馍吃吗?'我告诉他,会的,一定会的。他这才放心地闭上眼睛了。"刘之毅的眼睛潮湿起来,声音显得更加高亢:"我们要尽最大的努力,去做能做的事,但是,华新厂一定要坚持党的实事求是的原则,在这个问题上,我们不能后退。这样做,出了问题,我会承担责任!"

最后这句话,刘之毅当然知道它的分量,但他已经过反复考虑。他觉得,生活里没有退路,他也不想去找什么退路。如果历史对他宣布,他这一生中能做的已经做了,他的任务已经完成,那他可以退出生活的舞台,毫无怨言地到观众座席里去扫地。一个普通共产党员的力量是有限的,在党的宏伟事业中,他能起的作用是很微小的,但他总该把该尽的责任尽到,把该起的作用起了,党员的良心上才能感到安然。这些想法,通过他在党校的学习,变得更加坚定了。

事实上,那次市委常委扩大会议以后,对华新厂的工作,对刘之毅身上已露出来的那种所谓"危险情绪",市委也没有再来过问。这也许因为,华新厂的工作并没有违反总路线精神,它有显著的成绩摆在那里,还可能因为,精瘦干巴的市委书记,心里想的和嘴里说的也并不是一回事,他也有说不出来的苦恼。在这期间,市里许多企事业单位,运动大都是草草地走了过场,就忙着为高指标去"持续跃进"了。

党委会议开得很好。委员们摆了真情况,说了真心话,有的人还检查了前一阵自己工作作风浮夸。柴强一直没有说话,但他心里却在翻滚,想起当年戎马生涯中的许多教训:对敌我情况没有很好进行分析,指挥员头脑一热便命令部下盲目冲锋,结果却打了败仗……当刘之毅叫他说话时,他叹了口气说:"脱下军装,到了地方,我本以为离开了战场,其实,还在战场上,不过是进行另一种战斗。我还是在当指挥员,可把咱打仗的老规矩忘了。"

有人建议,以工厂党委和九百八十名党员的名义,给市委写份工作报告。

刘之毅说:"总结需要做,报告就不必写了吧,因为市委并没有要求党委解释华新厂的工作。至于对我的批评,那是对我个人的事。"党委会议定,全厂的总结,应该在各支部工作总结的基础上进行,要让全体党员和职工,在一次普遍总结中,回顾过去,认清现在,展望将来,更坚实地去走前面的路。

下午的会议上,还集中研究了工厂如何支援农业的问题,议决了几项措施。

首先,要帮助刘家洼公社建立农机修配厂。办法是积极发动群众,清理仓库,挖掘潜力,拿出一批老、旧机床,工具和动力设备,把修配厂搞起来,要包安装,包维修,包教会操作,直到能正常进行生产。由于工厂"双革"运动的纵深发展,提高了自动化、半自动化程度,一批老、旧机床被替下来了,一部分工具和零件被换下来了,在农村中,它们却是宝贝。

其次,要帮助公社培训技术力量。一方面把农村要培训的社员请上来,由老工人当教员,一师一徒,专机专师,进行培训。一方面把技术高的工人和技术员派下去,同吃同住同劳动,传授和指导技术,帮助公社制订技术改造规划。

另外,还要派出第二批人员,下农村巡回检修排灌等动力机械,加工车间派出的第一批检修人员应该回来了。

党委还向全厂职工发出"人人都来支援农村,每人至少要为农业做一件好事"的号召。在保证完成本企业生产任务的同时,要进一步发动工人,采取挖、挤、省、拣、造等方法,挖掘出更多的废旧物资、设备,支援农村。

会议最后研究了发动机的试制问题,认为建立试验室的工作完全是必要的,必须加速进行,全厂各部门要予以大力支持。

那次野游回来,设计科的青年人,就在叶赋章的指导下,设计试验设备。他们的设计原则是:在保证试验质量的前提下,设备力求简单,容易制造,能尽快投入使用。

......

刘之毅来到叶赋章的办公室里。

叶赋章见刘之毅进门时,眉宇间满溢着兴奋和激动,便问:"看样子,有什么好消息要告诉我吧？"

"好消息？令爱找上如意郎君了,这消息怎么样？"刘之毅说着便大笑起来。人在心情好的时候,不免开些玩笑。

"你胡扯什么？"

"我胡扯？你等着就是了。"刘之毅在沙发上坐下,掏出烟来,对着叶赋章笑道:"来一根怎么样？边抽边说。"

开会大概不比干活轻松,刘之毅疲倦了。他把身子埋在沙发里,悠然地吸了几口烟,这才说:"党委研究了发动机的试制问题,同意你的设想和安排,先把试验室搞起来。今后,这项工作,也许会进展得顺当一些。你叶老总就打消顾虑,放开手脚干吧,上上下下会支持你的。"

叶赋章心里高兴,嘴上却说:"不会给你捅娄子吗？"

"捅啥娄子？全心全意、认认真真给国家和人民办点好事情,怎么会捅娄子？你莫非对自己坚持的东西没有信心？"

"要是没有信心,我也不会戴着'顽固'的帽子,那样死乞白赖地坚持了。"

"这就好。"刘之毅长长地吐出一口烟,"其实,我这些话都是多余的,谁能把你那顽固的帽子摘了？谁能让你放弃自己一贯坚持的东西？这就是你老叶可爱的地方,可爱得很哩。"

"讨人嫌罢了,还可爱？"叶赋章笑着说,伸手去拿电话。

"你干啥？"

"把年轻人找来,商量试验室的事儿。"

"你听我把话说完,"刘之毅挥挥手,"试验室的房子给你们解决了,暂时给五大间,够不够？"

"够了。"老工程师高兴地说,"先把气道、供油系统等几个试验室搞起来。"

刘之毅一面吸烟一面笑眯眯地说:"这房子可有点特别,恐怕和大家想象中的试验室建筑不大一样。"

"是吗？"叶赋章有点摸不着头脑了:有什么特别的房子呢？

"房子在哪儿？"

"大食堂后面。"刘之毅抖了抖烟灰说，"现在是食堂的仓库，放的是白菜、土豆、萝卜，没有电，也没有水。这地方你去过吗？"

"没有。"叶赋章摇摇头。

"没有办法，叶老总！"刘之毅在他身边的沙发上坐下。"生产发展得那么快，房子实在不够用。昨天，总务科的负责人在科务会上谈起试验室需要房子，伙食组的同志很支持，回去和食堂炊事员一商量，主动提出把五间仓库让出来，给你们做试验室。"

叶赋章被炊事员的高尚风格感动了。他说："老刘，我不嫌这房子特别，一定能在这里把试验室搞起来。"

刘之毅走后，叶赋章就想去找王志嘉，给他说说试验室房子的事。转眼一想，设计室里人多，小伙子们对用食堂仓库做试验室，恐怕是没有思想准备的，还是先给王志嘉谈一谈。

叶赋章给王志嘉打了个电话，叫他来办公室。

叶赋章放下电话，在转椅上坐下。不知为什么，他有点心神不宁。

原来，刚才听到刘之毅说，要用堆放白菜、土豆、萝卜，没有电也没有水的食堂仓库，来做试验室的时候，他曾稍稍地迟疑了一下。

老工程师现在问自己：为什么会有刹那间的迟疑呢？

叶赋章对自己不满意了。

他想：毛主席指示说，办事要从六亿人口这样一个角度出发，要立足于自力更生。这个道理，自己也懂，工作中一般也能照此去做。可是，刚才为什么……

"应该时刻想到，我们国家是个六亿人口的大国，是个一穷二白的大国啊！"叶赋章自言自语地说。

他站起来，走到窗口，眼光无目的地投向窗外，心里还在继续和自己说话："现在办事情，就得有白手起家的精神嘛！给试验室盖新房子当然也可以，但新房子不是一口气就能吹出来的，如果等着，试验室到什么时候才能搞出来呢？"

叶赋章的眼光,超过厂前区小花园里那片树林,落到了田野上。

他看见田野上有个井台,一头毛驴正围着井台转。

叶赋章想起,不久以前,他曾造访过那个地方。

那次,和柴强争论试制问题,没有结果。他心里烦闷,头脑发胀。

老工程师觉得需要清理一下自己的思想,就走出了办公楼,踏上了厂区围墙外面的一条小路,一边散步一边思索。

不知不觉,他走到田野里来了。

这里是菜粮各半的耕作区。在明朗的秋日晴空下,深翻过的粮田,黑油油的泥土在承受着阳光的照晒。不远处有一大片翠绿、黄绿相间的地方,是种的秋菜:长白菜、苘子白、胡萝卜、红萝卜等等。在秋天迅速地改变着大地容颜的时候,这一片绿色是使人感到清新喜悦的。叶赋章信步向那边走过去。

在菜地中间的井台上,一头毛驴正拽着水车从井里提水。这是一台用锥轮和链轮传动的解放式水车。毛驴嘚嘚地走着,一股清泉从井下提上来,流进水槽,沿着水渠,灌注到菜地里。

叶赋章看看水槽里那一小注水,又抬头看看前面的一大片菜地,一个人呆呆地出神。

"效率太低了。"他在心里说。

"哈哈,同志你说这片菜种得咋样?"后面飞过来一个苍老的声音。

叶赋章转身一看,是个六十岁上下的老汉,手里提了把铁锹,往井台走来。

叶赋章笑着说:"种得不错。"

"我也说种得不赖!"老汉很健谈。他走上井台,放下铁锹,掏出烟袋,蹲下去装烟。

"你说这水车好不好?"老汉喷出一口烟,眯缝着眼睛问。

叶赋章笑了笑,没有回答。

"这可比摇辘轳强多了,同志!"老汉因为一个人浇园,感到寂寞了,有个人来说说话,总是愉快的。他接着叙述自己生活中的那些印象深刻的事情。

"一九五六年刚成立合作社，没有牲口，用人拉犁。有人骂我们：'入社好，入社好，社员拉犁不吃草。'那年冬天，我们支书领着大伙，到山上起了几千方片石，换回两头大牲口，三头毛驴。你看这家伙，"他指着正在认真拽着水车的驴子说，"是我们社里的功臣呢！"

叶赋章蹲下去，感动地听着老汉诉说。

"去年要扩大菜园子，支书说，摇辘轳浇园太费工，咱们闹水车吧。没资金，支书说，靠山吃山，靠水吃水。咱们又靠山又靠水，不能光吃山，也要吃水。冬天，他带着一伙人到大河里去打冰块，一块冰五角，打了三千块，卖了一千五百元。这不，水车就闹起来了。同志，不容易啊！支书说，往后，咱们地里，响的是轰隆隆的机器，跑的是嘟嘟嘟的拖拉机，还有这个机，那个机。你说，这该花多少钱？可咱支书说，到时候咱们也不能光靠国家，得靠自己一点一点刨闹。同志，我这个和土坷垃打了五十年交道，半身入了土的老汉，能看到这光景不？"

"能！能！"叶赋章口里这么说，心里也是这么坚信的，能叫这个老汉失望吗？他们那么强烈地盼望着农业机械化！他们准备自力更生、艰苦创业去搞机械化，而不是坐等国家把机器送来。现在，为农村制造的这个发动机，自己坚持在全面试制前要先搞部件试验，不正是为了早日把它制成送到农民兄弟手里去吗？正确的东西就应坚持，决不能动摇，哪怕一时不被理解、引起误会，也没有关系，这是对人民负责任，也是对那些在严寒中上山起片石，下河打冰块的人们负责啊！

现在，叶赋章又看到了那个井台，看到了那个浇园的老汉。他想到的是：要用农民上山起片石，下河打冰块的精神，来尽快建立起发动机的试验室。他要把这个意思，好好地和王志嘉谈谈。

有人敲门，是王志嘉来了。

叶赋章把食堂仓库做试验室房子的事情说了一遍。然后点起一支烟，注意着王志嘉的反应。

小伙子显然有点犹豫，低头考虑着什么。有顷，抬起头来说："行啊，叶总！咱们就在这仓库里把试验室搞起来。"

王志嘉的犹豫没有逃过叶赋章的眼睛。看到这种犹豫在他身上仅仅停留很短的时间,叶赋章完全放心了。不过,还需要提醒他一下:"小王,这个消息,在大伙中间不一定是受欢迎的。你估计到这一点没有?"

"我估计到了,叶总!"王志嘉冷静地说,"我刚才所考虑的,就是这个问题。"

叶赋章心里有点感动。身边的这个年轻人,虽然在有些方面还远非成熟的,但他总是以对党的事业的无比忠心,来接受领导交给的每一个任务,然后任劳任怨,全力以赴地去做。登山回来,他在设计试验设备的过程中,那么废寝忘食,严肃认真,好像要把前一段走了弯路失去的时间补回来。叶赋章有时会心疼地想:是不是对他要求得太多了?是不是在他肩膀上担子压得太重了?因为他毕竟还很年轻啊!这时候,另一种想法马上就会出现:正因为他还年轻,需要让他好好锻炼。为了党的事业,也为了他能更好地成长,当领导的不该有这种婆婆妈妈的感情。

叶赋章想起了不久以前王志嘉受到的一次考验。

爬山回来以后,他们根据那份试验室设计方案,开始设计一套套试验设备。因为国内没有现成的资料,而国外的资料也不完备,有些东西又不适合搬过来用,设计中遇到了很多困难。当时,有人提出,既然搞部件试验这条老路应该走,试验设备还不如到国外去订货,临时凑出来的东西不一定能解决问题。如果弄了半天,还是得不到发动机上的第一性资料,那就会变成双倍的浪费:浪费了时间和精力,也浪费了国家资财。这种说法居然得到了一部分人的赞同,连苏一鹏都有点动摇了。他对王志嘉说:"我们需要赶快把机器搞出来,不应该在试验室的问题上花费太多的时间和精力。如果比较起来,国外订货要快一些,又能解决问题,为什么不采用这一方案呢?咱们是不是去请示一下叶总?"王志嘉告诉他:"叶总强调中间试验,按我的理解,他的意思并不是说一切都照国外的来搞,咱们有咱们的情况和条件,应该从这出发。往后,要建立自己的发动机系列,靠人家怎么能行?再说,谁能保证国外订货能很快来呢?那些想发我们的财,又不愿意叫我们强大起来的人,会把试验设备很快给你送来?"后来,苏一鹏想通了,可还有些人想不通,方斌就想不通。登山回来以后,方斌的态度的确有了改变,他决定参加到王志嘉他们那个方案中去。但他反对自己设计试验设备,认为试验室能不能在短时间内那么如愿地搞出来,谁也不知道。但他也知道自己一个人的意见起不了很大作用,那就跟着人家走吧。如果碰到能够露一手的地方,他还是要露一手的,他要证明自己在工厂里并不是可有可无的人……尽管这样,由于王志嘉和叶琪等人的坚持,最后还是统一了思想,按照叶赋章提出的那份试验室设计方案,去设计试验设备了……

王志嘉在这个问题上的态度,叶赋章非常满意,他心里说道:"是的,每前进一步,都要遇到很多困难,而他都挺着胸膛走过来了。这就是我们当代年轻人的性格!"

王志嘉站起身来告别,才使叶赋章从思索中走出来。他告诉王志嘉,炊事员将抽休息时间把库房里的东西清理出来,设计员们可以去看一看,及早提请有关部门,协助解决水源和电源问题。

中午,在食堂里,王志嘉遇到了苏一鹏。

"小苏,试验室的房子已经有了。"

"在哪儿?"

"离这儿不远。"

"给几间?"

"五大间。"

"好!"苏一鹏高兴得喊起来。

他三下两下扒完了饭,又去找到了鲁大明和方斌,四个人去看房子。

出来食堂,王志嘉没有带着大家往厂区走,却转到食堂后面去了。

王志嘉说:"给咱们的是旧房子,不大理想,大家思想上有个准备。"

苏一鹏说:"是房子就行。你把我们往哪儿领呀?"

"就在这儿。"王志嘉在一排低矮的平房前站住,掏出钥匙,就去开门。

他们一进门,就被一股潮湿又带点发霉的气味包围住了。房间里堆了不少白菜、土豆、萝卜和蔓菁,套间里是干粉丝和许多只大酱缸。他们又打开另一间屋子,里边堆了二百多袋水泥,这是修建科临时在这里存放的。第三间屋子里没有堆放东西,大概屋顶漏水,地上更加潮湿,墙角里是一堆堆瓦砾、木块……

"这就是我们未来的试验室。"王志嘉笑嘻嘻地看着大家,"炊事员同志对我们的发动机非常支持,应该感谢他们。"

思想上再做准备,也想不到做试验室的房子会是这样! 苏一鹏像泄了气的皮球,靠着墙"瘫痪"了。鲁大明轻轻地叹了口气,看来他也有点失望。

"方斌,你看这地方行吗?"王志嘉笑着问。

方斌没有回答,却冷冷地问道:"我不大明白,这就是工厂对我们新机器的支持?"

"实在是很大的支持!"王志嘉说。

"我不能理解。"方斌摇了摇头,心里想道:"我和王志嘉,在许多问题上的看法,为什么总有这么大的距离? 看来我们之间是不可能有共同语言了。"

王志嘉正要回答,食堂管理员来了。管理员说,一会儿把食堂收拾停当,炊事员就来清理这里的东西。

"我们下了班也来帮助你们清理。"王志嘉说。

"这地方搞试验能行吗?"管理员显然有些担心。

"没有比这地方更理想的了!"苏一鹏说了一句,就往外冲去。

管理员感到意外,他问:"这是……"

王志嘉笑着说:"他是一个调皮鬼。"

方斌轻轻叹了一口气,也跟着出去了。

鲁大明没有走,他蹲下去捡几个霉烂的土豆,扔到了外边。

管理员明白了,显得有点为难地说:"我原说这地方不合适,你们要是能……"

王志嘉想起总工程师的告诫,心里镇定下来了。他微笑着说:"不,你们把这五间屋子让给我们,真是做了一件大好事。这里会成为很好的试验室,我们会搞出很多重要资料。管理员同志,再一次谢谢你们!"说完,他把钥匙交给了管理员,出去追苏一鹏和方斌了。

第三十章

在业余学校里,朱小英的学习成绩很好,人家叫她高材生。

为了完成课程设计的一个题目,朱小英到技术图书馆里去找资料。

她起先在阅览室的杂志架上翻阅新到的杂志。尉迟文英见到了,就亲热地招呼她:"小朱,你要找什么告诉我吧,让我来给你服务。"

说实话,朱小英并不喜欢资料员。她的穿着打扮,言语谈吐,甚至她走路扭扭捏捏的姿势,这个青年女工看起来都不顺眼。不过,现在人家这么热情,也不好对她表示冷淡。

朱小英跟着资料员,来到书库里的办公桌旁,在一张椅子上坐下。尉迟文英递给她一杯开水和一本新到的画报。

对于季节的变换,时序的更迭,资料员的确是最敏感的,这一点,可以从她的服装上反映出来。今天,她穿了一件米黄底子的条格灯芯绒上衣,外边罩一件浅蓝色的呢子外套。灯芯绒上衣的领子略高于一般的上衣领子,浆得笔挺,把她的下颏微微撑起,显得颈项就更细长,衬着她苗条的身材,使人觉得她的通身越发协调、和谐了。当尉迟文英给别人出借图书的时候,朱小英有时间把她认真打量一番。

这时,尉迟文英已经给借书的人办完了手续,她转身笑着说:"小朱,听说你和小苏闹别扭了,有这事吗?"她不容朱小英回答,又以老大姐的身份说:"大家都不是娃娃了,还孩子气地闹什么别扭呢?"

"你怎么知道的?"朱小英问,心里不十分痛快。

"我也和你一样,是个消息灵通人士嘛!"资料员说着,掩起嘴咯咯笑了。

朱小英的确和苏一鹏闹了点别扭,直接原因就是苏一鹏对试验室房子的错误态度。

那天午后,她到邮局去发信,出来碰上气呼呼的苏一鹏。

朱小英问他:"干吗嘴噘鼻子高的,和谁生气了?"

"和你!"苏一鹏简直像吃了炸药。

"和我生气? 我什么地方惹你了?"朱小英莫名其妙了,"到底怎么回事? 别吞吞吐吐好吗?"

"告诉你吧,试验室的房子解决了!"

"这不是好事吗?"朱小英高兴起来。

"嘿,好事! 真叫人哭不得笑不得。"苏一鹏鼻子里呼着粗气说,"你说,堆放瓦片、烂白菜的仓库能做试验室吗?"

朱小英一愣:"没有别的房子了?"

"谁知道!"苏一鹏好像满肚子是气,"你志嘉哥办的好事,是他从叶总那儿答应下来的。你问他去吧!"

朱小英一听是王志嘉从叶总那儿答应下来的,就冷静下来了。她相信她的志嘉哥,做事情不会不动脑子的。她问:"你和他怄气了?"

于是,苏一鹏把刚才在仓库里的情形说了一遍。朱小英一听他在食堂管理员面前说的那句话,就生气得喊叫起来:"啊呀呀,你说这种话怎么不难为情? 你不是叫我志嘉哥为难吗? 你这人真成问题!"

"为了工作,我不能这样无原则地不声不响!"苏一鹏还觉得自己蛮有理由。

"你的原则是什么?"朱小英满面怒容,"你不要自力更生、艰苦奋斗? 我志嘉哥这样做有什么错?"

苏一鹏觉得她不理解自己,只是庇护王志嘉,不满地说:"算了吧,大道理我也知道,可现在要解决实际问题!"

朱小英气极了,眼泪几乎掉下来。她喊:"你什么道理也不懂!"就转身跑了。

那天下午,设计科团支部开了次会议,方斌也被邀请参加了。

会开得很好。王志嘉首先在会上做了自我批评,他说自己没有把困难情况很好地向大家解释清楚。苏一鹏这时候也已经冷静下来,开会前王志嘉很诚恳地对他进行了批评,他接受了。在团支部大会上,愣头青自觉地做了检讨,说自己对自力更生这个方针还缺乏认识,对于工作中可能遇到的困难估计得不够,错误地认为工厂某些职能部门对发动机试制不大力支持,认为王志嘉不应该充硬汉子,放弃了能够争取的条件。苏一鹏是不怕暴露思想的,弄不通一个问题他会别扭得要死,弄通了就一通百通。他谈得很多,自我批评得还深刻。

最后,王志嘉征求方斌意见。方斌懒洋洋地说:"我没有什么新的看法,跟着你们走就是了。"

王志嘉笑着说:"方斌,我看还是通了一起走好!"

方斌也笑着说:"你怎么知道我没有通呢,王志嘉?我已经参加到你们的方案里来了,那我就只有一个想法:把它搞好!"

王志嘉觉得,有些思想问题还是要到实践中才能解决,光靠辩论是不行的。

这时候,下班铃已经响了。王志嘉宣布会议结束,赶快去食堂仓库,帮助炊事员们清理白菜和土豆。

朱小英没有参加设计科的团支部会议。那天晚上,苏一鹏找她检讨来了。她还是生他的气,认为他不能认真对待自己的缺点。自从试制中出了泥模事件以后,这个年轻姑娘的确从中吸取了教训,她思考问题严肃得多了,处理事情也更认真了。

"为什么在好些问题上,你和我志嘉哥的看法距离那么远呢?你想过这个问题吗?"朱小英板起脸问道,"我看你那脑子好像不大管用,是不会想还是懒得想？爸爸说你十七八岁，我看还说大了些。好好学习吧，别当了糊涂虫还自以为是！"

开始，也许是苏一鹏那好动、活跃、坦率，干啥有一股子冲动，甚至有点孩子气的性格，和她比较投合吧，朱小英喜欢上苏一鹏了。当然，这中间还有王志嘉这个重要因素：小英把王志嘉当亲哥哥，认为他所做的一切都是对的；而苏一鹏也把他视作兄长，做啥定跟着他；王志嘉并没有从中撮合，他们却因为对王志嘉具有相同的感情而变得亲近起来了。但是，在生活和斗争中，她渐渐发觉，苏一鹏和王志嘉在思想和修养上差了老大一截子；特别是随着她自己的成长，就越来越清楚地看出这种距离了。她发觉苏一鹏单纯，思想上散漫，有些地方还有些糊涂。自由职业的家庭，娇生惯养的童年，对他性格的形成是有关系的。她应该帮助他认识自己思想上的弱点，在实践中慢慢克服。

下午下班前，朱小英从车间给王志嘉打了个电话，说她也参加清理仓库，要王志嘉等她一起走。

下班铃一响，朱小英连手都没有洗，拿了团废纱擦着油腻就奔出去了。她来到设计科办公室，王志嘉正在等她。

朱小英在王志嘉对面的一张桌子上坐下，脸上没有一丝笑容。

"走吧！"王志嘉没有注意到朱小英的情绪，招呼她动身。

朱小英一丝不动坐着，撅起了小嘴。

"怎么啦？"王志嘉觉着奇怪了，"看你那嘴上可以拴头毛驴了，谁惹你啦，嗯？"

朱小英还是不说话，嘴越撅越高。

"说话呀！"王志嘉摸着她的头说，"这么大的人了还孩子气！谁欺侮你啦？"

"你！"朱小英只说了一个字。

"我？"王志嘉好不奇怪，"我怎么欺侮你啦？"

"你为什么不好好帮助他？你没有发现他思想上的问题？你这是对他爱护吗？你……你……你这不是欺侮人吗？"她这一连串地喊了许多个你，

最后连眼泪也掉下来了。

王志嘉终于明白她说的是什么了。看到小英妹妹在成长,他心里很高兴。

"你批评得很对,"王志嘉亲切地抚摸着朱小英的头发说,"我,是该受批评!"说到这里,他顿了顿,严肃地说:"好吧,小英,往后,我对他严格点,对自己更严格点!"

朱小英擦干了泪痕,娇嗔地说:"你是他的团支部书记,你可不要只抓机器不抓思想哪!"

王志嘉并没有把朱小英的话当作笑话来看待,他想了想说:"你提醒得好,小英,我记住了。走吧,咱们赶快到仓库那儿去,今天就要把房子里的东西都搬出去,还要打扫干净,明天就要把水源和电源引进去,不久就要搞出一个漂漂亮亮的试验室来哩。"

晚饭以前,他们帮着炊事员把五间房子里的东西都清理出去了。大家都很累,但心情很愉快。晚饭以后,朱小英就来图书馆找资料。

现在,尉迟文英问起她和苏一鹏闹别扭的事情,这是出于关心呢,还是出于好奇呢?朱小英知道,尉迟文英是无法理解她对苏一鹏那种忧戚之心的,她觉得有必要趁这个机会对资料员进行一些帮助。

"我们是闹矛盾了,"朱小英坦率地说。

"为什么?"尉迟文英不解地闪着她的长睫毛。

"对问题的看法不一致。"

"就因为这一点?"尉迟文英吃惊地问道,"有必要吗?感情的培养不容易哪!"

"没有思想基础的感情,就不是健康的感情。"朱小英合上画报说:"没有关系,他已经认识到自己错了,他决心要改正。"

"这就好。"尉迟文英松了一口气。接着又问道:"你很喜欢他吧!"

"是的。"朱小英直率地回答,"正因为喜欢他,所以对他更不马虎。"

尉迟文英莞尔一笑,轻轻地摇了摇头。

"你干吗摇头?"

"我认为,如果爱一个人,那就应该什么都爱!"

"连他的缺点也爱吗?"

"他的缺点,在你的眼里也许能看成是优点。"

"笑话!"朱小英喊起来了:这是什么奇怪的逻辑啊!她看着眼前这个相当漂亮的女人,心想她还那么年轻,哪来这些奇奇怪怪的见解?因为爱情,对方的缺点就会变成优点,这是什么爱情呢?她大声地说:"这不是真正的爱情,我不同意这种恋爱观点!"

尉迟文英没有反对,她笑了笑说,"有些书上也是这么说的,这不是正确的恋爱观点。可是我总觉得爱情是具体的,不是抽象的,只有爱对方的一切,这种爱才是深沉的。小朱,你看过《茶花女》和《罗密欧与朱丽叶》这两本书吗?"

"没有。"

"玛格丽特和亚芒、罗密欧和朱丽叶之间的爱情,才是真正的爱情,"资料员带着一种缅怀的感情说,"我给你找一找这两本书,有时间你可以看看。"

"你不用找,我没有时间。"朱小英说,"我看过一篇文章,文章里说:大革命时期,有两个青年共产党员,在共同的斗争中结识,并且互相爱慕,为了掩护自己的身份,他们长期以夫妻的名义在一起工作,后来不幸被敌人逮捕了。临牺牲前,他们在刑场上才宣布结合。原来在这以前,为了革命工作,他们根本没有在一起生活。我认为,这种爱情才是伟大的,是值得我们学习的,在这种思想感情基础上的结合才是最幸福的。"

尉迟文英长长出了口气说:"这也许是伟大的,但不是人人能做到的呀!"

朱小英知道,光在理性上和她争论是说不服她的,于是问道:"尉迟,你和方斌的关系确定了吗?"

尉迟文英迟疑地摇了摇头:"这一点连我也不知道。"顿了顿又说,"也许就算确定了吧,这又不需要下什么聘礼,送什么信物,彼此心照不宣就行了。"

"你很爱他吗?"朱小英问道。

资料员轻轻地说:"我爱他。"

"你爱他的什么呢?"朱小英紧追着问。

尉迟文英双手托着下颏,闭了闭眼睛:"他有很多地方是我爱的。"

"爱他的一切吗?"朱小英又紧追一句。

资料员迟疑了,她的嘴唇动了几次,还是没有说出话来,却把脸沉到手掌里去了。

她的内心世界是狭窄的,她的精神生活是贫乏的,她爱好幻想,但这种幻想和现实生活有着很大的距离。她很少参加集体活动、参加政治学习。她不加批评分析地读了很多十八十九世纪的外国古典作品,对那些描写爱情的特别感兴趣,根本不去琢磨书的思想意义和那些爱情描写所包含的社会内容。在她的想象中,自己也仿佛和书中的人物生活在一起了。夜深人静,她掩卷而思,一个人编织着自己的希望。她不知道,这些编织的图景和时代已经相距多么遥远! 自然,图书馆和她的小卧室不是世外桃源,现实的斗争生活像激扬飞溅的滚滚巨流一样,冲击着我们社会的每个角落。方斌进入她的生活以后,就把她带到了斗争的漩涡里。她所编织的希望时时刻刻在受到生活浪花的冲刷。到后来,连她自己也觉得,那些编织的图景是架空的,虚无缥缈的。生活要复杂得多。可是,尉迟文英还偏偏不愿意从里边完全脱身出来,这就使得她常常陷进了苦恼。由于一种莫名其妙的矜持,她接触的人并不多。其实,她倒很愿意和别人谈谈心,倾吐倾吐心中的苦闷、烦恼,可是她很少有这种机会。

过去,尉迟文英和朱小英并不接近,今天却对这个青年女工吐露了很多心事和看法,这使她自己都感到奇怪。即使和方斌在一起的时候,尉迟文英也不能充分地展示自己心中的一切,她常为此而痛苦。也正因为这样,她愿意接近别人,愿意和别人谈心。但是她的高傲使得她脱离了群众,没有人能倾听她的心声。她感到寂寞了。

朱小英看到她神情恍惚,知道她跟方斌在思想和感情上并不一致。也许方斌正是利用她这种恋爱观点,要使她成为他的附属物。

朱小英并不否认，通过一连串事实教训，方斌有了一些进步，但是他的资产阶级个人主义并没有从根本上受到撼动。不应该让尉迟文英再糊糊涂涂跟着他跑！

"尉迟，你很了解方斌吗？"

资料员的脸还埋在手掌里，只是稍稍地颤动了一下头，表示她是了解的。

"你不完全了解他！"朱小英大声地说，"他一方面和你好，一方面还在追求叶琪！"

尉迟文英猛地抬起头来，脸色苍白，呼吸急促地问道："真的？"

"你还不知道？"朱小英也感到奇怪了。

资料员呆呆地发愣了几秒钟，忽然又把脸埋到手掌里去了。她怎么会不知道呢？她早就有过预感，但是方斌掩饰得那么好，她不得不相信了他。

"原来他一直在欺骗我！"尉迟文英痛苦得心都发颤了。对于像她这样爱情至上的人来说，这种消息带来的痛苦是强烈的。

朱小英不愿意把叶琪扯到他们中间去，她说：

"叶琪对方斌是有认识的，她不像你那样糊涂，这一点你放心好了。我对你提起这件事情，是希望你更好地了解方斌。这人的思想很成问题，满脑子个人主义。他的事业呀，创造呀，钻研呀，无非都是从他自己出发。这种人如果不认真改造自己，将来不知道会走到什么道路上去。我也并不反对你们两个人好，我是说你应该对他有正确的认识。也有责任帮助他，不要糊糊涂涂跟着他走。"

朱小英说完了这一席话，觉得轻松了不少。

"谢谢你，小朱！"尉迟文英抬起头来，眼睛里泪花点点，"你很关心我，小朱！"

这时候外面闯进来一个人，正是方斌。他大惊小怪地喊道："小英也在这里呀，稀罕稀罕！"

朱小英一看方斌来了，站起身来就要走。尉迟文英只好送她出来。在门口分手的时候，资料员泪花闪闪地说："小朱，有空你常来和我谈谈，你一定要来呀!"

送走了朱小英,尉迟文英脚步沉重地往回走,心里盘算着如何责问方斌。

方斌看见她进来,劈脸就问:"你怎么啦,尉迟?"

她没有回答,默默地在床上坐下,没有擦干的泪水沿着鼻梁两侧往下掉。

"你到底怎么啦?"方斌走过去搂着她的肩膀,用他那十分好听的男中音问道。

尉迟文英扒开他的手,眼泪又掉了下来。

"真急死人!"方斌在屋子里转着圈子说,"有什么话你尽管说嘛! 要是我错了,你就剐我,打我也行,我们两人之间还有什么不能说的?"

"你为什么要欺骗我?"资料员倏地回转头去,泪眼里射出两道火光。

"这话从何说起?"方斌故作惊讶地张大了嘴,"你把事情说清楚?"

"你说你和叶琪仅仅是老同学、老世交的关系,可是你明明在追求她!"

"啊,我明白啦,定是小朱这丫头在你面前嚼舌根了。"方斌装得十分轻松地说:"没有的事,纯粹是无稽之谈。"

"你还要骗我?"尉迟文英恨起来了。

方斌搬了张凳子,在尉迟文英对面坐下,十分认真地说:"我为什么要骗你呢,尉迟? 你不相信我是爱你的吗?"

"现在我什么也不相信了。"资料员伤心地说,"就因为我太容易相信别人了,所以才上了当。"

"小朱这丫头并不了解真实情况,你不要随便轻信她。"方斌站起来,坐到资料员身边去,握住她的手,说道:"是的,曾经有一段时间,我喜欢过她,但不久我就发现她的脾气太倔,太古怪,我们俩的性格根本合不来,于是我丢开那个念头了。这还在我和你接近以前,所以我并没有欺骗你。这一切都是事实,我可以用我们的爱情来保证。"

尉迟文英有点动摇了。她抬起头来,用泪花闪闪的眼看了他一下,他的脸色是诚实的,他那端正的鼻子,轮廓分明的嘴唇,深邃、漂亮的眼睛,都仿佛在告诉她:他并没有欺骗她。她想:也许方斌说的是事实,小朱了解的还是以前的情况,她不应该错怪他。可是他思想上的毛病的确是有的,这一点,她过去也感觉出来了,应该给他提醒提醒才对!

方斌看见她还是不说话,知道她今天是生气了。他在小屋里踱了几步,忽然"啊呀"地喊了一声。尉迟文英吃了一惊,转过脸去,看见他捏着一只发红的手指,嘴里在咝咝抽冷气。

"怎么啦?"她吃了一惊。

"今天在仓库里收拾瓦片石块,把手割破了。"方斌一边说,一边"咝咝"的抽冷气,好像痛得厉害。

尉迟文英走过去一看,方斌的手指真的破了,涂了些红药水。

"你别动,我给你弄点棉花纱布包扎一下。"

趁尉迟文英低着头包扎的时候,方斌在她的头发上轻轻亲了一下,婉言说:"不要胡思乱想了,尉迟!真正的爱情,应该建立在绝对信任的基础上。相信我吧,我是爱你的。过去,我的主要精力都放在事业上了,我不能常常和你守在一起。许多时候,我都用理智克服了感情。这一切,都是为了事业,为了我们的未来,你应该很好谅解这一点。"

"你老是讲事业,事业,光从个人出发。"尉迟文英一边包扎一边说,"别人说你个人主义太严重,我也同意。"

"让他们说去吧,"方斌毫不计较地笑着说,"难道走到哪嘴上都要挂块牌子:为了群众,为了社会主义?的确,我不喜欢唱高调;我也不否认我有个人主义。但是,我搞出了机器,写出了论文,我自己不能吃不能喝,它们还不是为社会主义服务的?这道理很容易懂嘛!所以,人家讲我什么主义,我都不计较;你说我有个人主义,我也不会计较的。"

尉迟文英觉得方斌说的话也有道理,但还是忧心忡忡地说:"个人主义总是不大好,方斌!我们的思想应该跟上时代才对!"

"我并不是不想跟上时代。"方斌说,"过去我走了一段弯路,现在要重新走了。你也知道,我参加了他们那个方案的试制,而且要为这个方案的成功贡献力量。今天我正是来告诉你一个好消息的。"

资料员已经给他细心包扎完了，抬头问道："什么好消息？"

方斌从口袋里掏出几张空白的稿纸，其中有一张上写着这么个标题："气道试验室气源问题的解决方案。"

尉迟文英看了半天，最后还是摇了摇头："这是什么好消息？"

"不给你讲明白，你当然是不知道的。"方斌兴奋地说，"坐下来，听我好好给你说一说。"

原来，方斌自从参加新方案的试制以后，一直在考虑这样一个问题：他应该在节骨眼上，给大家露一手，让领导和大伙儿对他有一个"正确"的认识，也挽回一下前一阶段给人们留下的不好印象。发动机试制中的关键问题之一，是气道问题。为了解决这个问题，要迅速把气道试验室搞出来。建设气道试验室，首先要解决气源问题，因为试验气道模型时，必须要有相当压力和流量的气体通过。这部分气体从哪里来呢？设计员们正在为这个问题绞脑汁。方斌在清理食堂仓库的时候，就开始考虑这个问题。最后，终于被他想出一个办法来了：利用工厂里的压缩空气作为气源。这是最简便的办法，也是最经济的办法。领导上再三强调要勤俭建国、勤俭办一切事业，用压缩空气作为气源的办法是很符合这个精神的，他相信这个建议一定会得到领导上的重视和支持。只要用管道把压缩空气接到试验室里，就能多快好省地解决问题。在大家还没有想出办法的时候，他方斌能突然拿出一个成熟的方案来，人们在惊讶之余，会不对他刮目相看吗？

他为自己这个突然发现而兴奋起来。清理仓库也特别出力。

晚饭以后，他跑到丁明达家里去，把这个想法告诉了设计科副科长。

丁明达很赞赏方斌这个方案。

"你的脑瓜就是顶用呀，方斌！"丁明达一边剔牙齿一边说，"小伙子，好好干，少犯点个人主义，你的前途蛮大的呢。"

方斌听了自然高兴，说："丁科长，你看我这个方案能成立吗？"

"能成，准能成！"丁明达权威地说，"这是合乎总路线精神的，我保证它会得到领导上的重视。你回去好好把方案写一写，我要为你向领导上推荐。"

　　方斌从丁明达那里得到了鼓舞,不觉心花怒放。他原想再去找叶赋章,后来却改变了主意。他想:这老头儿有点瞧不起我,我要把方案拿出来,得到了大家的承认以后,再去找他。就这样,方斌跑到图书馆里来了:他要找一个安静的地方来写方案。

　　听了方斌的解释,尉迟文英也认为确实是一个好消息。既然两个人未来的命运已经结合在一起,那么,对他重要的事情,自然对她也是重要的了。况且,这种事情又是符合领导意图的,那当然是好上加好了。她不快的心情被这个消息扫去了一大半。

　　外边,阅览室已经闭馆了,只有日光灯"咝咝"地响着,四周十分安静。尉迟文英搬了张软椅子,放在暖和的墙角里,让他在这儿写作;又给他泡了杯浓茶,把自己抽屉里仅剩的几块奶油糖也一股脑儿拿了出来;然后坐在他旁边,翻看画报,准备随时为他的需要服务。

　　方斌很满意这样的写作环境。他文思敏捷,下笔很快,不一会儿就把方案写完了。

　　他觉得这一天是有收获的。把方案再三修正以后,就高高兴兴地离开了图书馆。今天晚上他要睡一个好觉。

　　方斌走过叶家楼下,看见叶赋章的屋子里还亮着灯,又临时改变了主意:要让这个工厂的技术权威先看一看气源方案,得到对方的支持,拿出去就会更有力量。

　　他轻轻地上了楼,又轻轻地敲了敲门。

　　开门的是叶琪,看见方斌,很是感到意外。

　　"你还没有睡,叶琪?"方斌对她不再用十分亲切的称呼了,"关于试验室的气源问题,我有了点想法,要和叶总谈谈。"

　　"请进吧!"叶琪也用客气的语调回答他。

　　这一阵来,方斌的表现好像有了进步,叶琪觉得,他的微小进步都应该受到欢迎。她问:"气源问题你想出办法了?"

　　"还是一点不成熟的设想,"方斌谦逊地回答,"你是不是一起来看看,叶琪!"

叶赋章正在审查一份重大的技术革新建议。听说试验室气源问题有了解决的办法,自然很高兴。他仔细看了方斌的方案,觉得是一项可行的办法。

"作为一个临时性的措施,这个法子是可行的。"叶赋章说道。

方斌紧接着说:"目前就是为了解决问题嘛,"他的意思是说:"何必需要长远性的措施呢?"

叶赋章想了想说:"不过有一点恐怕是问题。"

"什么?"方斌吃惊地问道。

"用压缩空气作为气源,流量和气压是不稳定的。"叶赋章说,"你比如说,白天全厂用压缩空气多,气压就肯定低;晚上用得少,气压就高。就是在白天也不可能稳定,因为使用压缩空气常常是间断性的。我们试验时却需要比较稳定的气压。"

方斌有点泄气了:气压不稳定的确是个问题,难道这个方案没有出世就要完蛋吗? 他求助似的问道:"叶叔叔,不稳定是有的,我想不至于相差太多吧!"

叶赋章沉吟了一下说:"相差是不至于太多,而且还可以想一些办法来补救。"

"可以增加一些调节机构来控制气压和流量。"叶琪也帮着出主意。她很希望试验室早日搞起来,取得必要的数据以后,就可以进行发动机的试制。从这一点出发,她希望方斌这个简单易行的办法能够应用起来,也正是从这一点出发,她忘记了过去彼此间的种种不快和龃龉。

方斌感激地看了叶琪一眼;叶琪却避开了他的目光。

"在没有其他更好的办法以前,这个办法是可以用的。"叶赋章最后说,"不过,它只能是临时性的措施,从长久来说是不适宜的。"

这个结论已经叫方斌很满意了。他告别了叶家父女,脚步轻盈地走下楼去。叶琪会态度鲜明地支持他的方案,这是方斌所没有想到的。

方斌走后,叶赋章对叶琪说:"你再和王志嘉商量商量,在解决气源问题上,还有别的办法没有? 抽个时间,我和你们研究一下这个问题。"

第三十一章

仓库要变成试验室,毕竟得来一番改造:必须把大屋子分隔成几个小房间,有的房间里还有套间。王志嘉请示叶赋章后,决定试验室里的几堵墙自己来砌。

下班后,设计员们推着小车去拉砖。王志嘉和苏一鹏推着砖往回走的时候,遇到一个陡坡,正费劲往上推,车子忽然轻松地上去了。

他们转过脸去,夜色中看见两只熠熠有神的眼睛,那是党委书记刘之毅。

刘之毅说:"厂部做了决定,试验室的砌墙任务由修建科承担,他们明天就派瓦工师傅来。你们利用业余时间帮助运运砖,这是很好的,但必须把全部精力用在你们的专业上,争取尽快把发动机造出来。不要分散精力,影响你们的主要工作。"

党委书记的工作那么忙,却无时无刻不在关怀着试验室,两个青年人十分感动。苏一鹏孩子气地问:"刘书记,你怎么会找到我们的?"

"我是千里眼呀!"刘之毅笑着说,"方斌这几天怎么样?"

王志嘉说:"他对下车间配合加工很有意见,认为这是跑腿活,根本用不着技术人员去干。这几天他的情绪很不好,老毛病又犯了。"

"算了吧！"苏一鹏不屑地说，"我早就不稀罕他来参加试验，多他一个不如少他一个。"

"你这倒痛快，小苏。"刘之毅笑着说，"的确，有好多事情可以痛痛快快地处理，可是革命是不能只图痛快的。方斌的情绪为什么又坏下来，你们想过吗？"

"就因为他的气源方案没有被采用。"王志嘉说。

"他提出的方案本身，并不是毫无可取之处的。"刘之毅说，"但是，他的出发点不是真正为了解决试验问题，而是想露一下身手，这样，他就不能客观地看待自己方案的缺点，也就不会欢迎比他更好的方案。资产阶级个人主义是他那些毛病的总根子，不从根本上触动它，方斌的问题是不好解决的。所以，你们一定要带动他一起下车间，到实践里去，慢慢改变那种轻视工农，轻视劳动，轻视实践，自以为高人一等的思想。这一点，不单是对方斌，对我们所有人都是重要的。"

三个人推着车，在浓重的夜色中边谈边走。刘之毅语重心长地说："要认真对待方斌的思想问题，不要仅仅认为他落后，他的个人主义严重，就不去接近他。应该看到，旧的思想、作风和习惯势力，在今天的生活里不仅存在，而且还会存在很长时间，人们身上都会受到程度不同的影响。这对知识分子和其他社会成员都是一样，包括新社会成长起来的知识分子在内。看不清这一点，对于发生在一些人身上的问题，就会把它看成是个别的、偶然的现象，就不可能正确地解决这些问题。生活之所以是复杂的，原因也正在这儿吧！你们说是不是呢？"

刘之毅的话像一阵阵春雨一样，浇灌着王志嘉的心田，他的眼前明亮起来了，心里充满了感激之情。是啊，按照书记话里的意思，来理解方斌身上表现出来的一切，来理解周围发生的一切，就觉得并不奇怪了。

这时候，在前面拉车的苏一鹏忽然回转身来，低低地喊道："看，那是谁？"

前面不远的地方，有两个人像夜游神似的走过去了，这是方斌和尉迟文英。苏一鹏本来想喊方斌，但被王志嘉制止了。

方斌这几天的确心灰意懒,浑身没劲。他现在的情绪,比发动机方案没有被采用时还要坏得多。这种心情,开始于他的气源方案被否定的那一天。

星期天,王志嘉和方斌约好到叶工程师家去研究气源问题。

方斌来到叶家楼下,碰到买菜回来的叶琪,才得知叶工程师还在厂部开会。叶琪邀他上楼。他怕单独和叶琪在一起没有话说,假托有点事要办一下,待会儿再来。叶琪也没有再客气。

方斌走后不久,王志嘉来了。

叶姑给他开了门,把他往叶赋章的书房里让。王志嘉听说叶赋章不在家,就要告辞。

叶琪袖子挽得高高的从厨房里急急走出来,往走廊里一站,挡住了他的去路。

“爸爸快回来了,等他一会儿不行吗?”

“嘿嘿,”王志嘉有点手足无措,“等一会儿也行。”

“请屋里坐吧。”叶姑热情地说。

“不,姑姑,我要请他帮帮忙。”叶琪笑着说,“喂,同志! 今天是我姑姑生日,我们要吃顿馄饨。我一个人忙不过来,你帮我剁剁馅儿,行不?”

“这孩子,怎么能辛苦这位同志呢?”叶姑嗔怪她的侄女儿。

“没关系,这位同志最喜欢帮助别人。”叶琪笑着说。

“别淘气了,还是我来吧!”叶姑断然不依,说着要进厨房。

“不,您给我坐着!”叶琪用胳膊肘去推她的姑姑,“今天是您的生日,说啥也让您吃顿现成饭。”

“别调皮啦,叫这位同志看着笑话!”叶姑板起脸,假装生气。

“这位同志姓王,您就叫他小王吧,省得‘这位同志这位同志’的,叫起来挺费劲。”叶琪咯咯笑着说,“王同志,肯帮忙吗?”

王志嘉尴尬地笑着,不知道该不该帮这个忙。

“怎么,不愿意?”叶琪嘟起嘴来了。

“我,我怕剁不好。”王志嘉讷讷地说。

"有劲就行。"叶琪用手指着厨房,"请吧!"

叶姑一看侄女儿对客人那么随便、热情,不觉仔细地打量起王志嘉来。

王志嘉发现了老太太异样的眼光,急于想躲避,便三脚两步跨进了厨房。

叶姑还盯着王志嘉的背影看。叶琪又用胳膊肘推她:"回屋坐着去吧,今天我就不让您动手。"

叶姑只好回到自己的房间里去。

老太太坐也不是,站也不是,今天侄女儿的行动很反常,她还没见过姑娘对一个来访人如此随便,这样大方。她侧着耳朵谛听,厨房里除了刀剁案板的笃笃声,听不见什么声音。

厨房里,叶琪在和面,王志嘉局促不安地在剁馅。

各干各的,沉默。

"你会包馄饨吗?"

王志嘉摇摇头,手里使劲剁着。

"包饺子挺内行吧?"

"凑合。"王志嘉手上使劲,心里紧张。

"我就是学不会擀饺子皮,只能吃馄饨。"

"馄饨也挺好吃。"王志嘉专心致志地抡着菜刀。

"我第一次吃饺子,还闹了个大笑话。"叶琪竭力要使紧张的气氛缓和下来,"我们到长春第一汽车制造厂去毕业实习。星期天,五个同学上街吃饺子。饭馆开票的问我们吃多少,我们说二十五个,他开了一百二十五个。我们大吃一惊,说他开错了,我们只要二十五个。他说,一人二十五,不是一百二十五吗?我们说,一人五个就够了。开票的瞪大眼睛看着我们,以为我们无理取闹。我们到饭厅里一看,原来饺子和馄饨差不多大。"

"你们以为饺子有多大?"

"还能比包子小吗?"叶琪说着大笑起来。

王志嘉也笑了,紧张的气氛缓和不少。

"待会儿你教我擀饺子皮吧!"

"我也擀不好。"王志嘉又紧张起来。

沉默,案板上"笃笃"响着。

"你说我的姑姑好吗?"叶琪搜肠刮肚在找话说。

"老太太挺好。"

"嘴太碎。"

"老人总是这样。"

"有时能把人烦死。"

"你大概不听话吧!"

"她成天在我耳边嘟嘟,就怕我找不上对象!"叶琪说着,耳根发红了。

王志嘉没有答话,只是低头使劲剁着馅儿。

叶琪大胆地瞟了他一眼。

案板剁得更响了。

叶琪忽然想起了什么,问:"你说,我提出解决气源问题的那个办法能行吗?"

"行,我看准行!"一谈起工作问题,王志嘉好像"解放"了。

"不知道我爸爸会不会同意?"

"怎么,你还没有给他说过?"王志嘉吃惊地问。

这时候,叶赋章回来了,后面还跟着方斌。

方斌看见王志嘉从厨房里走出来,吃惊地问道:"你早来了,王志嘉?"

王志嘉说:"咱们不是约好两点来吗?"

方斌打量了他一下,酸溜溜地问:"你在忙什么呢?"

王志嘉坦率地说:"叶琪叫我帮她剁剁馅。"

"对了,"叶赋章接上去说,"今天是我堂姐生日,你们一起在这里吃馄饨吧!"

方斌想,他来叶家的次数比王志嘉要多得多,叶琪从来没有叫他帮过什么忙,王志嘉却得到了这个"宠幸"。他的心里好不是滋味!难道叶琪……这可能吗?

"咱们来谈谈气源问题吧!"叶赋章这一声喊,才打断了方斌的思索。

方斌满以为他解决气源问题的方案是会被接受的。他踌躇满志地说："老王,对我的方案还有没有补充?"

王志嘉笑笑,摇了摇头。

方斌一看高兴了,心想:这个方案简单易行,又解决问题,你还能有什么补充? 他对叶赋章说："叶总,你看能不能就这么确定下来,叫供应科准备管子?"

叶赋章笑而不言。他心中已有主张,但是他要看看王志嘉的态度。

"不,老方,我再三考虑,用工厂的压缩空气作为气源,是不合适的。"王志嘉不慌不忙地说。

"为什么?"方斌吃惊得差一点跳起来,"因为气压不稳定吗?"

"不单单是这个原因,"王志嘉冷静地说,"我不同意搞临时性的措施。"

"那你说怎么办?"

"我建议搞一个永久性的气源。"王志嘉胸有成竹,"用厂里的压缩空气作为气源,气压不稳定会影响试验质量,这是一方面;另一方面,我们不光是搞这一个发动机,以后要试制很多新型发动机。我们建立试验室是为了现在,更是为了将来。"

"可是你别忘了,试验室的房子是破仓库?"方斌喊道。

"我们不讲究外表。有了电源和水源,把房子适当改造一下,照样能做高质量的试验。"

"说了半天到底准备拿什么作为气源呢?"方斌紧跟着将了一军,"到外边去买压气机吗?"

"压气机现在买不到,我们可以找个代用品。"王志嘉说着,走到门口,朝着厨房里喊:"叶琪,你来,把你想出的办法说说。"

叶琪在厨房里说:"我正忙着呢,你说吧!"

"叶琪有一个好办法。"王志嘉转身说,"将一台旧的'V'形发动机,半边熄火,半边发动,那熄火的半边,活塞汽缸就能起压气机的作用。叶总,你说这个办法行吗?"

叶赋章想了想,忽然高兴地大声喊起来:"行啊! 这办法不错嘛!"又对着厨房喊："阿琪，你这一招，我可没有想到啊！"

叶琪在厨房里说："爸爸，您以为我就只有这一招吗？以后，我还要拿几招出来给您看看！"

叶赋章哈哈大笑起来："好啊！我等着。不过，这一招也挺够意思。你怎么还对我保密，没有在我面前露一点啊？"

叶琪双手沾着面，跑到书房门口说："我要是早给您露了，您就不再给想高招了。"

王志嘉高兴地问："叶总，您还有高招？"

叶赋章说："我也没有什么太高的招儿，不过，有个办法，可能比你们说的都要简单些。"

"看！我爸爸还真有高招呢！"叶琪高兴地拍着两只沾面的手，"您为什么也不给我露点底儿？"

"我这个招，刚刚才想出来。"叶赋章说，"厂部开完了会，我把朱德泉主任拉到废品库去了，我记得那儿有一台坏了的六缸发动机。今天去看了看，发动机短了很多零件，不能再修复了，不过，汽缸和活塞等部件还是好的。我和老朱研究了一阵，觉得用一台电动机带动它，就能成为一台压气机。它可以专门为我们的试验室服务，任何时候，我们都可以从这里得到稳定的气压。你们说说，这个办法行不行？"

"行，行，行！爸爸，您这一招比哪一招都高！"叶琪兴奋地喊道。爸爸的一招胜过了自己的一招，她非但不感到失望，而是高兴得直嚷嚷："我说嘛，要是把我想出的办法早早告诉您，这新的一招就出不来了。我赶快包馄饨去，好好慰劳慰劳您！"说着，回到厨房里去了。

叶赋章对着方斌说："你上次提出的办法，作为临时性措施是可以的，但也不节省，从厂里把压缩空气接出来，要用不少管道，加上还有气压不稳定的毛病。我同意王志嘉的说法，咱们不能光想着眼前这一种发动机，而要想到未来将要设计和试制的许多种发动机。不能得过且过，要高瞻远瞩啊！所以，搞一个永久性的气源完全是必要的。"

方斌伤心透了。他一向认为自己在技术上是有一套的，业务上比王志嘉、叶琪都强。为什么自己所做的,哪怕是一个方案,一条建议,都得不到别人承认呢?难道他方斌再也无法发挥作用了吗?为什么他和叶赋章、王志嘉之间在许多问题的看法上都有矛盾呢?王志嘉对他说过,考虑问题的立足点很重要,动机和效果无法分开。他承认这一点,但又认为这并非绝对的。丁明达说过,过去的年代里,有许多大科学家,他们连世界观这个名词都不知道,但并不妨碍他们在科学的历史上建立丰碑。他觉得这话是有道理的。

现在,方斌像一只泄了气的皮球,一下子变得心灰意懒起来。他不知道今后该怎么办了……

等叶琪和叶姑把馄饨端进来,方斌已经走了。老工程师一家,和王志嘉的关系那么亲切,方斌真是不能理解!他不想在这儿多待下去,因为房间里的空气都使他感到窒息。

王志嘉见叶琪端饭进来,就要告辞。禁不住叶家父女再三挽留,只能坐下来吃馄饨。一碗馄饨吃出了一身汗,吃完了,也没有区别出馄饨和饺子有什么两样,因为他的心思还在方斌身上……

第三十二章

转眼,两个多月过去了。

试验室里的墙早已砌好,供应科给他们解决了一些必要的仪表器材。气道试验室里,旧的六缸发动机已经拆修完毕,由电动机带动后,成了一台地道的压气机。气压相当理想。一部分仪表已经装上了操纵台。操纵台本来是子弟学校里一张三只脚的课桌,他们扛来修了修,改装一下,加上了第四只脚,在外边涂了一层银灰色的油漆,就变成了相当漂亮的操纵台了。许多管道和接头,还有许多紧固零件,都是利用的废料。试验室的门是一块弃而不用的布告牌做成的;零件架是自己用木条钉起来的;钳工桌是从车间外面抬进来以后,经过一番整修恢复本来面目的。几个试验室都已经初具规模了,第一次参观的人,根本无法想象:两个多月以前,这里还是堆满白菜、土豆的食堂仓库!

这一阵来,王志嘉实在忙透了。每天,他从车间到试验室,又从试验室到车间,来回不知要跑多少次。试验设备的加工、装配,涉及木模、铸造、锻造、机械加工、热处理、计量、铆接焊接等许多工种和单位。他在车间里,不单单是解决加工、装配过程中图纸上出现的问题,更多的时候是自己动手和工人一起干活。车间对试验室的工作给予了最大的支持,想一切办法把这批临时任务排进计划里去,工人也千方百计保证按期完成任务。设计员在领导和工人的积极支持和帮助下,一丝不苟地摸索着前进。通过这一段实际工作,他们锻炼和提高了自己的工作能力和业务水平,对设计中应该考虑哪些加工问题,有了深刻的体会,往后在工作中就能注意起来。有了实际经验,自己动手操作,就不要事事依赖车间师傅,这样,既减轻了车间的工作量,又加快了试验室工作的进度。更重要的是,通过这一段实际工作,大家对劳动生产产生了感情,对工人身上的优秀品质有了更深的认识。工人们看见这伙青年人不怕累不怕脏,重活累活抢着干,都打心眼里喜欢他们。

在青年设计员中,王志嘉是最辛苦的一个。这一阵来,他消瘦了许多,但在车间或试验室里还是生龙活虎地干着。许多人都关心他,叫他注意身体。每逢这时候,他总是腼腆地笑着说:"没啥,我年轻,有的是力气。"昨天,在装配一个试验器的时候,发现有好几个圆柱形量筒因为尺寸要求很精确,插不进座孔里去,他和鲁大明想了个土办法:把量筒夹在钻头上,用手拿着砂纸打磨。两个人整整干了半天,才使那些量筒一一对号入座。今天上午,他在制图桌上赶画一张图纸时,竟晕倒在图板上。叶琪从车间回来,把他扶到医院里去。

"我对你这样不爱惜身体很有意见。"叶琪和王志嘉从医院出来的时候这样说,"我要到刘书记那里告你去!"

"不要告诉他,小叶。"王志嘉央求说,"我体质好,回去躺一躺就行,没有什么大不了的。"停了停又说:"小叶,咱们的试验室一天天像样起来了,真叫人高兴啊!咱们可以做大量的试验工作了,咱们再也不会走弯路了!"

叶琪被王志嘉浑身洋溢着的激情所感动。不知为什么,最近她对王志嘉特别关心起来:王志嘉的眼圈黑了,衬衣的领子脏了;头发应该剪了;他吃饭狼吞虎咽,速度太快,不容易消化;……这一切总是首先在叶琪的眼睛里得到反应。

叶琪要求王志嘉回宿舍休息,他还是坚持要到车间去。今天早晨,王志嘉听说试验室设备中的一项——高压贮压器在焊接加工时,工人对图纸设计有意见，他必须去看一看。叶琪要到试验室里去，他们只好分手了。

"要是车间里没有什么大问题，你还是听医生的话，回宿舍休息吧。"分手的时候叶琪叮咛他。她知道王志嘉此刻的心情，任何劝阻都是徒然的。

王志嘉并没有注意到叶琪的心情（其实他只要看一看她的眼睛，就会察觉到自己的粗心），对她交代了几件工作上的事情，就往车间去了。

叶琪从他的身上得到了力量，当她转身往试验室走去的时候，心里这样对自己说："我应该像他一样去工作，这是对他最好的关心。"

铆焊车间是声、光、力的海洋。还没有走进车间，就能听到铆钉枪震耳欲聋的响声，看到雪亮的、白练般的电焊弧光在窗内晃动，听到十八磅大锤敲击钢板的"咣咣"声。一走进车间，就像投进了喧腾的大海，血液都会加速流动起来。

王志嘉在车间里转了一圈，没有找到方斌和负责焊接高压贮压器的工人，最后，在车间角落的一间小屋里找到了他们。

方斌在气源问题上受挫以后，变得消沉起来了。正如他所说的，尉迟文英的温抚填塞不了他空荡荡的心坎。有了空，他不大往图书馆跑了。

星期天，他独自进城，到凤麟阁去喝汾酒。听人说，明朝荒淫的正德皇帝微服出行，出西直门，过张家口，来到这个酒店里，碰上了"酒大姐"凤姐，于是便有了《游龙戏凤》这个故事。方斌对这个故事感到了兴趣。趁着酒兴，把这个小巷里的酒店，里里外外考察了一遍。没有发现什么有趣的东西，他失望地跑到普华寺去了。

普华寺是辽代建筑，大雄宝殿巍峨壮观，里边有一组泥塑尤其出色。方斌不止来过一次，但是这次和以往来时的心情不一样，他不过是为了排遣寂寞。

大雄宝殿建在寺院后面的高台上，高台高出地平面足有十公尺。方斌拾阶而上，登上高台，俯视全城。但见一座座新建筑，从灰色的古老平房之间突起；起重机的长臂，缓缓转动，一面面红旗，在机塔顶端飘动；不远处一条扩宽了的街道上，人流如潮。眼前这热气腾腾的景象，和方斌的心情不吻合。一阵尖厉的北风吹来,使他打了个寒战。"高台多悲风",他的脑子里忽然跳出这么一句诗来。披了披棉衣,他便去看大殿门前的一口巨钟。巨钟挂在铁架上,四周用木栅围起,钟上铸满了铭文。方斌一一浏览,看到一处,不禁高声念起来:"听钟声,烦恼轻;菩提长,智慧生……"

"暮鼓晨钟,也许真能减轻人的烦恼吧!"他想着,忽然产生一个奇怪的念头,想去敲一敲钟,但被木栅隔着,手探不到,便从地上拣了一块小石子,往那钟上投去,当的一声,煞是洪亮、清悠。正想再投第二块石子,被一个人抓住了胳膊,回头一看,不由得大吃一惊,站在他身后的竟是党委书记刘之毅!

"怎么一个人跑到这儿来了?"刘之毅笑嘻嘻地问。

"没事,出来转转。"

"钟声能减轻你的烦恼吗?"

方斌又是一惊:党委书记怎么知道自己的心事了? 转眼一想,刘之毅大概早就看过钟上的铭文,再说,谁的心事能瞒过他呢? 于是转开话题说:"刘书记怎么有工夫来这儿?"

"部里来了几个同志,下午有点空,陪他们来转转。"刘之毅挽住方斌的胳膊,"他们进去了,咱们也上里面看看吧!"

方斌不好拒绝,就随着刘之毅进了大殿。

大殿里金碧辉煌。正中是释迦、文殊、普贤三尊高大的坐像,两旁站着二十个天王;三尊坐像前面是一群侍女像。这组侍女像,全然没有一般寺院佛像那种公式化的庄严法相;塑像线条流畅,体态丰满,衣袂飘举,神形各异。其中有一个侍女更是与众不同,她皓齿微露,笑容可掬,身体前倾,似与游者在倾心交谈。

刘之毅和方斌在塑像前站了好一阵。

"杰作,真是杰作!"刘之毅赞赏道,"老祖宗给我们留下了多少宝贝啊!"

方斌点点头。

"可惜我们不知道它的作者是谁。"刘之毅惋惜地说。

"文物古迹,很少有留下作者名字的。"方斌说,"他们大概想不到,千百年后,自己的作品会得到人们这样高度的赞赏。"

"这些珍品,是许多无名大师,用自己的心血和精湛的技艺制作出来的。"刘之毅说,"人类辉煌的历史,灿烂的文化,都是劳动人民创造的,他们为此付出了自己的血汗,甚至生命,却并不要求后人记住他们的名字。历史像一条奔腾不息的长河,每个人在里边不过是一滴水,一朵小小的浪花,离开了这条长河,这滴水,这朵浪花就不可能存在。你同意这个说法吗,方斌?"

方斌默默地点了点头。

刘之毅拍拍方斌的背说:"不要一个人跑到这里来,拾起小石子敲钟,要跳到时代的激流中去,和大家一起前进。这样,你就顾不得烦恼了……"

这时候,柴强陪着部里的两个同志,也转到这组塑像前来了。厂长发现方斌,十分惊讶:"你怎么跑来了?"

方斌一时不知该如何回答。刘之毅笑着为他开脱:"老柴,咱们都是官僚主义者! 小方对古代雕塑挺有研究呢! 这个业余爱好,应该要受到鼓励嘛!"

刘之毅邀方斌一起坐车回去。在车上,党委书记又把方斌介绍给部里的两位领导同志,说他是新型发动机的设计者之一。部里的同志对他做了鼓励,希望他们好中求快,把机器搞出来。

打那以后,方斌就下到车间里来了。开始,他每天站八九个小时受不了,后来也就慢慢习惯起来。他亲眼看见工人在怎么样忘我地劳动着,他们根本不考虑"干这个产品我能得到些什么"这一类的问题。科学论文是一定要标上作者姓名的,但是机器产品从来不刻上制造者的名字。

"他们难道没有生活信念吗?"方斌奇怪地想。但他很快把这种想法否定了。对"工人阶级大公无私"这句话有了具体的感受。但他不敢联系自己,因为一旦和自己对照起来,他的生活信念就要从根本上动摇了。当工人干活忙不过来的时候,方斌也过去帮忙,干一些体力活儿。

就这样,方斌不太勉强地在车间里待下来,一待待了两个多月。他好像觉得烦恼比过去少了。有时他竟这样想："看来，我的技术是用不上了，那就在车间里待下去吧，这样倒是省心得多！"

王志嘉去找方斌的时候，他正和工人在争论加工问题。原来，高压贮压器密闭的两端，图纸设计是用钢板焊接的。工人认为钢板太厚，焊接后容易变形，而且也不容易焊透，可能出现渗漏，就难以达到设计要求，将来使用也不可靠。方斌却坚持要按照图纸设计加工，认为经过计算，只有采用焊接结构方案才能保证试验要求。争论来争论去，这个问题还是决定不下来。王志嘉进去的时候，争论还在继续。

"这样厚的钢板完全能焊透，"方斌说，"我在文献上见过，有的焊接厚度还要大。"

"情况不一样，技术员同志。"有个中年工人说，"活儿大小，产品结构和要求不一样，乱套不行。咱们做出的东西，就要保证质量，不能凑合算数。"

"那你们有什么好办法呢？"方斌张开两只手，做了一个无可奈何的姿势。

"来，一起研究研究！"王志嘉插进去说，"方斌，老师傅们的意见必须考虑。我们不能贪速度，首先要考虑的是质量。"

方斌低声说："我们设计的时候也不是没有根据的。"

王志嘉耐心地说："实践是检验我们设计的标准，方斌同志！"

方斌心里也早同意工人们的意见了，只是觉得下不了台，现在王志嘉这样一说，也就借此收场。他说："原设计不行，新的办法又没有，那就拿到外厂去协作吧。"

没想到他这一说，倒把几个工人惹恼了。中年工人倏地跳起来，对着方斌喊道："自己能解决的为什么要去找别人？我最反对当伸手派。"

"那办法呢？"方斌又问道。

"我思谋了这么个法子，大家看看行不行？"说话的是一个蹲在墙角里的老工人，"咱用四根或者八根强力丝对，把要焊接的两块盖板紧固起来，再大压力也吃得住。"

"中间要加垫圈密封。"

"用铝垫怎么样？"

"铝垫行，能保证高压密封性……"

工人们热烈地议论起来，你一个建议，他一个补充，一个新的结构方案终于出来了。

王志嘉心里既高兴又激动。他拉着方斌，来到车间办公室里，根据工人研究出来的结构方案，进行了预算，修改了设计图纸，又拿到车间里去……

根据厂党委的统一安排，厂长柴强两个多月前就到加工车间去蹲点。

经过较长时间的犹豫苦恼后，柴强终于从苦恼中解脱出来了。刘之毅从省党委党校回来后，党委开会虽然统一了思想，但柴强内心深处的犹豫和苦恼还是没有完全消除。刘之毅曾和他促膝倾心交谈过几次，每次交谈后，战士的责任感被激发出来，他便下决心要面对现实，但接触到一个文件，阅读了一篇社论，他又会动摇原先的决心，总觉得自己在党的面前做了什么亏心事似的。这样的反复当然不是机械地重复。实际上，在不断地反复中，他的观点也发生了变化。他越来越感觉到，刘之毅坚持的实事求是的原则，才是一个共产党员真正的党性表现。不久前，部里两位领导来厂检查工作，曾和市委领导同志就华新厂的工作交换了意见。他们列举事实，婉转地肯定了工厂党委的工作。市委领导居然没有提出异议。这使柴强感到意外，老是悬着的一颗心总算有了着落，于是放心地到加工车间蹲点去了。

下去以后，接触文件、社论少了，接触实际多了。工人群众对一些事物的观点是那么鲜明，使他更深切地感到过去的犹豫和烦恼显得有点可笑。

在工作上，他也逐渐尝到了甜头。因为他掌握了生产实践中的许多具体情况，指挥生产时就胸有成竹，出现的问题也就能对症下药地去解决。他坐办公室的时间少了，但工作并没有积压，相反，他倒是从忙乱中解脱了出来。过去，两个中层干部为了某个生产问题，会在他办公室里扯皮半天，而他常常因为不了解具体情况，难以果断地处理。现在，不需要他们来厂长办公室陈述理由和扯皮，柴强就会告诉他们怎么去解决。

最近,他在机械加工车间蹲点时,得到了另一个重大的收获。全厂生产中的重大关键之一,齿轮加工中必需的检验样品,用三结合的方法,由一个三级青工做出来了,这个青年工人就是刘金生。

一个零件加工完成以后,必须用测量仪器进行检查,完全达到图纸的要求以后,才能装到机器上去。齿轮是机器上少不得的传动零件,检查它是否合格,用的是另外一个精度更高的齿轮,叫样品齿轮。这种样品齿轮因为精度要求高,技术条件复杂,所以制造也特别困难。据资料上记载,某个工业发展较早的国家,做第一对样品齿轮花了三年时间。工厂过去所用的样品齿轮是从外国买来的。现在,人家看见我们越来越强大,就想卡我们的脖子,取消了订货。样品齿轮的进货没有了来源,工厂库存的一对也已拿出来使用,而且已经磨损得不大精确了。半年以前,车间就有人提出自己动手做样品齿轮。他们既不参考资料,也不对原有的样品齿轮进行研究,只顾闷着头干,做了几对,都不合格,结果扔到了废品堆里,制作者泄了气,再没有人敢揽这个"买卖"了。

叶赋章和柴强,为了这个问题都发起愁来。有一次,两个人在车间里谈起来,柴强问道:"这个东西真的那么难做?"

"是不容易。"

"是不是过去人们把它看得太玄乎?"

"恐怕有一点。"

"外国人能做的,咱中国人就做不了?"

"我是不大服气的。"

"咱试它一试怎么样?"

"我早就有这个心思了。"

"你说做这玩意儿最大的困难是什么?"

"一是机床精度不够,二是操作需要有比较高的技术。"

"咱一个个问题认真对付还不行吗?"

"有啥不行?咱中国人不比别人缺少志气。"

"那你看叫谁来挑这副担子!"

"我!"随着这一声喊,从机床后跳出来个毛头小伙子,这就是大保子的弟弟刘金生。他挺着胸脯喊道:"只要有人给我当正经参谋,我就敢上! 别说齿轮是钢做的,就是金刚钻做的,我用牙也要把它啃成个合格品!"

"参谋还有正经不正经的?"

"咋没有?"刘金生一本正经地说,"自己半瓶子醋,又一眨眼能出十个主意的人,咱不要。"

"你要谁?"

"我爱听叶总的。"

"行啊,"叶赋章高兴地说,"只要你不嫌我保守就行。"

叶赋章这句话,不过随口而出,开个玩笑;但柴强却一阵脸热,他笑着说:"叶总答应了,你干吧,我来当你的下手。"

就这样,柴强蹲在车间里,亲自抓样品齿轮的试制工作。他们把加工样品齿轮的机床彻底的检修了一次,提高了机床的精度,又在叶赋章亲自主持下,由老工人和技术员,组织了一个研究小组,参考了一些国外资料,对样品齿轮的特点进行仔细研究,制定了完整的工艺规程,在操作中又一起帮着刘金生出点子,想办法。经过许多次失败,不断地总结提高,用了两个多月时间,终于做出了第一对合格的样品齿轮。

一个重大的生产关键问题被解决了,柴强心里是多么兴奋!他从检查室里出来,就给刘之毅挂电话。电话没有人接,他决定跑回去把这个好消息告诉党委书记。此刻,他的心情就像当年指挥骑兵师打了个大胜仗一样。

柴强走出车间,来到厂区的主干道上,没想到碰上了刘之毅。

刘之毅刚从铆焊车间出来,高压贮压器根据工人提出的结构方案做出来了。刚才,在叶赋章指导下进行了压力试验,结果完全合乎设计要求。但王志嘉并不满足,为了进一步了解贮压器的耐压强度,以应付特殊情况,他提出要进行加压试验。试验的时候,为了保证同志们的安全,王志嘉要求大家离开试验现场,由他一个人操纵。刘之毅赶到车间的时候,加压试验正要开始。就在这时,他看见叶工程师悄悄走过去,站在王志嘉身后。

在所有人的屏气凝神中，加压试验结束了，王志嘉回过头来才发现了站在他身后的总工程师……

这个场面，使得在场的人都深受感动。方斌也在场，他就站在刘之毅的旁边，自然，他也不会没有感想的。

刘之毅一边走一边回忆着刚才的场面，冷不防柴强打横里扑过来："老刘，告诉你一个十分好的消息！"

刘之毅定了定神，看着柴强那狂喜的神情，心里就有数了："准是样品齿轮做成了，对不对？"

"对了！一个三级青年工人，花了两个多月时间，做成了外国要花三年多时间才能做成的样品齿轮，这不是奇迹吗？"

刘之毅微笑地看着他。厂长脸上那种忧郁恍惚的神情不见了，他的身上又恢复了朝气。这才是柴强的本色！刘之毅用手搭在他肩上说："老柴，我也告诉你一个好消息：高压贮压器已经试验成功，我们很快就要有一套完整的试验室了，这套试验室是我们双手建立起来的！"

两个人一面走一面谈，心里都非常兴奋。走到办公楼的走廊里，就碰到了厂报副总编辑。

"刘书记，找你好久了。"副总编辑说，"报纸马上要付印，第一版和第二版还是要你看一看！"

"好吧。"刘之毅接过报纸的大样，招呼柴强一起到他办公室去。

党委书记把两版大样浏览了一遍，抬头对副总编辑说："这一期报纸编排得不好。"

"还需要拆版吗？"副总编辑迟疑地问。

"拆！"刘之毅果断地说，"你看，这是一篇很好的文章，可是你们却把它排在二版不显要的位置上。"

在二版的下面，有一篇文章，标题为《路辨》，作者王志嘉。文中就发动机试制前进行部件试验是否是走老路的问题，谈了自己的感受和认识。其中有一段这样写道：

……规律本身是约束人的。如果把反映了规律的做法、步骤，叫作"框框""老路"，那么这种"框框"(不管是"中"的还是"洋"的)是不能突破的，不能踢开的，这种"老路"应该老老实实走下去的。我们由于思想上的盲目性，总认为"老路不能走""框框要踢破"，用主观的想当然代替了客观规律，结果走了弯路。有一个寓言这么说：一个人在沙漠里赶路，渴得要命，他使了很大劲在沙土里掘井，得到一小股浑浊的泥水。等他累了坐下来休息，一转脸却发现不远处有一个碧波荡漾的湖泊。一个骑骆驼的人告诉他，有一条最近的路通向湖泊。赶路人认为那条路有点曲折，他要直线走过去，结果被大沙丘拦住，他已经没有力量去翻越，只好又折回来……盲目性是害人的，应该打倒它！

　　刘之毅招呼柴强，一起来读这篇文章。柴强读完后，脸上露出一种苦涩的微笑，感慨地说："'盲目性是害人的，应该打倒它'，这话有分量。不打倒盲目性，自觉性就不容易出来。老刘，应该把这篇文章发头版头条。"

　　刘之毅点头说："我还要亲自写一篇按语。"停了停又对副总编辑说："同志，我们应该好好学习毛主席对于报纸工作的指示！别看这张小报，办好了，它能对全厂职工起到极大的组织、鼓舞、激励、批判和推动作用。这是毛主席对报纸工作的要求，我们应该时刻记住才对。像《路辨》这样的文章，我们要多组织，多发表，它比十几条枯燥的一般报道要有用得多！"

　　柴强补充说："编委会应该开个会了，大家来关心报纸，才能把它办好。"

　　刘之毅又问："下一期报纸的中心是什么？"

　　副总编辑说："我们准备抓住铸工车间改进生产管理这件事，组织一篇通讯，再写一篇短评。"

　　刘之毅说："不，铸工车间的生产管理是不是真改进了，还需要认真检查研究。管理本身也有规律，他们破了一些不该破的东西。下期报纸应该抓发动机试验室的建设和样品齿轮的试制问题，一篇关于事件经过的报道并不难写，但重要的是写出它的意义来，必须站在一定的高度来看待这件事情。这是我们党所提出的自力更生建设方针的胜利！"

第三十三章

经过几个月的紧张工作,各个试验室已经初具规模。气道试验室里,已经取得了第一批资料。工作进行得很顺利。

星期六早晨,王志嘉对苏一鹏说:"小苏,给你个新任务:今天晚上,除了一个人留在试验室值班,其他人全都去看电影。买票等组织工作由你负责。"

苏一鹏自然乐于接受这个任务。他知道王志嘉准备留下来值班,便说:"这任务还是你自己去完成吧,我留下来值班。"

鲁大明知道苏一鹏的意思,不等王志嘉开口,就说:"你买票去吧,值班有我呢。"

王志嘉笑了笑,没有再计较。苏一鹏就打电话给俱乐部,联系票的事情了。

今天放映的片子是喜剧片《幸福》。票子很紧,因为苏一鹏联系得比较早,所以买到的票还是不错的。在分配票号的时候,他费了一番脑筋。

他给方斌送去两张位置很好的票:"老方,今儿晚上和尉迟看电影,片子《幸福》。"

他给丁明达送去四张票:"丁科长,这儿是两双票,你们两口子一双,会计两口子一双,片子是《幸福》。"

他给叶琪拿去两张票,自然,另一张是给她爸爸的。

"为什么两张票不在一起?"叶琪奇怪地问。

"你爸爸眼睛散光,给他靠前一点的,后边这一张是你的,可别搞错了。"苏一鹏解释得很有道理,害怕她忘记,临了又叮嘱了一遍:"可别搞错了!"

苏一鹏给自己留下来两张票。朱德泉是不大爱看这一类片子的,老头子喜欢严肃的作品,而且,苏一鹏和他在一起觉得太紧张。

吃过晚饭,在春色淡淡的暮霭中,人们熙熙攘攘地往俱乐部走去。

剧场里已经坐满了人。电影快开映了,叶琪旁边的位置还空着。

这个空位置引起了叶琪的注意。她想:"这是谁的座位呢?"

片刻之后,她紧张起来,因为她发现,除了王志嘉和鲁大明。科里的同志都来了。过去,苏一鹏给她买戏票时,总是让她和爸爸坐在一起,今天却分开了,而且再三叮嘱她不要把位置搞错,这是什么意思呢?

哦,叶琪明白了,这是调皮鬼故意安排的。

她越想越紧张起来:难道自己心灵深处的秘密已经被人发现了吗?

的确,珍藏在这个姑娘内心深处的秘密,从来没有向人泄露过,连她的爸爸也不知道一丝一毫,怎么被苏一鹏知道了呢?

有人说过这样的话:眼睛是心灵的镜子。这句话是有一定道理的,因为发现这个秘密的人,正是从她的眼睛里得到了启示,还加上了自己的愿望,做了这次安排。

不要认为秘密是苏一鹏发现的,那个最敏感的人是朱小英。用姑娘的眼睛去洞察另一个姑娘的心灵,于是她发现了秘密。

朱小英很高兴自己的这个发现,而且衷心地希望这个发现会成为事实。她把这个秘密告知了苏一鹏。苏一鹏自然非常热情,于是做了这样的安排。

什么是青年男女之间的爱情?这种爱情又是怎么样产生的?上了年岁的人,也许能冷静下来细细琢磨回忆,根据自己的经历,去回答这个问题,而年轻的当事人常常是不清楚的。

过去,叶琪对王志嘉只有尊敬的感情。为农村设计的这个发动机,把他们卷进了斗争的漩涡,在这个斗争的漩涡里,叶琪对王志嘉有了比较全面的了解。也不知道从什么时候开始,她对王志嘉除了尊敬,还产生了另外一种连她自己也说不清楚的感情。随着时间的过去,这种感情慢慢清晰起来:她喜欢他了。方斌虽然和她同学许多年,很长时间来相当接近,但在她的心里从来没有引起过这样的感情。

这个倔强姑娘的内心深处,第一次产生了这种感情,这种感情是强烈的。

发动机完全迷住了王志嘉,他全部的感情和精力,都倾注在工作上了。在感情问题上,他似乎显得有点迟钝。

叶琪还记得,有一次王志嘉到她家里去找爸爸。叶工程师没有回来,叶琪叫他坐着等一会儿。怕他无聊,叶琪拿出来一大本照相簿给王志嘉看。其中有一部分全是叶琪的照片,从襁褓一直到现在。

"你知道这是谁吗?"叶琪指着一张发黄的照片问。这张照片上有一个长得很清秀的女人,手里抱着个正在哭喊的女孩子。

王志嘉端详了一会儿,还是摇了摇头。

"这是我妈妈,"叶琪说,"那孩子就是我。"

"她为什么要哭呢?"王志嘉拙笨地问。

"她的爸爸马上要离开她,到另一个地方去寻饭碗,她不愿意爸爸离开她。"

"她怎么那么娇气呀?"王志嘉笑了。

叶琪娇嗔地说:"她还小嘛!"

"那就原谅她吧,"王志嘉说着,就把这张照片翻了过去。

王志嘉翻着翻着,并没有在叶琪的照片上多看一眼。看到后来,他忽然发现了什么,兴奋得"哇哇"地叫喊起来。

原来,照相簿的最后部分不是照片,而是一个个小口袋,每个小口袋里是一张照片的底片,附加一张卡片,上面写着照相的时间、光线强弱、光圈、速度、距离、构图的依据等。

"叶总真有意思!"王志嘉高兴地喊道,"他每拍一张照片还要搞一份档案! 太有意思了,真是太有意思了!"

"你也有这样的兴趣吗?"叶琪问道。

"不,不,"王志嘉沉静下来,"我暂时还没有这个爱好。"忽然,他又变得热烈起来,激情洋溢地说:"你知道,叶琪,虽然我暂时不想去学照相,但是你爸爸这种办事极其认真的态度,却值得学习,这正是我们身上缺少的东西。谢谢你的照相簿,它使我受到一个很深刻的启发。"

叶琪看着王志嘉那激动的样子,心里的感情十分复杂。王志嘉一点也不理解自己的心情,连她的照片也没有多看上一眼,这使她感到失望,但他谦逊好学的真诚态度,却使她深为感动。正是他身上这种特有的气质把她紧紧地吸引住了……

剧场里的预备铃响了起来,再过三分钟电影就要开映。叶琪身边的位置还是空着。此刻,她的心情像拉满的弓一样紧张。她希望王志嘉能坐在旁边,一起看这场电影,她又不希望旁边这张票真的就在他手里。舞台上的大电钟,秒针正以很快的速度转动着,叶琪心跳得越发厉害起来,一秒一秒不断消逝的时间,好像重压一样压着她的胸膛。她失望地在心底里念叨:"他不会来了,他真的不会来了。"看了看周围的人,好像并没有人发现她的窘态,这才稍微平静了点。

其实,剧场里有好几个人注意着叶琪身边的空位置。除了热心人苏一鹏和朱小英外,还有离开她好几排的方斌。

根据自己那种奇怪的逻辑,方斌几个月以前就产生了一种预感:他认为叶琪和他决裂有好几方面的原因,原因之一便是王志嘉代替了他在叶琪心中的位置——他自以为在叶琪心中是有位置的。但后来方斌又对自己这种猜度怀疑了,因为从王志嘉身上根本看不到任何这方面的表现,甚至连可以引起猜疑的端倪都没有。但是方斌并没有因此打消这种猜疑。后来,方斌从叶琪身上得出了这样的结论:他和总工程师的女儿之间是不可能建立感情了。从此,他的心才全部放到了资料员身上……

现在,方斌正以一种连自己也说不清的感情,注意着那张空位置。

"你老往那边看什么?"尉迟文英问他。

"啊,啊,快开映了吧?"方斌看了看手表,撒个谎支吾过去。

实际上,尉迟文英已经发现方斌的眼光是投向叶琪那边的。她的心里真不是滋味!本想说几句话刺刺方斌,又一阵急骤的电铃响起来,紧接着剧场里的灯全熄了。

"他到底不来了!"叶琪轻轻地叹了口气,一种强烈的失望心情攫住了她。

"这家伙为什么不来?"苏一鹏急得捏紧了拳头,如果王志嘉在眼前,愣头青准会狠揍他几下的。

"看来,他对她并没有多少意思。"方斌在黑暗中又瞥了一眼,下了这样的结论。

电影开映了,喜剧性人物王阿有,逗起人们一阵阵的笑声。叶琪却不知道人们在笑什么,影片的镜头像走马灯一样从眼前晃过去。她在心里一个劲儿地问自己:"他为什么不来?"随后,她又责怪起自己来,觉得不应该按照自己的感情去要求他。一个被集体事业的责任感燃烧着的人,他的心里也许不可能有其他的感情吧?想着想着,她竟生起自己的气来了。

就在这时候,黑暗中有个人向叶琪的身边挤过来,她的心剧烈地跳着:"他来了!"

那个人已经在她的身边坐下。不知为什么,叶琪不敢转过脸去看他,她的心好像要跳出喉咙口来。

"这家伙到底来了!"苏一鹏高兴地在朱小英的耳边低语。

"他还是来了!"方斌在心里喊道,一刹那他的心情真是难以名状,不过他无法把这一点告诉身边的尉迟文英。接着,方斌开始了种种联想:王志嘉为什么不早一点来,偏偏要等熄灯以后才来呢?这除了说明他和叶琪之间确有不寻常的关系,还能说明什么呢?方斌对王志嘉刚刚产生的一点点好感,又被这种联想赶跑了。

叶琪说不清为什么自己是那么紧张,她没有勇气转过脸去看一看身边的人，只是两眼直勾勾地盯着银幕。忽然，她听见旁边的人说话了："小叶，电影开映多久了？"

她倏地转过脸去。天哪，坐在她身边的是大个子鲁大明！

叶琪好像从来没有看过这样长的电影，一百分钟的时间，在她的感觉中是那样漫长！

"他现在一定坐在操纵台前，聚精会神地做试验吧？"叶琪想。银幕上的人物变成了王志嘉。好几次，她想中途离座，跑到试验室里去，跑到他的身边去。但姑娘的矜持遏制了她的冲动，她还是坐下去了。

当剧场里的灯光一齐亮起来的时候，最感到吃惊的自然是朱小英、苏一鹏和方斌了。但他们的心情是不相同的。苏一鹏简直生气得要跳脚；朱小英为叶琪感到委屈，差一点掉下泪来；方斌忽然想到了另一个剧场：他约叶琪去看中央乐团的旅行演出，等了半天，等来的却是朱小英！他有点幸灾乐祸，但对王志嘉却添了几分敬意。

出了俱乐部，叶琪和鲁大明一起往回走。走了一段路，她才笨拙地问了这样一句话："大鲁，现在谁在试验室里？"

"王志嘉。"大个子说，"本来这张票是他的，可他一定要我来。他说我已经好几个月没有轻轻松松地过周末了，其实他还不是一样？"

"他的心里只有工作，只有发动机；我为什么要用自己的感情去要求他呢？"叶琪难过地想，差一点掉下泪来。

大个子一点也不理解旁边这个姑娘的心情。他说："王志嘉这人对自己要求太严格了，处处想到的是别人。"

"我们一起去看看他吧。"叶琪说，她的声音有点发颤。

"我正要去找他，"大个子认真地说，"今天晚上一定要把他赶回去睡觉。"

苏一鹏和朱小英一直跟踪在后面。发现他们要到试验室去，苏一鹏就站住喊道："大个子，这儿有你的信。"

鲁大明真的返回去了。他向苏一鹏伸出手去："信呢？给我吧！"

苏一鹏附着他的耳朵说:"你为什么老跟着人家？等一会儿去不行吗？"

"为啥?"鲁大明瓮声瓮气地问。

"这你就不用追根问底了。"苏一鹏不高兴地说,"今天我的计划之所以破产,一半是坏在你手里的!"

"什么计划破产了?"鲁大明莫名其妙,"你给我说明白嘛!"

"给你说不明白的,"苏一鹏悄声说,"现在你跟我回去取信吧。你告诉叶琪,叫她一个人去试验室!"

大个子无奈,只好拉开嗓门喊道:"小叶,我回去有点事,你先去吧!"

叶琪知道又是调皮鬼在要花样了,心里很是感激。但紧接着又犹豫起来:"一个人去不去呢？去了和他说些什么呢?"

最后,她还是鼓起勇气往试验室去了。她命令自己排除一切杂念,要像他一样的对待工作。

试验室沉浸在一片喧嚣的机器声中。

王志嘉正在专心致志地记录仪表上的数字,并不知道叶琪进来,而且已经在他背后站了很久。当他转过脸去,突然发现叶琪的时候,他的心猛跳了几下,仿佛从她无声的眼光中看到了什么。

"让我来帮你一起做吧。"她说,神态娴静而端庄。

王志嘉觉得应该找句话说,便问:"今天的电影好看吗?"

"很好。"叶琪低声说,"可惜……"

"可惜什么?"

"大鲁去得晚了。"

这句话没有引起王志嘉的注意,因为他并不知道自己给鲁大明的那张票,就在叶琪身边。

今天吃晚饭的时候,苏一鹏特别关照鲁大明:晚上要让王志嘉去看电影,叫大个子值班。苏一鹏说:"辛苦一点吧,大个! 这次你不看,以后我补你五次,免费奉送,怎么样? 咱俩相好一场,你无论如何听我一次话。"鲁大明连连答应,他正希望王志嘉休息休息。后来,当王志嘉把苏一鹏给他的票,让给鲁大个,自己要留下值班的时候,大个子坚决不干了。王志嘉又坚持要自己留下来。两个人为一张票推让了半天。大个子拗不过团支部书记,最后还是到俱乐部去了。这也是他迟到的原因。

"大鲁对你有意见呢。"叶琪见王志嘉还没有注意到她那句话的意思,又转弯抹角地低声说。

"什么意见?"

"叫他代你看电影。"

"嘿嘿,应该让他休息休息。"

"你呢?铁打的?"

"等咱们的机器搞成了,我接连看它四五场。"

"今天全科就你一个人没有去。"

"这儿总得有人。"

"早知道这样,我应该留下来值班。"

"为什么?"

"大鲁那张票,就在我旁边,你们两个人去,不正好?"

王志嘉一愣,原来苏一鹏给自己的那张票,就在叶琪身边!这肯定是愣头青故意安排的。这家伙,实在该打!

王志嘉想到这儿,转眼瞥了一眼叶琪,接触到了工程师女儿那感情复杂的眼光,连忙转过脸去,心里"咚咚"跳着。

上次去叶总家里研究气源方案,被叶琪"拉夫",去帮助剁馅,王志嘉就觉察到总工程师的女儿对自己很热情,一时颇为紧张。他希望,叶琪的大方和热情,是她性格直率、开朗的表现,也是出于对一个同志的信任,并不表示别的什么。现在,王志嘉却从她的话里,从她的眼睛里,觉察到了什么新的东西,他又有点紧张了。

事实上,王志嘉对叶琪早就有了好感,只是他自己也不愿意承认。他知道,方斌和叶琪的关系非同一般,不管方斌有多少毛病,如果他们两人确有感情,他是不该从中插一杠子的。他认为这是做人的基本道德。发动机方案设计开始以后,他直接地感觉到,他们之间发生了什么矛盾和隔阂。

同时,叶琪性格上那种正直、执着、透明般的单纯等特点,也更清楚地显露出来。不知为什么,叶琪的性格使他喜欢,把他吸引。但理智却告诉他,当别人在感情上产生裂隙,或者说产生危机的时候,他更不该乘人之危。他把对叶琪的好感深深地埋藏在心里,忘我地钻到工作中去。当决定两个方案同时进行后,他提出让叶琪参加方斌的方案,一方面是从工作出发,希望叶琪通过方案设计在思想上帮助方斌,把方案搞得更好;另一方面,也希望他们在合作中,能够消除感情上的芥蒂。在这以前,他竟然相信叶琪和方斌是有感情的,他们已非一般关系:这可能是方斌努力的结果,因为他总是在不同的场合,用不同的方式方法,给人造成一种他和总工程师父女有特殊关系的印象。另外,王志嘉还有一种直觉(也许是一种自卑感,或者说是一种偏见),认为像叶琪这样的人,只可能和方斌这样的人结合,他们在兴趣爱好生活情调等方面,都比较接近,容易投合。自己工人出身,属于另一种类型。后来发生的一切,逐渐否定了他在这两方面的感觉。他越来越觉察到,叶琪和方斌恰恰不是一个类型的人,他们是不可能结合的。他真想大声对方斌说:"不要纠缠她了,你们中间共同的东西太少,你绝不可能给她幸福!"这种想法一出现,他就会暗暗谴责自己:"你想干啥?想代替方斌吗?原来你王志嘉是这样的人!"但另一个声音立即又会冒出来:"你就没有资格去爱一个人吗?如果你确信和她是有共同语言的,确信你能给她幸福的话,为什么你不敢向她承认这一切?你不过是个懦弱的人,你不过用那种道德观念作为硬壳,来包住你软弱的意志和躯体,求得自我安慰罢了。"到后来,王志嘉越来越清楚地感到叶琪对他的关注和体贴,并且看到了一次次的暗示,他有点惊恐,同时,两种声音的争辩也更激烈了。争辩没有结果的时候,又会冒出第三个声音:"别忘了自己是个党员,要考虑影响!等发动机搞完了再说吧,那时候,他们的关系也许会有结果了。"这个声音终于压过了那两个声音。在和叶琪接触中,他用迟钝和麻木,在自己和她之间筑起了一道墙,这道墙虽然并不牢固,但暂时还能抵挡叶琪的主动接近对自己感情的冲击。

他现在的紧张,实际上是那道墙在晃动。千万不能让它倒塌!在感情问题上,他绝不是个勇敢的战士,现在,即使是个弱者,他也要守住阵脚,过后让自己痛骂自己好了。况且,现在正进行试验,决不能分心啊!

叶琪见王志嘉避开了自己的眼光,又发现他神情不自然,自己的心也"嗵嗵"跳起来。她希望王志嘉能听到自己的心声,并从他那儿得到反响,但又怕他真的窥见了自己心里的秘密……

机器声隆隆响着,把叶琪拉回到现实中来了。试验正在进行,绝不能让他分心。她从王志嘉面前取过笔和记录纸,强迫自己静下心来,伏案工作。

叶琪的行动,使王志嘉摆脱了紧张。在这一瞬间,两个人仿佛达成了一种默契。他拉动操纵把,机器的声音更加洪亮起来。

窗外是恬静的春夜。小屋子里,一对年轻人聚精会神地工作着。机器声虽然喧嚣,他们的心里却很平静,平静得像春夜一样。试验进行得很正常,他们的心田里充满着愉快。

玻璃窗上贴着两张脸,这是刘之毅和柴强。他们刚从工人家里串门回来,特地来看一看试验室。现在,看到两个年轻人正在专心致志地做试验,就互相用眼色打了个招呼,悄悄走了。

星期天,朱德泉在新华书店里碰到了丁明达。

"老伙计,你的学习劲头不小啊!"丁明达过来招呼他,"你买的什么书?"

朱德泉把手里的两本书扬了扬,丁明达拿过来一看,吃惊得哇哇地喊起来了:"你老头子怎么看起小人书来了? 你是不是返老还童啦?"

这是两本连环画,画的是刘胡兰和黄继光童年时代的故事。朱德泉所以买这两本书,是因为这样的一个原因:

前几天,他从商店经过,看见有好几个八九岁的孩子,在贴着政府布告的墙下玩。忽然,有个调皮鬼从口袋里掏出一把小刀,去剜布告上的大红章子。朱德泉一见,心里猛地一动,奔过去就把孩子手里的小刀夺下来。

他们用刀子去剜布告上的章子,完全是出于好玩,但老工人却因此勾起了心事。

"你们干啥要把它剜下来?"朱德泉问。

"……"

"你们知道这布告上的大红章子是干啥的?"

"……"许多只眼睛朝他骨碌骨碌转动。

"孩子,这是咱工人阶级坐天下的印把子哪!"朱德泉不由得激动起来了,"你们怎么能随便用刀子把它剜下来呢?"

"我们错了,老伯伯!"两个调皮鬼低下了头。

"上学了吗?"朱德泉又问。

"上了。"

"几年级?"

"二年级。"

"你们俩的爸爸是谁?"

孩子把父亲的姓名告诉了他。

"到我家里来玩吧,我给你们讲故事,"朱德泉挨个儿摸了摸他们的头,"我住河西经二路五十一号。"

朱德泉急匆匆回到车间里,当下给两个孩子的爸爸打了电话,叫他们不要只顾忙生产,忘记教育自己的孩子。接着,他又把这个情况向子弟小学校的领导做了反映,希望他们引起注意。他相信,这种孩子在学校并不是很多的,他们的行为也只是幼稚无知的即兴举动。但他却深深感到,必须让孩子们知道今天的日子是怎么来的。不知道过去,也就无法认识现在。对孩子最需要进行的是思想教育!

"我们光生产机器就行了吗?"有次碰到刘之毅的时候他这样说,"我们还需要造就出新的一代人来,否则,我们手里革命的接力棒传给谁呢?"

刘之毅用热烈的眼光看着朱德泉,他完全赞同老工人的看法。只有对无产阶级事业怀着强烈责任感的人,才会从孩子们偶然的无知举动中,联想到这样深远的问题。

第三天,下班以后,那两个调皮鬼真的来造访朱德泉了。朱德泉坐下来给他们讲了个故事,那就是十多年前王志嘉童年的遭遇。

"那个苦孩子已经长成了大人。"朱德泉深情地说,"他忘不了身上的伤疤,他知道今天来得不容易,所以他舍己忘我,全心全意工作,为的是使那吃人的社会永远过去,使将来的日子更加美好。他和大伙一起,克服了种种困难,设计了一种新的机器……你们瞅他有时间,拉住他讲故事吧,他讲得比我好。"

以后,那两个调皮鬼就经常到朱德泉家里来了,而且还带来了好些伙伴。

今天,朱德泉走过书店门口,忽然想起要给他们买几本书。

朱德泉看见丁明达手里也拿着两本书,一本是《中国知识分子的道路》,一本是第三卷《毛泽东选集》。前面一本书里,有科学家刘仙洲、周培源、梁思成等谈思想改造的体会。

"最近还灌那么多'猫尿'吗?"朱德泉笑着问道。

"少多了,"丁明达悄声说,"一个月才报销了两瓶二锅头。"

"脑袋壳里是不是不大太平啊?"朱德泉又笑着问。

"一言难尽,一言难尽。"丁明达说,"伙计,咱出去找个地方扯扯,怎么样?"

"去哪儿?"

丁明达搔了搔头说:"咱去小食部,我请你喝两盅,怎么样?"

朱德泉连连摇手:"我不爱灌那玩意儿。还是上我家里去,咱好好聊聊。"

"你知道,自从那次在山上,刘书记针对我的思想做了分析批评以后,我的心里就老大的不能安生了,也就是说,脑子里打起架来啦。"丁明达一路走,一路说,"不瞒你说,过去,我处理工作,考虑问题,从个人出发时多了点。我今年已经四十六了,还有四十六活吗?我这四十六年里干了些什么呢?我没有创造,也没有发明,我到今天还是个副科长!我着急啦。我知道,我没有政治资本,除非是在工作和技术方面有点贡献,否则我的地位不可能有多大变化的。可是我又不想踏踏实实地埋头苦干,结果只能怨天尤人，埋怨自己不被重用。你看，我经常考虑的就是待遇和地位问题，该不该打？"

朱德泉见丁明达能坦率地把自己的思想谈出来，心想这是很不容易的，于是侧过脸来看了看他，用眼光鼓励他说下去。

丁明达推了推金丝眼镜，发黄的眼珠子转动得快了些，人也显得有精神了："我要为自己的个人主义思想找借口，所以才说什么个人主义也是搞科学的动力啦；我把红与专的关系比做绿叶和红花，我还写过一首打油诗，说什么：'有叶无花没人采，无叶之花香犹在，有叶之花人人爱。'说老实话，当时我还很欣赏自己的杰作，把'红'比做叶子，把'专'比做红花，我觉得这个比法实在好。方斌很欣赏我这首诗，说是代表了他的看法，因此具有典型意义！"

"好一个典型意义！"朱德泉失声喊道。

丁明达眼皮下的肌肉抖动了一下，连忙声明说："老伙计，有一点可得说清楚，方斌的思想问题，应该由他自己负责，可不能算在我的账上。"

"你看，你考虑的还是你自己嘛。"朱德泉认真地说，"你要承认，你这些论调，对青年人是有影响的，这不是事实吗？"

"那是事实。"丁明达讷讷地说，"就因为这样，我觉得自己思想上确实有问题。朱头，我们在一起时间不短了，你要好好帮助我。"

说着，他们已经来到朱德泉家门口。朱德泉亲手沏了壶茶，两个人坐下畅谈起来。

丁明达走后不久，王志嘉就来了。

"师傅，您找我有事？"

"没事你就不能来啦？"朱德泉说，"忙得脚跟朝后了吧？"

"嘿嘿，我也正要找您。"王志嘉扬着手里的图纸说，"根据车间的意见，我们把燃烧试验室的一部分零件重新设计了一下，您是不是再看一下？"

朱德泉接过图纸，问道："这一部分零件什么时候要？"

"最好后天就能加工出来。"

朱德泉展开图纸看了看，想了想说："行啊，后天给你们加工出来。气道试验情况怎么样？"

"情况很好。"王志嘉兴奋地说，"我们狠抓了试验设备的加工和装配质量，气道试验室一次调整就过了关，工作以来也没有发生什么不正常情况。"

"这就好。"朱德泉欣慰地说，"多、快、好、省四个字是不能分开的。没有好，也就谈不上多和快，更谈不上省。试验室一次调整就过了关，保证了以后的使用质量，这儿就争到了速度，也是最大的节省。志嘉，要学会全面看问题，从实质上领会党的方针政策。"老工人说到这里，充满感情地看了看徒弟，他在不断地成长着，他比过去成熟多了。朱德泉心里感到欣慰。看着王志嘉瘦削的脸庞，又问："这几天休息得怎么样？"

"休息得很好，"王志嘉伸了伸胳膊说。

"要不是党委做了决定，'有劳有逸'这几个字，你们恐怕还是听不入耳吧！"朱德泉用嗔怪的口气说，"往后，要你们做的事情很多，把身体搞垮了，想退休吗？"

"谁说来？我们每天能睡七八个小时，一点也不少。"王志嘉认真地说。

"那你怎么晕倒在图板上了？"朱德泉生气地说，"你哄刘书记，还想哄我？"

王志嘉心里奇怪：师傅怎么知道这件事？难道叶琪跑到这儿来告状了？

其实，当时，叶琪并没有直接向朱德泉告他的状，也没有去向刘书记反映：她怕王志嘉生气，而且她的特殊关心会使人生疑。叶琪知道王志嘉和朱德泉的关系，于是去找朱小英。

刚刚下班，朱小英在擦机床。叶琪拿了团废纱，帮她一起擦着。

"小英，你也该关心关心小苏他们的休息。"

"我才不管他咧。"

"不管？那再有人晕倒怎么办？"

"谁晕倒了？"小英一惊。

"你那志嘉哥。"

"真的？他晕倒在哪儿啦？"朱小英着急地问。

"倒在制图板上。后来，有人把他扶到医院里去了。"

"谁？"

叶琪装得若无其事："我也不知道是谁。"

"那你怎么知道他被送到了医院？"

"听别人说的嘛！"

"要紧不要紧？"

"现在好些了。问题是他要经常这样，身体能不垮吗？"

"你们是同事，为啥不批评他？"

"我说顶什么？你是他妹妹，你和你爸爸说说可能还顶点用。"

"我到刘书记那儿告他去。"

"千万别去，他不让给任何人讲。"叶琪终于说漏了嘴。

"哈！我知道了！"

"你知道了什么？"

"我知道是谁把他送到医院的。"

"谁？"

"总工程师的女儿。"

叶琪扭过脸去了。

"是不是？"朱小英偏不饶她。

"别问了，小英！"叶琪央求道，"他晕倒的事儿，除了你爸爸，不要告诉别人。"

"他不让你给任何人讲，你为啥要给我说？"

"你们全家人最关心他嘛，别人的话不听，你爸爸说话他也不听？"

"关心他的，恐怕不只是我们一家，"朱小英有的是鬼心眼，"不过有人不好意思公开关心他，只好暗暗着急，你说是不是？"

"我好心好意地告诉你，倒被你反咬了一口，我不管了！"叶琪假装生气，把废纱塞在朱小英手里，转身就走。

朱小英一把拉住了她："脸红什么？嘻嘻！还说不管呢，能不管吗？走，我领你找我爸爸去。"

"别胡闹，小英。"叶琪挣脱了她的手，"记住，不要让王志嘉知道是我说的。"说完，急急走了。

小英心里明白，叶琪告诉自己，就为了叫自己转告爸爸，让爸爸出面说话。顾不得洗手，就去找她的爸爸。

今天，朱德泉叫王志嘉来，就为了这件事。

王志嘉知道叶琪泄了密，从这件事，又一次觉察到了她对自己的关心，他的心里涌上来一股热潮。

朱德泉说："不会休息，就不会工作。这不是列宁说的吗？拼体力不行，工作要讲究效率，要依靠大家。你自己想多做一点，不要嘴皮子，这当然好，还应该让大家都把劲头使足，不是叫群策群力吗？你们那个方斌，要抓紧帮助他……"

王志嘉点点头，他用感激的目光看着师傅。师傅操心的事情太多了，他的白发越来越多，额上的皱纹也越来越密了。

朱德泉发现徒弟的眼光有些特殊，他懂得年轻人的心情。但老朱不是那种婆婆妈妈的人，所以他用另一件事情把徒弟的眼光挡了回去："明天省里有记者来采访试验室的情况，你们知道吗？"

本来，朱德泉还想和王志嘉提一件事，这就是朱小英最近常在耳边絮聒的叶琪和王志嘉的关系问题。作为王志嘉的亲人，他是应该关心这个问题的。但老工人又觉得现在提出来不大合适，应该让王志嘉一心一意地去工作，而不该去使他分心。

第三十四章

　　也不知道从什么时候开始,工程师叶赋章养成了这样的一个习惯:每天,报纸一来,先要看一看报头旁边那一小栏的天气预报。

　　他刚拿起通讯员送来的报纸,忽然皱起眉头,自言自语地说:"真糟糕,下旬还是没有雨!"

　　今年,华北地区的春旱普遍比较严重,各地区正在大力抗旱。黄土高原上去冬少雪,今春无雨,春播墒情不好,一年一熟的收成肯定要受到影响。总工程师的心焦灼起来了。

　　叶赋章想起了试制中的发动机,如果能早日制成,就能为战胜干旱发挥一份力量。应该全面做出安排,加快试制进度才好!

　　作为一个老科技工作者,怎样使自己的脉搏和人民的呼吸相一致?叶赋章经常在想这个问题。他不仅在工作中深入群众,生活上接近群众,并且在这种深入和接近中,自觉地去注意群众在想些什么?自己想的和群众想的一致不一致?一致中有没有差异?造成这种差异的原因是什么?认识了一个问题,想通了一个问题,老工程师决不停留在感慨上,而是很快用自己的行动去兑现。

　　最近,叶赋章结合自己的思想实际,学习毛主席的《实践论》,颇有心

446

得。有天早晨，他一上班就去找刘之毅。

"老刘！"老工程师对着正在打扫办公室的刘之毅喊道："昨晚读了点书，想了点问题，有点小小的心得，你愿意听听吗？"

"好啊，我洗耳恭听。"刘之毅笑着看了他一眼，继续扫地。

"你等等再扫不行吗？"叶赋章过去夺下他手里的扫帚，拉着党委书记在沙发上坐下。

"你知道吗，前年我到北京开会，去看一个老同学，几年不见，两个人谈了半夜。我的老同学告诉我，他常常为一个问题苦恼。他说：'为什么一个人的认识和实践总有距离？自己思想上认识到应该怎样怎样，可是行动上却不能完全按照自己认识到的去做。'他要我回答这是什么原因。"

"说说你的答案吧，我很感兴趣！"刘之毅亲热地鼓励他。

"我那老同学所说的认识，没有经过实践，不过是一种概念活动，并不是真正的认识。"叶赋章热烈地说，"认识，实践，再认识，再实践，经过这样的过程，才能完成对一个事物的认识。这时候的认识，已经不再是一种概念或理性活动，而是用行动验证了的一个真理！这才是一个完整的认识。理性上认识到应该怎样怎样，又不立即用行动去兑现，那么，认识和实践便永远存在着距离，苦恼便永远要跟着你。"

"有道理，有道理！"刘之毅靠在沙发上，看着天花板，"根本问题是理论必须联系实际，怎么想，怎么说，也就怎么做。"

"千里之行，始于足下。"叶赋章感叹地说道，"不能激动归激动，行动归行动，而要言行一致。对于我们知识分子来说，必须踏踏实实，一步步在革命化的道路上走。否则，便只会因为自己进步慢而感叹，由于行动和认识对不上号而苦恼。"

刘之毅默默地点点头，从沙发上站起来，又去扫地。

叶赋章不惑不解地说："老刘，你等会儿扫不行吗？是不是对我说的不感兴趣？"

"我非常感兴趣，老叶。"刘之毅回头说，"等我扫完了，咱俩好好谈谈。我在想，你刚才提出的问题带有普遍性。党委正准备召开一次工程技术人员座谈会。你在会上谈谈这个问题怎么样?"

一个星期以后,在党委召开的工程技术人员座谈会上,叶赋章谈了对这个问题的体会,引起了强烈的反响。会上,刘之毅还引导大家,用一分为二的辩证法观点,剖析了"两架发动机"思想。大家认识到个人至上和集体主义从本质上说是对抗的,是处于不断斗争中的,二者不可能"和平共处"。一切从个人出发,必然要损害他人,损害集体。明明从个人出发,又要挂起集体的招牌,所谓"两架发动机",实际上只能是一架发动机在起作用。大家明确到,靠"一分为二"的辩证法分析矛盾,找出问题,又用脚踏实地的实践去解决问题,工程技术人员不仅对自己思想革命化,在方向、方法上更加清楚,而且在业务实践方面也因为有了正确的思想和方法指导,进一步破除了迷信,解放了思想,眼界更加开阔,信心更加坚定了……

叶赋章因为看天气预报而想起发动机。他放下报纸,想起草一个安排发动机试制的意见,交给厂部研究讨论:在进行了大量的部件试验以后,试制工作应该摆上议事日程了。他想建议,在不妨碍正常生产任务的情况下,有些地方应该给试制让路,各职能部门应该把试制当作一个重要任务来完成。

就在这时候,厂部副总编辑陪同一位客人来找他。客人正是省报的一位女记者。

记者说明来意。叶赋章说:"你找我是不能采访到什么东西的,还是一起到试验室去看看吧。我们的青年人会告诉你很多东西。"

记者见他要陪着自己去试验室,有点过意不去:"这不会打搅您的工作吗,总工程师同志?"

"不要紧。"叶赋章热情地说,"我也正要上他们那边去看看。"

厂报副总编辑有事回去了,叶赋章和记者便一起下了办公楼,往生活区的试验室走去。记者是一个女青年,看来很热情,也很健谈。一路走,一路问东问西,好像对要采访的东西特别感兴趣。

正走着,后面跑来个人叫住了叶赋章。原来省科协来了长途电话,要和叶赋章研究召开机械工程年会的问题,务必叫他回去听电话。叶赋章正感到为难,刚好鲁大明从厂里出来,就把记者交给了他。

当鲁大明和记者来到试验室的时候,苏一鹏正在气道室里做试验。这个试验室是间长方形的屋子,里边又用两堵墙砌出一个小房间,有几根管子从墙内通出来,几经曲折,接到了一个试验台上。靠墙的操纵台上有一排仪表,旁边有示波器等精密仪器。现在,苏一鹏正坐在操纵台前工作着。

记者一进试验室,不禁大为惊讶地喊道:"喔,试验室原来是这样!"

鲁大明一向不善辞令,干不了"答记者问"这类事情。他招呼苏一鹏说:"小苏,这是报社的记者同志,来看看我们的试验室,你给她讲一讲吧!"

"欢迎,欢迎!"苏一鹏大方地走过去和她握手。

"不打搅你们的工作吗?"记者客气地说。

"不要紧。"苏一鹏转身对鲁大明说:"你照看一下试验台。"

"试验室原来是这样!"记者在环顾这个房间以后,又一次惊讶地喊道。

苏一鹏敏感地问:"记者同志,你是不是觉得它太简单了?"

"我惊讶的是,这样简单的设备,竟能如此解决问题!"

"是的,我们就是为了解决问题才搞它的。"苏一鹏说,"您希望从这里了解什么呢?"

记者掏出采访本来,说道:"我不想了解试验的具体情况,我这篇报道的主题,是你们如何根据农业是发展国民经济基础的思想,用自力更生、奋发图强的精神设计并试制这个发动机,去支援农业的技术改造。"

"我明白您的意思了。"苏一鹏好像完全领会了对方的意思,"真是老虎吃天,无从下口,叫我从何处谈起呢? 记者同志,您知道这里过去是什么地方吗?"

记者摇了摇头。

"这里是仓库。"

"仓库?"

"应该叫它储藏室。"苏一鹏说到这里,又露出了他诙谐的本色,他数起快板来了:"这里堆的是白菜、萝卜、土豆,土豆、萝卜、白菜,还有瓦砾、石头、木块,外加洋灰二百袋,既无电,又无水,房子还摇摇欲坠!"

"这是怎么啦?"记者惊讶得张大了嘴。

"本来这就是临时性的建筑嘛。"

"为什么不另外找个地方?"

苏一鹏心想:不瞒你说,我当时也是这么说的呢。不过,他回答时却完全是另一副神气:"上哪儿找去? 如今生产发展得快,房子相当紧张,能找到这么个地方,就相当于哥伦布发现新大陆了,高兴还来不及呢。"

"这样的房子里怎么能搞试验呢?"

"自己动手呀! 我们帮助食堂的大师傅挖了地窖,把白菜、萝卜、土豆都转移了,把瓦砾、石头、木块都清理了,然后动手修房子。"

"为什么这屋子里还要砌屋子?"记者好奇地问道。

"为了说明问题,我只能采用形象化的方法了。"苏一鹏说着,走过去把墙上的小门打开,里边的机器声震耳欲聋。记者连忙堵住耳朵:"啊呀呀,这么响!"

"声音有点刺耳,对不对?"苏一鹏连忙关上门,"我们却觉得它十分美妙动听,有诗为证——记者同志,你愿意听一首我们赞美自己劳动的诗吗?"

"愿意,当然愿意。"记者热情地说。

鲁大明在一旁不紧不慢地说:"又要吹你那首诗了,别现眼吧!"

"我愿意就教于记者同志,所以不揣冒昧。"苏一鹏嗽了嗽喉咙,朗诵起来:

在我们的试验室里,

经常传出这种响声:

不懂奥妙的人,

会感到头晕脑涨,

天旋地转,刺激神经;

我们却感到它十分悦耳动听。

这是世界上最美的声音,

我们的感情紧随着这声音跳动：
有时焦急,有时兴奋,
有时凝结,有时却像狂涛奔腾。
……

　　"写得不错,很有感情。"记者赞赏说,"小苏同志,你以后给我们报纸副刊写点诗吧! 工程技术人员的生活也应该在文艺作品里得到反映。"

　　"搞创作,我不是那块料。"苏一鹏故作谦虚地说。

　　"今天太阳怎么从西边出来啦?"鲁大明因为心情很好,想开几句玩笑,"苏一鹏同志这样谦虚,实在少见呢。"

　　"大个子,你在记者面前揭我老底,真不够意思,咱们回头再算账。"苏一鹏挥着拳头威胁老实人。"记者同志,我继续给您介绍。"他指着小屋说:"这里边一套机器,就是试验室的气源……"

　　于是苏一鹏又给记者介绍了解决气源的经过。

　　记者惊叹道:"你们真是自力更生,白手起家呀!"

　　"这样做,可也不是每个人一开始就想通的。有人认为这样做划不来,不如伸手向上要。他们说,试验室应该重新盖房子,试验设备国内没有,只有从国外进口。我们说,盖房子不是吹口气就能出来的,进口国外设备,究竟什么时候到货也难说,远水解不了近渴,还是自力更生好! 要不,今天哪有试验室? 哪有大量数据和第一性资料?"

　　"问得好,问得好。"记者忙不迭地在采访本上记录。

　　"可是搞试验设备的时候,遇到困难就更多了。"苏一鹏越说越有劲。

　　记者感动地说:"有这样的精神,什么困难也会被你们克服的。"

　　"是的,从试验设备的设计、制造、安装到运转,我们都亲自参加,亲自动手。结果,不但试验室搞出来了,而且从实际工作中锻炼和提高了我们的工作能力和业务水平。过去我们只会在'纸上谈兵',现在我们卷起了袖子就干。你看我们这位鲁大个子,老师傅说,他已经达到了三级钳工的水平,人家车、铣、刨、钻,什么都能来一手呢。"

鲁大明回过头来,讷讷地说:"你……你就别给我吹了,好不好?"

"这是事实。"苏一鹏笑着说,"建立这一套试验室,要说起功劳,我们叶总是第一。"

叶赋章接完电话,又来试验室,这时正好从外边进来,听到苏一鹏的最后一句话,笑着问道:"你在记者面前议论我什么呀?"

"没啥,没啥"苏一鹏发窘地说,"我在向记者同志介绍我们的试验室。"

"你们真了不起,总工程师同志!"记者眼睛里闪着光,"这些材料应该早一点报道出去。"

"不,记者同志!"叶赋章微笑着摇了摇头,"我们的工作仅仅是开始。"

"不过,我这次回去是一定要写一篇报道的。"记者闪动着大眼睛,颇为认真地说。

"这我们不反对。"叶赋章想了想说道,"不过,这篇报道最好等发动机试制成功以后再发出去。"

记者一听,不免有点发急,她请求说:"请你不必谦虚,总工程师同志!你们已经做得很多了。至于发动机试制成功以后,那将是另一次报道,属于头条地位的报道。"

叶赋章还是微笑着说:"这并不是谦虚,记者同志!"

苏一鹏听了,不由得和记者一起着急起来。他咬着叶赋章的耳朵说:"叶总! 既然人家愿意报道,就让她报道去吧!"

"现在不是报道成绩的时候,小苏!"叶赋章笑着说,"我们刚刚跨出了一步,问题还多着哩!"

苏一鹏了解总工程师的脾气,他趁着叶赋章在看仪表的时候,把记者拉到一旁,在她耳边悄声说:"别给他磨了,你是说不服他的。我给你出个主意,等会儿找我们刘书记去。走吧,我再带你到供油系统试验室去看看,那里更有看头。"

"那也好。"记者无奈地点点头。当她和叶赋章告别的时候,又一次请求道:"我还是请你考虑一下我的要求,总工程师同志!"

叶赋章把记者送到门口,恳切地说:"请你放心,我们对您的工作一定会支持的。"

送走了记者,叶赋章来到操纵台前,问道:"鲁大明,试验正常吗?"

"很正常,叶总!现在已经是最后一条曲线了。"

经过许多个白天黑夜,不知进行了多少次试验,他们终于在自己建造起来的试验室里,找到了最理想的气道。叶赋章心里是多么高兴!他取过记录纸看了看,上面每个点的数据都很正常,最后一条曲线很快就可以画出来了。他拍着鲁大明的背说:"坚持到底,鲁大明!即使是最后一根曲线的最后一个点,也要像做第一根曲线的第一个点那样认真。我到燃烧试验室去看看。"

叶赋章走后,鲁大明又专心做起试验来。这个农民的儿子是最重实际的人,他反对任何华而不实的东西。刚才总工程师和记者的谈话,使他很受感动。本来,他这个最重实际的人也认为,试验室已经搞出来了,而且使用情况良好,这就可以报道出去,但叶总却坚持要等发动机试制成功以后,才能向读者介绍。这种不满足点滴成绩,一丝不苟的作风,使得鲁大明对总工程师更加尊敬起来。

春节以前,鲁大明的父亲和在大队里当会计的未婚妻一次次来信,催他春节回家结婚。那时候正忙着筹建试验室,他给未婚妻写了封信说,他们为农村设计的发动机没有试制成功以前,他没有结婚的打算,请她谅解的同时,还要求她给父亲做些思想工作。发动机是为了农村的需要而设计的,鲁大明是从农村来的,所以总觉得自己应该比别人做更多的工作。他抢着干最累最脏的活。当他想到不久的将来,在自己的故乡,用自己亲手设计制造出来的机器,去抽水、发电、打场,去磨面、耕地、榨油的时候,憨厚的脸上就露出了欣慰的笑容。

"大鲁,试验情况怎么样?"方斌走进试验室来了。

"情况很正常。"

"唔,这就好。王志嘉呢?"

"到车间去了。"

"有件事要告诉他一下。"

"什么事儿?"

"刚才化验室来电话,几项代用材料,根据他提出的要求进行了化验,可以使用,叫他去看一看化验结果。"

"太好了!"鲁大明兴奋地说,"你去车间找他一下行不行?"

"你叫我上哪儿去找他呀?"方斌不太热情地说。

鲁大明想了想:"那你在这儿照看一下,我去找他。"

方斌点了点头,鲁大明就出去了。

走到门外,鲁大明又折回来交代说:"方斌,最后一根曲线了,多留点神!"

"知道!"方斌随口应了一声。

这一阵来,方斌的身上的确起了一些变化。他在车间里泡了三个来月,在和工人共同劳动中,他对自己的看法开始变得客观起来。在全厂工程技术人员座谈会上,剖析了"两架发动机"思想,方斌很受震动。在大家的剖析面前,他找不出一句话来为这种思想辩护。过去,靠着这块招牌,他还能心安理得,现在这块招牌被砸碎了,他没法自我安慰了。难道真的需要改变自己的生活道路吗? 更深的烦恼和苦闷又缠住了他。

方斌看了看试验设备的运转情况,又看了看仪表,一切都很正常。方斌心里承认,这是一种奇迹,是他过去所完全没有想到的奇迹。

方斌长长地叹了口气,心里转念道:"我的能耐在哪儿呢? 我的才干在哪儿呢? 老老实实承认吧,他们的确是比我强。现在我什么本事也没有了,只有一篇论文还在动力研究所,这就是我仅存的一线希望!"

正当他一个人独自感叹的时候,叶琪来了。

"就你一个人在这儿,方斌?"

方斌回转身去,用一种异样的目光看了叶琪一眼,慢吞吞地问:"你找谁呢?"

"王志嘉上哪儿去啦?"

"不知道。"方斌的声音是冷漠的,"找他有事?"

"有事。"

这一阵来,他们两个人几乎没有单独在一起待过。叶琪感情上所发生的些微变化,没有逃过方斌的眼睛。这一发现,使他打消了对总工程师女儿仅存的一点点幻想,而且产生了一种"冤家对头"的情绪。现在,看见叶琪来找王志嘉,这种情绪自然而然强烈起来。他不无用意地问:"找他有什么事?"

叶琪已经发觉到了对方的情绪。她本来是为了试验设备加工中的一个问题来找王志嘉的;现在,看到了方斌话中有话,不免感到气愤,她倔强地昂起头说:"一定要告诉你吗?"

"难道不能告诉我吗?"方斌故意要气一气她。

叶琪看见对方越来越放肆,更加生气起来,她厉声问道:"你这话是什么意思?"

自从同学以来,方斌从来没有和叶琪气势汹汹地斗过嘴,现在被她厉声一问,一时倒语塞了。

"什么意思也没有,"方斌嗫嚅地说。看着叶琪那种冰霜般不可侵犯的凛然之态,方斌的口气由嘲讽变成乞求了。

"阿琪!"他用好听的声音喊道,"难道我们之间就不能再取得谅解了吗?"

"我们之间并不存在什么谅解不谅解的问题。"叶琪正色说道。

"你过去并不是用这种态度对待我的,阿琪!"

"那是因为我不了解你。"

"你不是孩子!"

"我今天才不是孩子!"

"难道我们同学七年朝夕相处的友谊,我们父辈之间的交情,还有我们经常谈起的理想、抱负,都因此而付之东流了吗? 难道我们之间就没有一点值得珍惜和回忆的东西吗?"

"我并没有这样认为。但是,如果你要坚持你的生活哲学,死死抱住你的理想和抱负,这一切就无从谈起。"看到自己的老同学这样执迷不悟,叶琪不由得恳切地喊道:"方斌,你不能这样走下去!"

方斌愣了一下，随即摇摇头说："你也是这么说我？这不是你的语言！"

"我不懂得你的意思。"叶琪的眉毛闪动了一下。

"有一个人，他也是经常对我这样说的。"方斌一边说，一边注视着对方脸上的反映。

叶琪没有回避方斌的眼光，严正地说："很可能，我和他的看法是共同的。"

方斌叹了口气，用痛苦的声调喊道："阿琪，你应该设身处地为我想想……"

"请你不要说下去了。"叶琪打断了方斌的话。

"不，我还是要说！"

"请你继续做试验吧，我要走了！"叶琪转过身去。

"请你再等一等！"方斌喊道。

叶琪没有理会，径自往外走去。

方斌垂头丧气地回到试验台前，记录了一些数字，就瘫痪在椅子里。正要好好地想想心事，资料员来找他了。

"你还在这里，可叫我好找！"尉迟文英埋怨说。

方斌心绪不好，话出来就有点冲："我还能钻到地底下去吗？"

尉迟文英没有觉察到方斌的情绪，撒娇地说："告诉你个好消息，你要不要听？"

"什么好消息？"

"你要不要听吧？"

"快说吧，别啰唆好不好？"方斌有点不耐烦了。

尉迟文英从口袋里摸出一封信来，在他面前一晃，"你看，这是什么？"

"信？"方斌抢过来一看，是动力研究所来的，不由得心跳起来：它带来的是好消息还是坏消息呢？

方斌用颤抖的手指拆开信封，嘴里喃喃地说："你到底来了，你到底来了！"

方斌匆匆把信看了一遍，突然支持不住跌坐在椅子上了。他痛苦地喊道："尉迟，你给我带来的是什么好消息啊！我们的一片心机都付之流水了！"

信纸飘落在他的脚边。尉迟文英惴惴地拾起来，只见上面写着：

　　……来信及论文修正稿均已拜读。据讯，贵厂目前正试制一种新型的广泛用途发动机，系采用导气屏旋转涡流以改进充气情况。相形之下，大作所论述之发动机缺乏新的指标追求，较一般化，使用上没有新的价值。……论文稿不拟发表，暂存我处做为参考。我们对贵厂新型发动机颇多期望，希能将试制情况及时告诉我们……

尉迟文英将信放进信封里，不知所措地走到方斌身边，把手搭在他的肩上，轻声说道："方斌，不要难过了。"

方斌两手抱着沉重的脑袋，痛苦地说："你知道，尉迟，我所感到痛心的，倒不完全在于这篇论文没有被采用，而是……"

"而是什么呢？"

"而是我对自己没有信心了……也许正如他们所说的那样，我不能这样生活下去，可是……"

"我最近也在考虑一个问题，"尉迟文英心情沉重地说，"过去，我们那种对人、对事、对生活的态度恐怕是有问题的。我们希望生活得不和一般人一样，可是，不一样在什么地方呢？为什么要不一样呢？他们是那么高高兴兴地搞机器，而我们却越来越沉入到无底的苦闷和烦恼中去，这又是为什么？"

"别说了，尉迟！"方斌喊道。

"不！我要说！"资料员激动起来，"当初，我喜欢你，也是因为你和一般人不一样，你有抱负，有广泛的生活兴趣……"

这时候，方斌的眼光落到记录纸上，猛不丁跳了起来："糟糕，试验出问题了！"

尉迟文英吓了一跳："什么问题？"

方斌指着记录纸说："你看，我刚记上的几个数字，不符合正常情况！"

"怎么搞的?"资料员着急地问。

"也不知道是我调整错了,还是这个点上就有问题?"他急急忙忙把仪表和试验台检查了一遍,也没有找出原因来。

"怎么办呢?"尉迟文英急得没有主意了,"快告诉叶总,看看能不能想办法。"

方斌想了想,断然说:"不行!"

"为什么?"尉迟文英感到意外。

"你要知道,他们试验了二十多个模型,测定了大量数据,现在画的已经是最后一条曲线,出了问题,追起责任来,我能负得了吗?现在,只有一个办法,那就是不把这个点的数据标到曲线上去。"

尉迟文英着急地说,"可是记录纸上明明记得很清楚啊!"

方斌咬了咬牙说:"把它划掉!"

"这妥当吗?"资料员迟疑地问。

"现在没有别的办法了。"方斌说罢,就用笔涂抹起来。

资料员想了想,觉得这样做很不好,就上去制止:"方斌,这样做不好!"

方斌头也不抬:"有话以后再讲吧。"

尉迟文英见他执意要这样做,怕他因此铸成大错,她觉得自己有责任阻止他去犯错误,便去拉他握笔的手:"不好,真的,这不好!"

说来也巧,正在他们两个人拉拉扯扯的时候,叶赋章进来了。

原来刚才叶赋章到燃烧试验室去看了看,那里正在安装试验设备,一切进展得都很顺当,从燃烧试验室出来,他准备去供油系统试验室,经过气道试验室门口,听到里边在争吵,就折进来了。

方斌和尉迟文英相好,叶赋章已有所闻,也有所见。对这件事,他没有发表过什么意见。从内心说,他却多少松了口气,因为往后方斌不会再去纠缠叶琪了,但他也有点担心:这两个人的结合,有没有思想基础?他原想找个机会,和方斌谈谈(因为现在谈这个问题,已不涉及自己的女儿,所以反倒觉得好谈了),但转念一想,又感到这类事情不便多管,就一直拖了下来。现在,听到方斌和尉迟文英在争吵,以为他们在闹别扭,怕影响做试验，就折进来看看。

在门外，叶赋章听见尉迟文英说"这不好"，于是，进屋后笑着问："什么好不好呀？"

方斌发现叶赋章来了，不由得惊出一身冷汗。他支支吾吾地说："是……是这样，尉迟说要请假回去看她妈妈，我说现在工作挺忙，这不大好！"

"你……"尉迟文英几乎哭出声来了。

叶赋章不愿多过问他们之间的事情，对资料员说："尉迟，等会儿再商量吧。"但就在这时候，他发现两个人的神色都很异样，心里觉得奇怪，便问："方斌，试验进行得怎么样？"

"好……很好。"方斌神色慌张地说，"您……您看这曲线！"

"这是第八十九根曲线，我要看现在试验的第九十根。"叶赋章看见方斌那么慌张，更加狐疑。他见记录纸压在方斌的胳膊下面，便伸手去取。

方斌无可奈何，只好把记录纸给他。

叶赋章一看记录纸上有涂抹的地方，不由得吃了一惊："方斌，这是怎么回事？"

"是……是刚才记错了。"方斌越发慌张起来。

"记错了？这上面的数字是哪儿来的？"叶赋章更加奇怪了。

"是读仪表读错的。"

叶赋章已经警觉到其中有问题，严肃地说："方斌，你要把真实情况告诉我！"

"真实情况？"方斌装出莫名其妙的样子，"叶叔叔，你叫我讲什么真实情况？"

"方斌！"叶赋章厉声喊道，"你到底是不是希望这个发动机成功？"

"我当然希望它成功。"

"那么你给我说实话，试验中究竟发生了什么问题？"

叶赋章越是追问，方斌越觉得自己原先的顾虑是有道理的，必须矢口否认到底。他说："叶叔叔！试验已经接近结束，一切都很正常，还会有什么问题呢？至于这抹掉的数字，是我读仪表读错了。"

"读错了？这不大可能！"叶赋章忧心如焚地转向尉迟文英："尉迟，刚才到底发生了什么事情？"

就在这时候，王志嘉进来了。看见老工程师脸色铁青，屋里气氛紧张，断定发生了什么事情，问道："叶总，出了什么事情啦？"

叶赋章把记录纸上涂抹的地方，指给王志嘉看，并且简要地说了说他进来以后的情况，转过身去又问资料员："尉迟，你说说，这涂改的地方到底是怎么一回事儿？"

方斌一见王志嘉进来，更着了慌，怕尉迟文英说出真情，连忙抢上去说："叶总！这涂改的地方，确实是我读仪表读错的。尉迟是外行，您问她，她能知道什么呢？"

尉迟文英简直不相信方斌会说出这样的话来。她含着眼泪，长睫毛颤动着，突然，牙齿紧紧咬着下唇的嘴张开了，她大概想说些什么，又碰上了方斌两道恶狠狠的眼光，那眼光分明在制止她说话。这个性格软弱的姑娘，又一次咬紧嘴唇，低下头去。

尉迟文英的情绪变化，使叶赋章和王志嘉更觉察到了问题的严重性。方斌的不老实态度，实在使人生气。

老工程师一生气，不想再和方斌理论，他关了气源，在试验台前坐下，认真研究着试验记录和曲线，无论如何要把这个点上的问题搞清楚。

王志嘉却没法平静了。从方斌的态度来看，显然是想掩盖到底，看来，尉迟文英是知道事实真相的，所以她才那么激动，神色那么痛苦，应该让她把事实的真相讲出来。

王志嘉走到尉迟文英面前，和蔼地说："尉迟，你也知道，为了支援农业搞这个发动机，大家费了多少心血！上级又是多么重视！现在，气道试验接近结束，却突然出了问题。不把这个问题搞清楚，下一步怎么搞下去呢？你刚才在场，应该把事情的经过讲出来，我相信你！"

方斌一看王志嘉想在尉迟文英身上突破，急了，连忙打断团支部书记的话："王志嘉，试验中即便出了点小问题，也用不到如此大惊小怪，何必苦苦逼我和尉迟？"

　　方斌竟说出这样无赖的话来，王志嘉先是一惊，转而感到十分气愤，说道："方斌！你说我在逼你和尉迟，为什么我要逼你们？试验进行到现在，情况一直很正常，现在突然出了问题，难道不应该把它弄清楚吗？你怎么说出这样的话来？"

　　这时候的方斌，一心想的是如何下台，无法冷静下来考虑对方的意见。他说："是我错了，王志嘉同志，错在我不应该参加你们的试制！"

　　"这是什么意思？"

　　"你不能理解我的心情，王志嘉同志！你是事业上得志，各方面顺利，而我方斌，无论从哪方面来说都是失败者。"方斌说到这里，话里流露出了一定的真实情感，"我想，现在就退出试制还来得及！"

　　"你……方斌同志！"王志嘉气愤得浑身战栗起来，"这是什么话？"

　　"就是这话！"方斌说着，站起来向门口走去。

　　"站住！"叶赋章再也听不下去了，他转过身，大喝了一声。

　　这一声起了作用，方斌站住了。在叶赋章和王志嘉火一般的眼光逼视下，方斌只好软下来："你们到底要我怎么样？"

　　"我要让你知道，你正在向什么地方走去？我要让你认识，你自己到底是怎样一个人？"王志嘉说到这里，从口袋里摸出一封信来，"尉迟，你也一起来看看这封信吧！"

　　刚才的场面，使得尉迟文英十分震动，王志嘉一喊她，才惊醒过来："信？哪里来的信？"

　　"动力研究所的。"王志嘉说，"几个月以前，我去信催问那份资料。他们来信说，资料早就发来了。后来有人告诉我，那份资料在方斌手里！"说到这儿，他用炯炯目光逼视着方斌和资料员，痛心地喊道："我真不知道这件事怎样解释？尉迟同志，你怎么也这样——"他说不下去了，只是大口地喘着粗气。

　　"我错了，是我错了。"尉迟文英趴在操纵台上，失声痛哭起来。

　　方斌狼狈地说："自然，我是有责任的！"他的头垂得更低了。

461

叶赋章一听这件事,气得再也坐不住了,站起来,压抑着激动,冲着方斌说:"这样一句话就能把错误消除了吗?看看你脑子里的东西是多么肮脏?我,我怎么也没有想到,你会这样!封锁资料,你用这样的手段对待自己的同志,对待农村急需的发动机?"老工程师说着,声音有点颤抖,"那些终年披星戴月,在田野里辛勤劳动的人,用他们的劳动所得,培养你有了知识,希望你能很好地为社会主义建设服务,为他们服务,可是你却把他们忘了,你所考虑的只有你自己!你明明知道,那份资料对新方案挺重要,你却偷偷地把它扣压下来。你,你成了个什么人了?"

叶赋章的话使方斌的心里又一次受到了震动,过去,他是听不进这些话的。现在,他再也无法为自己辩解了。

"方斌,社会主义革命在向纵深发展,生活已经证明,你那样走下去是危险的。"王志嘉激动而又诚恳地说,"现在,是到了正确认识自己的时候了。"

"我是错了。"方斌低着头说。这句话是从他的心里发出来的。

这时候,尉迟文英再也控制不住,她把记录纸递给叶赋章说:"叶总!刚才这抹掉的数字,是一个点上的数据!"

叶赋章一愣:"为什么要抹掉它,方斌?"

"这几个数据不符合正常规律。"

叶赋章急问:"什么原因?"

方斌耷拉着脑袋说:"我也搞不清楚,可能是我调整错了。"

叶赋章紧追着问:"是可能调整错,还是肯定调整错了?"

"我也不知道。我怕影响整个试制进度,要担负责任,所以……"

"出了问题,抹就抹得掉吗?"叶赋章气急交加地说,"这个点上出现了反常情况,并不是小问题啊!"

苏一鹏陪同记者到几个试验室转了一圈,出来时碰到叶琪。女记者一听说叶琪也是新型发动机的设计者之一,一定要和她谈谈。苏一鹏就把陪客这个差使交给了叶琪。

苏一鹏来到气道试验室，发现那里的气氛不大对头，知道出了问题。

"怎么了？"苏一鹏走过去问，"出了什么问题？"

方斌和尉迟文英一见苏一鹏进来，知道他的霹雳火脾气不好对付，不免有点惶恐起来。

苏一鹏看见叶总在试验台上翻看着试验记录，大家又都不说话，越加发急起来："说话呀，到底出了什么问题啦？"

王志嘉轻声说："最后一根曲线上，有一个点的数据不正常。"

"怎么搞的？"苏一鹏跳了起来，"这是谁做的试验？"

方斌像个罪人似的耷拉着脑袋，王志嘉又不吭气，苏一鹏气急交加："说话呀，到底是谁做的试验？"愣头青又喊又跳。没有人回答他，便跳到叶赋章跟前，喊道："叶总，到底是怎么回事儿？"

叶赋章了解这个愣头青的脾气。刚才，王志嘉没有告诉他试验在谁的手里出了问题，老工程师对这一点非常满意。

"别问这个了，小苏！"叶赋章微笑着说，"还是来研究一下，这个点上的问题怎么办吧！"

苏一鹏转不过弯来，还是追问："叶总！您先告诉我这个点上的试验是谁做的？"

"现在没有必要来查究这个问题。"王志嘉走过来严肃地说，"叶总说得对，大家来研究研究这一个点怎么办？方斌，你也发表发表意见。"

苏一鹏一进试验室，方斌就觉得空气里增加了压力。脾气急躁的小伙子，一旦知道试验中的问题就出在他方斌手上，肯轻易拉倒吗？尽管苏一鹏一再追问谁做的试验，王志嘉和叶总却并没有告诉他。现在，王志嘉反而来征求他对那个点的处理意见，方斌不得不被感动了。

"你问我的意见？"方斌感激地看着王志嘉，"你……你叫我怎么说呢？"

苏一鹏早就觉得蹊跷，看到方斌那种失魂落魄的样子，心里的疑团更增大了。他还要询问，却遇到了王志嘉制止的眼光。愣头青心里一动："为什么叶总和王志嘉三番五次不让追问呢？他们这样做肯定有原因，应该听他们的话，不能瞎冒炮。"于是把到嘴边的话咽了回去，问道："这个点上的情况,究竟是怎样出现的呢?"

叶赋章说:"有两种可能,一种可能是调整错了,另一种可能是这个点上确实有问题。"

这时候,刘之毅和柴强来找叶赋章研究点事情。柴强看见试验室里热烈议论着什么,就想上前询问,刘之毅给他使了个眼色,意思是听一听再说。

叶赋章发现了党委书记和厂长,就走过去,给他们简单地介绍了这里发生的事情。

刘之毅悄声说:"老叶,你和他们研究去,我们在一边旁听。"

"咱们继续研究这个点的问题。"叶赋章对青年人说。

苏一鹏听了叶总谈起的两种可能情况,说道:"试验进行到现在,已经测定了一千多个点,没有反常情况。现在,这个点上是不是出了问题,还不能肯定。依我看,即使一个点上的情况不大正常,也只是一种偶然现象,不一定说明什么问题。"

叶赋章本来想谈谈自己对这个点如何处理的想法,后来已改变了主意:不要把自己的意见强加给青年人,应该让他们去充分展开讨论,相信通过争论,他们会得出正确的处置方法。这是锻炼青年人独立思考的很好机会。

王志嘉见叶总不说话,沉思了一下,毅然说:"不,小苏,这一个点,我们也不能放过,也许就在这一个点上,将来会出问题。不怕一万,就怕万一哪!"

苏一鹏不以为然:"万一的可能性毕竟是万分之一嘛!"

王志嘉神色严肃地说:"搞科学不能存在一点点侥幸心理,小苏!偶然因素中可能包含必然因素呢。"

"那依你说怎么办?"苏一鹏不快地问道。

王志嘉沉思了片刻,抬头看了看叶赋章,发现老工程师向他投过来鼓励的目光,便坚决地说:"把这个模型所测定出的数据全部推倒,重新试验!"

叶赋章微笑着点点头,眼睛里射出了欣慰的神采。

"推——倒——重——来?"苏一鹏惊讶不止地喊道,"我的天,你不是在开玩笑吧?"

"不是开玩笑,小苏!"王志嘉态度非常认真。

"现在已经是最后一条曲线,试验马上就可以结束,为了一个点,把这个模型的数据推倒重来,我不能理解!"苏一鹏怎么也想不通,"请叶总和刘书记、柴厂长做决定吧!"

"争论得好啊!有意思,真有意思!"刘之毅笑吟吟地走过来,"老叶、老柴,你们说,他们的争论有没有意思?"

"我看,一千多个点中,有一个点的情况不大正常,关系不大吧!"柴强迟疑地说,"要推倒重来,有没有这个必要呢?"

"不,老柴,这不仅仅是一个点的问题,这里包含着一个对科学的态度问题。"叶赋章因为王志嘉对这个点的处置意见,而兴奋激动起来了,"对待科学上的问题,必须一丝不苟!我们不允许有万一的情况出现!所以我赞成王志嘉同志的做法,那就是把最后的一个模型所测得的数据全部推倒,重新试验,同时要从各方面去分析产生这偶然一点的原因。"说到这里,他那秀气的眼睛里发射出来的热烈而深沉的眼光,久久停留在王志嘉身上。

刘之毅微笑着鼓励说:"老叶,你往下说嘛!"

"老刘,你还要我说什么呢?"叶赋章把眼光从王志嘉的身上收回来,强烈的激动使老工程师的感情迸发了,"老刘,我们对青年人,寄托着多少希望和期待?王志嘉,能这样来处理这个点,我,实在高兴!可以说,我从这一个点上,看到了我们祖国科学的未来:办事情有这样的革命干劲,又有这样的求实精神,再加上善于学习,我们……什么困难能阻挡我们前进?我们还有什么事情做不到的?"

还有谁比党委书记更了解老工程师的心情呢?他听着叶赋章那激情的语言,不禁也激动起来了,紧握着叶赋章的手说:

"老叶,你给这一个点做了很好的总结,你总结得真好啊,我为你高兴!"

眼前的场面使得柴强深受触动。他明白了，叶赋章和王志嘉所坚持的意见是正确的。他自我解嘲地说："老刘，我好像有一根神经在什么地方别住了。看来，我还懂得太少！"

"是的，老柴！"刘之毅亲切地说，"我们都需要好好学习，要努力去变成内行，去掌握科学技术工作中的一些规律，形势需要我们这样。"刘之毅说到这里，又转身笑着问苏一鹏："小苏，这偶然的一点，你说该怎么办哪？"

苏一鹏挺身说道："报告刘书记，我想通了，坚决推倒重来！"

"很好，现在我们是统一了。"刘之毅笑着说，"我总觉得科学是愿意和最老实的人交朋友的。人们要认识和掌握自然界的规律，在改造自然的斗争中夺取胜利，需要用最老实的态度，从事大量艰苦细致的劳动。科学史上许多震撼世界推动历史前进的发明创造，都不是凭科学家个人的'天才''灵感'或偶然的机遇得来的，而是许多代人辛勤劳动，前赴后继，共同努力的结果。这些人都有个共同的特点，就是踏实、刻苦。"

"老刘说得对！"刘之毅把叶赋章心里想说的话挑了起来，老工程师深沉地说，"要精通一门专业，并在这门专业上有所建树，就要把它当作终生的事业，专心地干一辈子。这里需要献身的精神，需要一个人具有强大的毅力和勇敢，需要人们长时期在思想和心灵上坚强不屈。在这个领域里打仗，必须具有韧性的战斗精神！"

"老叶，你讲的这一点，是从事科学技术工作的同志应当具有的品质。"刘之毅看了一眼方斌，接上去说，"有人认为，过去有些科学家，没有建立先进的世界观，但仍然有重大的发明创造。这是事实。原因在于，他们不同程度上具有你刚才所说的那些品质，具有不屈不挠追求真理的精神。从来没有听说过，一个一心只为自己，相信什么科学登龙术的人，能够在科学技术上有所建树，对人类做出什么贡献。"

"对，对，对！"叶赋章激动地说，"在科学的历史上，许多有成就的科学家，常常是在受到压制、打击、迫害，甚至冒着生命危险的情况下，去从事自己的事业的。"

"创造'太阳中心说'的哥白尼，还有伽利略、布鲁诺，不是被迫害，被审判,甚至被活活烧死吗?"刘之毅说。

谈起这样的话题,叶赋章就激动得不能自已。他说:"前几天,我看了一本原版书,叫《人类在自然界的位置》,作者是十九世纪英国的生物学家赫胥黎。作者在序言中这样说:'我在青年时代,有那么一点点固执的脾气。我觉得一切可以预料到的不幸给予我的痛苦,比起要我放弃那些我认为应当去做和已下定决心去做的事时所感到的痛苦,要小一些。'他说:'总有一天真理会取胜,即使真理在他一生中未能得到胜利,为了坚持真理也会使他变得更好,更加聪明。'他高喊:'真理伟大而能取胜!'多么可贵的精神啊!"老工程师竭力想平息自己的激动,但激情的语言却像冲破了闸门的洪流那样奔放出来,"我认为,这就是真理被禁锢的时代里,那些科学家取得伟大成就的原因。今天,在我们的国家里,有优越的社会主义制度做保证,有辩证唯物主义思想做指导,有广大的人力和丰富的资源做基础,我们应该做出超过前人的业绩来!我们应该有这种雄心壮志!"

叶赋章这一席话,像一把火在人们的心中烧起。祖国的科学技术事业,需要大批长期在思想和心灵上坚强不屈的人去为它献身。王志嘉浑身充满力量,眼前如果出现刀山火海,他也会最先冲上去。

这把火也烧掉了方斌心里最后一块盾牌。那些在科学历史上建立丰碑的人,虽然还不具有马克思主义的世界观,但他们有朴素的唯物主义观点,在一定程度上掌握了辩证法,更主要的是他们有舍己忘我、追求真理、献身科学的精神。对他们来说,科学不是"敲门砖",不是登龙术,而是他们生命的祭坛!

这时候,叶琪陪着记者进来了。记者看见这里聚着那么多人,而且书记等领导同志都在这里,顿时高兴起来。

"刘书记,你可叫我好找!"记者走过来和刘之毅握手。

刘之毅笑着问:"记者同志,你要了解的情况都了解到了吗?"

"这一点我很满意。"记者说,"可是你们这儿有位领导,不同意我把这些情况写成文章报道出去!"说到这儿,她用眼睛瞟了一下老工程师。

刘之毅笑着说:"有这样的事?"

"老刘，这是我的意见。"叶赋章从激动中冷静下来，"我们的工作才刚刚开始，发动机距离成功还很远。目前，我们不是总结成绩、宣传成绩的时候；而是要检查我们工作中的问题，然后提出切切实实的措施。刚才不是还出现了一个点的问题吗？我们的工作中，确实还存在着不少缺点和问题哪！"

刘之毅满心欢喜地倾听着老工程师的心声。他转身对记者说："怎么办呢，记者同志？我们叶总的话很有道理啊！你看，我本来是想给你帮忙的，现在，我也被他说服了。"

记者为难地问："那我的文章怎么办呢？"

"文章是可以写的。"刘之毅说。

"什么时候?"记者又问。

刘之毅笑着说："等我们的发动机试制成功以后。"

"那需要到什么时候?"记者有些失望。

叶赋章说："记者同志，我以一个老科技工作者的身份告诉你，这个时候的来到将会是很快的。"

刘之毅笑着说："可惜你来迟了一步，没有参加刚才发生的一场争论；否则，文章什么时候可以写出来，你一定会自己得出结论的。"

第三十五章

晚饭以后,王志嘉和方斌在宿舍里进行了一次谈话。

进行这次谈话,是王志嘉提出来的,方斌也有同样的要求,因此,这次交谈就比较直率而不那么沉闷了。

"王志嘉,白天为什么不把真相告诉苏一鹏?"方斌问道。

"什么真相?"

"那个点上出问题,不是我做的试验吗?"

"你说的真相就是这个?"

"当时小苏追问你,你为什么不告诉他?"

王志嘉坦荡地说:"当时把这一点告诉了他,对试验有什么好处呢?"

"可是毛病是在我手里出的啊!"方斌把"我"字咬得特别重。

王志嘉了解方斌此刻的心情,他说:"为什么因为是你手里出的毛病,我就一定要告诉他呢?小苏的脾气我是知道的,如果告诉了他,他会极不冷静,这对试验一点好处也没有。当时,我们需要去解决的是试验中出现的问题,而不是其他!"

方斌被王志嘉宽广的胸怀打动了,他说不出心里是什么滋味。过去,他总是用自己的思想去看待和猜度周围的人,因此,他所看到的总是这些人被扭曲了的形象。现在,他思想上和眼睛里的一层障翳终于绽开了一条缝,当他看到那些人真实形象的时候,他吃惊了,而且也正从这里,他照见了自己的影子。

方斌无地自容地说:

"老王,我要向你提出一个请求!"

"什么?"

"我想退出试制。"

王志嘉不由得一惊:"为什么?"

"我没有为这个发动机做什么有用的事情,相反,我……"

"这就是你的理由?"

方斌为自己做出这样一个决定而激动起来,他说:"发动机试制成功以后,荣誉是属于你们的,我没有一点理由来分享它!"

"方斌,你怎么到现在还在个人的问题上纠缠不清?"王志嘉见方斌考虑的还是这样可笑的问题,感到要帮助他真正认识自己,痛下决心进行自我改造,的确不是很容易的。他恳切地说:"方斌,难道你退出试验以后,就能心安理得吗?最要紧的是,是要正确地认识自己,下决心改造自己。"

方斌一时还不能完全理解王志嘉的心情,他仍然被原先的思绪困扰着,认为退出试制就能减轻一些思想上的压力。他急切地说:"老王,试验已经接近成功了!"

"我们还是希望你来一起搞。"

"为什么?"

"为了祖国的动力事业,也为了你!"

方斌激动至极,几乎想朝着王志嘉扑过去。他用发颤的声音,断断续续地说:"王志嘉!我们相处这么久,好像……今天才开始认识你。你知道……我心里是多么……难过!"

王志嘉过去扶着方斌的肩膀,诚挚地说:"方斌,不要忘了叶总和刘书记在试验室说的那些话。当我们意识到自己是在为六亿人民的幸福,为国家繁荣富强这个崇高目的工作的时候,我们就是在通向真理的道路上前进,就会看到自己工作上的每一分成绩,和集体的成绩汇合在一起,都会给国家和人民带来好处。工作中的一切困难,都会在集体的关怀和帮助下得到解决。在这种情况下,你会感到幸福,而决不会孤独。一个人有错不怕,要紧的是认识了就改。你也知道,这次搞发动机,我就犯过不少错误,给工作带来的损失也不小。我是很难过的。错误的教训使我变得懂事了些。人总是在和错误的斗争中才能得到长进吧?我真诚地希望,你能用积极的态度来对待自己的错误。”

王志嘉的一席肺腑之言,使得方斌从激动中平静下来了。他反复咀嚼着团支部书记话里的意思,觉得这些意思是那么新鲜而又深刻!最后,在王志嘉赤诚态度的感召下,他也敞开了自己的思想,谈起心里的种种烦闷和苦恼。

窗外,春夜的和风轻拂,黑黑的天空里星光闪烁。不远的地方,隐隐约约地传来试验室机器的运转声。

房间里边,诚挚的谈话还在继续……

王志嘉和方斌怎么也没有想到,门外,有两个人已经站了十来分钟,因为不愿意打搅他们的谈话,最后还是悄悄地走了。

那是总工程师和他的女儿。

今天晚饭的时候,叶赋章特别兴奋,食欲也比平时好了点,自然话也多了起来。试验中的一个“点”,给他的印象是太强烈、太深刻了。一般人总认为,年轻人虽然热情高,干劲足,却往往缺少严谨的科学态度。这是生活中常见的现象。但是,今天在试验室里围绕那个“点”的争执,却把人们的习惯看法否定了。老工程师的心里兴奋极了。

晚饭以前,叶赋章还是一个人坐着想心事。他想起青年人在设计发动机以来的成长和进步,想起了青年人身上的种种长处,感到十分欣慰,自言自语地说:“这是合乎规律的,他们应该比我们老一辈更有出息才好!”他兴奋地对自己说:“可不能自甘落后呀,得往前赶才对!”

叶赋章对王志嘉产生了一种异常亲切的感情,更确切地说,他喜欢这个年轻人!在晚饭的时候,他对着堂姐和女儿,一个劲儿地称赞王志嘉。

一个"点"上的问题发生时,叶琪并不在场,后来她听别人说起这件事情的经过,对王志嘉就更增加了敬慕之心。现在,爸爸在称赞王志嘉,她听了自然高兴。为了能激起爸爸更多的谈论王志嘉,她故意娇嗔地说:"你总是这样,爸爸!喜欢一个人就肯定他的一切,把他抬得很高。"

　　叶琪的话起了作用,老工程师激动起来了,索性放下饭碗,他要维护王志嘉在自己心目中的地位。于是,在女儿面前,把王志嘉给他印象最深的特点,一条条摆起来。叶琪心里暗笑,却舒舒服服地听下去了。

　　只有叶姑如堕五里雾中。她见父女俩如此热烈地议论着一个人,就仿佛觉得这个人和自己也有了些关系。

　　"你们说的这个人到底是谁呀!"叶姑插进去问。

　　"就是那个常来找我的王志嘉。"她的堂弟颇为热情地回答。

　　"是不是帮阿琪剁馅那个挺魁梧结实的小伙子?"

　　"对了。"

　　"就是那个看起来挺老实的小伙子?"

　　"为什么要看起来挺老实?人家就是很老实嘛!"这次是她的堂侄女回答了,言语之中带点儿"不满情绪"。

　　"听说他是做工出身的?"老太太没有注意侄女的"不满情绪",还是沿着自己的思绪来攀谈。

　　"做工出身不好吗?"现在轮到叶琪来维护自己心里的王志嘉了。其实,叶姑提出这个问题,并不带有任何褒贬的意思,叶琪这一着急不要紧,倒叫老太太和他的堂弟看出点意思来了。

　　"阿琪,你也说这个人不错?"叶姑笑眯眯地看着侄女儿。

　　叶琪这才觉得,刚才自己的情绪太外露了,脸上不由得泛起了两团红晕。她装得挺客观地说:"为啥一定要我说好才算好?人家本来就不错嘛。"

　　"我也觉得他比阿斌好,"叶姑一面收拾一面说,"阿斌这孩子太浮了点,不大着实。做人最要紧的就是对人实心实意。"

　　"对,对,对!"叶赋章一连喊了三个"对"字,"阿姐,你这个说法,着实对

472

着哩！阿琪，要记住姑姑的话，要记住！"

"姑姑不说我也知道。"叶琪娇嗔地说，"还当我是小孩子呀？真是！"

叶赋章和他的堂姐大笑起来，笑得非常开心。

融洽、欢乐又回到了这个家庭里。

晚饭以后，叶琪到试验室去了一次。正好苏一鹏在那儿值班。两个人扯了一阵白天发生的事情。机灵鬼的感慨也很多，他仿佛一下子成长起来了。不久，鲁大明来接班，他们才一起回来。

叶琪刚到家里，爸爸就大声叫她过去。老工程师兴奋地告诉她，他刚才想出了一个办法，可以更好地解决活塞的散热问题，同时还可以进一步改善发动机的燃烧情况。他把这个设想向女儿解释了一下，叶琪高兴得跳起来了："爸爸，你为什么不早一点把这个办法想出来？你真保守！"

"你认为这个办法是灵机一动就出来的吗？"老工程师抚摸着女儿的头发说，"很久以前，我就考虑这个问题了。没有相当把握，我是不愿意告诉你们的。即使现在，它还仅仅是一种设想，能否成立，还需要通过实验。"说到这里，他带着深厚的感情对女儿说："孩子，要记住，实践是检验真理的唯一标准！"

叶琪原想去把王志嘉找来，把这个好消息告诉他，但叶赋章却不同意。

"还是咱俩去找他们吧。"叶赋章说，"夜晚这么好，应该出去走走。"

父女俩来到单身宿舍，正碰上王志嘉和方斌在热烈交谈。他们在门口悄悄站了一会儿，就出来了。

父女俩在夜色中徐步而行。两个人都在想着自己的心事，一时都没有回家的意思，就信步走到厂前区的小花园里来了。

在一排冬青树旁的长凳上，有两个人在喁喁细语。其中有个人长叹一声说道："难道我就这样脑子简单地过一辈子？"

"是呀，为什么不能严格地要求自己呢？"这是一个姑娘的声音。

"我真是太浑了！"那男的说，"我老是把自己当作孩子，所以也就不严格要求自己。其实，我还小吗？你爸爸说我只有十七八岁，他说得对，我真是太成问题了！"说到这里还呼哧呼哧地出了几口粗气。

那女的说："为啥你和我志嘉哥在好些问题上看法不一样？总不能说这就是性格不同的原因吧？自己懂得不多，还要自以为是，不觉得可笑吗？要学会思想，同志！"

"往后我一定要学会用脑子，保证不再做自以为是的糊涂虫，好不好？"那男的像是有点发急了，"你也要好好帮助我嘛，要知道，这也是你的责任！"

"我回去告诉爸爸，叫他来帮助你吧。"那女的笑着说。

"别，别，别！"那男的赶忙央求，"我受不了他的剋……不瞒你说，我和他在一起就觉得心慌。"

"怕啥，我爸爸又不吃人。"那女的说到这里，就轻声咯咯地笑起来……

叶家父女无意中听到了这一段谈话。老工程师自然知道，他们谈论的也是那一个"点"的问题。他觉得苏一鹏和朱小英实在是一对讨人喜欢的年轻人。不过，再往下的话不适宜听下去了，父女俩就向另一个方向走去。

迷人的春夜，朋友们的倾心相谈，勾起了叶琪内心里种种复杂的感情。她为朋友的进步感到高兴，为发动机部件试验的顺利进行感到欣慰，为爸爸对王志嘉的评价感到满意。可是，现在，她却觉得身边少了点什么，即便亲爱的爸爸就在身边，也不能消除她的孤寂之感。姑娘的心灵里萌动着爱情，这种爱情是羞怯的，纯真的，又是强烈的。

"阿琪！"

"唔。"

"你在想什么？"

"我……我？"叶琪吃了一惊，难道爸爸发现自己在想什么了？她偷偷地瞥了爸爸一眼，夜色中，仍然可以看到爸爸眼睛里流露出来的那种爱抚的眼光，不过，这种眼光似乎在探询着什么。叶琪马上想了句话来掩饰："你问我想什么吗，爸爸？我在想，小苏和小英，真是蛮不错的一对呢！"

"没有想想你自己的事儿吗？"叶赋章慈爱地问。

"我自己有什么事儿好想的，爸爸？"女儿想用这句话把爸爸的话挡回去。

"阿琪,你的年岁也不小啦! 应该——"

"不,爸爸,我不想离开你。"

"傻孩子! 你能跟我一辈子? 再说,到那时候,我们还可以在一起生活嘛!"

女儿不吭声了,低着头和爸爸并排走着。

"阿琪!"

"唔。"

"我希望你能处理好这件事情。对一个青年人来说,我不认为这是件小事情,处理得好不好,对一生的学习、工作、进步都有很大的关系。"

"怎么才能处理好呢,爸爸?"

"要好好地相互了解,了解对方长处和短处,也要向对方负责,把自己的长处和短处让他了解,对生活、对事物的看法应该一致,或者基本上一致,也就是说要有共同的思想基础,性情、脾气还要能合得来。自然,要有感情啰,没有感情,上面这一些都是空的,同样,没有上面这一些,也不会有真正的感情吧!"

叶琪默默地走着,她希望爸爸多讲一些。

老工程师追忆起了自己的青年时代,遥远的往事激起了他无限的感慨。肖淑已经离开他二十多年了,但她的形象在他的脑子里始终是清晰的,甚至连他们从相识到死别,将近十年共同生活中的一些细节还记得清清楚楚。老工程师坚持认为,这世界上不可能再有另一个人能像肖淑一样理解他,深爱他,这也是他多次拒绝党委书记热心做媒的主要原因。

叶赋章凝视着深蓝色的夜空,轻轻叹了口气说:"阿琪,爱情不是在花前月下散步,也不是卿卿我我、无病呻吟。爱情是两个人命运的联结,要互相严肃地承担责任。真正爱情的结合,应该互相是同志、战友和亲密的伴侣。有人说,爱情是一支美好的歌,但是谱好这支歌并不容易呢!"

父亲真诚的教诲,使女儿受了感动。叶琪紧紧偎着老工程师,轻轻地说:"爸爸,我记住您的话了。"

"生活是多么美好啊!"叶赋章感叹道,"但并不是任何时候都是风平浪静的。阿琪，去探索并找到真正的爱情吧！你们这一代，比我们幸福得多！你们应该是幸福的！"

父女俩默默地走着，沉浸在激动的思绪中。

春夜的和风，轻轻地掠过老工程师的鬓发，树叶在絮絮低语，远处传来了火车行进时的隆隆声，青草和对着夜空开放的花朵，发出了一缕缕清香。叶赋章深深呼吸着，仰头看去，天空是那样高远，深邃，无数的星星在对他眨着眼睛。他想起了白天为了一个"点"的争执，和自己提出改进活塞散热的建议，觉得这一天是难以忘怀的。

第三十六章

春去夏来,秋去冬来,一晃又过去了几个月。

试验室一个个相继建成了。它们不很气派,可以说是比较简陋的,但是,有关新型发动机的许多第一性资料,却从这儿产生了。不单是气道通过模型试验,找到了最好的数据,其他有关燃烧、供油等方面,也取得了很多极为重要的资料,验证和校正了原设计的数据。

经过修订以后,图纸下到了车间里,各个车间都忙起来了。这中间,朱德泉的加工车间最为紧张。

厂部根据叶赋章的提议,对试制工作做出了全面安排。各车间纷纷保证,要做到试制、生产两不误。今年的生产任务是比较重的,第三季度又是完成全年生产任务的关键时间。但是,每个职工心里都有这样一个强烈的愿望:要让发动机早一天试制出来,让国家把它们分配到农村去。

朱德泉把生产任务安排得有条有理,机床负荷大的,都倒开了三班,除非特殊情况,加工车间里没有人加班加点。

只有朱德泉自己是例外,每天除了吃饭、睡觉,其余时间都在车间里。有些比较关键的工序,都是他在旁边"坐镇",有时干脆自己动手来干。朱德泉这一"例外"不要紧,女儿朱小英也跟着"例外"起来了。老工人虽然用车间主任的身份命令女儿,要她按时作息,却起不到多大作用。

一天傍晚,刘之毅从办公室出来,在厂门口碰上了朱德泉的老伴。她手里提了只盖篮。刘之毅一看就知道,她是去车间给老伴和女儿送饭的。

朱大娘告诉刘之毅:朱德泉昨天做夜班,今天上午睡了三个来小时,又到车间去了。她估计,不到黄昏,他们爷儿俩不会回家,所以给他们送点饭去。

老太太说这些话的时候,全然没有什么埋怨,好像丈夫和女儿这样做是完全应该的。她说:"小英她爹是领导,领导应该比大伙多操点心。"

刘之毅揭开盖篮,见里边是几个玉米面窝窝头,一碟土豆丝,还有一块咸菜疙瘩。他轻轻地合上盖篮,叫老太太拿回去,把饭菜再热一热,他们父女俩等会儿就回去。

老太太听话地转身走了。刘之毅茫然地盯着她的背影,鼻子禁不住发酸起来。朱德泉父女白天黑夜在车间里忙活,力气和心血都倾注在国家任务上,可是给他们补充能量的却只是玉米面窝窝头和土豆丝,外加咸菜疙瘩。他们从不叹苦,从不怨天尤人,他们对生活要求那么少,而付出的又那么多!这就是我们的工人阶级!作为工厂的党委书记,刘之毅虽然一直关心着职工的生活,坚持生产上要有张有弛,劳逸结合,要求有关部门抓好食堂,抓好职工的福利事业,但仅仅在可能的范围之内,做一点努力而已,而这个"可能"的最大限度,又是多么微小得可怜!每当刘之毅看见职工萎黄的脸色,他的心里总有一种负债的感觉,这也许正是他在痛苦中不断搏斗,坚定地坚持自己观点的直接原因。

不管怎么说,眼下的情况总算有所好转了。自从党委内部的意见统一之后,上下一致,生产比较正常,职工的情绪比较稳定。整个工厂,精神面貌是昂扬的。上次市委扩大会议上,已经传达了上级精神,要在各级班子中检查和反对"五风",强调恢复和发扬党的实事求是的传统作风,尽快刹住浮夸、"一平二调"等错误做法。刘之毅坚信,党是会这样做的,即使在最困难的情况下,他也是这么想的,因为我们党是对国家民族、对人民负责的党,也许,他的坚持,正是植根于这种信念。

他没有回家,返身又进了工厂。

虽然室外还没有断黑,车间里却已灯火通明。夜班工人们个个精神抖擞,在机器旁专心操作。

刘之毅在一台铣床旁边已经站了四五分钟。操纵这台立式铣床的是个青年女工。她穿着一件吊带工装裤,一顶无檐帽罩住了满头黑发,一双调皮的大眼睛出神地盯着车头和工作台,双手把着闪闪发亮的手柄,工作台上的连杆——新型发动机的主要零件之一——像是连接着她通身的神经,她一点也没有发现背后站着党委书记。

"小英,吃过晚饭没有?"刘之毅在她耳边轻声问道。

朱小英回过头来,大眼睛吃惊地看着党委书记,愣了愣,才说,"吃过了,早吃过了!"

"还是昨天吃的吧?"刘之毅笑着说。

朱小英慌了,定了定神,才孩子气地说:"我中饭吃得多,不饿,真的!"

"这台床子上没有倒夜班的?"

"有。"

"人呢?"

"我让他领油去了。"

"他来了,你就回家吧,小英!"刘之毅亲切地说,"你娘还在等你们吃晚饭呢!"

"我不饿,刘书记。"朱小英指着右边一排机床说,"您把我爹撵回去吧,他身体不大好。"

"等会儿你们一起走,就这么说定啦!"刘之毅说完,就找朱德泉去。

党委书记了解父女俩的心情,了解全厂每个职工的心情。他在心里对自己说:群众的干劲越大,越是忘了自己,就越需要领导上去关心,这是爱护党的事业。

朱德泉正帮着刘金生在一个零件上测量尺寸,一抬头发现了刘之毅。党委书记经常下了班来车间里转,所以老工人并不感到奇怪。他笑着招呼刘之毅:"过来看看,这个零件做得怎么样?"

刘之毅一看，零件表面加工得锃光瓦亮，就像镜子一样。

朱德泉拍着刘金生的背说："这小伙子办法多，他加宽了刀刃，磨刀时在角度上稍稍变了变，东西出来就不一样了。"

刘之毅心里高兴：刘金生，这个从农村来的三级青工，在思想和技术上进步多快呀！有这样的年轻人，老一辈的还有什么不放心呢？把着手教他们的时候已经过去了。正因为这样，朱德泉应该回去休息。他说："老朱，你今天上午睡好了吗？"

朱德泉发现党委书记的眼神有了点异样，知道他要说什么，就煞有介事地说："你说今天上午？嘿，说起来真有意思。"

"怎么个有意思？"刘之毅笑着问道。

"你真猜不到，我那老婆见我在睡觉，说了些啥？"朱德泉挤着眼睛说，"她说：'车间里任务那么紧，机器还没试制出来，你怎么能睡觉？'我说：'人没睡好觉，在车间里打瞌睡可不是玩的，不是伤人，就是伤机器，那没好处，睡好了人就有精神，干起来有劲，机器准能做成。你就放心吧！'你猜她怎么说？"

"我怎么知道？"刘之毅知道他在编造，心里暗暗好笑。

"她说：'当心老刘批评你睡懒觉，完不成任务让你检讨！'"

"那你怎么说呢？"刘之毅也想逗他一下。

"我说：'说实话我就是有点懒，不睡好觉就是不能干活。'"

刘之毅"扑哧"一下，笑出声来："真的，我看你是懒得从机器上下来了。看你这一套编得多好，侯宝林也得来向你学习呢。明说了吧，我在路上碰见你老伴了。"

"她来做啥？"

"给你们爷儿俩送饭。"

朱德泉不再言声了。他放下手里的卡尺，拿把废纱擦了擦手，心事重重地说："老刘，今年的天气坏透了，农村旱得厉害哪！"

他们说着，离开了那台机床。

刘之毅说："是啊，今年的自然灾害确实不小，北方干旱，南方有些地方又水涝。"在老同志面前,他也不掩饰自己沉重的心情了。

"明年的气候又怎么样?能风调雨顺吗?谁知道!咱做不了老天爷的主啊!人家总说,'你加工车间任务完成得好,'可我心里总不踏实。黑夜,睡不好觉。焦心哪,老刘!"

两个人默默地走了一阵。刘之毅看着朱德泉的半白头发,心里喊道:"这就是工人阶级的胸襟啊!"

"说起来,我家离开农村已经两代了,但是,农村的事情总是叫我挂心。"朱德泉动情地说,"我总想,我们干工业的,眼睛不能老看着工厂,我们肩上的担子……发动机应该赶快试制出来,成批投入生产,争取在短时间里送到农村去,让它们在和老天的战斗中发挥作用。"

"这一点,上级已经考虑在我们前面了。"刘之毅兴奋地说,"今天下午,部局来电指示,为农村设计的发动机试制成功以后,立即成批投入生产,原先安排的生产任务,必要时可以让一让路。"

"这一下我的心里托底了。"朱德泉眼睛里射出喜悦的光彩,"这个指示,可真对大伙的心思。"

"现在,你就和小英一起回家吃饭休息吧。"刘之毅拍着他的背说,"往后,我们要办的事情还多得很,累倒了不行,从今天起,你可不许再例外了。"

朱德泉搔搔后脑勺,终于下了决心:"好,我听你的。"说着,就走到材料室去。

"干啥去?"刘之毅奇怪地问。

"我把志嘉关在里边,让他睡觉。"朱德泉回头说,"昨晚他一宿没睡。"

刘之毅哭笑不得,只是指着他的背影说:"你呀,你呀……"

刘之毅解决了朱德泉的"问题",又转身来到朱小英的机床旁:"小英,跟爸爸一起回去吧!"

朱小英乞求道:"不骗你,刘书记,我不饿,也不累。让我再干一会儿吧!"

这姑娘有自己的心思。前一阵,因为脑子热,和苏一鹏一起出了些可笑的点子,给王志嘉帮了倒忙,发动机试制走了些弯路。现在她要用自己的努力,多少弥补一点过去的损失,这样做她的心里才会好受一些。

刘之毅笑着说:"还舍不得走? 我看现在机器都成了姑娘的情人啦,是不是,小英?"

小英顽皮地说:"就是!"

刘之毅说:"没见过谁只让自己的爱人工作,不让休息的,机器也要给你提意见了。"

周围的工人们哄笑起来。

刘之毅板起脸说:"听话吧,我下命令了!"

小英受了委屈似的撇了撇嘴,关了车,转身向车间门口走去。

朱小英正走着,迎面碰到一个抛光室的青工,心里一动,就把他拉到一边,如此这般地嘀咕了一阵,不管对方同意不同意,把他的工作帽防护眼镜摘下来,自己戴上。

朱小英又返身向自己的机床走去。

朱小英和刘之毅擦身走过,党委书记竟没有认出她来。

朱小英走到自己的机床旁,叩动电钮,又开始了工作……

第三十七章

天高气爽的秋天又来到了塞上。

产品设计科的副科长丁明达,今天早晨就往厂区去了。按照他正常的生活规律,现在还应该在宿舍旁边的那条林荫道上打太极拳,今天他却没有按这个规律办事。早晨起来,漱洗以后,草草吃了点东西,就夹了他那个小小的公事皮包出门了。

昨天晚上,他做了个梦,梦见厂前区小花园里那株大白杨树又复活了,已经干枯的枝条上长出了嫩绿的叶子。旁边那株小白杨一下子蹿高了,它的躯干、枝条、叶子,通身都充满着茁壮的生命力,灰绿色的树皮里仿佛跃动着青春的分子。他觉得奇怪:那株小树枝茂叶盛是他想象中的事,那株老树怎么会新生了呢? 后来,他终于悟出了其中的道理:它所以能恢复青春,因为根子深深扎到泥土里去了。

丁明达从梦里醒来以后,想:难道我真的未老先衰了? 不,不能怨天尤人,还是把根子往深里扎吧! 年轻人跑到老一辈前面去,是很自然的事情,千万不能挡他们的道!

朱德泉和他的那次畅谈,使他比较清楚地认识了自己。他下决心要用另一个样子去过后半生的生活。前一阵,他下车间跑的时间多了,也坚持定期参加劳动。朱德泉劝他把设计科搬到车间生活间里去,科室面向生产,更好地为第一线服务。他斗争了好些时候,现在终于下了决心:往车间里搬,这样才能把根子往群众里深扎,往劳动中深扎! 说也奇怪,思想上的问题一解决,就不觉得生活"齿轮"转动的速度太快了。

丁明达急急忙忙往厂里走,今天发动机要试车。

经过全厂各车间的共同努力,所有零件都已加工完毕,有些零件和部件已做了局部试验,完全符合技术要求以后,才装到机器上去的。现在,总装已经结束,盼望已久的发动机试车,今天就要进行。

"呵——吁——"一声吆喝,一挂三头大牲口拉的胶皮大车,挡住了丁明达的去路。车上是一大堆的虎皮西瓜。

丁明达抬头一看:好脸熟! 这不是一年前在这里遇到的那挂大车和那两个车把式吗? 不同的是,上次拉了一台坏了的柴油机,这次是拉了一车西瓜。敢情是来卖西瓜的?

赶车的老德顺和刘金保也认出了这个"眼镜"。

"又在这儿碰上你了,同志!"老德顺热情地和他打招呼。

"到商店门口去吧,那儿人来人往,这点西瓜一会儿就能卖完。"丁明达热心地指点他们。

刘金保笑着说:"这车西瓜,我们要拉到车间里去卖。"

"到车间卖西瓜,这可不行,"丁明达认真地说,"车间里搞生产,又不是菜市场。"

刘金保一本正经地说:"这车瓜,别人都不卖给,我们有主顾啦!"

"卖给哪个单位?"

"卖给给我们农村造发动机的人。今天不是试车吗?"

丁明达吃惊地说:"你们怎么知道今天要试车?"

"前天我弟弟回家休息,说今天要试车。"刘金保不开玩笑了,"队里派我俩做代表,拉了一车西瓜来慰问大家。昨天断黑才上的路,走了一夜,总算赶来了。"

"原来是这么回事!"丁明达被农民的诚挚心意感动了。他又问:"你弟弟在我们厂?"

"他叫刘金生,在加工车间。"

"噢!他是我们这里的革新能手。"丁明达也变得近乎起来。

"同志,你在厂里头搞啥工作?"老德顺插嘴问。

"我搞的也是设计工作,就是画机器的工作。"

"这么说,你和叶工程师、王志嘉干的是一样的营生?"刘金保眼睛里闪着光彩,"那你在这个机器上,也花了不少心血吧?"

丁明达脸红了,他不知该怎样回答。这时候,老德顺给他解了围。老汉说:"你这还用问!为了咱的机器,人家不知费了多少心血,出了多少力气呢!这位同志要不是费脑多,心思重,头发能掉那么多?"

丁明达更加感到惭愧了。他真想大声说,他并没有像他们说的那样做,他很少想到农村,他想得最多的是自己……但他没有勇气这样说。这种谈话给了他沉重的压力,使他感到痛苦。

"走吧,我领你们找刘书记去。"他终于把话头岔开了。

在厂区主干道上,叶赋章父女正迎着朝阳去上班。

天气好极了。湛蓝的天空是那样深沉高远,使人遐想。他们的头顶上,有一只云雀在高空里婉转地鸣叫着,它的声音欢快、清脆。明丽的阳光,温煦地照在他们身上,清凉新鲜的空气,浸润着他们的肺腑,使人浑身充满了朝气和活力。一天的劳动又要开始了。

叶琪提着爸爸的皮包,走在前面。她的心情,像高空里云雀的鸣叫声一样欢快。她的脚尖踢着一块扁圆的石子,她走着,那块石子也在不停地滚动。

老工程师被女儿愉快的心情感染了,他在后面喊:"阿琪,慢点儿走!"

叶琪停下来,和爸爸并排走着。

叶赋章笑着问女儿:"阿琪,你今天的心情特别好,是不是?"

叶琪看了看父亲的脸,调皮地说:"您今天也好像年轻了几岁,爸爸。"

"你知道这是为什么呀?"叶赋章反问女儿。

叶琪想着自己的心事，摇了摇头说："不知道。"

女儿没有追问下去，叶赋章有点失望。

叶琪根本不知道，她手里拿的皮包里，有老工程师昨晚在灯下用十分工整的字体写成的一份入党申请书。在这份申请书里，叶赋章这样写道："……我并不认为自己已经到了垂暮的年岁，为了人类最崇高的理想，我准备再干它几十年。为了更好地得到党的直接教育和监督，把自己一点微薄的力量，贡献给人类最壮丽的事业，我要申请加入这个抱负着人类最崇高理想的战斗队伍……"今天，他就要把这份申请正式交给党组织。

云雀还在高空欢快地鸣叫。道旁的冬青树上，露珠在阳光中闪烁。冬青树前面，是一排如锦的繁花，红、黄、蓝、白、紫，开得姹紫嫣红。还没到上班时间，主干道上行人不多。父亲不想把自己的心情向女儿透露，却想试探一下女儿心灵中的奥秘。

"阿琪，我可知道你心里在想些什么。"

叶琪愣了愣，问道："你说我在想什么，爸爸？"

叶赋章狡黠地笑了笑："我可是毫无根据地瞎猜。"

"说吧，你猜到了什么，"女儿逼着爸爸说。

"不，我猜的连我自己都不相信。"爸爸故意逗起女儿来。

叶琪急了："不，爸爸，今天你一定要告诉我。"

"还是以后再说吧。"

"不，不，"女儿撒起娇来，她挡住了爸爸的去路，"现在就说，现在！"

叶赋章眉毛一扬，故作为难地说："我说错了，你可别生气呀！"

"你怎么说我也不生气。"

叶赋章想了想，微笑着说："阿琪，我是说，在你的心里，是不是开始产生了一种新的东西？你不会嫌我说得太笼统吧？"

"新的东西？"叶琪大眼睛忽闪了两下，调皮地说："有啊！"

"什么？"

"新的发动机！"

老工程师"嗤"地笑出声来："我指的不是发动机，是另一种东西，噢，也不能叫'东西',而是爱情。"

叶琪脸上顿时泛起了红晕。她急忙转过话题说:"快走吧,爸爸,他们早在等我们了。"

叶赋章一本正经地问:"是不是王志嘉在等我们?"

"不是他,是他们!"女儿的脸颊更红了。

叶赋章发出一阵爽朗的笑声。一抬头,发现对面来了个人。

"啊唷!"老工程师喊了一声,把笑声刹住了。

对面来的人正是王志嘉。叶琪脸上的红晕更深了。

"王志嘉,上哪儿去?"叶赋章笑着招呼他。

"我再去借两件仪表,等会儿试车用。"王志嘉说,憨厚的脸上露出了不解的神色:"老工程师今天为什么那么兴奋呢?"

"刘书记和柴厂长来了吗?"叶赋章问。

"都来了,刚才还在找您。"

"他们在哪儿?"

"在车间办公室。"

"我这就去找他们。"叶赋章从女儿手里取过皮包,朝女儿慈爱地笑了笑,拔脚先走了。

叶琪要帮着王志嘉去取仪表,两人沿着主干道往回走。

走了一段路,叶琪等着王志嘉说话;王志嘉却又产生了习惯的紧张,只是低着头,没有要说话的样子。

"你知道刚才我和爸爸谈什么吗?"叶琪鼓起勇气问道。她不敢看一眼身旁走着的人,只是看着自己的脚尖。

"这我哪能知道?"王志嘉轻声地回答。

"我们谈论的是你!"叶琪抬起头来,勇敢地侧脸看了他一眼。

"谈论我?"他眨了眨眼睛,显得有点吃惊。

"爸爸……很喜欢你……"她又把头低下去了,说话的声音断断续续,表达自己的意思十分困难,"称赞……你身上的许多长处……"

"他过分……夸奖我了。"王志嘉从她话里的意思和说话时的语气上,敏感到她在表达一种心声,传递一种暗示,不由得紧张中又增加了激动。

"不,这是事实!"她又一次鼓起勇气,"你知道吗,我的爸爸是多么好的爸爸! 有好些想法和看法,我……我……我和他都是一致的!"后面一句话说得很轻很轻,只有走在旁边的王志嘉才能听到。说完,红晕又一次飞上了她的双颊。

精神上被集体事业完全占有了的王志嘉,在过去,确实没有认认真真地考虑过自己的婚姻恋爱问题。但他毕竟不是一个感情麻木的人。叶琪对他的心意,他越来越明显地感觉到了。虽然他禁止自己去做进一步的猜测和联想,企图在两人之间筑起一道墙,来抵挡感情的冲击;但这堵墙是他单方建筑的,而且是违心地制造的,它太单薄了。现在,叶琪终于直接地向自己表露心意,这种表露是含蓄的,但却是十分明白的。一时,他不知道该怎么回答了。他的心在怦怦作跳,呼吸也有点急促。

"谢谢,谢谢你们的鼓励。"他腼腆地笑了笑,突然往道旁跨过两步,从冬青树前那一排如锦的繁花中,摘了一朵金黄色的雏菊。

王志嘉这个行动,使叶琪颇为吃惊。她还没有来得及去想对方为什么要这样做,王志嘉已转过身来,把那朵雏菊别在叶琪的衣襟上。

当王志嘉抬起头来,两个人的眼光接触了。

眼光中表达的东西,比语言所能表达的要多得多。那堵墙终于倾圮了。

虽然双方的眼光接触仅仅一刹那,但叶琪已从王志嘉的眼光里得到了回答。她的心"咚咚"急跳,浑身的血好像一下子涌上了她青春的脸庞。

叶琪听见王志嘉在耳旁柔声说道:"以后,不要到我师傅那儿去告状了。"

"你听话啦?"

"听!"

叶琪又一次转过脸去,王志嘉却避开了她的眼光:"快走吧,一会儿就要开始试车了……"

装配车间里一片喧腾。

电动吊车来来往往,锤子凿子叮叮当当,压缩空气从缩口里喷射出来"滋滋"发响,高压水柱冲刷部件"劈劈"作响,手推车、电瓶车穿梭奔忙⋯⋯

车间一角,新型发动机装配已经结束,试车就要开始,旁边围满了人。

刘之毅、叶赋章、柴强一面说话一面走过来。

叶赋章问:"听说小挺回来了?"

"昨天到的家。"

柴强问:"伤好啦?"

"好啦,青年人嘛,骨骼嫩,恢复快。养病期间,人家还研究爆炸力学呢。"

叶赋章笑着问:"不想当飞机发动机设计师啦?"

"不啦,想和炸药打一辈子交道哩。"

他们说着,来到机器旁边。察看了一会儿,刘之毅对朱德泉说:"老朱,仔细检查过没有?"

"检查过了。"苏一鹏恨不得马上就开车试验。

"再仔细检查一遍!"柴强说道。

这时候,王志嘉和叶琪也把仪表借来了,大家往上安装。

方斌穿了一件半新旧的工作服,拿了把扳手,在紧机架上的螺丝。刘之毅走过去说:"方斌,你干得很熟练嘛!"

方斌紧完了那个螺丝,用工作服袖子抹了抹脸,羞愧地说:"刘书记,下来这几个月,我真学到了不少东西。"

"哈哈,好,好!"刘之毅笑得特别爽朗,愉快。

"方斌,"叶赋章走过去说,"有空到我家来,我要好好和你谈谈。"

"对,去找找叶总。"柴强说道。

方斌看见领导同志都这样关心自己的进步,心里十分感动。他对老工程师说:"我一定去,叶总!"

这时候,尉迟文英也来看试车了。

是因为要进车间,还是因为不十分热衷于打扮了?反正,她今天的穿着很朴素,反而显得落落大方。

朱小英发现了技术图书馆的资料员,走过去亲热地拉着她的手,指指正在工作的方斌。

尉迟文英看见方斌穿了工作服,在机器旁参加装配工作,很是高兴。她悄声对朱小英说:"小朱,你上次在我那里讲的话,现在,我才明白了。"

"明白什么?"朱小英问。

"要互相负责任啊! 你看,他,变了!"

"他在试制中表现不错。"朱小英说,"近来,你们俩好吗?"

尉迟文英不好意思地看了朱小英一眼,点点头。

丁明达走过来,笑着说:"你们咬什么耳朵呀?"刚说完这句话,忽然想起了什么,喊道:"糟糕! 我把个客人给忘记了!"说着,便挤出人群,一会儿拉进来一个小伙子。

王志嘉眼快,扑过去喊道:"是你来了,金保同志!"

"大保子!"刘之毅一把抓住他的胳膊,"你来得正是时候哪! 等会儿看看,这个机器怎么样,合不合你们农业上的要求?"又问:"老德顺没来?"

"来了,在外面看着车呢。"

"还赶了车来的?"王志嘉问。

"队里叫我们拉了车西瓜,来慰问你们。"

工人们都被农民兄弟的诚挚心意感动了。刘之毅打发人去把老德顺请到车间来看试车。这时候,厂报副总编辑又带着个人挤进来,正是省报的那位女记者,她胸前还挂着一架照相机。

记者掏出手绢,擦着冒汗的额角,气喘吁吁地说:"我没来迟吧?"

"你来得正好。"刘之毅笑着说。

记者过去和叶赋章握手,说道:"叶总,您的预言相当准确啊!"

"不,不,"叶赋章摇摇头,"今天的日子,来得比我估计的还要早。"

"试车有把握吗?"记者不无担心地问。

叶赋章微笑道:"一会儿就能看到。"

这时候,朱德泉报告说,检查已经结束,情况正常。

“叶总,你发令吧!”柴强说。

叶赋章用手一挥,说声“开始”,围着机器的人群向后退去。

按照试验规程,发动机试车以前,已经用电动机带动,运转了一个时候,这叫作“冷磨合”。现在,王志嘉走向操纵台,一按电钮,电动机带动发电机,转了几下,发动机就发出了震耳的突突声,开始自动运行。周围的人,立刻爆发出了鼓掌、欢呼声……

叶赋章冷静沉着,挥手制止大家呼喊、鼓掌,等发动机运行一段时间后,就下令测定各项指标。

谁知一测指标,就发现了问题:转速上不去,马力也上不去,耗油量大大超过设计指标,排气情况也不正常。一句话,发动机距离原设计要求还很远,各项指标都没有达到!

人群骚动起来。王志嘉的额上挂着豆大的汗珠。

叶赋章却十分冷静,他沉着地蹙眉凝思。

这种意外的情况,使记者感到愕然。她悄声问刘之毅:“这是怎么回事?”

刘之毅没有正面回答她,镇定地走到叶赋章身边,用坚定、鼓励的目光看着老工程师。

叶赋章想了想说:“根据刚才的试车情况,特别是排气不正常的情况来看,很可能是燃烧有问题,所以马力和转速都上不去。”

“要不要马上拆开检查?”柴强问道。

“把汽缸盖拆开吧?”苏一鹏说,他急得心都要跳到嘴里来了。

“慢着!”叶赋章挥了挥手说,“从现象上来分析,恐怕是喷油不正常,喷油不好,燃烧当然就有了问题,所以,不用打开汽缸盖,把喷油嘴拆下看看再说。”

刘之毅和柴强觉得老工程师分析得有道理,连忙支持:“对,拆喷油嘴”。

王志嘉和朱德泉蹲下去拆喷油嘴。

叶赋章镇定而乐观地对记者说:“请放心好了,机器本身是肯定不会出大问题的,这一点我很有把握。"

记者将信将疑地眨着眼睛,她不能立刻领会老工程师的意思,脸上不安的神色像在问道:"为什么呢?"

叶赋章看出了她的心情,说道:"我们大量的试验室工作,和对零部件进行的性能试验,这是机器成功的保证。"

这时候,方斌走近他,心神不宁地说:"叶总,会不会是我安装喷油嘴时粗心大意——"

叶赋章一愣:"喷油嘴是你安装的?"

方斌点点头。

记者悄声问:"毛病找到了吗?"

"找到了!"朱德泉转身说,"是喷油嘴上油孔的方向装反了。"

"油孔的方向?"记者感到不解。

朱德泉拿了喷油嘴给她解释:"喏,柴油应该朝这个方向喷射,因为装错了方向,朝另一边喷去了。"

叶赋章接着说:"方向一反,油就喷不到地方了,燃烧不好,怎么能发出马力呢?"他看了方斌一眼,方斌心情沉重地低下了头。

"是啊,油孔的方向反了,外边怎么能看得出来呢? 难怪刚才检查时没有发现。"柴强好像在战场上,军人的脾气又来了,"方斌,你怎么能这样?"

方斌因为自己的粗心,装反了喷油嘴上的油孔方向,心里懊恼极了,一时说不出话来。

周围的人,有的叹息,有的生气,责备的眼光都落到方斌身上。

尉迟文英紧张地捏着朱小英的手,朱小英却不知该怎样安慰她。

刘之毅注意到了大家的情绪,他对叶赋章说:"应该让方斌同志重装一次,是不是?"

方斌几乎是不相信地看看刘之毅,又看看叶赋章。

叶赋章对刘之毅的话也颇感意外,一想,又觉得很对,便对方斌说:"对! 原来你把它装反了,现在你再把它正过来!"

党委书记和总工程师对这件事的处理,使大家都沉思起来。

方斌因紧张、羞愧而变得苍白的脸，又涨红了。他从朱德泉手里接过喷油嘴，一句话也没有说，走到发动机跟前。在重新安装的时候，不知为什么，他的眼里流了泪……

刘之毅和叶赋章，都看到了这情景，彼此会心地点了点头。

不一会儿，喷油嘴就重新安装完毕，方斌抹掉眼泪，向总工程师打了个手势。

叶赋章下令重新启动。王志嘉刚按下电钮，发动机就爆发出清脆洪亮的声音。

指标测定结果，完全达到设计要求。由于采用了充气情况良好的气道，以及采取了其他措施，每一马力小时所消耗燃油的指标，比原设计还要低。

接着，又进行了另一项试验：用柴油点火启动，启动后用煤气做燃料。

这项试验也获得了成功！

当宣布各项指标的测定结果以后，叶赋章激动得热泪盈眶，他颤巍巍扶住刘之毅的肩头，指着发动机喊道："它，它成功了！老刘，老柴，现在，可以宣布，我们的发动机，已经初步试制成功了！"

车间里立刻沸腾起来，欢呼、鼓掌、握手、拥抱、扔帽子……朱小英原来趴在窗台上，一拍手差点掉下来。

在热烈的欢呼声中，刘之毅紧紧握住叶赋章的手说："叶总，你辛苦了！"

当登山运动员，过冰川，攀峭壁，忍受着严重缺氧带来的困难，登上了世界屋脊；当工人在炼钢炉旁，忍受着高温的炙烤，经过反复试验，冶炼成一炉国家急需的特种钢材；当战士忍着饥渴，在血雨腥风中，打退了敌人几十次的进攻，终于从战壕里跃出去，踏着敌人的尸体，把红旗高插在敌方阵地；当科学工作者经过了无数次的失败，用强大的毅力和勇敢，长时期在思想和心灵上的坚强不屈，在实验室里攻下了一道科学命题……这时候的喜悦、兴奋和万千感受，大概只有当事人体会得最深吧！

此刻，叶赋章激动得满脸通红，千言万语，变成了一句十分朴素的话语，从他内心里迸发出来："不，老刘！今天，我才知道，最好的工程师，是我们的党！"

老战士也控制不住自己的激动了，刘之毅摇动着老工程师的手，看着他鬓畔的斑斑白发，深情地说："叶总，党很了解你！"

这时候，王志嘉走过来，紧握着党委书记和老工程师的手，眼睛里闪着激动的泪光："叶总说得好，刘书记，是党指引着我们，老一辈的带领着我们，我们学会了走路！"一瞬间，他想起了许多，他在心里呼唤着亲爱的党，兴奋和感激的眼泪，滚下了他的脸颊。

车间里更加沸腾起来。欢呼，拥抱，人们用各种方式，表达着自己的激情。叶琪紧靠着爸爸在鼓掌；朱小英和尉迟文英互相拥抱着；苏一鹏抱住鲁大明，连蹦了几蹦；朱德泉紧搂着老德顺的胳膊；刘金保和刘金生兄弟俩互相抱着对方的肩膀；王志嘉拉着方斌的手；丁明达万般感慨，不知从何说起……

然而，最忙的还是那位女记者，她汗流满面，粘住了鬓发，也顾不得擦，对着眼前这动人的场面，一连拍了好多张照片。

激动的场面稍稍平静以后，刘之毅拉着总工程师，登上旁边一张工作台："叶总，你讲几句话！"

叶赋章在激动之中，挥动右臂，只说了两句话："这仅仅是一个开始。我们要为从根本上改变我国一穷二白的面貌而奋斗不息！"

巨雷般的掌声、欢呼声和发动机的隆隆声相应和，谱成了一支沸腾的壮丽的乐章。

一轮红日从东方冉冉升起，红光照红了车间，照红了工厂，照红了塞外古城，照红了祖国大地。

1965年1月—1965年7月初稿于大同

1977年12月—1978年2月二稿于大同

1982年6月修订于太原

"三晋百部长篇小说文库"书目

经典作品:

· 李家庄的变迁·三里湾　　　　　　　　　赵树理

· 太行风云　　　　　　　　　　　　　　　刘　江

· 汾水长流　　　　　　　　　　　　　　　胡　正

· 草岚风雨　　　　　　　　　　　　　　　冈　夫

· 新星　　　　　　　　　　　　　　　　　柯云路

· 游戏　　　　　　　　　　　　　　　　　成　一

· 黑雪　　　　　　　　　　　　　　　　　哲　夫

· 世界正年轻　　　　　　　　　　　　　　高　岸

· 玉龙村记事　　　　　　　　　　　　　　马　烽

· 草青　　　　　　　　　　　　　　　　　吕　新

· 吕梁英雄传　　　　　　　　　　　马　烽　西　戎

· 跋涉者　　　　　　　　　　　　　　　　焦祖尧

· 神主牌楼　　　　　　　　　　　　　　　张石山

· 咸阳宫(上、下卷)　　　　　　　　　　林　鹏

· 生死门　　　　　　　　　　　　　　　　晋原平

· 送葬　　　　　　　　　　　　　　　　　王西兰

· 白银谷(上、中、下卷)　　　　　　　　成　一

· 北腔　　　　　　　　　　　　　　　　　毛守仁

· 巅峰对决　　　　　　　　　　　　钟道新　钟小骏

· 母系氏家　　　　　　　　　　　　　　　李骏虎

原创作品：